JOHNNY BLUES

Paru dans Le Livre de Poche :

BLONDE

CONFESSIONS D'UN GANG DE FILLES

HAUTE ENFANCE

MAN CRAZY

MON CŒUR MIS À NU

SOLSTICE

ZOMBI

JOYCE CAROL OATES

Johnny blues

ROMAN TRADUIT DE L'ANGLAIS (ÉTATS-UNIS) PAR CLAUDE SEBAN

STOCK

Titre original :

BROKE HEART BLUES

À John Updike, un autre explorateur du temps.

... La vie est un songe un peu moins inconsistant.

PASCAL.

I

Tueur

John Reddy, tu avais nos cœurs.
John Reddy, nous serions morts pour toi.
John Reddy, Johnny Cœur rouge.

« La ballade de John Reddy Heart. »

1

Il fut un temps où, à Willowsville, village de 5 640 habitants sis dans l'État de New York, dix-huit kilomètres à l'est de Buffalo, toutes les filles de douze à vingt ans (et beaucoup d'autres, qui ne le disaient pas) étaient amoureuses de John Reddy Heart.

John Reddy Heart fut notre premier amour. On n'oublie jamais son premier amour.

Et quand il n'était pas vraiment notre premier amour (car après tout nos mères avaient d'abord dû aimer nos pères, lorsqu'elles étaient jeunes, dans cet abîme temporel qui avait précédé nos naissances... et certaines d'entre elles étaient amoureuses de John Reddy Heart), il supplanta ce premier amour, et jusqu'à son souvenir.

L'époque qui nous est la plus chère n'est pas celle, tendue, « publique », où John Reddy devint célèbre : ces soixante-douze heures où, fuyant la justice, traqué à travers tout l'État par la police du New York et d'autres représentants de la loi, il fut finalement capturé dans les montagnes, arrêté et ramené menottes aux poignets ; où son histoire fut racontée à la télé et dans les journaux locaux, et son visage reproduit quotidiennement dans les médias pendant des semaines : seize ans, séduisant bien que meurtri et ensanglanté, têtu, mystérieux par son silence, les paupières lourdes de secrets. Nous ne chérissions pas non plus le drame de ses procès de l'automne, plus médiatisés encore, les gros titres tapageurs des journaux : UN JEUNE DE BANLIEUE JUGÉ POUR LE MEURTRE DE L'AMANT DE SA MÈRE — UN ADOLESCENT DE SEIZE ANS JUGÉ COMME UN ADULTE, UN « CRIME ODIEUX » ACCUSE LE PROCUREUR DE DISTRICT — dans *Time, Newsweek, Life*. Et des reportages à la télévision. (Même dans la presse anglaise et européenne, nous dit-on, il y eut des articles, accompagnés de photos, sur John Reddy Heart.) Et nous ne chérîmes pas davantage les folles semaines de « La Ballade de John Reddy Heart », le tube du groupe rock Made in USA, qui se retrouva en tête du hit-parade moins d'une semaine après sa sortie.

John Reddy, tu avais nos cœurs.
John Reddy, nous serions morts pour toi.
John Reddy, Johnny Cœur rouge.

Des paroles que les guitares électriques, la batterie et le hurlement général des instruments empêchaient d'entendre distinctement. (« La Ballade de John Reddy Heart » battit tous les records de vente de disques — c'était avant les cassettes et les CD — de l'histoire de Willowsville et de ses environs. Alors que la musique était assez primaire, il faut bien le reconnaître, et que Made in USA donnait avant l'heure et très involontairement dans le style *grunge*. Et nous détestions tous la façon dont la ballade dépeignait « John Reddy Heart ». Parce que ça n'avait rien à voir avec le John Reddy que nous connaissions, notre camarade de classe.)

Plus déformant encore, et grossièrement sensationnel, fut le téléfilm en deux parties de CBS, *Les Amours du Dahlia blanc*, un docudrame prétendument inspiré de la vie privée de Mme Dahlia Heart, la mère de John Reddy — *la femme la plus controversée qui ait jamais résidé dans la banlieue riche de Willowsville, État de New York, au cours de son siècle et demi d'existence.* Mais ce film, « diffamatoire pour notre village comme pour la famille Heart » — ainsi que le déclara notre maire indigné —, ne sortit que des années plus tard, alors que nous étions tous à l'université, et que les Heart eux-mêmes avaient quitté Willowsville depuis longtemps.

Non, c'est une époque plus paisible qui nous est chère. À ceux d'entre nous qui connaissaient bien John Reddy. Comme disait Trish Elders : « C'est quelqu'un que l'on *sent*. Même s'il pénètre en vous par les yeux, c'est quelqu'un que l'on *sent*. » Cette époque où John Reddy, en liberté surveillée, vivait seul dans Water Street et tâchait de finir sa dernière année de lycée après douze mois d'incarcération au centre d'éducation surveillée de Tomahawk Island (sur le Niagara), où il avait « fait le maximum » (comme nous apprîmes à le dire avec désinvolture) pour avoir participé à des bagarres, sans se voir accorder un seul jour pour bonne conduite. Ces bagarres n'avaient pas été la faute de John Reddy, nous en étions sûrs. Il avait été obligé de se protéger contre d'autres détenus, plus forts, plus âgés, et aussi contre les gardiens ; de défendre non seulement sa personne mais son « honneur d'homme ». C'est ce que nous disaient, avec indignation, les coéquipiers de basket de John Reddy, Dougie Siefried et Bo Bozer — « Parce que vous connaissez John Reddy, hein, il n'est pas du genre à se laisser marcher sur les pieds. Il se ferait tuer plutôt que de mettre les pouces. »

C'était excitant d'entendre des garçons de Willowsville parler comme ça. Les garçons avec qui nous étions allées à l'école toute notre vie. Faire allusion à des sujets que les filles n'étaient pas censées connaître, même si nous devinions (nous croyions deviner) de quoi il s'agissait, plus ou moins... « Des actes interdits », comme disait gravement Verrie Myers. Dougie et Bo avaient un an de moins que John Reddy, ils étaient dans notre classe mais, quand ils parlaient de John Reddy, ils prenaient les qualités indéfinissables de garçons plus âgés, plus riches d'expérience masculine. L'air sombre, soucieux, ils reniflaient, allumaient des cigarettes (interdites aux joueurs des équipes scolaires) et roulaient les épaules dans leurs blousons bordeaux aux couleurs des Wolverines comme John Reddy dans son blouson de cuir noir. Signe qu'ils étaient nerveux, impatients de partir. Leurs voix nasales blessées rappelaient étrangement celle de John Reddy. Un débit un peu traînant et une façon sexy d'appuyer sur les voyelles qui n'étaient pas de cette partie de l'État de New York, mais nous avions appris que l'accent ensorcelant de John Reddy était texan.

Non que l'on sache vraiment d'où venait John Reddy, ni surtout où il était né. Au début de son procès, un journal affirma qu'il était né à Gilda Blend, dans l'Arizona. Un autre, à Las Vegas, dans le Nevada. La seule chose dont nous étions absolument sûrs, comme le disait Bo Bozer, avec satisfaction, c'était qu'il était « de partout, sauf d'ici » !

« Liberté surveillée ? Ça veut dire quoi, au juste ?

— Il n'est pas en prison, mais c'est comme s'il y

était encore. Sous la surveillance de l'État. Il doit se présenter devant un conseiller de probation. Il n'est pas "libre".

— On l'épie... peut-être ? »

C'était à la fois prestigieux et mélancolique : John Reddy de retour parmi nous, à Willowsville, mais au lieu de vivre avec sa famille à Saint Albans Hill (quoique encore meublée, la maison des Heart était vide), il habitait un deux pièces miteux (nous avait-on dit, nous n'avions pas vu) de Water Street, une rue étroite et pentue au sud de Main Street, à deux pas du vieux moulin de la ville. John Reddy aurait dix-huit ans en février. (Nous connaissions la date de son anniversaire grâce aux journaux.) Il avait manqué une année scolaire entière ; toute sa promotion avait obtenu le diplôme et quitté le lycée pendant qu'il était en prison — « Ça l'a blessé dans son orgueil, vous savez, autant que d'être un ex-taulard. Et en "liberté surveillée" pour un an encore ! »

La famille de John Reddy, les Heart, avait disparu de Willowsville. À notre étonnement... nous avions toujours cru qu'ils l'aimaient. Qu'ils le soutiendraient.

On disait que John Reddy était têtu et « irréaliste »... parce qu'il avait tenu à revenir dans notre lycée, qui passait pour l'un des meilleurs et des plus exigeants du nord de l'État de New York, pour y décrocher son diplôme de fin d'études. Il avait personnellement sollicité sa réinscription et, après un débat animé, le conseil d'établissement avait accepté à une courte majorité de le reprendre — en lui interdisant mesquinement de prendre part à « toutes activités sportives et parascolaires se déroulant en dehors des heures normales de cours (8 h 45 — 15 h 15) ».

Une gifle pour nous tous ! Et surtout pour l'entraîneur Woody McKeever et l'équipe de basket du lycée. John Reddy avait été leur ailier vedette.

Sur les 417 élèves inscrits au lycée à l'époque, John Reddy Heart était le seul à ne pas habiter avec sa famille, avec un adulte. Le seul à être « indépendant ». Cela nous semblait étrange, et merveilleux. Nous parlions de lui en baissant la voix, avec révérence. Prononcer son nom suffisait à nous mettre les larmes aux yeux. *Il habite seul ? Seul ? Mais il est si jeune.* Parce que John Reddy était un mineur en liberté surveillée, il devait être rentré chez lui à 21 heures les jours de semaine, à 23 heures le week-end, et avait interdiction de fréquenter d'autres personnes en liberté surveillée ou conditionnelle. Il avait interdiction de s'éloigner de plus de trente-cinq kilomètres de son domicile officiel sans autorisation, de boire de l'alcool ou de fréquenter des gens qui le faisaient. (Cela signifiait-il que John Reddy n'avait pas le droit de passer au Haven, même pour y boire un Coca, ou de s'attarder dans Tug Hill Park si des types de l'école y jouaient au base-ball et que le frère aîné de quelqu'un avait apporté une glacière pleine de bières ?) Naturellement, John Reddy avait interdiction de consommer de la drogue ou de fréquenter des gens qui le faisaient.

« Mais John Reddy ne doit pas souffrir de la solitude, comme chacun d'entre nous, disait Verrie Myers. Il n'a pas ce genre de faiblesses. Il n'a pas besoin des autres. » Verrie était amoureuse de John Reddy Heart depuis l'âge de onze ans, deux mois et huit jours.

Aussitôt Mary Louise Schultz dit : « S'il donnait l'impression d'avoir besoin de quelqu'un, ce serait par bonté envers lui. Ou elle. »

Ces soirées volées dans l'Olds décapotable jaune canari de Verrie Myers, dont ses parents lui avaient fait la surprise pour son seizième anniversaire. L'odeur forte et grisante du *neuf* : un intérieur cuir couleur caramel, doux comme une peau humaine. Et le miroitement des chromes parfaits comme le plus pur des sourires. Le tableau de bord étincelant. « Je suis la fille la plus chanceuse du monde, disait Verrie en souriant, un peu comme un perroquet, comme si ces mots, ce refrain, presque une chanson, lui avaient été appris par ses aînés. Et ma chance tient en partie à ce que *je le sais*. Seulement... » Et elle poussait un soupir mélancolique, mais heureux aussi, et nous soupirions avec elle, car il y avait John Reddy Heart et, lui, aucune de nous ne l'avait. Entassées à six ou sept dans l'Olds. La maigre Ginger McCord à demi assise sur les genoux robustes de Millicent LeRoux. Nous nous partagions un paquet de Winston, un secret ignoré de nos parents, qui auraient été scandalisés (bien que la plupart d'entre eux fument aussi). Tout comme John Reddy Heart était un secret ignoré de nos parents. « Mon Dieu ! J'en mourrais si quelqu'un savait. Si *lui* savait », murmura Trish Elders. Sa peau claire dégageait une chaleur fiévreuse. Elle se tortillait d'excitation. Nous rîmes mais nous pensions la même chose. Si nos parents savaient. Si les garçons de l'école savaient. Shelby Connor dit : « *Lui* ne dirait rien. » Millicent LeRoux objecta : « Ce n'est pas la question. La question, c'est que nous avons notre fierté. Notre dignité. Nous sommes qui nous sommes. Non... vous ne croyez pas ?

— Non ! Non, non ! » Nous criions comme des folles.

Dans la décapotable Olds jaune canari de Verrie

Myers qui s'engageait dans ce que l'on appelait le village du bas, quittant les collines du quartier Saint Albans à l'extrémité nord de Willowsville où nous habitions Common, Hampton Hill Drive, Meridian, Castle Creek, Turnberry, Glen Burns Lane. Dépassant à l'intersection de Brompton et de Seneca l'église unitarienne, pâle et luisante. La maison conçue par Frank Lloyd Wright où habitait Smoke Filer, dalles de granit, panneaux de verre, l'air d'une grotte joliment éclairée dans le crépuscule. Puis notre lycée : Willowsville Senior High School, en retrait sur son terrain de quatre hectares, clocher illuminé. Puis Tug Hill Center, haut lieu de la guerre d'Indépendance. Nous tournions dans Main Street avec ses devantures familières, certaines obscures, d'autres éclairées, la boutique de sport de Willowsville, la librairie Bookworm, la Silver Shoppe, la papeterie Harwood, le cinéma Glen Theatre où, le week-end, accompagnées de nos petits amis, souvent à deux ou trois couples, nous nous lancions des coups d'œil frissonnants et mordions nos lèvres soigneusement maquillées pour réprimer des fous rires peu féminins. *Tu vas embrasser ton copain, ce soir ? Ce type ? Cette bouche ? Et sa langue, beurk ! Et ses mains ! Et... le reste. Boutonné à l'intérieur de ses vêtements et qu'on ne voit pas.* Verrie ralentit dans l'avenue de la Mode (c'était le nom qu'on lui donnait) : nos boutiques favorites étaient Laura Ashley, Jonathan Logan, The Village Tartan Shoppe, Pendleton. Nous étions des jeunes filles riches mais à qui l'argent de poche était strictement mesuré. Aucune de nous n'avait de carte de crédit. Personne au lycée n'en avait. Lorsque nos parents dépensaient de l'argent pour nous, ce qu'ils ne manquaient pas de faire, colonie de vacances à Lake

Placid, leçons de tennis au club, leçons d'équitation, leçons de danse, cours particuliers, débuts dans le monde au grand bal de Buffalo, belles voitures d'anniversaire comme celle de Verrie Myers, ils dépensaient sans compter, mais c'était entièrement leur prérogative, leur générosité. Il ne nous serait pas venu à l'idée que nous y avions droit, car nous étions de bonnes et sages petites protestantes, imprégnées de la vertu de *frugalité*.

« Mon Dieu ! Nous ne devrions pas faire ça. La dernière fois... j'ai eu terriblement peur que l'on se fasse prendre. C'est un peu... cinglé, non ? dit Pattianne Groves d'une voix implorante. Vous ne trouvez pas ? »

Nous dépassions maintenant Spring Street. Mill Street. L'Old Eagle House Inn. La bibliothèque gris granit de Willowsville, un bâtiment de 1838 en forme de coin. La police, la caserne des pompiers, la mairie XVIIIe de Willowsville Green. Il y avait peu de circulation dans Main Street à cette heure-là : presque 21 heures. La plupart des magasins étaient fermés. Y compris la station-service Sunoco. Verrie contrôlait habilement la vitesse de l'Olds, trente kilomètres à l'heure, pour passer tous les feux au vert — « comme fait papa ». Notre respiration s'accélérait. Les cigarettes nous échappaient des doigts, nous toussions en exhalant la fumée. Nous savions que Pattianne avait raison. Mais c'était plus fort que nous. Nous avions perdu John Reddy Heart pendant un an et presque sept mois de nos jeunes vies, le temps qu'il avait passé à Tomahawk Island et, avant cela, à la maison d'arrêt de Buffalo en détention provisoire ; à présent, il nous était rendu ; comment aurions-nous pu résister ?... Nous nous penchions en avant, impatientes et tremblantes comme des oiseaux chanteurs perchés sur un fil dans un vent violent. « Il sera là, je le sais. » Verrie parlait à voix basse, comme une actrice de théâtre récitant un texte. Elle exhalait par saccades de minces filets de fumée. À la hauteur de North Long Street, elle tourna à droite devant la pépinière Burnham pour s'engager dans Water Street, criblée de nids-de-poule, et traversa l'étroit pont de planches qui enjambait Glen Creek. Notre pouls s'emballa. « Maintenant nous ne pouvons plus revenir en arrière... hein ? » Nous étions dans le bas de Willowsville, un no man's land à nos yeux, des terrains vagues envahis d'herbe, un pont ferroviaire massif, un marchand de voitures d'occasion et des bâtiments au crépi maculé, des rangées de maisons identiques aux jardins minuscules — un quartier si différent du reste de notre village qu'il aurait pu se trouver à Cheektowaga, Tonawanda, Lackawanna ou même sur les franges sinistrées de Buffalo. Nous regardions avidement les vitrines du quartier de John Reddy, résolues à graver dans nos mémoires le cadre de sa vie. « C'est si triste. Il est seul. Et *ici.* » Alors qu'auparavant il habitait Saint Albans Hill comme nous. Des dizaines d'années plus tard, certaines d'entre nous pourraient encore réciter en chœur la litanie des noms de Water Street : épicerie Chez Gino, Réparations télé-radio Ace, Cordonnerie Midas, Réparations d'aspirateurs Glenside, Plats à emporter North China avec sa vitrine mystérieusement embuée et son violent éclairage fluorescent. « Lorsque je sens une migraine venir, nous confia Shelby Connor lors de notre dixième réunion d'anciens élèves, c'est cette vapeur fluorescente qui l'annonce. Lumière floue-fondue et lumière aveuglante. Et mon œil gauche qui devient peu à peu aveugle. Le North China ! » Nous savions exactement ce que Shelby Connor, qui serait toute sa vie une fille-oiseau ravissante et gauche aux mains voletantes et aux yeux d'un bleu si pâle qu'on avait l'impression de pouvoir voir au travers, voulait dire ; mais nous n'aurions pu l'expliquer. C'était au-dessus de la vitrine perpétuellement embuée du North China que John Reddy habitait, et ce fait nous emplissait d'un trouble si immense qu'il ressemblait à de la terreur.

Nous approchions de l'immeuble de John Reddy — un bâtiment en grès de deux étages qui occupait presque tout le pâté de maisons. Derrière se trouvait Glen Creek, invisible de la rue ; et tout près, il y avait le vieux moulin « historique », plongé dans l'obscurité. La rivière chuchotait. C'était le seul cours d'eau de Willowsville, coupé de petites cascades, une rivière si étroite et pittoresque que les visiteurs la croyaient artificielle, alors qu'en réalité elle était naturelle, *nôtre*. Il nous semblait approprié que John Reddy habite au bord de Glen Creek même si, de la voiture de Verrie, nous ne pouvions la voir. Nous l'entendions, elle bruissait, bruissait, bruissait, comme de la soie.

« J'ai peur. S'il nous voyait... ?

— Je n'arrive pas à croire que nous fassions une chose pareille. Mon Dieu !

— Qui le saura ?

— Si... *lui*...

— Jamais il ne le dirait. »

Verrie freina brutalement. On voyait qu'elle était agitée, maladroite. Il y avait des voitures garées le long du trottoir, dont celle de John Reddy, une vieille Mercury piquée de rouille mais qui donnait une impression de puissance séduisante et sinistre. Rien qu'en regardant cette voiture, ses vitres sombres, une fêlure étoilée sur la lunette arrière, son antenne tordue, l'aile avant droite cabossée... « On avait le sentiment d'y être déjà montée. D'avoir roulé vite et dangereusement vers une destination *inconnue.* Avec *lui.* »

La Mercury était là, John Reddy était chez lui ! Nous nous bousculâmes pour regarder par la vitre sa fenêtre éclairée au dernier étage de l'immeuble. Ou ce que nous imaginions être sa fenêtre. « C'est là ? Tu es sûre ?

— Évidemment que je suis sûre ! Ne dis pas de bêtises.

— Qui dit des bêtises ? C'est une insulte.

— Chut ! *Regardez !* » Nous regardâmes, en retenant notre souffle. Nous vîmes que le store avait été mal descendu et pendait de travers. Peut-être avait-on tiré trop fort et cassé l'enrouleur, exactement ce qu'un John Reddy impatient aurait pu faire. (Il avait un caractère brusque, emporté, dangereux. C'était ce caractère qui l'avait perdu. Nous le savions.) Nous observions anxieusement ce store, qui ne ressemblait à rien de ce que nous avions chez nous : nos stores, choisis par nos mères, ou par des décorateurs d'intérieur, étaient faits sur commande, d'élégants stores vénitiens à lamelles ; celui-ci était couleur parchemin, sale, plein de fentes. Verrie s'écria : « Oh !... *regardez !*

— Quoi ? Où ?

— *Où çà ?*

— Millie... pousse ta tête, bon sang ! » Derrière le store, une ombre fugitive était passée, floue comme un oiseau en vol, une ombre humaine peut-être, celle d'un jeune homme grand et mince... mais nous ne pouvions en être sûres. Trish Elders dit, d'un ton douloureux :

« C'est lui. Je l'ai vu. Un instant. » (Trish était celle d'entre nous qui ne s'était mise que tardivement à adorer John Reddy, alors qu'auparavant elle se moquait de nous. À ses sentiments pour lui se mêlait un doute sur son propre discernement, car si elle avait été aveugle et ignorante si peu de temps auparavant, ne pouvait-elle pas l'être à nouveau ?) Shelby s'écria : « Mais *où ça* ? Mes yeux regardent mais je n'arrive pas à *voir*. » Mary Louise Schultz poussa un murmure inarticulé, un gémissement. Car soudain il n'y avait plus au-dessus de nous que la fenêtre vide, un rectangle moqueur de lumière opaque. Une fenêtre crasseuse et un store sale de guingois. Pattianne, qui était une bonne chrétienne et ne jurait absolument jamais, même tout bas, s'écria d'une voix rauque : « *Zut* ».

Verrie gara la voiture et ordonna : « Venez. *Allez.* » Elle fut la première à descendre, le souffle court comme si elle avait couru sans s'arrêter de Saint Albans Hill à Water Street. Nous l'imitâmes craintivement et fûmes étonnées de trouver l'air de la nuit si froid, humide, presque douloureux à nos narines. « Comme si jusqu'à l'air, jusqu'à son odeur et son goût étaient différents dans le quartier de John Reddy. Comme au fond d'un puits. » Nous nous rendîmes compte que c'était déjà novembre, bientôt l'hiver. Une lune d'une blancheur d'ossements, blessante, brillait au-dessus de nous. « Oh ! mon Dieu ! *Oh !* » Nous nous serrions les unes contre les autres. Nos mains glacées s'étreignaient. Il semblait y avoir trop de mains, trop de doigts glacés. De quelque part dans l'immeuble (la fenêtre de John Reddy avait été ouverte d'une dizaine de centimètres, on l'imaginait la soulever de ses bras musclés avec une grimace d'impatience, parce qu'il étouffait dans la pièce trop chaude) nous parvenait un blues... intense, percutant, *adulte*. Cela ne ressemblait pas à la musique simple, rock ou pop, que nous écoutions. En cet instant, nous sûmes que nos destins seraient un même destin : nous étions des vierges de Willowsville et nous le resterions toute notre vie. John Reddy aurait beau être notre premier amant, notre virginité repousserait. Nous étions impénétrables. Cette virginité, comme une malédiction, résisterait à nos efforts courageux, désespérés, pour devenir adultes. À nos mariages, nos plongées dans la maternité et l'adultère. À nos séparations, nos « dépressions nerveuses », nos divorces, nos remariages et nos nouvelles maternités. (C'est Mary Louise Schultz, celle d'entre nous qui semblait avoir l'esprit de compétition le moins développé, qui aurait le plus d'enfants : quatre.) Nous étions des vierges en souvenir de John Reddy Heart et de ces nuits où nous languissions d'amour dans Water Street, dans la partie basse de la ville.

En pensant *Nos pères nous tueraient s'ils savaient !*

En pensant *Nos mères mourraient de jalousie. Impossible de leur dire.*

L'une d'entre nous, peut-être Millie LeRoux (une fille vraiment comme il faut, catéchiste à la Première Église épiscopale, éclaireuse, déléguée de classe, de beaux yeux sereins) mit soudain ses mains en porte-voix et cria d'une voix mourante : « John Reddy ! John Red-dy ! » Consternée, une autre, peut-être Shelby Connor, ou Trish Elders, voulut la faire taire — « Ch... ! » — et, se retournant comme une furie, Millie lui envoya son coude dans la poitrine, heureusement protégée par la veste de son uniforme de pom-pom girl. Mary Louise Schultz nous stupéfia en gémissant :

« John Red-dy ! *John !* » Verrie geignait comme si on la torturait, les yeux immenses, oscillant sur ses jambes, tirant à pleines mains sur son carré de cheveux blonds. Qu'est-ce qui pouvait nous empêcher d'appeler John Reddy Heart, en hurlant comme de jeunes chattes en proie à leurs premières chaleurs incandescentes ? Et si ? Et pourquoi pas ? Qu'importait que John Reddy Heart eût tué un homme, un homme entièrement nu de surcroît, en lui trouant le crâne d'une balle de calibre 11,43 dans un moment de passion à jamais irréversible, ineffaçable et incompréhensible ? Qu'importait qu'il fût condamné et craint par nos aînés, et surtout par nos pères atterrés ? Qu'importait que, en dépit de notre adoration, il nous terrifiât ? Que son seul contact nous eût paralysées ? Il semblait que rien ne pût nous empêcher de grimper l'escalier mal éclairé de cet immeuble miteux de Water Street pour aller cogner à la porte de John Reddy en criant : « Tueur ! Tueur ! Ouvre-nous ! Aide-nous ! » Comme si notre comportement de jeune fille convenable et raisonnable était la plus fine des membranes, susceptible d'être déchirée en un instant, à la façon dont, dans l'espoir de diminuer la douleur, on arrache le pansement d'une petite blessure que l'on croit guérie.

Le lendemain matin et tous les matins suivants pendant des années ! raconté et re-raconté ! dans notre lycée opulent aux briques rouges et aux colonnes doriques qui était notre église en ces années d'adolescence fiévreuse, sur les lignes téléphoniques reliant les individus comme une immense radio des circuits d'un unique cerveau, toutes les maisons qui comptaient dans et autour du Village sacré de Willowsville. Et à travers tout le village... dans les rues, sur les trottoirs que nous connaissions par cœur depuis notre tendre enfance. Chez Nico, au Crystal, au Greek Gardens, au Haven, dans la pizzeria La Casa di Napoli, au comptoir du drugstore Muller, dans le hall tapissé de miroirs du Glen Theater. Haletant le récit de cette nuit où John Reddy Heart avait ouvert sa porte à ces filles anonymes du Cercle venues le trouver en secret. Leurs pâles visages de fleurs, leurs yeux brûlants. Où il avait pris leurs mains froides tremblantes pour les emmener à tour de rôle dans sa chambre. Riant de leur peur. De leur timidité. Leurs jeunes corps à la beauté lumineuse dépouillés de leurs déguisements de tissu. John Reddy Heart leur faisant l'amour chacune à son tour. Et plus d'une fois, chacune à son tour. Le plus sexy des garçons. Le plus adorable. Et le plus doux, parce qu'expérimenté. Six filles, ou sept. Dans certains récits, huit. Dix ! Douze ! John Reddy en aurait été capable. John Reddy aurait dit en souriant Bien sûr, pourquoi pas ? Embrassant chaque fille à son tour, et dans ce moment-là elle était unique au monde. Et après il n'aurait rien dit. Cette folle nuit de Water Street ! John Reddy Heart n'était pas du genre à se vanter des filles avec qui il sortait. Ni des femmes. Pas du genre à se vanter de quoi que ce soit... quand on était John Reddy, à quoi bon ? C'était quelqu'un à qui on pouvait confier sa virginité. Sa réputation. Sa vie. Le gardien des secrets sacrés. Johnny Cœur rouge.

Cela ne se passa pas comme ça.

Parce que le courage nous manqua.

Une bruine froide tombait à l'oblique, poussée par un vent hostile. Au-dessus de nous, la lune d'un blanc d'ossements qui avait contribué à notre folie courait, chassée par le vent comme une boule de papier froissé. Dans Water Street, les phares d'une voiture qui passait nous aveuglèrent et nous dissimulâmes nos visages brûlants, terrifiées à l'idée d'être reconnues. Sauf Verrie qui, en transe, fourrageait dans une poubelle crottée en plastique vert au bord du trottoir. Nous murmurâmes : « Qu'est-ce que tu fais, Verrie ? Verrie ! » Verrie Myers était devenue célèbre dans tout le lycée le printemps précédent en jouant la Portia de Shakespeare. Sa présence sur scène, dans la lumière irréelle des projecteurs, nous avait tous captivés. Ce visage rond, ce profil de camée, que nous n'avions pas su *beau* jusqu'alors. La façon, assurée, rêveuse, dont elle avait prononcé son texte. Qui savait si Veronica Myers jouait bien, et qui s'en souciait ? Avec fascination, nous l'avions dévorée des yeux. M. Lepage, notre professeur d'art dramatique sexy dont les sarcasmes spirituels nous anéantissaient, la contemplait avec fascination. Verrie Myers, notre amie, une fille pareille à nous depuis la maternelle à l'école d'Academy Street, mais là, sur la scène, transformée, quelqu'un que nous reconnaissions à peine. Et maintenant dans Water Street, frissonnant sous la fenêtre de John Reddy, nous la regardions avec stupéfaction plonger les mains dans les détritus et les sacs-poubelle mal fermés. Il y avait une forte odeur de marc de café, des relents de viande faisandée. Pourtant, sans hésitation, Verrie y enfonçait les bras jusqu'aux coudes. Ses ongles vernis d'un rose nacré ! La bague d'opale que Kenny Fischer, son petit ami depuis la troisième, lui avait offerte ! La gourmette d'argent à son poignet gauche, identique à celles que portaient toutes les filles du Cercle, et d'autres, qui voulaient nous imiter. Verrie s'écria : « Je l'ai !

Voilà ! » Qu'avait-elle ramassé ?... Nous la tirâmes jusqu'à la voiture, dont le moteur n'avait cessé de tourner pour nous permettre de fuir. (Des clients du North China nous regardaient avec curiosité. Et si l'un d'entre eux nous connaissait ? Et il y avait des voitures qui passaient dans la rue. John Reddy allait entendre le tapage, regarder par la fenêtre et peut-être reconnaître la décapotable jaune de Verrie Myers.)

Verrie enclencha violemment la première et démarra, nous emmenant vers la sécurité, pensions-nous, priions-nous. En dérapant sur la chaussée mouillée. Elle conduisait trop vite dans ces rues étroites, nous reconnaissions à peine les endroits que nous traversions — Beechwood ? le bas de Mill Street ? Chalmers ? Elle nous ramenait chez nous en faisant un détour, par le chemin le plus long, en veillant à éviter Main Street, franchissant Glen Creek à Garrison sur un solide pont de métal, longeant le parc et champ de bataille de Tug Hill, obscur, indistinct, officiellement fermé à tout visiteur après le coucher du soleil — « La bataille la plus sanglante de la Révolution, 2 août 1777 ». Quelle influence spirituelle exerçait sur notre génération de Willowsville cette bataille sanglante survenue près de deux siècles auparavant, nous n'en eûmes jamais clairement conscience ; quelles ondes agitées se propageant à travers les décennies, quels rêves d'héroïsme téméraires et même autodestructeurs ; quelle soif visionnaire de trouver dans le monde l'origine de nos rêves les plus vifs et les plus puissants. *Même si la quête est vaine... même !* Nous nous passâmes le mystérieux objet que Verrie avait découvert dans la poubelle avec excitation, timidité, un certain scepticisme initial et même de la répugnance. Tandis que Verrie murmurait, d'une voix qui nous faisait frissonner : « Sa bouche l'a touchée. *La bouche de John Reddy.* » Quelques années après cette nuit lumineuse flotterait sur des centaines, des milliers d'écrans américains le visage gigantesque et splendide de Veronica Myers dans son premier film et nous, qui le regarderions avec une affection anxieuse, nous rappellerions ce moment, le drame dément de ce moment, ces mots murmurés par Verrie et répétés plusieurs fois comme en présence de sourds... « Sa bouche. *La bouche de John Reddy Heart.* » Ginger McCord murmura à son tour, effrayée : « Tu es folle, Verrie. » Verrie ne faisait-elle que jouer la comédie ? Ou *jouer* est-il notre nature humaine la plus véritable ? Avec moins d'assurance, Mary Louise Schultz chuchota : « Vous êtes toutes folles. » Et pourtant peu à peu cela s'imposait à nous. Alors même que la voiture de Verrie s'éloignait en trombe du bas de Willowsville et nous ramenait chez nous. Bien sûr. Bien sûr ! L'une d'entre nous, peut-être Trish Elders, celle de qui on l'aurait le moins attendu, effleura l'ouverture de la boîte, le trou en forme de bouche, d'un doigt révérenciel ; timidement, elle y appliqua ses lèvres. Mon Dieu !... Nous sentîmes le spasme viscéral au creux du ventre de Trish. Ses lèvres douces, l'œil acéré de l'ouverture ! Et au même moment nous vîmes John Reddy décapsuler la boîte, de cette manière rapide et brusque dont les garçons décapsulaient les boîtes, si différente de la façon plus prudente, craintive (car la boisson gazeuse pouvait monter, déborder !), dont les filles s'y prenaient ; combien de fois l'avions-nous regardé faire à la dérobée, John Reddy sur le parking de l'école, à midi : tirant sur l'anneau d'un coup sec, le jetant, portant la boîte à ses lèvres. Dans celle de Verrie, qui était légèrement cabossée, il y avait une odeur chimique, sucrée et âcre ; si on la remuait doucement, on entendait un son lointain, liquide, un grondement assourdi comme dans un coquillage pressé contre l'oreille. Une boîte de Coca-Cola vide, jetée dans une poubelle nauséabonde. « Sa bouche. La bouche de John Reddy ! » Nous nous mîmes à rire, à respirer trop vite. Nous étions haletantes, scandalisées, incrédules. « *La bouche de John Reddy Heart l'a touchée.* »

La boîte de Coca-Cola resterait à Verrie, chérie à jamais. C'était elle qui l'avait arrachée à l'oubli.

2

John Reddy est venu de l'Ouest,
John Reddy est venu de l'Ouest.
John Reddy nous est venu de l'Ouest.
John Reddy, Johnny Cœur rouge.

Dieu joue-t-il aux dés avec l'univers ? Nous n'en croyions rien.

Pas parce que nous étions des fils de riches. D'ailleurs nous ne l'étions pas tous. Si John Reddy Heart était venu vivre à Willowsville, il y avait une raison, ça ne pouvait pas être un simple hasard. Tous les types de Willowsville d'un certain âge, entre douze et vingt ans, et beaucoup d'autres que nous ne connaissions pas, trouvaient plutôt bien que John Reddy Heart qui était notre camarade de classe ait tué un homme, un vrai adulte, *un adulte comme nos pères* (encore que l'on pouvait soutenir, à la façon de Dwayne Hewson, que Melvin Riggs était davantage comme nos pères qu'aucun de nos pères ne l'était vraiment) ; ce qui ne nous plaisait pas, c'était qu'il ait été pris. Traqué par des chiens limiers dans les Adirondacks alors que nous croyions, que nous avions voulu croire, qu'il avait réussi à passer au Canada. Tabassé par la police de l'État et traîné jusquà leurs véhicules, menottes aux poignets, comme un animal sauvage capturé. Et cette photo de John Reddy dans les journaux — le visage en sang, un œil fermé par les coups, mais se tenant bien droit entre les flics, la tête haute, provocante, pas rasé et, en piteux état mais avec quand même cet air de dire « *Je vous emmerde* » que nous adorions et tâchions d'imiter sans beaucoup de succès. Arrêté, passé en jugement et expédié dans cet endroit dégueulasse sur le Niagara, le centre d'éducation surveillée de Tomahawk Island. « Le premier garçon de Willowsville à avoir jamais été incarcéré dans un "établissement pour mineurs". »

Cela nous désolait que John Reddy ait disparu un an et demi de notre école. De si longs mois ! Ce gosse qui, en seconde, s'était déjà distingué dans les équipes de basket et d'athlétisme. Avec le nombre de paniers qu'il avait marqués en compétition pendant la saison, il avait été à deux doigts de battre le record de 1941 des Wolverines, et il l'aurait battu en première s'il n'avait pas tué M. Riggs à la place.

S'il avait continué à marquer comme ça en terminale, comme tout le monde s'y attendait, John Reddy se serait vu proposer des bourses de basket par les universités de Syracuse, de Cornell, de l'Ohio, de l'Indiana. Il n'aurait eu que l'embarras du choix, nous en étions certains.

« C'est un sort tragique. Comme une bon Dieu de tragédie grecque... Sophocle, Homère. Ce qui est arrivé à ce garçon me brise le cœur. » Voilà ce que disait notre entraîneur Woody McKeever chaque fois qu'on l'interrogeait sur John Reddy, et on l'interrogeait souvent.

Nous pensions comme lui, dans l'ensemble. Les types du lycée de Willowsville qui étaient dans la classe de John Reddy, ou un peu plus vieux ou plus jeunes que lui. Même si nous ne le criions pas sur les toits. *Ça me brise le cœur.* Sûrement pas.

Mais tout de même, nous avions le cœur brisé. C'était comme une mort. Tragique, comme disait l'entraîneur, et une fichue déveine.

Les filles. Les filles étaient toutes folles de John Reddy, au point que c'en était parfois embarrassant. Ce n'était pas que nous étions jaloux... enfin, peut-être que si, quelques-uns d'entre nous, comme Ken Fischer qui était fou de Verrie Myers depuis la maternelle, comme Dougie Siefried qui avait eu le béguin pour toutes les filles du Cercle, et surtout pour Ginger McCord et Shelby Connor, comme Art Lutz qui avait le béguin pour Mary Louise Schultz depuis la cinquième et avouait rêver d'elle toutes les bon Dieu de nuits de sa vie — « Et elle ne sait même pas que j'existe ! Et elle s'en fiche. » Dwayne Hewson qui sortait avec Pattianne Groves savait que, « tout au fond de son cœur secret de fille, que ni moi ni personne d'autre ne pénétrerons », Pattianne était amoureuse de John Reddy Heart, et c'était pareil pour Millie LeRoux, et pour la petite Trish Elders. Et pour d'autres. Combien d'autres ! Nous étions jaloux mais nous pouvions comprendre. Comme disait la chanson, *John Reddy est venu de l'Ouest*, et pas un seul d'entre nous ne serait resté lui-même s'il avait pu devenir John Reddy Heart, alors comment en conscience aurions-nous pu en vouloir aux filles ? « C'est humain, elles sont comme nous. »

Malgré tout, nous n'en parlions pas comme elles le faisaient : l'arrestation, la détention, les procès, l'incarcération à Tomahawk Island. Nous ruminions. Des années plus tard, nos épouses, ces femmes inconnues avec qui, un peu par accident, nous finirions par nous marier et par avoir des enfants, nous accuseraient de « refuser de partager », de « refuser de communiquer », de « tout garder à l'intérieur », de « manipulation passive-agressive », et nous protesterions : *Mais bon Dieu que veux-tu que je dise ? que veux-tu que je* dise *?* mais au fond de nous, nous comprendrions que, oui, c'était ainsi. Certains d'entre nous resteraient mariés — comme disait Bert Fox (encore que ce ne soit peut-être pas un bon exemple, il finirait pas se suicider), c'était comme de prendre une profonde inspiration et de replonger dans l'eau même où l'on a failli se noyer parce que, bon Dieu, que faire d'autre ? où aller d'autre ? — et certains d'entre nous, les plus téméraires, les plus désespérés, les moins chanceux, et quelques types ayant des « problèmes d'alcool » ou d'argent, quelques adultères impénitents, divorceraient, pas toujours de leur propre initiative, mais nous ne deviendrions jamais hystériques, nous n'étalerions jamais nos émotions en public comme font les filles, ou comme elles le faisaient à Willowsville à l'époque de John Reddy Heart : ces cœurs rouges pailletés qu'elles arboraient sur leurs manches, par exemple, ou dans leurs cheveux, pendant les procès de John Reddy. Et cette façon qu'elles avaient de fondre en larmes au moment où l'on s'y attendait le moins. Nous, nous prenions nos distances face à ce genre de comportements, sachant que John Reddy, qui n'était pas le gars à se plaindre (mettons qu'il se froisse un muscle pendant une course sur piste ou se prenne un coup dans les côtes, ou même dans le bas-ventre, sur le terrain de basket... on voyait son visage pâlir, des gouttes de sueur perler, mais c'était tout), aurait été gêné comme tout par de tels excès. Les yeux ailleurs, les sourcils un peu froncés, il faisait comme s'il n'entendait pas le refrain spécial que les pom-pom girls de l'équipe scandaient pour lui :

John Reddy on est prêtes !
John Reddy on est prêtes !
Mmmmm JOHN REDDY ON EST PRÊ-ÊTES !
OUAIS !

Et dans le gymnase la foule criait, applaudissait, sifflait, tapait des pieds à faire trembler le sol et vibrer les lumières. Dougie Siefried soupirait et disait avec un rire triste que dans certains de ses rêves c'était lui que l'on acclamait ainsi, et que son cœur se gonflait d'un tel bonheur qu'il se savait au paradis, ou aussi près du paradis qu'il en approcherait jamais, mais John Reddy, lui, grimaçait et s'essuyait le visage sur son maillot avec ce geste qu'il avait, comme s'il se moquait que des centaines de gens regardent, ou qu'il ne s'en aperçoive même pas. « On ne joue pas pour la foule, on joue pour le basket », avait-il dit un jour à Dwayne Hewson.

Donc ce que John Reddy avait fait nous plaisait assez (même Artie Riggs, un neveu de la victime, trouvait ça « plutôt cool »), bien que nous ne fussions pas assez bêtes pour le dire publiquement. Mais la façon dont la vie de John Reddy avait été définitivement bousillée ensuite... c'était autre chose, ça donnait à réfléchir. Ça nous faisait peur. Comme le dit M. Cuthbert, notre professeur de sciences sociales, en marchant de long en large devant le tableau, ses yeux de hibou brillant de mélancolie derrière ses lunettes : « Pensez-y, jeunes gens ! Ces instants de votre vie qui se ruent vers vous sans que vous le compreniez, comme le Niagara se rue vers les chutes, et ces chutes vous ne les voyez pas, et l'espace d'une fraction de seconde vous prenez une décision, en vous conduisant d'une façon que nous pourrions appeler X — et M. Cuthbert barra alors le tableau d'un grand X à la craie, comme si nous n'avions pu suivre son raisonnement sans cela — et ce comportement X n'est peut-être ni plus ni moins que ce que vous avez été génétiquement programmé à faire par des générations d'ancêtres, et par le fait que vous êtes né au Texas et conditionné par votre environnement familial et culturel à être irascible et impétueux et enclin à vous servir spontanément de vos poings ou de tout ce qui vous tombe sous la main... si bien que dans cette fraction de seconde fatale vous empoignez un fusil sans même être certain qu'il soit chargé, vous mettez un genou en terre comme John Reddy Heart passe pour l'avoir fait et vous tirez une balle dans la tête de votre adversaire — dans son cerveau — et cette balle vous transperce tous les deux. *Votre vie en est à jamais changée.* »

M. Cuthbert avait raison. Profondément raison. Vous faites X, votre vie est X. Si changée que l'on pourrait dire que *ce n'est plus votre vie.*

*

* *

La première personne de tout Willowsville à voir John Reddy Heart fut... Ketch Campbell.

Cela se passa dans Main Street, près de Willow, au cœur des quatre pâtés de maisons de notre « centre-ville ». Trente ans plus tard, ce centre se sera étendu jusqu'à Haggarty Road à l'est et Burlingham Avenue à l'ouest — avec un centre commercial dans Spring Street, et un centre médical dans Garrison Street — mais lorsque la famille Heart arriva, il se limitait à ces quatre pâtés de maisons que l'on pouvait parcourir à pied en moins de dix minutes ou traverser à bicyclette en moins de trois. Une succession de magasins et de devantures resplendissantes gravée dans nos mémoires comme un rêve récurrent si réconfortant et tangible qu'il ne semble pas du tout un rêve mais une réalité inviolable et permanente, aussi solide qu'un substrat de granit. Ketch affirmerait que l'horloge du Metropolitan Life Building marquait très précisément 16 h 08. C'était un jour chaud et poisseux comme, disons, l'intérieur d'une bouteille de Coca-Cola. Pas un souffle d'air. Cet après-midi de juillet où John Reddy Heart apparut pour la première fois à Willowsville, à peu près quatre ans et demi avant qu'il ne tue Melvin Riggs dans une chambre à coucher d'une vieille demeure XVIIIe de style flamand située dans le quartier le plus prestigieux de Willowsville, à moins de trois kilomètres de Main Street. Ketch était dans le centre (avec sa mère qui l'emmenait acheter une paire de tennis chez Buster Brown — mais ce détail ne figure jamais dans le récit) quand il remarqua par hasard « cette Cadillac dingue, couleur saumon vif, qui tirait une remorque immatriculée dans le Nevada » et roulait un peu trop vite, comme impatiente, en tâchant de se faufiler entre les voitures qui à cette heure de shopping se traînaient à quinze à l'heure dans Main Street. « On voyait tout de suite, disait Ketch, même avant de remarquer le gosse maigre au volant, ou les plaques minéralogiques, que ces gens-là venaient d'ailleurs. De *très loin.* » Ketch qui avait été un de ces petits gros nerveux toujours en train de courir derrière les autres en soufflant comme un phoque pour ne pas se laisser distancer. Il avait appris à raconter cette histoire dans les règles, comme si tous les termes de l'équation, y compris bien sûr le petit Ketch Campbell âgé de onze ans (il ne mentionnait jamais son âge s'il pouvait l'éviter), devaient être tels qu'ils étaient, absolus et immuables. Il parlait parfois avec excitation, et on ne pouvait pas l'interrompre, il fallait le laisser aller jusqu'au bout. Et chaque fois l'histoire s'allongeait, ressemblait davantage à un film.

La Cadillac était une Bel Air qui avait peut-être cinq ans. Repeinte en rose orange fluo, une couleur pas vraiment heureuse qui vous faisait mal aux yeux mais dont on ne pouvait détourner le regard. (D'autres passants de Main Street, dont la mère de Ketch, l'avaient sans doute remarquée, eux aussi. Willowsville est le genre de ville où l'on est à l'affût des intrus, des envahisseurs.) Une Cadillac comme ça, dans le morne défilé de voitures beiges, bises, gris mat, vert-noir, bleu-noir, noir-noir, qui roulaient dans Main Street en cet après-midi d'été ordinaire. Et puis aussi, ses pare-chocs avant et arrière étaient piqués de rouille. La voiture était surbaissée avec un pot d'échappement à ras de terre, et elle penchait légèrement d'un côté. Il y avait une vilaine éraflure, comme le zigzag d'un éclair, qui courait sur tout le côté gauche, et la portière arrière gauche (par la vitre baissée de laquelle un vieillard féroce à barbe et cheveux blancs, coiffé d'un chapeau de cow-boy, regardait dans la direction de Ketch) semblait fermée par du fil de fer. « Et pourtant, Dieu que cette voiture était belle ! »

Et il y avait John Reddy Heart au volant. Dont personne ne connaissait le nom.

John Reddy, âgé d'onze ans à peine ! Assis sur trois annuaires de Las Vegas pour pouvoir voir plus loin que le volant et le capot étincelant de la voiture. Ketch devait admettre qu'il n'aurait jamais imaginé que le conducteur de la Cadillac était aussi jeune — aussi jeune que lui — plus tard il se dirait, nous nous dirions tous, que dans l'Ouest les enfants grandissent plus vite, avec plus de détermination que nous, dans l'Est — mais il était évident qu'il était trop jeune pour avoir un permis de conduire. À moins d'être lilliputien ou nain, et il n'en avait pas l'air. Ketch disait : « On lui aurait donné dans les treize ans. Une peau sombre olivâtre. Pas vraiment l'allure d'un étranger... ou alors, peut-être un peu indien... indien américain, je veux dire... je sais que ce ne sont pas des « étrangers », mais bon... vous comprenez ce que je veux dire. En tout cas, ce gosse faisait un peu... bizarre. Exotique, si vous voulez. Je vous ai parlé de ses favoris ? Comme Elvis. Il avait des lunettes d'aviateur vraiment noires, comme un adulte en porterait, et un chapeau de paille dans le genre feutre, avec un ruban rouge, je crois » — mais dans d'autres versions de cette histoire, racontée année après année pendant des décennies, Ketch jurerait que John Reddy portait un chapeau de cow-boy (comme son grand-père à l'arrière) ou, plus invraisemblable encore, une casquette de base-ball des Buffalo Hawks — « et un tee-shirt blanc trop grand. Et une montre au poignet gauche, plutôt grosse, le genre montre de pilote. » En regardant le gosse manœuvrer la Cadillac et la remorque (un véhicule encombrant, gros comme une Volkswagen) dans la circulation de Willowsville, on avait l'impression de voir un animal vif, impatient, un renard par exemple, au milieu d'un troupeau de moutons endormis. Mme LeRoux sortait sa Lincoln Continental en marche arrière d'une place de parking devant la boutique de lingerie fine Fleda Vetch, à la façon prudente-aveugle des dames de notre village les jours de courses, et le gosse dans la Cadillac envoie un coup de klaxon, poing fermé, et passe... à un cheveu de l'aile arrière gauche de la Lincoln. Et il y a Mme Marsh qui tâche de caser sa Mercedes vert bouteille sur un tout petit emplacement devant Waterford Wedgwood comme une femme manœuvre pour se couler dans un corset trop étroit, et le gosse écrase carrément le klaxon et passe — bon Dieu ! — à un demi-cheveu. Quand on connaît Willowsville, on sait que pendant les heures de shopping, dans le secteur qu'on appelle l'avenue de la Mode, il y a toujours des femmes — épouses, mères, grands-mères — jeunes, moins jeunes, âgées —, le majeur de la main gauche orné de pierres scintillantes coûteuses, qui manœuvrent leurs voitures coûteuses pour occuper ou quitter une place de parking. Devant les Chaussures Scroop, la librairie Bookworm, Gucci, Jonathan Logan, Waterford Wedgwood. Devant la façade rose de la boutique *Le Bon Ton**. Village Florist. The Village Tartan Shoppe.

* Les mots en italique suivis d'un astérisque sont en français dans le texte. *(N.d.T.)*

Laura Ashley. Le salon de thé-pâtisserie Crystal. La bijouterie Voss. The Gift Box. Lingerie fine Fleda Vetch. The English Shoppe. Pendleton. Le gosse impatient de la Cadillac jouait du klaxon et ces dames de Willowsville cédaient.

Ketch regardait, fasciné. « C'était, eh bien, un moment historique, je crois. Sans qu'aucun de nous s'en rende compte. Sauf que, bon, c'est difficile à dire et je ne veux pas exagérer, mais... vous comprenez. »

C'était plausible. Jusqu'à un certain point. Mais Ketch ne pouvait s'empêcher d'en faire trop, en prétendant avoir vu une arme, une vraie arme, sur la plage arrière de la Cadillac. « C'était forcément elle... la future arme du crime. Quoi d'autre ? » Ce Colt 11,43 dont on apprendrait, plus tard, qu'il avait été enregistré au Nevada au nom d'Aaron Leander Heart, le grand-père de John Reddy. Du pipeau, à notre avis. Des conneries à la Ketch. Admettons que le vieux ait pu avoir l'arme sur les genoux (bien que ce soit douteux), ou qu'elle ait pu se trouver sur le siège avant entre John Reddy et sa mère endormie (encore plus douteux), mais pourquoi aurait-elle été en pleine vue sur la plage arrière ? Matt Trowbridge, l'agent de police de Willowsville qui, peu après, ferait signe à John Reddy de s'arrêter, affirmerait qu'il n'y avait *aucune arme à feu* visible dans la voiture des Heart cet après-midi-là — « Vous pensez que ça ne m'aurait pas sauté aux yeux ? Je suis un officier de police, bon Dieu. Je ne suis pas aveugle ! » Mais Ketch n'en démordrait pas : il avait vu le revolver. Avec entêtement, des années durant, de l'esbroufe musculaire et du rire braillard de l'adolescence à la blancheur empâtée et l'ironie morose d'un expert-comptable quinquagénaire employé dans une médiocre société de gestion de Buffalo, nanti d'une épouse, d'enfants, des complexités incalculables de l'âge adulte, celui d'entre nous qui le premier avait vu John Reddy Heart et pour qui cet événement serait l'élément déterminant d'une jeunesse autrement insignifiante : « J'ai vu ce revolver. J'ai vu John Reddy, et sa mère, et le revolver, *et je les ai vus en même temps.* »

Naturellement le témoignage de l'agent de police Matt Trowbridge, chargé à l'époque de régler la circulation dans le centre de Willowsville, était plus fiable. À condition de ne pas oublier qu'un flic doit protéger sa réputation professionnelle. Âgé de trente-deux ans en cet après-midi de juillet, plus un gamin, mais jeune, plein d'avenir dans la police de notre petite ville, idéaliste, énergique, un peu déçu (secrètement) d'avoir fini dans la peau d'un flic de banlieue et pas dans celle, plus coriace, d'un flic urbain, de porter une arme dont il n'aurait jamais à se servir et qu'il sortirait rarement de son étui pendant ses heures de service, Trowbridge se rappellerait longtemps avoir regardé avec incrédulité — « Qu'est-ce qu'il fiche ? » — la Cadillac rose orange fluo et sa remorque cabossée bringuebalante, immatriculées dans le Nevada, s'engager tranquillement dans l'intersection des rues Main et Willow au moment même où le feu orange passait au rouge, et en contournant avec une audace et une agilité insolentes une Cadillac Eldorado gris pigeon qui, elle, s'était correctement arrêtée. Trowbridge donna un coup de sifflet — ce sifflet strident, perçant, qui ressemblait à un appel de clairon sexuel —, fit signe au conducteur de se ranger, et s'avança d'un pas digne pour le verbaliser. « Et, bon Dieu, c'était un gosse. Un vrai gosse, qui n'avait pas douze ans. » Le garçon jeta à Trowbridge un regard dans lequel le policier ne put lire que de la contrariété. Il était enquiquiné, mais pas effrayé, ni inquiet. Trowbridge vit ses lèvres former un juron silencieux mais sans équivoque : *Merde.*

Un gosse portant des lunettes d'aviateur d'adulte aux verres presque noirs. Un chapeau d'adulte (un feutre de paille, notons-le, avec un ruban sombre). Des cheveux noirs d'Indien assez longs, des favoris sur les joues. Une peau brun olivâtre. Jeune, sans le paraître : il n'avait pas les muscles d'un enfant mais les épaules puissantes et les biceps d'un homme qui travaille en plein air.

« Tout d'un coup je me suis dit, c'est comme ça qu'on nous forme à l'école de police : *Ce gosse, cette voiture, ces gens sont peut-être dangereux.* Les plaques du Nevada m'ont fichu la frousse. » D'un rapide coup d'œil, Trowbridge examina les autres occupants de la voiture, juste une famille apparemment, des gosses et un vieil homme à l'arrière, une femme endormie à côté du conducteur. Rien d'inquiétant. Ces gens-là avaient peut-être quelque chose de bizarre, mais ils n'avaient pas l'air dangereux. Trowbridge contemplait la femme à l'avant, manifestement endormie, sa tête blonde appuyée sur un oreiller, le visage protégé par un fin voile blanc — « Je me suis dit que c'était un voile de mariée. Elle était habillée tout en blanc. » Derrière la femme endormie, il y avait un homme renfrogné de soixante-cinq, soixante-dix ans, le visage en lame de couteau, des sourcils gris acier comme des chenilles féroces ; il portait un chapeau de cow-boy sale et fusillait l'agent du regard — « On aurait dit un personnage du Far West. Mais je voyais ses mains, il n'était pas armé. » À côté du vieillard, une petite fille au visage rebondi d'environ six ans, qui paraissait effrayée ; à côté d'elle, un garçon d'environ neuf ans, le visage mince et l'air apeuré, les yeux clignotant derrière des lunettes rondes aux verres maculés. Les deux enfants étaient penchés en avant, les poings serrés sur les genoux comme si l'élan de la voiture avait failli les projeter à bas de la banquette de peluche tachée. (Avec le temps, Trowbridge embellirait cet épisode. Il se rappellerait que le vieux M. Heart « dégageait une odeur de whisky que l'on sentait à un mètre. S'il avait été au volant, j'aurais dû l'emmener au poste pour conduite en état d'ivresse. » Le petit Farley Heart qui, très jeune, se distinguerait dans un domaine informatique dont Trowbridge ignorerait tout, était, se rappelait-il, « en train de calculer sur une espèce de machin en plastique », comme un autre enfant qui s'enquiquine pendant un long voyage en voiture s'amuserait avec un jouet. La petite fille, Shirleen Heart, qui serait un jour sœur Mary Agatha des Sœurs de la Charité, était, dans le souvenir de Trowbridge, en train de regarder « une grosse bible noire posée sur ses genoux et de remuer les lèvres... comme si elle priait Dieu d'intervenir. Et peut-être qu'Il l'a fait. »)

En réalité, Trowbridge n'avait guère prêté attention aux passagers assis à l'arrière, sinon pour s'assurer qu'ils étaient inoffensifs. Ce fut la femme endormie, cette femme superbe en blanc, qui capta son intérêt. Elle sortait lentement du sommeil ; murmurait quelque chose d'un ton irrité au garçon à côté d'elle, qui grogna une réponse inaudible ; peut-être lui avait-il donné un petit coup de coude pour la réveiller. Le visage toujours voilé, elle bâilla bruyamment, en étirant ses bras galbés ; elle se cambra, et le résultat fut spectaculaire...

ses lourds seins voluptueux aux pointes saillantes comme des perles tendirent son fin bain de soleil de nylon blanc. Trowbridge regardait, fasciné. La bouche sèche. Un grondement dans les oreilles. *C'est quelqu'un que je connais... non ? Quelqu'un que je connais. Qui m'aime.* La femme portait un pantalon de lin blanc qui moulait ses formes ; elle avait un ventre rond, pas gras mais ferme comme une pêche ; il émanait d'elle une odeur de fruit mûr, ou plus que mûr ; transpiration parfumée, déodorant au talc ; son bain de soleil était décolleté, un corsage comme aucune femme de son âge n'en aurait porté à Willowsville ; un peu remonté, il dénudait la chair douce et pâle de sa taille. Ses cheveux, d'un blond presque blanc, tombaient en frisottant sur ses épaules, une coiffure qui lui donnait un air de petite fille. Trowbridge murmura : « Madame ? Excusez-moi ?

— C'est ma mère. Elle est fatiguée, dit aussitôt le garçon. On a fait beaucoup de route aujourd'hui... monsieur. » Il se tenait très droit, tâchant de paraître plus grand, et plus vieux. Il avait une voix traînante, liquide, qui évoquait le Sud, ou le Sud-Ouest. Trowbridge lui demanda son nom, et le garçon répondit : « John Reddy Heart, monsieur. » Trowbridge lui demanda son âge, et il dit, en baissant la tête d'une façon enfantine : « Mon âge ? Je ne sais pas vraiment. Ça sera bientôt mon anniversaire, je crois. Maman doit savoir... » Il avait enlevé ses lunettes de soleil dans un geste de résignation. Trowbridge remarqua qu'il transpirait. Une sueur anxieuse perlait sur son front, sa courte lèvre supérieure. Il aurait été joli garçon, avec ses cheveux noirs ondulés, ses yeux enfoncés, ourlés de longs cils, aux iris si intenses et si sombres qu'ils déteignaient sur les pupilles, sans sa tension, son anxiété. *Les yeux d'un enfant qui en a trop vu et qui sait que ce n'est pas fini, qu'il va encore en voir.* « Eh bien, fiston, tu n'as pas de permis de conduire, je suppose ? » dit Trowbridge. Le garçon sourit de toutes ses dents : « Si, monsieur, j'en ai un. » Trowbridge s'étonna : « Toi ? Puis-je le voir, s'il te plaît ? » Il y eut un silence. Le garçon souriait toujours, mais ne semblait pas avoir entendu le policier. « Et la carte grise du véhicule ? » Le garçon jeta un regard à sa mère, qui n'était toujours pas entièrement réveillée, et dit, à contrecœur : « Oui, monsieur. » Il ouvrit un sac de paille féminin posé entre eux, sur le siège, et fouilla dedans, écartant des pots de maquillage, un poudrier bon marché, des tubes de rouge à lèvres scintillants, des mouchoirs tachés d'empreintes de lèvres (dont Trowbridge rêverait avec gêne le soir même), pour en extraire finalement un portefeuille en crocodile bourré d'argent, de cartes de crédit et de photographies ; du portefeuille il sortit un permis de conduire et une carte grise qu'il tendit à Trowbridge, et que celui-ci étudia, le sourcil froncé. « Fiston, dit-il. Ce permis de conduire appartient à une certaine "Dahlia Magdalena Heart, cheveux blonds, yeux verts, 1,65 mètre, 54 kilos"... Tu ne vas pas me dire que c'est toi ? » Le garçon qui s'était présenté comme John Reddy Heart posa ses yeux enfoncés sur Trowbridge et répondit, toujours poliment : « Vous m'avez demandé si j'avais un permis de conduire, monsieur, et j'en ai un. Techniquement, c'est celui de ma mère. Dahlia Magdalena Heart est ma mère. »

Pris au dépourvu, Trowbridge rit. Il n'en avait pas eu l'intention, et surtout pas d'un rire aussi discordant.

« Oui, fiston, mais il se trouve que c'est toi qui conduis, pas ta mère. Selon la législation routière de l'État de New York, tu es en infraction. » Avec entêtement, le garçon répliqua : « D'accord, comme vous dites, c'est moi qui "conduis", mais maman me dirige. C'est sa voiture. Je faisais ce qu'elle me disait. C'est pas ma faute si le feu a changé pendant que j'étais dessous, je serais passé si quelqu'un m'avait pas barré la route, les gens ne savent pas conduire par ici !... bon Dieu. Je n'ai enfreint aucune loi. » Trowbridge sourit, il devait admettre qu'il était amusé par ce petit gars effronté, touché par quelque chose de désespéré dans son expression. Son œil pénétrant avait eu le temps d'enregistrer la pile d'annuaires sur laquelle le gamin était assis, le short kaki froissé qui semblait trop grand pour lui, ses genoux écorchés et ses pieds nus crasseux. Et la montre d'adulte impressionnante à son poignet gauche, une montre pleine de cadrans et de chiffres dont le bracelet de cuir usé était épaissi de sparadrap pour le faire tenir. *La montre de son papa*, pensa Trowbridge. Il éprouva un instant de pitié en respirant la forte odeur animale que dégageait l'enfant, l'odeur de l'anxiété. Mais il était agent de police, il connaissait son devoir, et cela ne consistait pas à se montrer sentimental envers ce genre d'individus, des inconnus à Willowsville et, qui sait, une menace pour les contribuables respectueux des lois. Il dit donc d'un ton sévère : « John Reddy Heart, c'est ton nom ?... Tu as enfreint le code de la route, fiston, et tu es apparemment un mineur sans permis de conduire. Et ta mère est complice. Je suis désolé, mais je vais devoir... »

Le voile de Dahlia Heart glissa.

Il adviendrait ainsi que l'agent Matt Trowbridge du

service de police de Willowsville serait le premier habitant de notre village à poser les yeux sur « le Dahlia blanc ».

Sauf que : par l'une de ces mystérieuses coïncidences qui tissent nos vies, plaidant en faveur, non d'un pur hasard, mais d'un destin, d'une fatalité, d'un dessein, quand ce ne serait que le dessein cruel d'une ironie cosmique, en cet instant précis, Mme Herman Skelton, Irma Skelton, dépassa dans sa Lincoln vert foncé rutilante la vieille Cadillac orange criard garée le long du trottoir, et affirmerait ensuite avoir parfaitement vu « une vamp vulgaire outrageusement maquillée s'adresser de façon honteusement provocante à un jeune agent de la circulation... dans l'intention manifeste de couper à une contravention ». Quelle amertume laisserait plus tard à Mme Skelton, épouse de Herman depuis vingt-six ans, le rôle joué par cette « vamp » dans sa vie.

Passèrent aussi à ce moment-là Suzi Zeigler et son petit ami Roger Zwaart, guère plus que des enfants à l'époque, encore que, l'ordre alphabétique les plaçant côte à côte en classe depuis le cours préparatoire, ils forment déjà depuis longtemps, en cinquième, un couple fidèle et dévoué ; eux aussi affirmeraient avoir aperçu Mme Heart — et John Reddy — alors qu'ils roulaient à bicyclette dans Main Street pour se rendre à la piscine de Tug Hill ; ils avaient remarqué la Cadillac, la remorque et les plaques du Nevada, et un agent en uniforme qui se penchait par la vitre « et ces gens étranges, qui avaient l'air d'originaux, de paumés », commençait Suzi, et Roger intervenait comme il le faisait souvent, pour compléter les phrases capricieuses de Suzi : « ... en tout cas nous savions qu'ils étaient différents. Des originaux ou des paumés peut-être mais *différents.* »

Dans la Cadillac, Dahlia Heart demandait à Trowbridge quel était le problème avec un accent chaud, fluide, plus doux que celui de son fils, et Trowbridge, un peu ébloui, entreprit de le lui expliquer, et le garçon entreprit de le lui expliquer, et Dahlia Heart posa une main, une belle main ornée de bagues, sur l'épaule étonnamment musclée du garçon : « *Chut*, John-ny. C'est entre monsieur l'agent et moi, maintenant. » Et de nouveau Trowbridge essaya d'expliquer (le feu rouge grillé, l'âge du garçon) mais au lieu de parler avec autorité il avait l'air de s'excuser, car il devrait reconnaître par la suite que jamais il n'avait vu des yeux pareils chez un être humain — « vert d'eau, on pourrait dire, mais en fait plutôt comme ces pierres précieuses, vous savez... les émeraudes ? » Trowbridge chercherait ses mots, n'étant pas par nature un homme loquace, et jamais il n'avait vu un visage de femme aussi parfait, un visage beau, éblouissant et lumineux, du genre que l'on imagine grossi, gigantesque et divin, sur un écran de cinéma ; et pendant tout ce temps Dahlia Heart se penchait avec ardeur dans la direction de Trowbridge qui se penchait avec ardeur par la vitre baissée de la voiture en stationnement, par-dessus le garçon maintenant silencieux et renfrogné, et Trowbridge avait l'impression d'être aspiré dans le vide, le décolleté en V du bain de soleil de la femme blonde tendu par le poids de ses seins. Dahlia le suppliait de se montrer compréhensif, et compatissant : elle avait les « yeux sensibles » et une « prédisposition congénitale à la migraine » ; elle était partie ce matin-là de Cairo, dans l'Illinois, et, épuisée, elle avait demandé à son fils de prendre le volant comme elle le faisait souvent, c'était une mesure purement pratique, il conduisait pendant qu'elle reposait ses yeux un moment, le voile sur le visage, mais parfaitement capable de regarder la route, et elle ne dormait jamais bien entendu, elle avait été pleinement éveillée et pleinement consciente d'un bout à l'autre. « Mon fils a presque douze ans, monsieur l'agent. Il est aussi intelligent et aussi bon conducteur que n'importe quel garçon de seize ans. Chez nous, dans le Sud-Ouest, il est courant que de jeunes garçons conduisent des voitures, des camions, des tracteurs, des moissonneuses-batteuses... il est courant qu'ils fassent un travail d'hommes. Et Johnny conduit mieux que moi, en fait. » Trowbridge avait le visage douloureusement empourpré. « Oui madame, dit-il, mal à l'aise. Mais il est mineur et n'a pas de permis valable dans l'État de New York. Et... » Dahlia Heart s'écria avec impatience, un miroitement blessé dans le regard : « Mais je vous ai expliqué que j'étais réveillée, monsieur l'agent. Je le dirigeais. C'est une méthode que nous avons mise au point pour les longs trajets, Johnny et moi. Même s'il se glisse au volant, c'est en réalité moi, sa mère, qui conduis. Il est mon médium. C'est moi l'adulte responsable. C'est moi la mère. Je suis la mère de cet enfant et de ces deux autres — elle indiquait les deux enfants timides recroquevillés sur la banquette arrière — et si vous devez vous en prendre à quelqu'un, c'est à moi. » Cet étrange discours passionné laissa Matt Trowbridge et elle légèrement haletants. Ces yeux « vert d'eau ». Et une moiteur luisante à la naissance de ses seins. « Et voici mon père, Aaron Leander Heart, monsieur l'agent. Il ne parle pas beaucoup mais il est toujours vigilant et prêt à aider Johnny s'il en a besoin... n'est-ce pas, papa ? »

Le vieil homme, cheveux blancs en bataille, les joues creusées de sillons ironiques, le visage couleur liège foncé, marmonna quelque chose comme : « Bien sûr. »

Trowbridge pensa l'espace d'un éclair *Ce vieux pourrait être armé* mais l'instant d'après, en regardant Dahlia Heart qui lui souriait, l'air si raisonnable, si intelligent, il avait oublié cette pensée, et ne pensait d'ailleurs plus du tout. Il referma son carnet de contraventions qu'il fourra, vite, avec gêne, dans sa poche. Tout ce qu'avait dit cette Dahlia Magdalena Heart était parfaitement sensé.

Dans le récit de sa première rencontre avec la famille Heart, Matt Trowbridge passait sous silence le fait que, en sa qualité d'agent de police de Willowsville, jeune élément du service de police connu pour sa civilité et sa courtoisie envers les résidents de la commune, quoique pas toujours envers les non-résidents, notamment quand ils n'avaient pas la peau tout à fait blanche, il s'était senti obligé d'accompagner les Heart jusqu'à leur nouvelle demeure de Saint Albans Hill. Car naturellement ils ignoraient tout du dédale compliqué des « *lanes* », « *drives* », « *passes* », « *circles* », « *ways* » — et « *places* » du village. Car naturellement ils se seraient irrémédiablement perdus sans son assistance. Trowbridge bondit sur son scooter pour les guider ; Dahlia Heart, qui avait remplacé le petit Johnny au volant, suivit dans la Cadillac, en conduisant avec prudence. Il leur fit prendre Spring Green Lane en direction du nord, puis à droite dans Lilac Lane, de nouveau en direction du nord dans Meridian Boulevard jusqu'au vieux village historique et aux vieilles propriétés majestueuses de Willowsville, un kilomètre tout en montée jusqu'à la place Meridian, tranquille, ombragée d'ormes, où Trowbridge aurait pu s'étonner, s'il avait pensé de façon cohérente, au lieu d'être distrait par des images de Dahlia Heart pareilles à ces filaments de rêves mystérieux, fascinants mais évanescents qui continuent à nous hanter longtemps après notre réveil, des images destinées à le poursuivre des semaines, des mois et finalement des années, car l'œil est le premier et le plus durable des organes sexuels du mâle humain... il aurait pu s'étonner, disions-nous, de découvrir que les Heart avaient pour destination la vieille maison XVIIIe de style flamand du 8, Meridian Place, imposante bien que délabrée, et encadrée par les demeures mieux entretenues des Aickley Thrun et des G. George Bannister. Trowbridge aurait supposé, comme tous les habitants de Willowsville, que cette demeure historique appartenait à la famille Edgihoffer depuis la mort du colonel à la retraite Esdras Edgihoffer, dont il avait lu la notice nécrologique quelques semaines plus tôt dans le *Buffalo Evening News* et la *Willowsville Weekly Gazette.*

« C'est bien ici, madame ? Cette maison ?

— Oui, monsieur l'agent. » Splendide, Dahlia Heart était debout dans le soleil, aveuglante de blancheur comme une vision. Visage rayonnant auquel Trowbridge n'aurait pu donner d'âge avec certitude (pas plus de vingt-cinq ou vingt-six ans, aurait-il juré à tort), chevelure luxuriante à la pâleur d'os, ces yeux vert d'eau qui lui amollissaient les jambes. Et la clé étincelante qu'elle élevait dans les airs — la clé de Willowsville même.

« Merci de votre gentillesse, monsieur l'agent. Je ne l'oublierai jamais. »

Il murmura qu'il n'avait fait que son devoir, madame.

Des années s'écouleraient. Sinon tragiquement, car il n'y a pas de tragédie à Willowsville, du moins tristement. Avant que Matt Trowbridge parle de nouveau avec Dahlia Heart. Ou même la rencontre. Il l'apercevrait néanmoins souvent, seule ou en compagnie d'hommes ; moins fréquemment en compagnie de ses propres enfants. L'observerait à une distance discrète avec des yeux languissants, pleins de désir, mais qui pourtant ne jugeraient pas. Il prendrait peu à peu de l'âge, épaissirait et se mettrait à grisonner, alors qu'elle, naturellement, ne le ferait pas. Son fils, l'effronté petit « Johnny », mûrirait rapidement pour devenir un adolescent maigre et séduisant, étonnamment sinueux, comme un serpent dressé, sur le terrain de basket — le « John Reddy Heart » dont Trowbridge lirait les exploits dans les pages sportives de la *Gazette*. Et puis l'appel viendrait enfin, comme il s'y était attendu. Car Dahlia Heart était une femme faite pour inspirer des passions illicites, sinon chez l'agent Trowbridge lui-même (heureusement marié, père de trois enfants de moins de dix ans qui adoraient leur papa policier), du moins chez d'autres hommes, plus indisciplinés. Il n'aurait toutefois pu prévoir le caractère choquant de cet appel, qui le conduirait avec trois autres agents de police dans la demeure XVIIIe du 8, Meridian Place à 2 h 12, un matin glacial de mars, environ quatre ans et huit mois après qu'il eut escorté les Heart jusqu'à leur nouvelle résidence. Pistolet au poing, haleine fumante, ramassés sur eux-mêmes et s'attendant à essuyer une soudaine fusillade, Trowbridge et ses collègues s'approcheraient avec précaution de la grande maison de pierres sèches et de bois dont les fenêtres étaient violemment illuminées et dont la lourde porte de chêne, peinte d'un bleu œuf-de-rouge-gorge incongru, était grande ouverte. Ils répondaient à l'appel d'une voisine affolée des Heart, Mme Irma Bannister, qui avait composé le 911, et crié au téléphone : « À l'aide ! Police ! C'est urgent ! Faites vite ! Ces va-nu-pieds de Heart... ils s'entretuent dans la maison d'à côté ! »

3

John Reddy, si froid.
La mère de John Reddy, incendiaire.
John Reddy, Johnny Cœur rouge.

« À croire que c'est tous les jours le jour de ses noces », disait-on de Dahlia Heart, la mère de John Reddy. Parce qu'elle était toujours en blanc. Parce que si l'on voyait un éclair blanc, un genre de blanc douloureusement intense, éblouissant, aveuglant, un blanc plus blanc que la plupart des blancs, un blanc à vous cautériser les yeux et à y laisser une image qui brûlait pendant des heures, il y avait de grandes chances pour que ce soit Dahlia Heart.

Mais personne à Willowsville ne l'appela jamais le Dahlia blanc — une référence à une célèbre affaire de meurtre des années 40, jamais élucidée. (La victime, une belle jeune femme de Los Angeles, toujours vêtue de noir, et de ce fait baptisée le Dahlia noir par la presse, avait été retrouvée assassinée, violée et grotesquement mutilée, le torse presque détaché des jambes.) « Le Dahlia blanc », c'était du sensationnalisme vulgaire fait pour la télé, ça n'était pas le style de Willowsville.

John Reddy Heart et sa mère ne surent jamais (car qui aurait souhaité le leur apprendre ?) que, avant même leur arrivée, une rumeur grossière courait sur Dahlia Magdalena Heart dans certains milieux de Willowsville — « cette croupière », disait-on. Ou « cette croupière intrigante ». Ou « cette infâme croupière intrigante ». Sous le choc de l'émotion que leur donna la mort soudaine du colonel à la retraite Esdras Edgihoffer (sur qui couraient également certains bruits), les Edgihoffer répandirent sans doute eux-mêmes cette rumeur, en parlant imprudemment à des amis, ou même à leurs gens de maison, qui naturellement s'empressèrent de raconter cette histoire scandaleuse dans tout Willowsville. On pourrait la résumer dans sa première phase à une réaction de choc, d'indignation, au sentiment d'une trahison de classe, car Reggie Edgihoffer se souvient avec précision, des dizaines d'années après, avoir entendu sa mère s'exclamer au téléphone, en s'adressant à une parente : « Oh ! Bessie. Tu ne vas pas me croire ! Le colonel est mort, et il a laissé toute sa fortune à *une croupière de Las Vegas* ! »

Au début, on crut, ou en tout cas on déclara, que le colonel, âgé de cinquante-neuf ans, était mort à l'hôpital d'un arrêt cardiaque. Mais où se trouvait cet hôpital ? À Palm Beach, où le colonel passait pour vivre retiré du monde ? À Washington, où il se rendait souvent ? Puis il apparut, révélé à la mère de Kenny Fischer par Carlotta, sa femme de ménage des lundis et jeudis qui travaillait aussi chez les Matthew Edgihoffer, que le colonel était en réalité mort à Las Vegas où il avait « dilapidé au jeu les économies de toute une vie ».

(Ce n'était pas entièrement vrai. On estimait que le colonel avait perdu environ 75 000 dollars dans les casinos en l'espace de douze jours, mais il possédait des biens d'une valeur nettement supérieure, dont des propriétés à Palm Beach et le 8, Meridian Place de Willowsville.) Plus tard, il apparut, révélé simultanément par cinq ou six personnes lors d'un déjeuner féminin élégant au Country Club de Willowsville, que le colonel n'était pas mort dans une chambre d'hôpital mais dans l'enceinte du Caesars Palace Casino, à une table de vingt-et-un où, ironiquement, il n'était pas en train de perdre mais de gagner — des sommes variant, à mesure que ces dames racontaient et reracontaient ce stupéfiant récit, de 5 000 à 50 000 dollars. Mais peu après on apprit, d'une source anonyme proche de la famille endeuillée, que le colonel était en fait mort dans une suite du trentième étage du Caesars Palace Hotel où il séjournait depuis quelque temps sous le nom d'« Ike Egan », résident de Washington ; et qu'il n'y était pas seul.

Il était toutefois bien mort d'un arrêt cardiaque.

Découvert par une équipe médicale d'urgence étendu sur le sol près d'un « lit pharaonien » (ainsi que l'hôtel décrivait ces lits mammouthesques), entièrement nu, entortillé dans les draps qu'il avait arrachés au lit dans son agonie, le colonel était alors en compagnie d'une femme ; et c'était cette femme qui avait appelé la réception pour signaler son malaise. Cette « femme en blanc » — d'après la description des membres de l'équipe médicale accourus dans la suite — avait quitté les lieux dès leur arrivée, s'esquivant sans que personne la remarque ; ils n'en avaient gardé qu'un souvenir vague et confus, la prenant peut-être pour une infirmière, ou pour une garde-malade du défunt qui, le visage bleui et convulsé par l'agonie, avait paru beaucoup plus vieux que son âge. Interrogés avec minutie par les hommes de loi engagés par les Edgihoffer, qui s'étaient vaillamment efforcés de faire casser le dernier testament du colonel, manifestement aberrant, le personnel médical déclara que des morts comme « celle de ce vieil homme » étaient si fréquentes à Las Vegas, surtout dans les grands hôtels, qu'il était difficile de ne pas les confondre — « Et les femmes ont tendance à se ressembler, elles aussi. »

« La tragédie Edgihoffer » : un sujet exclusivement réservé aux adultes. Nos pères et mères, parents, grands-parents — et aussi leurs domestiques — en parlèrent de façon obsessionnelle pendant les semaines et les mois qui suivirent la mort du colonel. (Ses obsèques se déroulèrent dans la plus stricte intimité, dans l'église épiscopalienne Saint-Luc où le colonel avait été baptisé, comme tout le monde le remarqua, presque soixante ans auparavant jour pour jour. Des obsèques si intimes que même les Amherst Edgihoffer n'y furent pas invités — la grande et diverse famille des Edgihoffer s'étant scindée, vers le début du siècle, en deux factions plus ou moins rivales.) Le colonel, avec sa moustache blanche tombante, son crâne chauve poli et son allure exagérément martiale, était une manière de célébrité locale et un héros militaire ; décoré pour sa bravoure en France, pendant la Seconde Guerre mondiale ; lié au général Dwight Eisenhower pendant ces années de guerre et invité de temps à autre à la Maison Blanche à l'époque de la présidence d'« Ike » ; les Edgihoffer étaient de surcroît une famille fortunée, très respectée dans la région, possédant des biens dans le centre de Buffalo, ville alors prospère des Grands Lacs dont le nom originel de *Beau Fleuve** (le Niagara) ne semblait pas aussi tristement ironique que dans les années de dépression économique qui suivraient. Le nom d'Edgihoffer était synonyme de charité chrétienne, de vertu et de sens moral élevé. Il était barbant et embarrassant d'être un Edgihoffer, selon Reggie ; même quand il irait à l'université de Colgate, une aura s'attacherait à son nom, à moins que ce fût simplement une question de sonorité — « comme l'écho d'un passé mort ». Reggie mourait de gêne chaque fois que l'on parlait de « la tragédie Edgihoffer » parce que tout le monde savait que c'était une histoire de fesses ; mais une histoire de fesses concernant un homme d'un âge aussi avancé, qui avait même dépassé les quarante ans, c'était vraiment embarrassant. « Qui ça regarde, ce qu'oncle Ez faisait de son argent ? Ou ce qu'un vieux type fait ? Ou essaie de faire ? Merde. » Nous étions tous de son avis.

Le comportement sexuel de nos aînés... le seul fait d'y penser nous mettait mal à l'aise.

« Mais j'ai la clé. Le colonel Edgihoffer me l'a confiée, et il n'y a pas besoin d'homologation pour ça. »

C'était vrai. Le colonel Edgihoffer n'avait pas seulement légué sa maison de famille du 8, Meridian Place à la femme nommée Dahlia Heart, dont personne n'avait jamais entendu parler à Willowsville, il lui en avait aussi offert la clé — « pour qu'elle soit en sécurité », avait-il dit, mystérieux. Comme s'il avait eu le pressentiment de sa mort. Ou l'intuition que les choses échapperaient bientôt définitivement à son contrôle.

Naturellement, les enfants du colonel s'attendaient à ce que la maison ainsi que ses autres biens leur fussent légués. Et, dans un testament précédent, ils avaient été ses principaux héritiers. Mais à présent il y en avait un autre, « rédigé précipitamment » à Las Vegas, peu de jours avant la mort du colonel.

Depuis la disparition de son épouse Mildred, quelques années plus tôt, on s'accordait à reconnaître que la conduite du colonel était devenue étrange. Imprévisible. Leur mariage n'avait pas été heureux — encore que, selon les critères willowsvilliens de leur époque, il n'eût pas été malheureux non plus ; néanmoins, ayant noblement duré plus de trois décennies, il avait acquis aux yeux de la société du village l'immuabilité lisse de l'obélisque tombal le plus remarquable du cimetière épiscopalien, le monument de marbre noir dédié à J. W. W. Edgihoffer (1834-1910), lequel avait bâti la fortune familiale en commerçant sur les Grands Lacs dans les années de prospérité qui avaient suivi la guerre de Sécession. Le colonel et son épouse avaient, vers la fin, voyagé chacun de leur côté, fréquenté des clubs distincts et marqué des préférences nettement différentes pour leurs quatre enfants adultes. Jamais ils n'auraient habité séparément, ni envisagé le divorce, car ces choses-là ne se faisaient pas dans la bonne société ; mais le sentiment de soulagement fut collectif dans la famille quand, après des années d'indispositions et de convalescences dolentes, Mildred Edgihoffer fixa son choix sur une grave maladie rénale, et en mourut. « Maintenant rien de scandaleux ne peut plus arriver entre Esdras et elle ! » Le colonel avait éprouvé un chagrin sincère, l'espace de quelques mois.

À peu près à la même époque, à l'occasion du Memorial Day, jour des morts au champ d'honneur, le colonel Edgihoffer fut invité à prononcer un discours dans notre lycée. Le drapeau de deux mètres à rayures et étoiles rouges, blancs et bleus fut placé au centre de l'estrade, derrière le pupitre où, en uniforme de cérémonie, le sein gauche couvert de décorations militaires clinquantes comme les babioles à deux sous de nos paquets de céréales, le colonel parla avec passion de « patriotisme », « démocratie », « sacrifice », « valeurs », « vigilance face au péril rouge ». On ne pouvait s'empêcher d'être impressionné par son discours rapide, crépitant, qui imitait (pensions-nous) le staccato des tirs de mitraillettes et de D.C.A. Et sa fière moustache, blanche comme l'Ivory White que nos mères, ou les femmes de ménage noires de nos mères, utilisaient les jours de lessive. Et son dos droit comme un i, et l'éclat de ses yeux de chien limier. D'accord, certains d'entre nous s'ennuyaient à mourir, depuis le berceau nous entendions nos pères et d'autres vieux types parler de la Seconde Guerre mondiale, et d'autres guerres, mais tout de même le colonel faisait impression. Et puis, à la fin de son discours, quand notre proviseur, M. Stamish, invita l'auditoire à poser des questions, un élève basané de seconde appelé Ricky Calvo leva le bras en l'air avant tous les autres et demanda d'un air crâneur : « Pourquoi les États-Unis ont-ils lâché des bombes A sur des civils, colonel ? » Un silence choqué suivit. M. Stamish, un homme au visage porcin et aux lunettes polies, prit un air consterné. Le colonel rougit. Qui diable était Ricky Calvo ? Un nouvel élève, le gosse d'une de ces familles italiennes qui habitaient à l'est de Willowsville dans le bas de Spring Street, dans Water Street, ou Division. Son père était charpentier chez Skelton Bâtiment. Ou travaillait pour Moss, Tonte et Élagage. Ricky Calvo n'était pas des nôtres et nous lui en voulions un peu de prendre la parole comme si c'était le cas, mais c'était tout de même excitant de voir le colonel le foudroyer du regard, comme un officier regarderait un subalterne juste avant d'ordonner son exécution, et dire d'une voix tonnante : « Mais pour arrêter la guerre, mon garçon. M. Truman a offert à maintes reprises aux Japs — aux Japonais — de capituler, mais ils ont refusé. Alors... » Mais ce crâneur de Calvo l'interrompit : « Sur des enfants ? des bébés ? des vieillards ? des *hôpitaux* ? Mon père dit... » Le colonel le coupa, en élevant la voix d'un cran : « Les Japs — les Japonais — ont refusé de capituler *sans* conditions ! C'est leur orgueil qui les a perdus ! Leur folie ! Ils ne nous ont pas laissé le choix, mon garçon. » Le colonel avait quitté son pupitre et fouillait la salle d'un regard furibond à la recherche de cet adolescent effronté. Terrifiés par ses yeux de limier, nous nous recroquevillions sur nos sièges. « Qui t'a parlé de la sorte, mon garçon ? On t'a mis dans la tête de mauvaises idées, de *très* mauvaises idées. » Avant que Calvo pût répondre, M. Stamish mit fin à l'échange.

(L'un après l'autre, quatre garçons et trois filles de la famille Calvo, tous basanés et séduisants, fréquenteraient notre lycée. Sasha Calvo, à qui la qualité de petite amie de John Reddy Heart vaudrait un jour la célébrité, était la plus jeune. Nous n'oublierions jamais Ricky, quoiqu'il ne fût et ne serait jamais des nôtres.

Il habitait le mauvais côté de Willowsville. Il était arrivé bien trop tôt pour être italien.)

Après cela, le colonel manqua ses rendez-vous de golf avec ses vieux amis. On le voyait entrer dans l'immense salle à manger du Country Club, s'arrêter net, pivoter et ressortir. Sa moustache d'un blanc éclatant se mit à pendouiller. Il refusait les invitations à dîner sans explication ou, impardonnablement, aussi choquant pour la société de Willowsville qu'une violation de promesse de mariage, il les acceptait et ne venait pas. On se rendit compte qu'il avait cessé d'aller à l'église depuis l'enterrement de sa femme. Et qu'il avait cessé de donner de l'argent à l'Église. Sans en informer quiconque, pas même la gouvernante qui le servait depuis vingt ans, il commença à disparaître de Willowsville pendant des périodes plus ou moins longues. Le bruit courut qu'il « jouait ». Le bruit courut qu'il « buvait ». La belle demeure XVIIIe du 8, Meridian Place, habitée par des Edgihoffer depuis la fin des années 1890, se dégrada, faute d'être entretenue, réparée. La rocaille compliquée du jardin, très photographiée, fierté du Club des jardiniers de Buffalo, fut peu à peu envahie par les mauvaises herbes. Le voisin et vieil ami du colonel, Aickley Thrun, remarqua avec philosophie : « Même avant la croupière, Esdras frayait avec des individus louches, peu recommandables. La fin était prévisible. »

Les avocats de la famille Edgihoffer, le vénérable cabinet de Buffalo, Chase, Rush, Beebee & Pepper, s'employèrent à faire casser le testament de Las Vegas ; mais Dahlia Heart, sur les conseils confidentiels de Jerry Bozer, de la compagnie d'assurances Metropolitan Life, avec qui elle avait noué des relations (dont le degré d'intimité était discuté) aussitôt après son arrivée à Willowsville, riposta en s'adressant aux avocats offensifs du cabinet Trippe, Schwartz, McVitter & Cranker. Comme, indéniablement, Mme Heart demeurait d'ores et déjà dans la maison du défunt colonel, avec son père et ses trois enfants, et que le testament de Las Vegas semblait complet et dûment validé, les Edgihoffer ne pouvaient pas faire grand-chose. Ils avaient de leur côté l'opinion publique et un sentiment collectif de justice, mais la loi, semblait-il, était du côté de la croupière. L'affaire traîna des mois et fut finalement réglée à l'amiable, par l'attribution d'une somme d'argent non divulguée aux « héritiers légitimes ».

Combien Dahlia Heart hérita-t-elle exactement du colonel Edgihoffer ? Personne ne le sut jamais avec certitude ; il y eut beaucoup de suppositions ; les estimations allaient de 50 000 modestes dollars à 500 000. Le 8, Meridian Place en valait approximativement 250 000 (trente ans plus tard, la même propriété, dans le prestigieux quartier de Saint Albans Hill, ne se vendrait pas moins de 1,5 million de dollars) mais la maison avait piètre apparence, à l'extérieur comme à l'intérieur ; si Mme Heart avait souhaité la vendre, comme les cyniques s'y attendaient, et l'espéraient, il lui aurait fallu y investir des milliers de dollars. Or, si elle effectua bien quelques réparations, assez limitées, elle ne manifesta aucune intention de vendre. Quelques jours à peine après avoir emménagé, en effet, elle se rendit dans le village au volant de la Cadillac saumon et, éblouissante dans un coquet tailleur de soie blanche avec veste boléro et courte jupe à festons, coiffée d'un petit chapeau de paille impertinent à ruban de soie blanche, et chaussée d'escarpins de cuir blanc à talons aiguilles, elle se renseigna auprès des architectes et des entrepreneurs en bâtiment sur les possibilités de restauration de la vieille demeure XVIIIᵉ. Partout où elle alla, Mme Heart attira les regards. Certains étaient admiratifs, d'autres étonnés et curieux. Il y en avait aussi d'hostiles. (Car déjà, dans notre village très uni, on connaissait « la croupière ».) Elle répondait à certains d'un sourire, et ignorait les autres avec froideur. À Herman Skelton de Skelton Bâtiment, qui lui offrit un déjeuner d'affaires de deux heures à l'Old Eagle House Inn de Main Street, elle passait pour avoir déclaré, les paupières modestement baissées : « Le colonel souhaitait que je vive dans cette maison. "C'est un peu comme si vous demeuriez dans mon cœur, Dahlia", m'a-t-il dit. Je compte donc rester à Willowsville. Et je compte y être heureuse. J'espère m'y faire beaucoup d'amis. »

4

John Reddy, yeux bleu de glace.
John Reddy, qui t'a jamais connu ?
John Reddy, Johnny Cœur rouge.

(John Reddy avait les yeux marron foncé. Made in USA ne l'avait jamais vu en chair et en os.)

La plupart d'entre nous, même les types qui avaient joué au basket avec lui pendant deux saisons, même les quelques filles qui prétendaient être sorties avec lui, devaient reconnaître n'avoir jamais eu de véritables conversations avec John Reddy Heart. Non seulement il n'était pas du genre à parler beaucoup, mais il n'était pas du genre à se confier facilement. À l'école d'Academy Street, il nous faisait peur avec ses tee-shirts bleu marine ou noirs, ses jeans et ses bottes fatiguées, ses regards sombres qui intimidaient même les professeurs. Il manquait souvent les cours et, en quatrième, il fut renvoyé pendant douze jours (pour quelle raison ? nous n'en sûmes jamais rien). Il fut le premier à avoir des boutons d'acné. Des vrais de vrais, enflammés, d'un rouge flamboyant, brûlants au toucher, durs comme des baies. (Nous les regardions avec fascination. Nous étions jaloux.) Et il y avait la barbe de John Reddy, oui, une barbe — bleuâtre comme le crépuscule, ou comme des lames de rasoir, sur sa peau sombre olivâtre. (Un garçon de onze, douze ou même treize ans... était-il normal qu'il se *rase* ?) Et les organes génitaux de John Reddy... « Quand on était un garçon de cet âge-là, obligé de se déshabiller pour les cours de gym, de se mettre à poil sous la douche, c'était terrifiant de regarder John Reddy, il y avait ces poils noirs rudes qui lui poussaient sur le bas-ventre, et un appendice comme une saucisse qui ballait entre ses jambes, c'était paniquant, on se disait : *Je suis censé avoir la même chose ? Mais d'où cela viendra-t-il ?* »

Derrière le dos de John Reddy, les types parlaient en plaisantant de « JOHN LE RAIDE ! » et un jour ce petit fortiche de Chet Halloran sortit « VERCINGÉTORIX, ROI DE LA GAULE » et nous rîmes à en avoir les larmes aux yeux ; nous étions morts de trouille.

C'était à se tordre, nos parents qui nous disaient : « Ne fréquente pas ce petit Heart » « Ce petit Heart n'est pas à sa place dans votre école » « Il a une mauvaise influence sur vous. » Comme si c'était nous, et pas lui, qui décidions de la distance entre nous !

Un samedi matin, un petit groupe tomba sur John Reddy dans le ravin de Glen Creek, un coin isolé qui était en fait à deux pas de Main Street mais invisible depuis les sentiers, à deux pas du vieux moulin rouge, nous étions en classe de troisième, quatorze ans, et Art Lutz nous donna un coup de coude en murmurant : « Regardez !... » et c'était John Reddy dans des vêtements chiffonnés, seul, accroupi sur un rocher en train de fumer comme un adulte en tirant sur sa cigarette et en soufflant la fumée avec cet air sombre soucieux *On ne rigole pas* de nos pères quand on les apercevait à leur insu, et on n'avait vraiment pas envie d'attirer l'attention sur soi lorsque l'on surprenait son père comme ça, dans cette attitude-là, les yeux ouverts mais tournés vers le dedans. John Reddy regardait l'eau d'un air renfrogné — Glen Creek est une rivière étroite qui dévale une série d'affleurements schisteux à cet endroit du ravin, des cascades écumeuses, larges d'environ trois mètres cinquante, et John Reddy était là à contempler l'eau étincelante, et nous vîmes avec stupéfaction qu'il était blessé, les deux yeux au beurre noir, la bouche enflée, des égratignures sur le visage (les ongles d'une femme ?... de sa mère ?... nos imaginations s'emballaient), et Ken Fischer qui a toujours été un type bien, un de ces bons citoyens honnêtes, innocents et droits, bien que médiateur de choc chez Motorola à l'âge adulte, nous étonna en s'avançant et en demandant, un peu timidement : « John Reddy ? Ça va ? » et John Reddy sursauta, et dit : « Ouais, ça va », puis ajouta au bout d'un moment : « Merci. » Sa voix n'était pas celle d'un enfant mais grave, sonore, lugubre, et ses yeux meurtris (humides ? John Reddy avait *pleuré* ?) nous firent reculer, battre précipitamment en retraite et, dès qu'il ne put plus nous entendre, nous nous mîmes à crier avec excitation : « John Reddy s'est battu ! Il s'est battu ! Il s'est fait démolir le portrait dans une *bagarre* ! »

Un ou deux ans plus tard, au lycée, pour être précis sept ou huit jours à peine avant que Melvin Riggs soit abattu dans la maison des Heart, Bo Bozer raconta avoir vu John Reddy devant son casier du couloir des premières, un de ces matins où nous voyions John Reddy griffonner ses devoirs avec une hâte désespérée sur une feuille arrachée à un cahier et appuyée malcommodément contre le mur, parfois contre la surface irrégulière des casiers, une expression furieuse, désemparée et résignée sur le visage, et des cernes profonds sous les yeux comme s'il n'avait pas dormi de la nuit, le menton bleu comme celui d'un adulte désespéré, et les vêtements chiffonnés, malodorants (Verrie Myers qui connaissait par cœur toute la garde-robe de John Reddy, et était capable de faire la différence entre ses tee-shirts aux diverses teintes passées — bleu marine, noir, blanc jaunâtre —, ses jeans élimés et troués, et même ses chaussettes, disait qu'il était « évident et triste » que John Reddy dormait souvent tout habillé, et qu'il lui arrivait probablement de ne pas se coucher ou de ne pas dormir du tout certaines nuits, car il portait les mêmes vêtements deux jours d'affilée, ou même davantage, laissant dans son sillage une odeur caractéristique que les filles reniflaient, émoustillées comme des chattes)... ce matin-là, donc, nous dit Bo, John Reddy avait une coupure profonde à la joue gauche, pas une égratignure, plutôt une blessure au couteau, qui saignait encore un peu, et ce qu'il y avait de bizarre, et d'effrayant, c'était que John Reddy ne semblait pas en avoir conscience, il traçait à toute allure des figures géométriques sans s'aider d'un compas ni d'une équerre si bien que son devoir ressemblait au dessin d'un gosse de cinq ans. Bo ajoutait, d'un ton plaintif : « Je me dis que John et moi on joue dans la même équipe, d'accord ? Une ou deux fois, après un panier, John m'a tapé sur l'épaule pour me féliciter, alors je me dis que c'est normal, que c'est cool, de demander : "Bon Dieu, John !... qu'est-ce qui t'est arrivé ?" Mais John Reddy se tourne vers moi comme s'il ne savait pas que j'étais là, il essuie le sang sur son visage comme s'il ne savait pas ce que c'était, puis il rougit un peu, et hausse les épaules, comme pour dire : "Merde, c'est rien du tout, occupe-toi de tes oignons." Et il se remet à son exercice qui, d'après ce que je peux voir par-dessus son épaule, lui vaudra un D+ dans le meilleur des cas. »

(Beaucoup d'entre nous proposaient à John Reddy de l'aider à faire ses devoirs, et souvent, mais il répondait toujours non merci. Il arrivait à s'en sortir à peu près dans toutes les matières. Et sans tricher — « John Reddy est bien trop fier pour ça ! »)

À cause de son succès au basket, et des filles (et des femmes) qui le lorgnaient avec des yeux énamourés, John Reddy se détendit un peu en première. Comme un jeune cheval sauvage qui commencerait, non pas à s'apprivoiser, parce que jamais John Reddy ne s'apprivoiserait, mais à être moins méfiant et moins nerveux qu'avant. Quand on lui lançait un « Bonjour ! », il arrivait qu'il réponde, même si ce n'était jamais en disant « Bonjour » ni « Salut », ce n'était pas son style et nous l'acceptions. À condition d'oser et d'avoir les jambes assez longues, on pouvait lui emboîter le pas dans un couloir de l'école, ou dans l'escalier, ou quand il sortait par la porte de derrière (John Reddy ne quittait l'école que par derrière, c'était là qu'il garait sa Cadillac), et on pouvait lui parler avec sérieux, à toute allure, et il répondait ou ne répondait pas mais ça allait, c'était cool. Et on souriait en se disant *Hé je suis avec John Reddy Heart. Regardez-moi !* Le lundi quand il y avait eu un match de basket le vendredi soir, après ce match où les Wolverines de Willowsville l'emportèrent 47 à 25 sur les Indians de West Seneca, par exemple, et où

John Reddy battit tous les records en marquant trente et un points, dont neuf lancers francs, on pouvait marcher près de lui en courant un peu pour ne pas se laisser distancer par ses longues enjambées et commenter d'une voix haletante tout ce qu'il avait fait, les paniers, les rebonds, les lancers francs, et même si John Reddy ne marmonnait pas autre chose que « Ouais » et « D'accord, mec », c'était un échange pleinement satisfaisant. On en restait enveloppé d'une aura pendant des heures, des jours. Vingt, vingt-cinq, et même trente ans après que cela fut arrivé, pendant la finale tendue du championnat de basket du comté de l'Érié contre nos rivaux d'Amherst, un match que nous gagnerions 58 à 49, Dwayne Hewson, une autre star sportive du lycée, raconterait encore comment, à la suite d'une faute d'un défenseur d'Amherst, il était tombé et s'était cassé la cheville et avait dû quitter le terrain, en beuglant quasiment de douleur et de saisissement, et John Reddy lui avait passé autour de la taille un bras musclé poisseux de sueur et l'avait aidé en jurant, livide de colère, comme si la malchance et la souffrance de Dwayne étaient les siennes, et sur la ligne de touche il avait serré la main de Dwayne comme on ne s'attendrait pas à ce qu'un type le fasse, en le regardant droit dans les yeux — « Comme pour me dire, au milieu de tous ces gens qui criaient, qu'il savait ce que j'éprouvais, que c'était sacrément moche de ne plus m'avoir dans l'équipe, que j'allais en baver mais qu'il fallait que j'accepte, c'était la vie. » Tout cela, John Reddy le lui avait communiqué sans dire un mot. Puis il était retourné jouer, pour marquer le lancer franc à la place de Dwayne.

S'il y avait des filles à qui John Reddy se confiait, elles gardaient ses secrets.

S'il y avait des types — Orrie Buhr, Clyde Meunzer, Dino Calvo, Jake Gervasio et d'autres, avec qui il traînait à l'école pour parler voitures et fumer, des types au rire âpre qui à nos oreilles sensibles (nous nous tenions à distance de ces élèves des classes techniques, aussi méprisants à leur égard qu'eux au nôtre) semblait railleur — à qui John Reddy se confiait, eux aussi gardaient ses secrets.

Lors de nos réunions d'anciens élèves, Trish Elders nous raconterait comment, au volant de la Cadillac saumon héritée de sa mère (qui était passée à une Mercedes neuve, gris argenté, offerte, disait-on, par un de ses amis et relations d'affaires — « probablement ce pauvre Herman »), John Reddy, alors deux classes au-dessus de la nôtre, s'était arrêté à sa hauteur un jour de pluie battante et l'avait emmenée jusqu'à la bibliothèque ; et Trish, qui s'était moquée du béguin qu'avaient les autres filles pour John Reddy (en qui elle ne voyait qu'un loubard sans beauté particulière), tomba irrévocablement sous son charme pendant ce parcours de six minutes. Son cœur se mit à battre avec une telle violence que le siège avant en vibrait et qu'elle mourait de peur que John Reddy s'en aperçoive ; elle avait le grondement des chutes du Niagara dans les oreilles, ce qui l'empêchait presque d'entendre son propre bavardage, fébrile et idiot — « À quoi ça ressemblait ? À ma mère quand elle prenait ses “cachets euphorisants”. » John Reddy conduisait sans rien dire. Il semblait parfaitement à l'aise dans son corps maigre et musclé, avec son tee-shirt noir minable aux manches coupées, son jean taché de graisse et ses éternelles bottes de motard, et cette montre qui ressemblait à une montre de l'armée suisse à son poignet gauche, cadran tourné à l'intérieur. Les mains crispées sur son grand bloc à dessin qu'elle avait enveloppé de plastique pour le protéger de la pluie, Trish était submergée par l'émotion, la gêne, la timidité, l'excitation. *Je suis dans la voiture de John Reddy Heart. Seule avec lui dans sa voiture.* Ses yeux s'embuaient. Elle voyait, à travers un brouillard, le gros dé comique, duveteux, rose chair, avec ses points noirs prononcés, qui se balançait au bout du rétroviseur. Une station de radio de Buffalo diffusait une musique rock, si fort que l'on n'entendait pas ce que c'était. Éparpillés sur le siège avant, et par terre, et sur la banquette arrière, il y avait d'innombrables petits mots, certains hardiment marqués d'empreintes de rouge à lèvres, d'autres ornés de cœurs criards dessinés à l'encre rouge — des mots d'amour laissés dans la Cadillac de John Reddy par des filles de terminale voraces. Trish se forçait à regarder droit devant elle, fixait sans le voir le pare-brise ruisselant de pluie. *Je suis dans la voiture de John Reddy Heart. L'endroit même où mes parents m'interdiraient d'être. S'ils savaient. Mais ils ne savent pas. Personne ne sait. Moi, Trish Elders, je suis seule avec John Reddy Heart dans sa voiture.* Elle se marierait jeune, aurait des enfants et divorcerait le cœur brisé (même si, comme la plupart d'entre nous, ce serait elle qui en prendrait l'initiative) et se remarierait, sans jamais cesser de poursuivre le mirage insaisissable de son art, sachant confusément, ce jour-là dans la Cadillac saumon de John Reddy avec ce dé ridicule qui se balançait, ces mots d'amour éparpillés, que son sujet était assis à quelques dizaines de centimètres d'elle —

« Mais l'*impression* produite par John Reddy. Il serait vain d'essayer de le dessiner ou de le peindre. » Elle pensait, avec exultation, qu'aucune autre fille du Cercle n'était jamais montée dans cette voiture. Jamais l'amie la plus intime de Trish, Verrie Myers, qui avouait en rêver, n'était montée dans cette voiture. *Quand je vais lui raconter ça, Verrie en sera malade.* Déjà Trish réfléchissait à la façon dont elle raconterait son histoire : elle avait été surprise par la pluie, sans parapluie, avec ce grand bloc à dessin encombrant, son sac et ses livres, elle pleurait presque de contrariété sur le trottoir quand, au coin de Main Street et de Farber Lane, une voiture s'était arrêtée le long du trottoir et une voix, profonde, rocailleuse, inconnue, avait dit : « Monte », comme si c'était la chose la plus naturelle au monde et, étant donné que cela se passait à Willowsville, à une époque si innocente de son histoire qu'une fille comme Trish Elders pouvait sans hésitation, en toute confiance, monter avec n'importe quel conducteur assez attentionné pour le lui proposer un jour de pluie, Trish était montée. Et avait vu que ce conducteur était John Reddy Heart.

Et donc Trish Elders était tombée amoureuse. Bien que John Reddy lui eût à peine adressé la parole, l'eût à peine regardée. Trish était une des filles populaires de sa classe, pom-pom girl, secrétaire du Club des jeunes du lycée, habituée à éveiller l'intérêt des garçons et même, sans qu'elle le désire ou le cherche, celui des hommes, mais John Reddy ne la percevait pas du tout ainsi — « On avait l'impression qu'il se serait arrêté pour n'importe qui sous cette pluie, peut-être même pour un chien. Pour rendre service. Juste par gentillesse. » Le grondement enflait dans les oreilles de Trish. Elle était impatiente de se retrouver seule dans sa chambre, dans sa maison à colombages de style Tudor de Mill Race Lane, pour essayer de croquer, les doigts tremblants, un John Reddy Heart fantôme, ignorant encore que c'était une entreprise vouée à l'échec ; se disant *Je suis seule avec John Reddy Heart, un fait sans signification pour lui, alors que ma vie ne sera plus jamais la même.* Et déjà, c'était fini. Six petites minutes. Cela aurait été encore plus rapide sans la lenteur de la circulation dans Willowsville. Comme John Reddy ne semblait pas connaître l'emplacement exact de la bibliothèque, Trish dut le lui indiquer, et il engagea galamment la Cadillac dans l'allée pour que Trish puisse descendre à l'abri du bâtiment et courir jusqu'à la porte. « M... merci », bégaya Trish, incapable de l'appeler par son prénom, même si en repassant cette scène dans son esprit elle murmurerait *Merci, John Reddy !* et John Reddy dit, en souriant : « De rien, mon chou. Claque la porte fort, O.K. ? »

Trish ferma la portière aussi fort qu'elle le put et se précipita à l'aveuglette dans la bibliothèque, au bord de l'évanouissement. Heureusement que personne ne la vit... un des bibliothécaires, ou une amie de sa mère. Car John Reddy l'avait appelée son « chou » !

« Je n'ai réalisé que des années plus tard que John Reddy ne connaissait tout bonnement pas mon nom », soupirait Trish.

Car telle était l'humiliante, la douloureuse réalité. Le fait que nous devions accepter : ces *moments intimes* avec John Reddy Heart n'étaient intimes que d'un seul côté... le nôtre.

Car lorsque vous rencontriez à nouveau John Reddy,

y compris le même jour, il y avait des chances pour qu'il vous ignore ; pour qu'il ne vous voie même pas. Si, mettons, vous disiez gaiement : « Bonjour, John, comment ça va ? », il y avait des chances pour qu'il n'entende pas.

Comme le résuma Dwayne Hewson des années plus tard, d'un ton méditatif qui ne lui ressemblait pas, et sans la moindre ironie : « Ce n'était pas par cruauté ni par méchanceté que John Reddy nous ignorait. Ni même par distraction ou parce qu'il fumait du hasch avec ses potes ou qu'il était épuisé — John Reddy ne dormait jamais son soûl, vous savez. Mais parce que, fondamentalement, dans son monde intime, nous *n'existions* pas. »

5

Donc nous ne saurions jamais. Tant de choses. Même après les deux procès de John Reddy. Parce que nous ne pouvions pas interroger John Reddy et qu'il n'y avait personne d'autre.

Par exemple, même si c'était une question qui préoccupait davantage nos mères que nous : pourquoi Dahlia Heart se faisait-elle appeler « Mme Heart » ? Avec un formalisme pointilleux à l'ancienne, elle s'obstinait à signer *Mme Dahlia Heart.* Lorsqu'on la rencontrait, elle vous serrait la main et, avec un sourire insistant, se présentait comme « Mme Dahlia Heart ». Pourtant elle présentait son père comme « Aaron Leander Heart »... donc, de toute évidence, « Heart » était son nom de jeune fille ? À moins, comme le dit ironiquement le père de Roger Zwaart, qu'elle n'eût épousé un homme appelé Heart en plus d'être née Heart. C'était une énigme qui nous donnait à réfléchir. Nous étions amenés à nous demander si Dahlia Heart avait jamais été mariée. Ce n'était pas une époque où les femmes qui étaient mères n'avaient pas de maris désignés comme « pères ». Ce n'était pas une époque où les femmes qui n'avaient pas de maris étaient aisément désignées comme « mères ». Nous ne souhaitions pas penser que John Reddy était un enfant *illégitime.* C'était néanmoins une époque où, si vous n'aviez pas de père légal, et si votre mère n'avait pas de mari visible, on risquait fort de murmurer que vous étiez *illégitime.*

Le terme plus grossier de *bâtard* était imprononçable.

Dans le Village de Willowsville, il n'y avait pas de *bâtards.* Même à la lisière est délabrée du village, au-delà de Spring Street, Water Street, Division, les femmes qui étaient mères étaient mariées.

Nos mères envisageaient la possibilité que les enfants Heart — John Reddy, « et les deux autres » dont personne ne se rappelait jamais les noms — n'aient pas le même père. Car il était généralement admis que les deux cadets se ressemblaient davantage l'un à l'autre, par leur manque de beauté, leur air buté et leur myopie, qu'ils ne ressemblaient à John Reddy. Cela dit, ils ne ressemblaient pas davantage à leur mère.

Et, avec le temps, ils lui ressembleraient de moins en moins.

Parmi les professeurs qui assureraient avoir appris à connaître John Reddy après qu'il fut revenu au lycée, assagi par son année à Tomahawk Island et dépouillé de son prestige de star sportive, ce fut M. Dunleddy, notre professeur de biologie, qui nous apprit — « mais c'est une information confidentielle » — que le père de John Reddy avait eu une mort de héros, un pilote d'essai de l'armée de l'air tué dans l'exercice de ses fonctions et « perdu quelque part dans l'immensité d'un désert... peut-être le Sahara ». Le père de John Reddy et Dahlia Heart avaient-ils été légalement mariés ? Sur ce sujet, M. Dunleddy disait sèchement : « Il s'agit là d'informations privées qui ne me regardent en aucune manière. » Son lourd visage de bouledogue exprimait une étrange et touchante volonté de protéger John Reddy (dont les notes en biologie étaient à peine passables) et du mépris pour les colporteurs de ragots.

Mlle Bird, notre professeur d'anglais, brillante et caustique, se montrait elle aussi étrangement protectrice à l'égard de John Reddy. Peut-être, comme M. Dunleddy, voyait-elle en lui un orphelin, et une vulnérabilité que nous, qui avions son âge, ne pouvions percevoir. La connaissance intime qu'elle affirmait avoir de la mystérieuse famille Heart reposait sur les entretiens fréquents qu'elle avait après les cours avec John Reddy (dont les notes d'anglais étaient, elles aussi, à peine passables) et sur un épisode assez curieux : elle avait un soir fait monter dans sa voiture le grand-père de John Reddy, Aaron Leander Heart, qu'elle avait trouvé « errant au bord de la route » très passante de Transit Road, à plusieurs kilomètres de Willowsville ; ce vieux monsieur aux cheveux blancs, qui avait l'air désorienté, un peu comme un somnambule, sentait le whisky, était ficelé comme l'as de pique et traînait un lourd sac de toile, dont il avait refusé d'indiquer le contenu, bien qu'il tintât et cliquetât comme du verre. Naturellement, le vieux M. Heart ne connaissait pas Mlle Maxine Bird ; mais Mlle Bird, elle, le reconnut, car elle l'avait vu une ou deux fois en compagnie de John Reddy et en avait déduit leurs liens de parenté. (Mlle Bird s'intéressait-elle à John Reddy y compris en dehors des cours ? Ce n'était un secret pour personne à l'époque que la féroce Maxine

Bird avec ses cheveux teints en roux, ras et plaqués en arrière, ses yeux verts intolérants, ses nerfs tendus et son idéalisme fervent pour tout ce qui était littérature, avait le béguin pour John Reddy ; ce que l'on savait moins, c'était si ce professeur de trente-cinq ans en avait conscience.) Il avait fallu beaucoup de persuasion, disait Mlle Bird, pour convaincre ce vieil excentrique de monter dans la voiture, bien que la circulation fût intense sur Transit Road, et le temps détestable — une pluie mêlée de neige, et ce vent froid, incessant, qui souffle du lac Érié. Mais finalement M. Heart avait accepté et s'était glissé à l'arrière avec son gros sac de toile, qui devait bien peser quinze kilos ; et, avec le sentiment exaltant d'accomplir une mission, Mlle Bird l'avait conduit directement chez lui. Le vieux M. Heart puait l'alcool et une odeur d'humidité, de décomposition. Son visage était de pierre, et il faisait mine d'être sourd. Mais Mlle Bird avait parlé. Comme tous les professeurs, les mots, c'était son truc. Donc elle avait parlé. « Mais c'est seulement lorsque j'ai mentionné John Reddy — “votre petit-fils est l'un de mes élèves les plus prometteurs” — que M. Heart s'est animé. Il a grogné : “Prometteur... hein ! Ça veut pas dire lerche.” » Chaque fois qu'elle racontait cette histoire, Mlle Bird se mettait à rire au même endroit. Avec les années, ses cheveux roux se raréfieraient sans rien perdre de leur éclat agressif ; son visage ordinaire et pâle commença à se flétrir alors qu'elle avait à peine la cinquantaine, mais c'était avec une vigueur juvénile qu'elle parlait de John Reddy — « Ces années remarquables. Cette *saga.* » Elle serait toujours pour nous notre Mlle Bird bien-aimée que, lorsque nous étions ses élèves, nous avions détestée ; cette autorité lui donnait un air possessif et mystérieux. Ainsi c'est uniquement par allusions, jamais explicitement, qu'elle exprimait son étonnement devant les transformations subies par l'ancienne demeure historique des Edgihoffer : la porte de chêne, les volets et les moulures peints d'un bleu vif au lieu d'être noirs ou vert foncé. Et la belle rocaille envahie de nains et de grenouilles gigantesques en plâtre coloré. Et la Cadillac saumon de John Reddy bien visible dans l'allée, où, manifestement, il la réparait innocemment, comme, dans des quartiers moins prestigieux que Saint Albans Hill, les adolescents bricolaient leurs voitures et leurs motos au vu et au su des voisins et des passants. De ces excentricités, Mlle Bird disait seulement, d'un ton mélancolique : « Eh bien, on peut dire que les Heart ont marqué notre village de leur empreinte, n'est-ce pas ! » Sur la vie privée de John Reddy, Mlle Bird laissait invariablement entendre qu'elle savait beaucoup de choses qu'il lui était impossible de révéler. Elle se disait toutefois convaincue que le père de John Reddy avait été marié à sa mère — « John Reddy est aussi *légitime* que n'importe qui à Willowsville. » Que le même homme ait été le père des deux plus jeunes enfants n'était pas aussi clair.

Mlle Bird avait une façon que nous admirions de se redresser de tout son mètre cinquante-cinq, de remonter violemment ses grandes lunettes bordeaux sur son nez mince, et de dire, comme elle passait pour l'avoir fait devant de nombreux reporters trop curieux : « Oui, les Heart ont été une famille “tragique”. Mais une famille profondément américaine. “Ne vous posez pas en juge, afin de n'être pas jugés.” »

C'était l'entraîneur Woody McKeever qui semblait

le plus crédible lorsqu'il affirmait connaître intimement John Reddy, même s'il avait la réputation d'être enclin à l'hyperbole voire à l'hystérie, comme nombre d'entraîneurs scolaires. Crier après des générations de jeunes sportifs manchots lui avait mis la gorge à vif, mais il parlait de John Reddy d'une voix tendre et fêlée — « Le fils que Mme McKeever et moi n'avons jamais eu, par la grâce impénétrable de Dieu. » Lui non plus cependant ne pouvait s'empêcher de laisser entendre qu'il détenait sur la famille Heart des « informations confidentielles » qu'il ne révélerait jamais. De tous les membres du corps enseignant et du personnel du lycée, y compris notre proviseur M. Stamish, souvent harcelé, ce fut l'entraîneur McKeever que les journalistes et les équipes de télévision poursuivirent le plus ; au point qu'il dut faire mettre son numéro de téléphone sur liste rouge, quitter le lycée par une sortie différente chaque après-midi, et porter des lunettes de soleil en public. Il n'acceptait de donner d'interviews qu'à midi, dans d'excellents restaurants locaux tels que l'Old Eagle House Inn où, même si l'alcool le rendait peu à peu sentimental et larmoyant, il ne révélait jamais rien qui pût embarrasser ou offenser John Reddy. Sa déclaration préférée, souvent citée, restait, sans ornement : « Ce qui est arrivé à ce garçon me brise le cœur. » (Lors de notre quarantième réunion d'anciens élèves, nous citerions encore l'entraîneur avec affection ; Art Lutz, en particulier, qui savait imiter avec une facilité saisissante sa voix fêlée et pleine de tendresse.) Nous admirions la retenue de l'entraîneur, sa correction. Car il semblait bel et bien, en fait, que la perte de ce joueur de basket spectaculaire, qu'il formait pour une grande équipe universitaire, lui avait brisé le cœur.

Sauf que : lors de l'une de nos premières réunions, peut-être la dixième, dans une tente à bières de Tug Hill Park où l'entraîneur, notre invité d'honneur, avait consommé de la bière glacée (ou plus précisément des bières — blondes, brunes, légères, fortes, américaines, d'importation, « rares » —, les sportifs de notre lycée étaient des fanas de bière) avec une dizaine ou plus de ses anciens joueurs préférés, il laissa entendre avec beaucoup d'émotion vers le soir qu'il en savait « fichtrement plus que je n'irai jamais le raconter à la police ou au procureur » sur ce qui s'était passé dans cette chambre à coucher du 8, Meridian Place la nuit de la mort de Melvin Riggs. « On n'a pas appris la moitié de la vérité au procès, c'est moi qui vous le dis. Pas le tiers. » À ce moment-là, nous nous aperçûmes avec étonnement qu'il était complètement ivre. Vacillant sur ses jambes au point que Bo Bozer, Ken Fischer et Tommy « Crotte-de-nez » Nordstrom (guère aimé de l'entraîneur) durent le soutenir. Il avait les yeux noyés de larmes et sa peau flasque semblait avoir bouilli. Nous nous attendions à ce qu'il se dégage et hurle quelque chose de comique et d'insultant, mais il était terriblement sérieux. Nous savions tous, même si c'était un fait mélancolique auquel, par tact, nous n'aurions jamais fait allusion, que, depuis que John Reddy Heart avait quitté l'équipe de basket, l'entraîneur n'avait plus fait de saison vraiment satisfaisante avec ses joueurs, et que le conseil scolaire et l'association des anciens élèves avaient engagé un entraîneur plus jeune et plus compétitif pour le pousser vers la sortie ; s'il restait membre du corps enseignant du lycée, c'était pour des raisons sentimentales et parce qu'il était professeur titulaire et syndiqué à l'American Federation of Labor et impossible à renvoyer. Il nous criait au visage, de sa voix fêlée, rauque : « Ce John Reddy était un sacré brave garçon en dépit de son milieu, un garçon plein de noblesse, vous m'entendez ? Qui protégeait sa mère, hein ? Vous me comprenez ? Qui protégeait cette... — il haletait, hors d'haleine, les yeux contractés par une vision innommable, s'étouffant presque sur le mot qu'il lui fallait prononcer et qu'il cracha comme quelque chose d'infect et de piquant — *... femme.* »

Nous ne sûmes jamais non plus si Dahlia Heart avait été croupière à Las Vegas. Toutes les informations concernant la vie privée de Mme Heart avant son arrivée à Willowsville furent exclues de la procédure et des témoignages, grâce à la tactique agressive de l'avocat Rollie Trippe, à qui elle avait fait appel pour défendre John Reddy, mais certains éléments semblaient indiquer qu'elle avait bien occupé un emploi au Caesars Palace. M. Trippe, qui jouait régulièrement au squash avec le père de Blake Wells au Club sportif de Buffalo, dit à M. Wells que Mme Heart avait été chargée des « relations publiques » au casino. Et que, comme elle l'avait déclaré sous serment... « elle s'évanouissait facilement ». D'autres hommes liés à Dahlia Heart se refusèrent à donner des informations sur sa vie privée, mais l'on en vint à penser, avec mépris, qu'ils savaient en fait fort peu de choses — « Il est facile d'être discret quand on vous a raconté des bobards ». L'assistant de Melvin Riggs chez Buffalo Hawks, Inc. disait avec une admiration réticente de Dahlia Heart qu'elle aurait fait une « habile femme d'affaires si elle y avait mis un peu d'application ». Selon d'autres sources, dont l'épouse de Herman Skelton, Irma, Mme Heart aurait été

« modèle pour photographes », « effeuilleuse », « call-girl de luxe ». (Aigrie par la ruine de son mariage, Irma Skelton n'était pas considérée comme un témoin sérieux, même par ses plus loyales amies.) Les Thrun et les Bannister, voisins de Mme Heart dans la paisible impasse ombragée d'ormes de Meridian Place, niaient savoir quoi que ce fût sur elle ou sa famille, bien que Mme Thrun eût appris par sa femme de ménage que les Heart s'étaient sans doute installés dans la maison du colonel quasiment sans un meuble. « Myrtle dit qu'elle n'a jamais vu arriver de camion de déménagement. Tout ce que cette famille possédait tenait dans cette remorque déglinguée. Vous vous rendez compte ! » La cuisinière de Mme Bannister raconta avoir vu les Heart sortir de la remorque « des robes pailletées sur des cintres de satin » et, « en vrac dans un grand panier, un énorme tas de chaussures fantaisie à talons aiguilles » — ce qui apporta de l'eau au moulin des théories de pose, d'effeuillage, etc.

D'autres sources dignes de foi, dont les adjoints du procureur qui avaient déployé tant d'efforts pour faire enfermer John Reddy à vie comme un criminel endurci, soutenaient que Mme Heart avait une « fine compréhension des questions juridiques et contractuelles », bien qu'elle affectât en public d'être dépassée par la procédure. Ils soutenaient (sans que ce fût confirmé par Rollie Trippe) que Dahlia avait aidé à orienter la défense de son fils. On disait de celui-ci qu'il tenait de sa mère à pas mal d'égards. En dépit de ses résultats scolaires inégaux, certains de ses professeurs estimaient qu'il était « doué pour les chiffres et la pensée abstraite ». Sa coordination physique était assurément remarquable et, comme l'entraîneur McKeever aimait à le dire avec émerveillement, il avait des « réflexes rapides et précis comme l'éclair ». Bien entendu, Farley Heart fut aussitôt considéré par ses professeurs de l'école d'Academy Street comme un « petit prodige en mathématiques », un « génie en herbe ». Shirleen Heart, cette enfant étrange, timidement entêtée, chez qui, de nos jours, on aurait peut-être diagnostiqué une forme légère d'autisme, n'avait de l'avis général aucune aptitude pour les chiffres et ne maîtrisait guère la grammaire, la syntaxe ni les techniques de communication, mais elle pouvait épeler et définir avec une précision étonnante des mots de vocabulaire « compliqués » — « comme un petit robot concentré », avait dit un de ses professeurs. John Reddy ne parlait jamais de sa mère, cela va de soi. Pas à nous. Pas en notre présence. Taciturne de nature, il ne pouvait que l'être davantage sur le sujet de sa mère, et de sa famille en général. (Dwayne Hewson affirmait cependant que John Reddy était fier de son frère cadet. La *Gazette* avait publié la photo de trois lauréats de l'école d'Academy Street, dont Farley Heart, alors en classe de quatrième, et Dwayne l'avait mentionné à John Reddy dont le visage s'était éclairé et qui avait dit : « Ouais. Mon frère a de bonnes notes pour deux. Je suis content. ») Mais un jour dans le vestiaire après un entraînement, alors qu'ils étaient en seconde, Dougie Siefried qui avait le béguin pour l'éblouissante Dahlia Heart lâcha impulsivement : « Est-ce que ta mère a fait du cinéma, John ? Elle aurait pu ! » et, grattant furieusement une grappe de boutons d'acné ensanglantés entre ses omoplates, John Reddy répondit, avec une grimace : « Merde, mec, pourquoi tu me demandes ça à moi ? Nos mères ont leur vie secrète. »

Nos mères ont leur vie secrète. Encore une remarque de John Reddy que nous nous répéterions souvent. « Ouaouh ! Cool. » Mais nous n'y croyions pas.

Des années plus tard, Scottie Baskett, de passage à Las Vegas à l'occasion d'un congrès de l'Association américaine des spécialistes de chirurgie plastique, décida sur une impulsion — « Pourquoi pas ? » — de rechercher l'adresse de la mystérieuse famille Heart. « De voir si je pouvais trouver sur Dahlia quelque chose que personne d'autre ne savait. » (La sulfureuse Dahlia Heart avait disparu depuis longtemps de Willowsville, naturellement. Tout comme John Reddy.) Un homme moins énergique, moins optimiste et moins têtu que lui n'aurait même pas imaginé que, si longtemps après que les Heart avaient quitté Vegas, cette ville américaine fantasmagorique entre toutes, aussi irréelle qu'une hallucination de delirium tremens, il puisse y rester la moindre trace, le moindre vestige de leur passage. Mais Scottie se rendit à la mairie de Las Vegas et en ressortit avec les adresses, pour les années concernées, de « D. Heart » ; il se fit conduire en taxi à la première, dans Paradise Street, une rue commerçante derrière l'imposant Hotel & Casino Flamingo, et découvrit avec stupéfaction que tout le pâté de maisons était désormais occupé par un motel Days Inn bon marché, un parking et un Taco Bell ; il se fit conduire en taxi à la deuxième, El Dorado Street, derrière le miroitant Hotel & Casino Mirage, et découvrit avec déception, là où une habitation s'était naguère dressée, un portique de lavage automatique, dans un quartier latino trépidant ; il se fit conduire en taxi à la troisième, plus éloignée, dans un quartier périphérique où la ville se dissolvait, et là, au

837, Arroyo Seco, découvrit un bungalow de briques crues. Scottie n'était pas préparé à ce choc. « J'ai pensé : Bon Dieu. Dire que je n'ai pas d'appareil photo. Dahlia Heart et John Reddy ont vécu *ici.* » Des années — une bonne trentaine — s'étaient écoulées depuis que les Heart avaient habité ce bungalow modeste que l'on aurait dit rongé de rouille mais, de toute évidence, la maison, comme le quartier, n'avait pas beaucoup changé. Des maisons de plain-pied avec des jardins grands comme des timbres-poste et des garages grands comme des niches à chien — construites dans les années 40 ou plus tôt. Scottie avait l'impression que la façade du 837, Arroyo Seco se lézardait sous ses yeux. La peinture, jadis criarde, maintenant d'un rouge orange passé, s'était écaillée par plaques paresseuses ; les petites vitres avaient l'éclat laiteux d'yeux glauques ; les fenêtres étaient également aveuglées, de l'intérieur, par ce qui avait l'air de bandes de papier aluminium. Il y avait toutefois une minuscule véranda croulante où (supposa passionnément Scottie) Dahlia Heart, jeune mère ravissante, s'était peut-être assise, son petit John Reddy dans les bras. « J'avais presque l'impression de les voir ! nous dit Scottie avec une expression douloureuse. Et j'étais là, sans appareil photo, moi que les filles de mon cabinet plaisantent toujours sur ma manie de tout préparer. »

À côté, au 839, Arroyo Seco, sur la véranda croulante d'un miteux bungalow couleur jaune moutarde, réplique de celui des Heart, il y avait un vieillard grisonnant, torse nu, la poitrine creuse et les seins flasques, qui observait Scottie en buvant une boîte de bière. Scottie le salua donc avec jovialité et lui demanda s'il vivait depuis longtemps dans le quartier, et le type répondit d'un ton aigre, avec l'air pince-sans-rire d'un comique : « Longtemps ? Seulement la moitié de ma putain de vie, toubib. » Scottie lui demanda s'il se rappelait une femme qui avait habité le 837, Arroyo Seco une bonne trentaine d'années auparavant — « Une femme vraiment splendide appelée Dahlia Heart. Elle avait trois enfants, deux garçons et une fille ; son père habitait avec eux, un vieux bonhomme aux cheveux blancs avec un nom bizarre, antique... Leander, je crois. » Devant l'air dédaigneux du vieillard, Scottie ajouta : « Il est possible que cette femme, Mme Heart, ait travaillé au Caesars Palace, ou dans un autre casino. » Le visage renfrogné, le type se gratta la poitrine avec une vigueur malveillante. Il dit : « Pour le cancer de la prostate, ces salopards vous filent des putains d'hormones qui vous font pousser des nibards comme à une bonne femme. J'aimerais que vous m'expliquiez ça, toubib, vous vous faites un million de dollars par an, pourquoi vous êtes pas fichus de trouver le bon dosage ? » Scottie dit, étonné : « Comment... savez-vous que je suis médecin ? » et le type s'étrangla de rire : « Quoi ? Vous rigolez, toubib. » Scottie essaya de ramener la conversation sur Dahlia Heart. Il était convaincu que ce vieux l'avait connue. C'était forcé. « Et puis, d'un seul coup, j'ai eu l'impression que ma vie défilait devant mes yeux. Ça me flanquait la trouille, la façon dont ce type me regardait. *Il a vu les Heart, maintenant il me voit, moi. Bientôt, moi aussi j'aurai disparu.* Il faisait anormalement chaud pour un mois de novembre... le soleil n'était pas à sa place dans le ciel. Un soleil d'hiver, mais une chaleur d'été. Je me dégarnis et j'aurais dû porter un chapeau. Je suis si vieux... presque quarante-cinq ans. Vous aviez imaginé vivre aussi vieux ? Je pèse près de quinze kilos de plus qu'au lycée. J'étais un gosse si maigre et si plein d'espoir au lycée. Quatre voix de plus, et j'étais élu l'élève “ayant le plus de chances de réussir”. Après impôts et assurances, je gagne dans les cinq cent mille dollars par an. Avec mon cabinet de Westchester. J'ai quatre gosses dont je suis fier... plus ou moins. Je suis membre du bureau de cette association de chirurgie plastique et je dois prononcer un discours le lendemain matin au Hilton. Mon mariage marche bien. J'ai épousé une étudiante TriDelta de Cornell qui, je suppose, cherchait à épouser un médecin. Mais ça marche bien. Et voilà que dans ce vieux quartier perdu — “Arroyo Seco” — je vois ma vie défiler devant mes yeux. Je paniquais vraiment, vous comprenez, comme pendant une anesthésie, lorsqu'on se sent partir. J'avais envie de pleurer... je n'avais jamais été un ami de John Reddy Heart mais je l'avais *perdu.* Les filles avec qui j'avais eu envie de sortir, Pattianne Groves, Verrie Myers, ne savaient même pas que j'existais. Tout d'un coup, je me suis dit... plus personne n'est heureux. Personne n'est heureux de son corps, ou du corps de son conjoint. On devient trop vieux trop vite. On n'est pas préparés à être aussi vieux. On est nos *parents,* bon Dieu ! Je me disais qu'il aurait peut-être mieux valu pour lui — John Reddy — que la police l'ait abattu dans ces montagnes. Peut-être que cela aurait mieux valu pour nous tous. La chirurgie plastique ! D'accord, je fais du travail bénévole, les malformations congénitales principalement, mais mon gagne-pain, c'est les seins qui tombent, les seins pare-chocs, les seins gobelets en plastique, les poches sous les yeux, les pattes-d'oie, les bajoues, les cous de dindon, les taches de vieillesse, les varices, verrues et cicatrices d'acné, les vergetures, les poignées d'amour, les nez crochus et les nez porcins, les doubles et triples mentons, les paupières flasques, les bras flasques, les ventres et fesses flasques. Arrêter le temps... ou plutôt non, l'inverser. Le remonter. Ce n'est pas ce à quoi je m'attendais en faisant médecine, mais c'est ce que j'ai eu. En fait, je voulais être musicien. Je jouais du trombone, vous vous rappelez ? Et Blake Wells, de la clarinette. Pete Marsh jouait vaguement de la batterie... pas si mal que ça. Nous fumions des cigarettes comme si c'était de la marijuana et qu'elle nous fasse planer et que la musique vienne de là. M. Larsen disait, je le cite, que nous étions “aussi bons que n'importe quel autre orchestre de rock” et c'était peut-être sarcastique mais je pense qu'il avait raison. Enfin bon. Je suis l'un des heureux diplômés de notre classe. Un des veinards. Il y a des types comme Bozer qui ont touché le fond. Dwayne Hewson m'a dit que Bo lui téléphone à minuit quelquefois, il veut parler du bon vieux temps, de certains matchs, et qu'est-ce qu'on peut dire là-dessus ? “Il ne raccroche jamais. Il me force à le faire. C'est comme si je le tuais. C'est horrible”, dit Dwayne. Lui se débrouille plutôt bien, par contre. Candidat à la mairie de Willowsville... rien que ça ! Mais il y a des types de notre classe qui se sont suicidés. Je ne veux pas parler des accidents de voiture — Smoke Filer, Steve Lunt. Ou même Pete Marsh — c'était il y a longtemps, il n'était qu'un gosse. Je veux parler d'un type comme Bert Fox. Vous vous rappelez Bert ? Un brave type, qui se spécialisait en “maths et sciences” comme nous, ni un sportif ni un intello et il est marié, trois gosses, il vend des assurances à Batavia et un jour il est mort. On se serait dit : *Bert Fox n'a pas assez de profondeur pour se suicider. Pourquoi Bert Fox, qui déconnait pendant les cours de Dunleddy en se prenant vachement au sérieux, se suiciderait-il ? Comme s'il était impatient, incapable d'attendre que la nature s'en charge pour lui ?* Voilà ce qu'on se serait dit, mais on aurait eu tort. Et maintenant Ken Fischer. Vous en avez entendu parler ? Bon Dieu. *Ken Fischer.* Élu "garçon le plus séduisant". "Roi du bal des Terminales". Il sortait avec Verrie Myers depuis la cinquième... *Veronica Myers.* En Europe, il paraît. Dans une chambre d'hôtel où il était seul. Ou peut-être pas. Qui aurait pu prédire une chose pareille... *Ken Fischer ?* J'ai entendu dire que Mary Louise Schultz était à l'hôpital. "Peut-être une overdose médicamenteuse". Cette fille sublime... et ces *seins* ! Qu'est-ce qui peut pousser une poupée pareille à vouloir se suicider ? Son mari est un ponte d'Albany. Un ami du gouverneur. J'ai essayé de sortir avec elle dans le temps, et zéro. Bibi Arhardt — cette superbe nénette, vous vous rappelez ? Son mari décide qu'il est homo, demande le divorce, et elle se retrouve en cure de désintoxication quelque part dans le Minnesota. Donc je me disais que j'étais sacrément heureux... dans l'ensemble. Que j'aimais ma femme et mes gosses. Dans l'ensemble. J'avais l'impression que ma vie, mon âme, était une substance fine comme de la fumée qui risquait de se dissoudre si ma volonté faiblissait. J'étais là, tremblant sous le soleil, dans cette chaleur de four du Nevada, devant une vieille bicoque merdeuse, en train d'essayer désespérément d'expliquer à un vieux cancéreux ce que les Heart signifiaient pour moi. Je lui disais, d'un ton quasiment suppliant :

“Je suis allé à l’école avec le fils de Dahlia Heart, John Reddy. Vous vous souvenez peut-être de lui ?” Mais non, il ne s’en souvient pas. J’ai essayé de lui décrire Dahlia Heart... *mais comment décrire Dahlia Heart ?* “Une belle femme, une blonde inoubliable, un corps de rêve, un peu comme... Marilyn Monroe, Kim Novak... mais aussi Grace Kelly...” et je m’entends parler, et mes mots sont si pauvres. On se noie, on meurt, et *nos putains de mots sont si pauvres.* Si bien que ce vieux type ricane. Il boit du petit-lait, ça se voit. Comme moi parfois dans mon cabinet quand je dis à une vieille rombière pète-sec que, fondamentalement, c’est trop tard. Il se marre, il se gratte les couilles, et dit : “Écoutez, toubib, quand on vit assez vieux, on apprend que toutes les pétasses se ressemblent. Laissez tomber.” Et ça m’a choqué... vraiment choqué. Comme un gosse qui s’entendrait dire ça par un vieux père Noël. Je me suis tiré vite fait. Plus d’Arroyo Seco pour moi. Cette nuit-là à l’hôtel j’ai pris une cuite et perdu mille sept cents dollars au vingt-et-un et le lendemain matin j’ai prononcé mon discours comme un zombi et dans l’avion qui me ramenait à La Guardia j’ai chopé une saleté de microbe, un genre de dysenterie dont j’ai mis des semaines à me débarrasser. » Le docteur Baskett retira avec brusquerie ses lunettes à monture d’acier et se frotta les yeux, il n’y avait rien d’autre à dire.

Nous comprenions. Nous étions salement choqués aussi. Car c’était nécessairement faux, un mensonge. Ce n’était pas la vérité. S’il y avait une vérité que le fait de connaître Dahlia Heart nous avait apprise, même si nous n’avions pas connu Dahlia Heart, c’était que toutes les « pétasses » ne se ressemblaient assurément pas.

6

John Reddy, pion du destin ?
John Reddy, aux portes de l'enfer ?
John Reddy, Johnny Cœur rouge.

La mort de Melvin Riggs avait-elle été un accident ?

Si l'on souhaitait penser que John Reddy était un pion innocent dans une sorte de drame céleste cruel, on souhaitait penser que *oui.* Si l'on souhaitait penser que John Reddy Heart savait exactement ce qu'il faisait lorsqu'il courut chercher l'arme de son grand-père (que le vieil homme enveloppait dans un serviette maculée de graisse et rangeait dans une boîte en carton au pied de son lit au milieu d'un tas de bouteilles vides de toutes tailles, couleurs, qualités et formes) et qu'il se rua au premier étage dans la chambre de sa mère — qui serait baptisée « chambre de maître » — où Riggs, nu, ivre et hors de lui, brutalisait Dahlia Heart, et qu'il ouvrit la porte d'un coup de pied, et mit un genou en terre (« Ça, c'est signé John Reddy », dirait Blake Wells avec admiration) et tira une balle unique entre les deux yeux de Riggs, tenant fermement à deux mains le lourd revolver calibre 11,43 (c'était exaltant, nous vivions la scène !), et ne prononçant pas un seul mot (car John Reddy était célèbre pour la rareté de ses paroles, nous avions pour théorie que dans l'action le centre du langage de son cerveau se déconnectait), appuyant juste sur la détente... alors on souhaitait penser que *non.*

Les filles et les femmes avaient tendance à penser que *oui*. Les autres que *non*.

Combien de réunions, de soirées, de rendez-vous amoureux se terminèrent-ils par des disputes — les filles d'un côté, les garçons de l'autre. Suzi Zeigler et Roger Zwaart se brouillèrent, se réconcilièrent, se rebrouillèrent et se reréconcilièrent, si souvent que nous en perdîmes le compte, à propos de la culpabilité de John Reddy. Pareil pour Verrie Myers et Kenny Fischer. Janet Moss et Steve Lunt. Mary Louise Schultz et Smoke Filer. Shelby Connor et Dwayne Hewson. Pattianne Groves et Dwayne Hewson. Babs Bitterman et Jonathan Rindfleisch. Le Cercle (ce groupe fermé, snobinard disaient certains, de huit filles et cinq garçons qui étaient entrés ensemble à la maternelle d'Academy Street et passeraient leur bac ensemble, treize ans plus tard, sur une promotion de cent trente-quatre élèves) en fut profondément secoué. Lors de notre bal des terminales, alors que nous aurions dû faire la fête, et non gratter de vieilles plaies, remuer de vieux griefs et des questions théoriques, Ginger McCord, qui portait une robe de soirée sans bretelles en mousseline jonquille et le collier de perles de sa grand-mère, s'en prit à son cavalier de la soirée, Dougie Siefried, en smoking de location, le giflant si fort qu'elle le fit saigner du nez et que son plastron fut constellé de rouge, et criant : « John Reddy Heart n'est pas un assassin. *Jamais de la vie.* » Très vite, certains d'entre nous se mirent de la partie ; comment aurions-nous pu résister ? John Reddy lui-même, qui passait pour avoir été élu roi du bal par un déluge de bulletins, élection contestée avec colère par les responsables de l'école, arriva très tard au bal, vers minuit, n'y resta qu'une petite demi-heure et parla à très peu d'entre nous. Beaucoup nièrent d'ailleurs qu'il fût venu — « Il n'y a que ceux qui étaient bourrés qui l'ont "vu". Qui lui ont "parlé". C'est du flan ! » Babs Bitterman, qui fumait de l'herbe avec Steve Lunt dans sa superbe Buick LeSabre sur le parking devant la salle de gym, soutenait avoir vu John Reddy arriver, se garer — « Dans cette Mercury super sexy que je reconnaîtrais n'importe où. Même sans mes lunettes. Même avec la main de Stevie entre les cuisses et sa langue dans la bouche. » (Babs aimait nous choquer en parlant cru. Elle nous manquerait plus tard, tout comme Stevie, Smoke et Pete Marsh.) Des dizaines d'années après, lors de nos fabuleuses réunions d'anciens élèves, le débat se poursuivrait. Le procès de John Reddy n'avait rien réglé, semblait-il. Ni le temps qui, dit-on, « guérit tous les maux... ou presque ». Car c'était un feu souterrain qui couvait sans jamais s'éteindre, invisible et malveillant, et s'embrasait par intervalles, toujours de manière inattendue. Lors de notre dixième réunion, par exemple, alors que nous dévorions joyeusement un cochon à la broche sur la terrasse de la maison de style Tudor de Shelby Connor Strickhauser, sise Ivyhurst Drive à Amherst (le premier mari de Shelby était un fabricant de stimulateurs cardiaques de Buffalo, son aîné de huit ans, et riche), la délicate Shelby aux yeux bleu pâle écarquillés et aux cheveux blonds rebelles oublia son rôle d'hôtesse, sage et modeste dans une robe rose à fleurs Laura Ashley, et s'en prit brusquement à Bo Bozer (avec qui elle était sortie fugacement en troisième) : « Va te faire fiche, Bo Bozer : John Reddy Heart n'était pas un *assassin*. Jamais de la vie. »

La véhémence de Shelby nous surprit. Au lycée, elle avait été la jolie fille frêle qui n'était pas tout à fait aussi fascinante que ses amies plus spectaculaires (Verrie Myers, Mary Louise Schultz, Ginger McCord et d'autres) et à qui nous ne connaissions aucun talent ni disposition particulière, bien qu'elle eût chanté à Pâques, d'une douce voix tremblante de soprano, un rôle important du *Messie* de Haendel, l'année où nous étions en terminale, et se fût lancée avec une concentration fiévreuse dans le tricotage d'un cache-col multicolore — ou peut-être d'un col roulé — pour John Reddy Heart quand il avait été enfermé à Tomahawk Island. Le père de Shelby était banquier, et passait pour un redoutable requin, mais Shelby avec ses mains volentantes et une légère tendance au bégaiement était une fille-oiseau ravissante et gauche que pour une raison quelconque nous n'avions jamais prise au sérieux. Mais nous vîmes la réaction de Bo Bozer, cette expression blessée dans ses yeux de cocker, comme si, toutes ces années, en secret, il avait été amoureux de Shelby, quoique marié, comme nous l'étions tous, à quelqu'un d'autre ; Bo riposta, avec un sourire forcé : « Qu'est-ce qu'il était, alors ?... un chef scout ? »

Roland Trippe, l'avocat suave et coûteux à qui Dahlia Heart avait fait appel pour défendre John Reddy, plaida avec éloquence que si le meurtre était accidentel, comme lui-même en était convaincu, son client aurait tout au plus dû être accusé d'homicide involontaire, et non de meurtre sans préméditation — « Nous avons là un cas choquant et inadmissible d'abus flagrant de pouvoirs discrétionnaires de la part du ministère public, monsieur le président. » Trippe s'ouvrit de son indignation à la presse, donna des interviews où il accusa le bureau du procureur de district d'être « extrêmement prévenu » contre son client en raison de sa jeunesse et du « mode de vie non-conformiste » de sa famille ; mais l'accusation tint bon, et l'inculpation de meurtre sans préméditation fut maintenue. Aux yeux du procureur Dill, et de nombreux autres, John Reddy Heart était « un assassin vicieux et précoce », « un exemple choquant du dérèglement et de la dépravation de l'adolescence américaine ». John Reddy n'arrangea pas son cas en se refusant obstinément à exprimer des remords ; il ne donna pas non plus d'explications sur ce qui s'était passé dans la chambre à coucher de sa mère, ni sur la raison de sa fuite. Certains d'entre nous admiraient son refus de coopérer avec les autorités mais d'autres, plus pragmatiques, comme Blake Wells, le rédacteur de notre journal lycéen *Weekly Willowsvillian*, s'inquiétaient tout haut : « Pourquoi John Reddy ne parle-t-il pas ? "J'ai tué cet homme pour protéger ma mère", il n'aurait pas besoin d'en dire plus. » Evangeline Fesnacht, un des écrivains de notre promotion, une grosse fille renfrognée, répondit à Blake d'un ton méprisant : « C'est ce que tu ferais à la place de John Reddy ; mais *tu n'es pas John Reddy.* » Des mois durant, pendant les cours de sciences sociales de M. Cuthbert, les cours d'anglais de Mlle Bird et de M. Lepage, et même les cours de biologie de M. Dunleddy, les cours de maths de MM. Salaman et Alexander, les cours de français de Mme Picholet, les cours de conduite automobile de M. Schoppa, les cours de gym de l'entraîneur McKeever et de Mlle Fleschsenhauer, le sujet fut examiné, analysé, débattu. Le Groupe des jeunes chrétiens plancha sur des questions de péché et de pardon. Le Club de discussions sur des questions de libre arbitre, de déterminisme et de culpabilité. Si la majorité d'entre nous s'intéressait surtout aux détails de l'affaire — ce que John Reddy portait au moment du meurtre, par exemple (lequel de ces nombreux tee-shirts et de ses vieux jeans troués, laquelle de ses paires de chaussettes de laine grise finement rayées de noir autour de l'élastique) ; si ses vêtements avaient été tachés par le sang de Melvin Riggs ; et quelles routes il avait suivies du 8, Meridian Place à Saint Albans Hill aux solitudes enneigées et sauvages du Mont Nazaréen, dans les Adirondacks, quatre cent vingt kilomètres au nord-est, où on l'avait capturé soixante-douze heures plus tard (dans la cafétéria de l'école, dans la bibliothèque pendant les heures d'étude, au Haven, au Crystal, dans les pizzerias, nous étudions inlassablement des cartes routières de l'État de New York minutieusement marquées à l'encre rouge, avec une férocité de concentration dont nous étions incapables pour nos matières scolaires) —, les plus intellos d'entre nous, comme Clarence McQuade, Ritchie Eickhorn, Bart Digger, Dexter Cambrook et Elise Petko, ainsi que Blake Wells et Evangeline Fesnacht, étaient obsédés par des interrogations métaphysiques sur le hasard et la nécessité, le libre arbitre et le déterminisme, le péché originel et la rédemption. Evangeline Fesnacht qui déclarait fièrement être une « luthérienne non pratiquante » soutenait que, si l'on croit au péché originel, on doit croire à la rédemption.

Dexter Cambrook affirmait d'un ton pédant que, puisque l'on avait récemment découvert que l'univers était « un enchaînement d'accidents nés du néant et condamnés à disparaître dans le néant, dans un second big bang cataclysmique, tous les actes au sein de cet univers, et par exemple le fait qu'un organisme humanoïde vivant en "tue" un autre en lui tirant une balle dans la tête, devaient être également accidentels et dépourvus de signification ». Katrina Olmsted fondit en larmes en écoutant ces mots impitoyables. Reggie Edgihoffer qualifia Dexter d'« agnostique impie ». Elise Petko, l'éternelle rivale de Dexter (depuis qu'elle était arrivée dans notre lycée en classe de troisième, venue de l'école privée Spence de Manhattan, et qui l'emporterait en définitive sur Dexter de 0,19 point pour finir major de notre promotion, reléguant un Dexter dépité au rang de deuxième) contra brillamment son argument en disant : « Si tout est accidentel, alors toute l'humanité est sur un pied d'égalité face à un hasard aveugle, et *nous sommes tous égaux en termes de responsabilité et de culpabilité.* »

(« Cette garce sans cœur ! gronda Verrie Myers. Je la hais. — Mais ça n'a rien de personnel, dit Ken Fischer, en serrant dans les siens ses doigts froids et furieux. C'est "le point de vue philosophique", comme on dit.

— Je me fous du "point de vue philosophique"... c'est de vie et de mort qu'on parle. Celles de John Reddy. »)

Au moment du second procès de John Reddy, au mois de novembre qui suivit la mort de Melvin Riggs, notre Club de discussions parraina un concours contre nos vieux adversaires d'Amherst sur le sujet :

L'homme est un être rationnel et capable d'exercer son libre arbitre. On fit une certaine publicité à ce débat dans la région ; alors que ces concours se déroulaient en général dans une sorte de chambre d'échos, n'attirant que quelques rares amis et parents irréductibles, et encore pas toujours, celui-là remplit la moitié des cinq cents sièges de la salle ; un journaliste en assura la couverture pour la *Willowsville Weekly Gazette*. Ritchie Eickhorn, l'un de nos rédacteurs, un excellent élève qui bégayait un peu, parla avec une éloquence étonnante. Evangeline Fesnacht s'exprima avec vigueur, quoique un peu trop longuement. Blake Wells avait étudié les statistiques locales et nationales concernant la « criminalité juvénile ». Dexter Cambrook et Elise Petko se montrèrent brillants. Les participants furent souvent interrompus par des applaudissements. Les juges ne tarirent pas d'éloges et votèrent le match nul, et les filles de la salle qui avaient redouté que John Reddy Heart n'apparût « coupable » se jetèrent dans les bras les unes des autres en riant et pleurant de soulagement.

Merci, mon Dieu. Rien n'a été décidé.

*

* *

Il est certain, et il s'agit là de faits et non de conjectures, que les Heart étaient mystérieusement *sujets aux accidents*. Ainsi que ceux qui se trouvaient dans leur voisinage.

Les ouvriers — couvreurs, peintres, plombiers, électriciens, jardiniers — qui furent engagés par Mme Heart, par l'intermédiaire de Skelton Bâtiment, pour apporter des améliorations à la maison du 8, Meridian Place, par exemple : l'un d'eux, un couvreur expérimenté, tomba du bord du toit d'ardoises pentu et moussu et se blessa gravement ; un autre, un jeune peintre d'une vingtaine d'années, frappé d'insolation, fut pris de vertige et bascula d'un échafaudage pour atterrir, fort heureusement, dans un buisson qui amortit sa chute ; un autre peintre fut renvoyé par Herman Skelton pour faute professionnelle (on l'avait découvert en train de rôder au premier étage avec l'un des sous-vêtements de soie de Dahlia Heart dans la poche de sa salopette, se croyant seul dans la maison) ; un ouvrier expérimenté de Moss, Tonte et Élagage, perdit inexplicablement le contrôle de sa tronçonneuse (en regardant Dahlia Heart, en chemise de soie blanche et short blanc, un foulard blanc noué autour de la tête, désherber la rocaille ?) et se sectionna un pouce. Une femme de ménage, embauchée par Mme Heart sur la recommandation d'une nouvelle connaissance, s'ébouillanta en nettoyant l'une des énormes vieilles baignoires de céramique du premier étage ; il s'avérerait qu'elle avait bu, en puisant dans la réserve d'alcool d'Aaron Leander Heart. Et il y avait aussi de mystérieux chapardages, de petits objets qui disparaissaient (comme le déshabillé de soie champagne et les culottes de dentelle assorties de Mme Heart), sans que l'on pût mettre la main sur le voleur. Des lettres écrites en capitales grossières dans la boîte des Heart, adressées à « MLLE DAHLIA »...

Tu sais que je t'aime.
Je sucerais bien ton Cœur juteux.

(Dahlia appela Matt Trowbridge du service de police de Willowsville ; il vint aussitôt examiner la lettre mais déclara que, pour autant qu'il sache, celui qui l'avait écrite n'avait enfreint aucune loi et ne pouvait être arrêté — « Mais si nous parvenons à l'identifier, je m'arrangerai pour avoir un entretien privé avec lui, dit Matt Trowbridge d'un air sombre, en serrant les poings. Je parviendrais peut-être à le dissuader de vous harceler davantage, madame Heart. »)

« On croirait qu'une force essaie de chasser ma famille et moi de Willowsville, entendit-on Dahlia Heart dire à Skip Rathke, propriétaire et gérant de l'Alimentation du Village de Spring Street qui, le samedi matin, sa matinée la plus chargée, se tenait sur le pas de la porte pour saluer les clients, aussi bavard qu'un animateur de télévision. Mais ça ne marchera pas. » Mme Heart parlait d'un ton résolu, plein de défi, comme si elle savait parfaitement que ses propos étaient écoutés et enregistrés par des inconnus, essentiellement de sexe féminin, qui, détaillant d'un œil froid son élégant tailleur-pantalon en lin et soie blanc cassé, ses chaussures à talons de liège nouées par une lanière à ses chevilles nues, les rangs de perles de culture étincelantes à son cou et son maquillage, aussi impeccable que si elle venait de faire son entrée en scène dans le night-club d'un casino de Las Vegas, ne lui voulaient aucun bien.

« Oui. Une force. *Mais ça ne marchera pas.* »

Et un jour, environ huit mois après que les Heart s'étaient installés dans leur nouvelle maison (que tout le monde persistait à appeler la maison des Edgihoffer), alors que l'action en justice des Edgihoffer était encore en instance et qu'avaient été entreprises des réparations importantes qui n'étaient pas au goût de tout le monde dans le village (et notamment pas des soixante-quatre membres de la Société historique qui signèrent à l'unanimité une pétition, envoyée à Mme Heart en recommandé, pour protester contre la peinture bleu œuf-de-rouge-gorge, l'abattage de nombreux beaux arbres et la « défiguration grotesque » de la rocaille naguère primée), Dahlia Heart, vêtue de sa tenue blanche habituelle, un petit chapeau rond de satin blanc avec voilette à pois perché sur ses resplendissants cheveux blanc blond torsadés, fut l'invitée remarquée de l'homme d'affaires et entrepreneur Jerry Bozer au Country Club de Willowsville (« L'idiot ! Pense-t-il vraiment nous faire croire qu'il a un "repas d'affaires" avec la croupière ? ») ; et le serveur noir d'une quarantaine d'années qui servait le couple dans la salle à manger baignée de soleil donnant sur le parcours de golf poussa soudain un grognement, tituba, lâcha le plateau d'assiettes qu'il portait, râla et tomba lourdement sur le sol où il se mit à trembler, se tordre, donner des coups de pied ; et la belle Mme Heart se leva d'un bond, en criant : « Il a une crise ! Il est épileptique ! Appelez une ambulance ! » Tandis que toutes les autres femmes de la salle regardaient la scène avec terreur et répugnance, Dahlia Heart s'accroupit près du serveur, qui avait les yeux révulsés et l'écume aux lèvres, se baissant si brutalement que sa jupe blanche ajustée remonta sur ses cuisses, révélant une chair aux muscles saillants, et que ses bas craquèrent en dix endroits à la fois. Avec des mains fermes et capables, sans craindre d'abîmer ses ongles minutieusement vernis, Mme Heart immobilisa l'épileptique, lui ouvrit de force les mâchoires et, avec « un affreux peigne d'acier à long manche » (ainsi fut-il décrit) qu'elle sortit de son sac à main, lui appuya sur la langue pour éviter qu'il l'avale. Et tout cela si vite ! Sans un seul moment d'hésitation ! Quand l'équipe médicale d'urgence de l'hôpital d'Amherst arriva quelques minutes plus tard, la crise était passée. Le serveur noir respirait de nouveau, presque normalement ; son visage, grisâtre, marbré de sueur, ressemblait de nouveau à un visage humain et non plus à un masque mortuaire. Haletante, Dahlia Heart se releva. Personne n'avait pensé à l'aider. Son petit chapeau rond était de travers sur sa tête et une mèche de cheveux blonds d'apparence synthétique s'était échappée de sa torsade. Ses bas étaient en piteux état. Son élégant boléro blanc et sa jupe fendue derrière étaient humides et tachés, comme si la peau sombre acajou du Noir y avait laissé son empreinte. Ce fut seulement lorsque Mme Heart regarda autour d'elle et vit les yeux de tous les visages blancs de la salle fixés sur elle, dont ceux de M. Bozer, qu'il lui effleura l'esprit qu'elle avait commis un impair.

(Il y a une histoire mélancolique à l'arrière-plan de la vie de John Reddy dans notre banlieue, et c'est l'espoir entretenu par Dahlia Heart de se voir proposer un jour de devenir membre de l'un de nos clubs privés. Après tout, ses relations d'affaires fortunées et influentes, MM. Bozer, Skelton, Pepper, Riggs et d'autres, appartenaient à ces clubs et l'y invitaient de temps à autre : le Country Club de Willowsville, le Tennis Club Glenside, l'Union Club du lac Érié, le Club sportif de Buffalo, le Country Club de Buffalo. Et il y avait aussi le Club des jardiniers de Buffalo, et même la Ligue féminine du village. Et d'autres encore.

Mais avant même le scandale Riggs, qui vaudrait à Dahlia Heart d'être abandonnée par les quelques amis qu'elle avait cultivés, il n'en fut jamais question. Ce jour où le serveur noir fut pris de convulsions au Country Club scella son destin social à Willowsville... bien que, naturellement, elle ne s'en doutât pas.)

Des mois plus tard, Herman Skelton eut sur le Peace Bridge un accident qui faillit lui coûter la vie, et qui ne fut jamais entièrement expliqué. Un jour de semaine, après minuit, l'Oldsmobile neuve de M. Skelton dérapa au sommet de ce long pont majestueux, franchit la ligne blanche et manqua de peu une voiture venant en sens inverse avant d'aller s'écraser contre la rambarde ; la voiture aurait fait une plongeon de plusieurs dizaines de mètres et se serait enfoncée dans les eaux tumultueuses du Niagara si la rambarde n'avait pas tenu. Sans connaissance, perdant son sang, M. Skelton fut transporté d'urgence à l'hôpital général de Buffalo ; il souffrait d'une commotion cérébrale, avait la clavicule et plusieurs côtes cassées, et des lacérations marqueraient à jamais de vilaines cicatrices son séduisant visage coloré, piqué de taches de son. Les dommages subis par sa voiture et par son mariage furent plus graves encore : car Herman, marié depuis vingt-six ans, avait menti à sa femme Irma, lui disant qu'il avait un dîner d'affaires à Buffalo alors qu'en réalité, comme on le sut sur-le-champ, ce dîner n'avait jamais eu lieu, et qu'une femme était avec lui au moment de l'accident... Dahlia Heart. Herman l'avait emmenée « visiter » Fort Erie et Niagara Falls, dans l'Ontario ; après un long dîner au Top of the Flame, le restaurant panoramique du vingtième étage de la Niagara Tower, ils étaient allés prendre un verre et danser au Horseshoe Lounge, situé sur la rive canadienne du Niagara et donnant sur les Horseshoe Falls ; pour couronner le tout, Herman serait accusé de conduite en état d'ivresse. Dahlia Heart, qui, dans son intérêt, avait choisi de ne pas l'accompagner à l'hôpital en ambulance, mais de rentrer directement chez elle, s'en était par miracle sortie sans une égratignure.

Pourtant Dahlia Heart était elle-même sujette aux accidents. À plusieurs occasions pendant les années où cette femme mystérieuse vécut parmi nous, nous la vîmes porter en public des lunettes noires voyantes parce que — supposions-nous — elle avait un œil au beurre noir, ou les deux. C'étaient des lunettes de style hollywoodien avec monture de plastique blanc et verres très sombres. Elles avaient le pouvoir d'aimanter le regard des hommes presque autant que le remarquable visage de Mme Heart lui-même. Lorsque John Reddy se mit à jouer dans l'équipe de basket du lycée, nous la voyions de temps à autre lors des matchs à domicile, généralement en compagnie du grand-père de John Reddy (un personnage, des cheveux tout blancs et, sur la tête, un chapeau de cow-boy qu'il n'enlevait jamais) et parfois de Shirleen et de Farley, la sœur et le frère cadets de John Reddy (dont nous ne connaissions pas les noms) ; elle arrivait à l'heure mais partait souvent à la mi-temps, si captivant que fût le match et si remarquablement que jouât John Reddy. Tout le monde regardait Mme Heart entrer dans le gymnase, vêtue de blanc comme à son habitude, avec, par temps froid, un long manteau de fourrure d'un blanc voluptueux (de l'hermine ?... Nos mères juraient que c'était du synthétique), et se diriger chaussée de ses chaussures blanches à talons aiguilles, ou par temps froid de ses bottes blanches à talons aiguilles, vers le siège qui lui était réservé ; et tout le monde la regardait partir. Parfois elle prenait le temps de serrer la main de l'entraîneur en sueur et de le féliciter d'une voix voilée et suave — « Ces garçons sont fantastiques, monsieur. John-ny me dit que *vous êtes le meilleur* » —, laissant McKeever les yeux clignotants et sonné comme s'il avait reçu un coup de marteau sur la tête. Parfois elle échangeait quelques mots enjoués avec notre proviseur, M. Stamish, qui assistait à tous les matchs à domicile, avec nos professeurs MM. Cuthbert, Larsen, Dunleddy, Schoppa. Nous regardions ces hommes dévisager Dahlia Heart, plus fascinés encore si elle portait ses lunettes noires, et nous trouvions agréable que, l'espace de ces quelques secondes, ils partagent les mêmes pensées que nous et qu'un pont franchisse le « fossé des générations ». Exprimant le point de vue de copains moins diserts, Dougie Siefried roulait les yeux, en gémissant : « Cette femme est sex-y », et avec des gestes suggestifs, feignait de faire des efforts surhumains pour ne pas se branler. « On la sent à cent mètres. On se demande qui la cogne pour qu'elle ait un œil au beurre noir à cacher. *Qui se la cogne ?* » Parfois nous la suivions quand elle quittait l'avenue de la Mode, le samedi soir. Nous l'avions aperçue dans la boutique Le Bon Ton, dans le salon de thé du Village, chez Nico ou au Crystal... seule ou avec sa fille pataude. Courageusement, à plusieurs voitures, nous roulions au pas dans l'impasse de Meridian Place, espérant apercevoir Mme Heart en train de travailler dans la fameuse rocaille. (Nous trouvions que les gnomes de plâtre de soixante centimètres, les grenouilles vertes psychédéliques et les petites filles en bois à capelines et arrosoirs que Mme Heart avait placés parmi les rochers et les fleurs y mettaient une touche sympathique — « Comme le *Fantasia* de Disney, disait Blake Wells d'un ton songeur. Ça donne un aperçu de son univers. ») Nous mourions de peur que les vieilles commères qui habitaient de chaque côté de chez les Heart, Mme Thrun et Mme Bannister, nous signalent aux flics. Nous mourions de peur que John Reddy soit dans le coin et nous voie.

Avec le temps nous ne saurions plus très bien si nous avions réellement vu ou seulement imaginé les yeux pochés sexy de Dahlia Heart, ses bras et (bon, ça, nous ne pouvions pas l'avoir vu) ses seins, ventre et cuisses meurtris. Nous ne saurions plus très bien si nous étions des adolescents de seize, dix-sept ans normalement obsédés par la sexualité ou de monstrueux pervers. « Qu'est-ce que ça ferait de l'avoir pour mère, vous croyez ? demandait Jon Rindfleisch. D'être dans la même maison... la même salle de bains, chambre à coucher... qu'elle ? » Nous essayions d'imaginer la vie familiale de John Reddy mais l'imagination nous faisait défaut. Ketch Campbell nous étonna en disant avec un sourire lubrique : « C'est une femme qu'il faut embrasser... ou tuer. » Et Dougie Siefried gémissait, comme en proie à une véritable douleur : « *Qui se la cogne ?* Il y a forcément quelqu'un. » Des heures durant, attablés chez Nico, nous mâchions des croûtes de pizza et lampions du Coca-Cola en nous demandant lequel de nos pères pourrait être l'amant mystérieux de Mme Heart. D'après les rumeurs que nous avions entendues (par hasard, nos mères papotant au téléphone), Mme Heart voyait des hommes mariés de Willowsville ; nous ne savions pas exactement ce que

« voyait » voulait dire, mais nous étions pleins d'espoir. Dwayne Hewson proposait son paternel, ancien quarterback de l'université de Buffalo et actuel cadre dynamique de la Metropolitan Life. Smoke Filer proposait le sien, un peu gras mais pas trop laid, « à l'en croire, un vrai étalon ». Art Lutz, Pete Marsh, Roger Zwaart... nous soutenions tous que cela pouvait être nos pères vu qu'ils étaient rarement à la maison, travaillaient tard à leurs bureaux et étaient souvent en voyages d'affaires. Seul Bo Bozer, dont le père passait depuis longtemps pour un des amis intimes de Mme Heart, écartait le sujet d'un haussement d'épaules comme une mauvaise odeur. C'était bizarre de le voir allumer une cigarette, souffler la fumée par les deux narines et dire en ricanant : « Mon dab ? Me faites pas rigoler. Cette pauvre andouille ne réussirait même pas à la lever avec une manivelle... à supposer qu'il en ait l'occasion. »

Un jour, en prononçant cette phrase chez Nico, Bo se mit à pleurer. Des larmes jaillirent de ses yeux et coulèrent sur ses joues et nous continuâmes à manger nos pizzas, à lamper notre Coca et lancer nos plaisanteries à la noix, sans rien remarquer.

*

* *

Les filles ne croyaient pas que John Reddy Heart fût sujet aux accidents par inattention ou par négligence. Comme Trish Elders l'affirma : « John Reddy essaie d'empêcher les choses de tourner mal. » La mélancolique Janet Moss approuva : « Il a une âme tragique. » Nerveuse, surexcitée, poussant de petits soupirs rauques comme sa mère, Verrie Myers coupa : « “Le héros tragique — nous disait M. Lepage aujourd’hui — est le moteur de l’action, et celui qui la subit.” Comme Hamlet. » Millie LeRoux objecta de sa voix nasale : « Mais Hamlet n’est-il pas aussi un “héros sacrificiel” ? Parce qu’il doit mourir. Comme Othello. » Mary Louise Schultz dit, en allumant une Winston (elle venait tout juste de se mettre à fumer, angoissée par le drame du premier procès de John Reddy, qui s’était abruptement terminé par une annulation : « C’est si triste, bon Dieu ! Et si injuste ! On devient un héros mais seulement à condition d’être *sacrifié.* » Shelby Connor riposta : « Écoute, Millie, disons que tu sois Ophélie, tu es sacrifiée aussi. Mais tu n’en deviens pas un “héros” pour autant. » Verrie Myers dit avec impatience, ses beaux yeux fous nous dévisageant tour à tour : « Qu’est-ce que ça à voir avec John Reddy Heart, de toute façon ? Il est américain, bon sang. *Il est comme nous.* » Mais sa remarque flotta dans l’air, ténue comme les volutes de nos cigarettes partagées. Nous ne voulions pas contredire Verrie mais il nous était impossible de croire que c’était ainsi... que *John Reddy Heart était comme nous.*

Lançant une jambe par-dessus le dernier barreau de l’échelle d’incendie derrière l’école d’Academy Street, et se hissant, se mettant à grimper. On n’avait pas l’impression que c’était de l’épate. Peut-être s’ennuyait-il ou avait-il besoin de mouvement. Un garçon maigre dégingandé d’à peine onze ans, avec des bras aux muscles noueux. Cet accent traînant de l’Ouest dont il n’était pas conseillé de sourire. Un paquet de Lucky Strike fourré dans la poche de derrière de son pantalon. Regardé par tous les gosses de la cour de récréation, John Reddy escalada rapidement l'échelle jusqu'au toit, les gestes sûrs, comme un singe, et disparut. « Comment ça, il a disparu ? demandait invariablement quelqu'un, d'un ton incrédule. Il n'a pas pu *disparaître*.

— Si, répondions-nous. Il a disparu.

— Mais c'est impossible. Vous n'avez pas vu où il allait, c'est tout.

— L'école d'Academy Street ne touche aucun autre bâtiment. John Reddy est monté sur le toit, et nous avons couru sur les côtés, nous avons couru devant, nous avons fait le tour du bâtiment... il avait *disparu*. » Aussitôt d'autres garçons essayèrent de le suivre, se battant à qui grimperait le premier. DeMott Duncan, un élève rondouillard de quatrième, glissa, tomba sur la chaussée d'une hauteur de trois mètres, se cassa l'avant-bras gauche et fut emmené, beuglant de douleur, par un de nos professeurs. Après cela, John Reddy fut considéré avec méfiance et respect. Cela plaisait aux filles que les garçons le craignent. Il avait la tête chaude, le coup de poing facile. Il pouvait attaquer sans crier gare. Il parlait rarement, à moins d'avoir quelque chose à dire, et son style était alors laconique et prosaïque, adulte. On raconterait bien des fois l'anecdote de ce jour où, en quatrième, il était entré en classe un lundi matin, l'œil enflé et le visage marqué de coups, et quand Mlle Koithan, affolée, lui avait demandé ce qui lui était arrivé, John Reddy avait répondu poliment avec son accent traînant : « J'ai pris une branlée, madame. » Les garçons de la classe rirent pour ne pas montrer qu'ils ne savaient pas ce que voulait dire « prendre une branlée ». Les filles firent mine de n'avoir rien entendu. Au bout d'un moment, les joues rouges, Mlle Koithan fit mine de ne rien avoir entendu non plus. Quelques années plus tard, alors que John Reddy était en seconde, nous entendîmes dire qu'il avait pris part à des bagarres et été arrêté par la police... un soir à Niagara Falls. Contre qui il s'était battu, et pourquoi... nous n'en savions rien. À quinze ans, le bruit courait qu'il sortait avec des filles adultes, des femmes qui n'étaient pas au lycée, qui n'habitaient pas Willowsville et que nous ne connaissions pas. C'est pendant l'année de seconde de John Reddy, au printemps, qu'eut lieu la fameuse bataille de Tug Hill entre des types d'Amherst et des types de Willowsville : ces types d'Amherst avaient l'habitude de venir traîner dans nos rues après l'école, ils essayaient de ramasser des filles et leur criaient des grossièretés, et un jour ils allèrent trop loin et sifflèrent Sasha Calvo dans Main Street, alors qu'elle rentrait chez elle : « Hé ! la Ritale, tu viens faire un tour ? » John Reddy l'apprit et réunit une dizaine de types de Willowsville, des mecs de son équipe, et il y eut une bagarre à Tug Hill Park, une vraie bagarre à coups de poing. Pendant des années, Art Lutz dirait avec émerveillement : « Bon Dieu, John Reddy se battait comme un possédé. C'était un spectacle qui donnait à réfléchir. » Smoke Filer dirait : « Après ça, ça ne m'a pas étonné qu'il tue quelqu'un. Quand on l'avait vu se servir de ses poings, ça ne pouvait pas vous étonner.

— Le pire, c'est quand il a failli mourir. Sur la route de Millersport.

— Il n'a pas failli *mourir.* Il n'a même pas été blessé.

— Il aurait pu mourir ! Il l'a dit lui-même.

— Mais cet accident n'était pas sa faute. Il n'y était pour rien. »

Et c'était vrai : John Reddy n'y avait été pour rien, sauf qu'il y avait en lui quelque chose qui semblait attirer, comme un aimant, ce genre d'incidents. Trois semaines avant le meurtre de Melvin Riggs, John Reddy roulait sur la route de Millersport dans sa Cadillac d'un vert acide criard quand quatre jeunes types bourrés de South Buffalo se rapprochèrent dangereusement de lui dans une Trans-Am noire, en lui criant des insultes et en klaxonnant pour le pousser à faire la course avec eux ; mais John Reddy n'était pas d'humeur et il leur fit un bras d'honneur et la Trans-Am riposta en emboutissant presque son pare-chocs arrière, et cela alors que les deux voitures roulaient à plus de cent dix sur une route à trois voies, balayée de minces rideaux spectraux de neige fondue ; John Reddy accéléra pour tenter de leur échapper, mais naturellement c'était ce que le conducteur de la Trans-Am attendait ; il déboîta pour dépasser la Cadillac comme s'il voulait la heurter de flanc, et les deux voitures foncèrent côte à côte, vibrant dans le vent, tandis que d'autres véhicules freinaient, braquaient, se jetaient sur les bas-côtés pour les éviter. La Trans-Am s'apprêtait à se rabattre devant la Cadillac — John Reddy écrasait le frein à ce moment-là, en priant que sa voiture ne fasse pas de tête-à-queue, c'est ce qu'il expliqua à la police — quand elle dérapa, quitta la route et alla heurter de plein fouet une butée de ciment près de Dodge Road. « Une vision dantesque, dit un témoin à la police. Cette voiture diabolique s'est tout simplement ratatinée. »

Le conducteur de la Trans-Am fut tué sur le coup,

le haut du crâne cisaillé ; le jeune homme assis à côté de lui mourut dans la voiture accidentée, et les deux autres passagers furent gravement blessés. « On voyait du sang, leur sang, couler de la voiture, dit un témoin. Du sang, de l'huile, de l'essence ! Certains d'entre nous craignaient que ça s'enflamme. Que la voiture explose. » Comment John Reddy avait-il réussi à s'en sortir, à arrêter la Cadillac sur l'accotement, il ne se le rappellerait pas ensuite. Tout s'était passé dans un brouillard. Comme dans un mauvais rêve. À la façon (cela, il le dirait à M. Dunleddy, mais seulement bien des mois plus tard) dont son père était mort, tombé en vrille d'un ciel de désert bleu ardoise avec une telle force qu'il avait ouvert un cratère de trente mètres de circonférence dans la terre sablonneuse. Lorsque police et ambulances arrivèrent sur les lieux, ils découvrirent le jeune John Reddy Heart à quelques mètres de la carcasse de la Trans-Am, agenouillé, tête baissée et yeux fermés, les lèvres remuant comme s'il priait. Autour de lui, d'autres conducteurs regardaient, figés et frissonnants, atterrés par le carnage. À l'intérieur de la Trans-Am fumante il y avait des corps mutilés et sans vie mais le conducteur de la Cadillac vert acide, un adolescent de seize ans portant un blouson de cuir noir usé, un jean et des bottes de cuir fatiguées, tête nue, un désordre de cheveux noirs huileux encadrant son visage soucieux, ne regardait pas. « Le visage de ce jeune homme était mortellement pâle, dit l'un des médecins. Pour moi, il était en état de choc, mais il a assuré qu'il allait bien et qu'il voulait juste rentrer chez lui. » Par chance pour John Reddy, il y avait eu des témoins qui expliqueraient à la police ce qui s'était passé, le déchargeant de toute responsabilité. Dans le

Courier-Express du lendemain matin, il y eut un article en première page, avec une photo de la Trans-Am et, en cartouche, celles de ses quatre jeunes occupants ; aucune photo de John Reddy Heart, mais le journal donnait son nom et son adresse. Tout le monde à l'école parla de l'accident mais... où était John Reddy ? Il fut absent plusieurs jours. Et lorsqu'il revint, sombre, renfrogné et distrait, il refusa de parler de l'accident, y compris avec ses coéquipiers. « Ça m'a un peu blessé, je dois dire, se plaignait Dwayne Hewson. Je m'approche de John Reddy qui est mon pote, je lui donne un petit coup de poing dans l'épaule, tout ce qu'il y a de léger, et je dis : “Tu l'as échappé belle, hein, John ? Il paraît...” et John Reddy me reluque comme si j'étais Crotte-de-nez Nordstrom *et il se barre sans dire un mot.* » Des réactions similaires furent rapportées par d'autres sources, et notamment par ces filles de terminale habituées à traîner effrontément près du casier de John Reddy ou à le supplier de les emmener faire un tour dans sa Cadillac après l'école. Verrie Myers, qui croyait alors avoir des « relations télépathiques » avec John Reddy, glissa des mots dans son casier et sous les essuie-glaces de sa voiture... sans obtenir de réponse. Mais M. Cuthbert rencontra John Reddy chez Farolino, Meubles et Menuiserie, où John Reddy travaillait à temps partiel, et lui demanda carrément, car M. Cuthbert avait pour habitude d'être carré avec ses élèves, s'il était vrai qu'il avait manqué de peu être tué, comme tout le monde le racontait. « Il a d'abord évité mon regard, ce qui ne ressemble pas à John Reddy, qui regarde tout le monde en face. Puis il a dit, si bas que j'entendais à peine, comme s'il avait honte : “Je me suis préparé à mourir en vitesse, monsieur. Mais ce n'est pas arrivé." » Smoke Filer, un sportif populaire, champion de lutte de l'État, raconta que son père, chirurgien à l'hôpital général de Buffalo, était tombé un jour sur John Reddy et lui avait demandé ce qu'il faisait si loin de chez lui, et John Reddy avait répondu qu'il était venu donner son sang ; il avait également essayé de rendre visite à deux de ses amis mais ils étaient en réanimation et on ne peut pas rendre visite à des gens en réanimation à moins d'être de la famille. Smoke dit : « C'étaient forcément les types de l'accident ! Bizarre ! Donner son sang et appeler ces types ses amis ! Mon père m'a demandé si "ce John Reddy Heart" se droguait, parce qu'il avait de drôles d'yeux, et je lui ai répondu : "Sûrement pas, papa, John Reddy est un mec du tonnerre !" »

Serré dans un coin de notre box du Crystal, Smoke Filer raconta cette histoire d'un air important, avec un art déjà consommé. Lorsqu'il se tut, il fut étonné de nous voir garder le silence. Le vacarme du Crystal nous environnait, mais nous n'entendions rien. Mary Louise Schultz s'essuyait les yeux. Verrie Myers allumait d'une main tremblante une Camel prise dans le paquet de Smoke. Ginger McCord se mordait la lèvre inférieure, contemplant les glaçons qui fondaient dans son Pepsi Light comme si elle y voyait son propre avenir mystérieux. Et finalement Trish Elders murmura : « Son sang.

— Son sang à lui.

— Imaginez un peu : le *sang* de John Reddy.

— Dans une transfusion. Injecté dans votre bras. *Son sang.*

— Qui court dans vos veines. Votre cœur.

— Votre cœur !

— Oh Dieu. *Oh.*
— *Ohhhh. Dieu.* »

(Smoke raconta à ses copains que ça l'avait fait râler comme un pou : alors qu'il croyait impressionner un max les filles du Cercle en leur racontant cette histoire sur John Reddy, c'était tout juste si elles n'étaient pas tombées en transe. « J'ai eu l'impression de me retrouver le seul mec dans une orgie de gouines. Il y avait ce courant électrique bizarre entre elles. Comme si, brusquement, je n'existais plus, bordel ! »)

Et puis il y avait « les autres Heart », à qui peu d'entre nous faisaient attention. Bien que manifestement eux aussi fussent sujets à de mystérieux accidents.

Le grand-père de John Reddy, par exemple, Aaron Leander Heart. C'était lui le propriétaire de l'« arme du crime », même si, ainsi qu'il dut l'admettre devant la police, il n'avait pas de permis valable pour l'État de New York. « Si ce revolver n'avait pas été dans la maison, John Reddy n'aurait pas pu s'en servir. Si ce revolver n'avait pas été chargé, John Reddy n'aurait pas pu tuer cet homme. » On pouvait soutenir que M. Heart était responsable de cette tragédie, et peut-être le vieil homme se sentait-il coupable et éprouvait-il des remords de ce qui était arrivé, sinon envers Melvin Riggs (« Si jamais un salopard a mérité de mourir, c'était bien lui », aurait-il dit à plusieurs reprises) du moins envers son petit-fils John Reddy (« S'il y a jamais eu un brave garçon, c'est notre Johnny »). Mais il avait déclaré à la police sans jamais en démordre que le Colt calibre 11,43 « n'était pas chargé, non monsieur, je peux le jurer ». Il avait publiquement et violemment protesté contre la confiscation de cette arme par la police — « C'est moi qui ai acheté ce fichu revolver au Nevada, je l'ai payé cent cinq dollars, et j'en suis *le légitime propriétaire.* » Lors des procès de John Reddy, il fut pour la défense un témoin récalcitrant et peu coopératif qui semblait souvent ne pas savoir où il se trouvait ni pourquoi, et pour l'accusation un témoin têtu, grincheux et rarement cohérent. Certains observateurs croyaient Aaron Leander Heart « givré comme une orange », et d'autres voyaient en lui un acteur accompli et rusé jouant dans un drame secret de son invention.

M. Heart avait l'air et le maintien d'un vieux guerrier indien. Un pionnier d'un passé ouest-américain depuis longtemps disparu. Son cheval et son fusil lui avaient été retirés mais une vigilance voilée, sardonique, brillait dans ses yeux de pierre. *Ne me marchez pas sur les pieds ! Ne me tournez même pas le dos.* Ses cheveux blancs qui étaient presque trop blancs, comme les cheveux blond platine de Dahlia Heart étaient presque trop blonds, ondoyaient sur ses épaules. Son chapeau de cow-boy beige crasseux était crânement incliné sur sa tête. Une moustache rude, tachée de tabac autour de la bouche, cachait en partie un visage tanné, ravagé de rides. (« Mais on voit qu'il a été beau, n'est-ce pas ? Comme John Wayne. Gary Cooper. ») De profil, M. Heart ressemblait à un épervier. Ses dents pouvaient être qualifiées de « dents de la frontière »... on avait l'impression que sable ou poussière les avaient décapées, usées, s'étaient incrustés dans les anfractuosités. Il avait des canines remarquablement longues et pointues. Lorsque M. Heart riait (comme il l'avait fait à plusieurs reprises, de façon inattendue, à la barre des témoins), il ressemblait à un loup hilare. Son rire était silencieux, sifflant, et peut-être n'était-ce pas vraiment un rire. Nous l'entendions parfois, seuls dans nos chambres à coucher, frissonnants, sachant que c'était le vent et non ce terrible M. Heart en train de rôder dans la nuit comme un fantôme. « Mais si John Reddy l'aime, c'est forcément quelqu'un de bien. » Il semblait en effet évident que John Reddy aimait son grand-père, car on les voyait parfois ensemble dans la voiture de John Reddy ; le petit-fils se montrait affectueux envers son grand-père, mais aussi plein de respect : nous l'entendions toujours l'appeler « monsieur », à la mode texane.

Lorsque l'on apprit au moment de l'arrestation de John Reddy qu'Aaron Leander Heart avait soixante-treize ans, cette découverte suscita surprise et déception. « Bizarrement, on ne s'attend pas à ce qu'un personnage comme ça ait un âge défini. »

Le vieux M. Heart ! Nous essayions de voir John Reddy en lui, mais cela demandait un effort d'imagination qui nous dépassait. Le seul fait de regarder nos parents, sans parler de nos grands-parents, et de voir, comme un reflet indésirable dans un miroir, l'ombre de notre destin dans le visage d'une mère, le profil d'un père, nous mettait mal à l'aise. Nous ne connaissions pas, ni ne souhaitions deviner, l'âge de nos parents. Nous ne savions pas, ni ne souhaitions croire, qu'ils avaient un jour été jeunes. Que John Reddy ait le profil d'épervier rapace du vieux M. Heart — que l'ossature de son jeune visage séduisant fût la même que celle de son grand-père — que tous les deux, malgré les dizaines d'années qui les séparaient, partagent certains tics de comportement indiscutables, une façon d'incliner la tête, de lancer des regards circulaires, yeux voilés et sourcils froncés — sans parler de l'accent texan — n'était pas admissible.

« Personne ne ressemble à John Reddy Heart ! *Personne.* »

Depuis son arrivée à Willowsville et son installation dans la maison du colonel Edgihoffer, les gens du village s'étaient habitués à voir le vieux M. Heart, même si le personnage était discuté. Ses voisins de Saint Albans Hill se montraient très critiques. Pour eux, le vieil homme était « le pire de la bande ». « À peine plus qu'un vagabond. Un chiffonnier. Et un poivrot. » Pourtant il fallait reconnaître, fût-ce à contrecœur, que ses vêtements mal assortis, négligés, étaient de qualité. Vestes, gilets, cravates tachées, gants dépareillés, le mouchoir rouge noué autour de son cou grimaçant de dindon. Ses bottes fatiguées, que l'on aurait dites souillées de fumier, passaient pour être en cuir repoussé et fabriquées main. Chaque matin, il devait se lever tôt, avant l'aube ; prendre son bâton de noyer et son sac de toile, de plus en plus élimé, de plus en plus sale, et se mettre en route. On le voyait partout. Sa silhouette fantomatique pouvait apparaître à l'improviste sur une route, émerger de la brume, du brouillard, de la bruine, de la neige, indifférente aux hurlements des freins, aux concerts de klaxons. M. LeRoux, le père de Millicent, qui faisait la navette entre Willowsville et le Marine Midland Center, au cœur de Buffalo, et quittait sa maison du Common avant l'aube les matins d'hiver, racontait qu'un matin brumeux et bruineux il avait renversé le vieux M. Heart en le heurtant de son aile droite — « Je ne l'ai tout bonnement pas vu ! Il a surgi de nulle part. Mais il s'est aussitôt relevé, a refusé de m'écouter lorsque j'ai tâché de lui parler, a fait de grands gestes de la main et s'est éloigné en clopinant, l'air indigné. Quel personnage ! » Car le vieux M. Heart était un homme passionné. Un homme qui avait un but. Un homme qui avait une vision. (Mais aucun d'entre nous n'aurait pu deviner à l'époque ce qu'était cette vision.) Il sillonnait notre banlieue paisible, allant jusqu'au cimetière Saint-Pierre-et-Saint-Paul au sud (où il lui arrivait aussi de faire un somme) et jusqu'au Tennis Club d'Amherst Hills au nord. Dans sa quête inlassable de bouteilles et de bouts de verre abandonnés, il foulait les pelouses soignées du terrain de golf du Country Club avec autant de sans-gêne que s'il s'était agi d'un terrain vague envahi de mauvaises herbes. Les visiteurs de passage à Willowsville avaient un mouvement de recul en voyant apparaître ce vieil homme chenu qui, bâton à la main, gros sac de toile jeté sur l'épaule, boitait avec énergie — « Mon Dieu, qui est-ce ? Le Temps ? » Nous ne savions comment expliquer M. Heart. Il nous inspirait embarras, sentiment de protection, fierté. Le grand-père de John Reddy ! Battant les parcs, les sentiers et les ruelles avec l'œil perçant et la voracité d'un vautour à la recherche de trésors de pacotille, inspectant les poubelles devant nos maisons, les souterrains des voies ferrées, les grandes bennes à ordures. Scrutant la végétation enchevêtrée des rives de Glen Creek et des rigoles sans nom qui s'y jetaient. M. Heart dormait où le sommeil le prenait : son banc favori se trouvait sur la célèbre « Promenade des cent saules » de Glen Creek. Par une tiède journée de printemps, plusieurs d'entre nous le virent flâner de-ci de-là, comme un corbeau, dans le no man's land marécageux s'étendant au-delà de Tug Hill Park ; nous constatâmes, grâce aux jumelles du petit frère de Shelby Connor, que M. Heart était difficile. Il ne se satisfaisait pas de n'importe quel bout de verre. Le sourcil froncé, il examinait chaque spécimen, l'élevant à la lumière avant de décider de le mettre dans son sac ou de le rejeter avec dédain. (Il paraissait choquant à certains habitants du village, et une preuve supplémentaire des basses origines des Heart, que le vieillard ne songeât pas un seul instant à ramasser ces détritus. Quoi qu'il eût en tête, il ne le faisait que pour lui seul.)

M. Heart se lassa bientôt de notre village où la cueillette était maigre. M. Olmsted, le père de Katie, rapporta l'avoir vu à des kilomètres de là, près de la sortie de Naval Park, sur la Buffalo Skyway — « Je l'ai rappelé, je voulais le convaincre de monter et le raccompagner chez lui, mais il n'a pas paru m'entendre. Il s'est juste éloigné. » Maxine Bird rapporta avoir ramené M. Heart dans sa voiture à diverses reprises, de Transit Road et d'ailleurs ; un soir venteux d'automne, alors que John était en seconde, M. Heart fut retrouvé « hébété et tenant des propos incohérents » à Batavia, au bord d'une route, puis, un autre jour, à Clarence Center ; tantôt la police locale le ramenait chez lui, tantôt John Reddy ou Dahlia Heart partaient précipitamment le chercher. Un jour d'hiver (à une époque où John Reddy commençait à être une star du basket locale), M. Heart fut arrêté par la police de la route parce qu'il écumait les bords d'une voie rapide où les piétons n'étaient pas admis. La plus dangereuse de ses aventures survint quelques semaines à peine avant le meurtre de Melvin Riggs : alors qu'il explorait le centre d'enfouissement de Dodge Road, il escalada hardiment une petite montagne de déchets de Noël, déclencha une avalanche, tomba et resta enseveli des heures sous les détritus par une température de – 20 °C, avant d'être découvert et sauvé par des éboueurs. Soigné pour gelures et hypothermie, Aaron Leander Heart, qui se montrait si obstinément silencieux depuis des années, se mit à parler avec excitation, comme quelqu'un qui a entr'aperçu le néant par-dessus l'horizon. « Le Seigneur a demandé une Arche de Verre ! À côté d'un Lac de Verre ! J'ai une mission à remplir. » Et, étreignant le poignet de tous ceux qui s'approchaient, d'un air implorant : « J'ai été lâche et pécheur, et je ne m'en repens pas. Je me suis montré cruel envers les autres mortels. Mais j'ai cette mission à remplir. » Lorsque Dahlia Heart et John Reddy, âgé de quinze ans, vinrent le chercher, et que les policiers dirent à Dahlia qu'il était de son devoir de mieux surveiller son père, elle protesta : « Le "surveiller" ? Lui ? Comment ? En l'attachant ? Que voulez-vous que je fasse, je ne suis que sa fille, vous croyez que ce vieil orgueilleux m'écoute ? »

M. Heart manqua donc de peu mourir de froid, et reprit bientôt après ses vagabondages. Sans se soucier des regards désapprobateurs et scandalisés de nos parents. Jusqu'à ce qu'un jour nous nous rendions compte que nous le voyions depuis des années. Une vie entière. Depuis notre enfance. Et certains de nos parents aussi, qui avaient grandi à Willowsville, juraient se rappeler l'avoir vu dans leur enfance. « Le vieux M. Heart. Ce vieil homme aux cheveux blancs avec un sac ? Oh oui ! il est ici depuis toujours. Certains disent même qu'il est mort, et que c'est son fantôme qui nous hante. »

Et puis il y avait le jeune frère de John Reddy, Farley, et sa sœur Shirleen. De leur enfance, on savait peu de choses à Willowsville. Tous deux étaient des gamins gauches, empruntés, qui partageaient la propension familiale aux accidents, encore que l'on ne sût pas exactement jusqu'à quel point. « Cela peut paraître ironique après coup, mais nous ne savions presque rien d'eux. »

Farley avait trois ans de moins que John Reddy — treize ans au moment du meurtre de Riggs. Ses professeurs d'Academy Street le diraient « silencieux », « renfermé », « concentré », « extrêmement brillant en mathématiques », « inattendu, dans une famille comme celle-là ». Élève de troisième, Farley venait également suivre des cours de géométrie dans l'espace au lycée, distant d'un peu plus d'un kilomètre ; son professeur, M. Salaman, le disait « naturellement doué », « très jeune pour son âge, mais pas “immature” ». Dans ces deux établissements, il fut quasiment invisible pour ses camarades de classe. « Je sais qu'il a dû être là, je me souviens plus ou moins d'avoir entendu son nom à l'appel, et de m'être dit en classe, ouaouh, *Ce mec est un cerveau, il sort de l'ordinaire*. Mais si j'essaie de revoir le visage de ce... Farley, hein ?... rien du tout. Le vide. » Voilà ce que nous dit Janie Zeiga, la jeune sœur de Norm.

Au lycée, on disait que même l'ombre de John Reddy était plus sombre, plus nette et plus « dense » que les ombres ordinaires. (Les photos des archives du lycée prises sur le terrain de basket semblent confirmer cette affirmation discutable.) En revanche, bizarrement, Farley Heart passait pour ne pas avoir d'ombre ;

ou alors ténue, fuyante, une ombre qui ondoyait sur les surfaces et s'évanouissait aussitôt. À treize ans, il atteignait à peine le mètre cinquante ; il pesait une trentaine de kilos ; ses cheveux étaient clairs, ni tout à fait bruns, ni tout à fait blonds, et semblaient déjà s'éclaircir. Il avait une tête en forme d'ampoule, des yeux myopes et plutôt protubérants. Il y avait cependant quelque chose de lointain, de brumeux dans ces yeux, comme s'il avait l'esprit ailleurs. « On avait envie de lui frapper doucement sur la tête et de dire : "Bonjour ? Bonjour là-dedans ? Il y a quelqu'un" ? » remarqua un de ses professeurs de collège. Sans doute les Heart avaient-ils besoin d'argent, car le pauvre Farley, timide et empoté, avait postulé une série d'emplois à temps partiel, toujours accompagné de Mme Heart pour son premier entretien. (Comme on pouvait s'y attendre, Farley était presque toujours embauché.) Il travailla une semaine au Drugstore Muller — « Nous avons dû nous en séparer. Il faisait tout tomber, se coupait sur les éclats de verre. » Il travailla une semaine à l'Alimentation du Village — « Nous avons dû nous en séparer. Il faisait tout tomber, se coupait sur les éclats de verre. » Au restaurant La Casa di Napoli, où il travailla un court moment en cuisine, Farley s'ébouillanta les mains dans une eau fumante — « Le pauvre gosse. Il a fallu l'emmener aux urgences. Après, on s'en est séparés. » On disait que, quelques mois plus tard, pendant les vacances d'été, alors que Farley revenait en vélo de la pépinière Burnham où il travaillait, il avait heurté une camionnette de livraison — « Il m'est carrément rentré dedans, comme s'il était aveugle, ma parole » —, avait été renversé et s'en était sorti avec des coupures et une fracture du poignet gauche. C'est peut-être cette fois-là, ou une autre, que l'on vit John Reddy arriver dans sa Cadillac (repeinte maintenant d'un vert acide brillant, avec un subtil motif doré autour des fenêtres, et un tuyau d'échappement chromé proéminent), s'arrêter dans un crissement de pneus et emmener son frère reniflant, et son Schwinn ratatiné. Il avait dit, exaspéré : « Allez, grimpe, le môme. Essuie-toi le nez. Je vais fourrer ta fichue bécane dans le coffre. »

Et Shirleen. Nous nous creusions la cervelle pour nous rappeler à quoi elle ressemblait. Insignifiante, boulotte, le visage triste, onze ans au moment de la mort de Riggs et sans doute (supposa-t-on) ne l'avait-elle jamais vu, n'avait-elle jamais rencontré aucune des « relations d'affaires » de sa mère. (Sauf que cela avait peut-être tout à voir avec sa conversion au catholicisme, son entrée au couvent et ses vœux perpétuels. Cela semblait plausible !) Ses camarades de classe n'avaient aucun souvenir d'elle. Ses professeurs faisaient de courageux efforts, la décrivaient en termes vagues, comme le font les gens lorsqu'ils essaient de se rappeler, des années après, une personne parvenue inopinément à la célébrité. Shirleen Heart était une « fille silencieuse », « une fille sage », « émotive et nerveuse », « secrète » — « On pouvait peut-être déceler chez elle un penchant à la spiritualité. » À moins qu'elle ne fût « têtue, quelquefois, une petite mule obstinée ». Les notes de Shirleen n'étaient pas en rapport avec son sérieux, elles n'étaient que moyennes ou médiocres ; la gamine était trop timide pour parler en classe ; sa matière la plus faible était les maths — « Cette pauvre enfant était incapable de comprendre la logique objective des mathématiques. Elle semblait penser que l'on pouvait vouloir qu'une chose *soit*, ou *ne soit pas*. Comme si, pourvu qu'on le souhaite très fort, et que l'on soit "bon", la solution que l'on trouvait, quelle qu'elle soit, devait forcément être exacte. » Son professeur de sixième disait d'elle : « Shirleen était le genre de fille timide, insignifiante, jeune-vieille, dont on espère qu'elle ne va pas finir aigrie et dévorée de rage, sous un vernis d'"humilité". » Comme Farley, Shirleen porta très jeune des lunettes, mais même avec cette correction elle semblait myope et inconsciente de ce qui l'entourait. Elle avait l'habitude de marcher en tenant un livre à quelques centimètres de ses yeux, de sorte qu'elle butait perpétuellement contre des objets, en s'infligeant bleus et coupures. Si on lui adressait la parole dans ces moments-là, elle n'entendait pas. On disait que, à l'âge de dix ans, elle était tombée dans l'escalier du 8, Meridian Place, et avait dégringolé tout un étage, les mains crispées sur un énorme exemplaire illustré d'*Alice au pays des merveilles* qu'elle avait refusé de lâcher même dans l'ambulance. Elle s'était fait une vilaine fracture à la jambe droite et, obligée de porter un plâtre pendant huit mois, s'était remise à marcher à quatre pattes comme un bébé. Il avait fallu la pousser dans un fauteuil roulant ; elle ne s'était résolue qu'à contrecœur à se servir de béquilles, car, disait-elle, ses jambes lui « faisaient peur ». Le docteur Groves, le père de Pattianne, qui était son médecin, disait : « Cela arrive parfois : l'enfant perd confiance dans son aptitude à marcher. Il ne croit plus ses jambes capables de le soutenir. Et il est en colère contre elles. Ou contre quelqu'un dont il imagine qu'il contrôle ses jambes. » Longtemps après qu'on lui eut ôté ce terrible plâtre, Shirleen continua à marcher d'un pas mal assuré, comme si elle traversait le pont d'un bateau par gros temps.

« C'est la faute de cette femme, c'est évident », disaient nos mères avec un reniflement de mépris.

(Aucun de nous, leurs enfants, n'avait de problèmes de locomotion. À l'exception de Chris Donner qui avait eu la polio tout jeune, quelque part dans l'Indiana, avant que les Donner s'installent à Willowsville.)

Si l'on voyait souvent Mme Heart et John Reddy ensemble en ville, un couple saisissant, on voyait rarement Mme Heart avec ses deux plus jeunes enfants. En fait, elle ne donnait pas l'impression d'être une femme qui avait eu des enfants. Son corps admirablement fait avait quelque chose de sculpté et de serein : on ne l'imaginait pas distendu par les grossesses. Mme Heart emmena néanmoins Shirleen, avec son plâtre encombrant, au Crystal et dans la boutique Le Bon Ton ; elle emmena Shirleen dans l'aile de la bibliothèque municipale réservée aux enfants, en aidant la petite fille qui peinait sur ses béquilles, renfrognée et en sueur — « Allez, Shirl, mon chou ! Tu peux arriver à monter ces marches. Maman est là, tout près, pas vrai ? » Pour ce genre d'excursions, Dahlia Heart renonçait au blanc éblouissant de ses tenues habituelles, elle portait un trench-coat blanc cassé et un pantalon dans les mêmes tons ; elle nouait un foulard d'un rose pâle diaphane autour de son cou, ou mettait des gants gris poudre, un chapeau de velours assorti. Lorsque l'on retira enfin son plâtre à Shirleen, Dahlia fêta l'événement en l'emmenant acheter plusieurs paires de chaussures chez Buster Brown, dont ces ballerines de cuir noir que portaient alors toutes les filles ; elle charma les vendeuses de Junior Miss, à qui elle amena sa fillette timide, qui, le pouce à la bouche, refusait obstinément de se regarder dans les glaces, et que l'on eut toute les peines du monde à convaincre d'essayer vestes et manteaux demi-saison. « Mais tu *es* une jolie petite fille, il suffirait juste que tu ne fronces pas les sourcils comme ça », disait Dahlia d'un ton encourageant, tandis que les vendeuses reprenaient en chœur : « *Bien sûr que tu es jolie !* » Dahlia poursuivit les festivités en offrant à Shirleen et à huit camarades de sa classe de septième, ses « amies les plus intimes », un déjeuner au Women's Club. (Frannie Reid, mère de l'une de ces petites filles, s'émerveillait de l'habileté avec laquelle Dahlia Heart, qu'elle connaissait à peine, l'avait manœuvrée pour lui faire organiser ce déjeuner, attendu que c'était elle, et non Mme Heart, qui était membre du club. « Au moins a-t-elle payé, disait Frannie à ses amies. Elle m'a payée, moi. ») Un autre jour, Dahlia Heart emmena Shirleen au théâtre Kleinhans où mère et fille virent une adaptation enlevée de *West Side Story*, avec des billets offerts par le notable de Buffalo, Melvin Riggs, qui assista à leurs côtés à une grande partie de la représentation. (Nous avions entendu dire que, après la mort de Riggs, interrogée par la police, Shirleen avait été incapable de le reconnaître sur des photographies. Nous nous demandions si elle avait également effacé tout souvenir de *West Side Story*.)

Lors de notre quinzième réunion, Verrie Myers, devenue la star hollywoodienne glamour Veronica Myers, à la veille de la première de son film de soixante-seize millions de dollars avec Jack Nicholson et Clint Eastwood, nous raconta comment un après-midi, au Crystal, Ginger McCord, Mary Louise Schultz et elle avaient espionné Dahlia Heart et sa fille mystérieuse. Cette fille qui ne ressemblait en rien à sa mère, ni à son frère John Reddy — « Une sorte de gnome, une créature souterraine qui a rampé jusqu'à la surface et cligne des yeux dans la lumière. Et néanmoins, elle était touchante. Lorsqu'elle levait les yeux, dans la glace, vous vous souvenez de cette ellipse des miroirs au Crystal ? quand on était assis dans un coin ?... on éprouvait un véritable choc et on se disait *Oh ! la pauvre petite fille* sans savoir exactement pourquoi parce que, mon Dieu, nous aurions toutes rêvé d'avoir une mère glamour comme Dahlia Heart. Du moins... c'était ce que nous pensions à l'époque. » Verrie rit, troublée, comme si une nouvelle pensée venait de la frapper. Il y avait quelque chose de musical dans la façon dont Ginger lui fit écho, bien que depuis son mariage avec Dougie Siefried, et les problèmes d'alcoolisme de Dougie, des problèmes dont elle n'avait peut-être pas compris le sérieux avant leur mariage, Ginger eût beaucoup perdu de ses manières flirteuses-aguicheuses et fût maintenant presque sombre, sévère — « Oui. Nous étions là dans notre box en train de regarder la mère de John Reddy dans les glaces, en cherchant une clé qui nous donne accès à elle, et à lui à travers elle. Parce qu'elle avait quelque chose de magique, autant que lui. Donc nous l'étudiions, nous fumions nos cigarettes d'adultes et nous l'étudiions, à la manière des adolescentes, en absorbant tout, comme par les pores. Et peu à peu nous nous sommes retrouvées en train d'étudier sa fille. “Shirleen”, qui allait devenir cette religieuse remarquable, cette spécialiste des enfants autistes, à *60 Minutes* ils l'ont quasiment comparée à Helen Keller “pénétrant dans la nuit d'autrui et y apportant la lumière"... Mais qui aurait imaginé une chose pareille à l'époque ? Mon Dieu. Comme Verrie le disait, c'était un gnome. Peut-être que nous exagérons parce que nous sommes ivres, mais ce qui est certain, c'est que cette gamine n'avait rien de sa mère. Et pourtant nous étions fascinées. Une sorte d'attirance spirituelle. C'était peu après qu'on lui eut enlevé cet horrible plâtre, et environ un mois avant le meurtre. C'était l'hiver. Et comme disait Verrie, cette fille avait quelque chose de touchant. Ses yeux. À la façon dont un animal blessé est touchant. » Verrie dit : « Mais un animal blessé peut aussi être dangereux. » Nous nous tournâmes immédiatement vers elle : son visage avait une expression si intense, si électrique, qu'il était naturel de l'imaginer dans un film, et nous-mêmes comme de simples figurants à l'arrière-plan. En raison de sa célébrité, tout ce que disait Verrie avait un air d'autorité. Ses paroles semblaient préparées et non, comme les nôtres, improvisées, hésitantes. « La sœur de John Reddy était un de ces enfants vieux avant l'âge, dit Verrie. Comme si son âme était passée par de nombreuses réincarnations. Dahlia avait une allure et un comportement *jeunes* ; sa fille avait une allure et un comportement de *vieux*. Je n'ai pas été étonnée d'apprendre qu'elle était devenue religieuse, pour sauver non seulement son âme, mais sa *vie*. » Verrie tendit son verre à son hôte, Doug Siefried, le mari de Ginger ; c'était son deuxième, ou peut-être son troisième verre de champagne ; elle faisait son récit d'une voix haletante, comme s'il recelait une signification particulière dont elle-même n'était pas certaine. Shirleen avait mangé son Banana Split Crystal (glace à la fraise et au chocolat, crème fouettée et cerises au marasquin) avec avidité pendant que Dahlia Heart lui parlait, en l'appelant « chérie », « mon chou », d'un ton presque implorant auquel la petite fille semblait insensible. Ginger dit, d'un ton pensif : « Il y avait quelque chose de blessé, ou de furieux, dans les yeux de cette gamine. J'ai reconnu cette expression des années plus tard quand Jennifer, notre fille, avait deux ans. Cette éruption soudaine de la volonté chez un enfant. » Verrie ajouta : « Il y avait aussi quelque chose de désespéré dans le regard de Dahlia Heart. Mais personne ne l'a jamais vu. En public, je veux dire.

— Son amant, Riggs, la maltraitait. La menaçait.

— Mais personne ne le savait.

— John Reddy le savait.

— Oh oui... John Reddy le savait. Mais peut-être pas vraiment, pas à ce moment-là. » Il était capital pour nous de nous rappeler l'ordre exact des événements de la vie de John Reddy, car nous savions que, avec le temps, nos souvenirs fondraient et perdraient leur définition, comme nos muscles. Nous avions l'exemple effrayant de nos parents qui se trompaient facilement et même aimablement de plusieurs dizaines d'années, qui confondaient les fils avec les pères, et vice versa. Au Crystal, ce jour-là, les filles ne cessaient d'introduire des pièces de vingt-cinq cents dans le juke-box. Pour réussir à battre les autres box, il fallait être rapide. Verrie avait une préférence pour des classiques pop sentimentaux tels que « Heartbreak Hotel » d'Elvis Presley, Ginger pour des airs funky comme « Die Lovin' You » de Lollipop, Mary Louise avait un faible pour la chanson rockabilly des Shrugs, « Le blues des cœurs brisés ». (Mary Louise n'assistait pas à cette réunion. Elle était venue à la dixième, et elle viendrait à la vingtième, mais elle n'était pas à la quinzième — elle venait d'avoir un enfant, son quatrième, et habitait Albany avec son bureaucrate politicien de mari que nous appelions « Yeux-de-glace ».) Verrie disait : « Quand Mme Heart a quitté le Crystal avec sa fille, tout le monde les a suivies du regard. On se serait cru dans un film. Et la fille qui les avait servies, Gloria, la sœur de Ray Gottardi, nous a dit que Mme Heart amenait Shirleen à la pâtisserie deux fois par semaine, comme si elle s'efforçait de lui remonter le moral — "En essayant d'être comme les autres mères et filles, vous voyez. Surtout en public." Nous lui avons demandé ce que Mme Heart disait à sa fille, ce qu'elle avait pu entendre, et Gloria a dit : "Elle voudrait que sa gamine sourie aux autres enfants qui sont là. 'Allez, chérie, essaie. Pour qu'ils viennent te parler. Nous parler.' Mais cette gamine ne sait pas sourire. Autant essayer de faire sourire un animal blessé. Mais Mme Heart est une femme qui a de la classe, elle me laisse de vrais pourboires et pas de la ferraille comme certains radins." Gloria a marqué une pause, histoire de donner plus de poids à ses paroles. Toutes les trois, nous aurions voulu rentrer sous terre ! Puis elle a ajouté : "Et elle est gentille avec moi. Comme si je n'étais pas qu'une serveuse, mais une vraie personne. Là, à l'instant, elle m'a laissé deux dollars de pourboire en me disant : 'Je sais ce que c'est d'être debout toute la journée, Gloria... c'est l'enfer.' Et elle m'a fait un clin d'œil. Une femme qui habite Saint Albans Hill, me faire un clin d'œil à moi !" »

C'était un remarquable numéro. Non seulement nous entendions Gloria Gottardi (dont certains d'entre nous se souvenaient vaguement) mais nous la voyions. Verrie était devenue, pour la durée de l'anecdote, Gloria Gottardi. (« Pourquoi Verrie n'a-t-elle pas fait une carrière théâtrale ? se demandaient parfois ses vieux amis. Elle avait du talent. Elle savait jouer. Elle était habitée, sa voix, ses yeux, devenaient liquides. Elle pouvait vous faire douter de l'avoir jamais connue. »)

Naturellement, la plupart d'entre nous avaient déjà entendu cette histoire, et assisté à ce numéro. Même Wayne Butt, qui était arrivé dans notre lycée en terminale et n'avait jamais connu la célèbre Dahlia Heart, avait entendu ce récit plus d'une fois. Mais nous l'adorions. Il nous fascinait. Des mots qui nous étaient précieux comme ceux d'un vieux film d'enfance. *Je sais ce que c'est d'être debout toute la journée, Gloria... c'est l'enfer.*

La splendide Dahlia Heart qui avait hérité la maison de Meridian Place du colonel Edgihoffer avait-elle un jour été *serveuse* ? Nous enregistrions cette possibilité.

Enregistrées aussi : certaines remarques que les Heart échangèrent au Glen Theatre un dimanche soir, quelques jours après que l'on eut appris l'« effondrement nerveux » de Jerry Bozer et son hospitalisation. (On disait que M. Bozer buvait énormément, il avait été licencié par la Metropolitan Life où il était cadre supérieur depuis douze ans, et avait quitté la maison familiale de Castle Creek Lane. Bo ne parlait plus jamais de son père, même avec dérision, et aucun de ses amis n'avait envie d'aborder le sujet. Avec le temps, comme d'autres, M. Bozer disparaîtrait de Willowsville.) Suzi Zeigler et Roger Zwaart racontaient comment, alors qu'ils étaient assis à leurs places habituelles au fond du Glen Theatre pour assister à une seconde projection de *La Mélodie du bonheur*, ils avaient vu les Heart s'installer deux rangées devant eux... au grand complet ! Ils étaient venus à la séance la plus prisée des familles, le dimanche à 19 h (les vendredis et samedis soirs étaient réservés aux rendez-vous amoureux, bien sûr. Aucun d'entre nous n'aurait souhaité être surpris au Glen Theatre un dimanche soir avec sa famille.) La salle était aux deux tiers pleine et, disait Suzi, tout le monde avait su que les Heart étaient là dans les secondes qui avaient suivi leur entrée ; les gens coulaient des regards dans leur direction, ou les dévisageaient carrément s'ils étaient stratégiquement placés. Suzi et Roger, d'ordinaire vautrés dans leurs fauteuils, des sièges de velours usé en partie effondrés qui avaient fini par prendre la forme de leurs fesses tant ils y passaient d'heures à s'embrasser rêveusement, pressés l'un contre l'autre dans une position inconfortable, se redressèrent aussitôt et se penchèrent en avant pour observer les Heart. C'était étonnant... « Ils avaient l'air si normaux. Comme tout le monde, quoi », disait Suzi. Indifférent aux yeux qui se posaient sur lui dans la semi-obscurité, John Reddy venait en tête, chargé d'une boîte de pop-corn géante et d'un grand Coca-Cola : il faisait plus que ses seize ans, le menton bleu, les cheveux plus gras qu'à l'ordinaire, lissés en arrière mais avec de grosses mèches qui lui tombaient sur le visage ; Roger pensait que, évidemment, John Reddy était gêné, comme n'importe qui l'aurait été, qu'on le voie au Glen avec sa famille, mais Suzi n'était pas d'accord — « John Reddy était toujours plein d'assurance. On ne savait jamais ce qu'il pensait ». Ils remarquèrent cependant que John Reddy se montrait patient jusqu'à l'impatience avec sa jeune sœur, cette fille renfrognée de dix ou onze ans qui marchait avec raideur comme si sa jambe était encore dans le plâtre ; elle avait mis du temps à s'asseoir, en soufflant, en faisant des histoires, et elle tenait à la main un Coca et ce qui semblait être une boîte de M&M's à cinquante cents. À côté d'elle, il y avait le jeune frère de John Reddy, un garçon à lunettes, à la poitrine bombée et à l'air sceptique — « Un gosse futé, disait Roger. Il est dans la troisième de mon frère Jamie. » Ensuite venait la superbe Dahlia Heart, incroyable de la voir dans le rôle de mère, encore qu'elle ne ressemble à la mère de personne, elle aurait pu être (remarquait Suzi) une sœur de John Reddy légèrement plus âgée ou même (mais ça faisait bizarre d'y penser) sa petite amie, car tous deux avaient échangé des regards (remarqués par Suzi et Roger) pendant le film comme pour se demander *Tout va bien ? Oui ?* Le vieux M. Heart fermait la marche avec son chapeau de cow-boy, sa veste froissée et ses bottes sonores ; Dahlia et lui avaient les bras pleins de boîtes de Coca-Cola, de pop-corn et de bonbons, et M. Heart en renversa une tout de suite après s'être assis. « Nom de Dieu ! » Et Dahlia murmura : « Papa. Chut. » Le film commença dans une explosion de Technicolor. Par chance, Suzi et Roger avaient déjà vu *La Mélodie du bonheur*, ou avaient en tout cas assisté à une séance jusqu'au bout ; Suzi adorait le film, Roger le détestait. Cette fois, racontait Roger, il avait regardé le visage presque trop lumineux de Julie Andrews reflété sur ce qu'il pouvait voir de celui de Dahlia Heart depuis son siège. Suzi disait avec émerveillement : « Ça aussi, c'était étonnant. Sur les visages captivés que les Heart levaient vers l'écran, je voyais *La Mélodie du bonheur* comme des images fantômes ondulant sur l'eau. » (Sauf que John Reddy devait avoir la bougeotte parce qu'il s'esquiva au moins trois fois pendant le film pour aller aux toilettes ou peut-être pour sortir de la salle, ce que l'on n'était pas censé faire au Glen, pour fumer une cigarette en vitesse, même si, naturellement, les joueurs du lycée n'avaient pas le droit de fumer pendant la saison de basket. Ni Suzi ni Roger n'osèrent suivre John Reddy pour savoir ce qu'il faisait, et Mimi Duncan qui tenait la buvette à l'entrée ne fut pas non plus capable de le dire, bien qu'elle eût calculé qu'il était sorti dans la rue « entre cinq et huit minutes chaque fois, tout seul ».) De tous les Heart, ce fut Dahlia qui sembla la plus émue par cette histoire sentimentale d'enfants, de chiens, de religieuses et d'amour dans le décor champêtre des Alpes suisses ; elle s'essuya les yeux lors des scènes décisives, et rit gaiement à d'autres ; encore qu'elle aussi eût quitté son siège plusieurs fois, sans doute pour aller aux toilettes et, comme Suzi l'apprit ensuite en interrogeant Mimi Duncan, pour passer un coup de téléphone dans le bureau du directeur — « Quelque chose que M. Nordstrom ne permet jamais à personne, mais il a fait une exception pour elle. Cette blonde ravissante. Ce devait être un appel important, hein ? » Le vieux M. Heart, coiffé de son chapeau de cow-boy, s'endormit souvent pendant le film mais, quand il était éveillé, on l'entendait réagir avec vigueur, rire, marmonner et même grogner. Et lorsque le mot FIN apparut sur l'écran accompagné d'une musique enjouée assourdissante, la musique même du bonheur, sans même que Mme Heart en donne le signal, les cinq Heart se mirent spontanément à applaudir. « Quel joli film ! s'exclama

Mme Heart, les yeux brillant de larmes. Quel film merveilleux et vrai ! » L'enthousiasme des Heart fut contagieux ; d'autres spectateurs les imitèrent. À la sortie du cinéma, on entendit les Heart — Suzi et Roger tâchèrent de ne pas les suivre trop visiblement, et surtout d'éviter le regard de John Reddy — s'adresser les remarques suivantes :

« C'était bien !

— C'était très bien !

— On devrait remettre ça... bientôt !

— Quelqu'un veut le reste de mon pop-corn ?

— Quelqu'un veut le reste de mes M&M's ?

— Quelqu'un veut le reste de mon Coca ?

— Quelqu'un veut le reste de *mon* pop-corn ?

— J'adore le Technicolor, c'est comme la vraie vie.

— J'adore le Technicolor, c'est mieux que la vraie vie. »

7

John Reddy a regardé son homme dans les yeux.
Il a dit : Ton heure est venue !
John Reddy, Johnny Cœur rouge.

Evangeline Fesnacht tenait la chronique des désastres. Déjà à l'école élémentaire elle avait manifesté ces prédispositions précoces à la morbidité et à l'hyperminutie qui la distingueraient, des années plus tard, dans un âge adulte forgé hors de l'enceinte verdoyante du Village de Willowsville sous le nom d'*E. S. Fesnacht, une voix dérangeante mais qui pénètre au cœur de la tragique condition humaine.* En cinquième, élue secrétaire de notre classe, Evangeline tint à inclure dans ses comptes rendus méticuleux non seulement les détails les plus mineurs de nos réunions mais un résumé des événements survenus pendant les semaines intermédiaires : les accidents, maladies, traumatismes, malheurs familiaux et même décès concernant, si obliquement que ce fût, des élèves de la classe. Mlle Scholes, professeur d'anglais et conseillère pédagogique des cinquièmes, écouta avec stupéfaction Evangeline lire, l'air sombre et la voix tremblante, que Bonnie MacLeod avait eu « neuf jours de varicelle », que

DeMott Duncan avait été victime d'une « fracture de l'avant-bras gauche et de lacérations faciales, en tombant d'une échelle d'incendie derrière l'école », que Ryan, le frère aîné de Ketch Campbell, avait « manqué périr dans un accident de voiture sur la Youngman Highway », que notre professeur de sciences sociales, Mme Carlisle, avait fait « une fausse couche... la seconde en l'espace de deux ans », que le grand-père de Dwayne Hewson était mort d'un « infarctus du myocarde alors qu'il commençait une partie de golf au Country Club de Willowsville » et que l'on avait opéré Smitty, un des surveillants de l'école, d'un « poumon cancéreux ». Les yeux doux, couleur de suif, d'Evangeline brillaient derrière les verres de ses lunettes de plastique rose tandis qu'elle récitait ces faits à la fois graves et poétiques qui donnaient à notre salle de réunion ordinaire d'Academy Street l'air d'ouvrir, non plus sur le parc familier, trempé de pluie, de notre école et sur l'asphalte tout neuf de la chaussée, mais sur l'éternité. Mlle Scholes l'interrompit : « Evangeline ! Ces informations n'ont absolument rien à voir avec notre dernière réunion ! » et Evangeline répondit, avec un aplomb surprenant chez une fille de douze ans : « Pardonnez-moi, mademoiselle, mais elles ont bien plus d'importance que le compte rendu d'une vieille réunion idiote. Elles viennent de l'univers de hasard et de fatalité qui nous *entoure.* » Jamais plus Evangeline Fesnacht ne serait élue secrétaire de classe bien que, tous les printemps au moment des élections, année après année jusqu'en première, avec obstination, peut-être par rancune, elle présentât sa candidature et collât des affiches écrites à la main *VOTEZ E. S. FESNACHT* LA VÉRITÉ, TOUTE LA VÉRITÉ, RIEN QUE LA VÉRITÉ* sur les murs de l'école et les poteaux téléphoniques avoisinants ; elle déclarait d'un ton de reproche, presque d'un ton d'avertissement nous semblait-il : « Je rédige le "compte rendu" de nos vies, que vous m'y autorisiez ou non. »

Comme le disait Ritchie Eickhorn de sa vieille et acerbe rivale scolaire : « Dès le début, on savait qu'"E. S. Fesnacht" voulait votre peau. »

Il n'était pas généralement admis qu'Evangeline Fesnacht avait fait sa maternelle à Willowsville, et qu'elle appartenait donc à cette élite (officieuse) de treize membres, connue, avec envie par certains, sous le nom de Cercle. (Huit filles, cinq garçons... qui, par pur hasard, semblait-il, étaient tous fortunés et issus de familles en vue de Willowsville. Les membres du Cercle assuraient cependant ne jamais penser à leur statut particulier ; certains affirmaient en être gênés — « C'est si dérisoire et snobinard, disait Verrie Myers. Je veux être connue pour autre chose, bon sang !... pour mon talent, par exemple. » Les cinq garçons du Cercle — Dwayne Hewson, Ken Fischer, Smoke Filer, Roger Zwaart et Jon Rindfleisch — niaient avec énergie l'existence du Cercle et faisaient remarquer que d'autres élèves de notre promotion avaient été en maternelle avec eux à l'école d'Academy Street — « Mais leurs pères ne sont personne de particulier, ou ils n'habitent pas du bon côté du village, alors, pour une raison ou une autre, ça ne compte pas. ») Le père d'Evangeline Fesnacht était président de la société d'électronique Fesnacht, sa mère était membre de la Ligue féminine du village, club on ne peut plus fermé, et les Fesnacht habitaient une maison à colombages de style Tudor sur le Common entre les Burnham et les

LeRoux, mais tout cela n'y changeait rien : « Cette pauvre Vangie. Non seulement elle était décalée, *mais elle ne s'en rendait même pas compte.* »

Des années plus tard, un journaliste littéraire qui préparait « E. S. Fesnacht : un portrait » pour *The New Yorker* solliciterait des anciens camarades de classe d'Evangeline que nous étions des souvenirs, des anecdotes, des impressions. Naturellement, nous nous montrâmes pleins de tact et de duplicité. Nous parlâmes du « talent précoce » d'Evangeline, de son « étrangeté », de son caractère « unique ». Nous ne dîmes pas qu'Evangeline Fesnacht n'avait pas l'ombre d'un attrait. « Non seulement elle ne sortait pas de l'ordinaire, mais elle n'avait pas la moindre personnalité. » « Un vilain petit canard dans la splendeur de Willowsville », remarqua un jour M. Lepage. « Une fille hardie et volontaire, se souvenait Mme Bird. Nous ne demandions qu'à l'aimer. » Evangeline avait un visage en forme de pelle, une bouche charnue en triangle. Des années durant elle porta un appareil étincelant, une toile d'araignée métallique étrangement complexe, et lorsqu'il lui fut enfin enlevé, juste avant le bac, elle avait encore les dents légèrement de travers, de curieuses dents de bébé d'un vert pâle qui brillaient quand elle souriait. Le teint d'Evangeline !... une peau lisse de bébé perversement piquée de protubérances, de boutons, de pustules, qu'elle grattait en classe d'un ongle maussade, souvent jusqu'à les faire saigner. (« Fesnacht me débecte, il n'y a pas de doute, disait Art Lutz, d'un air admiratif. Et pourtant, il m'en faut beaucoup. ») Les yeux d'Evangeline, son trait le plus distinctif, étaient néanmoins petits, ronds, myopes ; attentifs ; pénétrants ; de la couleur, se rappelait Dexter

Cambrook, d'un « zinc légèrement terni ». Ses cheveux étaient d'un châtain foncé indéfinissable, frisés plutôt que bouclés, toujours coupés court, dénudant de grandes oreilles d'une pâleur crémeuse. Quand, après une absence de trente ans, Evangeline viendrait à notre trentième réunion d'anciens élèves, sa petite taille nous étonnerait, car nous nous la rappelions grande, massive et gauche ; en réalité, elle mesurait autour d'un mètre soixante et, à l'âge de seize ans, alors que les autres filles, très attentives à leur ligne, suivaient des régimes pour rester parfaites, elle devait peser soixante-quatre kilos, et avait une démarche pesante et chaloupée — « De dos, on dirait Clyde Meunzer. » (Nous riions, mais c'était vrai : Clyde était un de ces ploucs des villages écartés du comté de l'Érié qui venaient en car à notre école.) Sur les instances de sa mère bien intentionnée, qui le pressait de se montrer gentil avec certaines filles (dont les mères étaient membres de la Ligue féminine) envers qui il ne serait venu à l'idée d'aucun garçon de se « montrer gentil », Ken Fischer se donnait beaucoup de mal pour bavarder avec Evangeline ; un jour, alors que nous riions sous cape et que Verrie Myers devenait écarlate, Ken invita Evangeline à danser lors d'une surprise-partie de Saint-Valentin. C'était comique de regarder le séduisant Ken Fischer avec ses cheveux châtains ondulés et ses yeux langoureux, l'un des garçons les plus populaires de notre classe (à qui personne, pas même ses amis les plus intimes, ne trouvait grand-chose à reprocher), pousser de-ci de-là une Evangeline suante et renfrognée dans la salle du gymnase. Ken disait pour se défendre : « Evangeline n'est pas si mal. Elle est plutôt drôle, en fait. Quand on la connaît. Mais c'est assez dur d'arriver à la connaître, et peut-être que ça n'en vaut pas la peine. »

Nous ne racontâmes pas au journaliste curieux du *New Yorker* que, adolescente, Evangeline Fesnacht portait les vêtements de sa mère — ou que telle était du moins notre impression. Mme Fesnacht était franchement âgée, aussi laide et massive que sa fille, quoique plus encline à sourire en public et à se montrer amicale, affable. Mère et fille se ressemblaient de façon saisissante, comme des sœurs, vêtues toutes deux d'un manteau de laine noire à gros boutons brillants, vaste comme une tente, qui leur donnait l'air de vautours disgracieux mais enthousiastes lorsqu'elles apparaissaient, comme elles le faisaient invariablement, dans les maisons de Saint Albans Hill où il y avait des malades. Mme Fesnacht et sa fille étaient connues pour les ragoûts et les tartes maison qu'elles apportaient à des voisins étonnés qui n'avaient pas encore compris ce qui les attendait. « Nous avons su qu'oncle Harvey ne s'en tirerait pas quand Evangeline et Mme Fesnacht se sont pointées avec leur thon gratiné au four », disait Pete Marsh, en frissonnant. En troisième, quand nous vîmes avec consternation ce pauvre Dicky Bannister, un garçon sportif et ouvert, maigrir, pâlir de jour en jour, et ses veines devenir de plus en plus bleues, ce fut Evangeline qui prédit sa fin. « Il a ce regard. Je connais ce regard. » Evangeline parlait d'une voix monocorde, comme si elle lisait des chiffres au tableau. Quand Dicky finit par mourir de leucémie pendant l'été, avant notre entrée au lycée, sa mort parut de l'histoire ancienne même à ses amis les plus proches. Mais Evangeline était surtout célèbre pour le gros album de photos à couverture de satin noir, intitulé

Chroniques nécrologiques, qu'elle conservait dans son casier et permettait à certains d'entre nous de regarder, quoique uniquement en sa présence, et en surveillant avec attention, de ses petits yeux brillants de fouine à la couleur indéfinie, nos réactions. Dans cet album, elle avait collé avec un soin d'écolière et par ordre chronologique des articles et photos de journaux locaux ; il y avait des nécrologies officielles, mais surtout des articles de première page avec des titres sensationnels du genre 4 ADOLESCENTS DE BUFFALO TUÉS DANS LEUR DÉCAPOTABLE — BAL TRAGIQUE À WEST SENECA : 3 MORTS, 2 BLESSÉS — DES FIANCÉS TUÉS À UN PASSAGE À NIVEAU UNE SEMAINE AVANT LEUR MARIAGE. C'était exclusivement aux filles qu'Evangeline montrait ces coupures de presse et à qui elle murmurait d'une voix rauque : « Il y a des gens dont on a du mal à avoir pitié. Ces filles qui sortent avec leurs petits amis et leurs “fiancés”. » Evangeline collectionnait aussi des récits de filles et de femmes assassinées par des hommes — maris, amoureux, désaxés ou parfaits inconnus. Elle dit un jour à Trish Elders, bouche triangulaire pincée : « Tu vois où ça mène d'être jolie et “populaire” ? Comme toi. » Trish fut trop saisie pour répondre et, devant son expression, Evangeline éclata d'un rire dur, referma l'album et dit : « Oh ! je ne me fais pas d'illusions. Aucun homme ne me tuerait, moi. »

Après que Melvin Riggs eut été assassiné à cinq cents mètres à peine de chez les Fesnacht, Evangeline se mit à se spécialiser presque exclusivement dans John Reddy Heart. Naturellement, elle le connaissait depuis des années. Elle avait qualifié avec mépris l'intérêt qu'il inspirait aux autres filles de « toquades d'adolescentes » (lesquelles, après l'assassinat, prendraient un

« caractère d'hystérie collective ») tout en assurant que son propre intérêt était pur, abstrait, métaphysique. Lorsque la nouvelle éclata, elle déclara avec calme : « C'était inévitable. Je reconnais des yeux de tueur lorsque je les vois. » Evangeline colla dans ses *Chroniques nécrologiques* les coupures des journaux locaux relatant l'accident de la Trans-Am sur la route de Millersport ; selon les affirmations indignées d'Orrie Buhr, elle avait « traîné autour du casier de John pour tâcher de lui faire signer un autographe, mais John a envoyé bouler cette tordue ». Après l'accident de voiture, pendant les trois semaines qui précédèrent l'assassinat de Melvin Riggs, nous remarquâmes qu'Evangeline Fesnacht se montrait plus fascinée par John Reddy Heart que jamais. En plus de traîner autour de son casier dans le couloir des premières, où elle n'était visiblement pas à sa place, et de rivaliser avec d'autres filles de terminale, plus agressives et plus séduisantes, pour attirer son attention, Evangeline osait le suivre quand il se rendait à ses cours ou en sortait, en trottant pour ne pas se laisser distancer par ses longues enjambées ; dans une espèce d'état second, elle le frôlait chaque fois qu'elle le pouvait, dans la cohue de l'escalier, nez camus frémissant, yeux écarquillés et clignotants derrière ses lunettes de plastique rose. Elle haletait ; elle transpirait ; ses pulls en laine, des écossais sombres et lugubres, laissaient voir des demi-lunes de sueur sous les aisselles. Plusieurs des filles du Cercle à qui leurs mères avaient recommandé de se montrer « gentilles » envers Evangeline Fesnacht se plaignaient que, si elles s'arrêtaient pour bavarder avec elle, Evangeline semblait à peine les écouter et « n'arrêtait pas de regarder par-dessus nos épaules... dans l'espoir de le voir, *lui*. »

Shelby Connor et Pattianne Groves se sentirent particulièrement insultées le jour où, ayant invité Evangeline à déjeuner — une concession énorme vu que l'on ne pouvait pas s'asseoir à plus de dix aux tables de notre cafétéria, et que chaque place était précieuse —, elles la virent détaler brusquement, abandonnant une assiette pleine de chili con carne et de biscuits salés émiettés... « Tout ça parce qu'elle l'avait vu, lui ! Elle n'a aucune pudeur ! »

Nous évoquerions, dix ans plus tard, ce jour où, d'une fenêtre de la bibliothèque du premier étage, nous avions vu Evangeline Fesnacht oser aborder John Reddy dans le parking derrière l'école. « Pas une seule d'entre nous, “les filles comme il faut”, ne se serait aventurée sur ce parking. Seigneur ! » John Reddy parlait avec ses copains Orrie Buhr, Dino Calvo, Clyde Meunzer ; ils étaient appuyés contre la Cadillac vert acide et se passaient un mégot (un joint ? de la marijuana ? des bruits couraient) ; nous vîmes ces types qui avaient l'air de durs avec leurs blousons de cuir, leurs jeans sales et leurs bottes fatiguées, les cheveux longs et lissés en cul de canard sur la nuque, s'interrompre pour dévisager Evangeline Fesnacht avec une stupéfaction qui dépassait la raillerie et même l'agressivité sexuelle. Osant à peine respirer, le visage pressé contre la vitre, nous regardâmes cette fille aux hanches larges, aux vêtements sombres, parler à John Reddy qui s'était écarté des autres, pouces enfoncés dans les poches de son blouson, tête poliment penchée vers Evangeline... qui lui parlait avec une animation dont nous pouvions juger par les bouffées de vapeur qui sortaient de sa bouche, comme des points d'exclamation. John Reddy, qui faisait une bonne tête de plus qu'elle, regardait dans sa direction. Il ne semblait pas parler, juste écouter. Mais il écoutait. Pendant plusieurs minutes ce jour de mars, moins de quatre jours avant la mort de Riggs, John Reddy Heart écouta Evangeline Fesnacht, comme, ne pouvions-nous nous empêcher de penser, embuant la vitre de notre haleine brûlante, il n'aurait jamais écouté aucune d'entre nous.

Les garçons les plus grossiers surnommaient Evangeline « Lolo Crapaud ». Mais John Reddy n'était pas du nombre.

(Des années plus tard, à Kenawka, dans le Minnesota, Ritchie Eickhorn, devenu Richard Eickhorn, demanderait à Evangeline Fesnacht, devenue E. S. Fesnacht, ce qu'elle avait dit à John Reddy ce jour-là. Evangeline lui répondit sans hésitation, comme si cela s'était passé la veille : « Je tremblais. Je me suis approchée de lui et j'ai dit : “Tu seras l'agent de ton propre destin, John Reddy. Je le vois dans tes yeux.” J'étais émue, je bafouillais. J'avais peur de m'évanouir parce qu'il était là, tout près, et qu'il me regardait... c'était la première fois qu'il me regardait. Et ses copains me fixaient comme si j'étais un monstre. J'ai dit : “Tu peux peut-être échapper à ton destin. Je l'ai vu en rêve et je suis venue te le dire. Je...” Mais j'étais hors d'haleine. Je n'ai pas pu continuer. Il a dû penser que j'étais folle. Il a dit, gêné : “O.K., merci.” Il ne connaissait pas mon nom, je pense qu'il ne connaissait le nom d'aucun d'entre nous. C'est tout. J'ai fait volte-face et je suis retournée dans l'école et j'avais les oreilles qui bourdonnaient et quoi qu'il soit arrivé d'autre... je ne me suis pas évanouie. »)

*
* *

« Si ce garçon devait tuer l'un d'eux, Mel Riggs était tout désigné. »

Alors qu'il passait devant la porte de la salle de séjour de sa maison de Coventry Circle, quelques jours après le meurtre, Bert Fox nous raconta avoir entendu son père faire cette remarque à des amis venus prendre l'apéritif, et il avait failli s'arrêter net, disait-il, frappé par le ton de moquerie âpre de son père, et par les rires approbateurs des autres hommes. (Les femmes, dont la mère de Bert, n'eurent pas de réaction audible.) « On ne s'attend pas à ce qu'ils soient aussi cyniques que nous », dit Bert, choqué. L'opinion de M. Fox n'en était pas moins très généralement partagée à Willowsville.

Pattianne Groves rapporta que son père, un médecin, avait carrément dit en sa présence : « Riggs ! Quelqu'un a enfin eu le courage de le faire. »

À Willowsville, ces mots avaient une résonance particulière, inconnue ailleurs en Amérique. C'était un écho spirituel, peut-être cruel, de la célèbre remarque qui avait salué, dans le Club de chasse de Willowsville, l'annonce de l'assassinat de J. F. Kennedy : « Eh bien. Quelqu'un a enfin eu le courage de le faire. »

(Encore que Carolyn Cameron nous dirait un jour que, selon son mari, qui avait grandi à Grosse Pointe, dans le Michigan, on avait entendu exactement la même phrase au Yacht Club de Grosse Pointe, ce jour-là !)

En public, toutefois, tout le monde disait *Quelle horreur, quelle honte, quelle tragédie.* Un homme comme Mel Riggs, assassiné. Un garçon de seize ans arrêté pour meurtre. Et Dahlia Heart... « Vous vous rendez compte de ce que cette femme doit ressentir ? Maintenant qu'il est trop tard ? » Nous entendrions jusqu'à la nausée *C'est vraiment terrible, un drame pareil à Willowsville. À Buffalo, peut-être. À Buffalo, d'accord. On s'attend à ce que les gens se tirent les uns sur les autres à Buffalo, dans certains quartiers* (sous-entendu : « noirs »). *Mais... à Willowsville ? Où il n'y a quasiment pas de crime ? Un des taux de criminalité les plus bas de tout l'État de New York, et jamais aucun crime de sang ?*

Melvin Riggs ! Abattu. Un enterrement de première classe, auquel assistèrent un certain nombre de nos parents, mais aucun d'entre nous, exception faite d'Artie Riggs, le neveu du mort. (Artie, qui n'avait jamais beaucoup aimé son oncle, se montra discret sur le sujet. Il n'accepta jamais d'être interviewé, par exemple. Il nous disait, en haussant les épaules, le regard fuyant vers un coin de la pièce, un peu embarrassé : « Ouais. Il arrive de sales trucs. »)

Dans les médias, Melvin Riggs était décrit comme « une personnalité de la région de Buffalo », « un notable controversé ». Toute notre vie, nous semblait-il, nous avions vu le visage gras de Riggs sur des affiches et dans les journaux, nous avions allumé la télé pour le voir interviewé par les stations locales. Il avait d'abord brigué la charge de trésorier du comté de l'Érié en indépendant, et perdu ; il avait ensuite brigué un des huit postes du conseil du comté sous l'étiquette républicaine, et était parvenu à se faire élire, après avoir dépensé pour sa campagne plus de milliers de dollars que le salaire annuel symbolique ne paraissait le justifier. (Mais le conseil décidait des questions d'urbanisme, et l'immobilier à Willowsville était un secteur en pleine expansion, et certains des amis de Melvin Riggs étaient promoteurs.) Nous avions l'habitude de voir son visage sur les affiches en lisière du village, où ce genre de publicité était autorisé : un visage rond et rubicond pareil à un tournesol en fleur, avec un grand sourire plein de dents. VOTEZ MELVIN RIGGS. LE MEILLEUR, TOUT SIMPLEMENT. Même dans ces publicités étudiées, Mel Riggs vous regardait avec une animosité perplexe. Il avait des cheveux duveteux couleur sable qui ceignaient une tonsure à l'éclat impérial. Ses sourcils étaient nettement plus sombres que ses cheveux, féroces et broussailleux ; son nez était franchement gros, avec de vastes narines sombres qui paraissaient perpétuellement renifler l'air. Son sourire ressemblait à un élastique... étiré à l'excès, il claquerait.

Melvin Riggs avait des biens dans le centre de Buffalo, dont un night-club très connu, le High Life, dans Elmwood Avenue ; il était copropriétaire des Buffalo Hawks ; mais il avait vécu l'essentiel de sa vie d'adulte à Willowsville où il avait épousé Laetitia Palmer, une femme issue d'une vieille famille respectée de la région. À Willowsville, il était vite devenu un personnage controversé — « tristement célèbre » — quand il avait acheté dans Brompton Road une maison de pierre du XVIIIe et l'avait fait raser pour bâtir à la place une immense demeure de style néoclassique ; suscitant les protestations et l'indignation de ses voisins, il avait abattu des dizaines d'ormes, de peupliers et de genévriers en expliquant tout nûment qu'« ils lui cachaient la vue » du golf du Country Club. Pendant presque tout un été, cette portion semi-rurale de Brompton Road fut un cauchemar de bulldozers, de pelleteuses, de camions-bennes et de tronçonneuses, et Melvin Riggs resterait « l'homme par qui le carnage était arrivé dans Brompton Road ». Cela étant, il était surtout « controversé » et « tristement célèbre » pour la façon dont il gérait les Buffalo Hawks, notre équipe de base-ball de première division que nous aimions depuis notre enfance, quoique ses pauvres joueurs se traînent généralement au bas du classement et ne soient plus arrivés en finale depuis la dernière année de la guerre de Corée. Malgré tout, nous aimions le faucon rouge sur leur casquette grise, et leur tenue à rayures grises et rouges ; nous portions leurs tee-shirts et leurs sweat-shirts, même si tous, au moins une fois, écœurés par leur malchance, nous avions mis ces vêtements en pièces à l'aide de ciseaux, de couteaux, ou à mains nues. (Mais s'agissait-il vraiment de malchance ? Des joueurs talentueux, engagés par les Hawks, devenaient vite « irréguliers » — pour employer la terminologie des chroniqueurs sportifs —, tandis que d'autres, qui avaient fait des saisons médiocres à Buffalo, expédiés dans d'autres régions du pays, s'amélioraient instantanément.) Melvin Riggs tenait en public des discours moralisateurs sur le rôle du base-ball en Amérique ; c'était « la religion naturelle de l'Amérique », « un grand jeu, un jeu noble, un jeu "sacré" ». Pour comprendre l'Amérique, prêchait Melvin Riggs, il fallait comprendre le base-ball : « Parmi tous les sportifs, il n'y a pas meilleur modèle pour la jeunesse américaine que les joueurs de base-ball. » Tels étaient les discours que Riggs prononçait régulièrement, souvent à la télévision. Certains d'entre nous les trouvaient édifiants, même si l'on voyait dans le regard de Riggs que c'était sans doute du baratin. « Mais les adultes baratinent même quand ils disent des trucs chouettes. Il faut bien croire à *quelque chose.* »

Les adversaires de Riggs le traitaient d'« exploiteur de rêves », de « traître au sport », de « saboteur du base-ball ». On l'accusait de trahir sa propre équipe. De se moquer comme d'une guigne des joueurs, et de ne se soucier que d'argent. À chaque saison, les pages sportives des journaux locaux se remplissaient de chroniques, de lettres et d'articles passionnés sur Riggs et son équipe malchanceuse mais bagarreuse, sur Riggs et son caractère emporté, sur Riggs et le renvoi de managers, d'entraîneurs, de joueurs. À peu près au moment où Dahlia Heart et sa famille s'apprêtaient à quitter Las Vegas pour Willowsville, et des années avant sa mort, Riggs avait défrayé la chronique en cédant à Saint Louis le lanceur Billy Florence, un vétéran très populaire de l'équipe, alors que celui-ci, après une opération du genou réussie, venait de réaliser sa meilleure saison depuis des années et avait fait grimper les Hawks d'une triste place de onzième à celle presque respectable de huitième ; critiqué de toutes parts, son bureau de Niagara Square assailli par des supporters furieux, Melvin Riggs s'était hardiment rendu au *Sal Morningstar Show* de la chaîne WWBN-TV pour y être interviewé, et avait déclaré devant les caméras : « Écoutez, les amis. Je ne suis pas une dame patronnesse. Personne dans le base-ball, personne dans aucune entreprise ne fait de patronage. Et les Buffalo Hawks ne sont pas l'hôpital de la Charité. Le base-ball est un sport de durs, les amis. » Pendant des semaines, la fureur fit rage dans les médias. Une caricature de Melvin Riggs parut dans l'éditorial des *News*, un honneur rare. Les supporters continuèrent à assaillir son bureau, et un congressiste de Niagara Falls l'accusa d'avoir accompli dans notre ville « l'équivalent de la solution finale nazie ». Des ordures auraient été jetées dans le jardin paysager des Riggs, et des bouts de papier hygiénique accrochés aux plus hautes branches de leurs quelques arbres survivants, si des flics vigilants n'avaient intercepté les voitures au croisement de Brompton Road et de Sheridan Drive. (Dans ces voitures, il y avait entre autres Hank Siefried et son jeune frère Dougie, Jon Rindfleisch qui achèterait un jour 1,5 million de dollars la maison des Riggs, Jax Whitehead et Tommy Nordstrom — lesquels finiraient tous la soirée bourrés, jetteraient les ordures sur les marches majestueuses du lycée d'Amherst, et accrocheraient le papier hygiénique aux plus hautes branches des arbres du quartier chic de Westwood Heights, voisin du Country Club d'Amherst.) La saison suivante, Riggs résilia froidement le contrat d'un joueur encore plus populaire, le séduisant Jimmy O'Grady, une tête brûlée de vingt-six ans originaire de Lackawanna, en raison d'une « incompatibilité d'humeur ».

On commença donc à remarquer, et parfois à admirer, le sentiment poussé que Melvin Riggs avait de ce qu'il appelait des principes et les autres son ego démesuré. « Il faut au moins lui reconnaître ça... ce fils de p... n'a peur de rien. » Et « ce fils de p... ne se couche devant personne ». Même à Willowsville, il y avait des femmes pour le trouver « exaspérant, mais séduisant », un homme ayant de la « personnalité », une « personnalité qui lui sort par tous les pores ». Coiffé de son perpétuel feutre mou, un large sourire aux lèvres, un fume-cigarettes entre les dents à la façon de Franklin

Roosevelt, Riggs prenait plaisir à éveiller l'hostilité. Ses disputes avec ses associés, le public et les médias devinrent légendaires. Lors des matchs à domicile, les supporters des Hawks le huaient avec enthousiasme. On scandait des slogans obscènes en son honneur. Si les Hawks jouaient médiocrement, Riggs était responsable du « mauvais moral de l'équipe ». Si les Hawks jouaient bien, c'était « malgré Riggs ». Les banderoles fleurissaient, et devinrent partie intégrante des reportages télévisés. RIGGS, LE NAZI DE BUFFALO — RIGGS TU N'AS PAS HONTE ? — À MORT RIGGS ! Si, en certaines occasions stratégiques, le démocrate Budd Dorsey, maire de Buffalo depuis des années, se joignait au chœur des détracteurs de Riggs, il partageait souvent avec son entourage et l'entourage de Riggs la loge de celui-ci au stade de Pilot Field. Le gouverneur et son entourage les y rejoignaient parfois. Les enfants adultes de Riggs faisaient de temps à autre partie de la compagnie, mais c'était rare ; l'épouse de Riggs, Laetitia, ne se montrait jamais, sous le prétexte que la foule des matchs l'« oppressait » et l'« effrayait » ; Melvin Riggs ne cherchait pas à cultiver une image de père de famille. Souvent dans sa loge de Pilot Field comme dans son night-club High Life, il y avait de belles et jeunes « assistantes » aux fonctions ambiguës. Bien que ressemblant à des mannequins ou à des girls, elles étaient présentées comme des « conseillères politiques », attachées au bureau du maire Dorsey, ou comme des « consultantes en relations publiques », des « officiers de liaison ». L'une d'elles était une « relation d'affaires » de Riggs, « Mme Heart » : une blonde platine saisissante d'une trentaine d'années qui portait des lunettes de soleil hollywoodiennes très sombres même par temps couvert et des vêtements d'un blanc éblouissant. Pendant les matchs de base-ball, quand l'action faiblissait sur le terrain, les caméras de télévision se braquaient sur la loge de Riggs et filmaient en gros plan le gros homme sociable au visage rubicond de tournesol assis à côté de la femme en blanc : « Melvin Riggs, le copropriétaire controversé des Hawks. En compagnie d'une amie. » Riggs portait lui aussi des lunettes de soleil, et des costumes à carreaux, des cravates voyantes ; son feutre mou incliné sur la tête et son fume-cigarettes entre les dents, il souriait à la caméra, en faisant un clin d'œil. *Bavez un bon coup, bande de gogos.*

Un après-midi d'août, sept mois et onze jours avant que Melvin Riggs soit assassiné, entièrement nu, dans la chambre à coucher de Mme Heart au 8, Meridian Place, ils étaient tous les deux dans la loge de Pilot Field et regardaient les Hawks qui, animés de l'énergie du désespoir, manquèrent de peu l'emporter sur les Chicago Cubs, 4 à 3. Ce fut un match tumultueux avec des moments de suspense intense et l'on vit Mme Heart se dresser avec les autres, applaudir, rire, grisée par l'atmosphère du moment, tandis que Riggs, oscillant sur ses jambes, le visage d'un rouge plus vif qu'à l'accoutumée, passait un bras autour de ses épaules et la serrait contre lui — « Qu'est-ce que je vous avais dit, hein ? Ces gars-là se défendent. » Un batteur des Hawks qui avait manqué les deux premières balles renvoya la troisième et réussit presque un home run en l'envoyant loin dans le champ gauche où un joueur des Cubs, comme par magie, la laissa échapper. Hurlements, applaudissements ! Deux points ! On aurait pu croire que Mme Heart adorait le base-ball, ou adorait en tout cas les Hawks, à voir la vigueur avec laquelle elle applaudissait. Une femme resplendissante, tout en blanc : robe de jersey blanc avec manteau assorti, doublé de soie ; écharpe de soie blanche nouée autour du cou ; large chapeau de satin blanc à voilette pour protéger son teint du soleil ; lunettes noires, rouge à lèvres et vernis à ongles cramoisis ; à ses pieds minces, des chaussures de chevreau blanc à talons aiguilles. La belle mais mystérieuse Mme Heart avait été présentée aux autres invités de Riggs comme une « relation d'affaires et amie » qu'il conseillait en matière de placements, notamment boursiers ; selon toute apparence, ses conseils avaient été payants, car Mme Heart dit : « J'ai tout lieu d'être très reconnaissante à M. Riggs », en adressant un sourire oblique à un Riggs rayonnant. Après sa mort, un des amis de Mel, qui avait assisté avec eux à ce match, remarqua : « Cette femme et lui étaient intimes, c'est évident. Mais Mel était toujours intime avec les femmes séduisantes quand il le pouvait. On ne prévoit pas de mourir pour un *violon d'Ingres.* »

Melvin Riggs n'avait pas du tout prévu de mourir, semblait-il : il ne s'était jamais résolu à faire un testament et laisserait des comptes dans un état de pagaille décourageant, qui empêcherait des années le règlement de sa succession.

Il aurait cinquante-trois ans, sept mois et quatorze jours au moment de sa mort.

Même Evangeline Fesnacht ne parvint jamais à déterminer avec précision de quelle manière Melvin Riggs avait rencontré son destin... à savoir Mme Dahlia Heart. Ni quand. Mme Heart elle-même ne se rappelait pas les circonstances de leur première rencontre ; interrogée pendant des heures par des policiers de Willowsville, elle fondit en larmes, tomba en syncope, fut affligée de migraines et de ce que son médecin qualifia d'« amnésie traumatique post-stress ». (« Nous n'avons pas souhaité importuner Mme Heart davantage », déclara l'agent de police Leroy Stearns. Elle avait été battue par Riggs, et son fils était recherché pour meurtre, nous trouvions qu'elle avait suffisamment souffert comme cela. ») Il semblait toutefois que Riggs et Mme Heart ne se fussent pas rencontrés à Willowsville mais à Buffalo. Mme Rindfleisch, la mère de Jon, assurait avoir aperçu « cet adultère de Riggs » et « cette croupière blonde » dans la Fiat sport rouge de Riggs, quelques semaines seulement après l'arrivée des Heart à Willowsville — « Ils sortaient du parking du Kingswood Inn, où ils avaient manifestement déjeuné, et il s'est penché pour l'embrasser au vu et au su de tout le monde ! *Je le jure.* » D'autres témoignages suggèrent néanmoins que Riggs et Mme Heart ne se connaissaient pas, et n'étaient assurément pas amants, depuis aussi longtemps. On pensait en général qu'ils s'étaient rencontrés environ un an avant la mort de Riggs. M. McQuade, le père de Clarence, aimait raconter en soignant ses effets, à nous aussi bien qu'à des gens de son âge, comment il avait été le « témoin involontaire » de l'instant « fatidique » où Riggs avait obligé Bob Rush à le présenter à Dahlia Heart, le printemps précédent. « Je déjeunais avec mon comptable dans la salle Niagara du CSB — le Club sportif de Buffalo — quand j'ai entendu quelqu'un dire : "Voilà Melvin Riggs !". J'ai levé la tête, et j'ai vu ce vieux Melvin se frayer un chemin à travers la salle à manger, déjà à demi beurré à deux heures de l'après-midi, les yeux brillants, attiré par cette femme comme par un aimant. Ce vieux fils de pute force l'admiration... il savait ce qu'il voulait, et il l'obtenait. »

(Des mois plus tard, des témoins rapportèrent avoir vu Riggs et Rush se quereller au CSB, dans le bar exclusivement masculin du Jockey Club ; Riggs aurait jeté le reste de son double whisky au visage de Rush avant de quitter le bar, l'air furieux. On supposait que Dahlia Heart était le sujet de leur différend, mais elle ne semblait pas avoir été dans les parages ce jour-là.)

D'après une source également digne de foi, un associé de Buck Pepper, la première rencontre des amants aurait eu lieu dans le night-club de Riggs, le High Life, où Mme Heart était venue un soir en compagnie d'un financier de Buffalo nommé Hooks. (Terrifié par la perspective d'une enquête du grand jury qui risquerait d'exposer au grand jour sa vie privée et professionnelle, ce Hooks avait disparu de Buffalo dès la mort de Riggs et passait pour vivre à l'étranger.) Le fastueux High Life, rasé finalement en 1991 pour laisser la place à un hôtel Four Seasons qui occuperait presque tout un pâté de maisons de Lower Elmwood Avenue, était depuis longtemps le principal night-club de Buffalo : des chanteurs et des musiciens « classiques » que, ailleurs dans le pays, l'on présumait morts s'y produisaient régulièrement : Nat King Cole, Dick Haymes, Jo Stafford, Dinah Shore, les orchestres de Kay Kyser et Tommy Dorsey. Le soir de la rencontre de Riggs et du « Dahlia blanc » (qui, prétendait-on, portait ce jour-là une robe de satin broché saisissante au « décolleté spectaculaire », et un parfum français « ensorcelant », L'Heure bleue), c'étaient les Mills Brothers qui chantaient de vieux succès comme « Paper Doll », saluès par des applaudissements nostalgiques. Le High Life était bondé, et beaucoup de ses clients étaient des célébrités de Buffalo, mais Mel Riggs, portant à son habitude smoking et large ceinture rouge et grise, se dirigea vers la table de Hooks sans plus d'hésitation qu'un limier suivant une piste, et se fit présenter à la superbe Mme Heart — « Bienvenue à Buffalo... "*Belle Fleuve*"* ! » On disait qu'il s'était « toqué » d'elle et l'avait poursuivie des semaines avant qu'elle consente à déjeuner avec lui « strictement pour discuter affaires » au Black Derby de South Street. Les conseils financiers que lui donna Riggs se révélèrent sans doute précieux, car ils commencèrent à se voir deux ou trois fois par semaine, en général à Buffalo, car, comme l'on entendit Mme Heart s'en plaindre à Skip Rathke de l'Alimentation du Village : « À Willowsville, il y a des yeux partout ! » Après l'assassinat, Mme Heart nierait avec véhémence avoir jamais invité Riggs — ni aucun autre ami — au 8, Meridian Place ; elle veillait à « séparer vie professionnelle et vie familiale ».

Pourtant Mme George Bannister et sa gouvernante Tina dirent avoir assisté, de l'office, à l'arrière de la maison des Bannister, à un spectacle lamentable : Jerry Bozer était arrivé un matin, ivre et débraillé, et avait sonné à la porte des Heart en suppliant d'une voix pitoyable Mme Heart de lui ouvrir... sans succès ; un autre jour, le facteur de Saint Albans Hill rapporta avoir vu « deux hommes furieux au volant de voitures de luxe, une Lincoln et une Porsche, se donner des coups de pare-chocs » au bout de l'allée du 8, Meridian Place. (L'un de ces hommes, le conducteur de la Lincoln, était presque certainement M. Bozer, qui venait d'être renvoyé de la Metropolitan Life et faisait l'objet d'une enquête pour détournement de fonds ; l'identité du second ne fut jamais établie.) Le soir de l'assassinat, Bob Rush était arrivé à l'improviste chez les Heart vers 23 heures ; Dahlia Heart avait eu la mauvaise idée de le laisser entrer ; il était resté quarante minutes et s'apprêtait à repartir lorsque Melvin Riggs était arrivé à son tour, apparemment sans avoir prévenu ; les deux hommes s'étaient battus sur le seuil de la maison des Heart, et Mme Heart avait convaincu Rush de s'en aller ; Melvin Riggs avait été autorisé à rester. (Preuve que, parmi les nombreuses relations d'affaires de Mme Heart, Riggs était son préféré ? Son amant préféré ? Ou preuve que Riggs exerçait sur elle une sorte de pouvoir sinistre que les autres n'avaient pas ?)

Et à 2 h 10 du matin Melvin Riggs était mort, et John Reddy Heart, qui s'était sauvé de chez lui avec l'« arme du crime », était devenu un fugitif.

8

John Reddy a dit : Ce sera le jour où j'ai péri.
John Reddy, notre Prince d'orgueil.
John Reddy, Johnny Cœur Rouge.

Il aurait pu être tué par la police de l'État, c'est vrai. Abattu comme un animal traqué dans les montagnes. (Certains d'entre nous s'y attendaient. Pendant ces soixante-douze heures, aussi longtemps que nous l'osâmes, nous tînmes une sorte de veillée funèbre.) Mais cela n'arriva pas, la police le retrouva, épuisé, mourant de faim et de froid par une température polaire et, « usant de contrainte pour arrêter le prisonnier qui résistait aux forces de l'ordre », elle le ramena à Willowsville les menottes aux poignets.

UN ADOLESCENT DE WILLOWSVILLE CAPTURÉ
DANS LES ADIRONDACKS
ARRÊTÉ POUR LE MEURTRE DE RIGGS

CHASSE À L'HOMME DANS LES ADIRONDACKS
UN ADOLESCENT DE SEIZE ANS SOUPÇONNÉ DE MEURTRE

Nous n'avions pas souhaité la capture de John Reddy mais il nous plaisait que, sur les photos, en première page du *News* et du *Courier-Express,* notre camarade de classe nous fixe d'un regard noir, les yeux pochés, le visage ensanglanté et mangé de barbe, pareil à un masque, la bouche tordue par une grimace comme Brando dans *L'Équipée sauvage*. (Et Brando avait été tabassé, lui aussi.) Quelques jours après l'arrestation de John Reddy, au moins les deux tiers des casiers de tous les collèges et lycées de Buffalo et des environs contenaient des exemplaires de cette fameuse photo, souvent plastifiés. (Grâce à ce procédé, découvriraient certains d'entre nous, même une photo de journal pouvait se conserver des dizaines d'années.) Quelques filles, comme Verrie Myers, en collèrent des doubles sur le mur de leur chambre, tout près de leur oreiller. Ou, si leurs parents s'y opposaient, les cachèrent dans leurs tiroirs à sous-vêtements, entre les pages du *Webster's Collegiate Dictionary*, sous leurs oreillers. À quarante et un ans, Shelby Connor apporterait sa photo plastifiée de l'arrestation de John Reddy, vieille d'un quart de siècle, à son thérapeute de Bethesda, dans le Maryland, où, mariée à un fonctionnaire du Département d'État, elle était en traitement pour fatigue chronique et dépression — « Je sais que c'est un fantasme d'adolescente, docteur. Je sais que mes mariages en ont souffert. Mais si je renonce à John Reddy Heart, que me restera-t-il ? »

Franchement, c'est de la blague que John Reddy ait jamais dit *Ce sera le jour où j'ai péri.* Quiconque connaissait John savait qu'il était avare de ses mots et que les rares mots qu'il prononçait étaient toujours choisis avec soin, jamais fantaisistes. Alors que nous bavardions et faisions continuellement les imbéciles comme des singes dans une maison de singes, John Reddy avait de la dignité. Les professeurs hésitaient à l'interroger en classe parce que, s'il ne connaissait pas la réponse, il les fixait sans ciller et ouvrait à peine la bouche — « Je ne sais pas, je crois. Je regrette. » Il réussissait à avoir l'air d'un dur tout en étant poli, comme si faire le malin était au-dessous de lui. On savait que, après son arrestation, il avait refusé d'être interrogé par la police. Il avait dit : « O.K., faites ce que vous avez à faire », comme s'il se détachait de son propre sort. Comme si même son propre sort, le risque d'être emprisonné à vie, ne méritait pas son attention. Il refusa de répondre aux questions de son propre avocat et, au début de ses deux procès, silencieux, maussade et impassible dans un costume de serge bleu foncé trop étroit aux épaules, une chemise blanche et une cravate à rayures sombres, il ne daigna pas regarder le juge enragé quand celui-ci lui demanda ce qu'il plaidait, ce qui contraignit M. Trippe à répondre à sa place : « Mon client plaide non coupable, monsieur le président. »

Peut-être n'est-ce pas tout à fait de la blague de dire que John Reddy était notre « Prince d'orgueil ». Nous admirions énormément son refus de coopérer avec les autorités, car même les grandes gueules parmi nous (Dougie Siefried, Art Lutz, Nordstrom Crotte-de-nez, par exemple) auraient paniqué en présence de vrais flics, et notamment de la police de l'État de New York, habillée comme la Gestapo, qui passaient pour tabasser les types avant de les amener au commissariat. Nous admirions le silence étrange, têtu, de John Reddy. Son stoïcisme pendant ses mois de détention. *Parce qu'il était coupable de l'assassinat de Riggs et ne regrettait rien. Parce qu'il savait qu'il avait fait ce qu'il fallait, alors au diable les explications.* Nous aurions agi tout comme John Reddy Heart si nous avions été à sa place ! Car après tout, nous aussi nous étions des rebelles. Chez Nico, au Crystal, quand nous roulions en voiture dans Main Street, Transit Plaza, sur la route de Millersport, quand nous buvions de la bière au goulot, et que nos parents ne savaient pas où nous étions, ou pas exactement... nous étions des rebelles ! Simplement, nous ne voulions pas risquer de perdre notre argent de poche ni inquiéter nos parents, surtout nos mères. La plupart d'entre nous s'entendaient très bien avec leurs mères. Ou en tout cas assez bien. Nos mères prenaient du Valium et du Librium, souriaient beaucoup et étaient séduisantes pour leur âge. Avec nos pères, ç'aurait peut-être été une autre histoire, mais la plupart d'entre eux n'étaient pas souvent à la maison. On pouvait mesurer la réussite de son père au peu de temps qu'on le voyait. Si on le voyait beaucoup, c'était mauvais signe. Lorsque le père de Babs Bitterman fut obligé de démissionner de son poste de président d'une société de matières plastiques de Niagara Falls, il s'installa un bureau chez lui pour travailler en indépendant et chercher un nouvel emploi, et Babs nous dit : « Bon Dieu, ça fait bizarre. Tous les jours, papa est à la maison ! Mais on est censées faire comme s'il n'était pas là. Comme s'il était invisible. Maman et moi passons notre temps à faire des courses pour échapper à cette atmosphère et *respirer.* » À l'autre extrême, Scottie Baskett se vanta un jour de n'avoir pas vu son père, un avocat d'entreprise, depuis sept semaines ; Jenny Thrun, Pete Marsh et Steve Lunt, dont les pères travaillaient dans la même banque de placements de Buffalo, affirmaient par plaisanterie ne pouvoir se rappeler nettement à quoi ils ressemblaient — « Sauf sur un plan général, vous voyez. » Nous étions fiers de nos pères et inquiets pour eux. Ils prenaient sans arrêt l'avion, même le week-end, pour New York, Washington, Chicago, Dallas, Philadelphie, Cleveland, Tulsa, Atlanta, Los Angeles, San Francisco et Seattle. Pour Toronto, Mexico, Londres, Paris, Rome, Madrid. Leurs avions décollaient de l'aéroport international de Buffalo à une heure où nous dormions profondément. Nous ne savions pas trop ce qu'ils faisaient dans ces villes, mais nous comprenions qu'ils travaillaient dur, « sacrément dur » (comme ils en faisaient parfois la remarque avec aigreur dans les rares occasions où ils étaient en mesure de partager les repas familiaux) pour entretenir nos maisons de Willowsville et notre « train de vie », et donc nous les aimions et les craignions à distance. Nous comprîmes Ritchie Eickhorn qui nous confia d'une voix tremblante et fêlée après la mort de son père, foudroyé par un infarctus du myocarde à l'âge de quarante-sept ans alors qu'il négociait un contrat pour une société sidérurgique de Pittsburgh : « J'ai l'impression que je vais mieux connaître papa depuis qu'il s'est un peu fixé. J'arrive plus facilement à penser à lui maintenant qu'il est toujours au même endroit. » Lorsque le père de Bo Bozer déménagea sur les instances de Mme Bozer, et que toutes les serrures de la maison furent changées, Bo dit avec une grimace : « Qu'est-ce que ça change ? Avant, il était toujours parti ; à présent, il est parti pour toujours. » Ken Fischer nous fit tous rigoler un soir au Haven en racontant que son père, qu'il ne voyait pas beaucoup depuis un moment, avait décidé de l'emmener chasser au lac Scroon où la famille avait un pavillon : « Il sait que je déteste la chasse, d'accord ? Et lui aussi déteste ça, mais c'est le genre de truc que pères et fils sont censés faire ensemble, d'accord ? Alors, on patauge tous les deux dans la neige avec ces fusils qui pèsent une tonne à la recherche de... quoi ? "Ces bestioles avec des bois sur la tête", dit papa, en soufflant comme une locomotive... et une idée biscornue, effrayante, me traverse la tête : *Papa espère que je vais lui tirer une balle dans le dos. Pour mettre fin à son supplice.* Du coup, j'ai commencé à trembler, j'avais tellement peur que j'ai failli dégueuler. Alors, on a mis ça sur le compte d'une grippe, on est rentrés plus tôt que prévu, et papa ne m'a plus jamais reparlé de chasse. »

Voilà pourquoi nous admirions John Reddy Heart qui n'avait pas de père. (Pour autant que nous le sachions.) Nous admirions sa solitude. Nous admirions son courage. Nous pensions que c'était du courage : sa décision de ne coopérer avec personne. En fait, nous ne voulions pas penser que sa façon d'agir était autodestructrice. Nous ne voulions pas penser que refuser d'exprimer le moindre remords lorsque l'on était un adolescent basané de seize ans, que l'on avait les cheveux longs et gras, lissés en cul de canard sur la nuque, et que l'on avait tué un millionnaire de cinquante-trois ans, une « personnalité locale », n'était peut-être pas la stratégie de défense la plus avisée.

Combien de centaines, de milliers de fois au cours des semaines, des mois et des années à venir, nous, les fiers camarades de classe de John Reddy Heart, communiquerions-nous entre nous en répétant ses paroles : *Fais ce que tu as à faire.* Dans les bousculades à la sortie du lycée, sur les sièges arrière moites et indiciblement doux de nos voitures, dans le centre du village les samedis matin, dans les rues de Willowsville, les restaurants drive-in de Transit Road, en passant la tête par la vitre baissée de nos voitures quand nous démarrions sur les chapeaux de roue aux feux verts : « FAIS CE QUE TU AS À FAIRE ! »

Comme si nous avions la moindre idée de ce que John Reddy avait voulu dire.

*
* *

« La démocratie a fini par arriver à Willowsville. »

La remarque était peut-être ironique dans la bouche de M. Lepage, car c'était son style, comme celui d'autres professeurs du lycée qui n'avaient pas les moyens de vivre dans notre banlieue, mais c'était vrai : du jour au lendemain, après le meurtre de Melvin Riggs, toutes les barrières sociales s'évanouirent. Brusquement, l'on vit Verrie Myers, Trish Elders, Pattianne Groves et Ginger McCord serrées les unes contre les autres à une table de la cafétéria en train de discuter avec animation avec Orrie Buhr, Dougie Siefried, Janet Moss, Dexter Cambrook et Ritchie Eickhorn. « Filles B.C.B.G., loubards, sportifs, intellos » — comme le notèrent plus d'un observateur. Evangeline Fesnacht, la seule intello du Cercle, jouissait de sa popularité toute neuve, se mêlait avec assurance à tous les groupes avec ses *Chroniques nécrologiques,* son album de satin noir, bourré d'informations, qui ne cessait de s'épaissir et était désormais exclusivement consacré à John Reddy Heart. Clyde Meunzer, mal rasé, et Dino Calvo en blouson de cuir noir et jean tâché de graisse furent aperçus en compagnie de Dwayne Hewson, Smoke Filer, Ken Fischer. Norm Zeiga, récemment arrivé à WHS du district scolaire du comté du Niagara, se plaindrait pendant les trente années suivantes de n'avoir jamais réussi à comprendre les complexités sociales de Willowsville, étant donné que, après ce jour de mars historique, les vieilles distinctions de classe s'étaient effondrées comme sous l'effet d'un cataclysme sismique. Katrina Olmsted et Ray Gottardi sortirent ensemble, parce qu'ils se rencontraient souvent chez Nico. Et ce fut chez Nico, au milieu d'un nuage de fumée, dans un box bondé, que Dougie Siefried se rendit compte qu'il était tombé amoureux de Ginger McCord qui pleurait pour un rien, en voyant des larmes rouler sur ses joues pâles tachées de son et le chagrin briller dans ses yeux pâles ombrés de roux, alors qu'il taquinait sans pitié ses amies et elle — « Il faut que vous vous regardiez la réalité en face, les filles. Avant le meurtre, ce soir-là, John Reddy n'était pas chez lui, d'accord ? C'est ce que sa mère a dit à la police ? Il est rentré vers une heure du matin alors que Riggs était déjà là, donc... où était-il avant ? Avec qui ? Dino en sait plus qu'il ne dit. On ne peut pas se fier à un Rital. Dino raconte qu'ils se se sont juste baladés ensemble dans la voiture de John, mais en fait ce qui a dû se passer, c'est que Dino n'était pas avec John, John devait être seul avec la sœur de Dino, Sasha. Ça colle parfaitement. John ne veut pas que les flics interrogent Sasha et les Calvo encore moins, donc Dino raconte qu'il était avec John jusqu'à une heure moins le quart, mais en réalité... *John Reddy a une copine et cette copine est Sasha Calvo.* » C'est à ce moment-là que Ginger se mit à renifler et fondit en larmes, et Dougie la regarda en entendant résonner à ses oreilles sa voix de brute sans cœur et en regrettant d'avoir ouvert sa grande gueule.

Nos professeurs franchirent les barrières, eux aussi. C'était embarrassant. Nous nous rétractions lorsque nous voyions Mlle Bird, l'œil perçant, foncer dans notre direction, ou M. Dunleddy, la respiration embarrassée, s'attarder sur le seuil de sa classe, où flottait toujours une légère odeur écœurante de formaldéhyde. Mme Picholet nous demandait avec coquetterie avant le cours : « *Quelles nouvelles de John Reddy Heart* ? »* M. Lepage affichait le plus grand dédain pour le « journalisme sensationnel » mais tenait néanmoins à être informé des derniers bulletins. (Pendant les trois jours tendus qui suivirent le meurtre, quand John Reddy fuyait la justice et que, mis à part une rumeur qui voulait qu'il eût trouvé refuge au Québec, personne ne savait où il se trouvait.) Mlle Flechsenhauer, une grande femme élancée et musclée à la voix de stentor, nous gardait plus longtemps dans la salle de gym des filles. Pendant les cours de conduite, M. Schoppa qui sentait le cigare demandait régulièrement à ses élèves de passer par le 8, Meridian Place, et de faire un créneau devant la maison même des Heart, tout en parlant sans interruption des Buffalo Hawks et de « la justice à la texane ». Pendant les cours de sciences sociales de M. Cuthbert, nous commençâmes ces laborieuses discussions théoriques qui devaient durer des mois et reprendre à l'automne et durer encore, jusqu'à ce que (dit-on) M. Stamish convoque M. Cuthbert pour le presser d'abandonner son idée fixe : les ironies du destin, le paradoxe du hasard et de la destinée, l'« interchangeabilité » de la victime et du bourreau et la façon dont, comme le disait M. Cuthbert avec des yeux étincelants, « d'innombrables affluents viennent grossir le grand fleuve tumultueux du Destin jusqu'à conduire à un acte existentiel irrévocable, comme par exemple braquer une arme sur quelqu'un et tirer. » Nous fûmes particulièrement embarrassés de voir M. Stamish lui-même, notre proviseur, habituellement bourru et hautain, traîner dans les couloirs en jetant dans notre direction des regards pleins d'espoir qui semblaient demander, comme Mme Picholet : *Quelles nouvelles de John Reddy Heart* ?* M. Stamish était toutefois trop réservé pour poser véritablement la question. Nous le dépassions très vite, en détournant les yeux, comme nous l'aurions fait si, chez nous, nous avions surpris nu l'un de nos parents.

Avec le temps, nous en saurions plus que nous le souhaiterions sur le meurtre de Riggs et sur le rôle joué par John Reddy Heart, et plus qu'il n'aurait semblé sain pour nous d'en savoir. Plus que nos esprits enfiévrés d'adolescents ne pouvaient métaboliser. Beaucoup d'entre nous retinrent tout ce qu'ils purent apprendre de la chronologie des événements de cette nuit fatale de mars jusqu'au moment où John Reddy fut arrêté dans une région montagneuse désolée des Adirondacks, quatre cent vingt kilomètres au nord-est de Willowsville, sur l'un des versants du mont Nazaréen. Certains d'entre nous établirent des tableaux chronologiques et des cartes qu'ils complétèrent au fur et à mesure des nouvelles informations. Evangeline Fesnacht fut naturellement la plus méticuleuse, mais il y en eut d'autres qui nous étonnèrent par leur zèle : Janet Moss, naguère si timide qu'elle ne sortait jamais avec personne ; Tommy « Crotte-de-nez » Nordstrom qui avait la réputation de sniffer du No Doz pour conserver sa place dans l'équipe de natation du lycée ; Clarence McQuade, brillant et névrosé, qui avait gagné le prix de sciences des lycées de l'État de New York l'année précédente avec un énorme projet comprenant un télescope de sa fabrication et des cartes astronomiques. Et il y avait aussi Norm Zeiga, avec son teint basané, son allure « transylvanienne », et son accent exotique qui faisait penser aux imitations comiques de Sid Caesar, sauf que Norm était toujours on ne peut plus sérieux ; Norm, nouveau au lycée de Willowsville, par les caprices du sort alphabétique placé en classe juste devant Suzi Zeigler et destiné à être l'instrument de sa rupture avec Roger Zwaart, qui intrigua Suzi grâce à son tableau chronologique méticuleux et à sa carte aux encres de couleur. « Comme tout le monde, je pensais que Norm n'était qu'un doux dingue, disait Suzi avec excitation. Un dingue intéressant mais, bon, un dingue. Et voilà qu'il étale ce tableau chronologique fantastique, pas seulement l'emploi du temps de John Reddy ce fameux soir, mais pendant des mois auparavant, et des cartes de Willowsville et l'itinéraire que John Reddy a suivi pour aller dans les montagnes, et il dit, avec cet accent qu'il a : "C'est la quête de la vérité qui m'a poussé à le faire. Après celui de la reproduction de l'espèce, il n'y a pas d'instinct humain plus puissant", et, mon Dieu !... j'ai été impressionnée. J'ai regardé Norm pour la première fois, regardé pour de bon, et j'ai vu. *Ces yeux.* » (Alors que Roger qui était là depuis toujours, depuis le cours préparatoire, son petit ami, aussi familier qu'une vieille chaussette, ne partageait pas du tout l'intérêt de Suzi pour John Reddy Heart. Il disait, du coin des lèvres, à quiconque voulait bien écouter : « À quoi ça rime, bon Dieu ? C'est de l'hystérie de masse, ma parole. Que représente ce type pour nous ? Il n'est pas de notre bande, bon sang. » Nous savions ce que Roger voulait dire, bien sûr, et un coin de notre cerveau était d'accord ; mais Roger, comme nos pères, était tout simplement à côté de la plaque.) Même Millicent LeRoux que les garçons redoutaient d'appeler pour lui demander un rendez-vous (Millie était si placide, si gentiment vague : « Qui est-ce, as-tu dit ? Dougie ? Oh... Cla*rence*. Oh ! merci. Mais je crois que je suis prise vendredi, et tous les vendredis du calendrier. Mais vraiment, merci ! ») était tout excitée quand arrivaient des nouvelles fraîches de John Reddy, et on la vit plusieurs fois entrer carrément en trottant dans la cafétéria, haletante, les joues rouges et les seins bondissants, pour se précipiter vers Evangeline Fesnacht, qu'elle snobait depuis la maternelle : « Quoi de neuf, Vangie ? *Quoi de neuf ?* Il paraît que tu sais *quelque chose qui vient d'arriver* ? »

Rétrospectivement, Bart Digger se rappellerait notre angoisse collective le troisième soir de la fuite de John Reddy, lorsque plusieurs d'entre nous, des grosses têtes de l'équipe d'échecs du lycée, passèrent la majeure partie de la nuit dans le parking de la pépinière Burnham, près de Glen Creek, à fumer et à boire de la bière. (Tracy, le frère aîné de Bart, s'était chargé d'acheter les packs à notre place.) Il se peut que sans nous le dire explicitement nous ayons pensé que ce genre de comportement masculin n'était pas caractéristique des intellos tordus et que par conséquent, si nous l'adoptions, nous ne pouvions pas en être. Ritchie Eickhorn, qui, comme E. S. Fesnacht — plus célèbre et plus controversée — serait publié avant trente ans, écrivain, poète et professeur de littérature dans une petite université du Minnesota, se rappelait avoir été alarmé par les « pensées folles et incohérentes qui tourbillonnaient dans ma tête » après l'absorption d'une unique boîte de Molson tiède, mais « je croyais qu'une personnalité radicalement nouvelle émergeait en moi, à seize ans, liée d'une certaine façon à John Reddy Heart. J'avais beau ne pas le connaître, *ça, je le savais.* » Clarence McQuade, joueur d'échecs vedette de l'équipe, destiné à bousiller, selon ses propres estimations, au moins vingt pour cent de son cerveau à force de consommer speed, méthédrine et autres “amphés” à l'université de Berkeley, où il plancherait sur un problème abstrus de la cohomologie de De Rham pour un doctorat en mathématiques qu'il n'obtiendrait jamais, se souvenait : « J'étais terrifié, je ne sais pas pourquoi. Je me disais que je risquais de tuer accidentellement mon père, un jour. Alors qu'il n'y avait pas une seule arme à la maison ! Et après on me traquerait comme un chien, moi aussi, et on m'abattrait. C'était ma première cuite, mais pas la dernière. » Dexter Cambrook dit d'un air songeur : « Je ne connaissais pas plus John Reddy Heart qu'il ne me connaissait. J'ai l'impression que je le confondais avec d'autres gosses qui lui ressemblaient... ceux que nous appelions “loubards”, “blousons noirs”... Je n'allais jamais aux matchs de basket, ni à aucun des matchs qui attiraient les foules. Mais j'avais peur, moi aussi. On aurait dit une vision de la décennie à venir en Amérique. Un gosse abattu par la police. J'étais sûr qu'ils allaient le tuer. Nous contre eux. Et nous n'avions pas le choix sur ce "nous"... c'était *nous.* » Bart Digger approuva : « Je fais remonter le début de trente ans d'angoisse existentielle à ces heures-là. À ces bières, et au fait que j'ai vomi dans Glen Creek à trois heures du matin alors que ma mère se faisait un sang d'encre en se demandant où j'étais. Seigneur, maintenant que je suis devenu père moi-même, je *sais.* » Les bières produisant leur effet, la conversation passa de John Reddy Heart à Dieu, au « libre arbitre et à la destinée » et à la question de savoir si le Christ était « vraiment mort pour nos péchés ». Blake Wells nous étonna en déclarant avec véhémence qu'il en voulait à Dieu de « tout le mal qu'Il permettait ». Petey Merchant, qui ne parlait jamais, à peine 1,50 mètre à quinze ans et demi, dit, effrayé : « C'est mal de parler comme ça. Il ne faut pas. » Dexter Cambrook, ivre et hilare, raconta comment il s'était ridiculisé en téléphonant à Pattianne Groves pour l'inviter à sortir avec lui bien qu'il sût qu'il n'avait aucune chance, qu'elle sortait avec Dwayne Hewson et qu'elle refuserait, et naturellement c'était ce qu'elle avait fait — « De cette voix chuchotante attristée que prennent les filles, comme si vous étiez un handicapé envers qui elles tâchaient de se montrer gentilles, comme si elles *souhaitaient sincèrement que vous ne soyez pas un intello boutonneux et qu'elles puissent vous dire oui.* » Mais il fut le seul à rire. Nous parlâmes avec amertume de types comme Dwayne Hewson, Ken Fischer, Smoke Filer et toute leur bande. Bart Digger dit, d'un ton plein de sarcasme : « S'ils ont de l'acné, l'acné est à la mode. » Clarence McQuade ajouta, avec une vulgarité qui nous surprit : « Si l'un d'eux pète, c'est la plaisanterie du siècle. » Ritchie Eickhorn ne se rendit compte qu'il était ivre qu'en s'entendant dire d'un ton amer, coupant : « Leurs pères gagnent plus d'argent que les nôtres. Leurs mères sont plus belles. Ils habitent Saint Albans Hill, et nous au sud de Garrison Street. » Blake Wells dit avec sauvagerie : « Mais ils n'iront pas à Harvard, ces connards. » Dexter Cambrook éclata de rire, en recrachant de la bière par le nez : « Merde, et nous ? » Cette remarque fut suivie d'un silence choqué, d'un dégrisement annonciateur de violents maux de tête, d'yeux larmoyants et de bile au goût de pisse au fond de la bouche. Ritchie Eickhorn se rappellerait avoir eu conscience cette nuit-là qu'aucun d'eux n'oublierait jamais ces moments, même si ce qu'ils avaient de particulier n'était pas vraiment clair. Une veillée funèbre pour John Reddy Heart... qui, finalement, ne périrait pas sous une grêle de balles mais serait arrêté et ramené à Willowsville menottes au poignet vers dix heures ce matin-là. Une veillée par une nuit de mars étoilée, et par – 20 °C. Dix-huit ans après, jour pour jour, Ritchie Eickhorn, devenu Richard Eickhorn, commencerait son beau poème lyrique, *Amérique, j'entends ton cœur se briser*, qui lui vaudrait une réputation modeste mais respectable dans les milieux littéraires, et le prix Walt Whitman de la Société de poésie d'Amérique. (Cela étant, ni les prix qu'il recevrait, ni même sa réputation durable, n'effaceraient jamais chez lui la douleur exquise de leur catalyseur initial.) « Ce poème cherchait à rendre une humeur. Une passion. Pas une passion individuelle... quelque chose de commun, de collectif. Notre "aspiration à l'infini". Ce trou noir dans le firmament autrefois occupé par Dieu. C'est quelque chose que les Américains ont tendance à éprouver jeunes, nous sommes précoces et *cela ne nous passe jamais.* »

Au début, nous sûmes seulement que Melvin Riggs avait été « abattu » dans la maison des Heart. Et que John Reddy s'était enfui en voiture avec l'« arme du crime » mais que, sur une impulsion, dans son affolement, il avait eu la mauvaise idée de la jeter du haut du pont de Castle Creek à moins de deux kilomètres de chez lui... et elle avait rebondi sur la glace car, naturellement, la rivière était gelée. La police de Willowsville la découvrirait au matin : un Colt calibre 11,43 enregistré à Las Vegas au nom d'Aaron Leander Heart. « L'arme est couverte des empreintes de ce garçon. L'affaire sera vite réglée.

— C'était sûrement un accident.

— On ne peut pas dire que ce gosse soit très futé, hein ? Jeter son arme sur de la glace ! »

Verrie Myers, tremblante, regardait avec consternation son père méprisant et railleur. Son papa ! Le papa qu'elle adorait depuis sa petite enfance ! Il riait. Riait ! En lisant dans le *Courier-Express* du matin la nouvelle de l'« assassinat par balles » de Melvin Riggs (naturellement, M. Myers reconnaissait que la mort de Riggs était une « tragédie »... « mais pas très étonnante, tout compte fait, étant donné la réputation de Riggs en matière de femmes ») et en secouant la tête dans sa direction d'une façon exaspérante, comme si elle était toujours une petite fille crédule : « C'est vrai, bon sang, que dire d'un gosse idiot au point de jeter "l'arme présumée du crime" sur de la *glace gelée ?* »

Ce fut la répétition qui déclencha tout. Le ton réjoui,

cette façon de verser du sel sur la plaie, et dans les yeux douloureux et pleins de larmes de Verrie. *Glace. Glace gelée.* Comment osait-il ! Soudain, comme dans une scène de film où la musique annonce une crise, Verrie se rendit compte qu'elle n'avait jamais véritablement vu son père *comme un homme et un individu indépendant de leurs relations de parenté* avant ce terrible instant.

Elle avait la voix rauque à force de pleurer. Elle murmura : « Je te hais, papa. »

C'était un murmure ! M. Myers se le rappellerait toute sa vie comme un « hurlement hystérique ».

Et l'instant d'après Verrie courait ! courait ! Elle fuyait loin de cette pièce et de cette maison bourgeoise étouffante ! *loin mon vieux moi mort, de cette vie hypocrite où j'avais tenu le rôle de la fille de quelqu'un. Pour toujours !*

C'était à qui connaîtrait le mieux la chronologie des événements de cette nuit fatale : l'incident dans la maison, la fuite de John Reddy au mont Nazaréen, sa capture. Très vite, cela devint un film que nous avions tous vu. Après le second procès de John Reddy, en novembre, nous fûmes naturellement en mesure de combler certaines lacunes frustrantes et d'ajouter les remarques pertinentes faites par diverses personnes (à l'exclusion de John Reddy, qui refusait fièrement de parler). Dans ses *Chroniques nécrologiques*, avec une minutie fanatique dont elle n'avait donné qu'un mince aperçu lorsqu'elle avait été secrétaire de classe à l'école primaire, Evangeline Fesnacht divisa sa chronologie en plusieurs parties : « La Nuit fatale », « Le Fugitif et la Chasse à l'homme », « La Capture », « Le

Retour à Willowsville ». Sur cette chronologie, même les détracteurs d'Evangeline s'accordaient. La voici, très abrégée :

Le 18 mars, jour d'école, John Reddy Heart, élève de première au lycée de Willowsville, manqua tous ses cours du matin, arriva à l'heure à celui de géométrie (où ses notes allaient de C + à D –), en cinquième période, et se rendit à l'entraînement de basket de 15 h 30 à 17 h (« Il a raté quelques paniers faciles et il paraissait distrait, mais dans l'ensemble il a joué correctement », avait déclaré l'entraîneur McKeever à la police) ; du lycée, il se rendit en voiture chez Farolino, Meubles et Menuiserie, rue Chippewa, où il travailla jusque vers 19 heures. (« John m'aidait à poncer et à teinter une vieille bibliothèque en bois de cerisier ; il a fait du bon travail comme d'habitude mais il semblait distrait, il s'est mis de la teinture sur les mains et en a fait tomber par terre ») ; il était ensuite rentré chez lui, 8, Meridian Place, où, selon les estimations de Mme Heart, il était arrivé vers 19 h 20 ; il avait pris une douche, s'était rasé, changé, et était ressorti aussitôt en disant qu'il allait voir son ami Dino Calvo et « peut-être d'autres copains » ; Mme Heart avait insisté pour qu'il dîne en famille (« Tous les soirs, je prépare un dîner chaud pour ma famille, tous les soirs où je peux être à la maison ») mais John Reddy était reparti avant 20 heures pour la maison de M. et Mme Joseph Calvo, 93, Division Street, où on le voyait apparemment souvent (« Quoi qu'on dise de lui, John Reddy est un brave garçon... et un bon ami de Dino », déclara M. Calvo à la police). Les heures suivantes, de 21 heures environ à 0 h 40, le 19 mars, John Reddy était censé les avoir passées à rouler sans destination particulière dans la seule compagnie de Dino Calvo, âgé de dix-sept ans (« On discutait, non on ne buvait pas, on s'est peut-être arrêtés dans deux ou trois coins, juste comme ça, on a pris une pizza chez Enrico, je suis allé la chercher et John est resté dans la voiture, on n'était que tous les deux », déclara Dino à la police), puis avoir ramené Dino chez lui et être lui-même rentré au 8, Meridian Place. Cela, nous ne le croyions pas une minute ! Nous croyions que, cette nuit fatale, John Reddy l'avait passée avec sa petite amie, Sasha Calvo, la jolie sœur de Dino, âgée de quinze ans. Il n'était pas exclu que Dino et quelques autres les aient accompagnés, ou juste Dino, pendant tout ou partie de la soirée, les informations dont nous disposions étaient vagues et contradictoires, et ce n'étaient pas les amis de John Reddy qui savaient peut-être quelque chose, Orrie Buhr, Clyde Meunzer ou Dino lui-même, qui allaient nous faire des confidences. « Cela donne la mesure de la loyauté de ces gens-là, disait Evangeline Fesnacht, du ton d'une anthropologue livrant une observation. Ils sont prêts à enfreindre la loi pour protéger l'un des leurs. » Toute la famille Calvo la boucla, bien sûr. (Que devint Dino Calvo ? Il ne ferait pas partie des amis de John Reddy qui déposeraient en qualité de témoins de moralité. Et la belle Sasha Calvo disparut de Willowsville peu après l'arrestation de John Reddy, envoyée, disait-on, à Brooklyn, chez des parents.)

Apparemment à l'insu de John Reddy, un ami de sa mère, Robert P. Rush (de l'éminent cabinet d'avocats Chase, Rush, Beebee & Pepper), se présenta chez les Heart vers 23 heures, alors qu'il n'était ni invité ni attendu ; insista pour entrer parler à Mme Heart afin de l'informer qu'il avait demandé le divorce à sa femme parce qu'il était amoureux d'elle ; il avait bu et était bouleversé ; Mme Heart n'eut pas le cœur de lui fermer la porte au nez alors qu'il était dans cet état, et lui permit donc d'entrer — « Pour quelques minutes seulement. Il avait promis. » Malheureusement, vers 23 h 45, au moment où Rush s'apprêtait à partir, Melvin Riggs, qui lui non plus n'était ni invité ni attendu, qui lui aussi avait bu, arriva à son tour et demanda à entrer. En se retrouvant face à face dans le vestibule, les deux hommes se mirent à crier et à se bousculer : Rush, le nez ensanglanté par un coup de poing, se laissa convaincre de partir, mais Riggs refusa ; et peu après, Dahlia Heart et lui se retirèrent au premier, dans l'intimité de la chambre à coucher de Mme Heart — « Je jure, et ma famille vous le confirmera, que c'était la première fois que Melvin Riggs montait ces marches. Oui, nous étions amants. Mais je ne lui avais jamais permis de venir chez moi, dans ma famille, je le jure ! Cet homme avait un tel pouvoir sur moi, j'ai tellement honte ! Il m'a menacée, en disant que, s'il ne pouvait pas m'avoir, aucun autre homme ne m'aurait. » Vers 1 heure du matin, John Reddy rentra, vit la voiture de Riggs dans l'allée (savait-il à qui elle appartenait ?) et fut accueilli par son grand-père Aaron Leander, encore habillé, qui lui parla des visiteurs de sa mère et du grabuge dans l'entrée — « John Reddy a demandé : "Est-ce qu'il y en a encore un ici ? En haut ?" et j'ai dit : "Oui, mais tout est tranquille, maintenant. Ça ne nous regarde pas." Alors, John Reddy est allé dans sa chambre, au fond de la maison. J'aurais dû vous appeler moi-même, déclara d'un air sombre le vieux M. Heart à la police, mais les agents de la force publique et moi, on a eu des désaccords. » Puis, vers 1 h 50 du matin il y eut du remue-ménage dans la chambre de Mme Heart, des pas lourds, des coups sourds et des bruits de lutte, et les cris de Mme Heart ; et John Reddy qui n'était pas encore couché « a peut-être couru au premier voir ce qui se passait. Ou peut-être pas. Tout est devenu très confus », déclara M. Heart.

Quand la police lui demanda où il était au moment de ce remue-ménage, M. Heart dit qu'il pensait être allé se coucher.

À partir de là, la succession des événements devenait brumeuse. Elle ne serait jamais tirée au clair. Dahlia Heart dit à la police qu'il lui était impossible de se rappeler ce qui s'était passé dans sa chambre au cours des minutes précédant la mort de Riggs : « Cet homme essayait de m'étrangler ! Je ne cessais de m'évanouir. J'étais sur le lit, ou par terre. J'avais peur de mourir. J'ai dû appeler à l'aide et Melvin a menacé de me tuer et... c'était un cauchemar. Je ne savais pas que mon fils Johnny était rentré... je ne l'ai pas vu, je le jure. Je ne me rappelle pas avoir entendu une détonation. Lorsque je suis revenue à moi, un médecin me ranimait. Je ne savais pas où j'étais. Pourquoi il y avait du sang partout. J'étais convaincue que quelque chose était arrivé à mes enfants. À ma petite fille. Mais je n'avais rien vu. Je le *jure*. »

Le témoignage de Mme Heart fut haletant, agité. Elle répéta à plusieurs reprises que, pour une raison ou une autre, elle n'avait pas « vu » le corps de Melvin Riggs sur le sol de sa chambre à coucher quand on l'avait ranimée ; elle avait peut-être entendu un coup de feu, mais ne s'en souvenait pas vraiment — « C'était un tel cauchemar. Ça n'avait pas l'air réel. »

Il était toutefois incontestable que l'arme du crime, le revolver Colt calibre 11,43 dont le permis avait été délivré à Aaron Leander Heart douze ans auparavant au Nevada, avait été déchargé à une distance de moins de deux mètres sur Melvin Riggs, que deux balles s'étaient enfoncées dans le plafond de la chambre à coucher et une autre dans la tête de Riggs, lui traversant le cerveau de bas en haut pour aller se loger dans le sommet de son crâne et provoquer sa mort quasi instantanée.

Les voisins rapporteraient avoir entendu plus tôt dans la soirée « cris, hurlements, claquements de portes et bruits de voiture » et, juste après 2 heures du matin, « des coups de feu ». Irma Bannister du 10, Meridian Place, fut la première à composer le 911 pour signaler une urgence. À 2 h 12, le 19 mars, quatre agents de police de Willowsville arrivèrent sur les lieux dans deux voitures et trouvèrent la résidence des Heart toutes lumières allumées. La porte d'entrée était entrebâillée et, au premier étage, dans une grande chambre à coucher somptueusement meublée, gisait le corps nu d'un homme qu'ils reconnurent en dépit des dommages subis par son visage : Melvin Riggs. Le quinquagénaire était étendu tout près de la porte, à environ trois mètres cinquante d'un lit aux draps froissés où, apparemment sans connaissance, dans un négligé de soie blanche éclaboussé de sang, gisait Dahlia Heart, qui semblait avoir été brutalisée.

Dans l'escalier, hébété, le vieux Aaron Leander Heart bredouilla qu'il y avait eu un « accident », que « le revolver n'était pas chargé », qu'il « n'avait rien vu, ne savait pas ce qui s'était passé » ni même qui avait été tué. Debout pieds nus dans le vestibule, en pyjama, un garçon de treize ans au mince visage d'enfant, Farley Heart, exsangue, se balançait d'avant en arrière en gémissant lui aussi que c'était un « accident »... « John ne s... savait pas que le revolver était chargé, il voulait seulement... » À quoi, sous les yeux étonnés des agents de police, le vieux M. Heart saisit brusquement le garçon par les épaules et le secoua comme une poupée de chiffon avant qu'ils puissent intervenir, en disant : « Satané idiot ! *Johnny n'était même pas là.* »

« La nuit où Mel Riggs a été tué ! »

Matt Trowbridge, devenu depuis lors inspecteur de police, raconterait bien souvent cette fameuse nuit. Comment, alors même que John Reddy Heart avait disparu, avec sa voiture et le Colt, aucun des adultes de la famille Heart ne semblait savoir s'il avait été dans la maison, sur ou à proximité des lieux du crime. On eût dit qu'un brouillard avait tout enveloppé. « Une odeur douce, prenante, comme un parfum de lys. » Mme Heart était hystérique, appelait sa fille que personne n'arrivait à trouver. Il fallut vingt bonnes minutes de recherches aux quatre policiers avant que la petite Shirleen soit dénichée, par Trowbridge, dans une partie inutilisée et non chauffée de la maison servant de débarras, recroquevillée sous un lourd canapé démodé protégé d'une housse blanche. « Jamais on n'aurait pensé que quelqu'un puisse se glisser dans un espace aussi petit. Elle n'était pas seulement sous le canapé mais *dedans*, à un endroit où une partie de la bourre manquait. Elle pleurait, mais sans faire aucun bruit. Elle s'était fourré les doigts dans la bouche. Elle avait l'air en état de choc. Lorsque j'ai braqué ma torche sur son visage, ses yeux semblaient de verre, elle aurait pu être aveugle. Quand j'ai vu cette petite, qui avait l'âge de ma propre fille, quand je l'ai aidée à sortir de cette poussière et de cette saleté, quand j'ai senti ses mains toutes froides et cette odeur de panique animale sur elle, j'ai eu une pensée sévère pour la mère. Je me suis dit : "Vous n'auriez pas dû exposer votre fille aux vilaines choses qui se sont passées dans cette maison, ce soir, madame. Ce n'est pas bien." »

Dahlia Heart comme Shirleen serait emmenées à l'hôpital général d'Amherst pour y être soignées d'urgence et gardées en observation.

À ce moment-là, John Reddy était déjà loin, dans sa Cadillac vert acide aux zigzags dorés et au tuyau d'échappement chromé proéminent. Il avait fui le paisible Village de Willowsville sans traîner. Nous l'imaginions dévaler l'escalier, empoigner le blouson de cuir qu'il avait peut-être jeté un peu plus tôt dans le vestibule mais oublier le cache-nez de laine rouge (tricoté maladroitement mais avec ardeur par Sasha Calvo, alors âgée de quatorze ans, pour le seizième anniversaire de John Reddy — nous l'apprendrions par la suite) qu'il avait porté autour du cou une grande partie de l'hiver. Ses gants de cuir étaient fourrés dans une poche du blouson ; il ne les portait pas ; le Colt, encore chaud, qu'il tenait dans sa main droite, serait couvert de ses empreintes digitales... et d'elles seules.

John Reddy, fuis ! John Reddy, prends garde à toi !

Nous imaginions le vent, notre vent incessant, humide et glaçant, soufflant du lac, des paquets de neige et de grésil fouettant le visage en feu de John Reddy. Nous imaginions (combien de fois ! seuls ou ensemble, dans nos rêveries ou nos conversations, parfaitement sobres, complètement partis ou en pleine défonce, car il faut convenir que certains d'entre nous auraient une prédilection pour la drogue pendant la décennie suivante) le jeune visage résolu et sombre de John Reddy, ses mâchoires serrées, son expression à la fois stoïque et enfantine. Ses cheveux noirs huilés romantiquement décoiffés par le vent. Le revolver — encore brûlant, sentant la poudre — jeté sur le siège à côté de lui. Nous voyions John Reddy bondir dans sa voiture et mettre le contact, pressé de fuir au plus vite. *John Reddy Heart ne va pas rester.* Emballant le moteur de la Cadillac. Car il devait savoir que les voisins de Meridian Place avaient appelé la police. Il n'avait que quelques secondes pour s'enfuir. (Déjà Mme Bannister gémissait au téléphone : « Ces va-nu-pieds de Heart ! Ils s'entretuent dans la maison d'à côté ! », d'une voix dont le raffinement, au moins en cet instant-là, laissait lui aussi à désirer.) Nous entendions hurler les pneus de John Reddy, un bruit électrisant aussi rare que le cri d'un paon dans le quartier compassé de Saint Albans Hill. Ce bruit de la Cadillac vert acide de John Reddy qui s'inscrivit profondément dans nos mémoires, plus familier, nous rendrions-nous compte un jour, que tout autre bruit de notre adolescence à Willowsville, et plus précieux. « Lorsque j'entends un crissement de pneus, où que je sois, je suis de nouveau à Willowsville, remarqua un jour Bart Digger. J'ai seize ans. »

Ensuite venait l'incident embarrassant. Nous aurions préféré que ce ne soit pas arrivé mais, bon... « C'est arrivé. Un coup de dés. »

Pour certains de nos pères, c'était la preuve que John Reddy Heart n'était pas très futé. Pour nous, c'était la preuve qu'il s'était affolé. Nous comprenions. Nous sympathisions. Nous faisions des choses complètement idiotes tous les jours de notre vie. Nous armant de courage, nous imaginions, une fois encore, John Reddy prenant le virage de Meridian sur les chapeaux de roues et s'engageant dans Castle Creek, appuyant à fond sur l'accélérateur tout en donnant des coups de frein, craignant de déraper sur la chaussée enneigée, ralentissant sur le pont cahoteux à voie unique qui enjambait la rivière, baissant sa vitre à la hâte pour jeter le revolver par-dessus la rambarde ; dans la nuit de l'oubli, avait-il dû croire ; et accélérant aussitôt, trop vite pour entendre l'arme rebondir sur la glace... au lieu de s'enfoncer dans l'eau.

Car naturellement, à la mi-mars, les eaux peu profondes de Castle Creek étaient totalement gelées.

Peu importe ce que nos pères, comme le père sarcastique de Verrie Myers, pensèrent en voyant John Reddy sur cette fameuse photo de journal, capturé, menotté, arrêté. Ce furent nos mères qui nous étonnèrent. Celle de Shelby Connor, par exemple, qui dit avec indignation, en étudiant la photo d'un gamin blessé ébloui par le flash impitoyable d'un appareil photo : « Pour moi, c'est bien la preuve que ce n'était pas prémédité... ce que John Reddy Heart a ou n'a pas fait. Jeter cette arme sur la glace, où même nos policiers de Willowsville ont été capables de la trouver. Cela montre combien il est innocent. Combien il a le cœur pur. »

9

John Reddy a fui vers l'est.
John Reddy a fui vers l'ouest.
Sûr qu'il a fait courir les poulets !
John Reddy, Johnny Cœur rouge.

En réalité, John Reddy alla vers l'est et le nord, gagnant les Adirondacks par un itinéraire habilement tortueux. Il prit des routes secondaires, et même des allées et des chemins de terre, coupa à travers parcs et champs (la langue de terre entre Garrison Road et North Forrest, par exemple, où l'on découvrirait au matin l'empreinte des pneus de la Cadillac) quand il le put, pendant les cinq premières heures environ roulant de nuit, sous une pluie mêlée de neige, dans la Cadillac vert acide qui, de jour, aurait été instantanément identifiée par les flics, car l'alerte avait été donnée, on le recherchait, *principal suspect dans une affaire de meurtre. Blanc, seize ans.* John Reddy traversa en trombe ces villes sans enregistrer leurs noms : Lancaster, Batavia, Le Roy, Honeoye, Shortsville, Waterloo, Seneca Falls, Auburn. Dans le Village de Skaneateles, à l'extrémité nord du lac effilé du même nom, un peu avant quatre heures du matin, il abandonna la Cadillac, avec un chagrin et des regrets que nous ne pouvions qu'imaginer (car c'était la voiture spectaculaire qui avait conduit sa famille et lui de Las Vegas à Willowsville et à leur nouvelle vie, et c'était la voiture que John Reddy avait repeinte avec amour et s'était appropriée, la voiture tape-à-l'œil avec laquelle nous l'identifions tous), mais contraint et forcé John Reddy l'abandonna, car elle était trop facile à repérer, et son réservoir était vide, et John Reddy la remplaça par une Jeep dernier modèle qu'il fit démarrer en joignant les fils de contact, traversant ensuite dans sa fuite affolée vers le nord-est les banlieues de Syracuse, Phoenix, Parish, Fernwood, Pulaski, Salmon River, puis, dans les Adirondacks, passant par Constableville, Old Forge, Big Moose, le lac Raquette, le lac Perdu, jusqu'au mont Nazaréen où, à pied, dans un paysage désolé, il serait capturé à quatre cent vingt kilomètres de Willowsville et soixante-douze heures après l'assassinat de Melvin Riggs par une vingtaine de policiers équipés de fusils puissants, de gilets pare-balles, de gaz lacrymogènes et de chiens d'attaque, et conduit menottes aux poignets au centre médical Onondaga de Salmon River avant d'être ramené à Willowsville pour procès-verbal et interrogatoire. (« Ils l'ont pris ! Ils ont pris John Reddy ! Mais il est vivant ! » — ce cri jaillit en même temps d'une bonne dizaine d'endroits du lycée, où nous écoutions avec anxiété les bulletins d'informations régionaux sur des transistors apportés clandestinement en classe. Un certain nombre d'entre nous, garçons comme filles, élèves de troisième, seconde, première et terminale, n'avions quasiment pas dormi depuis que nous avions appris la fuite de John Reddy, nous refusions de manger à table avec nos parents, refusions de nous doucher, de nous laver ou de nous mettre du déodorant, de nous coiffer ou de nous brosser les dents, et quand la nouvelle de l'arrestation de John Reddy fut finalement diffusée, plusieurs filles s'évanouirent sur le coup, y compris certaines des filles bouleversées du Cercle dont le visage terreux, les yeux dilatés par le manque de sommeil et les lèvres exsangues avaient fait une forte impression sur ceux d'entre nous qui les adoraient. Et nous nous demandions donc, à nos manières radicalement différentes, dans nos vocabulaires radicalement différents, *Une fille veillera-t-elle jamais comme cela pour moi ?*) Dans la ville carrefour de Parish sur la Route 22, peu après cinq heures du matin, John Reddy força la serrure d'un magasin 7-Eleven où il dévora sur place deux petits gâteaux Hostess au chocolat et à la crème et engloutit un litre entier de lait (emballages de gâteaux et brique de lait vide furent abandonnés sur place) ; il fourra dans ses poches tout ce qui lui tomba sous la main afin de le manger plus tard, dans la Jeep volée ou sur le mont Nazaréen, un sachet de cacahuètes Planters de trois cents grammes, trois barres Milky Way, le dernier sandwich géant Italian Hero datant de la veille, et un litre de jus d'orange reconstitué Sunkist pris dans l'armoire frigorifique ; sur le comptoir près de la caisse il laissa 7,60 dollars en pièces et petites coupures froissées, et un mot écrit à la hâte, au crayon :

Cher monsieur ou madame,

Je regrette.

On découvrirait que, à 5 heures 11 du matin, il avait téléphoné de ce magasin à son domicile du 8, Meridian Place. (Mais personne n'était là pour lui répondre. Dahlia Heart et sa fille de onze ans avaient été hospitalisées, le vieux M. Heart et le petit Farley étaient dans une salle d'attente de l'hôpital général d'Amherst, étroitement surveillés par des agents de police de Willowsville. Débraillé et sentant le whisky, M. Heart y marmonna à plusieurs reprises : « On a rien vu, et on sait rien. Et on dit rien. » Les yeux voilés et aveugles, Farley, qui avait enfilé à la hâte des vêtements pardessus son pyjama, oscillait entre la conviction que « cet homme terrible, M. Riggs » avait tiré sur sa mère et qu'elle était en train de mourir, et une obstination enfantine à vouloir aller à l'école comme de coutume — « Vous n'avez pas l'air de vous rendre compte que j'ai un examen de géométrie en troisième période, ce matin, dit-il aux flics. Je ne peux pas manquer cet examen ! ») On découvrirait que John Reddy avait ensuite téléphoné chez les Calvo où, comme Joseph Calvo le déclarerait ensuite à la police, la sonnerie l'avait réveillé, en pleine nuit, mais quand il avait fini par répondre, il avait juste entendu quelqu'un raccrocher — « Je ne savais rien de l'assassinat ni de la fuite de John Reddy, alors ça ne m'a pas tracassé plus que ça. Je me suis dit que c'était une erreur de numéro. Un crétin. » Dans notre box du Haven, où, à l'automne, pendant les procès de John Reddy, nous nous retrouvâmes quasiment tous les soirs, Dougie Siefried reniflait d'un air méprisant lorsque l'on abordait le sujet du coup de téléphone de John Reddy chez les Calvo et du témoignage de M. Calvo. « Des foutaises ! Ce vieux Rital protège Sasha. Vous pariez que ça s'est passé comme ça : John Reddy appelle et Sasha décroche à la première ou à la deuxième sonnerie, elle n'a pas fermé l'œil de la nuit parce que peut-être que ce soir-là John et elle sont allés jusqu'au bout sur le siège arrière de la Cadillac — pour la première fois, peut-être — et elle se promène dans la maison en nuisette (une fille superbe comme Sasha Calvo ne porte sûrement pas de pyjama comme un cageot du genre d'Evangeline Fesnacht) — elle est catholique, elle est italienne, ils croient aux prémonitions et aux signes et peut-être que Dino lui a parlé, peut-être que John a confié à son pote qu'il en a sa claque que ce salopard de Riggs se cogne sa mère dans tous les sens du terme. Comme n'importe quel type normal à sa place. Moi le premier ! Alors dès que le téléphone sonne, Sasha répond et John Reddy dit, tout bas : "Sasha. C'est moi", et Sasha s'étonne : "John ? Qu'est-ce qui se passe ?" et John dit, comme s'il contenait son émotion : "Je veux juste que tu saches que je vais bien. J'ai des ennuis, mon chou, mais ça va aller, ne t'inquiète pas." Alors Sasha demande : "Quels ennuis ? Qu'est-ce qui est arrivé ? John..." et John répond : "Ne te crois pas obligée de mentir ou de faire quoi que ce soit pour moi, Sasha", et avant qu'elle puisse lui demander ce qu'il entend par là, le père Calvo décroche dans sa chambre à coucher et entend des voix sur la ligne et gronde : "Qui est-ce, bon Dieu ? Qu'est-ce qui se passe ?" et Sasha est terrifiée et John Reddy garde le silence et le vieux dit : "Qui est sur la ligne ? Dino ? Sasha ? Qui ?" et Sasha bégaie : "C'est moi, papa, Sasha, le téléphone a sonné et c'est une erreur de numéro", et le vieux réplique : "Ah oui ? T'es sûre ? Qui est au bout du fil ?" et

Sasha dit que la personne a raccroché, et conclut : “Bonne nuit, papa.” Alors le vieux raccroche brutalement, et Sasha raccroche et, là-bas à Parish, John Reddy raccroche aussi. *Voilà comment ça s’est passé.* »

John Reddy, fuis ! John Reddy, prends garde à toi ! Dans la Jeep volée, nous avions de lui une vision incertaine. Parfois nous le voyions aussi nettement que s’il était filmé en gros plan (la Jeep rapide et courageuse qui s’avance vers la caméra le long d’une route de campagne, des montagnes à l’arrière-plan, et le visage de John Reddy Heart aperçu à travers le pare-brise où se reflètent les nuages et le soleil, hagard, barbu, le visage de quelqu’un ayant bien plus de seize ans et les yeux de quelqu’un qui a enregistré ce fait), mais le plus souvent non. C’était le deuxième jour de sa fuite. Il faisait grand jour, à présent, et le soleil brillait, aveuglant sur la neige, il devait se méfier des voitures de police, des hélicoptères. À Big Moose, autour du lac Raquette, du lac Perdu. Pour la seconde fois, il était presque à court d’essence. Mais continuait à rouler. Pour aller où ? À ce moment-là, il devait s’être rendu compte qu’il ne pourrait pas atteindre la frontière canadienne. (Notre théorie était que John Reddy avait eu l’intention de se réfugier au Canada mais c’était une théorie qui ne devait jamais être confirmée puisque John Reddy ne la confirmerait jamais ; ni ne l’infirmerait non plus. Plus tard, certains d’entre nous, devenus sceptiques, se demanderaient si John Reddy, qui n’avait que de vagues notions de géographie, avait seulement su où se trouvait le Canada. Et, à supposer même qu’il en ait eu une vague idée, qu’il se soit dit que ça devait être au nord, pouvait-il savoir qu’il lui faudrait faire des centaines de kilomètres avant de trouver un point de passage, étant donné que le Saint-Laurent coule plein nord, formant frontière naturelle, que les ponts sont peu nombreux et, bien entendu, surveillés par des douaniers ? Il lui aurait fallu aller plus loin au nord-est où, dans une région sauvage et enneigée, à pied, un homme recherché aurait pu franchir la frontière du Québec sans être vu.) Dans les Adirondacks en hiver il n'y a pas beaucoup de circulation, même sur les grandes routes. Celles-là, John Reddy tâcha de les éviter. Mais les chemins de terre enneigés menaient... où cela ? Peut-être sa fuite vers le mont Nazaréen n'était-elle pas astucieuse et indirecte comme certains d'entre nous l'assuraient, mais le résultat du hasard, de l'affolement. *Peut-être ne savait-il pas du tout ce qu'il trafiquait !* Il ne doutait pas d'être descendu à vue. Il avait eu affaire aux flics de Niagara Falls. Il avait vu les mêmes films que nous. Il était prêt à mourir (présumions-nous) mais pas sans s'être battu. Sans doute pensait-il à l'étrangeté qu'il y a à passer d'une catégorie d'individus à une autre : pendant seize ans il n'avait été que lui-même, John Reddy Heart, un enfant, et maintenant il était *un fugitif, un homme recherché.* Un mandat d'arrêt avait été lancé contre lui. Il y avait des communiqués de police. Peut-être des barrages, derrière lui. Il dévorait des chips en conduisant, la bouche et le menton graisseux. Il essayait d'écouter la radio qui émettait surtout des parasites. Il guettait le son de son nom : *John Reddy Heart.* Incapable de savoir s'il l'avait ou non entendu. Le mont Nazaréen, 412 habitants, est situé au nord du lac Perdu. Beaucoup d'entre nous connaissaient les lacs Placid, Saranac, Blue, Raquette : c'étaient des lieux de vacances. Nos familles y possédaient des résidences d'été — des « cottages », disait-on. Aucun d'entre nous ne connaissait le lac Perdu. Aucun d'entre nous ne connaissait le mont Nazaréen. Nous devrions admettre que John Reddy avait abouti là par hasard. On pouvait appeler cela le destin, mais ça n'était pas lui qui avait choisi, parce qu'on n'a pas le choix quand on est un fugitif, un homme recherché, et que la panne d'essence menace. Dans le village du mont Nazaréen, il remarqua peut-être vaguement un bureau de poste, une laverie automatique, un taxidermiste, la façade de rondins de la Moutain Inn sur la Route 81. À l'aveuglette, il s'engagea dans une étroite route sinueuse et abrupte appelée Cemetery Ridge, sans probablement en connaître le nom. Au-delà de Cemetery Ridge, il y avait une station-service Sunoco, un magasin d'alimentation, un autre de boissons alcoolisées et un discounter de vêtements, mais John Reddy ne pouvait pas le savoir. Le soleil s'était obscurci. Il était entouré de hauts conifères. Dans les montagnes on ne voit pas les montagnes, on voit surtout des arbres. Le même bon Dieu d'arbre multiplié mille millions de fois, comme le disait avec cynisme Clarence McQuade, qui n'était pas un amoureux de la nature. Lorsqu'il n'y a pas de soleil, fondamentalement, mieux vaut ne pas être dans les montagnes. Une brume sinistre comme des souffles exténués, mourants. On comprend pourquoi les gens du coin boivent tout l'hiver et se pendent, ou se tirent une balle dans la tête, avec des fusils de chasse calibre 12, en février. Ce qui poussa John Reddy à choisir pour se cacher, ou essayer de se cacher, un chemin privé non déblayé partant de Cemetery Ridge, personne ne le saurait. Même Verrie Myers hésiterait à parler de destin. Evangeline Fesnacht parla, elle, de « destin aléatoire ». Dexter Cambrook nous mettait en garde : « Il ne faut pas trop chercher d'explications à ces trucs-là. On risque de devenir marteau... parano. » Peut-être ce chemin qui sinuait entre des conifères à 3,8 kilomètres au nord de l'intersection du mont Nazaréen, et qui escaladait une colline imposante, attira-t-il John Reddy parce qu'il y avait, cloué à la boîte aux lettres, un vieil écriteau « ENTRÉE INTERDITE ». Il s'était peut-être dit qu'il y serait en sécurité quelque temps parce que l'on en détournait les intrus. Parce qu'il y avait manifestement très longtemps que personne n'avait emprunté le chemin. La Jeep n'était passée qu'à grand peine malgré ses quatre roues motrices. John Reddy avait dû transpirer, faire ronfler le moteur, s'enfoncer dans la neige et lancer avec désespoir la voiture d'avant en arrière jusqu'à ce qu'elle avance en dérapant. Il n'avait pas pensé que, si la Jeep restait coincée dans la neige, on la verrait de la route et que les flics seraient alertés, c'était une idée qui ne lui était pas venue à l'esprit, si évidente pourtant que n'importe quel imbécile y aurait pensé, il devait s'être rendu compte à ce moment-là qu'il n'était pas dans son état normal et qu'il ne pouvait se fier à lui-même, à son jugement. Et pourtant il n'avait que lui-même et son jugement. La lumière brumeuse luisait d'un éclat mauvais sur sa peau comme une sueur de reproche. Il réussit pourtant à faire avancer la Jeep grondante, péniblement, par saccades, comme un animal blessé, affolé. Il réussit à faire, jauge à zéro, près de quatre cents mètres dans les bois, sur un chemin presque entièrement en montée abrupte. Une cabane surgit alors du demi-jour blafard, tout en rondins. Un autre écriteau à demi effacé ENTRÉE

INTERDITE cloué à un arbre. Cette cabane, dans laquelle John Reddy s'introduirait par une fenêtre grillagée de derrière, se composait d'une seule pièce, partiellement meublée, mesurant environ six mètres sur cinq. (Certains d'entre nous feraient le pèlerinage l'été suivant, poussés par une curiosité effrontée et pleinement assumée. Onze ans plus tard, Jon Rindfleisch, devenu un agent immobilier en vue de la banlieue de Buffalo, envisagerait sérieusement d'acheter la propriété, comprenant la cabane délabrée et deux hectares de terrain broussailleux, et n'y renoncerait que parce qu'il n'y avait pas de lac et que le mont Nazaréen « n'est pas vraiment une adresse chic dans les Adirondacks ».) La cabane avait des toilettes, une cuisinière à gaz et l'électricité, bien que l'un et l'autre fussent coupés. Elle possédait une cheminée encombrée de détritus dont John Reddy se servirait ; de peur de mourir de froid, il ferait brûler des bûches couvertes de toiles d'araignées et des journaux humides et moisis qui produiraient peu de chaleur mais une puanteur virulente qui lui mettrait les larmes aux yeux. Apparemment, John Reddy choisit de ne pas penser au risque qu'il courait en faisant fumer une cheminée qui n'était pas censée fumer ; ou, s'il y pensa, il se dit que, à l'aube, le feu serait éteint. Peut-être ne pensait-il pas à la fumée mais uniquement à survivre jusqu'au matin. Aux quelques heures à venir. Il n'avait pas dormi et ne dormirait pas. Il n'avait pas changé de vêtements depuis Willowsville et n'en changerait pas. Il mourait de faim. Il avait dévoré tout ce qu'il avait pris dans le 7-Eleven. Il buvait de la neige fondue avec reconnaissance. Dans un placard de la cabane il découvrit quelques provisions : deux boîtes de conserve Heinz de cent soixante-dix grammes contenant porc et haricots, un reste solidifié et inconsommable de café instantané Maxwell House. Avec un ouvre-boîte rouillé, John Reddy tâcherait désespérément d'ouvrir les boîtes de conserve. Il tâcherait d'en arracher les couvercles avec les ongles. Nous hésitions à imaginer sa faim, ses mains tremblantes et ses larmes de frustration et de rage. « Si seulement il avait pu aller à Tupper Lake où nous avons une maison, disait Trish Elders, les larmes aux yeux. Si seulement il avait pu savoir. Il y aurait trouvé des tas de choses à manger. Il aurait pu y rester caché des semaines. »

Au lieu de quoi, voici ce qui arriva : vers 10 heures, le lendemain matin, un facteur, qui comme à son habitude distribuait en camionnette le courrier aux quelques résidents permanents de Cemetery Ridge, remarqua la neige brassée, les traces sur le chemin privé, et passa un coup de téléphone au propriétaire (qui habitait Watertown), puis au bureau du shérif du comté de Hamilton. Lorsque deux shérifs adjoints arrivèrent vers 10 heures 30, ils découvrirent la Jeep abandonnée, dont on retrouverait vite le propriétaire grâce à la plaque minéralogique, les traces d'effraction dans la cabane, les restes d'un feu dans la cheminée... mais pas de coupable. Car John Reddy avait dû avoir la prémonition du danger et s'était enfui à l'aube, à pied.

Une demi-heure plus tard, une dizaine de véhicules de police convergeaient sur les lieux. Agents de la police de l'État de New York, shérifs adjoints du comté de Hamilton. La chasse à l'homme avait commencé.

Pendant les sept heures suivantes, John Reddy Heart,

seize ans, soupçonné de meurtre, présumé dangereux, serait traqué sur les pentes sauvages du mont Nazaréen, qu'il gravirait en zigzaguant, à l'aveuglette, sans direction précise. C'était une journée venteuse, neigeuse, éblouissante. La température tomba à – 25 °C. John Reddy portait un jean, un blouson de cuir et des bottes de motard qui ne lui arrivaient qu'aux chevilles et le protégeaient mal de la neige. Ses orteils se mirent à geler. Ses oreilles se mirent à geler. Il était tête nue. Son haleine fumait et gelait sur ses cils, dans ses narines. Ses larmes se muaient en ruisselets de glace sur ses joues. Malgré cela, il transpirait sous ses vêtements. Dans la cabane, défaillant de faim, il avait dévoré la poudre de café instantané Maxwell et du coup son cœur s'emballait, cognait, sautait des battements. Il avait les poumons en feu. Il entendait au loin le hurlement irréel de loups, qui était en réalité l'aboiement des limiers. Il entendait les cris d'inconnus. Son nom — « John Reddy Heart » — prononcé rudement dans un porte-voix. *Montrez-vous. Jetez vos armes. Rendez-vous. Il ne vous sera fait aucun mal si vous vous rendez.* Nous pensions que John Reddy aurait préféré mourir plutôt que se rendre. Certains d'entre nous pensaient que John Reddy avait sans doute regretté de s'être débarrassé aussi impulsivement de l'arme de son grand-père : « Il aurait pu en descendre un ou deux avant d'être fauché par les balles. »

Comme un animal traqué, John Reddy essaya de brouiller sa piste. Il aurait remonté les étroits torrents de montagne si ceux-ci n'avaient pas été gelés. Il se hissa, haletant, sur les branches d'arbres renversés, se souleva de terre. Il rampa sur des parois rocheuses, jetant ses jambes dans le vide et se balançant comme un pendu. À quatre pattes, il traversa des champs de glace. Dans le ciel, un hélicoptère vrombit. Il se cacha. Ses doigts avaient gelé et menaçaient de se briser. Ses globes oculaires avaient gelé dans leurs orbites. Ses jambes continuaient pourtant mécaniquement à le porter. Ses poursuivants reconnaîtraient ensuite qu'ils ne savaient pas « comment ce gosse avait pu aller aussi loin ». On leur avait appris que la police de Willowsville avait retrouvé l'arme supposée du crime mais ils ne pouvaient être certains que le suspect n'en avait pas une ou deux autres sur lui. Bo Bozer pensait qu'ils avaient souhaité croire John Reddy armé, parce que cela lui aurait laissé une chance, et à eux aussi par la même occasion. Ils devaient crever d'envie de l'abattre dans la neige avec leurs fusils puissants, d'arroser la neige de son sang. « Il faut se mettre à leur place... un blouson noir de seize ans aux cheveux longs qui vient de brûler la cervelle de Melvin Riggs... ils devaient saliver à l'idée de le tuer. Ces types ne sont pas des saints. »

Mais cela ne se passa pas ainsi. John Reddy fut repéré et capturé sur un champ de glace à mi-hauteur du versant est du mont Nazaréen. C'était en fin d'après-midi, le troisième jour de la chasse à l'homme. Il avait réussi à couvrir dix kilomètres depuis la cabane ; étant donné son parcours hésitant et zigzagant, il avait bien dû en faire seize. Lorsqu'on le trouva enfin, il était tombé d'une pente rocheuse abrupte et s'était blessé la cheville. Les limiers convergèrent sur lui en hurlant. Une dizaine de policiers. Voyant qu'il n'était pas armé, ils se ruèrent sur lui, l'empoignèrent, et John Reddy qui avait paru à peine conscient les étonna alors en se débattant... en « résistant aux forces de l'ordre ». Ils l'avaient traîné, tabassé, frappé à coups de pied et de matraque pour en venir à bout, faisant du masque gelé de son visage un lacis sanglant, lui pochant l'œil gauche. Ils l'avaient quasiment traîné par les cheveux, dont ils lui avaient arraché des touffes entières. Ils lui attachèrent les poignets haut dans le dos pour que ce soit le plus douloureux possible, si douloureux que John Reddy s'évanouit et fut redescendu en triomphe comme le cadavre d'un animal, fièrement exhibé par un chasseur. Bien entendu, la montre de John Reddy (nous avions de bonnes raisons de croire qu'elle avait appartenu à son père) fut brisée.

En nous relatant ces faits, Evangeline Fesnacht se mit brusquement à pleurer. Cela nous fit d'abord un drôle d'effet, à nous, les mecs... les autres filles pleuraient souvent, et c'était un spectacle qui nous faisait fondre, mais Lolo Crapaud ? Nous étions à la fois gênés et impressionnés. C'était le premier signe évident, comme le dit Smoke Filer d'un air approbateur, qu'Evangeline était « une vraie femme, pas une gouine ». Mais nous étions tous à deux doigts de nous effondrer. Nous avions été insultés, nous aussi, humiliés par ces policiers en uniforme de la Gestapo. Nous avions un goût de goudron, moitié vomi et moitié café instantané, au fond de la bouche. Nous pensions que si nous avions eu le choix, chose qui n'arriverait jamais, nous aurions préféré « mourir sous une grêle de balles ». Des mois durant, dans des cauchemars qui nous réveilleraient, nous verrions le champ de glace aveuglant, des arbres squelettiques et des nuages fouettés par le vent. Nous savions ce que c'était qu'être poursuivi par des chiens, trébucher et tomber dans la neige, se tordre de douleur. Être frappé à coups de pied dans les côtes, l'estomac, le bas-ventre, la poitrine et le visage par des bottes gestapistes. « Espèce de petit connard !... » Nous entendions les cris furieux des adultes, nous sentions leurs poings se refermer sur nos cheveux, nous traîner sur le sol. « Laisse tomber, petit connard ! Tu es en état d'arrestation ! » Dwayne Hewson qui, en première, avait reçu un coup de tête pendant un match contre West Seneca et avait dû quitter le terrain de football pour être transporté en ambulance à l'hôpital d'Amherst disait avec tristesse : « Bon Dieu, ça ne s'oublie jamais. Une "commotion cérébrale". On se dit toujours que ça peut vous arriver de nouveau, et n'importe quand. Cette impression que la terre s'ouvre brusquement comme un gros trou noir et qu'on tombe dedans ! » Nous ne saurions jamais à quel moment précis John Reddy avait fait son unique déclaration à la police. Selon nous, ce ne pouvait pas être sur le mont Nazaréen puisque c'était là qu'on l'avait tabassé, et au Centre médical Onondaga il était resté des heures dans le service des urgences, soigné pour gelures, hypothermie, épuisement, entorse à la cheville, décollement de la rétine gauche, plus diverses contusions et déchirures — « Blessures reçues par le prisonnier lors de son arrestation, en raison de sa résistance », indiquerait le rapport médical. Et pourtant la célèbre photo de John Reddy, fixant l'objectif d'un regard noir, paraîtrait le lendemain matin dans le *Buffalo Courier-Express*, distribué à domicile avant notre départ pour l'école. La photo qui serait collée à l'intérieur d'innombrables casiers scolaires, plastifiée pour résister au temps ! La photo que Roger Zwaart arracherait des mains de Suzi Zeigler et déchirerait en mille morceaux ! La photo qu'Evangeline Fesnacht reproduirait en deux nuances de doré sur la couverture de *Chroniques nécrologiques* ! La photo dont le second mari de Mary Louise Schultz, un fonctionnaire de la santé publique de l'État de New York aux manières trompeusement douces, dirait, en la découvrant dans le tiroir à lingerie de la commode en acajou de leur pavillon d'Albany vingt-deux ans après l'arrestation de John Reddy : « Que... qu'est-ce que c'est que ça, bon Dieu ? » John Reddy Heart, un simple gosse, le visage ensanglanté et l'œil gauche fermé par les coups mais regardant l'objectif d'un air de défi comme s'il scrutait son et notre avenir insondable, après avoir prononcé l'unique déclaration qu'il ferait jamais à la police — et à son propre avocat : « O.K. Faites ce que vous avez à faire. »

Ces mots, nous confia Verrie Myers, l'avaient hantée pendant des années. En fait, ils la hanteraient toute sa vie. Elle les entendrait — *O.K. Faites ce que vous avez à faire* — lorsqu'elle sombrerait dans le sommeil, épuisée et fiévreuse. Lorsqu'elle jouerait devant les caméras — « Faisant et refaisant interminablement mes preuves. Mais pourquoi ? » Elle entendrait ces mots, résignés, fatalistes, mais peut-être aussi optimistes, quand, ravissante et sereine en apparence, elle suerait d'anxiété en attendant la remise de l'oscar du « meilleur second rôle féminin » pour lequel, à l'âge de trente-deux ans, elle avait été sélectionnée. (L'unique nomination de sa carrière. Naturellement, elle n'avait rien eu.) Elle entendrait *O.K. Faites ce que vous avez à faire* à l'enterrement de sa mère, sur sa tombe même, dans le cimetière unitarien de Willowsville. Elle entendrait *O.K. Faites ce que vous avez à faire* lorsque, avec une appréhension qui aurait surpris ses anciens amis et camarades de classe, ainsi que ses collègues de Hollywood et ses « admirateurs » dispersés, elle s'abandonnerait, pour la dizième fois, à l'amour. (Verrie ne se marierait qu'une fois... à quarante-neuf ans. Mais nous savions grâce à *People* et à d'autres sources qu'elle avait eu de nombreuses liaisons avec des acteurs, des metteurs en scène, des écrivains, des artistes, généralement bruns, basanés, séduisants et d'une « fatale légèreté ».) Elle entendrait *O.K. Faites ce que vous avez à faire* quand elle se sentirait glisser dans l'inconscience au moment de son premier avortement, et du second. Et elle s'attendait à se coucher sur son lit de mort, consolée par les mystérieuses paroles de John Reddy : *O.K. Faites ce que vous avez à faire.*

Encore plus vivante dans nos souvenirs collectifs que ces paroles était la photo qui accompagnait le récit de l'arrestation de John Reddy. « Comme s'il nous avait déjà été enlevé. Comme s'il appartenait désormais à l'histoire. » Lors de notre quinzième réunion, nous étions ivres et larmoyants mais heureux (notre humeur *post coitum*, disait Art Lutz) dans la salle de réception de la maison néogéorgienne en briques chamois d'Art (qui d'entre nous aurait pu prédire que notre clown de service Artie Lutz, dont le principal mode d'expression avait longtemps été le pet buccal, deviendrait à trente-trois ans le directeur général de la société multimillionnaire de son grand-père, Lutz MagiNett, Inc. ?... et un mari, père et Willowsvillien apparemment sérieux ?), grisés par le champagne et le passage en boucle de « La Ballade de John Reddy Heart », en train d'écouter notre ancienne élève la plus glamour,

Veronica Myers, nous confier, à nous ses plus vieux amis, que pour vibrer à l'écran, pour avoir le cœur déchiré et pleurer de vraies larmes, il lui suffisait d'imaginer cette photo de John Reddy. Si dur, et si vulnérable ! Si sexy, et si *condamné* ! Pour se préparer à une scène d'amour cinématographique (« La nudité totale aujourd'hui, plus rien n'est laissé à l'imagination, mais mes contrats m'assurent une doublure de sorte que, au moins, quand les spectateurs pensent que c'est moi, *ça ne l'est pas* »), il lui suffisait d'évoquer cette image ou, peut-être, John Reddy dans le parking de l'école en train de fumer une cigarette ou de décapsuler une boîte de Coca-Cola à côté de sa Cadillac vert acide, ou encore l'ombre de John Reddy derrière le store d'une fenêtre de Water Street. Nous étions émus par le visage intense de Verrie qui semblait même aux plus observateurs d'entre nous à peine plus âgé que celui de la jeune fille qui avait interprété la Portia de Shakespeare ; nous étions émus par la vulnérabilité et la mélancolie de ses yeux bleu pâle. *Est-elle en train de jouer ? Est-elle « réelle » ? Y a-t-il une différence ?* Nous avions fait de notre mieux pour ne « voir » en Verrie Myers que l'une d'entre nous, une fille du lycée de Willowsville, mais nous étions submergés par son aura d'actrice, sa célébrité, cette *Veronica Myers* immense que nous contemplions sur les écrans de cinéma, comme une superbe fresque animée. Pourtant à Willowsville, Verrie se montrait embarrassée et évasive lorsque l'on abordait le sujet de sa carrière cinématographique. « Au début, c'était une façon de dire à John Reddy : “Regarde-moi ! Pourquoi ne me regardes-tu pas ? Je suis davantage qu'une gosse de riche gâtée.” Mais il ne m'a jamais regardée, la peste soit de lui ! » Nous protestions qu'elle ne pouvait pas en avoir la certitude. « Si, je le sais ! Si, j'en ai la certitude ! John Reddy n'est jamais venu à aucune des huit pièces de théâtre dans lesquelles j'ai joué à l'école. Jamais !

— Mais tu ne peux pas savoir s'il n'a pas vu tes films, faisions-nous remarquer en adultes raisonnables. Comment pourrais-tu le savoir ? » Car John Reddy Heart avait brutalement quitté Willowsville, pour ne plus jamais y revenir, quelques jours après son dernier examen, et si l'on pensait vaguement qu'il habitait toujours le nord de l'État de New York, dans les environs du lac Ontario, aucun d'entre nous ne l'avait revu et il n'avait, semblait-il, gardé de contact avec personne. (Dino Calvo ? Il était parti. Sasha Calvo ? Elle était mariée depuis longtemps et était partie, elle aussi.) Mais Verrie soutenait que, tout de même, elle savait. « Dwayne disait vrai : pour John Reddy, nous n'*existions* pas. »

Comme nous fûmes choqués alors ! ou comme nous l'aurions été si nous n'avions pas été ivres — Norm Zeiga s'était carrément endormi à l'autre bout de la cheminée — de voir la belle Verrie Myers baisser soudain le devant de sa minirobe estivale élégamment moulante, tirer sur les minces bretelles et dénuder son sein gauche, un sein renversant, ravissant, ferme, aréolé de rose (un sein que, en fait, nous avions vu, et certains d'entre nous plus d'une fois, dans le plus grand succès de Veronica Myers, quelques années auparavant), pour nous montrer, sur la chair laiteuse près du sternum, un petit cœur tatoué pareil à une pierre précieuse, à peu près de la taille du plus petit des ongles de Verrie, et d'un rouge vif de fraise.

♥

« Vous voyez ? Vous êtes les seuls dans ce putain de monde à savoir ce que ça signifie. *Je vous aime, les potes.* » Nous ne comprîmes à quel point Verrie était ivre que lorsqu'elle se mit à rire, puis à pleurer. Plus tard, nous nous demanderions si le tatouage avait été camouflé par du maquillage dans la scène de nu la plus spectaculaire de Verrie, avec Jack Nicholson ; car nous ne pouvions croire qu'il était récent. Millie LeRoux Pifer dit avec envie : « Oh ! Verrie ! Comme ma fille ! Mais ça a dû te faire mal... non ? » Ginger McCord Siefried s'écria : « Tu as eu ce courage ! Verrie, je t'adore. » Des types qui avaient été fous de Verrie Myers des années plus tôt, au collège, regardaient le tatouage — et le sein —, bouche bée comme des carpes, quoique nous eussions depuis longtemps perdu notre virginité, comme nous avions perdu notre adolescence, transformés cruellement, du jour au lendemain semblait-il, en maris, pères et citoyens terrorisés par le fisc. Bo Bozer, Jon Rindfleisch, Larry Baumgart, Ken Fischer, ensorcelés comme les pourceaux de Circé, nous clignions des yeux, regardions, vacillions dangereusement, haletants, soufflants, la bouche sèche... « Verrie, mon Dieu ! » réussit à s'écrier l'un d'entre nous d'une voix fêlée, pleine de reproche. Puis, stupéfaits, nous vîmes soudain Ken Fischer, toujours séduisant en dépit d'un visage ravagé par des heures passées à boire avec détermination et (disait-on) des difficultés conjugales chez lui à

Quincy, dans le Massachusetts, tomber à genoux et s'avancer hardiment sur le tapis pour aller presser ses lèvres tremblantes contre ce cœur rouge fraise sur ce sein flottant lumineux.

Vers l'aube au Hyatt Regency de l'aéroport international de Buffalo, Veronica Myers défaillait dans les bras nus de son ancien petit ami : « Oh ! mon Dieu, Kenny... peut-être est-ce toi que j'ai toujours aimé. Toutes ces années. *Pourras-tu jamais me pardonner ?* »

10

Ils ont essayé de coffrer John Reddy.
Ouais, ils ont essayé de coffrer John Reddy.
Et essayé essayé essayé de le coffrer.
Vous voulez essayer de coffrer John Reddy ?
John Reddy, Johnny Cœur rouge se laissera pas
[boucler.

En tout, John Reddy Heart serait incarcéré — c'était le terme officiel : « incarcéré » — vingt mois. Douze mois au centre d'éducation surveillée de Tomahawk Island et huit mois à la maison d'arrêt du comté de l'Érié à Buffalo.

Il y a des gens, la plupart de nos pères en fait, qui aujourd'hui encore se fâchent tout rouge et disent *Ce blouson noir, ce tueur, aurait dû être emprisonné à vie.* On ne peut pas discuter avec eux, alors à quoi bon essayer ?

Le juge Hamilton W. Schor du tribunal pénal du comté de l'Érié refusa la mise en liberté sous caution de John Reddy. Même contre un million de dollars (disait la rumeur). Le juge considéra avec le procureur du comté que John Reddy Heart « risquait de prendre la fuite » : il avait déjà fui la police, qu'il avait ridiculisée en lui échappant pendant soixante-douze heures. Il avait fallu plus de trente policiers pour « le ramener vivant ». Il était jugé embarrassant, et scandaleux, que la police de Willowsville-Amherst ait laissé John Reddy s'enfuir la nuit de la mort de Riggs. « Un assassin dangereux, un chien enragé, plaidait le procureur Dill. Sa relative jeunesse ne doit pas nous aveugler sur ce fait. » Dill avait également veillé à ce que John Reddy fût jugé comme un adulte, devant un tribunal pénal. Et non comme un mineur, devant un tribunal pour enfants.

Même Dahlia Heart, qui intervint personnellement auprès du juge Schor, ne put l'amener à changer d'avis.

John Reddy fut donc enfermé. Placé en détention dans l'attente de son procès, à l'automne. Tout un long printemps et un long été chauds et humides. La maison d'arrêt du comté de l'Érié était une sorte de forteresse lugubre et délabrée, que des barbelés semblaient enrubanner d'une guirlande de Noël à l'éclat dangereux. Les prisonniers en attente de jugement qui ne pouvaient payer leur caution ou à qui cette possibilité avait été refusée étaient transportés jusqu'au tribunal du comté de l'Érié, tout proche, en fourgon cellulaire, chevilles et poignets enchaînés. Bart Digger qui allait devenir criminologue faisait remonter le début de son intérêt pour le sujet à l'été de l'incarcération de John Reddy — « Ça vous donnait à réfléchir. On se disait : c'est là qu'il est, alors à quoi ça ressemble, qu'est-ce que *c'est* ? Quel rapport avec nous ? » La plupart d'entre nous se contentaient de passer sur la voie express le long du fleuve, les lentes soirées d'été, quand nous n'avions rien de mieux à faire ou en tout cas rien qui nous attire ailleurs. Comme le dit Ritchie Eickhorn, nous en vînmes à connaître la maison d'arrêt du comté de l'Érié « intimement de l'extérieur ». Comme le dit Millie LeRoux qui s'était mise à écrire de la poésie : « C'est comme si votre âme était ailleurs. » Un type de terminale qui avait une T-Bird se vantait d'avoir emmené « une dizaine de filles du lycée, au bas mot », dont les pom-pom girls les plus populaires, faire une balade jusqu'à la maison d'arrêt avec un pack de bières et avoir terminé la soirée dans le parc La Salle au-dessus du fleuve — « Ça les rend toutes choses, bon Dieu. Comme si pleurer les allumait. Tout juste si t'es pas obligé de les repousser. »

Cet été-là, on parla beaucoup de préservatifs. Qui en achetait, ou essayait d'en acheter. Il y eut des blagues sur les préservatifs. Des angoisses. Derrière le lycée (où la Cadillac vert acide de John Reddy n'était plus garée), certains types traînaient, en espérant se lier d'amitié avec des durs comme Orrie Buhr, Clyde Meunzer, Dino Calvo et Ray Gottardi. Nordstrom Crotte-de-nez nous fit nous gondoler en gonflant un vrai préservatif comme si c'était un ballon — mais peut-être que c'en était vraiment un, long et mince comme une anguille — jusqu'à ce qu'il éclate, en nous aspergeant d'un mystérieux liquide tiède. Les garçons en trimballaient sur eux comme des paquets de chewing-gums ou de cigarettes. Ils tapotaient leurs poches arrière en ricanant. Quelqu'un, sans doute Art Lutz ou Bo Bozer, ramassa un tas de préservatifs usagés qui traînaient sur la plage de La Salle comme des poissons morts et les rapporta à Willowsville où il les étala sur la pelouse du lycée en imitant l'insigne de notre école :

WHS

Les filles comme il faut nous évitaient, dégoûtées. Nous étions des vierges au bord de l'explosion.

Mais pas toujours, car même les filles comme il faut du Cercle devaient trouver quelqu'un pour les emmener clandestinement dans le centre de Buffalo, si elles voulaient voir le lieu d'« incarcération » de John Reddy Heart et si elles n'avaient pas leur propre voiture. On vit Mary Louise Schultz avec Art Lutz parce que Art avait une voiture, pour quelle autre raison ? Ginger McCord, Bibi Arhardt, Sandy Bangs sortirent avec des garçons qui avaient la permission d'aller à Buffalo en voiture, ou dont les parents ignoraient qu'ils faisaient vingt-cinq kilomètres pour traverser le centre glauque de Buffalo, prendre la voie express et décrire une boucle pour la prendre encore une fois avant de revenir par Delaware Avenue ou Main Street au Village de Willowsville qui, ainsi que le disait Ginger McCord, en s'essuyant les yeux comme si elle avait parcouru une immense distance en quelques heures, « semblait flotter dans la nuit... tel un beau yacht blanc lumineux ancré dans une mer noire démontée. »

C'est pendant ce long été humide et chaud que les filles de Willowsville apprirent à pleurer. Ces larmes douces-amères si particulières. « C'est alors que tout a commencé, mais quand cela finira-t-il ? »

N'ayant pas encore seize ans, et ne possédant donc pas encore l'Olds décapotable jaune canari, Verrie Myers mit à rude épreuve sa relation tendue avec Ken Fischer en laissant entendre qu'elle serait prête à sortir avec d'autres garçons, propriétaires de voiture, s'il refusait de l'emmener à la maison d'arrêt du comté de l'Érié au moins une fois par semaine, et à la nuit tombée ; afin que Verrie puisse faire des appels de phares en approchant du bâtiment lugubre, et obtienne en retour de derrière l'une des fenêtres à barreaux, pas toujours de manière prévisible ni claire, une série d'éclairs lumineux ressemblant à du morse, sans doute émis par une glace à main. Verrie réagissait avec passion à toute marque de scepticisme de notre part : « Comment je sais que c'est John Reddy et pas quelqu'un d'autre qui répond à mes signaux ? Je ne le sais pas. Mais j'ai la *foi.* » Ken Fischer ne faisait pas de commentaires. Impossible d'obtenir de lui ne fût-ce qu'un clin d'œil, une grimace ironique ou dédaigneuse. Le pauvre type était amoureux de Verrie Myers, comme il l'avait dit, au moins depuis la maternelle d'Academy Street, depuis ce jour où l'ensorcelante blondinette avait couru vers lui et, au ravissement de tous les adultes témoins de la scène, l'avait embrassé sur le nez.

Pourquoi la petite Verrie Myers avait-elle embrassé le petit Kenny Fischer, ce jour-là ? — « Je ne sais pas, je l'ai fait, c'est tout. J'en avais *envie.* »

Nous nous étions tous attendus à ce qu'ils se marient. Mais il y avait eu la carrière de Verrie. Et Ken, eh bien... Ken en avait épousé une autre. Cela nous avait toujours paru une erreur mais bien des années passeraient avant qu'elle soit corrigée.

C'est un phénomène lié à l'âge, au fait de vieillir. On apprend à force d'expériences répétées ce que signifie l'absence. Que vient un jour, une heure, une minute, où quelqu'un, quelque chose, cesse d'exister en relation avec soi. Lorsque l'on est jeune, même adolescent, on ne le comprend pas tout de suite. « Il faut le temps que ça *rentre.* »

Ce fut donc peu à peu, par pénétration progressive, que nous comprîmes que John Reddy Heart était parti. Parti de Willowsville. Pas définitivement mais parti. Parti pour le moment. (En fait, peut-être pour toujours. Le bruit courait que Dahlia Heart vendrait la maison. Qu'elle ne pourrait plus jamais revenir vivre à Willowsville.) La belle Cadillac d'un vert acide agressif n'était plus garée derrière le lycée, bien en évidence ; on ne la voyait plus passer dans nos rues ombreuses comme une flamme verte dont on craint qu'elle ne vous brûle les yeux si on la regarde... mais que l'on regarde quand même. Disparu aussi le bruit du moteur de la Cadillac, enroué par son silencieux vieillissant : plaintif, éraillé, électrisant, du moins pour une oreille adolescente, comme une voix sourde, une parodie de basse, s'élevant à travers des couches de terre obscure et dont l'on sent, plus que l'on entend, la puissance.

« Saint Albans Hill est si sacrément silencieux que j'en ai mal aux oreilles !

— Ne dites jamais quelque chose d'aussi ridicule en présence de votre père, ma jeune dame ! Nous habitons ici *parce que c'est silencieux.* »

Brusquement aussi, Dahlia Heart disparut de Willowsville. Et le vieux M. Heart, et les jeunes frère et sœur de John Reddy dont personne n'arrivait à se rappeler les noms. Certains types se rendaient compte qu'ils scrutaient les trottoirs de l'avenue de la Mode ou levaient la tête au moindre objet blanc lumineux aperçu du coin de l'œil... dans l'espoir de *la* voir. Aux matchs de basket, le nombre des spectateurs chuta, et pas seulement parce que, sans John Reddy, l'équipe se cassait la figure : on ne pouvait plus espérer voir Dahlia Heart faire une entrée majestueuse, serrer les mains de l'entraîneur McKeever et d'autres professeurs qui, nous étions prêts à le jurer, en avaient les genoux qui *vibraient*. Tout cela était terminé. Comme une série d'émissions télévisées qui prend fin, en vous trouant le cœur.

Les Heart avaient dû quitter en hâte Saint Albans Hill dès que s'était répandue la nouvelle de la mort scandaleuse de Melvin Riggs dans la chambre à coucher de Mme Heart, alors que John Reddy était encore « en fuite », « traqué par la police à travers tout l'État », et que son nom et son visage menaçant apparaissaient dix fois par jour à la télévision et dans tous les journaux de la région. Comme quand quelque chose éclate, une nuée d'inconnus se disant journalistes, photographes et cameramen se répandit sur la prestigieuse Meridian Place, osant monter l'allée, sonner à la porte, piétiner la pelouse. Pis encore, ces inconnus osèrent sonner à la porte des Thrun, des Bannister, des Kaiser, des Johnston. Roland Trippe donna une conférence de presse pour annoncer que la famille s'était « retirée du monde » et ne pourrait rencontrer les médias. La municipalité de Willowsville affecta deux agents de police à la protection de la belle demeure XVIIIe de style flamand que l'on appelait toujours, à Saint Albans Hill, la maison Edgihoffer. Cela n'arrêta toutefois pas les intrus. Des curieux venus de Buffalo et des environs, d'autres journalistes, des photographes indépendants et amateurs.

MORT DE MEL RIGGS
UNE PERSONNALITÉ CONTROVERSÉE DU BASE-BALL
RETROUVÉE NUE ET CRIBLÉE DE BALLES
DANS UNE BANLIEUE CHIC DE BUFFALO

UN FUGITIF DE SEIZE ANS
SUSPECTÉ DE L'ASSASSINAT DE L'AMANT DE SA MÈRE
ÉCHAPPE À LA POLICE DEPUIS DEUX JOURS

Ce genre de titres, publiés dans la presse nationale, attirait des gens de très loin. Des bandes de motards d'Olcott Beach, de Yonkers, et d'Erie en Pennsylvanie, cheveux graisseux et mal peignés, barbes, cuir noir et croix gammées tatouées, dont les chefs, photographiés par le *Buffalo Evening News*, ressemblaient à des frères plus âgés, plus grossiers, de John Reddy Heart. Les habitants de Saint Albans Hill étaient effrayés, furieux. « Je sais que c'est manquer de respect envers les morts que d'en dire du mal, se plaignit Mme Bannister à ses amies du Club féminin du Village, mais j'en veux au colonel ! C'est lui qui a tout déclenché en se liant avec cette femme, et il nous a laissées mijoter dans son jus infect, *et jusqu'où cela ira-t-il ?* » On photographiait et filmait non seulement le 8, Meridian Place mais les maisons et jardins voisins. Myrtle Thrasher, femme de ménage chez Mme Thrun depuis vingt ans, qui n'avait jamais mis les pieds chez Mme Heart, qui n'avait même jamais ne fût-ce qu'aperçu cette femme perdue, se fit néanmoins aborder à son arrêt de bus de Main Street et appeler au téléphone par des journalistes rapaces qui lui offrirent jusqu'à quinze cents dollars pour « des informations intimes et de première main » sur Dahlia Heart et ses amants. Tina Florence, femme de ménage chez Mme Bannister depuis vingt-cinq ans, se vit offrir trois mille dollars pour des informations similaires et pour une « description de première main de la chambre à coucher criblée de balles et éclaboussée de sang » qu'elle était censée avoir été payée pour nettoyer. La police de Willowsville était dépassée par les événements. Les intrus s'approchaient de la maison par-derrière, de nuit, escaladant un mur d'un mètre quatre-vingts pour rôder dans la rocaille hirsute, envahie de mauvaises herbes, qui avait jadis fait la fierté de Mildred Edgihoffer ; quelques jours à peine après le scandale, tous les ornements de jardin controversés de Dahlia Heart avaient été subtilisés à titre de souvenirs. Une nuit de clair de lune ravagée de vent, Jon Rindfleisch et Steve Lunt rencontrèrent derrière la maison des Heart deux filles de terminale délurées, qui s'étaient vantées d'être les amantes secrètes de John Reddy Heart, et ils passèrent une bonne partie de la nuit ensemble dans la voiture de Jon, garés dans les bois du côté du cimetière Saint-Pierre-et-Saint-Paul — « Ne nous demandez pas comment étaient ces filles. On est morts, les mecs ! Bon Dieu, ça ne se *raconte* pas. »

Nous eûmes le sentiment que la maison des Heart, naguère aussi distinguée que toutes celles de Saint Albans Hill (exception faite de la vieille demeure des Wise sur le Common, avec son terrain de deux hectares) se détériorait à une vitesse inquiétante. Des fissures apparurent entre les grosses pierres sèches qui constituaient le corps central, « historique », de la maison. Sous le vif soleil printanier, les volets et la porte bleu œuf-de-rouge-gorge brillaient comme des néons criards. Des fêlures étoilaient l'une des fenêtres du premier, qui passait pour être celle de la chambre à coucher de Dahlia Heart. Lorsque les Heart se retirèrent du monde (quelque part dans le centre de Buffalo, supposait-on), la société de tonte Pasquito continua d'abord à entretenir le jardin ; à la mi-juin, elle n'était plus payée par Mme Heart et le terrain d'un hectare, arrosé par nos torrentielles pluies printanières, fut bientôt couvert d'un luxuriant enchevêtrement d'herbes sauvages, de pissenlits et de grands chardons épineux. À la fin juin, un violent orage fendit un orme géant centenaire en bordure de la propriété d'Aickley Thrun, et M. Thrun paya pour le faire tailler et soigner — une somme dépassant les deux mille dollars, disait-on. Mme Heart semblant faire fi de ses responsabilités, M. Thrun et d'autres voisins des Heart se mirent à envoyer leur service de tonte ou leurs jardiniers au 8, Meridian Place ; quasiment du jour au lendemain, début juillet, la propriété retrouva la dignité qu'elle avait eue jadis, au bon vieux temps de Mildred Edgihoffer et des prix décernés à répétition par le Club des jardiniers de Buffalo. Néanmoins, lorsqu'un journaliste et un photographe du *Courier-Express* vinrent faire un article sur la « solidarité entre voisins » à Willowsville, aucun résident de Saint Albans Hill n'accepta d'être interviewé et tous nièrent éprouver le moindre sentiment de « solidarité » pour les Heart. Aickley Thrun se laissa photographier, la mine sévère, sur le seuil de sa belle demeure de style Tudor, et déclara : « Il se trouve que je n'ai d'indulgence ni pour le meurtre, ni pour l'adultère. Je n'en ai pas davantage, si vous voulez le savoir, pour un vieux clochard aviné faisant les poubelles de notre quartier. Mais nous avons tous cette maison sous les yeux, bon sang ! »

Pendant les semaines précédant le procès de John Reddy Heart (à la mi-septembre, six mois après son arrestation), nous commençâmes à entendre parler d'une belle femme mystérieuse tout de blanc vêtue, portant un chapeau blanc à large bord et une voilette de dentelle, des gants blancs, des chaussures blanches, un sac à main blanc, que l'on voyait aux offices religieux de différentes églises de Buffalo : presbytérienne, épiscopalienne, luthérienne, méthodiste, unitarienne, catholique romaine, catholique de rite byzantin. Cette femme était parfois acccompagnée d'un vieux monsieur aux cheveux blancs et à la moustache bien taillée. Elle était parfois accompagnée de deux enfants qui avaient l'air mal à l'aise et paraissaient s'ennuyer, un garçon à lunettes, maigre et la mine sombre, de treize, quatorze ans, et une fille à lunettes, grassouillette et la mine sombre, de onze ou douze ans. Mais généralement elle était seule. Elle entrait discrètement dans l'église et s'asseyait dans le fond. Bien que l'office ne lui fût pas toujours familier, elle s'agenouillait, priait, chantait avec les fidèles ; souvent submergée par l'émotion, essuyant ses larmes sur un mouchoir de dentelle blanche. On disait qu'elle glissait des billets de cinq dollars dans le tronc mais partait dès la fin de l'office, avant que quiconque pût la saluer ou voir nettement son visage voilé.

« Une apparition en blanc. Une sorte d'ange. »

Lorsque le procès de John Reddy commença, les médias revinrent à Buffalo/Willowsville plus nombreux encore qu'auparavant. Nous trouvâmes d'abord cela excitant — « Comme si nous avions tous gagné au loto », remarqua Dexter Cambrook.

En ce temps-là, les caméras de télévision étaient interdites dans les tribunaux. Les photographes aussi. Mais des dessinateurs de presse étaient autorisés à assister aux procès, et l'on commença donc à voir apparaître dans les journaux et à la télé des croquis au crayon de John Reddy Heart. « Ce n'est pas John Reddy ! Ce n'est pas lui du tout ! » Nous étions indignés, écœurés. Nous étions perplexes. La plupart des prétendus portraits de notre camarade de classe représentaient un inconnu presque laid, qui avait bien plus de seize ans : renfrogné, simiesque, malveillant ; des yeux aux paupières lourdes, une bouche sensuelle et boudeuse. Comme Evangeline Fesnacht l'avait dit des mois auparavant, là, il avait des *yeux de tueur.* Là, il ressemblait à l'*assassin dangereux,* au *chien enragé* que le procureur Dill tâchait de faire emprisonner à vie. Pour se moquer de ces déformations adultes d'une réalité que nous connaissions intimement, quelqu'un (Dougie Siefried, croyait-on généralement, mais en réalité, comme elle le confesserait bien des années plus tard, Elise Petko !) punaisa le plus hideux de ces croquis, paru dans l'*Evening News*, sur le liège du tableau d'affichage situé en face du bureau de M. Stamish, après l'avoir embelli de cornes de diable et d'une langue fourchue d'un rouge étincelant ; mais il fut arraché presque aussitôt par Ginger McCord qui, hors d'elle, le déchira en petits morceaux.

Les caméras de télévision étaient interdites dans le tribunal du comté de l'Érié mais ne pouvaient être chassées des nombreuses marches de l'énorme bâtiment. Nous qui à Willowsville avions interdiction ne fût-ce que d'essayer d'assister au procès fûmes stupéfaits de voir, à la télévision, des dizaines de groupes d'adolescents qui nous étaient totalement inconnus — des filles glamour aux cheveux crêpés, aux visages très maquillés et aux voix âpres, censées être de Cheektowaga, qui scandaient « Libérez John Reddy ! Libérez John Reddy ! » — des jeunes gens pieux aux visages sombres portant costume ou robe qui brandissaient des pancartes sur lesquelles on lisait JEUNES CHRÉTIENS DE LOCKPORT PARDONNEZ-NOUS NOS PÉCHÉS. Naturellement les caméras de WWBN, WWBF et WWNT avaient une prédilection pour des célébrités de Buffalo comme le maire Dorsey qui avait été un ami de Melvin Riggs et qui psalmodia d'un air grave face à la caméra : « Selon notre législation, même un criminel endurci bénéficie de la "présomption d'innocence", mais nous savons tous que c'est une grande tragédie que notre ami Mel Riggs qui aimait tant Buffalo nous ait quittés. » On vit aussi Sal Morningstar, le célèbre animateur de talk-shows, le visage caoutchouteux et les yeux brillants : « Je n'arrive pas à croire que Mel est parti. Je préfère penser qu'il est ici, avec nous, qu'il nous regarde de là-haut, ou peut-être — avec des grimaces à l'adresse de la caméra — *d'en bas*, en priant que justice soit faite, et qu'il ne soit pas mort en vain. » Il y eut un défilé de joueurs de l'équipe des Hawks, présents et passés, interrogés à l'entrée et à la sortie du tribunal. Le bloqueur Mick Boyer, plus rougeaud et plus corpulent que nous ne nous le rappelions, fit un clin d'œil à la caméra et dit d'un air faussement affligé : « C'est rudement triste, ce qui est arrivé à notre patron bien-aimé. Tous les gars de l'équipe sont drôlement secoués. Ça pouvait pas arriver à un plus chic type. » Hal West et Buck Sweeney qui avaient eu avec Mel Riggs des problèmes de contrat dont on avait beaucoup parlé la saison précédente dirent, avec un petit sourire narquois, du ton de qui a un ou deux verres dans le nez, qu'ils assistaient au procès « dans l'espoir de voir justice rendue ». Jimmy O'Grady que l'on avait photographié trois ou quatre ans auparavant en train de se colleter avec Riggs, et qui avait été renvoyé de l'équipe, dit, un doigt contre son gros pif : « Il y a des gens cruels qui affirment qu'ils aimeraient avoir un autographe de ce petit Heart. Il y a des gens qui affirment que ce petit Heart devrait recevoir le prix du meilleur citoyen de Buffalo, cette année. Moi, je dis rien de tout ça, je trouve que c'est rudement triste que Mel nous ait quittés. » Le lanceur Buff Stansell qui avait en fait été bien traité par Riggs, et était parvenu à rester dans ses petits papiers tout au long de sa carrière chez les Hawks, dit d'un air songeur devant la caméra : « Peut-être bien que Mel Riggs était une "victime de meurtre" en quête de son meurtrier. Ce pauvre gosse s'est trouvé être celui qui lui a rendu ce service. »

À des kilomètres de là, à Willowsville, nous étions nous aussi abordés par les journalistes. « Une nuée de criquets... c'est répugnant ! » disait Woody McKeever, en claquant les lèvres ; parmi les professeurs du lycée, l'entraîneur était la cible la plus recherchée. Nous le voyions menacer les journalistes du doigt, faire des discours passionnés et furieux. Nous le voyions, chapeau à la main, poser la mine renfrognée pour les photographes. M. Lepage arriva un jour au lycée subtilement changé, plus jeune... nous supposâmes qu'il s'était fait faire un rinçage, en optant pour une teinte châtaine plus claire, plus brillante. M. Dunleddy portait des cravates plus vives et semblait lui aussi avoir rajeuni ; nous le soupçonnions d'avoir ajouté un postiche à ses cheveux châtain-gris clairsemés. Notre proviseur, M. Stamish, nous recommandait régulièrement par le système d'annonce de l'école d'éviter les « questions inopportunes ». Néanmoins on le vit lui aussi, dans un nouveau costume de tweed à chevrons, froncer les sourcils et siffloter dans le vestibule du lycée devant des vitrines étincelantes pleines de trophées sportifs en cuivre. « Nous vous demandons de faire valoir que les élèves du lycée de Willowsville sont à quatre-vingt-dix-sept pour cent des garçons et des filles sérieux, convenables, respectueux des lois, bons chrétiens et issus de familles stables, déclarait-il aux journalistes. John Reddy Heart est le premier de son genre à Willowsville. » À l'extérieur du lycée, nous attirions journalistes et photographes comme des aimants. Les plus beaux d'entre nous étaient abordés sur les trottoirs, dans les restaurants, dans la file d'attente du Glen Theatre. Voyant que nous étions prévenus en faveur de John Reddy, les journalistes demandaient *Approuvez-vous la violence ? Estimez-vous qu'il faut se faire justice soi-même ?* et des conneries du même style. On nous demandait s'il était vrai que John Reddy Heart appartenait au gang des Hell's Angels, qu'il « revendait de la drogue », qu'il s'était « vanté d'avoir tué quelqu'un d'autre ». Et avions-nous entendu parler d'un « réseau du sexe » dans le lycée auquel ses amis et lui appartenaient ?

Il y eut beaucoup de séquences télévisées, dont certaines sur les chaînes nationales, montrant des filles de WHS arborant des brassards de feutre noir décorés de cœurs rouges en témoignage de soutien à John Reddy

Heart. Elles portaient aussi des médaillons, des barrettes, des boucles d'oreilles, des boutons et des badges en forme de cœur. Les photographes étaient attirés par les jolies filles du Cercle, la sculpturale Mary Louise Schultz, Ginger McCord avec ses taches de rousseur et ses grands yeux, Pattianne Groves avec ses yeux noirs frangés de cils épais et ses cheveux auburn ondulés. Verrie Myers, la plus populaire, choqua certains d'entre nous en posant pour *Time* dans une attitude provocante et sexy, lèvres humides, mains sur les hanches, une cascade scintillante de cœurs pailletés dans sa longue chevelure blonde et sur les deux manches de son blazer Pendleton en poil de chameau, un badge I ♥ JOHN REDDY ! en forme de cœur sur le sein gauche. Verrie était haletante, fiévreuse ; nous avions entendu dire qu'elle prenait des excitants en plus de boire du café noir parce qu'elle avait juré de « ne pas dormir, se reposer ni connaître de paix » avant que John Reddy fût libéré. (Les parents de Verrie furent furieux lorsque la photo parut dans *Time* avec, en légende, *La pom-pom girl de Willowsville Veronica Myers déclare soutenir l'assassin présumé.* Ils tombaient des nues. Ils accusèrent leur fille de s'être avilie en public, d'avoir déshonoré leur nom. Quinze ans plus tard, Verrie confierait à un journaliste de *Vanity Fair* qu'elle était devenue une « hors-la-loi psychique » quand ses parents l'avaient condamnée : « Je me suis rendu compte que j'étais libre de vivre ma vie à ma guise et de "m'avilir" à ma guise. *J'ai su que je serais une artiste d'un genre ou d'un autre.* ») Des filles qui se spécialisaient en économie ménagère comme Sarepta Voss, Alice Goff et Sandy Bangs fabriquèrent des bijoux fantaisie à partir de kits par correspondance dont elles avaient vu la publicité dans *Good Housekeeping*, des badges en forme de cœur en faux diamants et en « rubis » de verre qu'elles vendirent au lycée et dans le Village ; bien que ces « cœurs » ne fussent pas très habilement faits, qu'il y eût visiblement trop de colle et qu'on les eût crus fabriqués par des enfants handicapés, nous les achetâmes pour les porter et les offrir à nos mères et nos grands-mères. Mlle Bird nous étonna en achetant l'un des plus gros, qu'elle épingla ostensiblement au col de son manteau écossais. Un journaliste du *Lockport Union-Sun and Journal* osa lui demander, alors qu'elle ouvrait la portière de sa voiture : « Ce badge indique-t-il que vous soutenez l'assassin présumé de Melvin Riggs, madame ? » Et Mlle Bird se redressa de tout son mètre cinquante-cinq et dit, d'un ton cinglant : « Jeune homme. J'espère, en ma qualité de professeur, ne jamais manquer d'apporter mon soutien à mes élèves. “Ne vous posez pas en juge, afin de n'être pas jugés”. »

Mlle Bird aussi avait rajeuni et débordait d'énergie ; elle portait désormais des talons aiguilles qui lui donnaient l'air d'une cigogne rousse minuscule et cependant étrangement sexy. En octobre, la mère de Sandi Scott rapporterait l'avoir vue en compagnie de Jim Dunleddy à la Journée de récolte des potirons de Newfane, dans le comté de Niagara, à cinquante kilomètres de Willowsville. « Je suis sûre qu'ils se tenaient la main. C'était l'impression que cela donnait, en tout cas. » Une idylle entre Mlle Bird et M. Dunleddy ? Mais M. Dunleddy n'était-il pas marié ?

Nous fûmes d'abord ravis de nous voir à la télé et de lire des articles nous concernant dans des journaux régionaux et des magazines grand public comme *Time*,

Newsweek, U.S. News & World Report. Nos pères, abonnés au *New York Times* et au *Wall Street Journal*, furent étonnés, et contrariés, de trouver là aussi des articles sur John Reddy Heart et Melvin Riggs. « Ce fils de p... de Riggs, il n'aurait pas pu se faire tuer plus discrètement ? jurait le père de Dougie Siefried. Cela donne une mauvaise image de nous tous. » Le maire de Willowsville, Frank Diebold, exprima publiquement son inquiétude sur la chaîne de télévision locale : « Nous ne voulons pas que tout le pays pense que nos enfants sont des tueurs et des toxicomanes. Ce sont *de bons enfants et nous les aimons.* » Ce qui nous ébahit le plus fut un article de cinq pages dans *Life* portant ce titre surprenant :

LA VIOLENCE JUVÉNILE N'ÉPARGNE PAS
LES BANLIEUES HUPPÉES DE BUFFALO
MEURTRE, DROGUE, SEXE ET ROCK'N'ROLL
À WILLOWSVILLE, NEW YORK

La première photo de l'article était celle, désormais célèbre, de John Reddy Heart après son arrestation par la police de l'État, le visage luisant de sang, contusionné et plein de défi (LE PRÉVENU DE SEIZE ANS, ACCUSÉ DE MEURTRE DANS UN PROCÈS À SENSATION). Venaient ensuite, sur des cœurs de Saint-Valentin, les photos appariées de Melvin Riggs (CASANOVA CONTROVERSÉ, PROPRIÉTAIRE DES HAWKS, L'ÉQUIPE DE BASE-BALL DE BUFFALO) et de Dahlia Heart, très glamour dans un élégant manteau d'hermine blanche qui lui arrivait aux chevilles et le visage à moitié dissimulé par une énorme paire de lunettes noires (LA MYSTÉRIEUSE FEMME EN BLANC, MÈRE INSAISISSABLE DU TUEUR PRÉSUMÉ). D'autres photos montraient des lieux familiers de Willowsville : l'avenue de la Mode, la promenade des Cent Saules le long de Glen Creek, l'imposante façade néo-classique du Country Club. Nous reconnaissions à peine notre lycée, vu de face, sur une immense pelouse bien entretenue, un bâtiment en brique couleur feuille-morte qui ressemblait à un temple avec ses fines colonnes doriques blanches. La légende était choquante : LE LYCÉE DE WILLOWSVILLE, BASTION DES PRIVILÈGES. Il y avait des photos de l'équipe de football à l'entraînement, des pom-pom girls à l'entraînement sur la pelouse (l'élève sexy de terminale Bibi Arhardt, photographiée en plein élan, queue de cheval fouettant l'air). Mais il y avait d'autres photos montrant des adolescents qu'aucun d'entre nous n'avait jamais vus, en train de fumer, de boire de la bière à même la boîte, vautrés près d'arbres défigurés par des graffitis dans ce qui avait tout l'air d'être le parc La Salle. Un garçon débraillé en tee-shirt noir qui s'était présenté au journaliste de *Life* comme un élève de WHS, mais qui ne l'était pas, disait, avec un sourire suffisant : « Ça ne m'étonne pas d'apprendre que John Reddy a tué ce type. Il a f... des dérouillées à des tas de mecs. »

Tout cela nous écœurait un peu. Mais nous plaisait aussi. C'était comme de faire un tour de montagnes russes après s'être bourré de hot dogs, de Coca-Cola, de barbe à papa ; on est barbouillé, à deux doigts de vomir, et on espère qu'on va le faire, mais ça n'arrive pas, alors on remonte sur les montagnes russes pour remettre ça.

Le plus déroutant, comme nous le constatâmes, c'était de se voir par les yeux d'inconnus. Nous ne nous étions pas rendu compte que nous étions des enfants « privilégiés » — que nous vivions dans une

« banlieue résidentielle, chic ». Nous ne savions pas que le revenu moyen de nos pères dépassait les cent mille dollars (et cela, il y a quelques dizaines d'années). Nous avions envie de crier : « Hé ! Vous ne nous connaissez pas ! Et vous ne connaissez pas non plus John Reddy Heart. »

C'est à ce moment-là que le groupe rock Made in USA sortit « La Ballade de John Reddy Heart ». Personne ne s'y était attendu ; du jour au lendemain, toutes les stations de radio se mirent à la diffuser. Nouveau sujet d'excitation. Le disque grimpa à la première place du hit-parade des quarante-cinq tours en moins d'une semaine. Les magasins de disques de la région devaient continuellement se réapprovisionner. Nous nous chantions les paroles de la chanson, nous les criions par les vitres des voitures, nous pataugions, ivres, dans la mare aux canards de Tug Hill Park en les hurlant à tue-tête. Nous vivions dans un tintamarre, dans un délire d'excitation sexuelle. Art Lutz qui avait le béguin pour Mary Louise Schultz depuis la classe de sixième mais n'avait jamais été encouragé à l'inviter, qui en avait même été découragé par le dédain poli que montrait Mary Louise pour sa conversation blagueuse-anxieuse, osa l'aborder dans la cafétéria de l'école alors qu'elle était entourée de ses amies, et se montra si persuasif, à la manière du chanteur vedette de Made in USA, que Mary Louise faiblit et dit : « Eh bien, oui, je pense. Quand ? » Nos pères méprisaient « La Ballade de John Reddy » mais nos mères, surtout les plus jeunes, les plus intelligentes (Mme Connor, Mme Rindfleisch, Mme Baskett) l'aimaient bien. Blake Wells, qui jouait de la clarinette et était une sorte de snob en matière de musique, un emmerdeur fini parfois, faisait remarquer que Made in

USA avait plagié la mélodie de base d'un vieil hymne, « Jésus a parcouru cette vallée solitaire », et lui avait donné un rythme rockabilly de quatre sous piqué à Bill Haley et ses Comets. (Ce qui n'avait guère d'importance, ajoutait Blake, vu que Bill Haley avait lui-même copié un musicien noir appelé Willie Mae Thornton — « Il est bien connu que le rock'n'roll blanc est entièrement pompé de sources nègres. ») M. Larsen, professeur de musique et très patient chef de l'orchestre du lycée, décréta que « La Ballade de John Reddy » était de la pseudo-musique, mièvre, idiotement adolescente, aussi crétine que le « Hound Dog » d'Elvis, ce classique du rock. N'empêche que la plupart d'entre nous adoraient cette chanson. Et l'adorent encore. *Cette décharge ! dans nos veines enfiévrées ! qui s'insinuerait fatalement dans nos cœurs comme la filaire cruelle dans celui des chiens.*

Nous étions forcés de nous demander : quel effet cela faisait-il à John Reddy d'être le sujet d'un tube ? Composé par un groupe rock qu'il n'avait jamais rencontré ? Et qu'on utilise son nom sans son autorisation ? Qu'on utilise sa vie sans son autorisation ? Et sans jamais lui verser un sou de droits d'auteur ? Nous apprîmes que, lorsque l'on devient célèbre aux États-Unis, votre nom et votre vie ne vous appartiennent plus. « C'est comme si tous les fils de p... qui vous connaissaient estimaient avoir droit à un morceau de vous, dit Ritchie Eickhorn, en frissonnant. À se mettre un morceau de vous sous la dent. »

11

John Reddy a regardé le vieux juge dans les yeux.
John Reddy a dit : Je me fiche de mourir.
John Reddy, Johnny Cœur rouge.

En fait, John Reddy ne dit pas un mot lors de ses procès.

Nous attendions tous qu'il parle. Mais nous attendîmes en vain.

Le juge Hamilton W. Schor présidait le tribunal. John Reddy resta silencieux et renfrogné lorsque lui fut signifiée officiellement sa mise en accusation pour meurtre. Il serait jugé comme un adulte, et non devant un tribunal pour enfants. D'une voix soigneusement neutre, le juge Schor demanda : « Que plaidez-vous, monsieur Heart ? » On voyait dans le regard du juge, nous dit-on, le mépris que lui inspirait le « tueur de seize ans », comme écrivaient les journaux. John Reddy remua les épaules dans sa veste trop étroite et fixa le sol. Ce fut son avocat Roland Trippe qui répondit d'une voix ferme : « Mon client plaide non coupable, monsieur le président. »

Un léger sourire railleur sur les lèvres de John

Reddy ? Nous l'imaginions, nous le voyions comme si nous y étions, bien qu'aucun de nous ne fût présent dans la salle d'audience du tribunal de Buffalo. John Reddy renvoyait son mépris à la figure du juge. Le mépris de John Reddy pour toute autorité, pour ses ennemis. *O.K. Faites ce que vous avez à faire.*

Pendant le premier procès de John Reddy Heart, comme pendant le second, tout le monde attendit que l'accusé de seize ans s'exprime à la barre. Tout le monde attendit qu'il tente de convaincre le jury attentif et silencieux, avec ses mots à lui, que, comme le soutenait son avocat, il n'était pas coupable de meurtre parce qu'il n'avait tiré que pour défendre sa mère et lui-même des violences de Riggs. Ou peut-être — c'était aussi une hypothèse — qu'il n'était pas coupable de meurtre parce qu'il s'était affolé et avait pressé la détente d'une arme qu'il ne croyait pas chargée et qu'il n'avait braquée sur Melvin Riggs que pour l'effrayer. Mais John Reddy ne prononça jamais la moindre remarque. Il n'avait jamais coopéré avec la police, n'avait jamais admis que c'était lui qui avait appuyé sur la détente, ni même qu'il était présent au moment du meurtre de Riggs.

Il n'avait jamais été soumis au détecteur de mensonge.

Les seules personnes avec qui l'on vit John Reddy parler, dans la salle d'audience, en privé, furent Trippe et son assistant, assis à côté de lui à la table de la défense. Et il avait échangé quelques remarques avec les shérifs adjoints du comté de l'Érié qui l'escortaient à son entrée et à sa sortie de la salle d'audience, des types assez jeunes qu'il avait appris à connaître et qui avaient appris à le connaître, et manifestement ils s'entendaient plutôt bien, rapprochés par leur milieu social et leur tempérament.

Les théories divergeaient sur la raison pour laquelle John Reddy Heart, qui plaidait la légitime défense, ne témoignait pas pour étayer cette thèse. M. Zwaart, le père de Roger, un avocat ayant un cabinet en ville, disait que Trippe, son partenaire de squash au Club sportif de Buffalo, était trop habile pour produire à la barre « cette petite frappe d'assassin » qui ne ferait que se passer la corde autour du cou. M. Cuthbert, pour qui l'affaire Heart était devenue une obsession, pensait que *ne pas faire témoigner* John Reddy serait « suicidaire » et « reviendrait à un aveu de culpabilité ». (Nous entendions M. Cuthbert, Mlle Bird, M. Lepage et d'autres discuter avec feu de l'affaire entre les cours, dans la salle des professeurs, quand la porte était ouverte. Les intellectuels de notre groupe, Clarence McQuade, Ritchie Eickhorn et Evangeline Fesnacht, considéraient que John Reddy désavouait le système judiciaire américain à la façon de Henry David Thoreau (on nous avait fait ingurgiter *Walden* et *Sur la désobéissance civile* pendant nos cours d'anglais de seconde). « Il refuse d'être complice de son propre procès. Pourquoi devrait-il se conformer aux règles de son ennemi ? » Avec cet air de probité passionnée avec lequel, adulte, E. S. Fesnacht prendrait la parole dans des réunions littéraires publiques, Evangeline nous laissait entendre qu'elle avait accès à des informations confidentielles émanant de John Reddy lui-même. « Il acceptera même un verdict de “culpabilité”... il est devenu son propre destin transcendental, au-delà du bien et du mal. »

(Evangeline, fille de parents solidement bourgeois, nous surprenait par ses propos enflammés. Par son comportement, elle était aussi fonceuse, ou presque, que certains des garçons rebelles de notre classe. C'est ainsi qu'elle assisterait à plusieurs séances du procès de John Reddy, alors que c'était strictement interdit aux adolescents de la région et que les médias ne cessaient de diffuser les avertissements du Conseil de l'Éducation du comté menaçant de faire « arrêter » par des surveillants les élèves qui manqueraient l'école pour assister au procès Heart. Elle nous disait fièrement raconter à ses parents qu'elle se rendait à l'école comme d'habitude ; elle écrivait ses propres mots d'excuse « pour raisons médicales » et les signait du nom de sa mère ; elle allait à Buffalo en bus en s'arrangeant pour arriver à 8 heures 30 du matin et se mêler aux adultes qui faisaient la queue pour entrer dans la salle d'audience. « À croire que j'ai l'air d'avoir cinquante ans ! Personne ne fait attention à moi. »)

Smoke Filer, Dougie Siefried et Scottie Baskett osèrent eux aussi s'introduire dans le tribunal. Ils se déguisèrent en « nos paternels, plus ou moins ». Au bout de quelques séances, ils nous racontèrent que cela faisait une drôle d'impression, on jugeait « John Reddy Heart » pour le meurtre de « Melvin Riggs » mais c'était comme si John Reddy, la vraie personne, n'était pas *là*. Comme si Riggs, le mort, n'était pas *là*. « Ce charabia juridique à la con ! dit Smoke, écœuré. Des types en costard qui s'écoutent parler. Et ce vieux schnock de juge dans sa robe m'as-tu-vu. Et les jurés assis là-dedans comme des mannequins dans une vitrine. Et le tribunal n'a rien d'extraordinaire non plus, c'est plutôt petit... on n'a pas l'impression que quelque chose d'important puisse s'y passer. »

Le long visage de fouine de Smoke se plissait et se contractait comme si lui avait été révélée une vérité à la fois trop profonde et trop dégradante pour être comprise.

Scottie Baskett dit, l'air malheureux : « John Reddy ne nous a pas vus. Il est assis le dos à la salle. De toute manière, on n'a pas l'impression que c'est lui. Vous vous rappelez sa détente, cette façon qu'il avait de bondir à la dernière fraction de seconde, comme si une force le soulevait de terre, et de mettre la balle dans le panier ?... et le type qui le marquait en restait tout bête, comme s'il avait pris un coup sur la tête ? Eh bien, cet "accusé" que l'on juge n'est pas ce John Reddy-là. »

Dougie Siefried approuva. « Bon Dieu que c'est *lent*. Pas comme ces procès qu'on voit à la télé ou au cinéma, vous savez... des histoires inventées. On se croirait plutôt à l'église. À tomber raide mort d'ennui. On a du mal à respirer tellement les gens sont entassés. Jamais personne ne rit, comme ça pourrait arriver en classe, même pas des rires idiots. À force, je m'endormais, et Scottie me donnait des coups de coude pour me réveiller en disant : "L'huissier va te mettre à la porte." Ça me fait tellement de peine pour John Reddy... il est juste là, assis comme ça ! S'il essayait de s'enfuir, on l'abattrait. On ne peut pas s'empêcher de penser qu'il est déjà en prison. *Ces salopards l'ont eu.* » Dougie nous étonna en s'essuyant les yeux. Ginger McCord se surprit à le regarder, à regarder son visage pâle, taché de son, beau-banal, avec la sensation de tomber.

L'État de New York contre John Reddy Heart.

On aurait cru que John Reddy Heart était un horrible monstre !... à entendre la façon dont le procureur Dill le décrivait au jury.

« Un hors-la-loi moral précoce... un assassin féroce... qui a tiré sur et tué un homme sans défense... un homme *dévêtu.* (Il y eut une pause dramatique. Au-dessus du crâne chauve bulbeux de Dill tremblota dans l'air, à peine perceptible, le torse nu et les fesses frémissante de la personnalité médiatique Mel Riggs, comme sur un panneau d'affichage ectoplasmique.) Ce jeune tueur... n'a pas agi sous le coup d'une "passion aveugle" ou, comme il le prétend, "en légitime défense"... loin de là ! Mesdames et messieurs les jurés, *en toute connaissance de cause, délibérément...* et avec *préméditation...* il s'est assuré que l'arme du crime était chargée... ou l'a peut-être chargée lui-même. Ainsi que l'établit l'expertise médico-légale... il a mis un genou en terre, comme un tireur d'élite expérimenté, et il a *tiré...* (Nouvelle pause dramatique. Dill envisagea peut-être de mettre un genou en terre devant les bancs des jurés, pour tâcher d'imiter le théâtralisme de ses collègues avocats à la renommée nationale ; mais il y renonça vite. On aurait entendu ses genoux craquer et de quoi aurait-il eu l'air s'il n'avait pu se relever ?)... tiré vers le haut, de biais, en visant la tête de la victime, tandis que Melvin Riggs, désarmé et *dévêtu...* en état d'ébriété... reculait en titubant... Imaginons, mesdames et messieurs les jurés, ce pauvre homme terrifié en train de supplier ! de supplier l'impitoyable John Reddy Heart de l'épargner ! *de le supplier de le laisser vivre.* (Une autre pause. Comme un procureur de télévision, Dill sortit un mouchoir blanc de sa poche et s'épongea le front pour manifester une émotion convenue. Tandis qu'à la table de la défense John Reddy Heart restait de pierre, stoïque, le visage impassible. « Dis quelque chose, John ! Envoie ce vieux salopard se faire *foutre* ! » — voilà ce que Scottie Baskett faillit crier.) Et malgré cela l'accusé a fait feu... à trois reprises !... et l'une des balles a pénétré le crâne de Melvin Riggs... elle lui a transpercé le cerveau, en le tuant presque instantanément. L'accusé s'est alors enfui... il a fui le lieu du crime... en laissant à d'autres, aux voisins de la famille Heart, le soin d'appeler une ambulance, et la police. Il a cherché à se débarrasser de l'arme du crime en la jetant par la portière de sa voiture... dans une rivière. Mais, malheureusement pour l'accusé — et Dill se permit alors un ricanement, un petit sourire méchant —, la rivière était gelée. Là, mesdames et messieurs les jurés, je vous l'accorde, il ne s'agissait *pas* d'un acte prémédité. (Sourires et gloussements dans le tribunal. Même le juge. Et le dos de John Reddy Heart raide d'humiliation.) La police a trouvé l'arme du crime le lendemain matin... couverte des empreintes digitales de l'accusé. Des empreintes qui confondent John Reddy Heart, mesdames et messieurs les jurés, *et personne d'autre.* »

Dill prit une profonde inspiration. Parcourant la salle comble d'un air satisfait, il s'accorda un moment de triomphe. Accorda aux douze jurés silencieux le temps d'absorber toute la signification de ce dernier fait.

Ensuite, reprit-il, John Reddy Heart avait fui Willowsville en suivant un itinéraire manifestement étudié à l'avance afin d'éviter les barrages de police, de gagner la frontière et de passer au Canada où, comme d'autres de son espèce, insoumis, radicaux politiques ou criminels de droit commun, il aurait pu se dérober aux recherches pendant des années ; en chemin, il n'avait pas hésité à voler un véhicule à Skaneateles, à pénétrer par effraction dans un 7-Eleven de Parish et dans une résidence privée du mont Nazaréen ; il avait fait échec soixante-douze heures durant à une chasse à l'homme conduite à travers tout l'État et, finalement appréhendé par la police, « résisté farouchement » et blessé plusieurs agents des forces de l'ordre ; en détention préventive, il avait refusé de coopérer avec les autorités. « Jusqu'à maintenant, mesdames et messieurs les jurés, jusqu'en cet instant même, dit Dill avec l'air d'un maître d'école offensé, l'accusé n'a cessé de se placer au-dessus des lois. "Je refuse de jouer votre jeu", voilà ce que, en fait, il nous dit. Nous avons devant nous non seulement un jeune assassin dépravé qui n'a qu'indifférence pour la vie humaine, mais un jeune dissident, un traître antiaméricain — je n'exagère pas ! — qui voudrait saper les fondations mêmes du système judiciaire dans lequel nous croyons, et que nous tenons pour sacré. »

Le jury, sept hommes et cinq femmes, tous blancs, la plupart entre deux âges, regardèrent donc John Reddy Heart qui baissait la tête, la mâchoire lourde et l'air renfrogné dans son costume trop étroit, et l'on put presque les voir penser : *Tueur. Traître-tueur.*

« Ce qu'il y a de drôle, c'est qu'on s'y laisse prendre, plus ou moins. Tellement les mots convainquent. »

C'est Mme Connor, la jeune mère populaire de Shelby, qui nous dit cela. Mme Connor, Mme Rindfleisch et quelques autres dames de Willowsville se rendaient de temps à autre au procès de John Reddy, quand elles étaient à proximité du centre de Buffalo et pouvaient caser une séance de tribunal dans leur programme chargé, parfois délirant, de la journée : déjeuners, réunions de club, organisations caritatives telles que le Planning familial et les Amis du musée d'art Albright-Knox, défilés de mode chez Berger. (Elles ne disaient rien à leurs époux de ces visites au tribunal du comté de l'Érié. Nous eûmes ainsi un aperçu fugitif de la vie secrète de nos mères, de la vie qu'elles menaient en dehors de leur famille, comme par une porte qui s'entrebâille, d'un cheveu, mais malgré notre désir d'en savoir davantage, nous n'y parviendrions jamais.) Mme Connor nous décrivit la salle d'audience, la façon dont le procureur, James Dill, un homme entre deux âges aux traits tirés, portant lunettes à monture en corne et costume en polyester, qui avait le pire accent de l'ouest de l'État de New York qu'elle eût jamais entendu, si nasal qu'on avait l'impression que du béton lui bouchait les sinus, semblait tenir le jury sous son charme. L'avocat de John Reddy, Roland Trippe, était un peu trop séduisant, trop *doucereux*. On voyait que son costume coûtait cher, qu'il avait fréquenté une bonne faculté de droit. Alors que Dill était un homme du cru, des quartiers sud de Buffalo, un produit local. L'un des jurés, dit Mme Connor, paraissait vraiment suspendu à ses lèvres. C'était une femme d'une quarantaine d'années au visage plissé comme un pruneau, dont les vêtements et la coiffure semblaient sortis du catalogue Sears Roebuck ; les yeux humides exorbités et fixes, elle avait l'air de voir en John Reddy Heart le diable incarné. « À moins qu'elle ait le béguin pour lui », ajouta la mère de Shelby avec un petit rire suraigu qui nous fit sursauter.

À la table de la défense, des heures durant, John Reddy restait *assis*. Les épaules arrondies, le regard dans le vide. « On a l'impression qu'il n'est pas là. Pas son esprit, en tout cas, juste son corps. Rien à voir avec le John Reddy qui jouait au basket... vous vous rappelez ? » Comme si nous risquions d'oublier ! Celles d'entre nous qui étaient pom-pom girls poussèrent un soupir. Nous n'avions jamais vraiment connu John Reddy, pas même Verrie, pas même Bibi Arhardt qu'il avait paru bien aimer quand il prenait le temps de la remarquer, mais les autres s'attendaient à ce que nous, les pom-pom girls, nous l'eussions connu, à ce que nous fussions peut-être même sorties avec lui. Ou allées à des fêtes avec ses coéquipiers et lui. (En réalité, John Reddy venait rarement à nos soirées, même pour fêter les victoires les plus délirantes des Wolverines.) On ne peut jouir des attentes des autres, si fausses soient-elles, qu'un temps limité. De sa voix basse passionnée, Mme Connor nous décrivait un inconnu. Les cheveux coupés court et humides, une coupe disgracieuse de soldat, il ne ressemblait guère à ses photos. Il avait l'air plus vieux, perplexe. On ne lui donnait pas seize ans et demi. La seule fois où Mme Connor et ses amies réussirent à trouver une place dans les premiers rangs de la salle d'audience, très à droite, le deuxième jour de la présentation des témoins, elles avaient remarqué que John Reddy ne s'était pas rasé correctement. Son costume de serge bleu marine, sa chemise blanche et sa cravate semblaient appartenir à quelqu'un d'autre, plus petit de taille et inférieur par l'esprit. Mme Connor pensait qu'il avait peut-être fait des haltères pendant sa détention préventive parce qu'elle ne se le rappelait pas aussi musclé et « gonflé à éclater » sur le terrain de basket ; il était alors plus maigre, plus élancé. À présent, même ses mâchoires semblaient musclées. « Il ne se retourne jamais pour regarder sa mère. Cette femme sans pudeur. Tout habillée de lin blanc telle une nonne, et des lunettes noires sur le nez comme si elle avait pleuré. Et ces cheveux blond platine ridicules dans le genre de Marilyn Monroe, Kim Novak... relevés en chignon comme si elle était une *dame*. Elle ! Elle fait mine de ne pas remarquer que les gens la regardent, elle a les yeux rivés sur John Reddy et de temps en temps elle se tamponne délicatement les yeux à la manière d'une actrice de cinéma, ça fait tellement factice, théâtral, mais John Reddy ne se retourne jamais. S'il a tué Melvin Riggs, il l'a fait pour elle... c'est évident ! » Le ton amer de Mme Connor et la violence avec laquelle elle alluma une de ses Chesterfield nous étonnèrent.

Agitée comme nous l'avions rarement vue, le rose aux joues, Evangeline Fesnacht nous rapporta qu'il régnait dans le tribunal une atmosphère « électrique » et « vindicative ». C'était une bonne chose que l'État de New York eût abrogé la peine de mort, dit-elle. (Quelques dizaines d'années plus tard, sous un gouverneur républicain, elle serait rétablie.) Les jurés avaient l'air de « moutons-zombis cruels rassemblés pour une exécution publique ». Le juge était manifestement « un partisan de la peine de mort, un conservateur de droite » qui penchait du côté de l'accusation. Dill était « un vieux puritain cruel et rusé » qui savait comment éveiller les peurs adultes en insistant sur la jeunesse de John Reddy. Et Roland Trippe, qui soumettait les témoins de l'accusation à un contre-interrogatoire et ne cessait de soulever des objections, était habile, mais peut-être un peu trop ; les impressions d'Evangeline concordaient avec celles de Mme Connor — « Les jurés n'ont pas pour Trippe la confiance qu'ils éprouvent pour Dill qui est un des leurs. » Evangeline nous stupéfiait par l'assurance avec laquelle elle parlait, non seulement dans la cafétéria où nous nous pressions autour d'elle, en tendant l'oreille, mais aussi pendant les cours de M. Cuthbert ; nous étions contraints de reconnaître son intelligence, son esprit d'analyse, sa maturité. Mais cela ne l'empêchait pas d'être naïve : elle nous dit qu'elle avait écrit plusieurs lettres à Trippe pour lui donner des conseils mais n'avait pas encore reçu de réponse. Elle avait envoyé un message implorant à Mme Heart... mais n'avait pas encore reçu de réponse. « La stratégie la plus noble, à mon avis, serait de permettre à John Reddy de témoigner à la barre et de dire à la cour pourquoi il a tué Melvin Riggs, *et pourquoi il n'éprouve aucun remords.* »

Nous nous écriâmes presque à l'unisson : « Mais John Reddy est innocent ! »

Evangeline répliqua : « Ne dites pas de bêtises. John Reddy est un tueur, je l'ai vu dans ses yeux dès le début. »

Il était évident que le revolver calibre 11,43 couvert des empreintes digitales de John Reddy avait fait une impression profonde et négative sur le tribunal. La défense devrait s'employer à suggérer que, si l'arme avait bien tué Melvin Riggs, ce n'était pas John Reddy Heart qui avait tiré... pas vraiment ; ou que, s'il l'avait fait, il n'était pas vraiment coupable de meurtre, parce qu'il avait tiré en état de légitime défense et pour protéger sa mère. (Les nombreux bleus et bosses de Mme Heart, attestés par un rapport médical, seraient fréquemment évoqués par la défense.) Il y avait aussi la possibilité, mentionnée au jury par Trippe, que John Reddy n'eût même pas su que le revolver de son grand-père était chargé ; Aaron Leander Heart avait déclaré à la police, peut-être honnêtement, que jamais le revolver n'avait été chargé depuis que la famille avait emménagé à Willowsville. (Manifestement, Trippe était handicapé par le refus de John Reddy d'en discuter avec lui ; l'avocat en était réduit à bâtir une défense plausible à partir d'hypothèses sur les actes et les mobiles de son client.) Le témoignage de Matt Trowbridge, prononcé d'un ton ferme et respectueux, fit une forte impression sur le tribunal. Ses collègues et lui étaient arrivés chez les Heart peu après 2 heures du matin, le 19 mars ; à cette heure-là, Melvin Riggs était apparemment mort et John Reddy Heart s'était enfui au volant de sa voiture. Il était parti quelques minutes à peine avant l'arrivée de la police de Willowsville. Il y avait des traces de pneus au bout de l'allée qui indiquaient qu'il avait accéléré brutalement et dérapé. Les agents de police avaient trouvé la maison illuminée, et la porte d'entrée entrebâillée. Néanmoins « un étrange silence » régnait, déclara Trowbridge, « comme après un coup de tonnerre ». Les autres agents et lui rencontrèrent, dans l'escalier menant au premier étage, un vieil homme débraillé, Aaron Leander Heart, le grand-père de l'accusé, « dans un état de grande agitation, de confusion et de peur ». Et le jeune frère de l'accusé, Farley, l'air hébété, pieds nus et en pyjama. Ce garçon déclara de lui-même à la police, sans qu'on l'eût interrogé, que son frère qu'il appelait John... Mais là, Trippe se leva vivement et souleva une objection ; l'objection fut retenue ; et Trowbridge poursuivit en décrivant ce qu'il avait vu dans la chambre du premier, le corps de Riggs sur le sol et Dahlia Heart qui, étendue à demi consciente sur un lit, « semblait avoir été battue ».

Dill dit d'un ton lourd de sous-entendus : « Qui *semblait* avoir été battue ? »

Trowbridge confirma, le sourcil froncé : « Oui, monsieur. Qui semblait avoir été battue. »

Cet après-midi-là, l'accusation appela Farley Heart à la barre. En termes techniques, il était ce que l'on appelle un témoin hostile. Smoke Filer nous raconta comment, après des heures de témoignages de policiers et d'experts si répétitifs et rasoirs qu'il avait presque décidé de se glisser hors du tribunal et de rentrer en bus à Willowsville, malgré le mal de chien qu'il s'était donné pour venir (Smoke se vantait d'avoir dissimulé qu'il était d'âge scolaire et en train de sécher les cours en poudrant ses cheveux blond roux frisés pour leur donner une teinte cendrée, en se faisant des cernes avec un fard mauve foncé et en se collant une moustache grise tombante empruntée au magasin des accessoires de théâtre de l'école — « Ah ! j'étais chouette : à faire peur »), le témoignage de Farley avait brusquement animé la séance. Evangeline Fesnacht, mieux placée que Smoke, raconta que, lorsque Farley Heart s'était avancé vers la barre des témoins, l'air moins effrayé qu'hébété, John Reddy l'avait soudain regardé intensément — « La première fois en trois jours que John Reddy semblait *voir* quelqu'un. » À l'âge de treize ans, Farley Heart en paraissait onze. Un garçon maigre au teint cireux, affublé de lunettes rondes comme des yeux de hibou qui clignotaient peureusement dans la lumière. Il avait des cheveux couleur paille et des traits si indistincts qu'ils semblaient comme effacés, brouillés. Lorsqu'il monta à la barre, il trébucha. La salle était silencieuse. Les oreilles du garçon étaient protubérantes, et enflammées. « Le pauvre môme, dit Smoke avec compassion, se retrouver sur le gril comme ça, obligé de jurer sur la Bible de dire “toute la vérité”, parce que, bon... qu'est-ce qu'il va bien pouvoir dire sur son frère ? » Lorsque Dill lui demanda de faire le récit de la nuit fatidique, Farley se mit à parler lentement, la voix rauque ; on avait l'impression qu'on lui arrachait les mots des tripes, un par un, sincères, douloureux. Il dit qu'il était couché, mais pas endormi, lorsqu'il avait commencé à entendre des voix. Vers onze heures du soir. Des voix d'hommes. Qui se disputaient. Puis l'un des hommes était parti, Farley avait entendu une voiture s'éloigner, il ne savait pas qui c'était, il n'avait rien vu, et tout était redevenu silencieux quelque temps ; puis, plus tard, peut-être une heure plus tard, il avait été réveillé par un grand bruit et de nouveau des bruits de dispute, la voix d'un inconnu, un homme : « Je ne savais pas qui. Je ne connaissais pas M. Riggs. Ma mère a des amis, ma mère a des relations d'affaires, mais nous ne les connaissons pas. Nous ne les rencontrons pas. Grand-père m'a dit que ce “Melvin Riggs” était entré de force dans la maison. Ça n'était jamais arrivé avant. Ni ici ni... là où nous étions avant. » Farley bafouillait, les yeux fixés sur le visage de Dill avec l'air désespéré de quelqu'un qui se noie. Il ne regardait ni John Reddy (qui le dévisageait avec intensité) ni Dahlia Heart (qui le dévisageait avec intensité, ayant ôté ses lunettes noires pour se pencher en avant sur son siège, les lèvres légèrement entrouvertes et humides — « D'une certaine façon, disait Smoker, c'est bien que Dougie n'ait pas vu ça, il est fou de cette nana »). Farley semblait désorienté, et Dill l'engagea à poursuivre son récit. « J'ai entendu un grand bruit, comme un pétard qui éclate. Je ne savais pas que c'était une arme. J'ai entendu trois détonations. J'étais réveillé, et j'avais peur. Avant je dormais mais en faisant des problèmes de géométrie dans ma tête. Le bruit s'est mélangé aux figures géométriques, c'était comme si un cube explosait. J'étais perdu, au début. J'avais peur pour ma mère, et pour ma sœur. Je n'étais pas sûr que grand-père soit à la maison. Je croyais que John Reddy n'était pas là. Il était sorti ce soir-là et il ne devait rentrer que très tard. Et grand-père aussi s'en va quelquefois le soir. Nous ne savons pas où. Je ne savais pas que c'était peut-être le revolver de grand-père qui avait fait ce bruit. Je ne savais pas que grand-père avait encore un revolver. Grand-père a des tas d'affaires dans sa chambre et nous n'y allons jamais sans sa permission. Maman a dit qu'elle ne voulait pas d'arme à la maison, chargée ou pas. Mais grand-père pensait qu'on en avait besoin pour se protéger, pendant le trajet du Nevada à ici. Il avait peur que la voiture tombe en panne dans les Grandes Plaines. Grand-père disait... » Farley loucha dans la direction d'Aaron Leander Heart qui était assis à côté de Dahlia Heart au premier rang. On voyait tout de suite que ces deux-là étaient père et fille : M. Heart était un beau vieillard aux pommettes saillantes, le visage farouche et impénétrable derrière une moustache grisonnante (taillée pour le procès) ; on l'avait persuadé de s'habiller convenablement, costume sombre funèbre, chemise blanche et nœud papillon à carreaux ; ses cheveux neigeux flottaient comme un nuage au-dessus de son crâne, lui donnant un air de dignité aristocratique. Dahlia Heart, en tailleur classique de lin blanc et chemisier de soie blanche, des perles autour du cou et aux oreilles, ses cheveux très blonds relevés en un gracieux chignon, avait l'air d'une *dame.* Aaron Leander et Dahlia Heart contemplaient Farley avec une telle intensité que l'on pouvait se dire *Ils lui transmettent un message... mais lequel ?* Dill interrompit avec tact le garçon, coincé comme l'aiguille d'un tourne-disque dans un sillon, en lui demandant s'il avait quitté sa chambre pour aller voir ce qu'étaient ces coups de feu. Farley répondit avec hésitation que oui, il avait couru vers la chambre de sa mère au fond du couloir mais sans savoir vraiment qu'il avait entendu des coups de feu. « Ç'aurait pu être... autre chose. C'était juste un *bruit.* J'avais tellement... peur ! » Farley se mit à bégayer, les lèvres tremblantes. « J'avais peur pour ma m... mère et ma s... s... sœur. Ma s... sœur n'est qu'une petite fille, elle... elle a vite peur. Elle est t... tombée dans l'escalier et s'est cassé la jambe et elle s... s'est fait très mal et... » De nouveau, Dill dut pousser Farley à revenir à son récit. Il s'était arrêté brutalement comme s'il venait de se rendre compte de ce qui l'attendait, comme un garçon courant à l'aveuglette vers un précipice. Son front luisait de transpiration. Il portait un costume trop grand pour lui, un nœud papillon à pressions de travers sur la gorge. Dill demanda avec bonté : « Dis-moi, mon garçon, as-tu vu ton frère John Reddy à ce moment-là... en train de sortir de la chambre à coucher, ou dans le couloir, ou l'escalier ? »

Il y eut un long silence. Farley regardait Dill avec

cet air désespéré de noyé. « Je... je ne crois pas, monsieur.

— Tu ne *crois* pas, mon garçon ?

— Je... ne sais pas, monsieur.

— Mais qu'as-tu dit aux agents de police lorsqu'ils sont arrivés ?

— Je... peut-être que je leur ai dit que j'avais v... vu John Reddy. Mais peut-être que je me t... trompais.

— Et plus tard, lorsque l'on t'a interrogé ? Et que tu as signé ta déposition ?

— Je m... me suis peut-être trompé. Les deux fois.

— Tu n'as pas modifié ton témoignage, mon garçon ? Sur les conseils de M. Trippe.

— *Non, monsieur.* »

Dill parlait patiemment, avec une exaspération mal réprimée. « Farley Heart, pourrais-tu simplement dire à la cour si, oui ou non, tu as vu ton frère John Reddy, *le revolver de ton grand-père à la main*, aussitôt après avoir entendu trois coups de feu dans la chambre de ta mère ? »

La lèvre inférieure de Farley avança. « Je n... n'aurais pas reconnu le revolver de grand-père si je l'avais vu, monsieur. »

Dill insista : « Mais est-ce que tu l'as vu ? Le revolver ?

— Je... je ne me souviens pas.

— As-tu parlé à ton frère John Reddy ? Quand il s'est rué hors de la chambre à coucher où Melvin Riggs agonisait sur le sol, une balle dans la tête ?

— Je ne me souviens pas, m... monsieur.

— Tu ne te souviens pas ! Pourtant, tu as bien dit à la police, ou en tout cas laissé entendre, que tu avais *vu* John Reddy à ce moment-là ? » Dill choisissait ses mots avec soin, ne souhaitant pas donner l'impression de malmener un enfant intimidé et terrifié.

(Ce qui se passait exactement en cet instant, aucun d'entre nous ne le comprendrait. Pas même Evangeline Fesnacht qui avait noté ce dialogue mot pour mot et nous le lut au lycée. Ce serait le père de Roger Zwaart qui nous l'expliquerait, après la fin du procès : le procureur avait en main la déclaration faite par Farley à la police, selon laquelle, peu après le meurtre, il avait dit qu'il s'agissait d'un accident, et que John Reddy « ne savait pas que le revolver était chargé ». Cette déclaration sous-entendait clairement que Farley avait vu son frère avec l'arme ; que Farley supposait, ou feignait de supposer, que John Reddy n'avait pas su l'arme chargée. « Dill espérait amener Farley à reconnaître que, en effet, il avait vu son frère avec le revolver, mais il ne voulait pas qu'il influence le jury en ajoutant que, à son avis, le meurtre avait été un accident, parce que John Reddy "ne savait pas que le revolver était chargé". Donc, Dill ne pouvait pas lire la déclaration. Donc il était dans une impasse. » En voyant notre tête, M. Zwaart, qui était d'ordinaire un homme digne à l'expression douloureuse — souffrant en fait d'ulcères saignants, nous avait dit Roger —, éclata de rire. « Écoutez, les mômes, un procès, c'est avant tout un *jeu*. Le droit est un *jeu*. La "justice", c'est comme un goal, un essai transformé ; ça n'a rien de *juste*. Ils ne vous apprennent pas ça à l'école ? » Il riait, nous étions choqués. Autant parce qu'il riait qu'à cause de ce qu'il nous avait dit.)

De toute façon, Dill commit une bévue. D'un ton ironique, presque moqueur, il demanda : « Tu n'aurais pas des problèmes de vue, par hasard, mon garçon ? »

Farley respirait vite. Il remonta ses lunettes sur son nez. « S... si, monsieur, j'en ai.

— Mais pas lorsque tu portes des verres correcteurs, n'est-ce pas ?

— Même avec des verres correcteurs, monsieur, je n'y vois pas parfaitement. »

Comme un homme qui est tombé dans un piège dont il commence seulement à comprendre qu'il l'a lui-même fabriqué, Dill s'énerva un peu. Il s'efforça de garder un ton raisonnable. « Quoi qu'il en soit, Farley, tu portais tes lunettes lorsque tu t'es précipité hors de ta chambre, n'est-ce pas ?

— Peut-être p... pas, répondit aussitôt Farley.

— *Peut-être* pas ? Mais... »

Élève brillant, Farley poussa son avantage : « Je me suis peut-être précipité hors de la chambre sans mes lunettes. Ou elles ont pu me glisser du nez. Elles ne tiennent pas bien. » À titre de démonstration, il remonta ses lunettes comme pour les rajuster, mais elles glissèrent sur son nez et tombèrent sur ses genoux. Dénudé, comme éclairé par une lumière plus vive, le visage de Farley sans ses verres ronds d'écolier était un visage jeune-vieux, avec de grands yeux myopes, cernés d'ombres. De même que le corps grêle de Farley ne semblait pas celui d'un adolescent de treize ans mais d'un enfant plus jeune, ses yeux ne semblaient pas ceux d'un adolescent de treize ans mais de quelqu'un de plus âgé. Nous nous rappellerions le jeune frère de John Reddy, étrange, peut-être retors et assurément imprévisible, quand, quatorze ans plus tard, sa société de software informatique Hartssoft ferait la une du *Wall Street Journal* et des pages économiques du *New York Times*, qui ne publieraient toutefois aucune photo de

« Franklin Hart », ainsi qu'il se ferait alors appeler ; un article du *Time* sur « L'homme mystérieux du software » serait illustré par la photo d'un adulte aux allures d'écolier, cheveux courts et proprement séparés par une raie, lunettes rondes, et un visage flou, falot, qui était en fait une ampoule incandescente avec un frémissant point d'interrogation en son centre. Les collaborateurs de « Franklin Hart » assureraient que non seulement ils ne connaissaient pas le jeune génie mais qu'ils avaient du mal à se rappeler à quoi il ressemblait d'une réunion à l'autre. *Il est toujours différent et pareil en même temps.* Farley disait à Dill d'un ton sérieux, en bégayant : « Quelquefois, je me réveille la nuit et je suis encore en train de rêver. Ou bien je crois que je suis réveillé et je suis encore endormi. Dans ces moments-là, je ne sais pas si je porte mes lunettes ou pas. Parce que je ne sais pas vraiment où je suis. Comme dans les rêves où on voit des objets sans les voir, je veux dire que c'est tout flou à l'endroit où devrait être le visage de quelqu'un comme si on ne pouvait pas se rappeler à quoi cette personne ressemble sauf que le rêve nous dit qui c'est, et on le sait. Ou on est censé le savoir. Mais la personne n'est pas là, seulement l'idée. Ou elle ressemble à quelqu'un d'autre au lieu de... »

Dill l'interrompit, exaspéré. « Mon garçon. As-tu ou n'as-tu pas “vu” ton frère John Reddy à ce moment-là. De quelque manière que ce soit ? »

Farley respirait par la bouche. Evangeline Fesnacht remarqua que son frère John Reddy, sa mère et son grand-père le dévisageaient fixement et que, clignant des yeux, tripotant ses lunettes, il faisait l'impossible pour ne pas regarder dans leur direction. « Quelquefois, monsieur, je regarde une chose et elle disparaît. Un objet solide. Une personne. C'est comme s'ils devenaient transparents. Quelquefois je n'entends pas ce que les autres disent. À l'école, par exemple, mes professeurs... Je crois que j'écoute, mais mon esprit est ailleurs. Mes propres pensées s'interposent. Il y a des jours où je réfléchis à un problème, un problème mathématique, et il ne me laisse pas tranquille. C'est comme si c'était le problème qui me pensait. Cette nuit-là... quand c'est arrivé... c'était de la géométrie dans l'espace. J'avais la tête pleine de figures géométriques dans le genre cubes. Ça fait... comme des fils électriques... comme des fourmillements. Alors j'ai... »

Dill dit avec irritation : « Mon garçon ! Nous nous éloignons du sujet, il me semble ? Et dans quelle intention ? T'efforces-tu d'informer la cour des événements du 19 mars dont tu gardes le souvenir, ou de lui embrouiller les idées ? »

Comme un sportif ayant patiemment attendu le moment de passer à l'action, Trippe se leva alors pour objecter que l'accusation intimidait le témoin ; bien que semblant partager l'exaspération de Dill, le juge Schor retint l'objection et pria Dill de poursuivre plus poliment, étant donné le jeune âge du témoin. Dill dit donc, d'un ton plus posé, mais avec une ironie subtile : « Nous comprenons que tu répugnes à désigner ton frère comme l'agent de la mort de Melvin Riggs, mon garçon. Mais c'est précisément ce que suggèrent les faits qui nous sont connus et les preuves en notre possession, dont l'expertise médico-légale établissant que le revolver de ton grand-père est l'arme du crime : John Reddy a tiré sur et tué Melvin Riggs, puis s'est enfui avec l'arme, dont il a tenté de se débarrasser dans une rivière, à quatre cents mètres à peine du lieu du crime. Si ton frère n'est pas celui qui a emporté l'arme et qui l'a jetée dans la rivière gelée où elle a été retrouvée le lendemain matin, comment diable a-t-elle abouti là ? »

C'était une question soumise à la réflexion du tribunal, plutôt qu'à Farley Heart. Mais Farley chercha une nouvelle idée. « Quelqu'un d'autre... un autre "agent"... aurait pu l'apporter ? Cela aurait pu être... moi ? »

Du coup, Dill renonça à l'interroger davantage. Se disant peut-être que le garçon était légèrement retardé ou dérangé. Il leva les bras au ciel et se recula en lançant un regard au jury. *Vous voyez ? Ce garçon ment manifestement pour protéger son frère.*

Et ensuite, comme nous le raconta Evangeline Fesnacht avec excitation : « L'imprévisible est arrivé ! *Le grand chambard.* »

Tout vint de la jurée excentrique dont avait parlé Mme Connor. La femme aux yeux humides exorbités et au visage ridé comme un pruneau. De façon incongrue, ce troisième jour d'audition des témoins, elle portait un rouge à lèvres vif qui jurait avec sa peau terreuse ; même ses ongles, qui semblaient cassés et rongés, étaient vernis de rouge. Au cours des heures précédentes, tandis que l'accusation présentait implacablement ses arguments, en insistant sur le « crime abominable » et la « culpabilité manifeste » de l'accusé, elle n'avait pas quitté John Reddy des yeux, penchée en avant sur son siège, une expression renfrognée, figée, sur le visage. (Nous nous demandions : John Reddy s'en était-il aperçu ? Avaient-ils échangé des regards ? Mme Connor avait dit : « Une fois que l'on avait remarqué cette femme, on ne pouvait plus ne pas la remarquer. »)

Lorsque, congédié par le procureur, Farley Heart quitta avec hésitation le fauteuil des témoins, cette femme se dressa brusquement et se rua hors du box des jurés, en trébuchant sur les jambes de ses compagnons et en prononçant des paroles incohérentes, ponctuées de « monsieur le président ! », « monsieur le président ! » Ce fut un moment électrisant, nous raconta Evangeline Fesnacht avec feu. On crut que quelqu'un était malade, ou pris d'un malaise. « Les jurés sont censés rester *assis*, comme des *zombis*. Et voilà qu'il y en avait un qui *bondissait* sur ses pieds. » Avant que le plus proche des huissiers ait pu intervenir, la femme était tombée à genoux devant la table de la défense, et priait à voix haute pour John Reddy : « Ô Seigneur, ce garçon est coupable, nous le reconnaissons ! Mais il est un instrument de Ton courroux ! Qui parmi nous peut jeter la première pierre ! Aie pitié, Seigneur ! Ouvre nos yeux, Seigneur ! "À moi la vengeance, c'est moi qui rétribuerai, dit le Seigneur." » Tandis que les huissiers s'élançaient pour la maîtriser, elle répéta d'une voix plus exaltée encore : « "À moi la vengeance, c'est moi qui rétribuerai, dit le Seigneur." »

Tout s'arrêta. La machine du procès se grippa. Ce fut la seule fois, convinrent les témoins, que John Reddy Heart parut surpris... agité. « Il s'essuyait bel et bien les yeux, je crois, disait Evangeline à voix basse, l'air émerveillé. Je veux dire... vous vous rendez compte ! *John Reddy pleurait.* »

12

« *Un procès annulé pour vice de procédure ?* Ça veut dire quoi ?

— Est-ce que c'est bien pour John Reddy ou... pas si bien que ça ? »

Nous étions perplexes. Nous étions fascinés. Il nous semblait avoir toujours su que le procès de John Reddy Heart ne pourrait être qu'extraordinaire, dramatique, et attirer plus d'attention encore sur l'affaire, davantage de gros titres dans les journaux. Mais... *un procès annulé pour vice de procédure* ?

« Cela veut juste dire que John Reddy va rester plus longtemps en détention. Il ne sortira sans doute pas avant Noël.

— Oh ! mon Dieu. Vous croyez qu'il va rater la saison de basket ?

— *S'il sort.* »

Le procès s'arrêta ce jour-là comme si on avait appuyé sur un interrupteur. Il ne reprendrait pas avec le même jury. Le juge Schor rejeta l'avis du procureur pour convenir avec Roland Trippe que la conduite peu orthodoxe de la jurée avait soumis le jury à une « influence extrêmement préjudiciable » ; il ne serait pas suffisant de la renvoyer et de la remplacer par l'un des suppléants. Car il s'avéra, comme nous le lirions dans le *News*, que cette femme avait également été un « élément perturbateur » dans la salle du jury. Le deuxième matin du procès, elle s'était montrée agitée, avait fait des histoires et insisté pour que les autres jurés prient avec elle afin qu'ils puissent « exécuter les commandements divins » ; le lendemain matin, elle était arrivée la première, semblant n'avoir pas dormi de la nuit, mais les lèvres et les ongles peints d'un rouge vif ; elle avait lu la Bible et montré des passages aux autres jurés qu'elle agaçait, embarrassait ou déroutait. Comme on ne comprenait pas très bien — ainsi que le premier juré le dit d'un air contrit au juge Schor — si elle était pour ou contre l'accusé, ou pour ou contre l'idée même d'un jugement par jury, ils s'étaient abstenus de signaler sa conduite.

Plusieurs jurés mécontents, tous de sexe masculin et d'âge moyen, se plaignirent anonymement au *News*. Ils avaient le sentiment d'avoir été floués. On leur avait fait perdre leur temps. Ils en voulaient à Schor de les avoir renvoyés simplement parce qu'une toquée s'était mis en tête que c'était mal de juger un meurtrier adolescent. Le juré X déclara aux journalistes : « Je parle pour moi. Je n'avais pas d'idée préconçue. Je n'allais pas me laisser influencer par une cinglée de bonne femme. » Le juré Y dit, encore plus indigné : « C'était évident pour moi, et pour la plupart des autres jurés aussi, je suis prêt à le parier, que ce gosse avait tué Riggs. On est capables de se faire ses propres idées. » Le juré Z déclara : « Ça ne m'aurait même pas posé de problème de l'envoyer à la chaise électrique. Je crois à la peine de mort. On peut se fier aux flics, pas vrai ?

Pourquoi est-ce qu'un flic mentirait ? Je n'ai pas de "parti pris". »

Le second procès de *l'État de New York contre John Reddy Heart* fut fixé à début novembre.

À ce moment-là, John Reddy était en détention depuis huit mois.

Nous avions commencé à perdre le compte exact des semaines, des jours.

L'école avait recommencé sans lui, bien sûr. Les sports de l'automne avaient repris sans lui. (« De toute manière, John Reddy ne jouait pas au football, c'est une chance. ») Peu à peu, il était devenu moins déconcertant, sauf peut-être pour certaines des filles, de jeter un coup d'œil dans le parking de l'école d'une fenêtre de la cafétéria, mettons, ou de la bibliothèque, ou des toilettes des filles du premier, et de se dire *Elle n'est plus là. Elle a disparu.* La Cadillac vert acide. Il y avait d'autres voitures dans le parking, beaucoup de voitures, dont la Buick vert-de-gris d'Orrie Buhr avec sa calandre toutes dents dehors, la Trans-Am noire à bandes rouges de Clyde Meunzer, et Art Lutz nous étonna un jour en arrivant tout fier au volant de la Dodge Castille noire sexy de son frère Jamie, à sa disposition pendant que Jamie servait dans l'armée des États-Unis à l'autre bout du monde. Mais la Cadillac de John Reddy, le rugissement rauque de son moteur, reconnaissable entre tous, avaient disparu. On ne voyait plus non plus John Reddy en blouson de cuir et jean, cheveux longs fouettés par le vent, en train de plaisanter avec ses potes sur le parking. On ne l'apercevait plus dans le couloir des premières, au premier étage, plus grand que la plupart des autres types, et plus rapide, bien qu'il ne semblât jamais se presser.

L'entraîneur McKeever, qui s'était mis à fumer à l'une des portes de sortie de derrière, un mauvais cigare à l'odeur de chanvre brûlé, disait d'un air sombre : « Il sera de retour pour la saison de basket. Vous verrez. »

L'équipe avait été si démoralisée après l'arrestation de John Reddy qu'elle était tombée de la première à la troisième place de sa division.

Les filles écrivaient à John Reddy c/o Maison d'arrêt de Buffalo mais ne recevaient pas de réponse. Certaines écrivaient à John Reddy c/o Roland Trippe mais ne recevaient pas de réponse. Evangeline Fesnacht laissait entendre qu'elle avait discuté de la « stratégie du procès » avec Trippe mais nous doutions que ce fût vrai. Maintenant que nous étions plus occupés, nous avions moins le temps de faire vingt-cinq kilomètres pour passer devant la vieille bâtisse déprimante de la prison. Sauf parfois les soirs de week-end. Après un match de football, celui contre West Seneca, par exemple, où nous l'avions emporté 21 à 19 grâce à un coup de pied au but inespéré, et pour fêter ça nous avions bu de la bière chez Dwayne Hewson et nous étions partis en klaxonnant, toute une caravane de voitures, chez Sandi Scott, Park Club Lane (où il y avait une piscine couverte, et sa mère divorcée était absente), et trois ou quatre voitures arborant des autocollants WHS avaient viré sur une impulsion vers Main Street pour suivre l'itinéraire familier : Amherst, Grover Cleveland Park, où peu d'entre nous étaient retournés depuis notre pique-nique scolaire de troisième, puis le campus obscur de l'université de Buffalo que beaucoup d'entre nous étaient destinés à fréquenter alors que nos camarades de promotion plus brillants et plus privilégiés iraient à Cornell, Williams, Yale, Harvard et Stanford. Et, quelques kilomètres plus loin, le vide automnal immense et sombre, balayé de vent, que nous savions être de jour le cimetière de Forest Lawn, sujet inépuisable de plaisanteries dans la région de Buffalo. Puis, toujours plus avant dans la ville, comme attirés dans un tourbillon, jusqu'à ce que Main Street même se mette à changer, plus large que dans nos souvenirs, plus ventée, plus semée de nids-de-poule et de détritus. Nos points de repère étaient dans le désordre ou carrément absents, la pizzeria de Luigi au coin de Del Mar, par exemple, où était-elle ? et le Royale Theater de Perry ? Des années plus tard Doug Siefried, qui serait alors un ex-alcoolique, amputé d'un poumon, mais sacrément reconnaissant d'être en vie, se rappellerait en frissonnant les panneaux indicateurs des rues transversales, brouillés par la bière, qu'il aurait juré ne jamais avoir vus de sa vie, des noms comme Anthrix, Straknel, Bugel. Il se demanderait si cela avait été un signe avant-coureur du delirium tremens. Et à côté de lui, pas trop près et pas trop loin, dans son uniforme de pom-pom girl, robe-chasuble bordeaux et chemisier blanc à manches longues, la douce Ginger McCord avec ses taches de rousseur, qui fredonnait les airs de WWBN-AM, joués à fond par la radio. Ken Fischer se rappellerait son ahurissement et son inquiétude croissante quand il avait constaté que trois boîtes de bière vidées trop rapidement étaient plus qu'il ne pouvait encaisser et qu'il s'était perdu, en compagnie de Verrie, qui avait été d'une humeur quasi hystérique toute la soirée. Chacun dans sa voiture, Art Lutz et Roger Zwaart s'étaient rendu compte avec malaise, en traversant Utica Road, où il y avait eu un accident, des voitures de police, une ambulance, des gyrophares rouge, des éclats de verre et une puissante odeur d'essence, que le paysage urbain avait inexplicablement changé ; il y avait d'étranges afflux de circulation, des véhicules qui brûlaient les feux rouges, comme si les conducteurs sans visage de ces voitures, camionnettes et motos (dont certains semblaient être sombres de peau) avaient conscience de notre présence, des gosses des banlieues riches s'aventurant dans le centre de Buffalo un vendredi soir. La gorge serrée, nous nous rappelions les avertissements répétés et jamais écoutés de nos parents *Ne va jamais seul dans le centre, c'est promis ? Ne conduis jamais après avoir bu, c'est promis ?* en comprenant pour la première fois que ces avertissements avaient peut-être été sérieux et sincères et non le simple exercice mesquin d'un pouvoir parental/tyrannique. Nous persévérâmes tout de même. Dépassant Bryant. North. Une caravane désormais réduite à trois voitures (en dépit des protestations de Suzi Zeigler, Roger Zwaart avait décidé de rebrousser chemin), mais nous nous perdîmes très vite de vue. C'était un soir d'automne venteux. Les odeurs chimiques acides des usines en aval de la ville nous piquaient les narines. Dougie Siefried et Ginger McCord dans la Ford V8 d'occasion de Dougie, payée sept cents dollars ; Ken Fischer et Verrie Myers dans la Chevy Lancelot presque neuve de Ken ; Art Lutz et Mary Louise Schultz dans la Dodge Castille sexy. Nous nous retrouvâmes sur l'autoroute quasi déserte, où nous dépassâmes des entrepôts, un dépôt ferroviaire, des endroits inconnus. Finalement, le mur massif, noirci par les intempéries, de la Maison d'arrêt de

Buffalo, que nous n'aurions peut-être pas reconnu sans les rouleaux de barbelés qui scintillaient à son sommet comme des dents malveillantes. Dougie était sobre à présent, ou presque. Il frissonna. « Bon Dieu ! On dirait... comment appelle-t-on ça ?... un mausolée. Pour les morts. » Ginger dit d'une voix haletante, en se mordant l'ongle d'un pouce : « C'est là ? Je ne me rappelais pas que c'était si... » Mais aucun mot ne lui vint à l'esprit. Dans la voiture de Ken, Verrie contempla la prison avec horreur : c'était un tas de *pierres*. Une *ruine*. Mais elle se hâta de faire des appels de phare dans son code secret. Ken se mit à rire. Verrie s'emporta : « Qu'est-ce qu'il y a de drôle ? » Ken dit : « Pour l'amour du ciel, ma chérie. Il ne te voit pas. Il ne t'a jamais vue. Il n'y a personne là-dedans. » Verrie prit une profonde inspiration. Elle se recula comme si son petit ami dévoué l'avait giflée et se rappellerait des années plus tard, lorsqu'ils seraient enfin dans les bras l'un de l'autre, dévêtus et aimants, dans une chambre d'hôtel située à une trentaine de kilomètres de l'endroit où ils se trouvaient alors, que Ken l'avait effectivement giflée ou en tout cas poussée du coude. « Je te hais », murmura-t-elle. Art Lutz avait du mal à maintenir la voiture de son frère dans sa voie. Le vent du lac Érié mais aussi une sorte d'entêtement pervers du moteur et de la colonne de direction ne cessaient de la dévier, comme si l'esprit de son frère aîné, blagueur, moqueur, un rien tyrannique, habitait la voiture. *Hé, Jamie, arrête ça. C'est pas drôle.* Ou alors — cette pensée étrange traversa comme l'éclair le cerveau d'Art — Jamie était mort, il avait été tué le jour même, quelques heures plus tôt à peine peut-être, par des balles que l'on finirait par reconnaître « amies », et la Dodge sentait que son vrai maître avait rendu l'âme. (En fait, cela se révélerait exact. Jamie Lutz, vingt-deux ans, qui avait profondément déçu son père en abandonnant ses études à l'université de Buffalo pour s'engager dans l'armée, fut tué en Asie du Sud-Est à peu près à la mi-temps du match WHS-West Seneca de ce soir-là, match qui, dans son essence sinon dans ses détails, avait été joué cinq ans auparavant par Jamie lui-même, arrière doué mais irrégulier que la foule avait adoré. Mais Art n'oserait jamais parler à personne de son effrayante prémonition, qu'il n'avait pas prise au sérieux sur le moment et avait presque instantanément oubliée.) Tout en conduisant la voiture de Jamie, en résistant au volant qui tirait obstinément vers la gauche, Art jeta un regard de côté à Mary Louise Schultz. C'était la première fois qu'ils étaient seuls ensemble. Quelle chance folle que Mary Louise eût accepté de se rendre avec lui à la soirée de Sandi Scott. C'était elle qui avait eu l'idée de suivre Ken et les autres à Buffalo, pour passer devant la prison. Elle avait probablement pensé qu'un autre couple monterait dans la voiture avec eux, mais tels n'étaient pas les plans d'Art. Tous les garçons avaient leurs plans pour la soirée, considérant, comme Bo Bozer l'avait dit crûment, que puisqu'ils avaient botté les fesses de West Seneca, ils méritaient une partie de fesses bien à eux et que l'intimité était capitale. Des packs de bière, et des capotes Trojan emballées dans du papier alu dans leurs poches de derrière. (Dwayne Hewson, capitaine de l'équipe, qui faisait allusion depuis des semaines à tout ce qu'il avait déjà fait avec Pattianne Groves, dit avec un sourire diabolique : « Ce soir, c'est le grand soir ! Aujourd'hui ou jamais. »)

Les choses ne se passeraient pas tout à fait comme cela. Pour une raison ou une autre, ce n'était jamais le cas.

Dougie Siefried quitta humblement l'autoroute à la sortie lugubre de McIntyre et reprit la route de Willowsville, totalement sobre ; Ginger McCord, qui reniflait et se mouchait à côté de lui, tourna le bouton de la radio jusqu'à trouver, presque entièrement noyée sous le crépitement des parasites, « La Ballade de John Reddy Heart » de Made in USA sur une station de l'Ohio. Ken Fischer, furieux, quitta l'autoroute à la sortie de Grindell, s'arrêtant soudain, puis accélérant avec une telle fureur que pour une fois l'expression « démarrer sur les chapeaux de roues » ne fut pas exagérée. Il n'y avait rien qu'il souhaitât davantage que rentrer à Willowsville et déposer devant sa maison de style Tudor de Mill Race le mannequin blond qui, assis à ses côtés, regardait par la vitre le visage fermé et à qui il était hors de question qu'il adresse de nouveau la parole, non seulement pour le reste de cette soirée désastreuse et tronquée mais pour le reste de sa foutue existence. Adieu à la « Princesse de glace garantie d'origine »... comme l'appelait Ken quand il était avec ses copains. Nous demandions à Ken, un des types les plus populaires de notre classe et qui serait élu Garçon le plus séduisant des terminales, pourquoi il supportait les conneries de Verrie Myers, et Ken répondait en haussant les épaules : « Eh bien, ce sont les conneries de Verrie, après tout, pas juste n'importe quelles conneries. » Dans la voiture de son frère, sentir la présence physique indubitable de Mary Louise Schultz si proche de lui commençait à faire transpirer Art. Comme celles d'un chien, ses narines se dilataient et se contractaient rapidement, de façon presque spasmodique. Cette odeur parfumée de fille, shampoing peut-être, déodorant Arrid au muguet avec-juste-une-pointe-de-sueur-féminine-légèrement-rance. (Les pom-pom girls devaient transpirer, elles aussi, vu la façon dont elles se démenaient. Mais Art avait dans l'idée qu'elles ne se douchaient pas après un match comme le faisaient les joueurs.) Art et Mary Louise passaient pour la seconde fois devant la maison d'arrêt, à la demande de Mary Louise. La première fois, Art avait à peine remarqué le bâtiment plongé dans l'obscurité en bordure d'autoroute. Cheveux sombres lustrés tombant sur le visage, frémissante de tension, Mary Louise regardait par la vitre ce qui semblait n'être rien de plus qu'un mur de pierre massif — un mur long, très long, interminable, bon Dieu ! — que l'on reconnaissait surtout à cause des barbelés cruels qui en couronnaient le sommet. Mary Louise semblait murmurer. (Des prières ? Mary Louise faisait partie des « bonnes chrétiennes » de WHS. Elle était presbytérienne et sa foi était simple, sincère et indiscutée. Elle était depuis longtemps membre de la Jeunesse chrétienne de Willowsville et bénévole dans diverses œuvres de bienfaisance de la région de Buffalo dirigées par un bataillon de dignes épouses de Willowsville.) Ou peut-être pleurait-elle ? Ou les deux à la fois ? Art se rappela avec excitation Smoke Filer disant d'un air entendu *Si une nénette pleure t'es déjà presque dans sa culotte.* Il y avait quelque chose de si sexy dans le spectacle d'une jolie fille roulée comme Mary Louise Schultz en train de pleurer que la raison pour laquelle elle pleurait n'avait presque pas d'importance. Et n'importe quelle fille qui avait le cœur assez tendre pour pleurer sur le sort de John Reddy Heart qui avait descendu un adulte d'un coup de revolver (et qui, de l'avis d'Art, avait sauté plus de filles et de femmes, y compris une certaine serveuse aux yeux de braise de l'Old Red Mill Inn, que lui, Art, n'en connaissait personnellement) était un amour, on ne pouvait que l'aimer.

« Ça semble injuste, non ? Qu'on soit libres. Qu'on soit si heureux. Battre West Seneca ce soir comme on l'a fait... *ouaouh !* Alors que lui, il est enfermé là-dedans. » La voix enfantine et fluette de Mary Louise était rauque, irritée à force d'encouragements criés à tue-tête. « Je veux dire... est-ce que ça paraît juste ? »

Art fut pris au dépourvu, ne sachant de quoi ils parlaient. Il réfléchissait à la manière dont il pourrait amener Mary Louise à se laisser embrasser ; à la façon dont, en fonction de leurs positions respectives, il pourrait effleurer, ou plus qu'effleurer, ses seins. Il dit, d'une voix fêlée : « Non. Ça ne paraît pas juste. Je trouve ça terrible. » John Reddy, supposa-t-il.

Art prit alors une décision éclair, une décision peut-être imprudente : prendre la sortie de La Salle Boulevard. Avant que Mary Louise ait compris ce qui se passait, il roulait en direction du parc La Salle. Bien qu'il fût plus de onze heures et que Mary Louise eût émis le souhait d'être rentrée chez elle avant minuit. (Et la maison des Schultz, dans Sedgemoor Drive, n'était pas tout près.) Art avait perdu de vue Doug et Ken et supposait qu'eux aussi étaient quelque part dans le parc, ce grand parc citadin anonyme où aucun habitant de Willowsville n'allait jamais, ni se songeait à aller, réputé dangereux la nuit, surtout le week-end, dans *News* et *Courier-Express* il y avait de fréquents articles sur des jeunes jeteurs de boîtes de bière, des bagarres à coups de poing, des revendeurs de drogue, mais Art se disait que ces incidents avaient lieu dans la partie la plus publique du parc et que lui, comme Doug et Ken, circulait dans un coin plus tranquille, roulait dans Lakeside Drive à la recherche d'un endroit où se garer. *Ce soir, c'est le grand soir ! Aujourd'hui ou jamais.* Quoique, en fait, si l'on considérait qu'Art Lutz et Mary Louise Schultz étaient un couple de très fraîche date, et que Mary Louise avait déjà été invitée au bal de Noël par un élève de terminale bien connu et qu'elle avait accepté... peut-être que ce n'était pas une espérance très raisonnable ? Malgré tout, la respiration d'Art s'accélérait. Il avait l'impression de se remplir de désir sexuel comme un ballon d'hélium. Et d'espoir. Blake Wells avait remarqué après un cours de biologie particulièrement émoustillant qu'il était assez évident... qu'un organisme masculin quel qu'il fût, de l'humble grenouille au noble lion en passant par l'*Homo sapiens*, ne désirait, modestement, que peupler la terre entière de rejetons nés de son sperme. Art entendit une voix de fausset surexcitée résonner à ses oreilles au rythme de son propre sang enfiévré. *Mary Louise je suis fou de toi ! Mary Louise tu es si... belle ! Si... parfaite ! Je voudrais juste t'embrasser un peu. Je voudrais juste t'enlacer. Te caresser. Un peu.* Mais était-ce une des voix légitimes d'Art, ou une voix subtilement railleuse ? On aurait presque dit Jamie, en train de se moquer. Comment la voix de Jamie s'était-elle introduite dans la tête d'Art ? *Je voudrais juste fourrer ma langue dans ta bouche, mon chou. Juste pétrir tes seins fantastiques à pleines mains. Pour moi ce ne sont pas des nichons. Les autres filles ont des nichons. Toi, tu as des seins. Pour moi, ce sur quoi tu es assise n'est pas un cul.* Il y eut une pause, un petit rire gras et sifflant. *Ce sur quoi tu es assise est le siège vinyle de la Dodge Castille de mon frangin Jamie et mmmmm ! je peux te dire que je l'envie sacrément, ce vieux siège.* Désespéré Art parvint à refouler la voix ricanante de Jamie en demandant à Mary Louise ce qu'elle savait du procès imminent de John Reddy. Tandis qu'Art ralentissait pour scruter l'ombre, rejetant certains endroits parce que des voitures y étaient déjà garées, en rejetant d'autres parce qu'ils étaient trop brillamment éclairés, mais finissant par trouver une place à l'écart, relativement tranquille, donnant sur les eaux agitées et comme graisseuses du lac, Mary Louise disait avec sérieux qu'il allait être très difficile de trouver un jury impartial pour le second procès ; et que le juge, cet homme terrible, cruel, s'était prononcé contre un renvoi de l'affaire devant une autre cour. Art murmura aussitôt son assentiment. Il se gara, coupa le moteur, inspira avec précaution. Mary Louise disait que sa mère, qui était une amie vraiment très intime d'une amie de Laetitia Riggs, lui avait dit que Mme Riggs s'était effondrée lorsque son mari avait été tué mais qu'elle était maintenant assez forte pour témoigner au procès ; tout le monde disait que ce qui était arrivé était la faute de la mère de John Reddy — « C'est une femme terrible, non ? Voler les maris des autres. Et elle ne veut même pas d'eux, je pense, elle les repousse tout de suite. Comme le père de Bo. Comme ce pauvre M. Skelton. Et M. Wells aussi la voyait, et il paraît qu'il lui prêtait de l'argent... tu le savais ? C'est Evangeline qui nous l'a dit. Mais d'après Verrie... » Art murmura son assentiment. Ils étaient garés maintenant, à pied d'œuvre. Il aurait aimé verrouiller les quatre portes de la voiture. Son cœur battait comme un poing minuscule. *D'accord, frérot, il est temps de passer aux choses sérieuses. Aux choses salement sérieuses. Vas-y, mec. Montre à cette poulette de quoi il retourne, hein ?* Enhardi, Art passa un bras autour des épaules de Mary Louise. Elle portait un blazer de laine par-dessus sa robe-chasuble bordeaux et, autour du cou, une longue écharpe aux couleurs de l'équipe des Wolverines. Sa tête paraissait grosse tout à coup... si près de la sienne. Délicatement, il parvint à l'attirer contre lui ; elle ne résista pas, mais ne coopéra pas non plus ; il y avait une soudaine méfiance entre eux, et une attente excitée ; Art inclina la tête de Mary Louise pour l'embrasser... l'embrasser pour de bon... pour la première fois ! *J'embrasse Mary Louise Schultz pour la première fois. Oh mon Dieu.* Ses lèvres étaient chaudes, sèches, timides-mais-amicales ; les lèvres d'une fille qui a déjà été embrassée, souvent peut-être, et qui compte sur une certaine déférence, du respect. *Allez, mec, un peu d'action, merde !* Art dévia ces interventions importunes de Jamie comme des balles de ping-pong. Telle fut l'image qui s'imposa à lui : il avait été le champion de ping-pong de la famille Lutz, l'emportant sur Jamie dès l'âge précoce de quatorze ans. Donc *Va te faire foutre, Jamie : sors de ma tête.* Il se débrouillait très bien. Il embrassait Mary Louise Schultz. Une flamme le parcourut qui le brûla et le fit défaillir. Mary Louise le sentit peut-être car elle remua, mal à l'aise, et il entendit sa respiration accélérée. « Artie ? Quelle heure est-il ? murmura-t-elle.

— L... l'heure ? Quelle heure ? Je ne sais pas. »

De l'autre côté du lac soulevé par le vent, des lumières clignotaient faiblement. Lake Erie Beach, l'Ontario. Le ciel nocturne était devenu poreux, lourd. À Willowsville, il avait été clair. Pendant l'excitation grisante du match, l'air avait été doux pour une fin octobre mais à présent, à des kilomètres de là, peu de temps après, l'air du lac était agité et froid. *Allez, mec ! Passe à l'essentiel ! On n'a pas toute la vie devant nous, on n'a même pas toute la nuit !* Art arrêta ces mots en bégayant : « M... Mary Louise ? Je crois qu'on peut dire que je suis... fou de toi ? » mais il avait parlé d'une voix étouffée, inaudible. Mary Louise détourna le menton pour éviter sa bouche avide. Poliment elle dit : « Art ? Je crois qu'on devrait y aller. Je regrette. » Art dit, contrarié : « Mais on vient juste d'arriver, Mary Louise ! Il est tôt. » Bon Dieu, il aurait retardé l'horloge du tableau de bord d'une demi-heure, s'il y avait pensé. Il essaya de l'attirer doucement contre lui ; elle se laissa faire, mais seulement à moitié ; comme un chat que l'on garde de force sur ses genoux, qui reste là, détendu, sans résistance, mais attend manifestement la première occasion pour sauter à terre. « Qu'est-ce que c'est que ce truc dur que je sens ? » s'écria soudain Mary Louise, en s'écartant violemment, et Art répondit aussitôt : « Le changement de vitesses. Désolé. » Il appuya la cuisse contre le levier pour l'en protéger. Déjà contusionné pour avoir été brutalement plaqué au sol pendant le match, il découvrirait au matin une dizaine de meurtrissures orange violacé sur ses cuisses. Il réfléchissait à la façon dont il pourrait discrètement déplacer son bras de quelques centimètres afin d'effleurer le sein droit de Mary Louise du dos de la main. Juste l'effleurer ! Le frôler ! Ça l'occuperait des semaines. Il avait renoncé à l'espoir déraisonnable de vraiment lui caresser le sein, comme d'autres types se vantaient de caresser les seins de leurs copines (Dwayne, Roger, Smoke, Tommy, entre autres), sans parler de refermer dessus une main compétente (ainsi qu'il le faisait dans certains rêves, souvent... hardiment et sans la moindre hésitation, comme si Mary Louise n'était pas Mary Louise mais un mannequin de caoutchouc très obligeant) ; il avait écarté jusqu'à l'idée de lui toucher les deux seins. Se disant *L'autre peut attendre. Un seul suffit.* Cela faisait des années, après tout : il avait remarqué pour la première fois les formes naissantes de Mary Louise Schultz pendant un cours d'algèbre de troisième quand, assis légèrement à l'oblique derrière la jolie fille aux joues rondes dont les parents fortunés fréquentaient les siens au club de golf, il s'était surpris à la contempler avec fascination pendant que M. Florio continuait son laïus sardonico-spirituel au tableau. À l'âge de quatorze ans, Art Lutz était stupéfait... l'aisance avec laquelle des filles comme Mary Louise Schultz habitaient leur corps ! Il se demandait si elles se regardaient avec émerveillement dans les miroirs. (Lui qui redoutait de tomber sur son reflet boutonneux et son torse rachitique dans une surface réfléchissante.) Avec hésitation maintenant, Art bougea le bras, tremblant du désir d'effleurer du dos de ses doigts le sein droit de Mary Louise, au moment même où, avec un mouvement nerveux et brusque, l'ombrageuse jeune fille se penchait en avant. « Artie ? Il est temps de rentrer. Je suis *désolée.* » Sans paraître entendre, Art embrassa Mary Louise plus fermement sur la bouche ; elle parut lui rendre son baiser... un instant. Elle eut un petit rire nerveux et se serait reculée si Art, inspiré, ou désespéré, ne l'avait prise par les épaules et embrassée avec plus de force, en tâchant de lui écarter les lèvres ; mais elles ne s'écartèrent pas d'un centimètre ; on les aurait dites scellées par de la colle. *Allez, ducon, active ! Le temps presse ! Ne me déçois pas.* La voix impatiente quoique affectueuse de Jamie lui parvenait de tout près, apportée par le vent, peut-être des vagues qui se brisaient sur la rive. Son pénis était gonflé de sang comme une grosse saucisse pimentée. À l'intérieur de son caleçon moulant et humide, son érection tressaillait d'une vie têtue. Il étouffa un sanglot à la pensée d'une autre nuit passée à se branler, et à se branler encore, comme un homme qui se pend compulsivement mais jamais de façon satisfaisante.

Il devrait toutefois admettre qu'il se sentit soulagé lorsque Mary Louise détacha sa bouche de la sienne. Il n'avait encore jamais embrassé de filles avec la langue. Même si souvent ces dernières semaines il avait glissé sa langue mouillée dans l'ouverture formée par son pouce et ses doigts repliés, il se disait qu'avec une vraie fille, une vraie bouche, ce devait être très différent. Il n'était pas certain de savoir s'y prendre, ni même de la raison pour laquelle il fallait le faire. *Bon Dieu, le gosse ! Tu as eu ta chance. J'en ai ma claque. Débrouille-toi tout seul.* Jamie s'éloignait, écœuré, consterné. Mais Art n'eut pas le temps de pleurer le départ de son frère parce que Mary Louise se tortillait et menaçait de lui échapper. Et le vent fraîchissait sur le lac. Un éclair déchira le ciel au-dessus de la rive canadienne, le tonnerre éclata en faisant un bruit de casserole, une pluie violente battit le pare-brise. Mary Louise étonna Art en murmurant d'un ton presque suggestif : « On est bien ici, hein ? J'adore la pluie. »

Audacieusement alors, car il n'avait rien à perdre, Art lança sa main droite à l'assaut du sein de Mary Louise. Il n'y eut pas de résistance. Il caressa ce sein... et toujours pas de résistance. Il embrassa Mary Louise pendant que ses doigts caressaient, et même pétrissaient. Son front luisait de sueur ; la turbulence entre ses jambes frôlait l'explosion. Sa vie sembla défiler à toute allure devant ses yeux comme un dessin animé de Disney : seize ans et huit mois ; élève de première à la popularité modérée ; ailier dans l'équipe de football américain du lycée, comme son frère Jamie l'avait été et comme son fils aîné Kevin le serait vingt-huit ans plus tard ; en filière sciences et maths avec B de moyenne, il aurait son diplôme de fin d'études et fréquenterait la faculté de son père, Colgate ; il serait coopté dans le club d'étudiants de son père, Deke ; sa licence de lettres de Colgate en poche, il décrocherait un MBA à Cornell ; il reviendrait à Willowsville mi-contrarié mi-soulagé prendre la place qui l'attendait chez Lutz MagiNett, Inc., Delaware Avenue, Buffalo ; à vingt-sept ans, il serait marié, et à vingt-neuf il serait père pour la première fois, et cela semblerait, sur le moment, une suite d'actions raisonnables, au moins aux yeux de ses parents. Après les premiers mois de rapports amoureux extatiques avec sa jolie épouse effrontée, blonde et bouclée, étudiante Khi Oméga en enseignement primaire à Cornell, il se surprendrait à évoquer dans ces moments-là le souvenir douloureusement vif de Mary Louise Schultz telle qu'elle avait été dans la voiture de Jamie ce soir-là. Les lèvres serrées pincées de Mary Louise, le sein ferme en poire qu'il avait tenu, ou cru tenir, dans sa main. *Je l'aimais. Je l'aime. Mon Dieu !* Son orgasme comme de la soie grège se déchirant dans ses entrailles. Comme il n'en avait jamais connu, pas une seule fois, avec la vraie Mary Louise Schultz avec qui il sortirait pourtant, par intermittence, en première et en terminale jusqu'à ce qu'elle parte pour Vassar et lui pour Colgate. Il apprendrait son mariage, la naissance de ses enfants. Il rêverait d'elle, ou de quelqu'un lui ressemblant, sautant en l'air, cheveux noirs lustrés au vent et bras formant le V de la victoire. Et des années plus tard, séparé de son épouse blonde bouclée, las à l'oublier de son épouse blonde bouclée, Art Lutz s'assoupirait pendant ses longs voyages assommants entre Buffalo et L.A., L.A. et Buffalo, et rêverait des seins de jeune fille parfaits de Mary Louise Schultz, qu'il prendrait avec douceur dans ses mains déférentes d'adorateur. Tandis que le vol 283 de L.A. — arrivée prévue à Buffalo, 19 h 40 — vibrait à dix-neuf mille pieds au-dessus de Springfield dans l'Ohio par un soir neigeux de février, et qu'un Art Lutz de quarante et un ans fermait les yeux en s'accrochant à une image d'une Mary Louise Schultz adolescente, en même temps que, comme les autres passagers de l'avion, il goûtait la terreur d'une dissolution imminente.

Mary Louise s'écarta avec brusquerie, rajustant avec gêne son blazer, soulevant ses cheveux de sa nuque humide. Ce fut alors qu'Art se rendit compte que ce n'était pas le sein de Mary Louise qu'il tenait mais son écharpe en boule et le revers de son blazer. Il retira aussitôt son bras de ses épaules, dépité. Il avait le bras tout ankylosé, un engourdissement qui partait de l'aisselle droite. Et son aisselle était trempée de sueur.

« Artie ? S'il te plaît. Je veux *rentrer*.

— Ou... oui. Bien sûr. Désolé. »

Il aurait dit oui à n'importe quoi. À l'aveuglette, il démarra. Il était déconfit, humilié, mais en même temps euphorique. Il avait joué dans une équipe gagnante, ce soir-là, la foule leur avait hurlé des encouragements, et même s'il n'avait pas fait partie des grandes stars, comme Jamie « le Taureau », il avait joué dans une équipe gagnante. En voyant l'expression d'Art quand il l'avait fait sortir au bout de moins de dix minutes de jeu mouvementées dans le dernier quart d'heure du match, l'entraîneur avait dit gentiment : *On ne peut pas tous marquer des buts. On ne peut pas tous être Dwayne Hewson.* Mary Louise Schultz l'aimait bien, manifestement. Elle l'avait laissé l'embrasser et il l'embrasserait encore. Et encore. Il l'embrasserait avec la langue aussi, un jour. Il lui dirait ce qu'il éprouvait pour elle. Elle rougirait, elle rirait, embarrassée. Mais elle dirait peut-être *Je crois que je t'aime aussi, Artie.* Elle le dirait peut-être. C'était possible. Il emporterait cette possibilité partout avec lui comme une flamme précieuse que l'on protège de sa main. Il jeta un regard plein d'amour à Mary Louise pendant qu'ils roulaient dans Main Street, en direction de Willowsville ; il vit que la jolie jeune fille aux joues rondes se regardait dans un petit miroir, réparant à la hâte les dégâts subis par son rouge à lèvres. Une telle intimité !... comme si c'était la chose la plus naturelle au monde. Art pensa à John Reddy, inondé d'un sentiment de gratitude.

Merci, John Reddy. Tu as rendu tout cela possible !

13

Le second procès de *l'État de New York contre John Reddy Heart* se déroulerait beaucoup plus rapidement que le premier. Après neuf jours d'audition des témoins, les deux parties prononceraient réquisitoire et plaidoirie, et le jury se retirerait pour délibérer un jour entier, puis un deuxième jour, et une partie de la matinée suivante. Dans un état de tension presque insupportable, nous écoutions des transistors illicitement introduits dans le lycée, cachés dans nos casiers et nos bureaux. Nous restions assis des heures dans les voitures des uns et des autres, à fumer, à écouter notre station rock-pop WWBN-AM, en attendant l'interruption d'un bulletin d'informations. *Et maintenant, en direct du tribunal du comté de l'Érié... le verdict dans l'affaire John Reddy Heart ! Vous êtes prêts, les amis ?* Notre animateur Smilin' Jack Daniel nous tourmentait cruellement. Mais il nous était impossible de ne pas écouter. Nous nous réunîmes pour veiller et passâmes une grande partie de ces deux nuits sans dormir. De nouvelles amitiés se formèrent soudain entre nous, tandis que d'autres, plus anciennes et apparemment stables, volaient en éclats. Nous étions dans un état d'attente extatique. Nos parents et nos professeurs nous criaient après ; nous étions sourds. Il semblait impossible que John Reddy Heart fût déclaré coupable de meurtre et condamné à la prison à vie — « Dieu ne permettrait pas une chose pareille. Je le sais. Il *ne peut pas* le permettre. » Mais Evangeline Fesnacht disait avec son sourire mélancolique, que certains d'entre nous jugeaient à tort suffisant : « S'il est coupable, il est coupable. John Reddy le sait. Il attend un sort juste. »

Chacune des parties, accusation et défense, avait manifestement tiré les leçons du premier galop d'essai. Le juge Schor que nous croyions notre ennemi se montra énergique et neutre et avait sans doute appris à dissimuler sa répugnance pour John Reddy. Dépositions de la police et des experts furent élaguées et condensées de façon à réduire au minimum l'ennui de l'assistance ; Dill, plus sage, n'appellerait pas Farley Heart à la barre des témoins. Les contre-interrogatoires de Roland Trippe furent moins teintés de sarcasmes. Il s'habilla moins élégamment. Il semblait rivaliser avec son adversaire Dill pour paraître sérieux, sincère, sans duplicité. Il s'adressa souvent aux jurés comme s'ils étaient seuls ensemble, ses pairs, « embarqués dans une quête commune de justice tempérée de clémence ». À la table de la défense, John Reddy Heart parut moins figé. Ceux d'entre nous qui assistèrent aux séances rapportèrent qu'« il ne se ressemblait pas vraiment mais qu'on pouvait tout de même le reconnaître, à peu près. » Il avait la peau couleur de lait caillé et, sous les yeux, des cernes profonds comme des empreintes de pouce. Un tic faisait palpiter ses paupières. Fréquemment, pendant les dépositions des témoins, il se lécha les lèvres (Bibi Arhardt regretta de ne pouvoir lui passer son tube de baume !) et bougea ses épaules musclées dans son costume ajusté de serge bleu marine, mais pas une seule fois (pour autant que nous le sachions) il ne se retourna pour regarder Dahlia Heart ou le vieux M. Heart assis presque exactement derrière lui, pas plus qu'il ne regardait dans leur direction quand les surveillants le faisaient entrer, menotté et la tête fièrement levée, dans la salle d'audience.

À ce moment-là encore, la plupart d'entre nous s'attendaient à ce que John Reddy témoignât. Il nous fut pénible de réaliser que, pour une raison inconnue, il ne le ferait jamais.

Il ne veut pas jouer leur jeu pourri, voilà tout. C'est tout à son honneur !

Il est coupable. Tout le monde s'en rendrait compte.

Ce n'est qu'un gosse. Franchement, il est terrorisé.

Lui ? Un gosse ? Vous avez vu ces yeux ?

Je reconnais des yeux de tueur quand je les vois.

C'étaient des jours fous, grisants. Les rumeurs couraient dans Willowsville, capricieuses comme des rafales de vent. Tantôt dans une direction, tantôt dans une autre. On n'était même pas à la mi-novembre mais déjà — nous étions perversement fiers d'habiter la « Snow Belt », coincée entre deux grands lacs immenses et maussades — nous avions de la neige jusqu'aux chevilles à cause d'une tempête de neige éclair qui avait coupé le courant dans certains coins ruraux du comté de l'Érié. Au lycée, une des rumeurs prétendait que Sasha Calvo était revenue à Willowsville pour témoigner au procès de John Reddy. Elle déclarerait qu'il était avec elle au moment du meurtre de Riggs... et donc innocent. (Ce qui laissait... qui donc ?... comme meurtrier. Peut-être Dahlia Heart. Peut-être le vieux M. Heart — « C'était son arme. » Ou mieux encore, comme le suggéra Bart Digger : « L'autre petit ami de Mme Heart, M. Rush, qui est peut-être revenu après avoir été chassé par Riggs. ») Il était également possible que Sasha eût été citée à comparaître par l'accusation, qui la contraindrait à révéler des faits compromettants pour John Reddy. Bien que Sasha ne fût pas revenue à l'école, tout le monde assura soudain l'avoir aperçue. Sandi Scott dit avoir vu ses parents et elle « entrer l'air plutôt honteux » dans le bureau de M. Stamish. Sortant un soir du Glen Theatre à une heure tardive, Ken Fischer et Bonnie Patch rapportèrent avoir vu Sasha dans une voiture conduite par l'un des frères Calvo, dans Main Street. (Ken et Bonnie formaient un nouveau couple étonnant et controversé. Bonnie était une élève de terminale qui conduisait sa propre Fiat de sport et se vantait de « s'envoyer » des sportifs séduisants plus jeunes qu'elle.) Une rumeur plus dérangeante prétendait que Sasha était enceinte. (« Oh mon Dieu. Est-ce qu'il va être obligé de l'épouser ? Je me tuerais », s'écria Verrie Myers, le cœur brisé.) Evangeline Fesnacht, pleine de dédain pour toutes les rumeurs à l'exception de celles qu'elle-même propageait, expliqua avec calme qu'il était peu probable que Sasha fût enceinte étant donné que John Reddy était en détention depuis la mi-mars — « Si elle avait été enceinte à ce moment-là, ce que rien ne prouve, elle aurait déjà eu l'enfant. » Mais ce raisonnement, à son tour, se mua en une nouvelle rumeur que même nos professeurs et nos parents colportèrent. En fait, elle fut répandue au lycée par Trish Elders (déjà au bord de la dépression nerveuse, disait-elle — on en était à la seconde semaine du procès de John Reddy) qui entendit par hasard sa mère murmurer au téléphone à une amie, d'un ton choqué : « Tu connais la nouvelle, Sallie ? Cette petite Calvo a eu un enfant. C'est pour ça qu'elle est partie. Ses parents l'ont envoyée... à Brooklyn, je crois. Ou en Italie. Un petit garçon qui dit-on *ressemble à John Reddy Heart comme deux gouttes d'eau.* »

La rumeur qui perturba le plus nos parents était ancienne, et refaisait simplement surface. Elle voulait que Dahlia Heart eût tenu un « journal intime » de ses amitiés avec des hommes de la région de Buffalo. Pas mal d'hommes. Et des hommes importants. Skip Rathke de l'Alimentation du Village était une mine d'informations sur le sujet : il tenait d'une « source plus que sûre » dans le service de police de Willowsville que Mme Heart avait été liée avec tous les hommes importants de la région ou quasiment. « Mel Riggs, cette pauvre andouille, n'était qu'un numéro parmi d'autres. » Il y avait le maire de Buffalo, Dorsey ; il y avait la vedette de télévision locale, Chris Durrell. Il y avait le voisin des Heart, Aickley Thrun, un homme d'affaires et philanthrope à la retraite que l'on avait vu pénétrer dans la propriété des Heart le lendemain du meurtre de Riggs, malgré le ruban jaune interdisant très visiblement l'accès au lieu du crime. Il semblait un secret de polichinelle que le directeur de la police de Buffalo avait imposé à la police suburbaine de Willowsville de « faire disparaître » le journal de Mme Heart parce que des notables locaux y étaient nommés. Le père de Roger Zwaart déclarait : « Il y a eu des pots-de-vin, à n'en pas douter. Nous attendons de voir si certains noms seront divulgués à la presse tandis que d'autres seront tus. » Un oncle de Scottie Baskett, également avocat, laissa entendre que plusieurs « noms » potentiels l'avaient contacté en s'attendant à être dénoncés. « Cette affaire "Dahlia Heart" pourrait bien cacher non seulement des pots-de-vin mais des histoires de chantage et d'extorsion. » Il semblait que tout le monde sût que le père de Bo Bozer, séparé de Mme Bozer, renvoyé d'un poste qu'il avait occupé des années et accablé de dettes, « mais toujours amoureux de Dahlia Heart », avait tenté de se suicider dans un motel de Batavia en avalant une grande quantité de barbituriques ; raison pour laquelle Bo se démenait comme un diable sur le terrain de football, stupéfiant ses coéquipiers par son endurance et sa témérité, et raison pour laquelle, croyait-on, l'entraîneur avait fait en sorte qu'il voie « un genre de "psychiatre pour adolescents" ». Shelby Connor nous étonna en disant avec amertume, un soir où nous étions toute une bande à regarder les nouvelles régionales de six heures dans la salle de séjour des Myers, vers le cinquième jour du procès de John Reddy, que son père avait quitté la maison ce matin-là à cinq heures du matin soi-disant pour aller à New York, mais qu'elle croyait en fait, pour avoir entendu sa mère au téléphone parler à des amies en pleurant, que son père avait eu une liaison avec Mme Heart et qu'il avait décidé d'avouer avant que ça fasse les gros titres des journaux — « Ma mère était au trente-sixième dessous. Comme si on lui avait assené un coup de marteau. »

Dans le téléfilm tapageusement glamour *Les Amours du Dahlia blanc,* la belle actrice blonde qui jouait Dahlia Heart était présentée comme une femme froide et calculatrice ; sous le prétexte de s'établir comme femme d'affaires dans une banlieue de Buffalo semi-mythique appelée « Williamsville », elle extorquait des prêts et des dons à plusieurs hommes entre deux âges, naïfs et amoureux ; réussissait à se faire admettre dans le country club le plus prestigieux de la région, dont l'un de ses amants était membre du conseil de direction (l'une des nombreuses scènes torrides du film se déroulait, de façon appropriée, dans un sauna) ; par pur amour du mal (il y avait de nombreux gros plans provocants de « Dahlia Heart » s'admirant avec une joie mauvaise dans un miroir en pied), elle dressait ses amants les uns contre les autres, brisait les mariages et négligeait sa propre famille ; à notre horreur et à notre écœurement, elle était présentée comme une mère quasi incestueuse qui, dans plusieurs scènes suggestives, faisait des avances à son superbe adolescent de fils. Les bandes-annonces étaient évocatrices : *L'ultime tentation d'une mère, L'ultime vengeance d'un fils.* Et : *Elle menait les hommes — hommes de pouvoir, hommes de passion — à leur perte. Elle n'eut jamais de regret... sauf une fois.* Le plus décevant du film était le portrait qu'il faisait de John Reddy : un adolescent chahuteur membre d'une bande de motards, qui se droguait, se bagarrait et couchait avec des filles vêtues de cuir censées être des adolescentes mais jouées par des actrices qui ressemblaient plutôt à des prostituées. Ce John Reddy-là était *trop beau.* L'un des rares éléments à peu près véridiques du film était le moment où John Reddy entraînait des membres de sa bande de motards, les Vengeurs, dans un parc où ils dérouillaient des jeunes des banlieues chic pour venger l'honneur d'une belle Italienne qui avait été violée par l'un d'entre eux. Mais le John Reddy du film (joué par une jeune star de feuilletons télévisés qui ferait une courte carrière à Hollywood, et mourrait d'une overdose de cocaïne à l'âge de vingt-trois ans) n'était pas notre John Reddy. Et il n'avait en fait qu'un rôle relativement mineur dans le film !

Dans *Les Amours du Dahlia blanc* il n'y avait qu'un procès. John Reddy n'y témoignait pas davantage qu'il ne l'avait fait dans la réalité. Mais lorsque, point culminant du film, Dahlia s'avançait à la barre, son faux témoignage était entrecoupé de flash-backs de la scène du meurtre, afin que le spectateur puisse voir que, quoiqu'elle prétende ne pas avoir vu ce qui s'était passé, et sous-entende que le meurtrier était évidemment son fils, c'était en réalité elle qui lui avait tendu le revolver en le poussant à tuer son amant — « Si tu es un homme, prouve-le ! » (Tout tournait autour des trafics financiers louches de Dahlia Heart, et du fait que Melvin Riggs eût refusé de divorcer pour l'épouser, en dépit de son insistance.) Cette mauvaise « Dahlia Heart » ressemblait de façon troublante à l'original, mais le film ne cherchait à aucun moment à laisser entrevoir une femme vulnérable, perdue, une femme-enfant tendre, naïvement confiante et optimiste à sa façon. Beaucoup d'entre nous pensaient que la mère de John Reddy était plus que la somme de son allure et de sa conduite glamour. Nous ne la haïmes jamais comme nos mères. Même si elle ne nous fascinait pas autant qu'elle fascinait les garçons. (Des dizaines d'années plus tard, Dougie Siefried avouerait rêver encore de Dahlia Heart. « Bien qu'elle soit devenue une sorte d'idée abstraite, vous voyez ? Un peu comme une véritable érection finit par devenir une abstraction à un certain point de la vie d'un homme. »)

Les filles adultes du Cercle se rappelleraient, avec un frisson, ce jour où elles avaient épié Dahlia Heart et sa petite fille (dont nous n'arrivions jamais à nous rappeler le nom... Shirley ? Kathleen ?) au Crystal. Ces mots troublants qu'elle avait adressés à la serveuse : *Je sais ce que c'est d'être debout toute la journée, Gloria... c'est l'enfer.*

Nous nous demandions ce qu'était devenue Dahlia Heart après le procès. Ce que nous entendions dire était en général contradictoire et vague. Elle avait déménagé, naturellement. Elle avait disparu. Même John Reddy ne savait pas où elle était allée. Elle avait changé de nom... et de couleur de cheveux. Elle s'était mariée. Elle avait repris son ancienne vie de croupière à Las Vegas. Elle avait repris son ancienne vie de prostituée à Las Vegas. Elle y était morte d'une overdose. Elle était morte d'une overdose à Los Angeles.

Elle avait épousé un homme riche, s'était installée avec lui dans son ranch de quatre cents hectares au Nouveau-Mexique, et ils vivaient heureux...

*
* *

Le cinquième jour du procès, l'accusation appela Dahlia Heart à la barre.

Si, dans *Les Amours du Dahlia blanc*, le faux témoignage de « Dahlia Heart » était le point culminant du film, dans la réalité son témoignage, prononcé dans une salle d'audience qui retenait son souffle, fut court et peu concluant. Elle était, en termes juridiques, un témoin hostile... un témoin pour la défense, mais que l'accusation pressait de témoigner. Dill, qui avait tiré les leçons de son expérience avec Farley Heart, se montra d'une extrême prudence dans ses questions. « On ne peut faire confiance à aucun témoin pendant un procès, nous dit le père de Roger Zwaart. Mais c'est encore plus vrai d'un témoin hostile. »

Tout le monde dévisageait avidement Dahlia Heart. La mère de « l'assassin présumé ». La femme qui avait été la cause de la « fin prématurée » de Mel Riggs. Étonnamment, Mme Heart ne ressemblait pas à une Marilyn Monroe ou à une Kim Novak voluptueuse, mais à une beauté plus fragile, plus vulnérable, plus *distinguée*, du genre de Grace Kelly. Sa tenue était très étudiée (Roland Trippe y était-il pour quelque chose ?) : elle portait un tailleur de lin blanc avec un chemisier de soie blanche sous la veste-fourreau ; sa jupe évasée tombait sagement à mi-mollet. Bas pâles scintillants. Autour de son cou mince, un chaste rang de perles. Ses cheveux blonds semblaient avoir des reflets argent et étaient relevés en chignon. Son maquillage était discret, léger : « naturel ». Sur ses ongles, d'une longueur modérée, un vernis argent nacré. Lorsqu'elle enleva ses lunettes noires pour faire face à son interrogateur, tout le monde dans la salle d'audience comble se dit *Voilà une mère éplorée !* Car ses beaux yeux étaient mélancoliques, cernés de fatigue. *Voilà une mère éplorée et repentante !* Dill commença son interrogatoire avec précaution. Il ferait allusion, mais sans pouvoir insister car c'était là un témoignage irrecevable, aux « relations d'affaires » louches de Mme Heart avec d'autres hommes que Riggs ; il ferait allusion, mais sans pouvoir insister, aux relations ambiguës, carrément suspectes selon certains, que Mme Heart avait entretenues avec le défunt colonel

Edgihoffer. Si Dill posait une question trop inquisitrice — « Comment définiriez-vous exactement votre relation avec le défunt Melvin Riggs, madame ? » —, Dahlia Heart frémissait comme s'il avait levé la main pour la frapper. « On aurait dit une pièce de théâtre, raconta Verrie Myers avec excitation, car finalement Trish Elders, Millie LeRoux et elle avaient osé manquer les cours pour assister au procès, habilement déguisées en dignes matrones grâce à des fards de théâtre et à des vêtements démodés discrètement empruntés dans les penderies de leurs mères. Il n'y avait de réel que ce que l'on *voyait*. Tout se passe *maintenant.* »

Les filles furent captivées par le témoignage de Dahlia Heart, bien que, assises au fond de la salle d'audience, à l'extrême droite, leur champ de vision fût limité. Elles furent distraites par ce qu'elles apercevaient de John Reddy à la table de la défense : l'arrière de sa tête, ses cheveux noirs coupés court. (Redoutant de se faire prendre, elles s'efforçaient de passer inaperçues. Elles ne purent qu'entrevoir fugitivement le visage de John Reddy, ou son profil, vers la fin de la séance, lorsque des gardiens l'emmenèrent et que, l'espace d'un instant, il parut se retourner, regarder autour de lui comme quelqu'un qui a entendu son nom — « Je jure que John Reddy m'a vue. Nos regards se sont croisés. Juste une fraction de seconde. Je n'ai pas osé lui faire signe, bien sûr. Lui non plus. Mais... » murmura Verrie. Trish pensait que ce n'était pas impossible mais Millie, la plus flegmatique et sceptique des filles du Cercle, dit carrément que John Reddy n'avait même pas tourné la tête.)

Dahlia Heart parlait d'une voix entrecoupée, si bas

que Dill dut lui demander de parler plus fort. Elle soutint qu'elle avait été « parfaitement étonnée... choquée » de voir ses amis M. Rush et M. Riggs venir chez elle le soir du 18 mars, sans y avoir été invités, séparément, car ni l'un ni l'autre ne l'avaient jamais fait, et elle n'avait eu avec M. Rush que des relations « purement professionnelles qui avaient pris fin peu de temps auparavant ». Pour Melvin Riggs, reconnut-elle avec hésitation, c'était différent. Oui, elle avait eu une « liaison sentimentale » avec ce monsieur pendant quelques mois. Il lui avait dit au début qu'il était légalement séparé de sa femme et, lorsqu'elle avait appris qu'il n'en était rien, elle avait insisté pour rompre — « Je ne suis pas le genre de femme qui fréquente les maris d'autres femmes. Je respecte l'institution du mariage. Je respecte l'intégrité morale et la fidélité. Je ne pourrais pas vivre avec moi-même si ce n'était pas le cas. »

Dill demanda, avec une pointe d'ironie : « Vous n'avez jamais eu de "liaison sentimentale" avec un homme marié, madame ? Espérez-vous vraiment que la cour vous croie ? »

Dahlia Heart répondit, blessée : « Jamais sciemment, monsieur ! Mais les hommes — vous devez le savoir — ne disent pas toujours la vérité. Surtout à une femme. »

Dahlia Heart poursuivit son témoignage en disant que, dans un premier temps, Riggs avait paru respecter ses sentiments ; il avait cessé de lui téléphoner à des heures indues. Il lui avait prêté de l'argent — moins de cinq mille dollars, en liquide, « uniquement à des fins de placements » — et elle espérait le rembourser bientôt, ce qu'il savait ; mais pour une raison ou une autre, il était arrivé chez elle, à l'improviste, ivre et, par pure coïncidence, au moment où Rush partait ; les deux hommes s'étaient querellés, et elle avait commis une erreur, « une erreur tragique que je donnerais tout au monde pour pouvoir réparer », en permettant à Riggs de rester près d'elle comme il l'en suppliait. « Cet homme avait un certain pouvoir sur moi... il pouvait être si charmant, si chaleureux, si convaincant... et si cruel. » Moins d'une heure plus tard, il l'injuriait et la menaçait. Il avait commencé par dire qu'il l'aimait et souhaitait l'épouser ; lorsqu'elle objecta qu'elle ne pourrait jamais faire confiance à un homme qui avait trahi sa femme, il devint méchant ; elle devait reconnaître, à sa grande honte, qu'ils avaient tous deux bu du whisky — « Mcl aimait le whisky sec. Quand il commençait, il semblait incapable de s'arrêter. » Ensuite, cela avait été un cauchemar de menaces, de coups, de cris, de hurlements... « et d'un seul coup, quelqu'un essayait de me ranimer. Un urgentiste ! Apparemment, j'étais couchée en travers d'un lit, dans un endroit que j'étais incapable de reconnaître alors que c'était ma propre chambre à coucher. J'avais le visage enflé, plein de sang, et une douleur qui me trouait le crâne. J'étais terrifiée. Je savais que quelque chose de terrible s'était passé mais je ne savais pas quoi. » Dahlia Heart parlait si bas que Dill dut de nouveau la prier d'élever la voix. Elle dit, en appuyant une main contre sa poitrine, comme si elle avait le souffle court : « Je n'avais entendu aucun coup de feu, je le jure. Tout se confondait avec cet homme terrible qui me criait après. Et ma tête que l'on martelait à coups de poing. Je regardais ces inconnus — des urgentistes, des agents de police — et je n'arrivais pas à comprendre pourquoi ils étaient là. J'avais peur pour mes enfants... ma petite fille surtout, elle est si sensible, si craintive... j'espérais qu'il ne lui était rien arrivé, ni à mon autre enfant... mon autre petit garçon, Farley. J'ai dû voir le corps de M. Riggs sur le sol, mais... je ne me rappelle pas l'avoir vu. À aucun moment je n'ai vu John Reddy, cette nuit-là. Je pensais qu'il n'était pas là, qu'il était sorti avec des amis, et il lui arrivait de rentrer tard parfois, même les jours de semaine, c'est un enfant mûr, il lui a fallu être mûr presque toute sa vie, parce qu'il a grandi dans une famille où il n'y avait pas de père. Pour autant que je sache, John Reddy n'avait jamais rencontré Melvin Riggs. Il n'avait jamais vu Melvin Riggs. Je... ne crois pas qu'il ait tué Melvin Riggs. Je ne... » Sa voix s'éteignit. Elle s'était mise à pleurer, et se tamponnait les yeux de son mouchoir. « Je ne peux pas croire que mon fils ait pu agir de la sorte sauf peut-être... peut-être... pour se défendre, ou pour me défendre... moi. »

Le silence régnait dans la salle d'audience. John Reddy Heart était assis à la table de la défense, la tête dans les mains, le bout des doigts pressé contre ses yeux clos. On voyait sa tension à son dos et à son cou, dit ensuite Trish Elders. « Tout le monde regardait Mme Heart et essayait de comprendre... Qu'avait-elle dit ? Que John Reddy n'avait pas tué Melvin Riggs mais que s'il l'avait fait, c'était pour une bonne raison ? *Ouaouh.* »

Dill n'avait d'autre solution que de poursuivre son interrogatoire, en risquant de paraître grossier, goujat. Il dit, sèchement : « Vous affirmez ne pas avoir vu votre fils avec un revolver à la main, madame ? Ni avant ni après la mort de Melvin Riggs ? Vous en êtes sûre ?

Vous ne lui avez pas non plus parlé avant qu'il s'élance hors de la maison avec cette arme ?

— Je ne vois pas comment cela aurait été possible, monsieur. Si j'étais sans connaissance.

— Si vous étiez sans connaissance ?

— Je l'étais. J'avais été battue. Punie. Oh mon Dieu, c'est tout ce que je mérite. »

Dahlia Heart se mit à sangloter. Dill dit aussitôt : « Merci, madame. Vous pouvez vous retirer. » Mme Heart se leva lentement et, aussitôt, vacilla, défaillit. Dill la rattrapa maladroitement et l'espace d'un instant il sembla que le couple — la belle femme blonde vêtue de blanc éblouissant, le quinquagénaire dégarni en costume gris — s'étreignait.

Un cri retentit. John Reddy s'était levé d'un bond pour s'élancer vers sa mère, mais deux gardiens en uniforme l'empoignèrent aussitôt. Il se débattit, les bouscula ; ils lui tordirent habilement les bras dans le dos et l'eurent menotté en l'espace de quelques secondes.

Quelques observateurs affirmèrent que John Reddy avait crié : « Mère ! » D'autres affirmèrent l'avoir entendu jurer. « Tout était terminé avant même que nous nous rendions compte qu'il se passait quelque chose, raconta Verrie, haletante. Pauvre John Reddy ! Nous avons failli avoir un crise cardiaque, nous pensions qu'on allait lui *tirer dessus.* »

Aaron Leander Heart, à qui le *News* donna soixante-douze ans et le *Courier-Express* soixante-seize, fut également appelé à la barre, lui aussi en qualité de témoin hostile. Quoique les rapports de police aient dû indiquer à Dill qu'il ne tirerait rien de concluant du vieil homme. M. Heart avait énormément vieilli depuis le mois de mars... au point que cela donnait un choc. Il avait maigri et ses joues étaient hâves, striées de rides ; des plis de chair pendaient à son cou. Ses mains tremblaient comme s'il était atteint d'un Parkinson. Ses yeux étaient toujours aussi pénétrants mais enfoncés et ternes. Lorsqu'il vint s'asseoir, le pas mal assuré, dans le fauteuil du témoin, face à la salle, Trish murmura à l'oreille de Verrie : « C'est lui ? *Notre* M. Heart ? » Nous nous rendîmes compte qu'il y avait des mois que nous ne l'avions pas vu rôder dans le village avec son sac de bouteilles sur l'épaule. Nous avions pris l'habitude de le voir et il n'avait absolument pas changé, nous l'aurions juré, depuis son arrivée à Willowsville des années auparavant, pas plus que les pères Noël en plastique d'un mètre cinquante qui décoraient le centre du village pendant les fêtes ne changeaient d'une année sur l'autre. Certaines choses sont si familières, si ennuyeuses et rassurantes, que l'on n'a jamais vraiment besoin de les regarder. On a juste besoin de savoir qu'elles sont là.

Mais maintenant, à n'en pas douter, le grand-père de John Reddy était *vieux*.

À la barre, M. Heart parla d'une voix lente, chevrotante. Non monsieur, dit-il à Dill, il n'avait pas vu John Reddy ce soir-là, il n'avait pas parlé à John Reddy et il n'était même pas sûr d'avoir entendu des coups de feu — « Si j'ai entendu quelque chose, j'ai peut-être pensé que c'était le tonnerre, monsieur. Le temps était orageux, si je me souviens bien. C'est une région de tempêtes et d'orages par ici, vu qu'on est entre ces deux grands lacs. On dit que c'est parce qu'il y a trop d'électricité. L'humanité n'a pas été faite pour supporter trop d'électricité dans l'air. Il faut que ça se décharge, et nombreuses sont les victimes. Si j'avais entendu ces détonations, et je ne dis pas que je les ai entendues, seulement si, parce que je n'étais pas dans cette partie-là de la maison, j'aurais pensé que c'était le tonnerre, monsieur. Oui, m'sieur, je me serais dit : "C'est le tonnerre." Et j'aurais été prêt à parier une belle somme là-dessus. »

Dill lui posa encore quelques questions, mais c'était sans espoir. Le vieux M. Heart ne se laissait pas davantage manier qu'une bande de chats errants. Lorsque Roland Trippe prit le relais, il profita de l'occasion pour lire à la cour un mot du médecin d'Aaron Leander Heart : « M. Heart souffre de troubles neurologiques affectant sa mémoire et ses processus de pensée. Ces troubles sont intensifiés par le stress et probablement liés à son âge avancé mais ne doivent pas être confondus avec la maladie d'Alzheimer. » Aaron Leander Heart fut donc dispensé de témoigner, et Roland Trippe l'aida à quitter la barre.

Quels qu'aient été les événements qui, la nuit du 18 au 19 mars, avaient abouti à la mort définitive de Melvin Riggs, ils se révélèrent n'avoir laissé dans la mémoire de la famille Heart... qu'un blanc.

Le témoignage surprise du procès — et son tournant — fut celui de Laetitia Riggs, la veuve de Melvin Riggs. Un témoin à charge. Laetitia Riggs s'avança à la barre avec apparemment plus d'assurance que les témoins précédents. C'était une petite femme compacte aux joues pleines, avec une bouche en cerise au pli décidé. Son visage semblait coloré par un embarras permanent. Elle paraissait hors d'haleine. Bibi Arhardt dit qu'elle avait « l'air d'une joueuse de hockey, trente ans après ». Elle était en noir : tailleur de laine vague aux épaules larges, chaussures noires vernies. Un contraste saisissant avec le « Dahlia blanc ». Il fut observé que, pendant la déposition de Mme Riggs, Mme Heart se tint particulièrement immobile, lunettes noires lui dissimulant la moitié du visage et mains sagement croisées sur les genoux. Tout le monde à Willowsville savait que Laetitia et Melvin Riggs étaient un de ces couples, et ils étaient nombreux, qui menaient des vies séparées, fort différentes. Melvin Riggs le propriétaire du High Life, Melvin Riggs le copropriétaire des Buffalo Hawks, Melvin Riggs l'homme politique local... le côté glamour et agressif de la personnalité publique de Riggs avait fort peu à voir avec Laetitia, fille d'une vieille famille fortunée de la région. « Naturellement, cet homme a épousé Laetitia pour son argent. À quoi pouvait-elle s'attendre d'autre ? » Il y avait de la pitié, mais peu de compassion. Melvin Riggs avait deux grands enfants d'un premier mariage mais Laetitia et lui étaient, selon les termes mélancoliques de Laetitia, « sans enfant » — ainsi qu'elle l'avait dit naïvement à ses amies de la Ligue des femmes. Mme LeRoux racontait comment elle avait suggéré à Laetitia, avec délicatesse, que Melvin et elle pourraient peut-être envisager la possibilité d'adopter un enfant — « Et, bonté divine ! elle m'a regardée fixement, en disant : “Vous êtes sérieuse ? Courir un pareil risque ? Sans connaître les ascendants d'un enfant ? Melvin en serait bien capable, cet homme-là adore les paris, mais pas moi, merci !” » On pensait à Willowsville que depuis le meurtre de Riggs, et le scandale public, Laetitia faisait une dépression nerveuse et qu'elle s'était réfugiée chez des parents dans une autre partie de l'État, mais la femme qui entra dans la salle d'audience cet après-midi-là ne semblait ni ravagée ni malade. « Ce que nous avons vu chez Laetitia Riggs, quoique nous soyons trop jeunes à ce moment-là pour savoir ce que c'était, dirait Trish Elders des années plus tard, c'était l'éclat de la fureur... d'une pure rage féminine. »

Dill commença son interrogatoire en faisant allusion avec compassion au deuil récent de Mme Riggs et en s'excusant d'avoir à « réveiller la douleur du chagrin ». Courtoisement, il demanda à Mme Riggs de décrire à la cour ce qu'elle savait des affaires de son défunt mari et de ses « relations personnelles » avec Dahlia Heart dans les mois qui avaient précédé le meurtre. Mme Riggs, le poing serré sur un mouchoir, parla avec précaution, d'un ton un peu brusque, comme si elle récitait un discours préparé. De temps à autre, elle jetait un regard aux jurés comme pour juger de l'effet produit par ses paroles. (Ils étaient imperturbables, indéchiffrables. Un jury ressemblant au précédent : une majorité d'hommes et de femmes entre deux âges, tous blancs. Personne ne semblait visiblement fou.) Avec véhémence, Mme Riggs nia savoir quoi que ce fût des affaires et des « relations personnelles » de son défunt mari. Elle nia absolument qu'il lui eût demandé le divorce ou même une séparation. Elle soutint que, bien qu'on ne les vît pas souvent ensemble en public, en raison de la passion qu'avait Melvin pour son travail, ils étaient unis par un « lien conjugal profond, spirituel », reposant sur « vingt-six ans de confiance et de compréhension mutuelles ». Ils s'étaient mariés à l'église luthérienne et tous deux avaient observé ses commandements fondamentaux. Elle convenait que, en sa qualité d'homme d'expérience, d'homme d'affaires et d'homme politique à l'esprit de compétition très développé, son défunt mari s'était fait quelques ennemis, mais c'était dans l'ordre des choses. « Melvin disait toujours : "Je suis un homme d'affaires, pas une dame patronnesse." » Mme Riggs eut un rire âpre. Elle se tamponna maladroitement les yeux, laissa échapper son mouchoir, et lorsque Dill se baissa galamment pour le ramasser, ce fut son sac à main qui glissa de ses genoux et tomba, avec fracas, en déversant une partie de son contenu sur le sol de la salle d'audience. Cela réveilla les spectateurs et ceux des jurés qui avaient été sur le point de s'assoupir. Mme Riggs rougit. Elle semblait soudain au bord des larmes. Alors que Dill ramassait son sac, dans un moment de confusion, Mme Riggs prononça des paroles incohérentes, sembla vouloir quitter la barre ; puis elle se rassit lourdement, comme si on l'avait poussée. Elle dit d'une voix forte : « Oh ! pourquoi ne pas dire la vérité ! Pour une fois ! Mon mari Melvin Riggs était une brute. Si un homme a jamais mérité de mourir, *c'était Melvin Riggs.* » Épouvanté, Dill essaya de l'interrompre, mais elle continua d'une voix aiguë, douloureuse, en s'adressant aux jurés, qui la contemplaient avec stupéfaction. « Oui, mon mari était une brute ! C'était mon secret, et je suis lasse des secrets ! Devoir faire semblant... c'est épuisant, la moitié des femmes de Willowsville sont épuisées, nous faisons des efforts pendant des années, des dizaines d'années, et puis, un jour, nous *arrêtons.* Je tiens à dire à la cour que si cette femme assise là-bas — "Mme Heart" — dit que Melvin l'a battue et menacée, c'est probablement vrai. Je ne doute pas qu'il ait menacé ce garçon — ce pauvre garçon assis là, John Reddy Heart —, je l'ai entendu menacer ses propres enfants, ses enfants adultes. » Mme Riggs parlait vite, le visage brillant de larmes brûlantes, furieuses. Elle avait les poings fermés sur les genoux. « Melvin Riggs n'était mon mari que de nom. Je supportais cette humiliation par fierté... comme bien d'autres femmes. Si Mme Heart croit qu'il était son amant, elle est bien bête... il n'était pas plus son *amant* qu'il n'était mon *mari*, parce que cet homme était incapable d'amour. “Les femmes sont des vaches.” “Les femmes ne sont bonnes qu'à traire.” Pendant vingt-six ans, j'ai fait semblant de ne pas savoir. Melvin m'a épousée pour mon argent — il ne m'aurait pas accordé un regard, sans cela —, je le savais, mais j'ai fait semblant de ne pas le savoir. “Une femme est une marchandise, ou elle n'est rien.” Je suppose que je l'aimais. Au début. Déjà pendant notre voyage de noces — en Italie — que ma famille a payé, naturellement, j'ai fait semblant de ne pas voir... certains faits évidents. Plus tard, lorsque je lui ai reproché l'une de ses infidélités, il m'a attaquée et... frappée. “Ma vie privée ne te regarde pas.” Quel mépris il avait pour moi ! Et quel mépris je méritais ! Melvin pouvait être charmant... bien sûr. Comme la plupart des hommes. S'ils le souhaitent. Si vous êtes riche, ou jolie. S'il y a une bonne raison pour déployer ce charme. Et Melvin savait se conduire, en public, avec une certaine élégance... il savait attirer l'attention. On *voulait* l'aimer. Comme les gens, les faibles, *veulent* aimer les brutes et les tyrans, pour les avoir de leur côté. Melvin prétendait aimer le base-ball — “l'âme de l'Amérique” — mais tout le monde sait comment il traitait ses joueurs, même les meilleurs, comme son “cheptel” — c’était le mot qu’il employait. On a remarqué que les Hawks engageaient rarement des Noirs. Et pour une bonne raison : Melvin haïssait les Noirs. Il haïssait les Juifs. Il haïssait les femmes. C’était un homme égoïste, ignorant, intolérant. Personne ne savait — je cachais bien ma honte — qu’il arrivait à Melvin de me frapper. Pas souvent ces dernières années parce que j’avais appris. Juste des claques, des calottes... “pour que tu te tiennes tranquille, Lae-titia”. Comme on calotterait un vieux chien dont l’on sait qu’il ne mordra pas. » De nouveau, Dill essaya d’interrompre son témoin, mais Mme Riggs parla encore plus fort. Elle dit, en sanglotant : « Parfois je souhaitais qu’il me tue, la honte d’un divorce m’était insupportable, l’idée que tout le monde me plaigne. J’ai toujours été fière. Je savais qu’il voyait une femme — les gens l’appelaient la “croupière” — mais je n’osais pas le lui reprocher. J’avais une peur terrible de ses colères. Il y a quelques années de cela, il a mis les mains autour de mon cou et serré — ses grosses mains de brute — et j’ai failli m’évanouir, et il s’est moqué de moi — “C’est juste pour plaisanter, Laetitia, juste pour te montrer ce que je peux faire — il me riait au nez — et je peux finir n’importe quand.” Et le lendemain une de mes parentes a appelé, une tante, j’arrivais à peine à parler tellement j’avais la gorge douloureuse, et elle a dit : “Quelque chose ne va pas, Laetitia ? Tu as l’air malade”, et j’ai aussitôt répondu : “Oh non, bien sûr que non, je vais bien, parfaitement bien.” Et voilà ma vie, monsieur. Toute ma vie d’épouse de Melvin Riggs. Toute ma vie. Je n’ai cessé d’aller *bien.*

— Madame Riggs, je vous en prie... vous pouvez vous retirer.

— Oh oui, je peux ? Je peux ? *Je peux me retirer*, monsieur ? Oui ? »

Mme Riggs éclata d'un rire suraigu. Son visage brillait comme s'il avait été entièrement fardé de rouge. Dill voulut l'aider, elle repoussa son bras d'une tape, se leva pour partir et perdit l'équilibre, ou fut prise de vertige, et manqua tomber ; Dill et l'un des huissiers la rattrapèrent ; il y eut un cri quelque part dans la salle. (Bibi Arhardt et Sandi Scott qui étaient venues au procès rapportèrent ensuite que, à leur avis, ce devait être un parent scandalisé de Laetitia Riggs, un homme, qui avait voulu la faire taire. Mais la confusion était telle que, probablement, Laetitia ne s'était même pas rendu compte que quelqu'un l'appelait.) Le juge Schor, écœuré, actionna son marteau avec vigueur, et ordonna l'évacuation de la salle et l'ajournement de la séance au lendemain matin. À Walter Thrun, l'oncle de Jenny, un collègue et un vieil ami qu'il voyait souvent au Club sportif de Buffalo, Schor aurait dit quelques jours plus tard : « Ce connard de Dill ! Se faire prendre de court par deux témoins, deux femmes, en deux jours ! J'ai failli m'étrangler de rire en voyant sa tête. Un procureur qui n'a aucune idée de ce que son témoin va dire devant un jury mérite le verdict qu'il obtient, quel qu'il soit. »

(Jenny Thrun nous dit qu'elle avait été choquée, elle ne savait pas que les juges parlaient ainsi — « Si grossièrement ! Comme des gens de notre âge. » Roger Zwaart, fils d'avocat, qui depuis que Suzi Zeigler s'était mise à sortir avec Norm Zeiga était lui-même

devenu d'une grossièreté inquiétante, alors quil était auparavant un des garçons les plus convenables et les plus courtois de notre classe, se moqua de Jenny : « Les juges causent comme tout le monde, tu sais, sauf qu'ils sont plus orduriers. Un juge est un *homme de loi*, pas vrai ? »)

John Reddy a tenté de se pendre dans sa cellule hier soir avec un drap déchiré. Deux surveillants l'ont dépendu, ranimé et battu. Sous ses vêtements, là où personne ne voit rien.

Sasha Calvo a rendu visite à John Reddy à la maison d'arrêt hier soir... ils sont fiancés. Le mariage est prévu pour le nouvel an.

Demain, John Reddy témoignera à son procès. Il racontera ce qui s'est vraiment passé la nuit de la mort de Riggs !

14

Le procureur prononça son réquisitoire. Déclarant que John Reddy Heart était un assassin — « Un assassin brutal, précoce, *subversif et antiaméricain.* Mesdamcs et messieurs les jurés, il vous suffit de regarder l'accusé pour sonder son cœur : il reste silencieux, plein de mépris pour nos lois, *entièrement dénué de remords.* »

L'avocat prononça sa plaidoirie. Déclarant que John Reddy Heart n'était pas un assassin mais un jeune garçon désorienté d'à peine seize ans qui avait été mêlé à un drame dont il n'avait ni la responsabilité, ni la compréhension — « John Reddy Heart est lui-même une *victime.* Une victime, mesdames et messieurs les jurés, de l'impulsion chevaleresque qui l'a poussé à protéger sa mère, et de l'instinct qui l'a poussé à se protéger lui-même. »

Ceux d'entre nous qui assistèrent aux derniers jours du procès comparèrent leurs notes avec ceux qui s'y étaient rendus plus tôt. Il y avait bien des points confus que même les notes volumineuses d'Evangeline ne purent éclaircir. Il nous sembla étrange que, témoignant cette fois pour la défense, Dahlia Heart et son père Aaron Leander Heart fussent de nouveau appelés à la barre, et engagés à développer leurs déclarations précédentes. Alors que Dill avait tâché d'écourter leurs témoignages, Trippe les encouragea à parler. Car John Reddy était à présent « un garçon au grand cœur, sérieux, qui n'a jamais eu de père », « un petit-fils respectueux, doué d'une intelligence innée », « il a peut-être du mal à "étudier dans les livres", mais il a toujours été futé. » Dahlia Heart et le vieux M. Heart restèrent toutefois vagues sur ce qui s'était réellement passé cette fameuse nuit. Ni l'un ni l'autre ne semblaient avoir *vu.* Ni *entendu.* « C'était comme si un genre de brouillard enveloppait cette partie de la maison, disait Evangeline Fesnacht d'un air songeur. Un brouillard amnésique. Des choses sont arrivées, mais sans que personne semble les avoir fait arriver. »

Il fut noté que Roland Trippe ne rappelait pas Farley Heart à la barre, et que le jeune frère de John Reddy ne reparaissait pas non plus dans la salle pour assister au procès. Selon une rumeur, non confirmée, qui nous fut rapportée par Cynthia Swann, une élève de seconde dont le père enseignait les sciences sociales au collège, Farley s'était « effondré nerveusement » — ce qui ne nous aurait pas étonnés. (John Reddy et Farley étaient-ils proches ? La plupart d'entre nous pensaient que non. Ils n'avaient pas l'air de frères et ne se comportaient pas non plus comme tels.) La sœur de Farley (dont aucun d'entre nous n'arrivait à se rappeler le nom) ne se montra pas non plus dans la salle d'audience ; on disait qu'elle était « sur les nerfs », « traumatisée » par la violence dans le foyer des Heart ; il était question, nous l'apprîmes de façon détournée par Frannie Reid et Carlotta Schoppa, la femme de M. Schoppa, de la placer dans une famille d'accueil, ou peut-être dans un couvent (?), de l'enlever à la garde de Mme Heart, au cas où celle-ci serait déclarée une « mère indigne ».

(Après le procès, chacun saurait que, pendant ces mois-là, Farley et sa sœur, qui s'appelait Shirley, avaient habité avec leur mère et leur grand-père dans un « quartier tranquille et résidentiel » proche de Delaware Park. On les avait retirés de leurs écoles de Willowsville, naturellement, et tous deux eurent des professeurs particuliers le restant de l'année scolaire. Roland Trippe s'était occupé de tout. Trente ans plus tard, sous le nom de sœur Mary Agatha des sœurs Sainte-Anne-de-la-Charité, un ordre catholique, la sœur de John Reddy serait nationalement reconnue pour son « travail révolutionnaire, inspiré, empathique », qui avait permis de découvrir certains des secrets de l'autisme et les effets des traumatismes de l'enfance sur le développement du cerveau. Jamais cependant, dans les rares interviews qu'elle accordait, cette femme remarquable et réservée ne parlerait de sa vie. Comme la célèbre journaliste Barbara Walters le dit avec admiration à la télévision : « On finit par trouver normal que sœur Mary Agatha soit un “pur esprit” — la personne sur un million, ou sur des millions, à ne pas avoir d'histoire privée, aucun “bagage personnel” ! »)

Des « témoins de moralité » se succédèrent à la barre, pressés par Trippe de parler en faveur de John Reddy Heart. Il fut étonnant de voir l'entraîneur McKeever, « Woodson Earl McKeever », en costume-cravate, parler nerveusement, longuement, de « l'application » et du « fair-play » de John Reddy dans le sport. La menue Mlle Bird, d'un calme remarquable, cheveux roux flamboyants et chaussures à talons aiguilles, parla de la « timidité et du sérieux intrinsèque » de John Reddy Heart. Il y eut aussi M. Lepage en costume de tweed et chaussé de souliers si bien cirés qu'ils distrayaient l'œil. Et M. Cuthbert, M. Dunleddy, M. Schoppa avec son sourire nerveux et sa voix râpeuse de fumeur. Même le très guindé M. Stamish, dont nous avions cru qu'il n'aimait guère John Reddy — « Fondamentalement un brave garçon, en dépit de la longueur de ses cheveux et de son accoutrement de "motard". J'en suis certain. » Il y eut Mlle Crosby, notre conseillère d'orientation, avec son visage patatoïde renfrogné et ses airs dignes, qui parla comme si elle était une tante de John Reddy — « Je lui ai donné des conseils dans certaines affaires familiales, je l'ai incité à se concentrer sur les matières techniques enseignées dans notre établissement et l'ai trouvé, dans l'ensemble, plutôt mûr et responsable pour son âge... placé dans une *situation familiale explosive.* » (Avec un regard appuyé, désapprobateur, dans la direction de Dahlia Heart dont le visage était en partie dissimulé par des lunettes noires mais qui semblait s'absorber, confuse, dans la contemplation de ses mains, jointes sur ses genoux.) Vint aussi M. Hornby, un professeur technique — « Il lui arrivait de se montrer une peu impatient de temps à autre, mais c'est normal à son âge. J'ai le sentiment qu'il tâchait d'éviter les bagarres. Il est véritablement doué de ses mains. » Et on vit même Alistair, le gardien de l'école, qui déclara avec son épais accent écossais : « John Reddy est un garçon qui nettoie après lui, ce n'est pas dans son casier qu'on trouverait de la nourriture pourrie, ou des vieilles tennis puantes, des tenues de gym moisies.

Il n'y a plus beaucoup de garçons comme lui de nos jours. »

Nous étions fiers que les professeurs de WHS soutiennent John Reddy, cela ne pouvait qu'impressionner favorablement les jurés. (Qui devaient se demander pourquoi John Reddy, accusé de meurtre, refusait de parler pour sa propre défense ; restait assis là jour après jour, l'air maussade, ou triste, ou peiné, ou en rogne, ou à moitié endormi, comme si ça lui cassait les pieds d'écouter.) Nous fûmes obligés de revoir l'opinion que nous avions de certains personnages comme Dunleddy, Schoppa, Stamish — « Peut-être qu'ils ne sont pas si mal que ça, finalement. » Blake Wells, rédacteur en chef de notre *Weekly Willowsvillian*, écrirait dans un éditorial, dans son style enthousiaste et légèrement pompeux : « Un procès peut faire ressortir les pires côtés d'une collectivité. Mais il peut aussi faire ressortir les meilleurs. Parfois. WHS peut être fier de... » (C'était à la fois vrai et pas si vrai que cela. Car, bien que Roland Trippe eût sollicité un certain nombre des camarades de classe de John Reddy, dont des garçons des équipes de basket et d'athlétisme, seuls Orrie Buhr et Clyde Meunzer acceptèrent de comparaître comme témoins de moralité. Les autres, dont Dwayne Hewson, Bo Bozer et Ken Fischer, durent refuser, à leur grand embarras : leurs pères le leur avaient interdit. Par crainte que la mauvaise réputation de John Reddy et de sa mère ne rejaillisse sur ces garçons de bonne famille, que cela n'ait pour résultat de les faire blackbouler des clubs d'étudiants les plus prestigieux à l'université, ou perdre les meilleures opportunités d'emploi lorsqu'ils auraient leurs diplômes en poche. Comme M. Hewson nous le dit sagement : « Le monde est rude, mes enfants. Il n'y a que les perdants pour penser que la tolérance règne. »)

Les amis de John Reddy, Orrie — « Orson » — Buhr et Clyde Meunzer, allèrent tout de même le soutenir. Il est douteux qu'ils aient favorablement impressionné le jury : ils étaient mal à l'aise dans leurs costumes bon marché et leurs cravates à boutons-pressions — « du prêt-à-porter de chez Sears » —, les cheveux lissés en cul de canard sur la nuque, les lèvres enflées et bafouillantes. Des durs qui se moquaient de nous depuis la sixième, nous bousculaient dans les cours de récréation et nous intimidaient avec leurs gros poings. Orrie avait une peau moite de la couleur des palourdes ; il s'était laissé pousser une moustache que l'on aurait dite barbouillée avec un bout de charbon noir. Il s'avéra que Clyde, dont le braiment menaçant — « Je vais te foutre sur la gueule, enfoiré » — terrifiait certains d'entre nous depuis les séances de vestiaires au collège, bégayait. On raconta que, en voyant ses amis à la barre, John Reddy s'était tortillé sur sa chaise et avait appuyé le bout de ses doigts contre ses paupières. Sa propre bouche remuait, silencieusement. Orrie comme Clyde jurèrent que depuis qu'ils connaissaient John Reddy il n'avait pas mentionné une seule fois le nom de « Melvin Riggs » — et qu'il n'avait pas non plus dit grand-chose des amis masculins ni de la vie privée de sa mère. « John Reddy, c'est pas un bavard, d'accord ? Et il ne pose pas de questions non plus », dit Orrie. « Sauf que John s'en f... faisait peut-être pour sa mère, comme c'est normal, hein, quand elle n'est pas m... mariée, dit Clyde, en regardant Trippe du coin de l'œil. Vous comprenez ce que je veux dire ? » Tous les deux nièrent que John Reddy eût un caractère violent, comme Dill l'avait suggéré à plusieurs reprises — « Pas plus que n'importe qui d'autre. Peut-être que ça lui arrivait de se bagarrer, il fallait pas lui chercher des crosses, il peut cogner vraiment dur et il est du genre rapide, comme un serpent, vous voyez ? Mais pas plus que n'importe qui d'autre. »

Comme un serpent. Ces mots flottèrent dans la salle d'audience, on en sentait presque les vibrations.

Frank Farolino déposa en qualité de témoin de moralité pour John Reddy, ainsi que Caleb Burnham des Pépinières Burnham, où John Reddy avait travaillé un été — « Un gosse calme. Mais parfois impatient. » Il y eut aussi, de façon inattendue, le maire de Willowsville (c'était une fonction largement honorifique rapportant la somme annuelle symbolique de mille cinq cents dollars), M. Diebold, pour qui John Reddy avait fait quelques travaux de jardinage — « John a dû mûrir très vite dans cette famille. Ce n'était pas un enfant de Willowsville type. Il a acquis très jeune certaines des qualités des adultes, je crois. S'il se montre parfois impatient, c'est parce qu'on le juge mal. » Puis vint Mme Rhona Buhr, la mère d'Orrie, une rousse d'une quarantaine d'années au maquillage glamour, qui dit à la cour avec un peu trop d'assurance (on voyait qu'elle déplaisait aux femmes du jury, leurs petites bouches constipées sous leurs narines pincées) que John Reddy était le plus prévenant des amis de son fils — « Ce printemps, par exemple, quand ma voiture s'est embourbée dans notre allée, c'est John Reddy qui m'a aidée à la sortir de là. Et ça ne lui faisait rien de mettre de la boue plein ses belles bottes de cuir. Et un autre jour... » Il n'y avait aucun des Calvo dans la salle d'audience. Pas même Dino. Et évidemment pas Sasha.

Nous étions déçus ; nous commencions à douter que Sasha fût jamais revenue de Brooklyn, si c'était bien là que les Calvo l'avait envoyée.

Je vous assure qu'il y a un bébé ! Un petit garçon qui ressemble comme deux gouttes d'eau à John Reddy Heart. Cette petite Sasha va l'élever à Milan, c'est de là que viennent les Calvo. Il y a des tas de Calvo là-bas.

Non, ils ne se marieront pas. Non, les Calvo ne peuvent pas le sentir.

Dino aussi, il a fallu qu'ils l'éloignent. Pour qu'il n'essaie pas de tuer John Reddy et qu'il ne se retrouve pas lui aussi jugé pour meurtre.

Des années plus tard, adultes, discutant calmement de la saga mystérieuse de John Reddy Heart en prenant un verre dans le bar tamisé du Marriott de Kenawka (dans le Minnesota, au nord de Saint Paul), la romancière Evangeline Fesnacht confierait au poète-professeur Richard, autrefois « Ritchie », Eickhorn, son ancien camarade de classe, que le procès Heart l'avait obsédée au point qu'elle n'en dormait quasiment plus ; était incapable de se concentrer sur quoi que ce fût d'autre ; avait jeûné entre le moment où le jury s'était retiré pour délibérer et celui où il avait rendu son verdict, dix-neuf épuisantes heures plus tard. « Il me semblait dans ma folie que c'était le moins que je puisse faire pour John Reddy. » Evangeline avoua qu'elle avait également eu le culot de se proposer comme témoin de moralité — « Par bonheur, Trippe a poliment refusé. Je comptais parler des "yeux de tueur" et de la "destinée" de John Reddy... je comptais citer D. H. Lawrence : "L'âme américaine est dure, isolée, stoïque, et meurtrière.” Seigneur ! j’aurais pu faire condamner ce pauvre gosse à la prison à vie. L’amour vous rend vraiment cinglé ! » Evangeline poussa un soupir, et passa la main avec brusquerie dans ses cheveux à la coupe masculine. Richard Eickhorn, qui n’avait pu devenir adulte que par une réinvention et une reconstitution continuelles du passé, comme s’il était lui-même ce « poème épique américain » qu’il avait un jour décidé d’écrire, fut stupéfait de cet aveu. E. S. Fesnacht — le seul écrivain de leur promotion lycéenne à avoir acquis un semblant de réputation nationale. Il avait suivi sa carrière littéraire depuis la publication, quand tous deux avaient autour de vingt-cinq ans, de son premier roman, *Voyage dans le temps,* qui lui avait valu des critiques dans l’ensemble admiratives et un succès d’estime ; il avait lu tout ce qu’elle avait publié depuis lors, jaloux de son talent, lui enviant sa réputation, mais en même temps, il devait l’admettre, fier d’elle, et heureux pour elle, la fille sans charme que certains garçons de leur classe appelaient « Lolo Crapaud » derrière son dos. Qu’elle eût été légèrement timbrée au lycée y était-il pour quelque chose ? se demandait Richard. Sa fixation sur John Reddy Heart, ses volumineux *Carnets* — ou *Chroniques — nécrologiques* ? Même à présent, si longtemps après, alors qu’elle parlait de l’adolescente qu’elle avait été avec un air d’embarras peiné, ses petits yeux sans cils étincelaient. Richard avoua : « Toi au moins, tu es allée au procès de John Reddy, Evangeline. Moi, j’en avais envie, mais je n’ai pas osé. J’étais un enfant si docile... je lisais Dostoïevski au lycée, je m’identifiais à Raskolnikov et à “l’homme du souterrain”... mais je prenais les menaces de l’administration au sérieux. J’avais peur d'être *arrêté.* » Evangeline rit, et commanda une deuxième tournée : ils buvaient tous les deux des vodkas dry. Elle dit, en s'essuyant les yeux : « Nous prenions tout au sérieux en ce temps-là, Ritchie. Nous étions foutrement *vivants.* »

J'ai vu John Reddy dépouillé de ses vêtements, nu et ensanglanté. Son front, ses mains et ses pieds. Ils avaient percé son corps de pointes de fer et l'avaient cloué sur une croix de bois faite de vieilles planches pourrissantes. Il haletait, il râlait de douleur. J'avais les yeux brûlés par le miracle et la gloire de son visage ! Qui t'a fait cela, John Reddy ? *ai-je crié. Car la croix était de travers comme par raillerie. Et il y avait des rires railleurs comme des roulements de tonnerre. D'horribles rires furieux qui grondaient dans les entrailles de la terre. Je me suis approchée de John Reddy, terrifiée, et j'ai vu les plaies béantes à son flanc. Le sang qui brillait comme des perles. J'ai vu les terribles pointes enfoncées dans les mains et les pieds de John Reddy. J'ai vu ses côtes saillir sous la peau pâle distendue. J'ai vu les poils noirs et humides sur son corps. Entre ses jambes, ses organes génitaux que je n'osais pas regarder mais où je voyais pourtant luire un liquide pareil à des larmes, la chair teintée de rouge et lisse comme quelque chose d'écorché vif. J'ai compris qu'il était de mon devoir de sauver John Reddy de la mort. Il était de mon devoir de lui apporter à boire, mais je n'avais pas d'eau. Il était de mon devoir de rendre son pénis mou à la vie, de le caresser de mes doigts, mais je ne pouvais pas arriver jusqu'à lui. Je n'étais pas assez grande, je n'étais pas assez forte. Je n'étais pas assez farouche. Je suis tombée à genoux, mes cheveux me tombaient sur le visage. Je pleurais, pleine de honte. Je sentais l'odeur fétide de mon corps.* John Reddy ! Pardonne-nous ! Nous ne savions pas ! *Ces mots m'étaient arrachés, des mots que je ne pouvais comprendre. Je me sentais si impuissante, si triste. Les yeux de John Reddy se sont ouverts et il a posé sur moi un regard plein de souffrance, et de pitié... de pitié pour moi. Il n'a pas prononcé une seule parole, mais j'ai compris qu'il me pardonnait. Il me pardonnait ma faiblesse, ma lâcheté. Il nous a pardonné à tous. Une sensation d'amour brûlante comme une flamme s'est emparée de moi. Une sensation de chaleur, de joie infinie.* John Reddy ! John Reddy ! *Puisque mon corps est transpercé et déchiré comme le sien sur la croix, raillé et humilié, puisqu'un jour je donnerai naissance, le corps à la torture, ce serait mon secret, celui de John Reddy et le mien.*

Katrina Olmsted. Katie. Faire un rêve pareil, *elle.*

Nous étions stupéfaites. Nous étions impressionnées. Nous n'étions pas jalouses. (Nous croyions ne pas l'être.) Pendant les longues heures de notre veille. Alors que des inconnus décidaient du sort de John Reddy. Nous jeûnions, nous priions. Jamais plus heureuses qu'à genoux en train de prier pour John Reddy comme les bonnes chrétiennes que nous étions. Katie Olmsted était la plus fiévreuse d'entre nous, c'était peut-être le début de sa terrible maladie, nous nous rappellerions cette nuit dans la chambre de Trish Elders et nous demanderions *Est-ce alors que cela a commencé ?... pauvre Katie* mais nous ne pouvions pas le savoir à ce moment-là, naturellement, nous étions stupéfaites de la passion qui vibrait dans sa voix, sa voix de petite fille que nous connaissions depuis l'école primaire, nous l'étreignîmes, nous pleurâmes avec elle, nous priâmes : « Notre Père qui êtes au ciel, n'abandonnez pas John Reddy Heart dans l'adversité », car telles étaient les prières enfantines que nous récitions, Verrie pressa son beau visage aux traits tirés, aux yeux enfoncés, contre le visage rond brûlant de Katie, Trish entoura Katie de ses bras et enfouit son visage dans son cou, « Je pourrais presque croire au diable, pour conclure un pacte avec lui... vous savez ? » murmura quelqu'un, et nous fûmes choquées, mais nous comprenions, nous nous demandions *Est-ce ainsi que le mal naît ? à cause du désespoir ?* Pattianne caressa les doigts glacés de Katie, aucune de nous n'était jalouse, mais peut-être que nous l'enviions, nous mourions d'envie d'être Katrina Olmsted ce soir-là, d'avoir fait ce rêve stupéfiant, nous ne doutions pas que ce fût une vision envoyée par Dieu, la veille du verdict du procès de John Reddy Heart, l'une d'entre nous s'écria : « Oh ! Katie... quoi ? » car dans son extase Katie avait enfoncé si violemment ses ongles dans les paumes tendres de ses mains que toutes les deux s'étaient mises à saigner.

« Qu'est-ce que ça peut bien te faire que ce petit salopard soit jugé coupable ou non ? Qu'est-ce qu'il est pour toi, hein, tu peux me le dire ? Qu'est-ce que les Heart, tous autant qu'ils sont, sont pour nous ? Que se passe-t-il dans cette maison ? Regarde-moi quand je te parle. Regarde-moi, bon Dieu, réponds-moi, *il se trouve que je suis ton père.* »

M. *** hurlait. Pendant les dix-neuf heures qu'avaient duré les délibérations du jury, sa fille avait refusé de prendre ses repas avec ses parents de même qu'elle avait refusé, en s'enfermant dans un silence scandaleux, d'avaler autre chose que des liquides (jus de fruits, lait écrémé et Coca light) ; elle ne s'était pas non plus lavé les cheveux, ne les avait même pas brossés longuement et amoureusement comme elle ne manquait jamais d'habitude de le faire. *Ne me touchez pas. Ne me regardez pas. Ne me parlez pas. Vous ne savez rien de moi.* Cette fille ravissante que M. *** aimait. Cette fille ravissante que M. *** adorait. Elle avait l'air d'avoir dormi tout habillée, une malade mentale, la peau terreuse, les yeux tirés, les lèvres pâles, elle avait même négligé de se mettre du rouge à lèvres Rose ardent ou Melon laqué ou Mûre, grincheuse comme une martyre. Sa principale erreur avait toutefois été de jeter un regard dédaigneux à M. ***, comme si lui, le chef de cette famille coûteuse et épuisante, propriétaire dans le quartier de Saint Albans Hill d'une maison et d'un terrain estimés à trois cent soixante-quinze mille dollars (biens immobiliers qui seraient estimés à plus d'un million de dollars à l'heure actuelle), homme d'affaires prospère dans un secteur où la concurrence faisait rage, le plus jeune membre ou presque du conseil d'administration du musée d'art Albright-Knox, n'avait pas plus de substance qu'un nuage de fumée de cigarette ou qu'une mauvaise odeur. Pris soudain de fureur, il s'était précipité sur elle, l'avait empoignée par les épaules et secouée, sa fille qui ne pesait que quarante-huit kilos méticuleusement surveillés, et elle avait hurlé, et l'avait repoussé, M. *** qui pesait quatre-vingt-neuf kilos, et M. *** l'avait écartée tout en continuant à la tenir par l'épaule, à la secouer, à la frapper de ses poings assurerait-elle plus tard, le visage rouge et déformé comme celui d'un démon —

« J'étais par terre, et il hurlait, debout au-dessus de moi. J'étais tombée, je suppose, je ne savais pas ce qui était arrivé, le verre de lait écrémé était en morceaux sur le sol, j'essayais de me réfugier sous la table de la cuisine, j'étais à quatre pattes en train d'essayer de ramper, de me cacher, de lui échapper, je me rappelle avoir pensé que je ne savais plus ramper, mes jambes étaient trop longues, je ne m'étais pas rendu compte que j'avais le poignet foulé, je ne sentais pas la douleur, c'était si bizarre d'avoir à fuir papa, *j'avais peur pour ma vie.* »

*
* *

À 10 heures 20, le troisième jour des délibérations, le jury annonça enfin qu'il s'était prononcé à l'unanimité. Les protagonistes du procès furent réunis à la hâte dans la salle d'audience, MM. Dill et Trippe et leurs assistants, le juge Schor et ses assistants, le sténographe, les huissiers, les shérifs adjoints du comté de l'Érié escortant l'accusé John Reddy Heart, qui avait l'air hébété, comme s'il n'avait pas dormi depuis très longtemps. Il fut remarqué que Heart avait désormais un visage d'adulte, et non plus d'adolescent. Sa peau était rude et jaunâtre ; une barbe de plusieurs jours lui bleuissait le menton. Il avait la manie de se frotter l'œil gauche, qui larmoyait. Bien qu'évidemment conscient de la présence des jurés dans leur box de bois verni, il veillait à ne pas regarder dans leur direction. Ses mains tremblaient peut-être. *Vous pouvez me juger mais vous ne pouvez pas me forcer à vous regarder.*

À l'instant où le juge Schor ordonnait à l'accusé de

se lever pour entendre le verdict du jury, une porte s'ouvrit au fond de la salle d'audience, et Dahlia Heart entra précipitamment, haletante, une cigarette éteinte à la main. Mme Heart n'était pas vêtue aussi élégamment que de coutume, mais sa tenue n'en retenait peut-être que davantage l'attention : une écharpe blanche, mouillée de flocons de neige, couvrait des cheveux en désordre ; elle portait une cape de laine crème sur un tailleur de laine blanc, des gants de cuir blanc et des bottes de cuir blanc maculées de taches de sel. John Reddy ne se retourna pas lorsqu'elle fit quelques pas précipités dans la salle, puis s'immobilisa, comme si on lui avait interdit d'aller plus loin, les yeux écarquillés d'effroi. (Il fut remarqué que M. Trippe, lui, se retournait pour la regarder, une expression indéchiffrable sur le visage : anxiété ? tendresse ? inquiétude ? Car le bruit courait depuis des semaines dans certains milieux de Buffalo que la fameuse Mme Heart et l'avocat respecté étaient devenus amants, bien que Trippe passât pour être heureux en ménage, et père de deux jeunes enfants.) Le juge Schor posait sa question rituelle : « Le jury a-t-il pris sa décision, monsieur le premier juré ? » et le premier juré répondit avec gravité : « Oui, monsieur le président. Nous déclarons l'accusé John Reddy Heart... non coupable des charges portées contre lui. »

Un silence stupéfait suivit cette déclaration.

Non coupable.

Une femme s'écria d'une voix faible : « Oh, Johnny. Oh, mon Dieu. »

La tête de John Reddy se redressa brutalement comme si on l'avait frappé. Il avait les yeux limpides, et vifs, et il regardait le jury. Trippe lui serrait la main, le félicitait, avec un grand sourire gamin ; Dill, abasourdi, détourna la tête, vaincu, fourra maladroitement une liasse de papiers dans sa serviette. Plusieurs rangs derrière, dans la salle d'audience, Dahlia Heart titubait et pressait le dos de sa main contre ses yeux, comme prise d'un vertige.

Mais John Reddy Heart, prisonnier depuis tant de mois, « en détention provisoire », resta immobile, dévisageant les jurés souriants comme s'il n'avait pas bien entendu le verdict, ou n'avait pas compris. Son œil gauche était plein de larmes.

Non coupable ?

Si je ne suis pas coupable... qui l'est ?

15

Amérique, j'entends ton cœur se briser.
Amérique, tu es mon âme.
Amérique, tu m'as trahi.
Je t'adore.

Richard EICKHORN,
Amérique, j'entends ton cœur se briser.

John Reddy Heart fut déclaré NON COUPABLE... mais il passa les douze mois suivants en prison, et douze autres mois encore en liberté surveillée.

Nous nous attendions à ce que John Reddy Heart fût libéré, et nous revînt... mais il passa les douze mois suivants derrière des barreaux dans le centre d'éducation surveillée de Tomahawk Island.

Nous fûmes choqués. Nous fûmes incrédules. « Sacrément en pétard. » Nous savions que nous avions été trompés. C'était une logique merdeuse d'adulte, une vengeance d'adulte. Nous étions écœurés. Dès que nous apprîmes l'acquittement, nous nous ruâmes hors de nos classes, roulâmes en procession et en klaxonnant jusqu'à Tug Hill Park, une dizaine de voitures bourrées de gosses hurlants — L'ACQUITTEMENT DE

HEART FÊTÉ À WILLOWSVILLE, titrerait le *Buffalo Evening News*, au-dessus d'une photo de Smoke Filer au volant de sa T-Bird, avec nos bras qui sortaient comme des tentacules de toutes les fenêtres, nos doigts qui formaient le V de la victoire. C'est ce week-end-là qu'eut lieu la fameuse soirée de Tommy Nordstrom, une soixantaine d'entre nous au moins entassés autour de, et dans, la fantastique piscine couverte des Nordstrom — où certains d'entre nous, comme nous nous le rappellerions avec mélancolie, apprirent pour la première fois à boire sérieusement, à se *défoncer*. Et six jours plus tard nous sûmes que, au lieu de rentrer chez lui, John Reddy avait plaidé coupable à toute une série d'accusations (« détention d'une arme meurtrière », « abandon du lieu d'un crime », « entrave à la justice », « vol de véhicule », « effractions », « cambriolage », « résistance aux forces de l'ordre », etc.), été condamné à douze mois d'incarcération dans un centre d'éducation surveillée de haute sécurité et à douze mois de liberté surveillée, et immédiatement envoyé à Tomahawk Island, une île pelée du Niagara qui dans l'esprit des habitants de Willowsville, comme le dit avec mépris le père de Dwayne Hewson, était un repaire de « dealers nègres, d'Indiens ivrognes braqueurs de stations-services et de petits Blancs qui se descendent entre eux. Des perdants ».

Il n'y avait pas que le choc, il y avait la honte. Car Tomahawk Island *était* un endroit fait pour les perdants... des types que l'on ne pouvait plus ranger parmi les délinquants juvéniles mais qui n'étaient pas non plus des adultes. Des personnages dangereux.

John Reddy Heart ?

Le père de Roger Zwaart tâcha d'atténuer notre douleur et notre déception en nous expliquant, avec une logique d'homme de loi, qu'étant donné que John Reddy avait tué Riggs — « Et personne ne doute sérieusement qu'il l'ait fait, hein ? » — il était hors de question que le bureau du procureur du comté de l'Érié le laisse repartir libre. « Trippe le savait parfaitement. J'ai entendu dire que, à l'insu des Heart, il avait cherché à négocier une réduction de peine. Mais son client a refusé de plaider l'homicide involontaire... il refusé de plaider quoi que ce soit. Et c'est pour ça que Trippe a officiellement plaidé “non coupable”. » M. Zwaart secoua la tête comme si, à la place de Trippe, il s'y serait peut-être pris différemment ; pourtant, s'il ne s'y était pas pris différemment, son client n'aurait pas été acquitté. « Mais s'il y avait eu un second procès sur ces chefs d'accusation secondaires, le petit Heart aurait été jugé coupable et envoyé en prison pour un bout de temps. Un coup d'œil à ce garçon et au dossier, et un juge l'aurait bouclé pour vingt ans minimum. Les jurés ont manifestement décidé que Riggs, la victime, méritait d'être tué. Trippe les a aidés à voir les choses ainsi, mais Dill aussi, sans le vouloir. Punir à titre posthume une victime qui le mérite paraît raisonnable à certains citoyens, et c'est ce qu'ils ont fait. Mais le petit Heart n'aurait pas eu une pareille chance une seconde fois, parce que, croyez-moi, il y avait vraiment une chance sur mille, autant que d'être frappé par la foudre, pour que Dill ait la stupidité de laisser Laetitia Riggs lui saboter l'affaire. Et Trippe le savait. Il a donc conseillé à son client de plaider coupable, en échange d'une peine réduite, et le gosse a accepté, et s'en est sacrément bien sorti, croyez-moi. Pour un meurtrier. » M. Zwaart partit d'un rire silencieux. Il voyait dans nos regards notre tristesse et notre écœurement, et la conviction que nous avions, ce présent qu'une génération fait à l'autre, ce présent si doux qui nous était arraché contre notre gré, qu'il avait raison.

(Pourquoi perdions-nous autant de temps et d'énergie dans notre jeunesse, nous demanderions-nous dans nos déguisements flasques d'adultes, dans notre âge mûr chauve et ridé, à nous opposer à presque tout ce que nos pères nous disaient ? Car ils avaient raison, comme M. Zwaart. Et même s'ils n'avaient pas raison, l'essentiel de ce qu'ils nous avaient dit deviendrait ce que nous dirions à nos enfants, à peu de chose près, en retrouvant par tâtonnements jusqu'à la cadence de discours qui, au moment où nous les avions entendus, avaient provoqué notre mépris.)

*

* *

À la même époque, au mois de novembre de cette année épuisante, une messe fut célébrée au lycée à la mémoire du frère aîné d'Art, James Michael Lutz, caporal de l'armée américaine, qui avait eu son bac quelques années auparavant et qui avait été tué « dans l'exercice de ses fonctions », « en servant son pays », « pour défendre la cause de la liberté et de la démocratie » dans un coin désolé du Viêt-nam dont le nom fut peut-être mal prononcé par M. Stamish à la cérémonie, ou mal compris par des oreilles willowsvilliennes incapables d'enregistrer des combinaisons de consonnes et de voyelles qui ne nous étaient pas familières... « Cameron Bay », nous sembla-t-il entendre.

Les professeurs de WHS et la plupart des élèves de terminale se rappelaient Jamie Lutz mais les plus jeunes ne savaient que très vaguement de quel ancien sportif séduisant il s'agissait. Il y aurait toujours une poignée d'élèves venus d'autres lycées qui confondraient, au cours des années, à notre exaspération et à leur propre perplexité, le défunt Jamie Lutz avec le toujours vivant John Reddy Heart, ou le toujours vivant John Reddy Heart avec le défunt Jamie Lutz.

16

Où vas-tu aller s'il n'y a nulle part où aller ?
Qui vas-tu aimer s'il n'y a pas d'amour pour toi ?
John Reddy, Johnny Cœur rouge.

Douze mois emprisonné à Tomahawk Island, qu'à Willowsville nous tâchions d'imaginer mais sans y parvenir. Même Evangeline Fesnacht, notre chroniqueuse des désastres, entassant avec zèle ses *Chroniques nécrologiques* dans son casier jusqu'à ce qu'elles se répandent sur le sol. Même nos intellectuels ténébreux Ritchie Eickhorn, Clarence McQuade, Dexter Cambrook, Elise Petko. Même Art Lutz, Bo Bozer et Tommy Nordstrom (arborant sa nouvelle « coupe à la taulard », vraiment bizarre) qui se rendirent en voiture à Tomahawk Island un samedi après-midi pluvieux pour avoir une idée des lieux — « Seigneur. Quel endroit déprimant. On traverse un pont cauchemardesque. On suit cette route merdique. Il y a une immense clôture qui fait penser à des fils haute tension. Des panneaux qui disent ZONE INTERDITE — ENTRÉE INTERDITE. ACCÈS RÉGLEMENTÉ — « Tu parles d'un "centre" ! Un camp de concentration, oui ! » Ils avaient eu la vague intention d'aller rendre visite à John Reddy mais, à cinquante mètres du bâtiment moutarde, un « surveillant digne de la Gestapo » leur avait fait rebrousser chemin.

En entendant cela, Shelby Connor fondit en larmes. Nous fûmes troublés de voir cette jolie fille-oiseau toute frêle se dissoudre comme une aquarelle.

En entendant cela, Bibi Arhardt, serrée dans notre box du Haven, se pressa les mains sur les oreilles et plissa son visage glamour, prenant cet air de petit goret qui nous faisait rire depuis la classe de neuvième : « Taisez-vous, les mecs ! J'ai déjà le cœur suffisamment brisé comme ça. »

Dwayne Hewson dit d'un air menaçant : « Quelqu'un devrait aider John Reddy à s'évader. Comme pendant une révolution, vous savez... au Mexique. À Paris, la "prise de la Bastille". »

Nous n'oubliâmes pas John Reddy Heart pendant ces douze mois mais pour certains d'entre nous, peut-être même pour la majorité, il devint, comme le dit Bart Digger : « de plus en plus abstrait. Comme un théorème de géométrie. »

Pas un seul jour de moins pour bonne conduite ?... c'est dégueulasse !

John Reddy refuse de jouer les lèche-culs.

Et alors ? Il est bouclé, non ? Ces salopards l'ont eu.

Personne ne peut avoir John Reddy. Personne, jamais !

Où étaient les autres Heart ? À Buffalo ? Mais où ?

Nous ne le vîmes jamais de nos propres yeux mais le vieux M. Heart fut souvent signalé sur les routes de la région, rôdant dans Tug Hill Park et sur la promenade des Cent Saules le long de Glen Creek, généralement très tôt le matin, les jours de brume, une haute apparition maigre à la barbe et aux cheveux blancs, cherchant inlassablement des bouteilles abandonnées. « On entend les bouteilles tinter comme des carillons. Même si, quand on regarde bien, on ne voit M. Heart nulle part. »

Selon d'autres rapports, que nous ne voulions pas entendre, Aaron Leander Heart était mort. Après avoir témoigné au procès de son petit-fils. Il n'avait pas supporté la tension. Il n'avait pas supporté de dire la vérité. Il n'avait pas supporté de mentir (« Mentir dans sa barbe... quel personnage ! »). Une tante de Chet Halloren qui était une amie de Mme Roland Trippe avait dit que le plus malheureux, c'était que le vieillard était mort, d'un infarctus foudroyant, après que le jury se fut retiré pour délibérer mais avant qu'il rendît son verdict.

« Les Heart ont peut-être transformé en tragédie la vie de certaines personnes. Mais leur vie n'en est pas exempte non plus. »

Les amis willowsvilliens de Dahlia Heart, humiliés par la publicité donnée à l'affaire, soutenaient ne pas savoir où elle se trouvait. « Elle était ici, et maintenant elle n'y est plus. Comme une tornade. Que dire de plus ? » déclara avec amertume Herman Skelton, divorcé et habitant seul les appartements Blackbridge, face à la place du Village. « Quelle bonne femme ! Elle a réinvesti l'argent qu'elle a obtenu de Riggs. Et il y en avait pour sacrément plus de cinq mille dollars, je vous prie de croire. Elle est ici, à Buffalo, elle n'a pas bougé. Cette nana est coriace », dit mystérieusement notre maire, Frank Diebold. La chronique du *Courier-*

Express, « Du côté de chez nous », nota que « Dahlia Heart a été aperçue en compagnie de... Buff Stansell, le beau blond des Hawks. Se pourrait-il que notre Buff “cherche à être une victime” ? »

Comme le vieux M. Heart, Dahlia Heart était aperçue de temps à autre à Willowsville. Toujours au crépuscule, ou après la tombée de la nuit. Souvent en compagnie d’un homme non identifié, inconnu dans le village — « un homme distingué d’un certain âge au volant d’une voiture de sport européenne ». Dougie Siefried soutenait qu’il avait suivi Dahlia Heart un jeudi soir dans plusieurs grands magasins du centre commercial d’Amherst Hills, pour la perdre finalement de vue au cinquième étage de chez Saks, dans le rayon « Créateurs » — « Elle est entrée dans un salon d’essayage derrière des miroirs, j’ai attendu un temps interminable, mais elle n’est jamais ressortie, et pourtant j’ai bien dû attendre une heure, je vous jure ! » Les résidants de Meridian Place s’appelaient souvent tout excités pour assurer qu’ils venaient de voir Dahlia Heart dans les environs. Elle et son ami distingué à la voiture de sport — authentifiée comme tantôt une Porsche, tantôt une Fiat, tantôt une « sinistre Jaguar noire » — arrivaient au 8, Meridian Place, y restaient plusieurs heures mais (apparemment) n’y passaient pas la nuit — « Le lendemain matin quand je suis descendu à la cuisine vers six heures et demie, c’est l’heure à laquelle je me réveille maintenant, mon cerveau s’allume, et impossible après cela de l’éteindre, alors autant que je me lève, je suppose... j’ai jeté un coup d’œil, et leur voiture n’était plus là », rapporta Aickley Thrun. Sa femme et lui ainsi que les autres voisins immédiats des Heart, les Bannister, répétaient avec amertume à leurs clubs, à qui voulait bien les écouter : « Pourquoi ces horribles gens ne vendent-ils pas ! Tout le monde à Saint Albans Hill n'attend que cela ! Même des va-nu-pieds sans éducation devraient être capables de comprendre qu'on *ne veut pas d'eux* ! »

Ce fut un temps où nous passions en voiture devant la maison des Heart bien qu'elle fût vide et eût toutes les raisons de le rester. Au crépuscule, ou après la tombée de la nuit. Lorsque nous nous imaginions ne pas être remarqués. Comme certains d'entre nous, des filles, passeraient plus tard devant l'appartement solitaire-romantique de John Reddy dans Water Street. Nous redoutions de voir apparaître la pancarte À VENDRE d'une agence immobilière. Nous tirions un certain espoir de ce que, même s'il n'y avait (apparemment) personne dans la maison, des lumières brillaient tout au fond. Si nous nous garions et que nous étions patients, nous nous mettions à voir des ombres derrière les rideaux et les stores quasi opaques, des silhouettes humaines fugitives. Nous entendions des éclats de voix. Le cri d'une femme. Des coups de feu. Garés un soir au bout de l'allée alors que tombait une neige rêveuse et silencieuse qui, lorsqu'ils repartiraient, aurait entièrement recouvert leur voiture d'une couche épaisse de cinq centimètres, Suzi Zeigler et Norm Zeiga virent se rejouer sous leurs yeux toute la scène dramatique du meurtre de Melvin Riggs — la fuite de John Reddy Heart, l'arrivée des voitures de police, d'une ambulance — comme s'ils partageaient la même vision ; ils solennisèrent l'événement en faisant une sorte d'amour qui les laissa hébétés, haletants, effrayés et euphoriques — « Et nous nous sommes jurés de ne jamais en parler, jamais, parce que c'était *sacré.* »

À l'école, il y eut des rencontres inattendues. Verrie Myers, qui soupirait après John Reddy, inquiète et téméraire, se mit à sortir, timidement, à l'insu de ses parents, avec un élève de terminale appelé Jake Gervasio (son père était le patron de la société de tonte Gervasio), dur et sexy à la façon de John Reddy, un type des classes techniques qui n'avait que mépris pour la bande des sportifs B.C.B.G. de Saint Albans Hill à laquelle Verrie appartenait mais présentait l'attrait certain d'être un copain d'Orrie Buhr, et donc un copain de John Reddy ; Verrie avouait, en frissonnant, avoir une « trouille bleue » de Jake et ne jamais aller en voiture avec lui « là où cela pouvait être dangereux ». Et Jake se comportait avec elle, disait-elle, « comme si j'étais une dame. Je ne plaisante pas ! » Mais un jour Verrie se retrouva dans les toilettes d'une aile de l'école où elle n'avait pas l'habitude de se rendre, coincée par plusieurs filles de terminale, dont Lulu Lovitt qui était la petite amie de Gervasio par intermittence depuis la troisième, et Verrie fut bousculée, malmenée, pincée et giflée par une Lulu furieuse — « J'étais terrifiée ! Je n'ai pas eu le temps de comprendre ce qui m'arrivait. Je suis entrée, et elles se sont jetées sur moi comme des oiseaux voraces ! Cette cinglée de Lulu portait un gilet de cuir, des clous d'oreilles, elle avait les cheveux crêpés comme une sorcière et elle m'a giflée en hurlant : "Toi et ces pimbêches de pom-pom girls, vous feriez mieux de laisser nos mecs tranquilles, ou vous le regretterez." Et elle m'a traitée... elle m'a traitée... » Mais Veronica Myers qui un jour au théâtre et au cinéma prononcerait n'importe quel mot, exécuterait n'importe quel geste, pourvu qu'ils lui soient prescrits par un autre, ne put se résoudre à répéter le monosyllabe grossier employé par Lulu Lovitt : nous en fûmes réduits à l'imaginer, en rougissant.

Les relations entre les garçons étaient encore plus tendues. Aucun d'entre nous ne se douta du ressentiment qu'éprouvaient les amis de John Reddy à l'égard des membres des équipes de basket et d'athlétisme qui n'avaient pas déposé en qualité de témoins de moralité jusqu'à ce que, un après-midi à la sortie de l'école, avant les vacances de Noël, Clyde Meunzer, tee-shirt noir, jean graisseux, cheveux en cul de canard sur la nuque et cigarette éteinte entre les dents, heurte délibérément Dwayne Hewson. Il y eut un bref échange de mots et, avant que Dwayne comprenne ce qui arrivait, Clyde lui décocha un swing, en disant : « Salopard, tu as laissé tombé John ! » Dwayne tituba, un air de stupéfaction totale sur le visage, trop étonné pour se défendre. Bien que Clyde fît trois centimètres et sept bons kilos de moins que Dwayne, il était bâti comme une borne d'incendie et savait se battre ; tandis que l'autre le regardait, hébété, la bouche déjà en sang, Clyde lança une autre droite, mauvaise, violente, en plein dans le visage offert de Dwayne, et l'envoya voler contre une rangée de casiers. Il y eut des cris, des hurlements perçants de filles. Chet Halloren, qui rangeait ses livres dans un casier voisin, racontait : « On n'avait pas l'impression que ce qui se passait se passait *vraiment.* Ça allait si *vite.* » Car il n'y avait jamais eu d'échanges sérieux de coups, rien qui ressemblât à une « bagarre », au lycée de Willowsville, dans notre mémoire collective. Chet, grand, mince, un bon élève au tempérament sardonique, « un sceptique à la Diogène » comme il s'était décrit lui-même dans notre annuaire scolaire, tenta néanmoins de s'interposer, et Clyde riposta par un habile coup de tête, qui ouvrit au-dessus de l'œil droit de Chet une entaille de cinq centimètres, dont il exhiberait fièrement la cicatrice irrégulière jusqu'à la fin de ses jours — « Un souvenir de mon adolescence dans les “rues chaudes” de Willowsville, État de New York. » En voyant Dwayne et Chet étalés par terre, et Clyde Meunzer en train de les injurier, les poings fermés, Ken Fischer fut attiré à son tour dans la mêlée, que, en dépit de la confusion, il avait très vite et très correctement interprétée comme *nous contre eux*, mais avant qu'il ait pu atteindre Clyde Meunzer, surgit de nulle part, silencieux comme un pit-bull, Orrie Buhr, qui lui fit une clé de bras brutale, le jeta à terre et lui frappa les côtes et le bas-ventre de ses bottes de motard à bouts coqués. Ken se rappellerait ensuite qu'Orrie Buhr comme Clyde Meunzer se marraient. Même pendant qu'ils injuriaient leurs victimes hébétées. « Ils nous ont traité d'“enfoirés de Blancs”... ça rime à quoi ? Eux aussi sont blancs, non ? » Ken qui s'était imaginé qu'on l'aimait bien, un type populaire qui en fait aimait la plupart des gens, en fut profondément secoué. Des malabars dont le nom et même le visage nous étaient quasiment inconnus, qui n'auraient droit dans l'annuaire scolaire qu'à une ligne laconique : *dominante — travaux manuels* —, se ruèrent hors de l'atelier de M. Hornby pour participer à la bagarre, hurlant le nom de John Reddy tandis qu'ils donnaient coups de poing, de coude, de pied et se colletaient avec des sportifs B.C.B.G. comme Smoke Filer, Jon Rindfleisch, et même Bo Bozer qui, plus que Ken Fischer, pouvait avoir des raisons de se croire leur ami, ensanglantant les nez, envoyant valser les corps contre les casiers et sur le sol, s'attaquant même à Bart Digger et à Ritchie Eickhorn qui s'étaient naïvement aventurés dans la zone dangereuse, brisant le nez de Dexter Cambrook, ébranlant la dent de lapin de Ketch Campbell et fracassant les lunettes à monture d'écaille toutes neuves de Petey Merchant. « Arrêtez ! Tout de suite ! » C'était M. Lepage dans son manteau de tweed anglais, une cravate de laine à motif cachemire autour du cou, qui frappait dans ses mains comme si ces grands gaillards d'un mètre quatre-vingts étaient de jeunes enfants. Il étonna tant Ray Gottardi, un de ses élèves, en l'empoignant par le col et en le tirant en arrière, que celui-ci cessa de marteler Ritchie Eickhorn de ses poings. Mais au même moment M. Hornby accourut et empoigna M. Lepage par le revers de son manteau, et le fit pivoter, en grognant : « Qu'est-ce qui se passe, bon Dieu ? Tu ferais bien de regarder où tu mets les mains, Frannie. » (M. Lepage s'appelait Francis. Aucun d'entre nous ne s'était douté avant cet incident que M. Hornby méprisait à ce point M. Lepage, et cette découverte, comme un secret de famille, nous émoustilla et nous perturba à la fois.) Blake Wells mitraillait la bagarre avec l'appareil photo qu'il s'était mis à apporter à l'école quand Jake Gervasio le remarqua, lui arracha l'appareil des mains et l'écrasa contre les casiers ; lorsque Blake osa protester, Jake le plaqua lui aussi à la volée contre un mur. (« Je ne savais pas ce que ça signifiait... "avoir le souffle coupé", disait Blake d'un air pensif. Maintenant je sais. ») M. Stamish arriva en courant, en criant : « Arrêtez ! C'est un ordre ! Tout de suite ! Messieurs ! » mais il dut trébucher, ou être poussé, car il s'étala de tout son long, et ses lunettes volèrent, et sa cravate s'entortilla comme un nœud coulant. Ray Gottardi dit ensuite, en riant : « Seigneur. J'ai regardé ce type qui s'accrochait à mes chevilles, et c'était Stamish. Une chance que ce vieux machin ne voie rien sans ses lunettes. »

La rixe ne cessa qu'à l'arrivée de la police de Willowsville, appelée par la secrétaire de M. Stamish.

Clyde Meunzer, Orrie Buhr et quelques autres furent désignés comme les meneurs et exclus définitivement du lycée ; les autres garçons des classes techniques qui s'étaient montrés « activement agressifs » furent "avertis" ; les victimes furent réprimandées, injustement jugèrent certains d'entre nous, pour « avoir participé à la barbarie et au chaos » au lieu de faire appel aux enseignants ou au personnel administratif. La plupart d'entre nous ne revirent jamais Clyde Meunzer ni Orrie Buhr. (Nous nous étions demandé où était Dino Calvo au moment de la bagarre et apprîmes par la suite qu'il avait quitté l'école pour aller travailler dans une usine de Lackawanna.) Bo Bozer nous raconterait toutefois lors de notre quinzième réunion que, l'année précédente, il était revenu à Willowsville avec sa famille (une femme, deux enfants) pour rendre visite à sa mère (le père de Bo, depuis longtemps brouillé avec les siens, était alors mort depuis six ans) ; ils s'étaient rendus dans une ferme en vogue, sur la route de Millersport, et Bo transportait des paniers de pommes et de pêches jusqu'à sa voiture quand il avait remarqué sur le parking un homme dont le visage lui avait paru familier. « Un grand type costaud qui avait à peu près mon âge, avec un gosse grassouillet d'une dizaine d'années, l'âge de Dennys, ils me dépassent, le type me regarde et une drôle d'expression se peint sur son visage. Et quelques minutes après je suis en train de charger le coffre, ma mère et ma famille bouclent leur ceinture dans la voiture, et je sens quelqu'un me taper sur l'épaule, je me retourne et, bon Dieu !... c'est Orrie Buhr. Il doit peser une quinzaine de kilos de plus. Il a le crâne aussi dégarni que moi. Il ne s'est pas rasé ce jour-là et a l'air d'avoir mal aux cheveux. Mais son acné a disparu, comme la mienne, et il n'a plus cette petite moustache minable. Il porte une casquette de base-ball des Buffalo Hawks, et moi aussi. Je dis : "Orrie ! Bonjour." Chaque fois que je rencontre quelqu'un du lycée, de cette époque-là, je me sens si heureux, si surexcité... plein d'espoir. Et en même temps j'éprouve presque de l'appréhension devant la force de cette émotion, parce que je ne vais peut-être pas pouvoir la maîtriser... vous comprenez ? Ouais. Donc je tends la main à Orrie et il reste là à me regarder, et à regarder ma main, comme s'il sentait une mauvaise odeur mais qu'il aime plutôt ça, et il sourit et dit à voix basse pour que personne d'autre, ni ma famille dans la voiture, ni son gosse qui est là à quelques mètres, n'entende : « Bozer, espèce de salaud... tu as laissé tomber John. » Et il m'appuie le plat de la main contre la poitrine et me pousse contre le capot ouvert du coffre, et *ça fait mal.* Et je dois avouer qu'à ce moment-là *j'ai peur.* Ma mère, ma femme et mes gosses sont dans la voiture et observent peut-être la scène, je n'en suis pas sûr, ils ne m'en parleront pas après et je ne leur en parlerai pas non plus. Et après ça, Orrie tourne les talons et s'éloigne. Sans se presser, en plus. Son gosse, qui a attendu et regardé la scène, a l'air effrayé lui aussi, mais fier de son papa, et tous les deux s'en vont tranquillement. Et moi je suis là, à côté de ma voiture, qui tremble. Qui tremble pour de bon, je vous assure. Si bourré d'adrénaline que j'ai l'impression qu'un courant électrique me parcourt, et je sais déjà que je vais être épuisé. J'ai eu envie de courir après Orrie et de lui dire : « Écoute, les gens normaux, sains d'esprit, les adultes, ne se conduisent pas comme ça. Ils ne se gardent pas rancune pendant quinze ans. Comme si le lycée, c'était hier. Comme si "John Reddy Heart", c'était d'hier. Je vais appeler mes avocats et je vais porter plainte pour agression, espèce de fils de pute. » Mais je me sentais blessé, aussi. J'avais toujours été l'ami de John Reddy — je le croyais — et je voulais témoigner en sa faveur mais, bon sang, mes parents m'en ont empêché. De toute façon, ma mère était déjà sens dessus dessous à cause du divorce, et parce que la mère de John Reddy rendait mon père marteau, alors je ne pouvais pas la contrarier davantage, mais je me suis vraiment senti dégueulasse de ne pas y aller, et peut-être, peut-être bien qu'Orrie Buhr n'avait pas entièrement tort, raison pour laquelle je ne lui ai pas couru après ; mais surtout, je dois l'avouer, j'avais la trouille de ce type. Je n'ai pas dit un mot, j'ai juste fermé le coffre et pris le volant, en espérant que personne n'avait rien remarqué. Pour résumer, je n'avais pas envie de me faire mettre le nez en sang, comme le coup d'avant. »

*

* *

Fidèlement pendant sa longue année d'absence nous écrivîmes à *John Reddy Heart c/o Centre d'éducation surveillée de Tomahawk Island.* Nous envoyâmes des cartes de Noël, des cartes d'anniversaire (John Reddy était né le 8 février). Nous lui envoyâmes de petits présents, dont des abonnements gratuits au *Weekly Willowsvillian* avec ses colonnes fébriles glorifiant nos activités et exploits innombrables, et au journal littéraire *Will-o'-the-Wisp*[1] corédigé avec amour par Evangeline Fesnacht et Ritchie Eickhorn. Même si nous savions apparemment d'avance que John Reddy ne répondrait jamais, sans parler de nous remercier. Son silence ne nous rebutait pas. Son indifférence, son mépris probable. Car il y avait quelque chose d'électrisant, un véritable tremblement physique chez certaines des filles, à écrire des lettres d'une intimité surprenante à un garçon enfermé à Tomahawk Island, dans le secret nocturne de nos lits lorsque nos parents nous croyaient bien endormies ou, plus audacieusement encore, au lycée. *Cher John Reddy, j'ai été si malheureuse. Je pense à toi sans arrêt. Tu dois te sentir bien seul dans cet horrible endroit. Je me sens si seule ici !* Nos visages étaient rayonnants et fiévreux. Une lueur de défi brillait dans nos yeux. Aucune des amies que nous avions dans d'autres lycées ne pouvait se vanter de quelque chose d'aussi prestigieux... « Correspondre avec un prisonnier ! Un assassin ! » disaient nos parents d'un air désapprobateur. Certains, comme M. Myers, étaient furieux. Certains étaient inquiets. Nous leur disions que John Reddy n'était pas un *assassin*, comment pouvait-il l'être, n'avait-il pas été *acquitté* ?

Après tout, c'était un jury d'hommes et de femmes adultes qui l'avait acquitté.

1. Feu follet. *(N.d.T.)*

Cet hiver-là, surgi de nulle part, un désir compulsif de tricotage s'empara des filles excitables, nerveuses et lunatiques de Saint Albans Hill. L'une de nos mères nous apprit la technique (« C'est mieux que de fumer, cela occupe les mains à quelque chose d'utile ») et en moins d'une semaine c'était devenu la marotte de tout le lycée. Naturellement, nous brûlions de tricoter des vêtements pour John Reddy Heart. Même si peu d'entre nous auraient assez de savoir-faire ou de patience pour terminer l'écharpe, ou les gants, ou le pull, que nous essayions de faire naître, et que plus rares encore seraient celles qui oseraient emballer cet article et l'expédier en prison à John Reddy Heart. Il semblait souvent que l'éclair et le cliquetis nerveux de nos aiguilles métalliques, le « une maille à l'endroit, une maille à l'envers, une maille à l'endroit, une maille à l'envers » que nos lèvres formaient et répétaient comme un mantra, la laine que nos doigts moites rendaient continuellement humide, n'eussent rien à voir avec un véritable produit, un vêtement, ni même avec John Reddy. Un jour, lors d'une répétition de *Notre petite ville,* exaspéré par le comportement de sa préférée Verrie Myers qui, lorsqu'elle n'était pas sur scène, se jetait sur ses aiguilles et se mettait à tricoter avec agitation, M. Lepage lui lança : « Pour l'amour du ciel, Veronica ! Qu'est-ce que tu tricotes ?... Tu crois que quelqu'un va vouloir porter une horreur pareille ? » Absorbée dans son tricot, Verrie fut tirée de sa transe par le bruit des rires ; M. Lepage était cruel, mais drôle. Elle bégaya : « Je... regrette, monsieur. Je ne sais pas ce que c'est. Au début, c'était un pull, un "cardigan bruyère écossaise"... mais maintenant — Verrie se leva, secouant l'objet qu'elle tricotait avec fièvre depuis des semaines, un rectangle de laine informe d'un vert boueux qui ne faisait pas immédiatement penser à un vêtement — c'est devenu quelque chose que je fais parce que je ne peux pas m'arrêter. Mes doigts ne peuvent pas s'arrêter. J'aimerais m'arrêter mais je ne peux pas. *Je ne sais pas ce que c'est.* » À la stupéfaction de notre professeur d'art dramatique, la belle Verrie fondit en larmes.

(Ce fut ce soir-là, nous confierait Verrie des années plus tard, que M. Lepage l'avait « touchée » pour la première fois... juste le dos de la main, d'abord, contre son poignet. Il l'avait regardée en fronçant les sourcils, avec l'air grave d'un médecin. Il lui avait pris des mains le pull informe, remarquant avec une ombre de répugnance qu'il était humide, et sentait l'humidité, à cause des mains moites de Verrie ; il avait posé l'ensemble à l'écart, disposant les aiguilles argentées de façon à ce que le tricot ne glisse pas. Il ne l'avait pas embrassée alors, mais lui avait pris le visage entre les mains et l'avait contemplée avec de bons yeux myopes. Savait-elle à l'époque qu'il était fou d'elle, demandâmes-nous ; et Verrie dit, embarrassée : « Oh ! Francis n'a jamais été à proprement parler fou de moi, on a beaucoup exagéré. »)

Le père de Verrie, écœuré, finit par lui prendre le « pull » et par le brûler dans la cheminée. Que devinrent les tricots des autres filles ? À notre trentième réunion, un barbecue monstre chez les Zwaart, Janet Moss nous fit rire en arrivant avec un « cache-col, je crois » qu'elle avait essayé de tricoter pour John Reddy Heart ; elle l'avait trouvé dans un coffre chez sa mère. La manie du tricot s'éteignit brutalement, nous laissant épuisées, les doigts si raides qu'ils pouvaient à peine remplir leur fonction de doigts.

On savait que Mlle Bird envoyait régulièrement de la lecture à John Reddy Heart en prison, achetée sur son modeste salaire de professeur. Elle avait pris l'initiative de lui donner des cours de rattrapage par correspondance, avec l'approbation du directeur de Tomahawk Island. Elle n'était jamais allée le voir. Peut-être n'aurait-il pas accepté de la rencontrer. Elle nous dit, d'un ton hésitant, mais avec l'émotion frémissante de qui trahit un vieil amant : « John Reddy avait du mal à lire. Il était probablement dyslexique. Cela pourrait également expliquer son côté soupe au lait. Mais personne ne savait ce qu'était la “dyslexie” à l'époque. On croyait que les jeunes affectés de ce trouble étaient “rebelles”, “peu coopératifs”. “Asociaux”. » Invitée d'honneur à nos réunions pique-niques de Tug Hill Park, Mlle Bird parlait avec gravité. « Mon élève le plus tragique. »

Nous échangions des regards. La nostalgie avec laquelle Maxine Bird, qui avait alors plus de soixante-cinq ans, parlait encore de John Reddy Heart, laissait penser qu'elle aussi avait été amoureuse de lui.

17

John Reddy dit : Viens faire un tour avec moi !
John Reddy dit : Mmmm baby viens faire un tour
[avec moi !
Dans ma Cadillac on courra les routes et on courra
[les mers !
John Reddy, Johnny Cœur rouge.

En fait, lorsque John Reddy Heart revint enfin à Willowsville, en novembre de notre année de terminale, après avoir « fait le maximum » à Tomahawk Island, nous le vîmes moins qu'auparavant. Il ne faisait partie d'aucune équipe sportive, n'allait pas à l'étude. « À croire qu'il est en quarantaine, ma parole. À croire qu'ils ont peur qu'il nous contamine. » Au lieu de la Cadillac vert acide qui passait en trombe dans certaines rues, John Reddy conduisait une Mercury déglinguée achetée à son employeur M. Farolino, qui, disait méchamment Chet Halloren, était couleur « dégueulis tout juste sec ».

La surprise fut que la famille de John Reddy ne revint pas à Willowsville avec lui. Nous nous étions attendus à ce qu'ils se réinstallent tous chez eux comme si rien n'avait changé, mais c'était une attente irréaliste, comme nous finîmes par le comprendre. « Après tout, il a tué un homme, hein ? L'amant de sa mère. On ne peut pas effacer ça d'un coup de gomme. » John Reddy n'habita pas le 8, Meridian Place, qui continua à rester vide, mais loua un appartement, dont le bruit courait qu'il était « plutôt triste, juste deux petites pièces » au-dessus du magasin de plats à emporter North China de Water Street. (Finalement, au mois de janvier de notre année de terminale, la maison des Heart fut vendue à un cadre de la société Merrill Lynch muté de Cleveland à Buffalo. Le bleu œuf-de-rouge-gorge controversé des volets et de la porte d'entrée disparut comme s'il n'avait jamais existé, remplacé par un vert foncé de bon ton. Une grande partie du jardin fut bêchée et remplacée par du gazon. L'épouse du cadre fut très vite acceptée par la bonne société de Willowsville, et invitée à devenir membre de la Ligue féminine du Village moins d'un mois après son arrivée ; polie et bien élevée, elle se disait néanmoins « franchement exaspérée » par les nombreuses remarques elliptiques qui lui étaient faites à propos du meurtre de Riggs, du scandale, etc., dont son mari et elle n'avaient absolument rien su au moment où ils avaient acheté la maison.)

Le bruit courut que la maison des Heart avait été vendue pour payer les frais de justice de John Reddy. Le bruit courut que la famille Heart était « dispersée ».

John Reddy travaillait après les cours et le samedi chez Farolino, Meubles et Menuiserie, comme il l'avait fait avant son arrestation et son emprisonnement. Il ne restait jamais dans l'enceinte du lycée après 15 heures 20, fin de son dernier cours. Le conseil scolaire du district l'avait autorisé à revenir au lycée à la condition qu'il ne participe pas aux activités sportives et extrascolaires ; il était même dispensé des cours de gymnastique. (« On dirait qu'ils veulent à toute force l'éloigner de moi, se plaignait l'entraîneur McKeever avec amertume. Comme s'il n'avait pas été assez puni. ») John Reddy avait perdu un an et demi de scolarité mais il avait étudié à Tomahawk Island, et il y avait eu les cours de rattrapage en anglais de Mlle Bird (« Il a eu B de moyenne... il travaille dur ») si bien qu'il fut admis dans notre classe de terminale. À presque dix-huit ans, il semblait plus vieux. Ses traits étaient sévères, sa peau rude. Il avait une cicatrice sur le sourcil gauche et sa paupière gauche tombait un peu, un souvenir, disait-on, de son arrestation sur le mont Nazaréen. (« Cet œil est vraiment sexy ! disait Bibi Arhardt en frissonnant. Il est toujours injecté de sang comme *s'il voyait trop de choses.* ») John Reddy ne portait plus son blouson de cuir noir (« Il paraît qu'il était éclaboussé de sang, il a dû s'en débarrasser pendant sa fuite ») mais une veste écossaise rouge comme l'on en voyait aux ouvriers que nos pères engageaient pour les travaux de charpente ou l'entretien de la pelouse. Il avait les cheveux coupés sauvagement court sur la nuque, mais longs et irréguliers sur les côtés et le sommet du crâne, d'un noir profond, raides et ternes comme la crinière d'un cheval. Lorsque des mèches lui tombaient sur le visage, on le voyait rejeter rudement la tête en arrière, ou les repousser d'une main, ou des deux mains, d'un geste qui nous semblait à la fois brutal et beau. (« On dirait qu'il veut se faire mal, observa Pattianne Groves. Qu'il est en colère. ») À Tomahawk Island, nous dit-on, John Reddy avait été battu et « persécuté ». Par des surveillants ? Par des surveillants et des codétenus, des types plus vieux. Pourquoi ? demandions-nous, et les garçons nous disaient, en échangeant entre eux des regards énigmatiques : « Parce qu'il résistait. » À quoi ? demandions-nous. Bo Bozer remuait les épaules avec gêne dans son blouson de cuir WHS, et disait : « Il résistait, c'est tout. John Reddy, c'est le genre de type qui se ferait tuer plutôt que de céder. »

Maintenant qu'il ne faisait plus partie des équipes de basket ou d'athlétisme, maintenant que les pom-pom girls ne scandaient plus *John Reddy on est prêtes ! John Reddy on est prêtes !* il était moins connu dans le lycée, naturellement. Même assis à côté de nous en classe, courbé sourcils froncés sur un cahier, ou marchant à grandes enjambées dans les couloirs, il semblait se tenir de l'autre côté d'un abîme. Il marchait aussi vite qu'avant mais paraissait plus grand, plus concentré, et peu d'entre nous auraient osé lui emboîter le pas pour tâcher d'entamer une conversation à sens unique. Tant de filles lançaient : « Salut, John ! », « Bonjour, John ! », qu'il semblait souvent ne pas entendre, même si, avec une politesse souriante et forcée que nous ne nous rappelions pas lui avoir vue avant ses ennuis, il levait les yeux, répondait d'un signe de tête ou en murmurant quelque chose d'inaudible qui ressemblait à « B'jour ». Ses anciens coéquipiers essayèrent d'engager la conversation en lui disant qu'il leur avait manqué, qu'il avait manqué à tout le monde, que rien n'avait été pareil sans lui, et John Reddy baissa la tête, sans qu'on sache s'il était gêné pour lui, ou pour eux, et marmonna : « Ouais. Merci. » Dwayne Hewson, qui se sentait, disait-il, un véritable dégueulasse parce qu'il avait cédé à son vieux et n'avait pas témoigné en faveur de John Reddy, dit : « Nous, euh, nous avons beaucoup pensé à toi. L'an dernier. Nous... » Sa voix s'éteignit misérablement. Bo Bozer dit, d'un ton embarrassé : « Ouais, John. On a été sacrément désolés par... tu sais. Toute cette merde. » Et Bo Bozer se tut, lui aussi. John Reddy était devant son casier, en train de faire les chiffres de sa combinaison, avec des gestes brusques et adroits. On aurait pu croire qu'il n'avait pas entendu Dwayne et Bo, perdu dans ses propres pensées, ou qu'il allait les ignorer, les mâchoires crispées, la bouche remuant en silence, puis il se retourna, et un sourire découvrit ses dents, un sourire forcé, faussement amical. Il semblait se faire un devoir de les regarder dans les yeux, pensa Dwayne. (« Et ce putain d'œil qu'il a, toujours injecté de sang. ») Il dit : « Ouais. O.K. Merci. Vous m'avez manqué aussi, les mecs. »

Plus tard, Dwayne nous dit que Bo, lui et un ou deux autres types de l'équipe de basket étaient restés plantés là comme des cons sans savoir quoi dire, ni s'il fallait dire quelque chose, ils avaient plus ou moins projeté d'inviter John Reddy ce week-end-là mais manifestement il n'avait pas envie de parler, du moins pas à ce moment-là, dans ce couloir de l'école où tous ceux qui passaient lui jetaient un coup d'œil, le dévisageaient carrément quand il ne s'en apercevait pas ou même quand il le faisait, et cela les avait un peu blessés, « même des cons comme nous avons des sentiments, vous savez ? », donc ils avaient répété à John Reddy qu'ils étaient contents de le revoir et *On se voit bientôt, d'accord ?* et John Reddy avait hoché la tête, déjà penché pour prendre quelque chose dans son casier encombré, sa veste écossaise tendue sur les épaules et la nuque empourprée comme par une émotion. Dwayne disait : « On s'est soudain rendu compte que John Reddy était un adulte, et nous des gosses. Il tâchait de nous faire plaisir. Il était *poli*, bon Dieu ! Lui qui avait tué un homme d'une balle dans le crâne ! »

C'était Katie Olmsted dans son nouveau fauteuil roulant aluminium et chrome qui avait été la première d'entre nous à voir John Reddy quand il était revenu au lycée, à la mi-novembre.

Mme Olmsted avait conduit Katie à l'école ce matin-là, comme elle le faisait presque tout le temps, maintenant. Lorsque Katie était dans un mauvais jour, il était important pour elle d'arriver de bonne heure. Pendant des mois, sa SEP (c'était comme cela que Katie l'appelait, d'un ton détaché... c'était moins terrifiant que « sclérose en plaques ») n'avait pas été trop grave, il y avait eu des bons jours où elle pouvait marcher presque normalement, et des mauvais jours où elle avait besoin d'aide pour sortir de son lit, mais à l'automne de notre année de terminale elle avait été assez malade, et se déplaçait désormais en fauteuil roulant, de sorte qu'elle entrait dans le lycée « par-derrière, via la rampe des infirmes ». (Katie parlait en plaisantant de sa maladie comme si elle mettait au défi ses amis de ne pas rire avec elle. Sa SEP avait étrangement modifié sa personnalité.) C'était un fait : la plupart de ceux qui avaient été des amis de Katie le restèrent, les filles du moins, parce que la plupart des garçons, et notamment ceux qui étaient sortis avec elle (Larry Baumgart, Jon Rindfleisch, Ray Gottardi... ce salopard) prirent leur distance. Lorsqu'ils ne pouvaient éviter de parler à Katie, ils se montraient empruntés, et gênés. Nous fûmes choquées d'entendre Katie, avec son audace toute neuve, lancer à un groupe de garçons dans la cafétéria : « Hé, les mecs... je ne suis pas contagieuse, vous savez ! Ça n'est pas la lèpre. » Les garçons rirent nerveusement, embarrassés. Et s'éclipsèrent aussitôt. Verrie Myers dit, indignée : « Ce sont des connards. Ne fais pas attention à eux. » Katie dit, en riant : « La moitié de l'humanité est constituée de connards ? Et je ne suis pas censée faire attention à eux ? Ça risque d'être difficile. »

Mme Olmsted avait laissé Katie à l'entrée arrière de l'école, juste de l'autre côté de la porte, comme sa fille l'avait souhaité. Katie avait appris à manœuvrer son fauteuil avec une certaine dextérité, résolue à ne demander de l'aide que si elle en avait absolument besoin. Nous respections son indépendance mais elle se fatiguait parfois vite, et l'épuisement qui se peignait sur son visage était terrible à voir ; malgré tout, il fallait faire attention... il fallait faire preuve de tact. Tout le monde, même les professeurs, avait appris à attendre que Katie demande de l'aide. « Donc il y avait quelqu'un derrière moi, il était sorti du bureau de M. Stamish et j'ai senti qu'il me regardait, j'ai quasiment senti le moment où il allait me toucher, toucher mon fauteuil, et j'ai dit : “Non merci ! Ce n'est pas la peine !” avant qu'il ait pu faire ou même dire quoi que ce soit. “O.K.”, a-t-il répondu. En fait, j'arrivais à une porte qui allait peut-être me poser des problèmes, alors je me suis retournée pour voir qui c'était... et c'était lui. C'était John Reddy Heart. » Katie marqua une pause, le souffle court. Sa peau pâle et fine s'était empourprée, et ses yeux, cernés de fatigue, brillaient. Avant sa maladie — avant que John Reddy fût envoyé en prison —, Katie avait fait partie de celles d'entre nous qui l'aimaient à distance respectable. Et, après le procès, elle avait eu ce rêve-vision de John Reddy, dont nous avions été jalouses. Elle lui avait écrit des lettres, des lettres intimes qu'elle n'avait peut-être pas envoyées, et elle avait tricoté pour lui, avec obstination et dévouement et non sans un certain sens de l'humour, un cache-col aux couleurs de l'école, bordeaux et or, biscornu, informe, qu'elle n'avait certainement pas envoyé. Elle nous disait, d'une voix haletante, les mots se bousculant sur ses lèvres : « C'était son premier jour. Lui aussi était arrivé de bonne heure. Il doit se présenter dans le bureau de M. Stamish tous les jours à huit heures et demie... parce qu'il n'ira pas en étude, ni à la réunion générale du matin. Comme s'il risquait de nous contaminer ! Il dit qu'il n'assistera pas non plus aux matchs. À rien de ce qui est "extra-scolaire". Tout ce qu'il veut, c'est obtenir assez de points pour avoir son diplôme de fin d'études en juin prochain. Il m'a dit qu'on lui avait donné un "pupitre" dans le bureau de Mlle Crosby, juste une table dont il peut se servir pour travailler. En atelier, où il apprend la menuiserie, la mécanique, le dessin à l'échelle, il a un établi au fond de la pièce. "On croirait que tu es un lépreux, John, ai-je dit. Comme moi." (Oui, je l'ai appelé John. Il poussait mon fauteuil à ce moment-là, et j'avais l'impression de glisser, et c'était bien. C'était magique. Comme si j'avais parfaitement pu le faire moi-même, ce qui est le cas bien sûr, mais que je lui permette de me pousser, comme une sorte de faveur entre amis.) Et il a répondu : "Hé ! ne parle pas comme ça de toi, Katie. (Je lui avais tout de suite dit mon nom, au cas où il ne le connaîtrait pas, pour que cela ne crée pas de gêne entre nous.) Ce n'est pas bien de dire ça." Il avait l'air blessé. Il a une voix basse, sérieuse, sombre, une voix d'homme, pas d'enfant. J'ai dit : "Bien ou pas bien, qu'est-ce que ça peut faire ? Depuis que je suis tombée malade, on n'arrête pas de me dire des choses 'bien' qui sont à quatre-vingt-dix pour cent bidons." Je ne voyais pas le visage de John Reddy mais j'ai senti que ça non plus, ça ne lui plaisait pas. Nous étions presque arrivés à la salle de Mlle Bird. Il avait fait un détour pour me conduire jusque-là, je suppose, mais je n'en avais pas vraiment conscience à ce moment-là. J'étais... très excitée, je crois. Bouleversée. Je pleurais peut-être un peu. Il a fait le tour du fauteuil et il a pris mes mains dans les siennes, j'étais trop étonnée pour m'écarter, trop étonnée pour dire quoi que ce soit. John Reddy a retourné mes mains et vu les paumes, les petites cicatrices sur mes paumes, je pouvais à peine le regarder, il avait les yeux si brillants que ça me faisait mal de les voir. Il a dit : "Tu n'es pas une lépreuse, Katie, et moi non plus." Je pleurais à ce moment-là, je crois. Je disais, avec colère : "Si, si, j'en suis une, bon Dieu, je suis une lépreuse, John Reddy, et toi aussi", et John Reddy a dit doucement : "Tu crois que Jésus était un lépreux, Katie ? Peut-être que Jésus aussi était un lépreux." Il avait déjà ouvert la porte de Mlle Bird pour que je puisse entrer, il m'a dit au revoir et quand je me suis retournée il avait disparu. »

Tu crois que Jésus était un lépreux ? Nous nous mîmes aussitôt à le murmurer. Même ceux qui ne savaient pas que c'était John Reddy Heart qui avait prononcé ces paroles, ni dans quelles circonstances.

(Naturellement, Katie Olmsted revendiquerait les circonstances en question : « Ç'a été une révélation pour moi. Comme si Jésus me parlait *personnellement.* » Jamais plus elle ne s'abandonnerait à un « noir désespoir désolé. Jamais ! ») Les paroles de John Reddy étaient à l'évidence énigmatiques. Il nous appartenait de les chérir sinon de les comprendre vraiment. *Peut-être que Jésus aussi était un lépreux.* Des mots secrets talismaniques notés avec soin sur des cahiers, gribouillés à l'intérieur des casiers et tracés au bâton de rouge flamboyant dans les toilettes des filles, non seulement au lycée mais dans tout le village et même à Amherst. En ce temps-là, un nombre surprenant d'entre nous priait. Nous devions croire Dieu attentif et fondamentalement compatissant. Nous fermions les yeux, nos lèvres remuaient en silence. *Jésus était-il un lépreux, lui aussi ? Comme moi ? Peut-être que Jésus aussi était un lépreux.* De nous tous, seul Blake Wells, qui serait auxiliaire médical du Peace Corps aux abords de la trentaine, envoyé dans une léproserie du Kenya, résisterait à la métaphore — « Les lépreux sont simplement des malades. Rien de plus. »

Des mois après que John Reddy Heart eut poussé le fauteuil roulant de Katie Olmsted, en mai de notre année de terminale, le révérend Ogden, jeune ministre quadragénaire de l'Église unitarienne de Willowsville, prêcha un sermon poétique intitulé « Peut-être Jésus aussi était-il un lépreux » — l'un de ses sermons les plus émouvants et les plus édifiants, de l'avis général.

À l'insu de nos parents, nous nous étions mises, au mois de novembre de cette année-là, à rôder dans le bas Willowsville après la tombée de la nuit. Où nous n'avions pas plus de raison de nous trouver que nous n'en aurions eu de traîner dans les quartiers durs du centre de Buffalo. Comme des types rôdant en voiture dans la rue chaude de la ville en quête de filles de Cheektowaga à embarquer. En quête d'ennuis. Sauf que ce n'étaient pas des ennuis que nous cherchions mais John Reddy Heart.

« Oh mon Dieu ! J'en mourrais si quelqu'un savait. Si *lui* savait.

— *Lui* ne dirait rien. »

Nous étions malades d'appréhension, car nous étions des jeunes filles sages. Nous étions haletantes ! honteuses ! grisées par notre audace ! Nous avions pour destination Water Street, au sud de Main Street. Le revers obscur de notre village-boîte à bijoux. Où, au-dessus des vitres perpétuellement embuées du North China, que personne ne fréquentait dans notre entourage, John Reddy Heart, notre camarade de classe, vivait seul, comme aucun autre élève du lycée de Willowsville ne vivait seul. Comme aucun autre garçon de dix-sept ans de notre connaissance ne vivait seul.

« Ce n'était pas seulement ça. Pas seulement lui. C'était... — la quadragénaire blessée au visage ridé de petite fille qui nous avait étonnés en soutenant être Shelby Connor, « Shelby Connor anciennement Simms », essaierait un jour de nous expliquer une facette mystérieuse de notre propre expérience — ... c'était être attirées comme des papillons de nuit par ce moment à la fin du jour, ce moment tendre, presque inexprimable, où les lumières s'allument, les phares, les réverbères, les devantures, les lampes dans les maisons, la lune, les étoiles... et où le monde n'est plus solide, fait de brique, de pierre, de béton, de bois, mais un endroit magique étayé de lumières. Vous vous rappelez ?... nous descendions de Saint Albans Hill dans le quartier de John Reddy et là tout était *sombre*, tout était *nuit*. Et, si sa fenêtre était éclairée... »

À l'insu de nos parents. À l'insu de nos pères, qui nous aimaient trop pour nous faire confiance, ou pour nous confier au monde. Les filles vierges de Willowsville, État de New York, qui quitteraient bientôt leurs foyers mais qui, en cette dernière année de lycée, vivaient encore sous leurs toits protecteurs. Dans leurs maisons lourdement hypothéquées, dans des quartiers résidentiels aux rues bordées d'arbres, sur des terrains coûteux. « Si papa l'apprend, il me *tuera. Je ne plaisante pas.*

— Moi non plus, je ne plaisante pas. Papa *aussi* me tuerait ! » Nous riions ensemble. Nous frissonnions. Sur la banquette arrière de la voiture de Verrie où nous nous entassions à quatre, ou peut-être à cinq, nos mains glacées s'étreignaient. Nous descendions Main Street en direction du sud, dépassions les élégantes vitrines éclairées de l'avenue de la Mode, ces mirages scintillants qui auraient le pouvoir de susciter dans nos rêves des quarante années suivantes, et au-delà, ce sentiment vif-argent d'espoir, d'euphorie, de certitude et de bien-être que l'on ne trouve peut-être que dans les rêves. Nous parlions de John Reddy Heart, nous racontions ce que nous avions appris à son sujet les jours précédents. Que chez Farolino, Meubles et Menuiserie, il travaillait des heures au fond de l'atelier sans prononcer un mot. M. Farolino, qui était plutôt volubile de nature, avait appris à ne pas l'embêter. Mais il y avait des clients qui entraient dans l'atelier, curieux, cruels. Qui le dévisageaient. Qui parlaient à voix basse à

M. Farolino (« C'est le garçon qui... ? C'est... John Reddy Heart ? *Ici ?*) et même parfois directement à John Reddy, en lui demandant comment allait sa mère, sa famille, ce qu'il ferait après son bac,... et John Reddy marmonnait une réponse, ou continuait à travailler en gardant « un silence digne ». Bart Digger nous avait dit qu'un connard lui avait même carrément demandé : « C'était comment, là où vous étiez ?... dans "l'île aux Indiens" », mais on ne savait pas ce que John Reddy avait répondu. Une information nous était parvenue par l'intermédiaire de la mère de Mary Louise Schultz qui l'avait apprise d'Agnes Scroop qui était une amie intime de notre conseillère d'orientation Mlle Crosby : manifestement, John Reddy avait espéré entrer dans l'armée de l'air après son bac, son père avait été pilote dans l'armée de l'air et était mort en service actif — « Mais, bien entendu, c'est exclu maintenant. On n'entre pas dans les forces armées américaines lorsque l'on a un *casier judiciaire.* Que l'on est un *ex-détenu.* » En entendant cette nouvelle cruelle, brutale, nous nous essuyâmes les yeux avec colère. « Oh mon Dieu. John Reddy. Ils font de toi un martyr.

— Un lépreux, tu veux dire.

— Un lépreux, oui ! »

Et l'on nous rapporta aussi une étrange remarque de John Reddy, qu'il passait pour avoir faite pendant le cours de géométrie de M. Salaman — « Ce n'est pas parce qu'on prouve quelque chose que c'est vrai. » Avec sa truculence et son ironie habituelles, M. Salaman avait passé un quart d'heure à donner au tableau la solution d'un devoir alambiqué et, lorsqu'il avait fini et s'était retourné pour savourer l'expression d'effarement et de panique peinte sur le visage de ses élèves,

John Reddy, qui, comme dans toutes les salles de classe à l'exception de l'atelier, était assis au premier rang, à l'extrême droite, pour être sous l'œil d'aigle du professeur, avait bougé violemment ses longues jambes sous son pupitre et murmuré d'un ton sceptique : « Ce n'est pas parce qu'on prouve quelque chose que c'est vrai. » M. Salaman l'avait longuement dévisagé, chose qu'il faisait rarement, parce qu'il ne l'aimait pas, ou le craignait, sa présence d'adulte au milieu d'adolescents ; il avait paru préparer une réplique, une de ses répliques cinglantes, puis y renoncer. Aucun des professeurs de John Reddy Heart n'avait envie de l'affronter.

Richard Eickhorn rapporterait la remarque énigmatique de John Reddy dans *Amérique, j'entends ton cœur se briser* : « Ce n'est pas parce qu'on prouve quelque chose que c'est vrai. » Ritchie n'attribuait pas cette déclaration à John Reddy Heart mais elle figurait entre guillemets au début d'une section et, bien entendu, nous la reconnûmes tous. Ketch Campbell dont le pupitre était voisin de celui de John Reddy affirma que, en réalité, celui-ci avait dit, exaspéré : « Merde. Ce n'est pas parce qu'on prouve quelque chose que c'est *vrai.* » Ray Gottardi avait affirmé que John Reddy avait dit, assez fort pour que toute la classe entende : « Des conneries ! Ce n'est pas parce qu'on prouve quelque chose que c'est *vrai.* » Steve Lunt, qui était, ce matin-là, un des trois seuls élèves à avoir trouvé la solution du problème, qualifia la remarque de John Reddy d'« illogique. On ne peut "prouver" la vérité de quelque chose que si c'est vrai. » Mais Clarence McQuade, qui prenait des cours de mathématiques avancées avec M. Sternberg, un autre professeur de maths du lycée, affirma que la remarque de John Reddy était « profonde... s'il savait de quoi il parlait ».

Plus tard ce soir-là il pleuvrait, et la pluie se mêlerait de neige mais pour l'instant une lune d'une blancheur d'ossement brillait dans le ciel.

Comme la lune nous attirait. Et le vent !

Nous étions impressionnées par la façon dont Verrie conduisait sa nouvelle voiture. Sans rater un seul feu vert dans Main Street. Nous n'étions pas jalouses de Verrie, nous adorions sa voiture : l'Olds décapotable jaune canari que ses parents lui avaient offerte pour son seizième anniversaire. Elle scintillait comme une décoration d'arbre de Noël. Les sièges étaient recouverts d'un cuir caramel doux comme une peau humaine et sentant si fort le neuf que l'on en avait le souffle coupé. « Une jolie voiture pour une jolie fille », avait dit M. Myers, en nous faisant un clin d'œil, lorsqu'il en avait tendu les clés à Verrie devant nous. Nous savions que, le moment venu, nous recevrions nous aussi une voiture en cadeau d'anniversaire. C'était Willowsville, et nous étions des filles de Willowsville. Tels des soupirants, nos pères s'efforçaient de nous faire plaisir même quand ils désespéraient de se faire obéir. Donc nous n'étions pas jalouses de Verrie Myers, nous adorions sa voiture et nous nous la rappellerions toute notre vie : les sièges luxueux, le ronronnement séduisant du moteur, les lumières du tableau de bord pareilles à un code, la radio réglée bas sur WWBN-AM, la « Radio merveilleuse », qui passait heure après heure tous les succès pop du Top 50, dont un nouveau tube, « Le Blues des cœurs brisés », que nous chantions à tue-tête. Verrie, les yeux larmoyants, s'écria :

« Quelqu'un veut bien me passer une clope ? *J'en meurs d'envie.* »

Nous dépassions Spring Street. La station-service Sunoco, toute noire, avec ses drapeaux claquant au vent. La pépinière Burnham, toute noire, où, un été, certaines d'entre nous avaient aperçu John Reddy torse nu, tanné comme un Indien, en train de travailler en plein soleil. Et maintenant nous dépassions North Long, et nous tournions dans Water Street, étroite, criblée de nids-de-poule, descendant jusqu'à un pont de planches cahoteux qui franchissait Glen Creek. Une brume montait de la rivière comme la peur dans nos entrailles. « C'est un peu... cinglé, non ? Peut-être qu'on ne devrait pas...

— Tu ne voudrais pas te taire ! » Nous ne pensions pas à nos pères dont les voix murmuraient à nos oreilles des avertissements pleins de rage impuissante. *Si jamais je t'y prends. Si jamais j'entends parler de. Ce garçon. Ce criminel. Ce voyou. Si tu me désobéis. Si toi, ma fille. Si.* Non, nous pensions : John Reddy Heart serait-il chez lui ? Dans son appartement ? Si oui, passerait-il devant une fenêtre ? S'il passait devant une fenêtre, regarderait-il dehors ? Dans la rue, en bas ? Nous reconnaîtrait-il ? Devions-nous l'appeler ? Oserions-nous l'appeler ?

L'immeuble de grès miteux était devant nous, et le North China. Et la vieille Mercury cabossée de John Reddy le long du trottoir. « Il est chez lui. »

Ses fenêtres étaient éclairées. Impossible de faire marche arrière.

Verrie arrêta la voiture avec brusquerie. Nous vîmes une ombre, une silhouette, passer fugitivement devant la fenêtre. « C'est... lui.

— *Lui.*

— Nous ferions mieux de partir. Nous... » Mais nous étions déjà sur le trottoir. Nous murmurions avec fièvre, agrippées les unes aux autres ; le vent emportait nos paroles. Nous riions. Léchées par les flammes bondissantes de l'hystérie. L'une de nous, peut-être Verrie, mit ses mains en coupe autour de sa bouche et appela doucement, d'une voix à donner le frisson : « John ? John Reddy ? » L'une de nous la gifla. L'une de nous recula à l'aveuglette et heurta quelque chose, une poubelle, qui se renversa et roula bruyamment sur le trottoir. Un couple qui sortait du North China nous jeta un coup d'œil avant de monter en voiture et de démarrer. Nous avait-il reconnues ? Nous détournâmes nos visages enfiévrés. La fenêtre de John Reddy avait été soulevée de quinze centimètres. « Qui est là ?... » Nous le vîmes se pencher au-dehors, regarder dans la rue. Ses cheveux pendaient, lui cachant en partie le visage. Nous nous serrâmes les unes contre les autres pour dissimuler notre nudité. Verrie chercha à tâtons ses clés de voiture, qui lui échappèrent des doigts et tombèrent sur le trottoir. Nous nous affolâmes en entendant les pas de John Reddy dans l'escalier. La porte s'ouvrit et il se pencha, les yeux fixés sur nous. Il se gratta le torse de l'ongle d'un pouce. Il portait un tee-shirt, un jean. Une barbe bleuâtre couvrait son menton. Il respirait vite, de petits nuages de vapeur à peine visibles. Quand s'était-il mis à pleuvoir, quand la pluie s'était-elle mêlée de neige, quand la lune éclatante avait-elle disparu ? Un vent facétieux soufflait à nos visages de jolies filles de la poussière et des bouts de papier. John Reddy nous dévisagea tour à tour, nous reconnaissant peut-être, ou peut-être pas. Il était inconcevable que plusieurs d'entre nous, des pom-pom girls, eussent un jour hardiment chanté, en compagnie de centaines de spectateurs déchaînés ainsi que de John Reddy Heart et de ses coéquipiers en sueur : « John Reddy on est prêts ! JOHN REDDY ON EST PRÊTS ! » car nous n'étions pas prêtes et n'aurions pu, en dehors de l'enceinte éclairée du terrain de basket, en dehors du délire contenu du match, oser pareille invite.

Nous ne pouvions nous cacher nulle part. Avec son accent texan traînant, John Reddy dit : « Eh bien, merde. Entrez. Je m'attendais pas à avoir de la compagnie ce soir, mais bon... » Comme s'il avait l'habitude de cette manœuvre, John Reddy ne monta pas le premier mais nous fit passer devant lui, une par une, dans l'étroit escalier menant à son appartement. Nous étions silencieuses, terrifiées. Incapables même de nous regarder. Nous fuîmes dans l'escalier comme des oiseaux que leurs ailes ont trahis. Au sommet des marches, nous débouchâmes dans un espace violemment éclairé — « Un peu comme quand on prend de l'oxyde d'azote chez le dentiste. Cette terrible sensation, nauséeuse, excitante, de lâcher prise. De ne pas pouvoir ne pas lâcher prise. On ne dort pas, mais on n'est pas conscient non plus. On est paralysé. On n'est pas soi-même. On est plus profond, d'une certaine façon. » John Reddy Heart referma si doucement la porte que nous n'entendîmes pas le *clic* de la serrure. Ou, si nous l'entendîmes, ce fut avec un temps de retard, comme un écho. On entendait le cognement sourd d'une musique. Pas de paroles, juste de la musique. Il avait déjà pris l'une de nous par la main. Il l'attira contre lui, et lui prit les deux mains. « Eh ! N'aie pas peur. Personne ne te fera faire quelque chose que tu n'as pas envie de faire, O.K. ? » La lumière était aveuglante mais chaude et réconfortante. Il y avait l'idée que, bien que tout fût baigné de lumière, on ne serait pas vus ; on ne serait pas reconnus. John Reddy se moquait de nous, mais gentiment. Il conduisit l'une d'entre nous, peut-être Verrie, ou peut-être Trish Elders, dans la pièce voisine, apparemment la chambre à coucher de John Reddy. Doucement, la porte se referma derrière eux. Effrayées, sans oser nous regarder (comme dans les vestiaires certaines d'entre nous évitaient de se regarder par pudeur ou à cause d'une émotion plus forte et moins définissable que la pudeur), nous ôtâmes nos vêtements en vitesse. Nos pulls, chemises et jupes de la Tartan Shoppe. Nos slips de rayonne, nos soutiens-gorge de coton blanc. Alors seulement, tremblantes, nous osâmes lever les yeux. Quels corps ravissants ! Nos visages étaient flous mais nos corps étaient curieusement illuminés, d'une pâleur de perle, minces mais bien faits, seins, mamelons, l'aréole brun rose autour des mamelons, le croissant d'ombre sous chaque sein. Nous regardâmes nos ventres parfaits, le joli galbe de nos cuisses et de nos hanches. La dentelle duveteuse des poils pubiens — pâle chez certaines, foncée chez d'autres. Nous nc savions pas que nous étions si belles. John Reddy était revenu, et conduisait une autre d'entre nous dans sa chambre à coucher. « Je m'arrêterai quand vous le voudrez, O.K. ? » Nous riions, agrippées les unes aux autres. Nous n'arrivions pas à reprendre notre souffle ! Nous étions plus nombreuses dans l'appartement de John Reddy que nous ne l'avions cru. Six, ou sept. Peut-être huit. Dix ? Une douzaine ? L'une de ces filles était Bibi Arhardt, qui était comme une sœur pour nous, le genre de sœur avec qui l'on se dispute, mais que l'on aime, même si Bibi n'était pas membre du Cercle et ne pourrait jamais l'être. Il y avait aussi Katie Olmsted, sur ses deux jambes et pas dans son fauteuil roulant, le corps aussi plein de santé que le nôtre bien qu'elle se déplaçât avec difficulté, en ayant besoin de l'appui de nos bras. John Reddy était dans la pièce avec nous, et John Reddy n'était plus là. John Reddy nous embrassait chacune son tour et nous emmenait l'une après l'autre dans la pièce d'à côté. Là aussi, étonnamment, il y avait une lumière chaude aveuglante. L'une d'entre nous s'arrêta sur le seuil, en bégayant : « J'ai peur. Je... » et John Reddy dit avec douceur : « O.K., comme tu voudras, mon chou. » Elle murmura : « Ne me renvoie pas, John Reddy », et John Reddy rit. « O.K., mon chou. Tu parles que je vais te renvoyer. » La bouche chaude de John Reddy, les mains chaudes de John Reddy, le corps chaud, mince et musclé de John Reddy, couvert de volutes de poils noirs, épais et humides, sur le torse, le bas-ventre et les cuisses. Le pénis dressé, gorgé de sang, de John Reddy, poussant comme un étrange fruit mûr entre ses jambes. « J'ai peur, ne me fais pas mal, ne me renvoie pas, John Reddy ? S'il te plaît ? »

Cela continua ainsi, toute la nuit. Un vent de novembre sauvage et impitoyable, venu du Canada, soufflait sur le lac et faisait trembler les fenêtres de John Reddy dans leurs chambranles.

18

John Reddy a sauté dans sa vieille Caddie et mis les
[gaz.
John Reddy a dit : Je me tire d'ici.
On a regardé et regardé et regardé.
John Reddy s'était tiré.
John Reddy, Johnny Cœur rouge.

Ce n'était évidemment pas la Cadillac, qu'il avait abandonnée aux flics et au cours naturel de l'oubli, mais la vieille Mercury surbaissée, mangée de rouille et sans couleur qu'il avait achetée à M. Farolino, son employeur, pour (nous dit Ray Gottardi, épaté) à peine deux cent cinquante dollars — « Bien entendu, John l'a sacrément bricolée, cette tire. » Pour l'essentiel, néanmoins, la chanson disait vrai, il sortit de nos vies sans dire au revoir, ne vint même pas à la cérémonie de fin d'année recevoir son diplôme et serrer la main de M. Stamish. Et il ne vint pas non plus au bal des terminales. Nous l'attendîmes des heures, et nous l'attendons encore. « Nous l'avions élu roi du bal. Même si ça n'a pas marché. Et si cela avait marché, il n'aurait pas été là. *J'aurais du mal à le lui pardonner.* »

C'était une époque délirante. Un tour de montagnes russes. Certains d'entre nous, trois d'entre nous, tombèrent, moururent. (La copine de Smoke survécut, moyennant de « délicates opérations de chirurgie plastique faciale ». Cette dernière année de lycée à Willowsville, l'année de notre terminale. La dernière année où nous serions le plus fidèlement nous-mêmes « semant les pièces d'or à poignées » (comme dit le poème). Nous n'arrivions pas à reprendre notre souffle ! Certains de nos professeurs nous rabrouaient : *Levez le pied !* Nous étions hébétés, fascinés. L'avenir fonçait sur nous comme un vent de tempête — une lumière éblouissante, aveuglante. Nous étions excités, nous étions terrifiés. « Salut les gosses. Gentils petits idiots. Si seulement vous saviez. Mais... vous ne savez pas. » Suzi Zeigler devint toute raide d'humiliation quand son père entra d'un pas traînant dans le salon, un verre à la main, l'œil larmoyant, portant ce qui était apparemment une veste de pyjama en flanelle et un bermuda fripé, aucun d'entre nous ne sut quoi répondre, nous sourîmes d'un air malheureux *Bonjour, monsieur Z., comment allez-vous monsieur Z., oui monsieur ça se passe bien.* Nous nous dîmes que Suzi avait dû garder archisecret que son père avait été balancé de son boulot de juriste chez Lackawanna Steel, on était forcés de la plaindre mais ça ne nous rendait pas les choses plus faciles. Il était plus difficile de comprendre l'attitude de Bart Digger — son père était transféré à Peoria, dans l'Illinois, ce qui avait l'air d'une mauvaise plaisanterie, et Bart disait à ses amis qu'il s'en fichait, de toute façon il partait pour l'université l'année suivante, il avait été admis à Yale, qu'est-ce que ça pouvait bien lui foutre que ses parents déménagent à Peoria, dans l'Illinois — « Et puis, de toute façon, Willowsville tire à sa fin », disait Bart avec amertume. (Pourquoi Bart était-il si amer ? Son meilleur ami, Clarence McQuade, savait : il était tombé ridiculement amoureux de la fille la plus insaisissable, la plus inaccessible du Cercle... Veronica Myers. « Une de ces filles qui ne vous pisserait pas dessus si vous étiez en feu », disait Clarence avec un sourire méchant.) Le père de Bo Bozer avait quitté Willowsville. Le père de Shelby Connor, âgé de quarante-quatre ans à peine, avait eu une crise cardiaque bénigne et était de retour chez lui, ce qui enthousiasmait Shelby — « Au moins, maintenant, nous savons où est papa ! » Irma Skelton et Laetitia Riggs choquèrent leurs amies en s'associant pour ouvrir le Carton à chapeau, une boutique vendant des « chapeaux de qualité pour dames » à Amherst. La nouvelle la plus triste concernait la mère d'Elise Petko, membre de l'Association des parents d'élèves et des professeurs, un cancer des ovaires à l'âge de quarante-six ans et elle fut emportée en moins de six semaines, déjà dans le coma quand Elise sut qu'elle avait obtenu une bourse pour l'université de Barnard — « Maman aurait été si fière, dit-elle, assommée de chagrin. Peut-être qu'elle le sait quand même, d'une certaine façon ? » Nous consolâmes Elise que nous n'avions jamais aimée, ou pas beaucoup, jusqu'alors ; nous l'invitâmes à déjeuner avec nous dans la cafétéria de l'école, et même à nous rejoindre dans notre box du Crystal, où nous protégions des regards son mince visage ravagé de larmes. Plus tard, nous cajolerions Dexter Cambrook pour le persuader d'inviter Elise au bal des terminales, nous doutant que ni l'un ni l'autre n'auraient de partenaire de toute manière, alors pourquoi pas Elise et Dexter, deux grosses têtes aux dents d'écureuil, aux lunettes à monture d'écaille et à l'haleine puante ? Nous riions tendrement en les imaginant tenter de s'embrasser sans respirer. C'était une époque de fièvre érotique et de confusion. Dès le jour où John Reddy nous revint, où il poussa le fauteuil roulant de Katie Olmsted jusqu'à la salle de Mlle Bird, il régna un sentiment de désorientation excitée comme on en imagine à bord d'un paquebot fou en train de sombrer. On entendait continuellement parler de baisers, de pelotages, d'« aller jusqu'au bout... presque », sans que ce soit toujours lié à des individus, des identités spécifiques. Comme si de tels actes, commis dans l'intimité, pouvaient être anonymes ; ou attribués à n'importe qui. On entendait dire, le lundi matin, que le samedi soir la moitié de l'équipe de basket s'était envoyé la moitié de l'équipe des pom-pom girls dans la piscine de Sandi Scott — « Il n'y avait quasiment plus d'eau dans la piscine ! Des capotes flottaient partout, même dehors, sur la pelouse ! » Pourtant, on entendait dire que la même Sandi Scott était une des filles qui avaient participé à « une orgie ou quasiment » dans la maison de Roger Zwaart, alors que Roger Zwaart, ou quelqu'un qui lui ressemblait beaucoup, et Millie LeRoux, ou quelqu'un qui lui ressemblait beaucoup, « se tripotaient comme pas permis » dans la rangée du fond du Glen Theatre pendant la dernière séance de *Bonnie and Clyde*. M. Stamish avait été surpris en train de supplier sa plus jeune secrétaire de lui accorder un rendez-vous ; l'entraîneur McKeever et Heidi Flechsenhauer, la professeur de gym des filles, avaient été surpris en train de se quereller comme des amoureux dans le gymnase après les cours ; Mlle Bird, les cheveux toujours plus roux et les talons toujours plus aiguilles, passait pour avoir été aperçue en compagnie de certains collègues mariés, dont M. Lepage, M. Dunleddy et même M. Sternberg, qui avait les cheveux blancs et marchait avec une canne, dans des endroits publics obscurs comme le musée historique du Canal de l'Érié à Lockport ou le bateau d'excursion *Maid of the Mist* à Niagara Falls. Jenny Thrun, qui jouait de la flûte et assistait souvent à des concerts de musique de chambre à Buffalo, nous rapporta que, un soir, Mlle Bird, M. Dunleddy et John Reddy Heart avaient assisté ensemble au Kleinhans Music Hall à un concert de quatuors de Beethoven. Un autre soir, les parents de Jon Rindfleisch virent Mlle Bird, M. Dunleddy et « ce jeune Heart, l'assassin » dîner ensemble au Hungarian Village, un restaurant couru de Swan Street, à Buffalo — « Cette Bird, dont Jon dit qu'elle est si excentrique, leur étreignait la main à tous les deux et les regardait avec une intensité ! À croire qu'ils étaient de la même famille, une famille bizarre et sinistre. » Larry Baumgart quittait son cabinet du centre dentaire d'Amherst quand, assurait-il, il avait vu Mlle Bird et John Reddy entrer dans un autre cabinet — « Plutôt précipitamment, comme s'ils ne voulaient pas qu'on les voie. Ça tient debout, non ? Les dents de John Reddy doivent être dans un sale état après Tomahawk Island. » Un après-midi de fin d'automne, Dexter Cambrook était à demi caché par une clôture en train de regarder négligemment l'entraînement de l'équipe féminine de hockey derrière le lycée, le ciel ressemblait à une planche à laver grise, un vent froid soufflait, mais les filles transpiraient, galopaient comme des Walkyries dans leurs shorts bordeaux et leurs maillots scolaires à capuchon, se hélaient en riant, Dexter était certain de ne pas les épier bien qu'il eût peut-être choisi de suivre Pattianne Groves de ses yeux admirateurs, quelle joueuse impressionnante c'était, ses longs cheveux ondulés auburn ramassés en une queue-de-cheval fouettaient follement l'air quand elle courait, le vent soulevait sa frange bien droite en découvrant son front parfait, le cœur de Dexter fit une embardée lorsqu'il remarqua des taches d'humidité en forme d'ailes sur le dos de Pattiane, filtrant délicatement à travers son maillot, il contemplait d'un air rêveur cette fille qui semblait avoir émergé comme un ange de la horde piétinante de ses coéquipières, un ange de colère avec sa crosse étincelante, ses yeux lumineux réduits à deux fentes, ses ravissants genoux lançant des éclairs de lumière, ses longs pieds robustes chaussés de baskets blanches crottées martelant l'herbe gainée de givre, Dexter se sentit traversé par l'esprit impétueux de Pattianne avec le bonheur et la certitude de l'amour, *Je n'ai pas besoin de le lui dire, je n'ai besoin de le dire à personne, je n'ai pas besoin d'être aimé en retour...* et l'instant d'après il était par terre, dans les pommes. « Quelque chose m'a heurté le côté de la tête, quelque chose qui ressemblait à une petite pierre. Une pierre voyageant à la vitesse de la lumière. On m'a dit que j'avais été commotionné, je devais être dans les pommes, mais il me semble que je savais ce qui se passait, j'ai entendu des cris et des hurlements, j'ai entendu *sa* voix — “Oh ! mon Dieu, qui est-ce ? Dexter Cambrook !” — elle était accroupie près de moi, haletante, les yeux écarquillés, tenant sa crosse de hockey à deux mains, et elle disait : “Oh ! mon Dieu, il est mort ? Je l'ai tué ? Dexter, réveille-toi !" Je voyais des larmes dans ses yeux, je la voyais se mordre la lèvre inférieure, la pauvre Pattianne était si effrayée, si malheureuse, que j'ai essayé de sourire, j'ai réussi à remuer les lèvres : "Si tu m'as tué, Pattianne, ce n'est pas grave, je t'aime." Et puis Mlle Flechsenhauer a pris les choses en mains, et le reste appartient à l'histoire. » Dexter fut transporté dans l'école, ranimé, puis emmené à l'hôpital général d'Amherst pour des radios. Il lui semblerait, à en juger par le comportement ultérieur de Pattianne Groves, sa gentillesse polie et légèrement embarrassée, qu'elle ne l'avait pas entendu déclarer qu'il l'aimait ; peut-être n'avait-il pas parlé à haute voix ; bien qu'il fût certain d'avoir été conscient. En racontant cette histoire, des années et finalement des décennies plus tard, Dexter soutiendrait qu'il avait le souvenir de Pattianne agenouillée près de lui et lui touchant — « C'était presque une caresse » — le front ; et que cela en avait valu la peine, la douleur, le choc, la bosse grosse comme un œuf de pingouin ; mais un témoin davantage digne de foi, Bunny Cornish, la coéquipière de Pattianne, nierait catégoriquement que celle-ci eût touché Dexter — « Son père était avocat-conseil, alors elle savait forcément qu'il ne fallait pas toucher sa victime. De toute façon, ce pauvre Dexter était dans les pommes. Il avait les yeux révulsés, et tout ce qu'on voyait c'étaient des *raisins blancs*. Berk ! » Bien qu'il en voulût à Mary Louise Schultz de l'avoir laissé tomber pour recommencer à sortir avec le courtois Smoke Filer qui conduisait maintenant une Thunderbird rouge sexy, Art Lutz continuait à rêver d'elle et à la suivre des yeux, au lycée, avec un air si idiotement énamouré que ses propres copains n'avaient pas le cœur de se moquer de lui. De désespoir, Art sortit avec une succession de filles, des filles qu'il choisissait délibérément *pas* comme il faut, Tessa Maypole, par exemple, qui passait pour s'être envoyé l'équipe de football américain au grand complet ; il restait des heures avec Tessa dans la Dodge Castille de son frère mort Jamie ; mais bien que Tessa se laissât toucher, caresser, étreindre et à l'occasion pétrir les seins, qui avaient la texture élastique de balles de caoutchouc grosses comme des melons, elle ne lui permit jamais d'aller plus loin, et il devait se contenter de s'efforcer de croire qu'elle était Mary Louise — « On pourrait penser, dans l'abstrait, que des seins de filles qui ont à peu près la même taille sont identiques en pratique, eh bien, non, bon Dieu, pas du tout ! » De sa déconvenue, de sa frustration et de sa rage adolescente, Art Lutz tirerait un talent comique si désopilant que nous l'élirions clown de notre promotion par deux fois plus de voix que son rival, Nordstrom Crotte-de-nez ; trente-cinq ans plus tard, certains de ses anciens camarades de classe, femmes comme hommes, lui téléphoneraient encore impulsivement pour lui demander : « Fais-moi rire, Artie ! J'ai peur de ne pas tenir le coup jusqu'au matin. Tu sais encore imiter "Daffy Duck Stamish" ? S'il te plaît ! » Jon Rindfleisch, dont le père était propriétaire de Rindfleisch Immobilier, la principale agence immobilière de Willowsville, à laquelle Dahlia Heart avait confié le 8, Meridian Place, « emprunta » les clés de cette maison tristement célèbre pendant la courte période qui suivit le déménagement des Heart et précéda l'emménagement des nouveaux propriétaires de Cleveland ; quoique Jon lui eût recommandé de ne jamais, jamais, le dire à personne, « mon vieux me foutrait une danse s'il savait », sa copine Deedee Drummond, une fille de première commerciale clappeuse de chewing-gums qui habitait au sud de Garrison Road, raconta fièrement à ses amies que Jon, un fils de riche, l'avait emmenée visiter à la lueur d'une torche électrique la grande demeure de Saint Albans Hill où Mel Riggs avait été abattu, et lui avait fait l'amour, plusieurs fois, sur le sol de la chambre à coucher de Dahlia Heart où il y avait, jurait Deedee, « des taches de sang sur le bois qu'on voyait si on savait quoi chercher ! C'était *dingue*, c'était *malade*, mais c'était *fantastique.* » (Jon avait dû prendre des photos Polaroïd de ce plancher prétendument taché de sang car, pendant près d'une semaine, des photos montrant des lattes de bois nues et censées représenter « l'endroit où ça s'est passé » circulèrent parmi nous, regardées avec une excitation lubrique quoique légèrement perplexe. Étant donné la faiblesse de l'éclairage, il était difficile de dire s'il y avait des taches sur les lattes ou juste des ombres ressemblant à des taches.) En décembre, lors d'une représentation de *Notre petite ville*, Dwayne Hewson, capitaine de l'équipe de football américain et délégué de classe adjoint, se rendit compte avec saisissement, en regardant Verrie Myers dans son interprétation lumineuse de la jeune héroïne Emily, qu'il était probablement amoureux d'elle, et non de Pattianne Groves, sa jolie petite amie dévouée ; et qu'il l'était probablement depuis la maternelle d'Academy Street, et depuis ce jour où la petite fille blonde volontaire l'avait fait pleurer en lui volant ses Crayola, et en déchirant son livre de coloriage ; mais, habilement, car Dwayne était quarterback et stratège d'instinct, il décida de garder ses distances — « Je savais que cette poupée névrosée avait foutu ce pauvre Ken en l'air, et je ne voulais pas que ça m'arrive. » Et cela n'arriva pas : des dizaines d'années passèrent, Verrie ne se douta jamais de rien. « Et c'est mieux ainsi. » Car cet intello de Dexter Cambrook soupirait après Pattianne Groves, qui la moitié du temps énervait Dwayne à force d'être normale, saine, *bonne*, et il y avait Dougie Siefried, toqué de Ginger McCord qui était toquée de John Reddy Heart, qu'elle contemplait l'œil vitreux pendant le cours de sciences sociales de M. Cuthbert ; il y avait le pauvre Roger Zwaart, l'ami dont Dwayne désespérait ou quasiment, résolu à sortir avec n'importe quelle pute prête à s'allonger, ou peut-être juste à le branler, ou à laisser croire que c'était le cas, et régulièrement, pour se venger de Suzi Zeigler qui l'avait plaqué pour, inexplicablement, Norm Zeiga, ce nouveau venu du comté de Niagara que tout le monde trouvait « bizarre mais O.K., peut-être ». Il y avait Ritchie Eickhorn, un cerveau du genre de Cambrook, qui écrivait des poèmes d'amour embarrassants, soupirait après des filles dont il devait pourtant savoir qu'elles ne « pisseraient pas sur lui s'il était en feu » comme disaient les garçons en plaisantant, une expression en vogue, de sorte qu'Artie Lutz nous scia un jour au Haven en se levant d'un bond et en braillant assez fort pour que tous les autres clients entendent : « Si ! Si, elle le ferait. Mary Louise Schultz irait jusque-là pour moi, connards, elle me pisserait dessus si j'étais en feu, demandez-lui et vous verrez ! » Il y avait ce criquet cynique de Bart Digger, amoureux, sans doute, comme Ritchie, de l'une ou l'autre des filles snobinardes du Cercle. Il y avait Ken Fischer lui-même, le grand ami de Dwayne, qui avait « renoncé aux autres filles, j'ai l'impression que Verrie a besoin de moi », bien qu'il fût clair que Verrie, shootée au Coca light et (peut-être) aux coupe-faim, était obsédée par John Reddy Heart et laissait entendre que quelque chose d'important s'était passé entre eux, « Je ne peux rien dire », en dépit du fait que, au lycée, on ne les voyait jamais ensemble et que, si Verrie se précipitait entre les cours pour passer à côté de John Reddy et lui décocher une version anxieuse et tempérée de son célèbre sourire de pom-pom girl, il n'y prêtait aucune attention. On estimait que Ken Fischer était le seul des quatre cents élèves de WHS qui semblait ne pas avoir entendu courir le bruit émoustillant qu'il y avait « quelque chose de bizarre » entre M. Lepage et son actrice vedette Verrie, rumeurs niées avec colère par les amies de Verrie mais répandues par d'autres dont Sandi Scott qui surprit le couple coupable dans la salle de répétition une fin d'après-midi — « Les lumières n'étaient pas vraiment éteintes mais c'était tout comme ! nous raconta Sandi d'une voix haletante. M. Lepage et Verrie se tenaient bizarrement, un peu trop près l'un de l'autre, et, quand je suis entrée, tous les deux ont *sursauté* ! Verrie n'avait plus de rouge à lèvres, je vous assure, et M. Lepage, qui est toujours si bien coiffé, vous savez, eh bien, il avait les cheveux en désordre, et sa cravate était de travers, et il respirait drôlement et il avait de ses yeux !... J'ai dit : “Oh ! pardon” et je suis ressortie. *Et personne ne m'a rappelée.* » Art Lutz et ce blouson noir de Stan Kurschman se battirent, soi-disant pour Tessa Maypole, et Art eut le nez cassé. Le frère aîné de Deedee Drummond, Seth, qui avait eu son bac quelques années avant nous et travaillait chez Curtiss Wright, se pointa pour « foutre sur la gueule de Rindfleisch » mais ne le trouva pas — Jon se cachait, terrifié, dans le coffre de la Thunderbird de Smoke. Et ses potes le gardèrent bouclé là-dedans des heures, roulèrent à fond de train en visant les nids-de-poule, et en se marrant comme des hyènes. Sallie Vetch, une élève de première commerciale, quitta abruptement le lycée — « Vous voulez parier qu'elle est en cloque ? » Nous fîmes courir le bruit que Ketch Campbell dont la queue avait approximativement la taille, selon l'expression cruelle de Chet Halloren, d'un « escargot tumescent », était le père. Ketch nous fit rire en niant avec vigueur. Blake Wells décida de ne pas se suicider en avalant les barbituriques de sa mère lorsqu'une unique et cauchemardesque distribution de courrier lui apprit qu'il était refusé par Harvard, Princeton et Yale mais accepté par l'université du Michigan (où il excellerait, décrocherait des prix et tomberait sérieusement amoureux) ; à la place, à titre d'*acte gratuit**, il envoya anonymement une douzaine de grandes roses jaunes à sa rivale Evangeline Fesnacht qui avait récemment remporté un concours de dissertation parrainé par le *Buffalo Evening News* où lui-même s'était classé cinquième. « Je me me suis dit : pourquoi pas ? De toute façon, l'univers n'a aucun sens. » Katie Olmsted avait parfois de bons jours, et parfois de mauvais. L'évolution de sa maladie, si c'était une maladie, était imprévisible et capricieuse. Tantôt elle marchait « presque normalement... ça se voyait à peine » et tantôt elle devait se servir de ce satané fauteuil roulant. « J'ai besoin de croire que Jésus a foi en moi. Qu'Il m'aime toujours. » Les jours où Mme Olmsted amenait Katie à l'école un quart d'heure plus tôt, dans son fauteuil roulant, on voyait Katie s'attarder dans le couloir aux abords du bureau du proviseur ; mais John Reddy se montrait rarement ; à sa place, de façon inattendue, il y avait le petit Petey Merchant à qui Katie n'avait jamais accordé un regard lorsqu'elle était bien portante. « C'est-y pas mignon ! Aucune importance que Petey soit quasiment nabot, il domine Katie de la taille dans ce fauteuil. » Dans les chiottes des filles et des garçons, la fumée des cigarettes rendait l'air poreux, bleuâtre. Nous nous brisions les ongles à essayer de remonter la fenêtre dans les toilettes des filles du premier. Fumer était interdit dans l'enceinte du lycée sauf dans la salle des professeurs où la fumée rendait l'air bleuâtre. On entendait la toux sèche du vieux Schoppa de l'autre bout du couloir — « C'est un rhinocéros ? » Et Dunleddy se raclait la gorge comme s'il régurgitait du gravier. Mme Picholet fumait une marque française élégante dans un paquet doré. Même Mlle Flechsenhauer, avec ses joues roses, fumait : Bo Bozer se vantait de ce qu'elle l'avait tapé d'une clope un jour où ils quittaient l'école à la même heure — « Comme un type ferait avec un autre. Cette nana est cool. » Nous fumions en cachette dans la cafétéria. Nous fumions dans nos voitures. Il y avait des mégots partout sur le parking. Ils flottaient, gonflés comme de grotesques vers blancs, dans les flaques d'eau. Alistair avec son épais accent écossais tonnait parce qu'il trouvait des mégots dans l'escalier du sous-sol — « On dirait l'intérieur d'un sac d'aspirateur. Des gosses de riches gâtés comme vous, vous faites pareil chez vous ? » Nous fumions en cachette à la réunion générale du vendredi matin, si on baissait les lumières pour projeter un film. Nous fumions en nous pelotant, exhalant la fumée dans la bouche l'un de l'autre avec un abandon sensuel. Nous fumions en nous caressant, pour employer l'expression clinique, jusqu'à l'orgasme, gémissant et éparpillant des cendres incandescentes sur nos vêtements défaits. Parfois nos cigarettes nous échappaient des doigts pour tomber, rouler, se consumer invisiblement sous les sièges des voitures. Entre les coussins des canapés de salon. On racontait dans toute l'école le lundi matin comment, le samedi soir, les cheveux de Babs Bitterman avaient pris feu sur le siège arrière de la Dodge d'Art Lutz. À moins que ce n'aient été les cheveux de Jenny Thrun, sur le siège arrière de la Thunderbird de Smoke Filer. Scottie Baskett se plaignait avec un clin d'œil maladroit que sa Corvette eût « un gros défaut... pas de siège arrière ». Nous adorions être accros à la nicotine. Cela nous transformait en adultes du jour au lendemain. Cela nous transformait en nos parents tout en étant un secret que nous leur cachions... c'était parfait ! Dans l'Olds décapotable jaune canari de Verrie Myers, rôdant dans le bas Willowsville au crépuscule, la nuit, dans un vent de novembre crépitant de pluie, dans un brouillard jaunâtre, sous une averse de neige, sous des flocons pareils à des bouquets de fleurs blanches, dans un air glacial cristallin qui gelait sur vos cils, comme un vaisseau fantôme condamné par un charme à rôder éternellement dans le bas Willowsville, Water Street au sud de Main Street, dans la belle voiture d'anniversaire de Verrie, nous fumions. Avec avidité, anxiété. En nous passant un paquet de Winston. En nous passant le briquet plaqué platine de Verrie. « On se croyait immortels, il faut croire. — Et alors ? On n'est pas immortels. » Même Ginger McCord dont le grand-père chirurgien, trois paquets de cigarettes pendant trente-huit ans, était mort d'un cancer du poumon — « Il y a si longtemps, j'étais toute petite. Je ne me souviens pas très bien de lui. » Même Roger Zwaart dont le père avait subi une ablation du poumon en septembre et mourrait en juin douze jours après que Roger eut obtenu son diplôme de fin d'études. Même Norm Zeiga dont le père souffrait d'emphysème. « Ça occupe les mains. C'est cool. » Bo Bozer et Tommy Nordstrom se procurèrent de l'herbe, comme ils appelaient ça, dans le centre de Buffalo, et du jour au lendemain la moitié des terminales se mit à en fumer. On pouvait en acheter au centre commercial de Wheatfield, à Transittown, à cinq ou six endroits autour de l'université de Buffalo et dans Main Street. Dix ans plus tard, les gosses du collège l'achèteraient à Willowsville même, plus de l'acide, du speed et un choix de tranquillisants, mais on n'y était pas encore. Tommy Nordstrom raconta qu'il s'était glissé un jour près de John Reddy Heart qui se lavait les mains dans les toilettes, à l'école, et que, histoire d'être sympa, il lui avait offert un joint, et John Reddy « m'a fusillé du regard comme si j'en avais lâché un. Il a dit : "Dégage avec cette merde. C'est illégal. On peut avoir de sérieux ennuis avec cette merde." Je me suis mis à rire, et Bo qui était avec moi s'est mis à rire aussi, on pensait que John Reddy plaisantait, évidemment, un type qui avait buté Melvin Riggs, mais manifestement il ne plaisantait pas du tout, il est sorti des chiottes sans se retourner. Putain. » Tommy s'essuya le visage sur sa manche comme s'il avait échappé de justesse à un grave danger. Ken Fischer dit : « Il est en liberté surveillée, non ? Il a peur de retourner en prison. » Le mot « peur » flotta bizarrement dans l'air, ce n'était pas un mot que nous associons à John Reddy, et il ne fut donc pas enregistré. Peut-être en voulûmes-nous à Ken de l'avoir prononcé.

John Reddy fumait, bien entendu. À l'époque où il faisait partie des équipes de basket et d'athlétisme, il « réduisait » — comme d'autres types de ces équipes qui fumaient — mais en général il fumait des Lucky Strike au moins depuis la sixième. Et même depuis l'école primaire d'Academy Street, se rappelaient certains d'entre nous — « John Reddy avait une cigarette aux lèvres quand il est monté sur le toit, non ? Ce jour où il nous a tous épatés en disparaissant ? » Nous aurions aimé demander à John Reddy si les Lucky étaient la marque préférée des détenus de Tomahawk Island, mais nous nous abstenions, en nous disant que de telles questions, si bien intentionnées fussent-elles, risquaient d'être mal interprétées par John Reddy. Car il semblait possible d'insulter John Reddy sans en avoir l'intention. Il était cool, nous lui étions indifférents, mais à coup sûr personne n'avait envie de l'insulter. « Franchement, on avait peur de lui. Personne ne voulait l'admettre. Je regardais les mains de John Reddy, un jour, en cours de sciences sociales, ses ongles bordés de graisse, les poils sur ses articulations, et j'ai brusquement pensé : “Il pourrait me battre à mort avec ces mains-là.” » Le bruit courait que, à Tomahawk Island, John Reddy avait passé des semaines en isolement cellulaire parce qu'il avait été mêlé à des bagarres dans lesquelles il avait « sérieusement amoché ses adversaires ». Sarepta Voss, une de ces filles de la section Économie domestique à qui personne ne faisait jamais attention, s'attira pendant quelques jours un certain succès en racontant une histoire qu'elle tenait d'une de ses cousines qui habitait Olean et qui connaissait un type, bouclé à Tomahawk Island en même temps que John Reddy — « Tout le monde savait que John Reddy avait tué un homme, avec un couteau fabriqué à partir d'un bout de métal quelconque. Tout le monde avait peur de lui, même les surveillants. » Nous nous demandions s'il était armé quand il venait au lycée : un couteau à cran d'arrêt aurait tenu sans problème dans la poche de sa veste. « On se pointait à l'école un peu en avance parce que John Reddy était censé arriver de bonne heure et se présenter dans le bureau de M. Stamish. Alors on fumait une clope dans la voiture de Bob en guettant la Mercury et John Reddy, c'était... *quelque chose à faire*. Au point que c'en devenait presque une drogue vers la fin. » Dougie Siefried se rappelait, embarrassé : « J'essayais de le croiser, le matin, quand il sortait du bureau de M. Stamish où on le gardait plus ou moins en quarantaine, et je disais : "Comment tu vas, John ?" et il me regardait presque comme s'il ne me connaissait pas, comme si on n'avait pas joué au basket ensemble pendant deux ans, puis il me "voyait", il souriait, ou il faisait sourire sa bouche et disait : "O.K. Et toi, comment ça va ?" comme si c'était une réponse. » Evangeline Fesnacht hésita longtemps à commettre un acte aussi irrévocable, à dénuder ainsi son cœur mais finalement, succombant à son destin, elle glissa un mot écrit d'une écriture tendue, sur un mince papier à lettres bleue, dans le casier de John Reddy :

« Tu as raison de nous mépriser, nous sommes les enfants ignorants et gâtés d'une bourgeoisie condamnée. Mais sache que quelqu'un a sondé ton cœur. Tu n'avais d'autre choix que de... TUER TA PROPRE ÂME.

Ton amie pour la vie,
E. S. »

John Reddy semble ne jamais avoir répondu à cet étrange message, pas plus que, à notre connaissance, il n'avait répondu aux mots que d'innombrables filles énamourées laissaient dans son casier, dans ses pupitres, sous les essuie-glaces de sa Mercury garée sur le parking, ou que, effrontément, elles lui tendaient ou fourraient même dans les poches de son jean quand il nous croisait dans les couloirs ; il ne jetait pas non plus l'ombre d'un regard en direction d'Evangeline lorsque, au milieu d'une foule d'élèves, ils se retrouvaient tout près l'un de l'autre. Mais, trois jours après avoir laissé son message, Evangeline reçut, chez elle, l'une des surprises stupéfiantes de son existence, une douzaine de belles roses jaunes — « "Evangeline, la première entre ses égaux..." et pas de signature, dit Mme Fesnacht, tout émoustillée, en lisant la carte. Tu dois bien savoir de qui il s'agit, Evangeline. Non ? » *Mon âme sœur. Même si nous ne nous l'avouons jamais l'un à l'autre dans cette vie.* Plus d'un an après le procès qui s'était conclu par l'acquittement de John Reddy, des gens continuaient à nous demander, l'œil lubrique : « Ça fait quoi d'aller en classe avec un assassin ? » Une journaliste du *Niagara Herald* vint rôder autour du lycée avec un appareil photo, à la recherche d'« instantanés naturels » d'élèves fréquentant John Reddy Heart. Nous nous montrâmes froids. Nous étions las des médias... de leurs déformations, de leurs mensonges. « John Reddy est comme tout le monde. » En fait, John Reddy ne ressemblait à personne. Nous ne cessions d'attendre que cela arrive, que John Reddy *devienne l'un d'entre nous* mais cela n'arriva jamais. Nouvellement nommé à WHS, il y avait un professeur d'histoire, M. Feldman, qui n'avait John Reddy dans aucun de ses cours et ne le connaissait que par les articles des journaux à scandale et les commérages du corps enseignant. Ce type nous faisait la leçon en prenant un ton ironique et moralisateur qui nous courait, si supérieur, à croire qu'il apportait la sagesse à des aborigènes mal lavés. « Une guerre non déclarée oppose les quatre-vingt-dix-neuf pour cent d'êtres humains qui s'entêtent à croire aux contes de fées et aux "mythes", et les un pour cent qui se servent vaillamment de leur intellect, raisonnent, analysent, parviennent à leurs propres conclusions », disait-il en marchant de long en large, un bout de craie à la main, un type plutôt jeune et gras avec des lunettes épaisses et des lèvres épaisses et une peau qui se couvrait d'urticaire quand il s'énervait trop, ce qui lui arrivait souvent, et nous le regardions avec froideur en lui envoyant des ondes-pensées d'antipathie et de défi. « L'instinct poussant l'être humain à créer des mythes semble aussi profondément enraciné dans notre espèce que l'instinct de s'attacher, de s'accoupler, de se reproduire, il *existe*, tout simplement, mais croyez-moi, il est dangereux dans une civilisation aussi techniquement avancée que la nôtre, c'est un vestige primitif qui n'y a pas sa place, comme la paranoïa de l'actuelle Guerre froide, il vous appartient à vous, la jeune génération, de briser le cycle des superstitions, vous devez apprendre à remettre en question toutes les hypothèses, toutes les pensées vaseuses, vous devez vous demander : "Est-ce vraiment ainsi ? Pourquoi ?" exactement comme les scientifiques examinent leurs matériaux », et nous continuions à le regarder avec froideur, certains d'entre nous en fronçant les sourcils, un peu anxieux, les bras croisés, remuant les lèvres en silence, indignés que ce type, ce pauvre mec, qui passait pour terminer un doctorat à l'université de Syracuse et se destiner à l'enseignement universitaire, ait le droit de nous faire la leçon sur nos âmes, en parlant de plus en vite, en agitant son bout de craie, « Jeunes gens ! À vous de jouer. L'aspiration à des origines mythiques doit être dénoncée comme infantile, la « nostalgie » de ce qui n'a jamais été, ridiculement déplacée dans une civilisation fondée sur le progrès scientifique, le temps linéaire, le changement incessant... *l'histoire.* » À voir l'expression de Feldman, on aurait cru que *l'histoire* était un super-ballon qu'il avait gonflé pour épater un tas de crétins, qu'il nous offrait, en cadeau... et du fond de la classe, génialement minuté, un pet buccal exécuté comme seul Art Lutz savait le faire, les lèvres apparemment pincées, innocentes et immobiles, en donnant l'impression que ce bruit grossier hilarant venait de toutes les directions en même temps. *La tête de Feldman.* « Bienvenue à WHS, mec. » Quarante ans plus tard, nous en ririons encore. Pendant les cours de sciences sociales de M. Cuthbert, l'atmosphère était entièrement différente. M. Cuthbert aimait John Reddy et le respectait. Et avait peut-être un tout petit peu peur de lui. Cette façon qu'avaient ses yeux de dériver derrière les verres de ses lunettes en plastique, comme tirés dans la direction de John Reddy. *Tueur ! Dans ma classe.* Scottie Baskett jurait avoir vu les mains de notre professeur trembler d'excitation — « Cuthie a le béguin pour John Reddy, c'est sûr. » Carolyn Cameron, une fille à l'esprit plutôt sceptique qui serait un jour une oncologue de renom à la clinique Mayo, une fille intelligente, pratique, qui intimidait la plupart d'entre nous, racontait qu'elle contemplait John Reddy Heart pendant presque toute la durée de chaque cours, incapable de rompre le charme — « Je me dis que ce n'est qu'un type. Je le vois respirer. Je vois les veines battre à son cou. Je peux surveiller son teint pendant des jours, des semaines... l'arrivée d'un bouton d'acné, sa maturation et sa disparition progressives. Je l'ai vu se gratter les aisselles, l'entrejambe, se curer le nez à l'abri de sa main quand il croit que personne ne regarde. (Mais quelqu'un regarde toujours.) Il transpire pendant les interrogations écrites... au sens propre. Quand M. Cuthbert nous les rend, je vois ses notes, qui sont médiocres. Je me dis : “Il pourrait être mon frère.” Mais il s'est retourné un jour pour me demander de lui prêter un stylo... et j'ai failli fondre. Je me suis mise à bégayer. Mon cœur cognait contre mes côtes. Il n'y a pas à tortiller... John Reddy Heart ne ressemble à personne. Il n'est que... lui-même. » Carolyn secouait la tête avec irritation, car les mots appropriés manquaient. Dans cette classe, il y avait deux filles du Cercle. Ginger McCord et Shelby Connor. L'intimité qu'elles avaient partagée avec John Reddy Heart les distinguait (pensaient-elles) des autres élèves ; néanmoins, John Reddy, assis au premier rang, à l'extrême droite, jetait rarement un coup d'œil dans leur direction. Ginger McCord avait coutume de contempler d'un œil vitreux le profil de John Reddy, sa tignasse de cheveux noirs, son épaule gauche, son biceps gauche, qui étaient à peu près tout ce qu'elle pouvait voir de sa place au centre de la classe, et encore à condition de se pencher si loin en avant que le couvercle de son pupitre lui rentrait douloureusement dans le ventre et qu'elle en avait le cou distendu. (Certains d'entre nous, les garçons, contemplaient Ginger avec le même genre d'adoration impuissante.) Si l'on disait à Ginger qu'on l'aimait, comme Dougie Siefried, ou ses propres parents et grands-parents... « Quelle plaie ! Ils ne me connaissent pas du tout. » Elle était convaincue que seul John Reddy Heart la connaissait tout en concédant, car elle n'était pas stupide, qu'il se contrefichait d'elle. « C'était quelque chose que j'acceptais. Mais pendant ces mois-là de ma vie, il y a eu la *possibilité* que John Reddy me remarque tout à coup, en public, pendant le cours de M. Cuthbert par exemple, qu'il se tourne vers moi comme si mes pensées l'y avaient enfin forcé, et que nos yeux ne se quittent plus. Cette *possibilité* de quelque chose... du bonheur, ou de plus que le bonheur... m'est restée toute ma vie. C'est grâce à elle que j'ai pu pénétrer le cœur des autres, le cœur secret des autres. » Shelby Connor, qui, assise encore plus loin de John Reddy que son amie Ginger, devait se contenter de ce qu'elle pouvait entrevoir de lui à travers un lacis de têtes et d'épaules n'ayant pas plus d'importance à ses yeux que des mannequins de grands magasins, nous dit avec passion : « Je me disais que la seule façon de justifier son existence était d'aider les autres. Je n'ai jamais vu John Reddy comme quelqu'un de dur, d'invulnérable. Je comprenais qu'il souffrait. Il avait tué un homme sans en avoir l'intention. Il était allé en prison. Il avait perdu sa famille. Il vivait seul au-dessus d'un restaurant chinois. Je me disais : *Il souffre. À l'intérieur, là où personne ne voit.* Je sentais alors un grand bonheur m'envahir. J'avais l'impression de savoir quelle était ma vocation. *Mon destin s'étendait devant moi comme une route que seule moi, Shelby Connor, pouvait emprunter.* » Il y avait cependant des bruits alarmants que ni Shelby ni

Ginger, ni aucune des filles enchantées du Cercle, ne souhaitaient entendre : Sasha Calvo, âgée d'un an de plus, plus sauvagement belle que jamais, épais cheveux noirs ondulés lui tombant jusqu'à la taille, était revenue à Willowsville après son exil et, bien que les Calvo lui eussent interdit de le revoir, elle était en fait l'amour secret de John Reddy. (« Mais où peuvent-ils se rencontrer ? Pas après les cours... le frère de Sasha, Giovanni, vient la chercher. Ils la surveillent tous de près. ») (« Si Sasha Calvo a eu un bébé, elle l'a abandonné bien facilement ! Vous ne trouvez pas que, toute Italienne qu'elle soit, elle devrait avoir honte de se montrer ? ») Janet Moss, désespérée de ce que « personne ne me regardait jamais... quand on n'était pas dans une bande, on n'*existait* pas », choqua ses parents en se teignant les cheveux en noir, en se noircissant les sourcils et en ne les épilant plus sur la racine du nez, en mettant des jupes moulantes, des pulls moulants et un rouge à lèvres rouge vif, en dépit de son intention d'entrer à l'université de Wells à l'automne, et elle se vit presque aussitôt inviter au bal des terminales par non pas un, mais trois garçons — « J'ai dit oui à Larry Baumgart. Je pensais qu'il n'en savait pas davantage sur le pelotage que moi, et j'avais raison. » Dans son journal intime, dissimulé sous son matelas dans la chambre à coucher encombrée de livres où il avait vécu près de dix-huit ans d'une vie « essentiellement tragique », Ritchie Eickhorn nota : *La vie lycéenne est notre métaphore pour une vie qui dévore ce qui reste du restant de la vie. À l'aide !* Blake Wells, qui serait un jour président du collège Williams, l'une des réussites brillantes de notre promotion, pensait et repensait au suicide car *Qu'est-ce que la vie*, se demandait-il dans son journal que, lui aussi, cachait dans sa chambre, *qu'est-ce que la vie sinon pousser perpétuellement du bout du nez un haricot sur un sol sale et sans fin... dont « le centre est partout, la circonférence nulle part »*. Millie LeRoux nous dit avec solennité, en confidence, que Frank Farolino avait dit à sa mère en confidence que le pauvre John Reddy envoyait le plus gros de sa paie à sa famille — « Le vieux M. Heart n'est pas mort, il habite quelque part au bord du lac Ontario. Un endroit au nom indien. M. Farolino ne sait pas exactement où se trouve Mme Heart, ni le frère et la sœur de John Reddy. "Une bande de sangsues, toute sa famille, si vous voulez mon avis. Ils saignent ce pauvre garçon." » Nous créâmes une cagnotte secrète pour John Reddy et, à une vitesse fantastique, nous avions réuni deux cent trente dollars, et Verrie Myers disait en ne plaisantant qu'à demi qu'elle pourrait vendre sa voiture, puisque c'était la sienne et qu'elle était libre d'en disposer à sa guise, des garçons comme Ken Fischer, Pete Marsh, Smoke Filer, de qui on ne l'aurait pas attendu, se montrèrent eux aussi plutôt généreux — « J'ai les moyens de filer vingt-cinq dollars, hein ! Ma grand-mère n'arrête pas de me glisser des chèques chaque fois qu'on va chez elle. » Pour finir, nous décidâmes de ne pas donner l'argent à John Reddy, ce fut une décision difficile et nous nous disputâmes longuement, l'opinion dominante étant que « John Reddy a sa fierté, bon Dieu, ce serait détruire sa fierté », nous envoyâmes donc l'argent, par mandat postal, presque trois cents dollars à ce moment-là, à la Croix-Rouge américaine — « C'est quasiment la seule organisation qui nous soit venue à l'esprit. Nous ne voulions pas passer trop de temps à y réfléchir. » Qui eut l'idée de faire élire John Reddy Heart roi du bal des terminales ? Personne ne le sait avec précision. Qui choisit la légende inscrite à côté de son nom dans l'annuaire scolaire (il n'y aurait pas de photo) : *ses voies sont celles du mystère* ?... Personne ne le sait avec précision. Babs Bitterman, dont les cheveux blond cendré coupés au carré passaient pour avoir pris feu sur le siège arrière de la voiture de Steve Lunt, et qui n'aurait pu prévoir que, un jour prochain, elle mourrait dans cette même voiture, sur le siège avant, projetée à travers le pare-brise, demanda à John Reddy d'être son cavalier au bal — « Je me suis dit : pourquoi pas ? Après tout, il ne peut que dire non. » Abordé par une Babs pétulante alors qu'il ouvrait son casier, John Reddy marmonna apparemment : « Non. Merci. » Il est de fait que, pendant toute notre année de terminale, John Reddy énerva des tas d'entre nous, et surtout ses ex-coéquipiers qui aimaient penser qu'ils avaient avec lui des liens privilégiés, en refusant leurs invitations à se retrouver... « pour boire une ou deux bières ». Et pas une invitation unique, bon Dieu... mais des dizaines. Nos surprises-parties. Nos parties de piscine. Et même des réceptions au country club où il aurait pu venir... en qualité d'invité. L'expression de John Reddy était polie et impassible et peut-être (pensaient certains d'entre nous) ironique. Il remuait les épaules comme il avait l'habitude de le faire, tournait un peu la tête comme un boxeur esquivant un coup lent stupide, et disait : « Merci ! mais non. Faut que je me lève tôt demain. » Cette série de fêtes fameuses auxquelles la moitié de notre classe attribuerait l'origine de ses « problèmes d'alcool chroniques », et qui culminerait le soir du bal des terminales quand Smoke Filer perdrait le contrôle de sa vigoureuse Thunderbird au bas de la colline de Garrison Street qu'il avait dévalée en trombe des centaines de fois et parfois drôlement schlass, ou shooté à l'herbe, mais cette fois-là sa chance le lâcha et il perdit le contrôle de sa T-Bird et alla percuter à cent vingt kilomètres à l'heure, soit soixante-dix bons kilomètres-heure de plus que le maximum autorisé, le flanc d'une voiture venant en sens inverse — « *Démoli.* » Et pire encore fut la nuit de la remise des diplômes, *tragique* s'exclameraient les journaux, *une fête de bacheliers tourne à l'horreur et au drame* lorsque Steve Lunt dans sa Buick LeSabre, se rendant de la maison de Coke Smith à celle de Tommy Nordstrom, vers une heure du matin, cinq gosses ivres entassés dans la voiture, dérapa sur la chaussée mouillée de North Long et alla heurter de plein fouet une butée. « C'est un miracle qu'il n'y ait eu que deux morts. Dieu devait protéger les autres. » Où se trouvait John Reddy Heart le soir du bal, sans parler du soir de la remise des diplômes, seul John Reddy le savait. « Ouais, on a été déçus. — Quelque chose qu'il avait dit à quelqu'un, je ne sais plus qui, laissait penser que, oui, il viendrait peut-être faire un tour au bal. » Le bruit circulerait confusément que Sasha Calvo avait été élue reine du bal, comme John Reddy avait été élu roi, mais c'était faux, et ridicule, vu que Sasha n'était qu'en seconde et que, de toute manière, aucun d'entre nous n'aurait voté pour elle, et surtout pas les filles — « Qu'est-ce qu'il lui trouve ? Elle ne se maquille même pas. » Petey Merchant se tourmenta pendant des jours, peut-être même des semaines, pour savoir s'il devait inviter Katie Olmsted au bal — « Ce n'était pas l'idée qu'elle risque d'être dans son fauteuil roulant à ce moment-là, ça, ça ne me gênait pas. On aurait été ensemble, c'est tout. C'était qu'elle soit debout, et qu'elle veuille danser. Ça, ça me faisait peur » — et finalement prit une profonde inspiration et se lança. Le gardien de notre école, Alistair, dont personne ne connaissait le nom de famille, dont les yeux couleur whisky brillaient d'antipathie pour nous, et pour la plupart des professeurs de WHS, passait pour avoir aidé John Reddy et sa copine Sasha à se retrouver au sous-sol du lycée où il avait un bureau confortable quoique malodorant (sans fenêtre, surchauffé) entre les chaudières gigantesques et les réservoirs d'eau chaude. La tâche la plus importante d'Alistair consistait à surveiller les jauges de pression des chaudières lorsqu'elles fonctionnaient — « Sans moi, toute la foutue barraque saute. » Il parlait avec une satisfaction mordante, en claquant des doigts. Alistair aurait sûrement perdu son emploi s'il avait été pris à laisser Sasha Calvo entrer par l'aile est, celle des secondes, puis suivre un couloir sombre jusqu'à la grotte qui lui servait de bureau, où John Reddy, lui, serait arrivé en se coulant, plein d'impatience, dans l'escalier de l'aile ouest, celle des terminales. On disait qu'il y avait de la musique, une radio qui jouait bas. Une ampoule voilée de quarante watts. Des chutes de moquette miteuses mais encore colorées posées sur le sol de béton, remontant de plusieurs centimètres sur les murs. Et le vieux canapé défoncé d'Alistair. « Oh ! mon Dieu. Un ventre trépidant. » Nous étions mal à l'aise, angoissés, en imaginant les amants au-dessous de nous, oublieux de notre présence et du danger. Quel désir affamé ils avaient l'un de l'autre... ils s'embrassaient, s'enlaçaient, s'étreignaient. Trop pressés pour parler, juste des murmures, des gémissements, des cris étouffés. Ils faisaient l'amour avec tendresse mais passion. Un peu brutalement peut-être, et les larmes montaient aux beaux yeux de Sasha. Tandis que, au pied de l'escalier, fumant sa pipe puante, Alistair montait la garde. « Et si Stamish descendait ? Que ferait Alistair ? » Certains d'entre nous étaient convaincus que John Reddy et Sasha ne se retrouvaient là que rarement ; d'autres, qu'ils y étaient tous les après-midi de semaine de l'hiver et du printemps. Car c'étaient les seuls moments où ils pouvaient se voir, raisonnions-nous... les Calvo surveillaient Sasha de si près. Dans nos monotones rangées de sièges, dans nos salles de classe des étages supérieurs. La trotteuse rouge des pendules de toutes les classes, uniformément fixées au-dessus du tableau noir, avançait inexorablement. « Qu'est-ce qu'ils font maintenant, d'après vous ? *En ce moment* ? — Vous croyez qu'ils le font à poil ? Où à la va-vite ? — Merde, John Reddy n'est pas du genre à faire quoi que ce soit à la va-vite. » Les garçons, excités et angoissés, essayaient de dissimuler leurs gigantesques érections derrière des cahiers, ou des manuels, qui de temps à autre échappaient à leurs doigts moites et tombaient avec fracas sur le sol. Les filles, le souffle court comme si elles avaient couru, les joues un peu empourprées, se tamponnaient les yeux avec des mouchoirs en papier et se tenaient étrangement immobiles, pieds à plat sur le sol et jambes décroisées. Nos professeurs les plus innocents, les plus ignorants, tels Mme Picholet et M. Sternberg, donnaient de mystérieux signes d'agitation, le front luisant de sueur. La trépidation des chaudières se sentait, prétendait-on, jusque dans la salle de musique, au deuxième étage de l'annexe. Au cours de physique de

M. Alexander, en cinquième période, un cours toujours somnolent, des yeux hébétés clignaient rapidement pour accommoder. « Excusez-moi ? Êtes-vous réveillés ? demandait M. Alexander de son ton blessé, en nous regardant les mains sur les hanches. Peter Merchant !... comment aborderiez-vous ce problème ? » Le livre de physique de Petey Merchant s'écrasa sur le sol. Ses joues devinrent écarlates. Néanmoins, il y avait ceux, dont faisait partie Verrie Myers, qui niaient farouchement que John Reddy et « cette Calvo » fussent amants. Verrie n'avait jamais cru non plus à l'existence d'un bébé — « C'est malsain. » Avec le temps, son avis prévalut. D'autres histoires perturbantes circulaient sur John Reddy les soirs où ses fenêtres de Water Street étaient obscures, où les filles du Cercle, ou toute autre fille qui le cherchait, découvraient qu'il n'était pas là. Dans ces moments-là, John Reddy draguait dans sa Mercury racé-sexy à Cheektowaga, Tonawanda, Lockport ou dans le centre de Buffalo, incapable de tenir en place et en quête d'action. « Même en liberté surveillée, il faut *de l'action* à John Reddy. » On le voyait souvent avec une fille glamour, ou une femme adulte, qui se serrait contre lui, la tête sur son épaule et une main, invisible depuis la rue, lui caressant l'intérieur de la cuisse. John Reddy était sorti avec la plus jeune des secrétaires de M. Stamish, la jolie Rita, le fait semblait avéré. Scottie Baskett arriva un jour à l'école pâle, défait, assommé par une aventure qu'il ne put se résoudre à raconter qu'à son meilleur copain, Roger Zwaart, et ce seulement au bout de plusieurs jours : en rentrant un peu en avance de la piscine, Scottie avait découvert sa propre mère, sortant de la douche, les cheveux humides, vêtue d'un pantalon et d'un pull manifestement enfilés à la hâte, sans soutien-gorge au-dessous, et... John Reddy Heart ! « Dans ma propre maison. Il posait des carreaux, soi-disant, dans notre salle de bains d'amis. Le camion de Farolino était devant la porte, je ne m'occupe pas beaucoup de ce que font mes parents, alors ça m'avait étonné de le voir là mais, bon, j'entre, et qui je vois ?... *John Reddy*. "On fait carreler la salle de bains d'amis, dit maman. Elle tâche d'avoir l'air cool mais elle tremble, je le vois à ses mains. Son visage est très pâle... pas maquillé. Et on ne voit jamais ma mère sans maquillage. Ils ont dû m'entendre arriver, et du coup John Reddy joue innocemment du marteau dans la salle de bains comme un type à la télé, et maman se rue sur moi dans la cuisine, lolos ballottant, et me demande si je veux goûter, du lait chocolaté, des biscuits, comme si j'avais dix ans, bordel, et que j'étais complètement aveugle ! » Deux jours plus tard, Art Lutz vécut une aventure similaire, rentrant du lycée pour découvrir John Reddy chez lui, et « maman à cran et hystérique qui me dit : "On fait installer ces beaux meubles neufs, Art, tu vois ?... n'est-ce pas qu'ils sont beaux ?" et John Reddy est là à jouer du marteau sur un tabouret de cuisine, dans un tee-shirt trempé de sueur et un jean déchiré, avec la bite quasiment à l'air. Et une odeur de baise dans toute la maison comme une vapeur de douche. Il me regarde avec ce sourire faux-cul et dit : "Comment ça va, petit ?" et je comprends qu'il faut que je me tire vite fait si je ne veux pas devenir violent. Alors je suis sorti en claquant la porte, j'ai sauté dans la voiture de Jamie et mis la gomme. » Bibi Arhardt fut réveillée en pleine nuit par des gravillons jetés contre la fenêtre de sa chambre, au premier étage. Effrayée, elle s'agenouilla près du rebord de la fenêtre sans allumer la lumière et vit, en bas, la silhouette d'un homme, ou d'un adolescent, qui lui faisait des signes impatients. « Bien que je ne puisse pas voir nettement son visage, je savais que c'était lui... John Reddy. Et la Mercury était dans la rue. Aussitôt, il m'a été impossible de résister. Je savais que c'était peut-être une erreur, mais... » Bibi s'habilla à la hâte, et se glissa dans la nuit, une nuit venteuse éclairée de lune, qui sentait l'humidité, la terre en gestation... car on était fin mars à ce moment-là, et le long hiver s'achevait. John Reddy s'approcha, les yeux flamboyants, et, prenant Bibi dans ses bras, l'emporta, malgré ses faibles protestations, jusqu'à sa voiture. En silence, ils roulèrent jusqu'à Tug Hill Park qui était plus vaste, plus désolé et sauvage que dans les souvenirs de Bibi. Combien d'heures ils passèrent là, dans la voiture de John Reddy, Bibi n'en avait aucune idée ; combien de baisers affamés ; combien de caresses ; combien de fois, avec douceur, délicatesse, et néanmoins une parfaite maîtrise, John Reddy lui fit l'amour, lui arrachant des larmes d'extase — « Ça ne ressemblait à rien de ce que l'on imaginerait qu'un garçon puisse faire. » Quelques nuits plus tard, dans la maison de style géorgien des Zeigler, dans Castle Creek Drive, Suzi, qui portait en sautoir autour du cou la chevalière d'onyx de Norm Zeiga, fut réveillée par un bruit dans sa chambre et en ouvrant les yeux vit une haute silhouette debout près de son lit — « J'étais trop effrayée pour crier. Je crois que je savais, avant même qu'il s'agenouille près de moi et qu'il m'embrasse, qui c'était. “N'aie pas peur, Suzi, je ne te ferai pas mal, a murmuré John Reddy. Et sinon, pardonne-moi.” » Evangeline Fesnacht arriva à l'école, pâle, les yeux humides, étrangement silencieuse. Lorsque M. Lepage voulut lancer leur échange habituel de reparties spirituelles, elle soupira, baissa humblement les yeux et ne répondit rien. « Ai-je un rival dans vos pensées, ce matin, mademoiselle Fesnacht ? » dit M. Lepage d'un ton chargé de sarcasme. Sur la banquette arrière de la Dodge Castille de son frère, alors qu'Art Lutz l'embrassait avec ardeur, bouche ouverte, et tentait gauchement, de la main gauche, de dégrafer son soutien-gorge sous son pull, Tessa Maypole versa des larmes coupables, en disant : « Oh ! Artie, je ne peux pas. Je ne peux pas. Je suis amoureuse de quelqu'un d'autre, ça ne serait pas bien envers toi. » Dans la cafétéria de l'école, on vit Lee Ann Whitfield, notre obèse, pignocher dans une énorme assiette de macaronis au fromage, avec l'air de qui a perdu son appétit, ou son âme. Ritchie Eickhorn nota dans son journal, sous la nouvelle et grisante influence de Pascal : « Nous aspirons à l'éternité mais n'habitons que le temps. » Mlle Flechsenhauer remarqua qu'un nombre suspect de filles demandaient à être dispensées de gymnastique, de natation, d'entraînement, pour « crampes » ou « migraines ». « Que se passe-t-il, les filles, une épidémie ? » Mlle O'Brien, notre infirmière scolaire, une femme sévère et mamelue, affectée d'un nasillement perpétuel, remarqua qu'un nombre suspect de filles demandaient de l'aspirine et du Doliprane et qu'on les autorise à rester couchées, une bouillotte sur le bas du ventre, dans l'infirmerie paisible et sombre. « Que se passe-t-il, les filles, une épidémie ? » John Reddy Heart, dit-on, avait été vu à neuf heures du matin un dimanche dans l'église méthodiste unie de Haggarty Road. « Mais personne ne va jamais *là-bas*, qui peut bien l'avoir vu ? » John Reddy Heart, à mesure que le printemps avançait, paraissait de plus en plus épuisé, comme s'il ne dormait plus la nuit. Ses paupières se fermaient pendant que nos professeurs discouraient ; il avait du mal, semblait-il, à rester éveillé en cours. Son œil gauche était injecté de sang et larmoyait. Son menton était parfois piqueté de minuscules coupures parce qu'il s'était rasé sans soin ou trop vite. Visiblement, il lui arrivait de ne pas se raser du tout. Ses cheveux trop longs, collés en mèches graisseuses, dégageaient une odeur franche et âcre, aussi forte que celle de son corps. Les filles défaillaient s'il passait trop près d'elles. On savait qu'il était particulièrement dangereux de passer près de John Reddy dans les escaliers : plusieurs filles de seconde manquèrent s'évanouir. En cours d'anglais, Mlle Bird, qui nous faisait discuter sur le poème de Robert Frost, « After Apple-Picking », regarda soudain John Reddy Heart qui étreignait son manuel en fronçant les sourcils comme si le secret de la vie pouvait se trouver là, dans ces quelques vers énigmatiques ; elle renifla son odeur et, un long moment embarrassant, perdit le fil de ses pensées. Nous avions remarqué depuis un moment, avec un certain malaise, que Mlle Bird n'avait plus les cheveux tirés en arrière — son ancienne coiffure peu flatteuse — mais bouclés et bouffants, qu'elle était « féminine » comme le sont les femmes dans les films des années 40 programmés à la télé en fin de soirée. Ses petites lèvres plissées étaient d'un rouge sauvage. Ses yeux marron légèrement protubérants, rivés sur John Reddy, qui avait peut-être timidement levé les yeux vers elle, semblaient près de se révulser. « Mlle Bird ? Je vais ouvrir une fenêtre, dit alors Ken Fischer, en se levant d'un bond. On manque d'air dans cette pièce. » C'était par ce genre de gestes soudains et apparemment non prémédités que Ken Fischer, blond, fadement beau, un « gentil » garçon, ne cesserait de nous étonner : nous nous rappellerions la galanterie avec laquelle il était venu à la rescousse de Mlle Bird bien des années plus tard lorsqu'il s'avancerait brusquement pour embrasser, avec révérence, le beau sein tatoué d'une Verrie un peu ivre. Un moment — « Je retenais mon souffle, oh mon Dieu ! elle va s'évanouir ! » —, Mlle Bird vacilla sur ses talons aiguilles. Puis elle sourit faiblement à Ken, effleura son front du dos de sa main maigre, et le sinistre charme fut brisé. Néanmoins, le lendemain matin, pendant le cours de biologie de M. Dunleddy, où John Reddy était assis dans son coin habituel, Sandi Scott, d'ordinaire si posée et drôle, nous étonna en fondant en larmes en pleine récitation des phases de la mitose : « Prophase, métaphase, anaphase, télophase... oh mon Dieu ! c'est tellement implacable ! Tellement *cruel.* » M. Dunleddy, hors d'haleine même lorsqu'il était assis, affligé de vingt-cinq kilos de trop, le premier de nos professeurs qui mourrait, quelques années plus tard, victime d'une attaque à l'âge relativement jeune de cinquante-six ans, contempla la jeune fille en pleurs avec des yeux las, pleins de tristesse et de regret. Ce soir-là, Evangeline Fesnacht tapa la première ligne de ce qui deviendrait un jour, après de nombreuses métamorphoses, son premier roman publié (« sauvage, dithyrambique, sombre, énigmatique ») : *Je me suis réveillée d'un rêve si pénétrant que je fouillerais le monde pour en découvrir l'origine... en vain.* Ritchie Eickhorn nota dans son journal : *Nous habitons le temps mais ne nous rappelons que les « moments éter-*

nels ». La miséricorde divine. Dexter Cambrook téléphona à Pattianne Groves sur une impulsion. L'excitation coulait comme un alcool dans ses veines normalement paisibles — « Je viens d'être accepté à Harvard ! » Il attendit, les paumes moites, le cœur battant, que le petit frère de Pattianne aille la chercher, et lui demanda de but en blanc si elle l'accompagnerait au bal des terminales et s'entendit répondre, après un silence interloqué : « Oh ! Dexter ? Tu as bien dit... Dexter ? Cambrook ? Oh ! merci. Je veux dire, c'est si gentil à toi, Dexter. Mais je regrette, je pense que j'irai avec... » Verrie Myers et Trish Elders, amies intimes depuis la maternelle, qui depuis quelques semaines supportaient à peine de se regarder, tant elles éprouvaient une profonde répulsion physique l'une pour l'autre, se retrouvèrent soudain en train de marcher d'un pas rapide, puis de courir, comme des poulains, sur l'herbe vert vif du terrain de sport, derrière le lycée. Chacune d'elles prit la main de l'autre au même instant. Leurs visages levés étaient lumineux, rayonnants. Leurs yeux brillaient. Nous regardâmes, un trapèze fortuit d'observateurs (masculins, fascinés), l'un d'une fenêtre du premier étage du lycée, un autre du parking et le troisième d'une porte de derrière, ces deux filles en short de gym bordeaux et tee-shirt d'un blanc éblouissant courir, main dans la main ; au même instant, le soleil perça à travers des nuages menaçants, et un arc-en-ciel diaphane apparut dans le ciel, quasi invisible, un arc d'or pâle, de rose, de bleu marine, qui miroitait au-dessus des champs au-delà de Garrison Road — « comme un geste capricieux, désinvolte, de Dieu », observerait un jour Ritchie Eickhorn. C'était vers John Reddy Heart qu'elles couraient, nous le savions. Mais nous étions résignés, pas amers ; philosophes, pas bouillant de jalousie masculine. *Il ne les aimera pas comme nous les aimons. Un jour, elles s'en rendront compte.* Nous étions blessés, et nous étions incrédules. Certains d'entre nous avaient le cœur brisé. D'autres, assez nombreux, étaient franchement en rogne. « John Reddy ne pourrait pas tout simplement... partir ? Sans dire au revoir ? Sans venir au bal ? À la cérémonie de remise des diplômes ? Simplement... partir ? Avec sa voiture ? *Sortir de nos vies pour toujours ?* » Naturellement nous avions cru que John Reddy assisterait au bal des terminales, car il était impensable qu'il ne le fît pas. Le bruit courut parmi toutes les bandes et filtra même jusqu'aux solitaires et aux perdants que « c'était sûr, absolument sûr, il viendrait » parce qu'il avait acheté deux billets, il serait avec Sasha Calvo qui allait faire couper et coiffer sa longue crinière rebelle pour l'occasion, encore qu'une autre rumeur prétendît qu'il viendrait peut-être avec Verrie Myers (dont le commentaire, lèvres pincées, était : « Pas de commentaire »). *Comprendre que l'on va réellement quitter le lycée*, nota Ritchie Eickhorn d'une main tremblante dans son journal *c'est comprendre qu'un jour, inéluctablement, on mourra.* Naturellement nous n'étions pas aussi sûrs que John Reddy assisterait à la cérémonie de fin d'année, étant donné que ce n'était pas obligatoire pour avoir son diplôme, qui vous était envoyé par le district scolaire, mais, comme disait Dwayne Hewson : « Ne pas assister à la remise des diplômes ? C'est comme ne pas assister à son propre enterrement ! » Qui fut le génie qui eut l'idée d'élire John Reddy Heart roi du bal des terminales ? Bizarrement, étant donné son violent parti pris anti-Heart, dont il jurerait encore à plus de quarante ans — et même à cinquante — qu'il n'était pas fondé sur une simple jalousie masculine, oh non, ce fut le sceptique de la promotion, Chet Halloren. Son cerveau brillant s'employa à organiser cette célèbre campagne semi-secrète afin de faire élire notre camarade de classe et ex-détenu roi du bal des terminales, ce qui vaudrait à John Reddy Heart d'avoir de nouveau sa photo dans tous les journaux, et à WHS de refaire la une. Comme disait Chet en gloussant : « Eh ! quelle façon fantastique d'emmerder Stamish, vous ne trouvez pas ? Qu'est-ce qu'il peut faire, à part une hernie ? » En fait, Stamish nous baisa dans les grandes largeurs. Ce vieux schnock roublard devait avoir eu vent du plan, du complot, quasiment avant qu'il prenne forme. La dernière semaine de cours, il convoqua tous les élèves de terminale pour une « réunion d'urgence » (exception faite de John Reddy qui de toute façon ne devait pas voter) et nous dit, les lèvres blanches, en gonflant les joues, qu'il avait été porté à sa connaissance que « certains d'entre vous envisageaient un acte de défi autodestructeur ». Nous le regardâmes les yeux en boules de loto comme si nous ne comprenions pas du tout de quoi il voulait parler. Ce qui, à ce moment-là, était vrai pour certains d'entre nous. Stamish dit : « Jeunes gens, c'est pour vous un moment sacré. Un moment unique. Un moment que vous chérirez le restant de votre existence. Vous ne pouvez souhaiter le gâcher pour le plaisir d'une simple farce. Vous ne pouvez souhaiter le tourner en dérision. Vous ne pouvez souhaiter attirer *l'attention inopportune des médias* — et là, Stamish marqua une pause, le souffle court, pour nous faire comprendre qu'il savait parfaitement ce qui se tramait — sur votre lycée bien-aimé. Vous devez donc veiller à voter pour des gens qui en sont dignes. Vous devez respecter ceux de vos camarades qui ont obtenu certaines distinctions. Être reine et roi du bal des terminales... c'est là un grand honneur, un très grand honneur. Les journaux locaux... » Nous le regardions, nous froncions les sourcils, nous étions impressionnés. On aurait entendu voler une mouche dans la salle. Art Lutz ne faisait rien, hochait la tête d'un air grave. Même Nordstrom Crotte-de-nez se tenait tranquille. Les garçons qui auraient été de solides prétendants au trône, si nous ne nous décidions pas en avalanche pour John Reddy, Dwayne Hewson, Ken Fischer, Blake Wells, avaient un petit air embarrassé et baissaient la tête. Donc Stamish continue à jacasser. S'ils parlent assez longtemps, ils pensent que vous êtes convaincus. Et voilà qu'une des filles comme il faut, Millie LeRoux, lève la main et demande : « Monsieur Stamish ? Nous sommes en démocratie, n'est-ce pas ? » et il y a des gloussements et des rires dans la salle et ça ne plaît pas à M. Stamish mais il aime bien Millie LeRoux qui est membre du comité des délégués de classe et la fille de J. Gordon LeRoux, de LeRoux, Saxon & Trimme, Inc. Il n'arrive pas à déterminer si elle est ironique ou sincère... Millie a ces grands beaux yeux marron de vache pour lesquels on se damnerait. Donc il dit : « Silence, les autres ! Oui, Millie, nous sommes en démocratie. Bien entendu. Jamais je n'interviendrais dans votre vote, c'est évident. Mais nous avons dans ce lycée, vous le savez, une tradition ancienne et révérée, une tradition sacrée que certains de vos parents chérissent depuis l'époque où eux- mêmes le fréquentaient : une tradition sacrée d'excellence, d'intégrité, d'honnêteté, de sportivité... » Nous applaudîmes le vieux schnock, et il s'en alla en croyant avoir gagné. Ou nous croyions qu'il croyait avoir gagné. Puis, lorsque nous votâmes dans la cafétéria le dernier jour des cours, nous supposâmes que le comité du bal dépouillerait le scrutin comme d'habitude ; mais voilà que cette vieille enquiquineuse d'assistante de Stamish se pointe et emporte l'urne. Donc, bien que d'après nos calculs nous ayons élu John Reddy roi du bal par une écrasante majorité, au moins quatre-vingt-dix bulletins sur cent trente, quand l'heure arrive d'annoncer les résultats, à minuit le jour du bal, et que tout le monde, surexcité, plein d'appréhension, en proie à une sorte de fièvre, cherche des yeux John Reddy (qui depuis 21 heures a été aperçu toutes les dix minutes entrant dans la salle de gym faiblement éclairée, accompagné de Sasha Calvo ou d'une autre fille superbe)... ces résultats, lus par le président du bal Pete Marsh sur une feuille fournie par M. Stamish, sont : « Reine... *Veronica Myers* ! Roi... *Ken Fischer* ! » et nous sommes baisés. Et nous ne pouvons qu'applaudir. Parce que les bulletins en faveur de John Reddy ont probablement été détruits sitôt comptés. Et c'est fini, c'est de l'histoire. Et nous nous disons : *Merde, après tout, John Reddy ne s'est pas pointé, il n'y a jamais eu beaucoup de chances pour qu'il se pointe, et Ken Fischer est notre ami.* Dans un smoking crème, agrémenté d'une ceinture bleu pastel assorti à la robe de soirée en mousseline sans bretelles de Verrie. Ken rougit comme un gosse, comprend qu'il n'a pas vraiment remporté l'élection — « Bon Dieu ! moi aussi j'avais voté pour John Reddy. » Une honte complexe marbre le beau visage de Verrie. « Quel fantasme enfantin c'était, de croire que John Reddy serait notre roi. Que l'une d'entre nous serait sa reine. Que John Reddy viendrait ici... dans notre gymnase "romantiquement décoré". » Les flashes crépitent quand Veronica Myers et Ken Fischer, ce couple terriblement séduisant, sont couronnés de couronnes argentées. On tend à Verrie un bouquet de grandes roses blanches et, à Ken, un œillet rouge pour sa boutonnière. Les filles de la cour étreignent leur reine, les garçons de la cour serrent la main de leur roi. L'un de nous, ivre de jus de fruits corsé de vodka, glisse sur le plancher ciré et tombe lourdement, au milieu des éclats de rire. Bo Bozer, rotant des vapeurs de bière toxiques, grogne : « Cette nana est si sexy qu'on a envie de la déchiqueter avec les dents ! », en parlant de notre nouvelle reine. Les amis de Bo, et Janet Moss qui l'entend, ont un rire gêné. L'orchestre joue « Tenderly », une vieille chanson qui date de l'époque de nos parents, ou peut-être de nos grands-parents, et le roi et la reine, notre couple royal, s'avancent sur la piste. Nous dansons tous, plus ou moins. « Qu'est-ce qu'il y a d'autre à foutre que danser, c'est un bal, bon Dieu », grommelle Dwayne Hewson (qui avait eu des raisons de croire que, si John Reddy était éliminé par Stamish, il serait couronné roi, il serait en train de danser avec Verrie Myers en ce moment et pas avec celle qu'il a sur les bras... la superbe Pattianne Groves), légèrement ivre. Le visage de Verrie est sillonné de larmes. Les yeux de Ken semblent humides, eux aussi. Parmi les chaperons du corps enseignant, M. Lepage brille par son absence. Ce n'est un secret pour personne : « Il y avait quelque chose entre Verrie et M. Lepage. » Ce n'est un secret pour personne : « Il y avait quelque chose entre Verrie et John Reddy Heart. Mais *lui* l'a laissée tomber. » Les filles qui avaient fait l'amour, tendrement, passionnément, avec John Reddy Heart, porteraient à jamais les cicatrices de son ardeur, mais cachées. Car même nos hymens repoussèrent — « Vraiment bizarre. Cette petite membrane costaud, il l'a déchirée et ça a saigné et j'ai pleuré, pleuré. Mais après, quelques semaines plus tard, j'ai remarqué qu'elle avait repoussé à l'endroit blessé, douloureux, et anatomiquement *j'étais de nouveau vierge.* » Dans les années à venir, nos amants ne croiraient pas que nous avions eu un amant lycéen, non plus que les nombreux gynécologues (exclusivement de sexe masculin) qui nous examineraient. Nos maris se montreraient conciliants, et condescendants, et changeraient ostensiblement de sujet. Nous fûmes toujours hésitantes sur la question de savoir si John Reddy avait utilisé des préservatifs. À cette époque, le mot seul était répugnant. « Oh mon Dieu ! murmurait Shelby Connor, les doigts voletants. J'aurais eu honte de *regarder.* » Néanmoins aucune d'entre nous ne tomba enceinte. (Sallie Vetch, une fille de première que personne ne connaissait, ne comptait sûrement pas.) Jenny Thrun fit état d'une « alerte » — ce qui nous laissa perplexes, étant donné que John Reddy Heart ne lui avait jamais accordé la moindre attention et que le garçon avec qui elle sortait parfois, Chet Halloren, en dépit de son assurance en société, se montrait timide et raide quand il était seul avec une fille, et aurait dû rassembler tout son courage rien que pour demander à Jenny la permission de l'embrasser en lui souhaitant bonne nuit. De sa voix grondeuse flûtée, Mme Picholet nous demandait : « Ne souhaiterez-vous jamais penser, *mes amis** ? Ralentir cette allure folle, regarder à l'intérieur de vous-mêmes, savoir qui vous êtes ? » À présent, l'orchestre joue « Die Lovin' You » de Lollipop, le niveau de décibels est assourdissant. C'est frénétique, fantastique. Même le maladroit Dexter Cambrook et sa rivale Elise Petko dansent, en trébuchant allègrement sur les pieds l'un de l'autre. Smoke Filer, qui n'a pas plus de deux heures à vivre, sourit, sue, se trémousse comme s'il savait que son heure approchait. Pete Marsh (qui ne mourra pas avant quelques années) danse gaiement avec Trish Elders qui en robe de mousseline vert pâle surveille en vain la porte festonnée de papier crépon, dans l'espoir de voir John Reddy s'y encadrer. « Ce n'est pas possible qu'il ne vienne pas du tout... si ? Nous ne comptons donc pas du tout pour lui ? » Mlle Bird, l'un des chaperons du bal, glamour dans une robe chatoyante de taffetas vert qui moule son corps sans hanches, a froidement refusé l'invitation à danser de M. Dunleddy et s'est retirée dans la salle des professeurs, au premier étage du lycée plongé dans l'obscurité, pour contempler, avec un sourire amer, son reflet pâle dans la glace. — « La nature du chagrin d'amour ne change jamais, Maxine. Seulement son objet insaisissable. » Evangeline Fesnacht qui n'avait pas de cavalier pour le bal est chez elle dans sa chambre, transportée par une nouvelle découverte... Franz Kafka. *Lorsque E. S. s'éveilla un matin au sortir de rêves agités, elle se retrouva dans son lit changée en un énorme cancrelat !* Il n'est un secret pour personne que Veronica Myers et Ken Fischer se sépareront après la remise des diplômes. Ce soir, le bal fabuleux qui est le point d'orgue des quatre années les plus heureuses de notre vie, la cérémonie de remise des diplômes et un bouquet final de soirées — « Après cela, c'est définitif. Nous resterons toujours amis, bien sûr », a dit Verrie. Ken le stoïque n'a pas fait de commentaires. « Cette poupée névrosée, grommelle Dwayne Hewson, le visage luisant. Avec moi, ses conneries ne passeraient pas. » Pattianne Groves, superbe dans une robe de tulle vieux rose sans bretelles, longs cheveux auburn scintillants ramenés en chignon sur la nuque, regarde son cavalier. « Pardon ? Quoi ? » Ginger McCord en robe de mousseline jaune sans bretelles engueule son cavalier Dougie Siefried en smoking de location et ceinture bleu ciel — « Va te faire voir, Dougie, John Reddy Heart n'est pas un assassin. *Jamais de la vie.* » Stupéfaits, électrisés, nous regardons une Ginger en larmes gifler le visage taché de son de Dougie, dont le nez saigne et rougit le devant amidonné, neigeux, de son smoking. Des années plus tard, dévorée de culpabilité, Verrie Myers, qui serait alors une actrice de cinéma au succès modeste, serait incapable de se rappeler pourquoi Ken Fischer et elle avaient rompu. Lorsqu'elle apprit le suicide apparent de Ken, à l'âge de trente-neuf ans, au cours d'un voyage d'affaires à Stuttgart, Verrie manifesta autant d'émotion que nous lui en avions vu dans ses films : elle fondit en larmes, s'arracha les cheveux, se lacéra le visage jusqu'à ce que nous intervenions — « Oh mon Dieu ! Oh non ! Ken Fischer est mort ? J'avais toujours pensé... »... *que nous étions destinés à nous marier*, avions-nous envie de compléter. Mais peut-être n'était-ce pas ce que Verrie voulait dire. Peut-être Veronica Myers, qui a déclaré à des journalistes n'être en paix que lorsqu'elle suit un scénario préparé et prononce des mots que d'autres ont choisis pour elle, lorsqu'elle n'est pas forcée d'improviser en puisant dans « la banalité, l'épuisement et la terreur » de son être, n'avait-elle pas la moindre idée de ce qu'elle voulait dire. *O.K. Faites ce que vous avez à faire* est sans doute la voie la plus sage. Nous nous réunissons pour évoquer le souvenir du bal, de la cérémonie de remise des diplômes et des soirées qui suivirent. (Ces fameuses soirées auxquelles nous ne survécûmes pas tous. Babs Bitterman, Steve Lunt — « C'est tellement ironique, ils ne formaient même pas vraiment un couple. Ils ne s'aimaient pas tant que ça. » Smoke Filer. « Mais avec qui était-il à ce bal ?... Je ne m'en souviens jamais. — La moitié de son visage a terminé sur le pare-brise cassé, a dit le flic présent sur les lieux de l'accident. Mais elle n'est pas *morte.* ») *Notre jeunesse ô Amérique comme des pièces d'or semées à poignées*, écrirait un jour le poète Richard Eickhorn. *Tant de pièces, tant de richesses ! inutile de se baisser pour ramasser ce qu'on a laissé tomber.* Dans l'attente ce soir-là, le soir du bal, de John Reddy Heart qui était notre roi sans couronne. Et il ne vint jamais. Jusqu'à ce que la dernière danse fût dansée, nous titubions, nous embrassions, en larmes, le rimmel des filles coulait comme de l'encre sur leurs jeunes visages empourprés, des types au sourire idiot vacillaient dans leurs chaussures vernies trop étroites, vomissaient dans les chiottes, une folle partie d'autotamponneuses dans le parking. Mais John Reddy ne se montra pas, pas plus qu'il ne se montrerait deux semaines plus tard à la cérémonie de remise des diplômes. Et nous apprîmes qu'il avait déménagé de son appartement de Water Street. « Comment a-t-il pu partir ainsi ? Après avoir vécu ici sept ans ? Sans dire au revoir à *personne* ? » Nous tâchâmes de déterminer qui avait été le dernier à voir John Reddy à Willowsville. Il devait bien y avoir une paire d'yeux qui, en en ayant conscience, l'avait vu le dernier. (Aucun doute sur celui qui l'avait vu le premier, c'était Ketch Campbell.) Tantôt nous prenions les adultes en compte, tantôt pas. Comme son patron Frank Farolino qui nous déclara lui avoir dit au revoir des semaines plus tôt — « Il m'avait prévenu de bonne heure qu'il arrêterait de travailler le 1er juin. J'avais vaguement dans l'idée qu'il quitterait la ville, mais il restait dans le flou là-dessus. Ce qu'il voulait avant tout, c'était passer ses examens, obtenir son diplôme. Il faut lui reconnaître ça. Le pauvre bougre. » Ses professeurs Dunleddy, Hornby, Salaman, avaient dû le voir quitter leurs salles d'examen, l'avaient peut-être salué sans savoir qu'ils ne le reverraient pas. Hornby disait : « J'ai conseillé à John d'aller à l'I.U.T. du comté de l'Érié. Les frais de scolarité sont peu élevés, il aurait pu obtenir un prêt. Je l'ai poussé à étudier le dessin industriel, il a un vrai talent pour ça. Mais il a dit : "Je m'énerverais trop. Ça ne me réussit pas de rester assis." » Woody McKeever raconterait bien des fois qu'il avait rencontré John Reddy sur le parking, un après-midi torride de juin — « J'ai demandé au gamin comment ça se passait et il a fait la grimace en disant qu'il espérait que ça irait, il avait peur d'avoir raté la géométrie et de ne pas avoir son diplôme. J'ai dit : "Tu seras reçu, John, tu paries ?" en lui tendant la main, et il a reculé comme s'il avait peur que je le touche, et dit : "J'ai habité trop longtemps à Las Vegas, monsieur, je ne parie jamais." Je ne savais pas que ce serait la dernière fois que je le verrais. » C'est dans des circonstances similaires que Mlle Bird dit au revoir à John Reddy, après notre examen d'anglais de deux heures dans le gymnase. Sonnés par l'épreuve, impatients de goûter au petit choc stimulant de la nicotine, nous étions une dizaine à la fin à nous presser vers la sortie, si bien que Mlle Bird ne put que lui lancer un « Au revoir » de loin, et John Reddy qui était plus ou moins avec nous, tout en ne l'étant pas, lui répondit d'un geste désinvolte de la main : on voyait que l'épreuve avait été particulièrement rude pour lui, il avait l'air hagard, les vêtements collants de sueur comme s'il avait dormi tout habillé (ce qui était peut-être le cas), le tee-shirt taché dans le dos et ses épais cheveux noirs ébouriffés à force d'être triturés avec désespoir. Mlle Bird déclarerait plus tard, les lèvres pincées, tremblante de déception et d'indignation : « Jamais je n'aurais imaginé que John Reddy ne viendrait pas à la cérémonie de remise des diplômes ! Ni que, si abruptement, il quitterait Willowsville. Il n'en avait jamais soufflé mot. Et j'avais un cadeau pour lui : *Les Feuilles d'herbe* de Walt Whitman dans une belle première édition en fac-similé. Je l'ai gardé douze ans, dans son papier d'emballage. » Ce dernier jour d'examen était un vendredi. Le mercredi de la semaine suivante, John Reddy avait disparu.

Il avait obtenu dans toutes les matières des notes moyennes de 75 pour cent, 73 pour cent, 79 pour cent, sauf en enseignement professionnel III : M. Hornby lui avait donné une note de 94 pour cent.

Aucune des filles du Cercle, habituées à dire la vérité et bonnes chrétiennes comme elles l'étaient dans l'ensemble, ne pouvait affirmer en son âme et conscience avoir vu John Reddy après les examens dans le gymnase. Exception faite de Katie Olmsted qui, à sa façon doucement entêtée, soutenait l'avoir « fugitivement entraperçu » au volant de sa Mercury, le dimanche matin à 9 h 48, roulant (à une vitesse modérée) dans Haggarty Road en direction du sud ; les Olmsted, en route pour la première église presbytérienne, roulaient en direction du nord. Katie disait avec animation : « Je me demande... où allait John Reddy ? À l'église ? Il était si beau, si propre avec sa chemise blanche, une chemise blanche à manches longues et boutons de manchette, mais sans cravate visible, et les cheveux mouillés et peignés, comme un animal sauvage apprivoisé... Je suis *sûre* qu'il allait à l'église. J'avais entendu dire qu'il fréquentait l'église méthodiste unie, et l'église de Dieu, mais personne ne l'avait véritablement vu ; il n'y avait pas de témoin oculaire ; les gens haussaient les épaules en ayant l'air de trouver ça bizarre — "John Reddy, *à l'église* ? *Lui* ?" Mais sa mère y allait, paraît-il. Les Heart sont peut-être de bons chrétiens, qui peut en juger ? Ce sont les pécheurs qui ont besoin de l'Église, pas nous autres. » Katie reconnaissait qu'elle s'était un peu emballée et s'était penchée par la fenêtre pour saluer John Reddy, et que « peut-être, juste peut-être » il lui avait rendu son salut ; quoiqu'il ne fût pas certain qu'il l'eût reconnue. Mme Rindfleisch, la mère à problèmes, sexuellement vorace et élégamment vêtue, de Jon (une « mère nympho » sur qui nous entendions courir des bruits scabreux depuis que nous étions en sixième), laissa sa Mazda vert chasseur garée de travers le long du trottoir, moteur tournant, s'engouffra en vacillant dans la pharmacie Muller pour y chercher ses médicaments (du Valium : Mme Rindfleisch se décrivait comme la pionnière des tranquillisants de pointe à Willowsville en ces années grisantes) et manqua renverser un présentoir de bouillottes, en voyant le grand camarade de classe élancé de son fils, comment s'appelait-il déjà, Heart, un garçon aux yeux étonnamment sexy, celui qui avait flingué Melvin Riggs, ce cher Mel Riggs qui, un jour, une dizaine d'années plus tôt, lors d'une soirée de nouvel an chez les Bozer, l'avait entraînée en dansant dans une pièce adjacente, un genou pressé contre sa jupe de lamé pailletée de rouge, et murmurant à son oreille brûlante des obscénités haletantes et touchantes — « Les dernières auxquelles je puisse raisonnablement m'attendre dans ma vie, je pense. » Mme Rindfleisch entendit sa voix voilée prendre une intonation lyrique : « John Reddy ! Bon-*jour*. » Elle s'étonnait un peu de sauter ainsi sur un garçon de l'âge de Jon, qui souhaitait si manifestement s'esquiver. (Que faisait John Reddy chez Muller ? Certains d'entre nous émirent l'hypothèse qu'il s'approvisionnait en Trojan pour le week-end, il devait consommer les capotes comme d'autres les Kleenex.) John Reddy parut surpris que Mme Rindfleisch connût son nom. Ou peut-être était-ce l'inflexion de sa voix, ses yeux brillants de prédateur et ses lèvres d'un rouge éclatant. Il ne la reconnut sans doute pas, bien que Jon et lui eussent été dans la même équipe d'athlétisme et qu'elle eût assisté à quelques meetings, ne demandant qu'à voir son fils se distinguer et à être fière de lui, même si, la plupart du temps, malheureusement, il ne le faisait pas, et qu'elle ne l'était pas. « Eh bien, euh, John... beaucoup de grands moments en perspective, oui ? » Puis, comme il la regardait toujours d'un air ébahi : « Je veux parler de... la fin de l'année scolaire. La fin du... lycée. Le bal, la cérémonie. Des moments exaltants, oui ? » Poliment John Reddy murmura quelque chose comme : « Oui, madame. » Ou peut-être : « Non, madame. » Mme Rindfleisch demanda d'un ton enjoué : « Et votre famille assistera à la cérémonie, je l'espère ? » John Reddy secoua la tête, l'air peiné. « Oh ! vraiment ? Quel dommage ! Personne ? » Mme Rindfleisch se rapprocha, dégageant une odeur musquée-sucrée de gardénias trop ouverts. Elle tâchait de ne pas se lécher les lèvres. « Pourquoi ne pas vous joindre à nous, dans ce cas ? J'organise un grand brunch chez moi, ce jour-là. Parents, amis, des tas et des tas de camarades de Jon... vos camarades de promotion. Vous joindrez-vous à nous ? Oui ? » Sans regarder son visage brûlant, John Reddy marmonna qu'il serait peut-être occupé ce jour-là, mais merci. Grisée par sa propre générosité, Mme Rindfleisch dit : « En tout cas, John Reddy, sachez que vous êtes *invité*. *Chez** Rindfleisch. Quand vous le souhaiterez. En fait... » Son second Valium depuis le déjeuner, ou peut-être le troisième, commençait juste à agir. Cette délicieuse sensation de glisser, de lâcher la bride. Une tension grandissante dans le bas-ventre. Dans les fentes et les plis humides du bas-ventre. L'espace d'un instant, elle imagina follement comment ses poils pubiens (pas grisonnants pour la même raison astucieuse que ses cheveux ne « grisonnaient » pas mais resplendissaient, d'un ravissant brun roux) apparaîtraient aux yeux écarquillés de John Reddy Heart, aplatis comme des italiques sous la transparence rose satinée de sa gaine-culotte, et se dit que c'était un spectacle qui l'exciterait ; elle rit, pétillante. Dents étincelantes. Demanda au garçon nerveux si, euh, il aimerait venir prendre un Coca avec elle ? ou un café ? une bière ? une tranche ou deux de pizza bien brûlante ? au Haven à côté ou, mieux encore, sa voiture est garée devant la porte, moteur en marche, ils pourraient filer en vitesse et aller au Paradiso Lounge de Vito, Niagara Boulevard, où on le servirait sans problème. « Qu'en dites-vous, John Reddy ? Oui ? » Mais John Reddy marmonnait, sans la regarder : « Merci, madame, mais il faut que j'y aille, je crois. Tout de suite. » Mme Rindfleisch fut stupéfaite de voir sa main se tendre, comme bien des années plus tôt cette même main aurait pu se tendre pour empêcher son petit Jonathan chancelant de tomber et se blesser, et maintenant c'était une main entre deux âges joliment soignée, manucurée, ongles vernis au rouge Revlon égratignant d'une caresse l'avant-bras poilu du garçon, effleurant son entrejambe gonflé, elle vit passer sur son visage... quoi ?... un désir irrépressible ?... une peur enfantine ? « Madame, merci, *non.* » Très vite alors il s'éloigna, presque en courant. Mme Rindfleisch le suivit des yeux, furieuse. Comment osait-il ! Qu'est-ce que cela signifiait ! Comme si tout le monde ne connaissait pas cet animal brutal, ce voyou de bas étage, ce tueur sexy ! Comme si elle n'avait pas le sien, un bel adolescent sexy de fils, chez elle ! Le regardant sortir de chez Muller comme s'il sortait de sa vie, appuyée contre un casier de cartes de vœux Hallmark. Ses cheveux noirs, raides et gras, étaient assez longs pour qu'elle les empoigne, et tire. Elle aurait dû le faire, bon Dieu. L'avoir insultée de la sorte ! Une érection comme ça, à faire éclater sa braguette, et la façon dont il l'avait lorgnée, le regard chargé d'invite, en fixant ses seins, ses jambes (encore glamour, bien galbées) dans des bas à losanges noirs texturés, pour ensuite reculer froidement, tout arrêter comme un coït interrompu, le petit puritain ! Tous autant qu'ils étaient, de satanés puritains. Des larmes mouillaient les joues méticuleusement fardées de Mme Rindfleisch. Des larmes mouillaient le chemisier de soie grège champagne de Mme Rindfleisch, porté sous un gilet de daim bruyère agressivement jeune, idéal pour les douces soirées et nuits d'automne. Vacillant sur ses escarpins Gucci en lézard, elle gagna la porte, ou ce qui semblait être la porte ; elle avait oublié... quoi ? Une raison, un achat à faire, l'avait fait entrer chez Muller, qu'est-ce que c'était, bon Dieu elle s'en fichait, ce beau garçon lui glissait entre les doigts *comme ma jeunesse même, ma beauté, vous ne vous imaginez pas combien j'étais jolie, mes petits seins parfaits si élastiques et fermes que j'avais horreur de les encager dans un soutien-gorge.* Oh mais là, il l'attendait... sur le trottoir... il n'avait pas pris le large, en fin de compte... non : c'était son fils Jon, Jonathan, le regard flambant de colère, il avait vu la Mazda de travers près du trottoir, moteur en marche, feu gauche follement clignotant. « Bon sang, maman, qu'est-ce que tu fiches ? » hurla ce garçon, en la saisissant par le bras, et Mme Rindfleisch qui pleurait, cria : « Toi ! Toi et ton sale pervers de "John Reddy Heart" ! *Ne me touchez pas.* » Quelques heures plus tard, Smoke Filer et Bo Bozer, défoncés à l'herbe, roulaient dans la T-Bird de Smoke le long de la rue chaude de Cheektowaga, et ils jurèrent avoir vu John Reddy dans sa Mercury avec, disait Smoke, Sasha Calvo serrée si étroitement contre lui que « pratiquement, elle était à cheval sur sa bite » mais Bo n'était pas d'accord — « Ça n'était pas une gamine du lycée, c'était une femme. Une poule. Quelqu'un qui connaît la musique. » Smoke suivit la voiture de John Reddy pendant des kilomètres mais finit par la perdre dans la circulation. Blake Wells soutenait, de façon très convaincante, qu'il était forcément le dernier à avoir vu John Reddy — « Je l'ai vu avec la remorque. » Il se promenait dans Tug Hill Park en vélo, luttant contre le cafard-classe-de-terminale qui s'insinuait en lui « comme de l'encre de seiche » depuis des mois : la Promenade des Cent Saules le long de Glen Creek jusqu'à Spring Street et North Long ; puis de North Long à Garrison. Il avait son appareil dans le panier de sa bicyclette et s'arrêtait souvent pour prendre des photos. « Pour préserver le souvenir de l'époque d'avant le bac. Comme si c'était notre époque prépos-thume. Une époque encore innocente. Je suppose que comme beaucoup d'autres je me sentais un peu perdu, un peu effrayé. » Et brusquement il avait vu, traversant un carrefour, une vision familière... John Reddy Heart dans sa voiture cabossée, une remorque attachée à l'arrière ? D'étonnement, Blake faillit tomber de son vélo. Il s'arrêta, saisit son appareil. « Comme si je pressentais que c'était peut-être un moment histo-rique. » Il fit de grands gestes de la main, mais John Reddy ne le vit pas. Ou, s'il le vit, ne réagit pas. La voiture et la remorque bringuebalante s'éloignaient. À la hâte, Blake prit quelques photos. Sur les vingt-quatre de la pellicule, ces quatre-là seraient les seules à être floues au développement. « Zut ! » Nous les exami-nâmes bien des fois, dans les mois et les années qui suivirent. Pleins d'espoir, nous les élevions à la lumière, nous les regardions sous différents angles, comme s'il s'agissait d'énigmes visuelles du genre de celles de M. C. Escher, ou de ces jeux d'enfants dans lesquels des formes dissimulées dans des nuages ou des feuillages sautent soudain aux yeux. Mais là, il n'y avait aucune énigme à résoudre. Ce n'étaient que des photos floues. Blake disait, écœuré : « Je ne sais pas ce qui s'est passé. J'ai posé l'appareil sur le guidon, j'avais la voiture dans le viseur. *J'en suis sûr.* »

Mais on ne voyait sur la route familière qu'un mouvement flou qui aurait pu être une voiture, ou une remorque. « Comme l'arrière-plan d'une image dans laquelle le premier plan, le véritable sujet, manque. »

19

John Reddy a dit : Vous n'avez jamais rien su de
[moi.
John Reddy a dit : Jamais eu l'ombre d'une idée.
John Reddy, Johnny Cœur rouge.

Kenawka, dans le Minnesota. Un de ces endroits en Amérique, et il y en a beaucoup, où l'on aboutit, où l'on finit par vivre sa vie, *la vie qu'on ne vivra qu'une fois*, bien qu'on ne puisse se rappeler l'avoir choisi ni pourquoi, dans quel élan d'euphorie délirante, alcoolisée ou aveugle, on a pu se dire *Oui ! Je peux le faire. Je le ferai.*

Son nom dans cet endroit était Richard A. Eickhorn. Mais pour lui-même il était Ritchie. Dans son cœur, dix-sept ans.

Il se réveilla, la bouche douloureusement sèche, une vibration de fils électriques dans les veines de ses tempes. Il était si tôt — 7 h 40 — qu'il n'y avait pas de soleil. Et peut-être n'était-ce pas une saison de soleil. Il était dans son bureau du premier, plein de courants d'air malgré le double-vitrage, où il avait dormi ce qui restait de la nuit embrumée de vodka de la veille sur un canapé-lit qu'il n'avait pas ouvert, dans des vêtements qu'il n'avait pas ôtés, exception faite des chaussures, jetées n'importe comment sur le sol. Il s'apprêtait à soulever le combiné et à composer le numéro qu'elle avait griffonné sur une serviette en papier du Marriott Inn quand le téléphone sonna. Il semblait savoir que ce serait elle... Evangeline Fesnacht. La dernière voix qu'il avait entendue la veille. Une voix de femme rauque, un ton pressant. Pendant ces heures intenses où ils avaient été ensemble, il s'était senti glisser vers l'amour comme une petite embarcation amarrée glisse au fil du courant jusqu'au bout de sa capacité à glisser, puis est rudement ramenée en arrière. *Non. Trop tard. Je suis un homme marié et un père. Un poète autrefois prometteur qui a perdu sa jeunesse et son ambition. Trop tard.*

Il avait trente-sept ans. Son père était mort à quarante-sept ans. On estimait que c'était jeune. À côté de l'éternité, quarante-sept ans, c'est jeune. On pouvait considérer que Ritchie avait encore dix ans devant lui.

Il éleva le combiné à son oreille. Il entendit la voix, merveilleusement nasale, l'accent reconnaissable entre tous de sa jeunesse dans le nord de l'État de New York, et ce ton pugnace adolescent, comme s'ils venaient tout juste de s'opposer sur le sujet... « J'ai une question à te soumettre, Ritchie : *Pourquoi n'y avait-il pas d'autres empreintes que celles de John Reddy sur ce revolver ?* »

II

M. Répare-tout

1

Ce que je prenais pour des choses cassées sans plus de rapport entre elles que des tas d'ordures était comme les éclats d'un miroir brisé que je pouvais réassembler. Parce que Dieu a créé la complétude et que l'humanité l'a fait voler en éclats et qu'il nous est donné de pouvoir la reconstituer. Sur la glace aveuglante, sur le versant du mont Nazaréen, cette vision lui vint qui serait réalisée vingt-deux ans plus tard au bord du Lac de Verre.

2

M. RÉPARE-TOUT l'annonce en lettres ballons blanches sur les deux portières de sa camionnette Ford bleu ciel.

M. RÉPARE-TOUT. EST OUTILLÉ — SE DÉPLACE ! Dans les pages jaunes de l'annuaire du comté d'Oswego, où il avait fait insérer une petite publicité gaie aux rubriques *Menuiserie* et *Tous travaux.*

M. RÉPARE-TOUT était d'un âge difficile à définir. Autour de quarante ans... mais il faisait plus jeune. Mince, brun, l'air affamé... les femmes adoraient lui préparer à manger, ou essayer. Les hommes aimaient boire avec lui parce qu'il savait écouter, ou en donnait l'impression. Peu bavard lui-même. Comme s'il se méfiait des mots. Quoique pas timide. La plupart du temps, il portait ses vêtements de travail, jeans délavés, tee-shirts, vieilles bottes fatiguées tachées de peinture, mais il arrivait parfois chez un client avec une chemise blanche et une cravate sous sa veste en jean. Ou coiffé d'un beau feutre au lieu de sa casquette de base-ball crasseuse. Il était souvent mal rasé mais ne se laissait jamais pousser ni moustache ni barbe. Ses cheveux noirs, semés d'éclats de mica, étaient assez longs pour être parfois rassemblés en une queue-de-cheval et, quand il faisait chaud, maintenus par un bandeau rouge taché de vieilles auréoles de sueur. Il y avait quelque chose d'inconsciemment fanfaron dans son attitude, une façon quasi imperceptible de ménager sa jambe gauche. En plus de la camionnette, il avait une moto, une Honda. Il bricolait lui-même les deux véhicules. Il habitait une caravane d'occasion installée dans un champ de pommiers à l'abandon, sur ce qui restait d'une ferme fruitière de Barndollar Road, Route 37, à un peu plus d'un kilomètre du bourg d'Iroquois Point, dans l'État de New York. La plupart des voisins se souvenaient avoir vu la ferme en exploitation, même si elle n'avait jamais été prospère, mais au cours des vingt dernières années elle avait peu à peu dépéri, comme bien des petites fermes au sud de la rive orientale du lac Ontario. Des dépendances, M. RÉPARE-TOUT n'avait conservé, et énergiquement réparé, qu'une petite grange, à des fins professionnelles.

M. RÉPARE-TOUT
OUTILLÉ — SE DÉPLACE !
Menuiserie Peinture Travaux divers

bien en vue sur la porte de la grange, des lettres ballons blanches hautes de soixante-dix centimètres sur un fond bleu ciel. Il y avait un optimisme de bande dessinée dans ce panneau. Les clients demandaient : « C'est vous qui l'avez peint ? » et M. RÉPARE-TOUT haussait aimablement les épaules et disait : « Si vous avez jamais besoin d'un panneau, grand ou petit, je suis votre homme. » Il y avait une sorte d'anxiété enfantine dans cette réponse, on le sentait sur la défensive. Comme si M. RÉPARE-TOUT pensait que sa compétence pouvait être contestée, et que mieux valait ne pas le contester. Il avait cet air sculpté dans le bois qu'ont les menuisiers, un bois sombre teinté, des avant-bras noueux, des muscles compacts et durs aux épaules et sur le torse. Obligé de rester immobile, il ne tenait pas en place, remuait les épaules, pliait les doigts. Mais en même temps il souriait. Comme s'il se disait toutes les deux minutes *Souris !* C'était un sourire assez éblouissant. Les femmes fondaient devant ce sourire. Les hommes le lui rendaient inconsciemment. La voix de M. RÉPARE-TOUT était grave, rauque, gutturale et légèrement fêlée, comme si, peut-être, sa trachée ou son larynx avaient souffert. On avait envie de demander *Vous avez été blessé, M. RÉPARE-TOUT ?*

Mais personne ne le faisait jamais. Car il y avait aussi quelque chose d'ombrageux chez M. RÉPARE-TOUT. Votre cœur se mettait parfois à battre plus vite en sa présence, comme si, qui sait pourquoi, pour quelle raison dénuée de fondement, vous vous sentiez mal à l'aise, ou même en danger. Mais il y avait son sourire, rapide et gamin. Et, à tous les coups, vous le lui rendiez.

Lorsque John Heart, qui était M. RÉPARE-TOUT, avait acheté ce qui restait de la ferme fruitière, deux hectares de pommiers à l'abandon, des bâtiments en ruine et des prairies luxuriantes, il passait pour avoir payé avec un chèque unique, sans avoir recours à un prêt bancaire ou à une hypothèque. C'était un chèque émis par une banque d'Oswego, mais où cet inconnu avait-il habité précédemment ? Ce n'était pas clair — « Plus au nord. Dans différents endroits. » Parlait-il du nord de l'État de New York, ou du nord d'ailleurs ? Il y avait quelque chose de traînant dans son accent qui faisait davantage penser au Sud et à l'Ouest qu'au Nord. La femme agent immobilier d'Oswego, qui avait vendu la propriété à John Heart, aimait dire qu'il lui avait rappelé Montgomery Clift dans le rôle du cow-boy sexy de *Rivière rouge,* ce film qui passait parfois tard le soir à la télévision.

C'est à la fin mai que John Heart prit possession de la ferme et à ce moment-là les lilas sauvages, violet pâle, violet foncé, blanc vif, hauts de plus de deux mètres, dissimulaient une bonne partie de la vieille bâtisse pourrissante. Ils embaumaient l'air d'une senteur forte, sucrée, enivrante. John Heart, le nouveau propriétaire, cligna des yeux comme un homme se réveillant dans un rêve. Ou peut-être comme un homme se réveillant d'un rêve ? Il respira profondément, ferma à demi les yeux, dit : « Ça sent comme au paradis. » Pendant les années où il habiterait cette propriété, dans une caravane CruiserCraft couleur nickel posée sur des parpaings au milieu des pommiers, jamais il ne taillerait les lilas sauvages ni ne toucherait aux décombres de la maison effondrée. Jamais il ne s'occuperait sérieusement du verger, se contentant de laisser les pommiers devenir de plus en plus sauvages. C'était un homme séduisant mais insaisissable et mystérieux, apparemment célibataire, sans famille. Ou qui en tout cas n'en parlait pas. (Des gens lui demandaient parfois s'il était apparenté à « ce vieux Leander Heart, cette espèce d'artiste... celui qui collectionnait toutes les bouteilles en verre ? L'"Arche de Verre" de Shawmouth ? » John Heart secouait la tête avec brusquerie : non.) Si l'on était près de John Heart, on remarquait une cicatrice en hameçon sur son sourcil gauche et une faiblesse de la paupière lorsqu'il était fatigué et, sur l'iris sombre et liquide, une goutte de sang minuscule, presque invisible. Cette goutte de sang pouvait vous distraire lorsque vous lui parliez. Jusqu'à vous pousser à demander : « Qu'est-il arrivé à votre œil, John ? » Et l'homme qui se présentait souvent aux inconnus sous le nom de M. RÉPARE-TOUT, comme si cela avait pu être son vrai nom, ou le seul nom qu'on lui demande de donner, ou qu'il mérite, effleurait cet œil du bout des doigts, contrarié ou embarrassé comme si on ne lui avait encore jamais posé la question, et disait, avec son haussement d'épaules aimable : « Un coup de chance, faut croire. Il n'a pas été crevé. »

À Iroquois Point, où tout le monde connaissait tout le monde, des rumeurs couraient bien évidemment sur le compte de M. RÉPARE-TOUT de Barndollar Road. Il avait fait de la prison, pensait-on. Vol de voitures ? C'était sûrement un gosse à l'époque. Dans le comté, il avait la réputation d'être d'une honnêteté scrupuleuse, de faire un travail minutieux et de premier ordre, sans jamais une plainte ni une remarque désagréable. Personne n'était apparemment assez intime avec lui pour connaître les détails de son passé ou souhaiter l'interroger. Et puis, dans le comté d'Oswego, il n'était pas rare de connaître des hommes, souvent bons pères de famille, qui dans leur jeunesse avaient fait de la prison dans un établissement pénitentiaire ou un autre.

3

Trente-huit ans et pas un jour ne passait, pas une nuit (quand il ne buvait pas, les nuits pouvaient être longues), pas même une heure, sans qu'il pense à la façon dont il avait survécu — et bien des années — à ce moment, cette heure, où il s'était attendu à être tué, battu à mort par les policiers de l'État de New York qui devaient avoir de bonnes raisons de le haïr, ou de le craindre, comme s'ils voyaient en lui l'image même de Satan, et où il avait accepté ce fait, son destin. *Mais je ne suis pas mort.*

Parfois, quoiqu'il aimât sa vie, il en éprouvait du regret. Sur ce champ de glace scintillant, il aurait eu une bonne mort bien propre, et sa famille se souviendrait de lui avec affection.

Depuis, il avait toujours été vigilant. Toujours prêt à se défendre. Il ne voulait pas faire mal à d'autres gens, d'autres hommes, bien qu'il sût comment. (Il lui paraissait inconcevable de jamais faire mal à une femme.) Des années plus tôt, l'homme bronzé souriant qui avait été papa s'était accroupi devant lui pour lui expliquer : « Ne frappe jamais le premier... contre », « Tu laisses l'autre type te décocher un coup et perdre l'équilibre et là, tu interviens : *pan* ! » Et il pensait que son père lui avait aussi appris à éviter ce genre d'affrontements quand il le pouvait, chaque fois qu'il le pouvait, pourvu que seules sa fierté et sa vanité aient à en souffrir, et personne qui dépende de lui. « Tu peux toujours refuser une bagarre, Johnny. Sauf si quelqu'un d'autre, une femme par exemple, risque d'en payer les conséquences. »

Il semblait évident à l'enfant de moins de six ans qu'il était alors que papa devait parler de maman. De qui d'autre ?

« Hé ! "Répare-tout"... connard ! »

Ce matin de mars vif et venté, John Heart marchait d'un pas rapide dans le couloir des affaires familiales, au rez-de-chaussée du tribunal de comté d'Oswego. Il était 10 h 20. L'audience *Leavey contre Leavey* était encore en cours et durerait toute la matinée. Puis elle serait suspendue et sans doute ajournée. On attendait une décision du juge pour la semaine suivante. John entendit des bruits de pas derrière lui et vit du coin de l'œil la silhouette massive de Leavey, son poursuivant, qui avait quitté la salle d'audience juste après lui. Leavey répéta, d'une voix basse, railleuse : « "Répare-tout"... connard ! » John Heart fit mine de ne pas entendre. Il continua à marcher vers la sortie. Il ne voulait pas affronter l'ancien mari de la femme dont il était amoureux, et avec qui, pour ainsi dire, il vivait. Pas à ce stade de sa vie, et surtout pas ici dans le tribunal du comté où des shérifs adjoints étaient postés dans les couloirs pour parer aux brusques explosions de violence — « violences domestiques », disait-on. Nola Leavey lui avait dit que c'étaient quasiment les seuls actes de violence qui se produisaient dans l'enceinte du tribunal et qu'ils avaient toujours à voir avec des affaires de divorce et de garde d'enfants. Des gens tuaient, et étaient tués. Les hommes étaient les tueurs, les femmes les victimes. En général.

« Je te parle, connard. Une minute... »

Leavey parlait fort, d'un ton blessé. Des gens lui jetèrent des regards inquiets. Sa voix et son attitude laissaient penser qu'il avait bu. Presque parvenu à la sortie, John Heart prévoyait de courir jusqu'à son camion dès qu'il aurait franchi la porte, mais Leavey l'agrippa par la manche de sa veste, puis par le bras. Des doigts forts, furieux. Ils luttèrent, le souffle court. Leavey poussa un juron lorsque John réussit à libérer son bras, en se mordant la lèvre inférieure, du diable s'il allait se laisser aller à un nouvel échange d'injures avec ce type. Bien qu'il eût envie de prendre Leavey par le cou et les épaules pour le calmer, le réconforter — « Ne fais pas ça, mon frère. Laisse le juge décider, ne nous fous pas tous dans la merde. » Un des adjoints s'approchait, la main droite effleurant avec désinvolture la crosse de son pistolet. « Hé, vous deux ! Un problème ? » C'était quelqu'un que John connaissait, un nom et un visage qu'il connaissait, mais pas très bien, pas assez bien pour éviter d'être malmené si les choses en arrivaient là, possible qu'il ait travaillé pour sa femme, ou pour ses parents, ou qu'ils se soient vus le week-end au Lakeside Inn, au County Line, chez Capuano. John dit : « Aucun problème, monsieur l'agent. » Jordan Leavey reprit très fort, un rire dans la voix : « *Auauaucun* problème, monsieur l'agent. » Il aurait pu imiter le discours bouffon d'une personnalité de la télé, ou il aurait pu imiter John Heart.

John poussa la porte, Leavey sur les talons. Un air

froid éclatant, des rafales de vent. Des pans de ciel vif comme le bleu ciel de la camionnette de M. RÉPARE-TOUT garée à l'autre bout du parking où, bon Dieu, il n'arriverait jamais à temps. Leavey marchait à sa hauteur, riant, jurant, le poussant du plat de la main, le déviant de sa trajectoire. Ils trébuchaient ensemble, titubaient comme des ivrognes. John baissa la tête, pivota d'un rapide mouvement latéral comme si, sur le terrain de basket, il feintait un arrière agressif, mais Leavey suivit, un homme près de perdre son sang-froid. John se disait : *Ne te bats pas, ne commets pas cette erreur.* Il ne s'était pas rendu compte que son visage flambait avant que l'air froid ne le frappe. Son visage avait commencé à flamber dans la salle d'audience, il avait été obligé de partir, de sortir chercher de l'air, sachant qu'il était innocent, qu'il n'avait rien fait qui mérite une punition mais sachant aussi qu'il serait puni et infligerait punition, et chagrin, à d'autres, proches de lui. Nola lui avait jeté un regard anxieux lorsque, se levant avec brusquerie, il avait marmonné « Pardon ! » et quitté la salle. Comme l'avait dit l'avocat de Nola, il n'était qu'un tiers dans ce procès, même s'il était concerné. *Leavey contre Leavey. Garde d'enfants, émotions dangereuses. Aimer l'épouse d'un autre homme* même si, en fait, elle n'était plus l'épouse de cet autre homme, n'avait pas été son épouse depuis plusieurs années.

John pouvait néanmoins comprendre pourquoi Leavey prenait ce risque, le suivait. Exigeait de savoir ce que John faisait avec *sa* femme, *ses* gosses. Nola avait dit : *Pourvu surtout qu'il n'ait pas bu ce matin, ce sera terrible pour nous tous s'il a bu*, et Leavey sentait l'alcool, ça ne faisait aucun doute. John essaya de le calmer, bien que lui aussi fût énervé. « Allez, Jordan ! Tu ne fais qu'aggraver les choses. » Leavey dit : « Je t'emmerde ! Qui tu te crois pour me dire ce que je dois faire ? »

John entendit la voix de son père, trente ans auparavant. *Ne frappe pas le premier... contre*. Il était trempé de sueur, tremblant sous l'effet de la décharge d'adrénaline. Mais il ne voulait pas se battre avec Jordan Leavey, il en avait fini avec les bagarres, même pour se protéger. L'émotion, la rage marbraient le visage de Jordan. Il avait un ou deux ans de moins que John Heart mais paraissait plus vieux, avec des yeux gris ardoise injectés de sang, des yeux douloureux, désemparés, indignés au-delà du dicible. Un homme trapu, un ancien athlète... football américain universitaire. Maintenant aussi massif qu'un bœuf, les épaules tombantes, un bon mètre quatre-vingt-huit comme John Heart, mais une quinzaine de kilos de plus. Des plis verticaux comme des coups de couteau marquaient ses joues empourprées. Ses cheveux brun-roux grisonnants étaient épais sur les côtés, clairsemés sur le dessus. Il portait un complet, une chemise blanche et une cravate, des boutons de manchette. Plus jeune, il était assez fier de son apparence, avait dit Nola, mais dans son rôle d'ex-mari contraint par une ordonnance du tribunal à ne voir ses enfants qu'un week-end sur deux, pendant un nombre d'heures soigneusement défini, il avait perdu sa vanité, sa fierté masculine. Nola avait parlé des mains de son mari, des mains puissantes qui pouvaient être très douces mais qui parfois « partaient toutes seules » comme animées d'une volonté propre. Un tourbillon brûlant, une averse de coups. *Nous en res-*

tions abasourdis. Tous les deux, et les gosses, nous pleurions. Mais c'était moi qui étais par terre, la bouche en sang. Leavey occupait maintenant un poste de direction chez un fabricant de pièces détachées automobiles General Motors de Lockport, dans l'État de New York, un travail bien payé, disait-il. Mais, depuis le divorce, on ne savait pas trop quelle était sa vie.

Parfois, John Heart ne voyait plus la logique de sa propre existence. La vie qu'il avait réussi à se bricoler sur le tas d'ordures de son adolescence. Il aurait voulu témoigner sa sympathie à Jordan Leavey, qui le regardait avec tant de haine. Pas se battre avec lui. *Je sais ce que c'est. Quand ta famille se disloque, tu es foutu. Ce qui est perdu ne reviendra pas, mon frère.*

« Non ! Arrêtez ! *Je vous en prie !* »

Une voix de femme... celle de Nola. Elle surgit du tribunal, sans manteau. Sa voix était aiguë, effrayée et furieuse, la voix qu'il ne fallait pas, qui déclencha la violence de Leavey. *Maintenant c'est parti*, pensa John, *maintenant plus question d'arrêter quoi que ce soit.* Le poing de Leavey se détendit, un swing mal ajusté du droit qui aurait envoyé John au tapis comme une masse s'il n'avait réussi à éviter le coup en se baissant, mais en même temps il perdit l'équilibre, glissa sur une plaque de glace. Leavey fonça sur lui en jurant. Tout était confus, chaotique. Comme si le parking penchait. La terre et le ciel penchaient. Bien des années auparavant, Dahlia Heart avait électrisé et effrayé ses enfants, beaux yeux écarquillés, mains voletantes, en leur racontant avec excitation un tremblement de terre, « une folie de Dieu », à Guadalajara, au Mexique, impressionnant les deux plus jeunes pour une raison impossible à connaître, et même l'aîné, John Reddy, qui s'enorgueillissait d'être vacciné contre les histoires exagérées et dramatiques de sa mère ; il se rappellerait cet épisode pitoyable sur le parking du tribunal du comté d'Oswego, assailli, raillé, frappé par un Leavey enragé, se refusant à rendre les coups, comme une sorte de tremblement de terre. Qui vous relève, et vous jette à terre. Des coups qui pleuvent de toutes parts. Ses jambes l'avaient vite abandonné. Il avait trente-huit ans, les jambes sont les premières à lâcher chez un boxeur vieillissant, le sang battait dans ses yeux, lui brouillait la vue, un grondement dans ses oreilles, Nola hurlait, essayait d'écarter Leavey — « Non ! Arrête ! Bon Dieu, Jordan, tu avais promis ! Tu... » Les articulations d'un poing frappèrent la pommette de John sous l'œil droit, si fort que l'os dut craquer. Un autre coup sur le côté de la tête, Leavey grognait : « Salaud ! Salopard ! Sors de ma vie ! De la vie de ma femme ! De mes gosses ! Taulard ! » À Tomahawk Island on ne pouvait pas faire marche arrière dans une bagarre, sinon on était fini, mais John recula en titubant, un bourdonnement dans l'oreille gauche, le tympan peut-être crevé, oh merde. Il ne s'était jamais totalement remis de la correction que lui avaient infligée les policiers sur le mont Nazaréen, poings, pieds, matraques, résistance aux forces de l'ordre, c'était l'accusation, la provocation, il avait eu un avant-goût de sa propre mort, une bile noire au fond de la bouche.

Leavey hurlait. Nola suppliait. Le visage d'une pâleur mortelle, un visage qui n'avait rien de séduisant maintenant, des yeux humides terrifiés. *M'aimes-tu assez pour risquer de te faire écharper par ce fou ?*

avait demandé Nola franchement, d'un ton à la fois flirteur et craintif, et John Heart avait ri gaiement. *Bien sûr.* Et donc c'était vrai. D'un bout à l'autre.

« Ça va. Arrêtez ça. »

La bagarre, à sens unique, n'avait pas duré plus de deux, trois minutes. Deux shérifs adjoints empoignèrent Leavey ; Nola et un autre homme, un inconnu, aidèrent John Heart à se relever. Nola pleurait, pas de tristesse mais de colère, de frustration. Ce n'était pas une femme qui pleurait facilement, et jamais en public, il y avait des inconnus à l'entrée du tribunal qui regardaient, murmuraient. Leavey se dégagea, en injuriant les adjoints. Ils lui parlaient avec calme, répétant quelques mots simples. Il semblait clair à présent qu'il avait bu, qu'il était désespéré, un homme traqué. Un homme qui souhaitait juste voir plus souvent ses deux enfants, passer davantage de temps avec eux, davantage de jours, au point qu'il en avait demandé la garde, un signe de son désespoir mais aussi, pouvait-on soutenir, de son amour, l'amour d'un père. Il avait le visage luisant de sueur et haletait, l'haleine fumante, comme s'il avait couru en montée. « Ça va, monsieur ? demanda un des adjoints à John Heart. Vous voulez que quelqu'un s'occupe de ça ? » Il parlait de son visage ensanglanté. Aussitôt, contrarié, John répondit : « Non. » Ce n'était rien, juste une égratignure. Tout ce qu'il voulait, c'était décamper au plus vite. Il avait la nette conviction, Nola tâcherait de le persuader du contraire, que les adjoints le regardaient avec stupéfaction, avec mépris, parce qu'il n'avait rien fait pour se défendre, qu'il s'était laissé frapper, traiter de tous les noms, quel genre d'homme était-il donc ?

Ils le regardèrent, combien de paires d'yeux, boiter jusqu'à la camionnette Ford bleu ciel. Le genou gauche douloureux. L'œil gauche, dont la rétine s'était décollée, bien des années plus tôt, aveuglé de larmes. M. RÉPARE-TOUT, c'est lui ? Menuiserie, tous travaux ? EST OUTILLÉ — SE DÉPLACE ! Le numéro de téléphone plein d'espoir au-dessous : (716) 737-9542. La petite Ellen, âgée de six ans, l'avait aidé à peindre des tournesols jaune vif sur les côtés du camion et, dans la lumière dure de cette matinée froide de mars, elles avaient l'air de têtes décapitées idiotement souriantes. Nola cria d'un ton hésitant : « John ?... Attends. » Mais il n'allait pas attendre, et elle le savait. Il n'était pas d'humeur à parler, il irait bouder et panser ses plaies dans son coin. Le cœur battant de fureur rentrée car il était un homme fier né pour se battre, pour se servir de ses poings, ou d'un démonte-pneu, d'un pied-de-biche, des instruments qu'il avait là, dans la camionnette de M. RÉPARE-TOUT. *Mais je ne le ferai pas. Parce que je suis assez fort pour résister. Parce que, quoi que l'on pense de moi, je peux me dominer.*

Et il ne porterait pas non plus plainte contre Leavey. Il supposait que les adjoints ne l'arrêteraient pas, le pauvre type en serait quitte pour un avertissement, ils voyaient ça tous les jours au tribunal, aux affaires familiales, un père divorcé qui demande la garde de ses enfants, veut à tout prix les voir davantage, découvre après les avoir perdus combien il les aime, et sa femme aussi. Dans le cas présent, cette femme vit avec un petit ami, comme tout le monde semblait le savoir, un ancien détenu.

Oui, les adjoints éprouveraient de la compassion pour Jordan Leavey, évidemment. Si tu n'étais pas au courant de l'alcoolisme, des coups, en l'entendant raconter qu'on l'avait fichu à la porte de sa propre maison, toi aussi tu compatirais.

4

Il n'avait pas prié. Cette heure, cette nuit où sa vie avait été changée à jamais. Il ne savait pas encore ce que c'était que prier. Se vider, être rempli de Dieu. Un flot de lumière vive aveuglante. Un éclair de certitude. Ce qu'à leur manière tâtonnante et maladroite les gens appelaient « Dieu ». Il n'avait pas prié, la prière était hors de propos. C'était arrivé si vite... une fraction de seconde. *Fais ce que tu as à faire. Et ce que tu fais, tu regardes en arrière et tu dis :* Je devais le faire. *Et donc je l'ai fait.*

Ils n'avaient pas voulu qu'il sacrifie sa vie. À l'âge de seize ans.

Ils avaient voulu qu'il sacrifie sa vie. À l'âge de seize ans.

Non, ils l'avaient aimé. Elle, surtout. C'était son idée à lui, pas la leur.

D'un bout à l'autre, l'idée de John Reddy Heart.

Non qu'ils en parlent. Jamais. De même que les mots, les mots imprimés sur une page, les colonnes de lettres, le déroutaient parfois, lui embrouillaient l'esprit, les mots dits, les mots prononcés, les siens surtout, qui lui paraissaient hésitants, inadaptés, l'embarrassaient. *Je devais le faire. Alors je l'ai fait.*

Naturellement il en tirait de la fierté, de la vanité : avoir été assez homme, assez fort, alors qu'il n'était qu'un gosse de seize ans à l'époque. Et les années qui avaient suivi. Et les longues nuits. *Pourquoi ? Parce que je suis assez fort. J'ai fait ce que j'ai fait, et j'ai pris la mesure de ma force.*

Grimpant quatre à quatre l'escalier jusqu'à la chambre de Dahlia en sachant ce qu'il trouverait. Ou presque. Il avait entendu les coups de feu. Et se baissant pour ramasser le revolver. Le revolver de grand-père. Une arme qu'il avait souvent eue entre les mains, enfant. Cet instant, cette décision éclair irrévocable... il l'avait fait, et donc c'était fait.

Le revolver de grand-père. Lâché après avoir été utilisé, déchargé trois fois, et abandonné maintenant au bord de l'épais tapis vieux rose qui déjà s'imbibait de sang. Le revolver qui serait ensuite qualifié, à tout jamais, d'*arme du crime.*

Un de ces termes mystérieux. Comme *Dieu.* Des sons que l'on entend, encore et encore, tellement souvent. À ne plus savoir ce qu'ils veulent dire. S'ils ont jamais voulu dire quelque chose de cohérent.

Une *arme du crime* signifie qu'il y a un *crime,* signifie qu'il y a un *criminel.*

Il n'avait pas voulu se sacrifier, à l'âge de seize ans. Mais c'était arrivé.

Tout ce qu'il voulait, depuis la mort de son père, c'était que sa famille reste unie. Rien ne le terrifiait plus que d'être perdu, dispersé. Ce n'était pas l'idée de perdre les autres, ou d'être perdu par eux... s'il les perdait, il perdrait des parties de lui-même. Il le croyait. Car c'était si facile d'être séparés. Car ils avaient voyagé si souvent, ces premières années. De Lubbock dans le Texas, où son père était affecté à la base aérienne de Reese et où John Reddy Heart était né, à Gila Bend dans l'Arizona, et à la base aérienne où Farley Heart était né, et finalement à la base de San Angelo, dans l'Utah, où son père était mort dans un accident d'avion pendant un vol de routine. (Si bien que toute sa vie il imaginerait la mort de son père dans un chasseur à réaction tombant comme un éclair d'argent du ciel bleu cobalt du désert et s'écrasant à terre. « Défaillance technique. » Pourtant le pilote ne s'était pas éjecté... pourquoi ? S'était-il refusé à abandonner l'avion ? Croyant parvenir à s'en rendre maître ? Les débris de l'appareil, sur un flanc de montagne isolé, n'avaient rien révélé.) Après San Angelo, il y avait eu Sparks dans le Nevada, il y avait eu Reno et finalement Las Vegas où son grand-père Heart était venu vivre avec eux. Tout ce qu'il voulait, c'était que leurs vies ne s'effilochent pas comme un de ces pulls bon marché que leur mère leur achetait chez Sears. Ne se disloquent pas comme les chaussures bon marché de maman... dont le talon se détachait brutalement de sorte que, rouge de honte, elle devait rentrer en boitillant à la maison. Il voulait que leurs vies ne se fracassent pas comme du verre, comme ces innombrables tessons qui jonchaient le désert en lisière de la ville avec d'autres débris, emballages en cellophane, bouts de ferraille. *Ce monde se remplit de la merde de l'humanité qui un jour nous suffoquera comme nous le méritons*, disait grand-père avec une satisfaction véhémente en levant son verre de bourbon pour boire à cet avenir. *Oh pa-pa !* s'écriait maman, exaspérée. *La barbe.* Tout ce qu'il voulait, c'était que leurs vies ne scintillent pas en fondant au soleil comme lorsque, soudain fatiguée de boire, ou peut-être parce son whisky était devenu tiède, les glaçons réduits à de minces croissants et l'alcool trop dilué pour avoir encore du goût, maman jetait le contenu de son verre sur le sol sablonneux devant la véranda du petit bungalow miteux d'Arroyo Seco, à Las Vegas, et murmurait : *Oh merde.* En s'étirant et en bâillant comme un gros chat. À ce moment-là, maman était « Dah-lia Heart » et elle avait une voix gutturale, frissonnante. Une voix qui vous invitait à la regarder, à admirer.

Je suis une femme capable de tout, personne ne peut m'arrêter.

Lorsqu'on lui avait appris la mort de son mari, elle n'était pas cette femme-là, mais une sœur plus jeune peut-être, naïve, idiote, quiconque a une poisse pareille ne peut être qu'idiot, tel était le jugement de Dahlia Heart. Son fils aîné John Reddy, John, ne se rappelait que confusément ces jours-là, la nouvelle de la mort, maman abasourdie, assommée, les cheveux ramassés en une grossière queue-de-cheval, pieds nus, la peau tendue et terreuse, les bras et les jambes bizarrement maigres à côté de son ventre distendu qui ressemblait à une pastèque fourrée sous ses vêtements. Car quand son mari le lieutenant Lamarca avait été tué, Dorrie Lamarca était enceinte de sept mois et attendait la petite fille qui serait Shirleen.

Elle avait hurlé, en réveillant John Reddy et son frère. Elle s'était évanouie et blessée à la tête en tombant. Plus tard, elle frapperait son gros ventre de ses poings, hystérique, pleurant comme une enfant. Elle s'arrachait les cheveux, se lacérait les mains et les bras avec ses ongles. D'autres femmes de la base s'étaient occupées d'elle. Et des petits garçons, John Reddy qui avait six ans, Farley qui en avait trois. La petite fille, Shirleen, naîtrait prématurément, un mois plus tard, dans la salle des urgences d'un hôpital de Sparks où, titubant sous l'effet combiné de la tequila et du speed, contusionnée par une chute, ou par une bagarre, dans un bar, Dorrie Lamarca avait été amenée par un homme coiffé d'un chapeau de cow-boy blanc crème qui disparut aussitôt et ne donna plus jamais signe de vie. *Vingt-cinq ans quand mon mari est mort. Mon beau mari de l'armée de l'air. Mon mari héros. Un lieutenant. Un pilote de chasse. Il pilotait un Thunderbolt A-10 à la base aérienne de San Angelo. Et c'est pour ça qu'il est mort... un accident, au bout de deux heures de vol, un problème de moteur, il avait effectué beaucoup de missions, il avait trente et un ans. Oh ! mon Dieu... je l'aimais. Je l'aimerai toujours. Tony était mon premier amour. J'avais quinze ans quand je l'ai connu. Il n'y a qu'un premier amour. Il est mort, et je n'étais qu'une gamine. Je l'avais épousé si jeune. Il était venu me chercher, et je l'avais suivi. Je n'avais pas le choix. Je n'étais qu'une gamine, à Lubbock. Tony m'a fait avoir des bébés. Ses bébés. Je l'aimais, je voulais avoir des enfants de lui. Enceinte de sept mois quand il est mort. Je ne peux pas lui pardonner d'être mort. Vous imaginez... trois enfants, et j'avais vingt-cinq ans. Oui, j'ai eu envie de mourir. Mais je ne suis pas morte. J'aimais mes enfants, je les aime. Tony n'était pas partisan du contrôle des naissances. Il ne voulait pas en entendre parler, ça l'écœurait. Moi, je ne savais rien. Je faisais ce qu'il voulait. Ce qu'il voulait, je le voulais. Il y a Dieu en nous qui cherche à naître, disait Tony. Il s'énervait, surtout quand il buvait. On apprend à les éviter dans ces moments-là.*

Mon propre père. D'autres types à la base. Tony était catholique mais ça ne venait pas de là. Il se disputait avec d'autres catholiques. Je ne hais pas mes enfants. J'aime mes enfants. Le Messie pourrait naître, disait Tony. Il était catholique mais n'allait jamais à la messe. Il avait des idées à lui. Par exemple... que Jésus devait renaître encore et encore. Pas juste une fois. Il partait dans des discussions incroyables. Il aimait faire réagir les gens. Je ne hais pas mes enfants, je les aime. C'est tout ce qui me reste de leur père. Surtout mon Johnny. Mon petit amour. Il a promis de prendre soin de sa mère qui est veuve. Toute notre vie.

Ces longues nuits avant la naissance du bébé. Rien qu'eux deux dans le lit de maman.

Elle l'avait tenu contre elle, son Johnny, bien en sécurité dans ses bras. En sécurité, et serré. Elle lui avait donné la montre de pilote de papa avec son grand cadran plat, ses chiffres et ses aiguilles vertes phosphorescentes — « Mais tu es encore trop petit pour la porter. Un jour. » Il la portait quand même de temps en temps, à son avant-bras maigre, le bracelet entouré de sparadrap crasseux pour qu'elle tienne. Le visage pressé contre les seins lourds, légèrement moites, de maman, qui sentaient le talc à travers la dentelle de nylon de sa chemise de nuit, il restait parfaitement immobile en écoutant le *tic-tic-tic* minuscule de la montre de papa.

C'était dans le motel au néon arc-en-ciel de Sparks, dans le Nevada, où ils louaient une chambre à la semaine. Les nuits étaient presque toujours étouffantes, le ciel du désert sillonné d'éclairs de chaleur. Parfois la télé était allumée, juste les images, pas le son. Les vieux films que maman aimait n'étaient pas en couleur mais en noir et blanc — « On était plus sérieux en ce temps-là. » Alors il avait fini par croire que le passé, le temps d'avant sa naissance, n'avait été qu'en noir et blanc. Sur la table de chevet, il y avait le verre à whisky de maman, son cendrier de plastique noir bourré de mégots et de cendres. Elle laissait Johnny boire un peu de whisky, elle le laissait tirer une bouffée de sa cigarette et riait quand il toussait. « Prends ton temps, mon chou. On a plein de temps en réserve. » Il était fasciné, un peu effrayé, de sentir le bébé donner des coups de pied à l'intérieur du ventre tendu de maman. « Ta petite sœur, Johnny. Je sais que ce sera une fille. Tu sens ? Shirleen. »

Shirleen. Il avait aidé maman à choisir ce nom.

Toujours il aurait le sentiment d'avoir été pour quelque chose dans sa naissance. Sa sœur. Un jour elle changerait de nom, elle prendrait le voile comme on disait, une fiancée du Christ. Mais pour lui elle serait toujours Shirleen. Il se la rappellerait toujours dans le ventre de maman donnant des coups de pied contre ses doigts écartés, stupéfaits. « Bébé ? Salut ! C'est moi. Johnny. » Et maman riait, parce qu'elle l'aimait bien quand il était drôle et pas triste. Quand il disait des choses inattendues et loufoques comme les gens qui ont bu.

Il avait six ans, presque sept. Jouer avec les enfants de son âge ne l'intéressait plus. Et de toute façon il n'en avait pas le temps. À la base de San Angelo, il avait dû laisser tomber sa classe de onzième pour être avec maman. À Sparks, ces cinq ou six semaines dans le motel, il n'était pas allé à l'école du tout. Ni à Reno. Mais à Las Vegas il y retournerait, à contrecœur. Dans le motel de Sparks, son petit frère Farley dormait sur un canapé de vinyle recouvert de serviettes, avec un seul drap et une couverture. Geignard et nasillard dans son sommeil. Farley qui avait eu une bronchite pendant cinq mois. Farley qui était toujours en train de renifler, de nasiller. Pauvre gosse, un rat pelé. Pas de taille à rivaliser avec Johnny qui ressemblait à leur père. « Tu as exactement ses yeux ! Oh, mon Dieu ! » Ces nuits où elle le réveillait sans cesse pour prendre ses mains dans les siennes, lui écarter les doigts et les presser contre son ventre qui était toujours brûlant au toucher. Son visage jeune, un visage de petite fille, gonflé, bouffi, luisant de larmes. Son visage qui était la dernière chose qu'il voyait lorsqu'il glissait dans le sommeil, trop épuisé pour garder les yeux ouverts, et la première chose qu'il voyait quand elle le réveillait, parce qu'elle avait besoin de lui, disait-elle, parce qu'elle ne voulait pas être réveillée et seule, disait-elle. « Parce que j'ai peur. Je ne sais vraiment pas ce qui pourrait arriver si j'étais seule trop longtemps. » Le visage de maman, et le ventre de maman, d'une pâleur lumineuse sous le tissu vaporeux de la chemise de nuit. « Tu sais que toi aussi tu viens de là, Johnny ? Quand tu es né. Ton papa t'a mis à l'intérieur de moi, sa graine, avec ça », effleurant son pénis frémissant avec douceur, presque avec timidité, quoique entièrement maîtresse de son corps, lui laissant cependant comprendre combien cette partie de lui-même était particulière, et combien il était particulier, lui, Johnny, « ... et à l'intérieur de maman et tu as grandi là, comme ta petite sœur maintenant. C'est pour ça que personne ne peut t'aimer comme ta maman t'aime. Parce que tu es sorti de maman quand tu es né. Tu comprends ? » Il n'était pas mentionné que Farley aussi était sorti du ventre de maman, mis là par papa. Il était possible de croire, ces nuits-là, que Farley n'existait pas. Et sa vie durant John Heart se rappellerait cette mère, jeune, enceinte jusqu'aux yeux, sentant le whisky, qu'il avait adorée et crainte. Combien de fois en promenant ses mains avec révérence mais aussi avec une parfaite familiarité sur le corps d'une femme. Bien sûr qu'il avait le droit, bien sûr que cette femme avait envie de lui. Jamais le moindre doute. Comment pouvait-il y avoir un doute. Promenant ses mains sur le corps de Nola Leavey et sachant qu'elle l'aimait, d'un amour sans commune mesure avec le sien, bien qu'en fait il l'aimât et désirât l'épouser, si épouser John Heart, un ex-détenu, ne risquait pas de lui faire perdre la garde de ses enfants. Car on en arrive toujours à la question des enfants. *Un enfant est quelqu'un que l'on aime plus que soi-même. Et sacrément plus que son propre bonheur*, avait dit Nola.

Elle l'avait reconnu, peut-être : un homme qui aimait les femmes, et était aimé d'elles. Un homme qui avait le respect des femmes. Un homme qui se méfiait des femmes. Sans lui poser de questions, elle avait su.

Naturellement, l'enfant Johnny avait adoré sa petite sœur Shirleen quand elle était née. Un petit singe ratatiné au visage tout rouge qui semblait bredouiller d'indignation. « Oh, mon Dieu ! Il faut que je la garde en vie, celle-ci aussi. Je suis si fatiguée ! » Maman mit longtemps à se rétablir après la naissance. Maman pleura beaucoup. On avait eu peur que Shirleen ne vive pas. Ou que, vivante, elle ne soit pas « normale ». Le fait est que maman avait disparu du motel pendant deux jours juste avant la naissance du bébé, elle était partie boire avec un homme et avait laissé Johnny et Farley seuls dans la chambre. Ce n'était pas un problème : Johnny avait les vingt dollars qu'elle lui avait laissés, il y avait un magasin 7-Eleven de l'autre côté de la route et un distributeur automatique à côté de la porte. Il y avait la télé toute la nuit pour leur tenir compagnie. Il y avait le téléphone qui, même s'il ne sonnait pas, pouvait le faire à tout moment. « Johnny, mon poulet ? Bonjour ! C'est maman qui vient aux nouvelles, mon chou. Tout se passe bien ? » Un jour, Johnny apprendrait par une remarque méchante de grand-père que Shirleen était née avec du « poison » dans les veines. Alcool ? Drogues ? Elle pesait à peine deux kilos. Née six semaines avant terme. Au début elle louchait légèrement. Elle n'avait pas beaucoup d'appétit mais était capable, s'étonnait maman, de vomir plus qu'elle n'avait avalé. « Tu penses qu'on pourrait la faire passer dans l'émission de Ripley, *Croyez-le ou pas* ? » Elle était grognon, sujette aux coliques. Pire que Farley. (Johnny avait été un bébé de rêve, bien sûr. Qui avait dormi six heures d'affilée dès la première semaine où maman était rentrée de la maternité.) Shirleen pleurait d'une voix faible, comme un chat malade. Mais elle était capable de pleurer des heures. De pleurer, disait maman, comme le supplice chinois de la goutte d'eau. Lorsqu'on ne l'entendait pas, si on allait écouter de près, elle pleurait. Maman essaya d'allaiter Shirleen mais ses seins lui faisaient mal. Maman buvait en allaitant mais ça ne semblait pas arranger les choses. Maman disait, d'un air perplexe et contrarié : « On dirait qu'elle n'est pas de Tony. On dirait qu'elle est de quelqu'un d'autre. » Parfois maman s'affolait, ses mains tremblaient : « Et si je n'arrive pas à la garder en vie ? Si elle meurt, est-ce que ce sera ma faute ? Qui prendrait soin de vous si... ? » À d'autres moments, elle parlait en plaisantant de jeter le bébé dans la benne à ordures, en ajoutant avec un clin d'œil : « Je rigole, hein ! » Johnny aidait à préparer les biberons de Shirleen, il apprit à chauffer le lait maternisé juste à la bonne température. Il en vint à penser que sa petite sœur le reconnaissait, lui souriait. Il était quelqu'un de particulier à ses yeux. Si maman avait les mains qui tremblaient trop pour se risquer à donner son bain à Shirleen, c'était Johnny qui s'en chargeait, surveillé par maman. Johnny séchait le corps minuscule, le talquait, le langeait. Ça lui plaisait que Shirleen soit une petite fille, et que les petites filles n'aient pas de pénis comme les petits garçons. Ça lui plaisait d'être quelqu'un de particulier. C'était lui aussi qui donnait son bain à Farley, et il pouvait presque croire que Farley était une fille. Et pourtant Farley pouvait être sacrément coriace pour un mouflet de sa taille. Il détestait qu'on lui lave les cheveux. Il hurlait comme si on l'égorgeait quand du savon lui entrait dans les yeux. Et même — ça, c'était drôle ! — il essayait de frapper son grand frère qui pouvait le plaquer au sol en trois secondes, comme un catcheur à la télé, rien qu'avec la paume d'une main.

Tout juste âgé de sept ans, Johnny était brusque, autoritaire. Si on devait prendre les choses en charge, on les prenait en charge. Quand elle lui voyait la démarche assurée de son père mort, maman le regardait et disait avec un faible sourire : « Oh, Johnny. C'est toi le meilleur. » Il y avait des baisers soudains et des étreintes farouches, et des séances de chatouilles qui laissaient Johnny empourpré et tremblant. Farley, un pouce dans la bouche, regardait d'un air maussade. Ou, se tournant face au mur, ne regardait pas. Shirleen dormait de son sommeil agité et geignard. Maman rentrait souvent à l'aube dans la chambre de motel, alors qu'une lumière rose sépia fluorescente comme un néon montait dans le désert de l'autre côté du store à lamelles. Toute sa vie John Heart se rappellerait l'excitation douloureuse, presque insupportable, de ces retours de sa mère, qui revenait de son travail de serveuse, de son travail au casino, ou d'un dîner comme elle appelait ces rendez-vous avec des hommes dont ils ne verraient jamais le visage et dont ils n'entendraient jamais prononcer le nom ; elle murmurait un bonjour, car en général seul Johnny était réveillé, elle envoyait voler ses chaussures à talons aiguilles qu'elle détestait, se laissait tomber sur le lit fait à la hâte, tendait la main vers la bouteille d'Early Times et le verre opaque restés sur la table de nuit, une cigarette allumée entre les lèvres. Tantôt maman était de bonne humeur, tantôt maman était de mauvaise humeur. Mais toujours elle faisait asseoir Johnny sur le lit à côté d'elle, le serrait contre elle. Et lui racontait ses histoires, qui tournaient souvent autour du fait qu'elle avait manqué, et de si peu que c'était à fendre le cœur, gagner une quantité d'argent considérable ce soir-là. *Si seulement j'avais de quoi démarrer, si quelqu'un voulait bien se pointer et me fournir de quoi démarrer décemment, est-ce que c'est trop demander, bordel ?* Maman laissait Johnny boire un peu de son whisky, c'était un goût qui piquait, qui brûlait, qui lui mettait les larmes aux yeux, mais il aimait ça. Maman laissait Johnny tirer quelques bouffées de sa cigarette en écartant de son front ses cheveux humides et emmêlés.

Maman disait qu'avec tous ces climatiseurs ici dans le Nevada elle était glacée jusqu'à la moelle, que c'était le devoir de Johnny de la réchauffer.

Ils partirent en Greyhound, tous les quatre, pour Las Vegas. C'était le nouvel an et maman avait eu une vision, on pouvait dire que c'était une vision envoyée par Dieu bien que ce fût à la télé, une foule de fêtards en smoking, en robe décolletée, qui hurlaient et riaient en levant leurs verres de champagne pour fêter le nouvel an tandis que dans le ciel des feux d'artifice et des étincelles explosaient comme ces trucs dingues incroyables de la fin du monde promis dans le livre de l'Apocalypse. (À Lubbock, au Texas, maman était allée à l'église méthodiste avec sa famille. Lorsqu'elle essayait de penser à cette époque, déjà vieille de huit ans, une sensation de pesanteur envahissait son cerveau.) Elle avait claqué des doigts et déclaré : « Notre poisse pourrie, c'est fini. Promis ! » La plus grande surprise fut que, sorti apparemment de nulle part, leur grand-père Heart vint vivre avec eux. Pas dans une chambre de motel comme Johnny s'y attendait, mais dans un appartement. Et ensuite dans une maison. Il y avait les chèques de l'armée de l'air américaine, il y avait l'argent des emplois et des amis de maman, il y avait quelquefois l'argent des parties de poker et des emplois occasionnels de grand-père, jamais vraiment assez d'argent mais, comme maman le promettait, au moins ils ne mourraient pas de faim. Grand-père promettait la même chose. C'était lui qui faisait régner l'ordre dans la maison, comme il disait. Il se décrivait comme un ascète de l'Ancien Testament né à la mauvaise époque et au mauvais endroit. Il croyait à la discipline, au sérieux, et que chacun devait faire sa part. Il buvait mais s'enorgueillissait de tenir l'alcool, à la différence de certaines personnes de sa connaissance qui donnaient un bien mauvais exemple à des êtres jeunes et impressionnables. La première semaine où il habita avec maman, Johnny, Farley et Shirleen, grand-père sermonna maman en lui reprochant sa « déglingue de Blanche pouilleuse ». Il ne le supporterait pas, déclara-t-il. Il avait l'habitude de l'ordre. Un personnage imposant, avec des cheveux blancs flottants, une épaisse barbe blanche et des yeux sévères, comme des boules de verre en fusion. Soupe au lait, tour à tour dur et drôle, avec chapeau de cow-boy, gilet et bottes en cuir de vache, le premier grand-parent des enfants Lamarca. Leur seul grand-parent. « Mes enfants, votre mère m'a appelé dans un moment difficile. Je ne vous abandonnerai jamais. » Néanmoins, Grand-père s'absentait souvent un jour entier ou davantage, pour aller exercer ses « talents au poker ». Lorsqu'il revenait, il était mécontent si le désordre régnait dans la maison. Il sermonnait Johnny, fasciné par ce vieillard flamboyant, sur la nécessité d'avoir des horaires stricts, de ranger les affaires à leur place, d'éviter la pagaille. Le monde naturel et humain était pour lui un « monde de hasard aveugle » que l'on pouvait néanmoins plier à sa volonté comme on pouvait endiguer une rivière, déverser du béton sur la terre, pulvériser de l'insecticide dans les pièces de son habitation, des actes qui se révéleraient à la longue inutiles parce que la rivière finirait par gonfler et emporter le barrage, la végétation pousserait à travers le béton qu'elle fendrait comme de la glace, les cafards et les fourmis reviendraient en multitudes bibliques. « Néanmoins les sages persévéreront, car eux seuls survivront. » Grand-père tenait à ce que les repas soient servis à des heures régulières, même si ni lui, Aaron Leander, ni maman elle-même n'étaient présents, même si les plats posés sur la table de la cuisine n'étaient que des plats surgelés réchauffés, de la soupe en boîte, des haricots ou des Spaghetti-O en conserve, des tranches de fromage fondu sur des tranches de pain de mie Wonder Bread, des chips. Même si le petit déjeuner se composait de doughnuts rassis, de céréales arrosées d'un lait légèrement rance, et encore de chips. « À heures régulières. Trois fois par jour. Tous les jours. »

Même s'il n'y avait pas de Seigneur Dieu, il fallait apprendre aux enfants à dire le bénédicité — « Dites le bénédicité », prononcé avec l'accent texan traînant de Grand-père, était un ordre pointilleux, moqueur et néanmoins sévère — avant les repas, en prévision du jour où ils se retrouveraient dans la compagnie bénie de ceux qui disaient le bénédicité parce qu'ils demeuraient dans une Amérique où le Seigneur Dieu n'était pas un inconnu. Naturellement, c'était à Johnny qu'il revenait de mener les prières, comme c'était à lui qu'il revenait de préparer la plupart des repas. *Bénis ce repas, Seigneur, et bénis ceux qui vont le partager. Amen !* C'était facile, cela donnait à Johnny le sentiment d'être important et, qui sait, peut-être y avait-il un Dieu assez tatillon pour s'inquiéter de ce qu'on Le remercie trois fois par jour avec une précision d'horloge. (Toute sa vie John Heart réciterait cette prière en silence. Finissant un jour par croire en Dieu, sinon au Seigneur Dieu de la Bible qu'il avait imaginé dans son enfance à l'image d'Aaron Leander Heart.) C'était

Grand-père qui avait tenu à ce que Johnny retourne à l'école. Johnny était vif, dégourdi, plus qu'aucun môme de son âge, aucun doute là-dessus, mais il avait aussi besoin d'instruction. Grand-père gronda maman en disant : « Tu n'as pas le droit de faire de cet enfant un adulte avant l'âge, ma fille. Tu as déjà eu un mari. C'est égoïste, c'est mal, c'est *anormal.* Et tu pourrais être arrêtée. » Maman répondit, le visage empourpré : « "Anormal" ?... Fais attention à ce que tu dis, Aaron Leander. » Mais devant l'autorité irascible de Grand-père, même maman devait céder. Du moins pour l'école et d'autres affaires visibles que le vieillard vigilant pouvait surveiller de près.

C'est à Las Vegas que maman, qui était « Mme Lamarca », « Mme Anthony Lamarca », « Dorothy Lamarca », « Dorrie Lamarca », réalisa à quel point il lui était douloureux d'entendre le nom de son amour perdu prononcé avec désinvolture par des inconnus. Un après-midi d'extraordinaire lucidité (elle avait un rendez-vous chez le dentiste, et avait eu honte d'y aller l'haleine chargée de whisky), elle eut la révélation qu'il lui était préjudiciable de continuer à porter ce nom. Elle n'était pas assez forte, ou pas assez bonne. Maintenant que Tony était mort à jamais, que son mari était mort et ne serait plus jamais son mari, ce qui était peut-être sa faute, parce qu'elle s'était enfuie, elle avait épousé un pilote de l'armée de l'air, alors en un sens on pouvait dire qu'elle n'avait eu que ce qu'elle méritait, et c'était sans doute ce que pensaient certains membres de la famille Heart dont sa mère et ses sœurs, mais fallait-il que ce soit éternel ? « Je n'ai pas encore trente ans, bon Dieu ! On est à Las Vegas, et pas dans ce fichu trou de Lubbock, Texas. » Grand-père leva son verre en disant qu'il buvait à ça : « Tu as rudement raison, ma fille. Tu y a mis le temps. » Il lui dit qu'elle était trop jeune, trop sacrément jolie et futée pour être une veuve. « Quel genre d'homme veut faire la connaissance d'une veuve ? Quel genre d'employeur veut engager une veuve ? Si Aaron Leander Heart, un homme sensé et pratique, avait le choix entre engager une femme qui n'était pas veuve et une femme qui l'était, tu peux parier tes chaussettes qu'il engagerait celle qui ne l'est pas. » Grand-père dit qu'il n'avait jamais rencontré ce m'as-tu-vu de lieutenant, de toute façon. (Grand-père était depuis longtemps en froid avec sa femme et sa famille de Lubbock. Si Mme Heart et lui étaient ou non officiellement divorcés n'était pas clair.) C'est Grand-père qui proposa que maman reprenne son nom de jeune fille, qui se trouvait aussi être son nom à lui, et qu'elle change également celui de ses enfants. « Comme ça, on sera tous parents. Sur les registres autant que par le sang. Je dormirai tranquille en sachant que la lignée des Heart ne s'éteindra pas. Car nous sommes de la graine de pionniers, installés dans le nord du Texas en 1835, année sacrée de son indépendance. » Maman trouva que c'était une excellente idée. Maman dit qu'elle était fière du nom de « Heart » qui était, à ses oreilles, un beau nom. Elle alla donc au tribunal du comté de Las Vegas, et tant qu'elle y était, à remplir des formulaires, à fournir des copies d'actes de naissance, à payer des frais, elle décida, sur une impulsion, et pourquoi pas, de changer aussi son prénom... et de s'appeler Dahlia. Elle avait toujours détesté Dorothy, un nom qui évoquait pour elle une vieille tante grosse et laide, et Dorrie, c'était encore pire, un vieux *bateau* gros et laid. Elle choisit le nom de Dahlia parce que les dahlias sont de très belles fleurs, elle avait essayé d'en faire pousser à San Angelo jusqu'à ce que les limaces en viennent à bout. Donc « Dorothy Lamarca » devint « Dahlia Heart » et Grand-père emmena la famille dîner au Caesars Palace pour fêter ça et même Farley le renifleur, et Shirleen la pleurnicheuse, avec ses yeux effarés, âgée maintenant de dix-huit mois, se laissèrent gagner par l'ambiance de la soirée. Des trois enfants, Johnny était celui à qui ça plaisait le moins de changer de nom parce qu'il se rappelait son papa et qu'il l'aimait et croyait dans un coin de son esprit qu'il viendrait peut-être un jour les chercher et comment ferait-il alors pour les retrouver s'ils n'avaient plus le même nom ?... Mais quand maman l'eut embrassé, et taquiné, quand elle l'eut laissé boire dans son verre et lui eut donné cinq dollars pour jouer aux machines à sous (en cachette, vu qu'il était treize ans trop jeune) et qu'il eut gagné soixante-huit dollars cinquante en l'espace de quelques minutes, il concéda que c'était une sacrée bonne idée. Le nom de Heart lui semblait beau, à lui aussi.

Ensuite, maman décolora ses cheveux qui étaient châtain clair et ondulés, d'abord pour un blond soyeux lumineux, puis finalement pour un blond platine qui, disait-elle, était le blond le plus classe et valait l'effort supplémentaire. Leur petit bungalow d'Arroyo Seco pua pendant des jours. Après cela, maman irait toujours se faire coiffer dans un salon. Ensuite, elle suivit un régime draconien, boissons gazeuses basses calories, légumes crus et thon en boîte, vin blanc sec, ce qui la fit passer en moins d'un mois d'une taille 42 à une taille 38. Grand-père l'emmena faire les magasins avec ses derniers gains au poker, la somme mirifique de huit cent cinquante-cinq dollars, pour qu'elle s'achète une nouvelle garde-robe et quantité de paires de chaussures. (« On nous a pris pour un vieux pétrolier texan libidineux et sa plus jeune épouse !... quelle rigolade. ») Avec un maquillage compact genre mastic comme en utilisaient les girls de Las Vegas, elle commença par se faire un visage plus exotique. Elle avait toujours considéré sa beauté saine comme allant de soi, et dédaigné crèmes hydratantes, fonds de teint, maquillage pour les yeux. Depuis le collège, garçons et hommes la remarquaient, souvent plus qu'elle ne le souhaitait, mais Grand-père avertit : « On est à Las Vegas, ma fille. Et tu ne rajeunis pas. » Las Vegas était un défi, en effet, et Dahlia Heart avait l'intention d'être à la hauteur. Johnny la regarda se couvrir le visage de tissus fumants, s'épiler les sourcils, se frotter le visage de crème jusqu'à ce qu'il rayonne. Se farder les joues, souligner ses lèvres d'un brillant spécial pour les faire paraître plus grandes, plus sensuelles. Des yeux comme les « yeux » irisés-scintillants des queues de paon furent peints sur les yeux de maman, et eux aussi paraissaient plus grands, palpitants d'émotion. « Je veux que “Dahlia” soit une histoire mystérieuse pas encore arrivée. » Il y eut une époque où Dahlia Heart ne portait que du noir le soir : soie noire, satin noir, mousseline noire, jersey noir moulant et dentelle noire transparente. Il y eut une époque où Dahlia Heart ne portait que du rouge. « Comment tu trouves “Dahlia”, Johnny ?

— Très jolie, maman.

— “Très jolie”, c'est bon pour les andouilles, Johnny.

— T'es *canon*, maman. » Maman riait avec ravissement et l'embrassait. Devant le visage transformé de maman, Shirleen poussait des cris d'excitation et d'alarme, et allait se réfugier sous une table. Farley, myope, clignait des yeux sans la reconnaître. Quand il apercevait par hasard sa mère dans la rue, seule ou en compagnie d'un homme, d'un inconnu, les cheveux d'un blanc incandescent, les lèvres d'un rouge sauvage de balafre, dans ses tenues moulantes et ses chaussures à talons aiguilles, Johnny la suivait longtemps, comme hypnotisé. *Tu as grandi là. À l'intérieur de ta maman. C'est pour ça que personne ne peut t'aimer comme ta maman t'aime. Et que tu ne peux aimer personne comme tu aimes ta maman.* Johnny remarquait la façon dont les hommes la regardaient. La raison en était un mystère.

« Ce qu'on voit n'est pas ce qu'on obtient, en ce monde, lui avait dit maman, avec l'air de qui livre un secret. On n'obtient jamais ce qu'on voit, on obtient seulement de le voir. »

Et elle rit gaiement, en montrant l'intérieur humide et rouge de sa bouche.

À présent, Dahlia Heart, la soixantaine, vivait avec son troisième mari, un agent de change à la retraite, dans un ranch de quatre cents hectares de Casa Adobes, au nord de Tucson, dans l'Arizona. Si l'on pouvait se fier aux photos qu'elle envoyait à son fils John, elle était toujours blond platine, très belle, avec un visage presque sans rides et un sourire coquettement serein. « Cette femme est ta mère ? avait dit Nola Leavey, stupéfaite. On lui donne quarante ans. » Dahlia posait en maillot de bain blanc, coiffée d'un grand chapeau de paille, au bord d'une piscine à l'eau bleu néon.

Dahlia posait en jodhpur, chemisier de soie et bombe élégante sur un alezan à la longue crinière soyeuse — *Mlle Thunderbolt et moi*, lisait-on au dos de la photographie. La photo que John Heart étudia le plus longtemps, comme une énigme à décoder, montrait Dahlia à côté d'un homme d'un certain âge, souriant, séduisant, très bronzé, portant short et tee-shirt, et tenant une cravache à la main ; à l'arrière-plan, dans un corral, plusieurs chevaux. *Meilleurs vœux de Noël de Dahlia et Raymond, Casa Adobes. Viens nous rendre visite quand tu veux !*

Mais John n'était pas allé à Casa Adobes. Il n'avait aucune intention de se rendre à Casa Adobes.

À en juger par certaines remarques mélancoliques de Dahlia, ni Farley ni Shirleen n'étaient allés à Casa Adobes, et il y avait peu de chances qu'ils le fassent.

Tous les deux, trois mois Dahlia appelait John, en laissant un message sur le répondeur de M. RÉPARE-TOUT. Parce que John décrochait rarement quand cela sonnait. *Johnny ? Téléphone, s'il te plaît. Tu me manques, ça fait si longtemps.* John rappelait sa mère, mais pas tout de suite. Il attendait un bon jour — un travail de menuiserie ou de peinture qui avait particulièrement bien marché. Quelque chose dont il puisse se sentir fier. Ou que ça marche bien avec Nola Leavey et ses enfants. Alors il ouvrait une boîte de bière et téléphonait à Dahlia dans l'Arizona, et après leur conversation habituelle de quinze, vingt minutes, il était trop agité pour rester chez lui, il partait rouler des heures en moto le long du lac Ontario, en s'arrêtant boire dans une succession familière de bars. Ce n'était pas délibéré mais ça arrivait. Nola redoutait ces moments. Maintenant que John et elle vivaient plus ou moins ensemble, elle ne pouvait éviter de connaître la vie privée de John, ce qu'il voulait bien lui en révéler, en tout cas. Nola disait, d'un ton insistant, en prenant les deux mains de John dans les siennes, en caressant ses doigts calleux : « Reste à la maison, ce soir. Ne sors pas. Tu te perds quand tu bois, et j'ai l'impression de ne pas te connaître. Ça me fait peur. » John n'était pas homme à apprécier que des femmes lui disent quoi faire, même quand il reconnaissait le parfait bon sens de ce qu'elles lui disaient. Mais il aimait que ses mains soient tenues ainsi par Nola Leavey, il adorait la façon dont ses doigts nerveux caressaient les siens, comme si c'était une façon de le calmer, de le domestiquer, de le garder auprès d'elle, et, au plus profond de lui-même, il souhaitait sincèrement rester auprès d'elle plutôt que de risquer la mort sur sa moto, en roulant nu-tête à cent cinquante kilomètres à l'heure le long de la route du lac. Il disait, en se penchant pour poser un baiser sur sa joue : « D'accord, chérie, je ne le ferai pas. Cette fois, je le promets. J'essaierai, je veux dire. » Mais, après une conversation typique avec Dahlia, ça arrivait.

Ce qui était encore plus étrange, du point de vue de Nola, c'était que souvent, pendant ces conversations avec sa mère, John se taisait. S'il avait téléphoné de chez Nola, et si elle se trouvait dans une autre pièce, ignorant qu'il était encore au téléphone, il lui arrivait de l'appeler, ou de passer la tête par la porte — « John, chéri ? » — et il mettait la main sur le récepteur, en lui faisant signe qu'il était en ligne et ne pouvait répondre tout de suite. Nola exprimait sa surprise. Elle murmurait : « Comment peux-tu être aussi silencieux au téléphone ? C'est ta mère qui parle tout le temps ? » En fait, Nola ne savait pas qu'il y avait de bonnes chances pour que, dans ces moments-là, Dahlia aussi se soit tue. Exception faite du tintement des glaçons dans son verre, à trois mille kilomètres de là. Leur silence était tendu, une épreuve. *Tu n'en parleras donc jamais ? Tu ne m'accuseras jamais ? Oh ! Johnny.*

Lorsque John raccrochait enfin, Nola tournait vers lui un visage plein d'attente. Pourquoi ne parlait-il jamais de sa mère ? Qu'est-ce qui s'était ou ne s'était pas passé entre eux ? Un nuage assombrissait le visage de John, il remuait les épaules, signe qu'il ne tenait plus en place, que dans une minute il serait dehors et sur cette satanée moto en train de foncer sur la route du lac ; et il ne rentrerait peut-être pas avant l'aube et sans doute alors serait-il soûl ; peut-être aussi ne reviendrait-il pas du tout et irait-il dans sa caravane de Barndollar Road, où il s'écroulerait sur son lit, trop épuisé pour enlever même ses chaussures. Il riait de l'expression inquiète de Nola et disait : « Oui, exact. C'est ma mère qui parle tout le temps. »

5

Ils n'avaient pas voulu qu'il se sacrifie.
Ils avaient voulu qu'il se sacrifie.

Il n'avait pas envie d'y penser. Y pensait rarement. Il n'était pas du genre à s'appesantir sur le passé, le sien ou celui des autres. De toute façon, c'était arrivé il y avait longtemps. Il avait été acquitté.

Franchement, il était trop occupé. M. RÉPARE-TOUT, dans sa camionnette Ford bleu ciel. EST OUTILLÉ — SE DÉPLACE ! On le voyait souvent dans et autour du village d'Iroquois Point, 2 200 habitants, État de New York. Jamais sans travail, parfois submergé. Travaillant toute la nuit dans la grange aménagée, où il mettait la radio à fond, sifflait les airs qui passaient, s'absorbait dans la tâche du jour en laissant tiédir une boîte de bière à côté de lui. Scier, raboter, poncer, respirer la bonne odeur du bois frais coupé, frotter le bois d'huile de lin, dans le sens de la fibre.

« Tu n'es jamais plus heureux que quand tu travailles le bois. J'aimerais pouvoir te rendre aussi heureux, disait Nola.

— Tu me rends beaucoup plus heureux que le bois. Et tu le sais. »

Mais elle ne le savait pas, apparemment. Il lui fallait sans cesse être rassurée.

Et les enfants, qui s'étaient mis à avoir peur de leur père. Qui commençaient à faire confiance à John Heart, l'ami de leur mère. « Ce sont de beaux enfants », disait John à Nola. Hésitant comme s'il avait davantage à dire, mais ne trouvait pas les mots. Ou ne pouvait se risquer à les prononcer.

Tu crois que tu trouveras la femme idéale, un jour ? avait demandé Dahlia avec mélancolie, la dernière fois qu'ils s'étaient parlé au téléphone. *Tu as été gâté... John Reddy Heart.* Le seul son de ce nom, le vieux nom glamour de sa jeunesse, celui des gros titres indignés, les fit rire tous les deux. Dans le verre de Dahlia, les glaçons produisirent eux aussi un tintement aigu pareil à un rire.

À Las Vegas, on voyait passer dans les rues une camionnette avec M. RÉPARE-TOUT peint sur les côtés. Une camionnette jaune pâle qui avait un air d'optimisme joyeux. Le petit Johnny la contemplait avec envie. M. RÉPARE-TOUT... qui était-ce ? Tous travaux-menuiserie-plomberie. 24 HEURES SUR 24. Un avant-bras musclé et bronzé appuyé sur une vitre baissée. Une radio qui braillait de la musique rock à l'intérieur de la camionnette. Johnny aurait aimé que sa maman puisse faire appel à M. RÉPARE-TOUT pour arranger les choses. Parce qu'il y avait toujours quelque chose qui n'allait pas tout à fait bien, quelque chose qui avait besoin d'être « réparé ». Il ne lui était pas venu à l'idée que M. RÉPARE-TOUT n'était qu'un homme comme les autres, un individu, ou peut-être un groupe d'individus, des ouvriers, qui trimaient, qui tâchaient de gagner leur vie dans ce que le grand-père de Johnny appelait gaiement la course au néant, qui tâchaient de *s'en sortir.*

Dahlia avait dit un jour avec colère, sur la défensive, comme si quelqu'un l'avait offensée et qu'elle éprouvait le besoin de s'expliquer devant ses enfants : *Tout le monde tâche de s'en sortir, en se vendant de différentes manières ! Certains y arrivent mieux que d'autres, c'est tout.*

À présent, lui, John Heart, John R. Heart, comme il lui arrivait de signer, était le M. RÉPARE-TOUT d'Iroquois Point et des environs. Il aurait pu se passer de publicité, désormais. Le bouche à oreille lui amenait plus de clients qu'il ne pouvait en satisfaire. En fait, M. RÉPARE-TOUT avait tant de travail en retard qu'il aurait dû engager une équipe de MM. RÉPARE-TOUT.

Pas une bonne idée, avait-il décidé. Un M. RÉPARE-TOUT suffisait pour Iroquois Point. « Et c'est moi. »

C'était comme cela que John Heart avait rencontré Nola Leavey, deux ans plus tôt, et qu'il était tombé amoureux d'elle. M. RÉPARE-TOUT était responsable !

Il était en train d'installer des meubles de cuisine en bois d'érable dans une des grandes maisons de brique d'Iroquois Avenue, chez un principal de collège, et Nola Leavey, une professeur, et une amie de la famille, était passée avec ses deux jeunes enfants ; quelques jours plus tard, elle faisait venir M. RÉPARE-TOUT chez elle, dans la maison en bois bien plus petite et plus modeste qu'elle habitait en lisière de la ville, et qui avait besoin d'importantes réparations, comme le vit aussitôt M. RÉPARE-TOUT : véranda et marches, volets, planches de revêtement, bardeaux du toit. La maison n'avait pas été repeinte depuis plus de dix ans et la peinture, fanée, d'un marron poussiéreux, s'écaillait par plaques comme l'écorce d'un platane. Mais c'était le toit que Nola pensait vouloir faire réparer, recouvrir ; ou du moins elle espérait que John lui donnerait une estimation du prix afin qu'elle puisse décider si elle en avait les moyens. « Le toit est notre priorité, inévitablement. Il fuit ! » Le rire de Nola était résigné mais gai. Elle serrait la main comme un homme, ou comme une femme indépendante d'esprit et de caractère qui s'imagine serrer la main comme un homme... énergique, rapide et directe. M. RÉPARE-TOUT, qui n'était pas d'une classe sociale où les femmes serraient la main aux hommes, ni où les hommes le faisaient couramment entre eux, fut surpris. Mais intrigué. Il dit : « Ma foi, une maison comme ça, construite sans doute après la Seconde Guerre mondiale, pas trop bien entretenue... c'est normal qu'elle fuie. »

Sa remarque était-elle drôle ? Nola rit de nouveau, en découvrant de petites dents nacrées, et une fossette de la taille d'une virgule sur sa joue droite. John rougit, et rit aussi. Il n'avait pas eu l'intention de plaisanter mais si ça en avait l'air, tant mieux.

Il aimait entendre les femmes rire, surtout les femmes qu'il ne connaissait pas bien.

Nola Leavey était professeur de collège, nouvellement arrivée à Iroquois Point, une femme qui au premier coup d'œil paraissait vingt-cinq ans mais qui avait sans doute dix ans de plus, malgré ses jeunes enfants. À peine plus d'un mètre cinquante, les os fins, elle avait des yeux sombres pleins de vivacité et quelque chose d'intense, une nervosité qui semblait à John attirante, séduisante. Elle n'était pas belle, ni même jolie. Mais il la trouva saisissante, une femme qui sortait de l'ordinaire, une femme de qualité, avec ces yeux, un drôle de front plissé, fripé, dans un visage autrement sans ride, des cheveux acajou séparés par une raie médiane et sévèrement tirés en arrière, ce qui lui donnait une hauteur désuète qui devait intimider ses élèves, et peut-être ses collègues. Elle portait une jupe longue démodée, un chemisier à manches longues et haut col, une ceinture de cuir recherchée qui soulignait la finesse remarquable de sa taille. Des ballerines noires, des chaussures sans talons. Vanité féminine, supposa John. Une femme qui a besoin de donner aux hommes l'impression qu'ils la dominent, c'est tout à son avantage. Pour une raison ou une autre, il en éprouva de l'affection pour elle. L'envie de la protéger. Mais quelle façon étrange elle avait de marcher nerveusement de long en large, en faisant de grands gestes, les coudes pointés comme si elle ne voulait pas que lui, un visiteur, un inconnu, le brun M. RÉPARE-TOUT avec sa veste en denim, son blue-jean taché de peinture et ses bottes de motard, un homme quasiment muet, s'approche trop près.

Nola le présenta de nouveau à ses enfants — Ellen avait quatre ans, les yeux sombres comme sa mère, très jolie ; Drew, qui marchait à peine, babillait avec excitation et fonça aussitôt sur John Heart, qu'il tira par la manche. « Vous vous souvenez de M. RÉPARE-TOUT ? » demanda Nola. Ellen hocha la tête avec véhémence : « Oui, maman ! » et Drew regarda John bouche bée, le pouce dans la bouche. Il avait des cheveux blonds, des joues potelées, des yeux bleu ardoise, un visage d'une rondeur presque parfaite, comme une petite lune. John se demanda s'il ressemblait au père absent.

Où *était* ce père ? John avait remarqué, lors de leur

première et courte rencontre, que Nola Leavey portait de nombreuses bagues à de nombreux doigts, mais pas d'alliance. Il devinait qu'elle était divorcée, probablement depuis peu, ce qui expliquerait la nervosité de son comportement, les coudes pointus, cet air de dire *Gardez vos distances !* et en même temps *Aidez-moi, s'il vous plaît !* D'un pas vif, elle lui fit visiter la maison, qui était petite, encombrée, avec un parquet grinçant en bois de pin, de vieilles fenêtres qui fermaient mal, des plafonds qui avaient besoin d'être repeints, un papier taché d'humidité qui avait besoin d'être changé, une installation électrique (il l'imaginait, avec ses yeux de professionnel pareils à des rayons X) qui avait besoin d'être refaite. Il remarqua des étagères remplies de livres bien rangés, surtout des éditions de poche aux couvertures colorées, un canapé de style scandinave avec des coussins de tapisserie, un fauteuil à bascule de style Shaker à dossier lamellé et siège retressé. « Hé. C'est chouette, dit-il en tapotant le fauteuil, en le faisant osciller.

— Oui, ça l'est », dit Nola, d'un ton presque pincé. L'avait-il offensée ? En laissant entendre que le reste de ce qu'il avait vu n'était pas aussi joli ? Eh bien, ma foi, c'était vrai, elle était une femme intelligente et devait le savoir.

Ils se rendirent en troupe dans le jardin de derrière. « Oh ! je vous en prie, ne regardez pas ! » dit Nola avec un rire gêné. Le jardin, étonnamment long, une bonne vingtaine de mètres, donnait sur un champ et n'était qu'un fouillis de mauvaises herbes. Près de la maison, il y avait des parterres d'asters fatigués, des cosmos délicates courbées presque jusqu'à terre au bout de leurs tiges minces, des roses trémières mangées de pucerons, des roses lépreuses à force de taches noires. Nola Leavey était manifestement un de ces jardiniers qui se mettent au travail au printemps pleins d'enthousiasme et d'espoir mais qui sont vaincus à l'été par les mauvaises herbes, les insectes, les champignons, trop ou pas assez de pluie. Des pissenlits et des touffes d'herbes emmêlées dures comme du fil de fer occupaient presque tout le jardin. L'entretien des pelouses était une des activités secondaires de M. RÉPARE-TOUT, et il aurait fallu entièrement retourner et replanter celle-ci pour qu'elle ressemble à quelque chose. « Juste le toit, dit Nola avec un petit rire anxieux. Que pensez-vous du toit ? Est-il... aussi mal en point qu'il en a l'air ? » Johnny feignit de l'examiner, les sourcils froncés ; pas besoin de monter sur une échelle pour regarder de plus près, il était évident que les bardeaux étaient complètement pourris. De la mousse et des chardons poussaient dans les gouttières ! Une cheminée de brique oblique dans laquelle, les jours de grosse pluie, l'eau devait s'engouffrer en cascade. John évitait le regard de Nola. Il aurait pu demander à cette femme qui avait l'air intelligente pourquoi elle avait acheté une maison pareille, si elle l'avait achetée les yeux fermés et un adhésif sur la bouche pour éviter de poser les questions les plus simples, si elle s'était dit que c'était « une affaire fantastique pour le prix », si elle fuyait avec ses enfants une autre maison redoutée. John Heart avait connu d'autres divorcées, il n'aurait pas souhaité compter le nombre de divorcées qu'il avait connues depuis l'âge de dix-sept ans, et elles étaient toutes un peu folles, ou plus qu'un peu, au moment de leur divorce. Voulant à tout prix reprendre leur vie en main, mais voulant à tout prix aussi retomber amoureuse. Et le regardant, lui, John Heart, avec leurs yeux affamés.

Mais Nola Leavey ne le regardait pas. Elle marchait de long en large dans les mauvaises herbes, chassait les moucherons de la main, agitait ses coudes pointus. « C'est une vieille maison mélancolique, nous nous en sommes aperçus. Elle paraissait charmante au début, de l'extérieur, Ellen trouvait qu'elle ressemblait à une maison de ses livres de contes... une maison en pain d'épice ! C'est une maison qui a des secrets, mais pas le genre de secret qui vous intéresserait. Ellen dit qu'elle est hantée, qu'elle en a "l'odeur". Je lui ai demandé : "Hantée ? Ça sent comment, une maison hantée ?" Elle m'a dit : "Comme celle-ci." Ce n'est pas une enfant craintive, je trouve même qu'elle a plutôt les pieds sur terre. Elle tient de moi. Vous avez des enfants, John ? Non ? Ah. » Nola parlait rapidement, avec nervosité. En jetant des regards de biais à John Heart qui en sa qualité de M. RÉPARE-TOUT, mains sur les hanches, yeux plissés, regardait le toit où, vit-il, un certain nombre de bardeaux manquaient, comme s'ils avaient été arrachés par une tempête. Plus une femme parlait, même une femme qui l'attirait, plus M. RÉPARE-TOUT devenait silencieux. On l'avait vu passer des repas entiers dans un silence maussade. Des nuits entières, et au petit matin, avant l'aube, quitter une femme endormie, ou une femme feignant de dormir, sans prononcer un mot. Nola dit : « J'ai divorcé, vous comprenez. C'est pour ça que les enfants et moi sommes ici... seuls. Vous vous posiez peut-être la question ? Ou peut-être pas ? Mais... vous êtes divorcé, vous aussi ? Je crois avoir entendu...

— Oui. Exact. »

Il n'avait pas eu l'intention de dire ça, ce n'était pas vrai, mais il avait parlé. Parfois les mots sortaient tout seuls, il s'entendait dire quelque chose qu'il ne pensait pas ; néanmoins, une fois que c'était dit, il ne revenait pas dessus, il n'expliquait pas. Le sang battait à son visage. Il avait vécu, avec et quitté tant de femmes qu'il se sentait bel et bien divorcé.

Un jour, il l'expliquerait à Nola Leavey. Mais pas maintenant.

Nola le dévisageait. « Depuis quand ? »

John remua les épaules sous sa veste en denim, l'air contrarié.

« Je ne veux pas me montrer indiscrète. C'est juste que... » Nola soupira, ne termina pas sa phrase. Dans la maison, un téléphone se mit à sonner. Mais elle ne fit pas mine d'aller répondre.

John dit, d'un ton neutre : « Vous vouliez un devis pour le toit, madame ? »

Nola rit. « "Madame" ! Vous m'appelez "madame" ? Vous êtes sérieux ?

— Madame Leavey.

— Ce n'est pas drôle. J'utilise encore ce nom pour des raisons légales, mais vous savez que je suis divorcée. »

John sentait son visage brûler, son humeur tournait à la maussaderie. Cette conversation avait chassé, dérapé, comme une moto sur du gravier. Il dit : « Je ne cherchais vraiment pas à être drôle. *Nola.*

— J'espère bien : *Nola.* » Nola s'essuya les yeux en souriant, se détourna. Elle était agitée, tout à coup. Même ses cheveux, coupés droit et épais, pareils un casque étincelant, avec cette raie nette et sévère, étaient tout en désordre. « Bon. Annoncez-moi la mauvaise nouvelle, monsieur RÉPARE-TOUT. Je suis prête.

— La mauvaise nouvelle ?

— Ce satané toit. »

M. RÉPARE-TOUT, soulagé, prit son expression professionnelle comme on met un masque : on le voyait presque faire. Il feignit d'étudier les bardeaux pourris une dernière fois, en prenant du recul, en se livrant à de silencieux calculs mentaux. Il donna à Nola Leavey un prix basé sur le seul coût des matériaux, sans la main d'œuvre, qui aurait à peu près doublé la somme.

Nola ouvrit de grands yeux affolés. « Quoi ? Qu'avez-vous dit ? »

M. RÉPARE-TOUT marmonna un autre prix, sans la regarder, diminuant la somme originale d'un tiers. Si uniment que l'on s'en apercevait à peine.

« C'est un peu... cher. Non ?

— Je regrette, madame.

— Mais je suppose... qu'il faut le faire.

— S'il y a des fuites, sans doute.

— Ou peut-être que l'on pourrait ne réparer que les endroits où cela fuit vraiment ? La prochaine fois qu'il pleuvra, je pourrais les repérer de l'intérieur. »

M. RÉPARE-TOUT dit, embarrassé : « Tout le toit doit être refait, madame. Par moi, ou par quelqu'un d'autre.

— Vous me conseillez de faire faire un autre devis ?

— O.K.

— Ou vaut-il mieux que j'opte pour le vôtre, pour vous ? La banque m'accorderait peut-être un autre prêt.

— O.K. aussi.

— Il est difficile de discuter avec vous, M. RÉPARE-TOUT. John Heart. Vous êtes si sacrément arrangeant qu'on a l'impression que rien n'a été dit. »

Des tas de choses ont été dites, pensa John Heart.

Il murmura qu'il devait partir, qu'il avait un autre client à aller voir, et s'éloigna en la laissant bouche bée. « Vous êtes grossier, dit-elle. Au revoir ! »

Quelques jours plus tard, comme il aurait pu le prévoir, il trouva un message contrit de Nola Leavey sur le répondeur de M. RÉPARE-TOUT. *John Heart ? Nola Leavey à l'appareil, pourriez-vous me rappeler ? Pour le toit ?* M. RÉPARE-TOUT n'avait ni secrétaire ni aide, ne voulait pas d'employé, dépendait de son répondeur pour continuer à exercer son activité. Un instrument réconfortant, qui donnait un sentiment de sécurité, un peu voyeur aussi... comme s'il observait quelqu'un, cette femme par exemple, cette femme qui éprouvait manifestement une attirance physique pour lui, par une fenêtre de sa maison alors qu'elle était au téléphone, sincère, mal à l'aise, sans doute en train de sourire et de faire des gestes en parlant, sans imaginer qu'on la regardait. Et lorsque John rappela et que Nola décrocha à la première sonnerie, elle parut confuse, gênée. « J'ai fait appel à un autre devis... à quelqu'un d'autre, je veux dire. Mais le vôtre est tellement moins cher que je me dis qu'il doit y avoir une erreur ? » John Heart était dans la cuisine de sa caravane CruiserCraft, en train de boire une bière, et il se sentait bien, les muscles endoloris mais il se sentait bien, il avait fait ce jour-là quelque chose dont il pouvait être fier, des étagères et des meubles sur commande, du sol au plafond, dans une de ces grandes maisons de brique du lac qu'achetaient de riches hommes d'affaires de Syracuse, de Rochester. Il avait gagné de l'argent. Plus d'argent qu'il n'en avait gagné pour aucun autre travail comparable depuis que M. RÉPARE-TOUT s'était installé à Iroquois

Point. Une partie de lui trouvait quelque chose de méprisable au fait de gagner de l'argent ; dans sa jeunesse, le bouillant John Reddy jugeait que trimer pour de l'argent, se vendre, était vraiment merdeux, mais devenu adulte il avait compris peu à peu qu'il faut du savoir-faire, du talent, et pas seulement de la chance, pour gagner de l'argent, même juste assez pour s'en sortir. (Pas le genre de sommes que son petit frère Farley gagnait avec HARTSSOFT, ses logiciels informatiques, et que John Heart était incapable d'imaginer ; pas même le genre de sommes dont leur mère avait toujours cru avoir besoin, c'est-à-dire autant qu'elle pouvait obtenir, pour l'interposer entre la pauvreté et elle, éviter de sombrer à nouveau dans le désespoir des premiers temps, au Nevada.) Donc il se sentait bien, la façon dont Nola Leavey parlait lui plaisait, pas ce ton de professeur enjoué et contrôlé du début, mais rien de suppliant non plus, juste sincère, neutre. Elle dit : « John ? Vous êtes là ? » et lui : « Bien sûr. » Elle dit : « C'est juste que... Ellen, mon chou, aide Drew à se relever, tu veux ?... j'ai peur que... votre devis est tellement moins cher, et il y a tellement de travail, cet homme, ce couvreur, me le disait, et la nuit dernière... quel orage terrible, hein ?... la proximité du lac, je suppose... je devrais y être habituée depuis le temps... eh bien, j'ai peur que vous me plaigniez, que vous éprouviez de la pitié pour moi, ou... je ne sais pas exactement, je ne v... voudrais pas que vous... que qui ce soit... pense que... » John la coupa : « Est-ce que vous voulez réparer ce foutu toit ou non, madame Leavey ? » et Nola dit : « Oui, John Heart, je veux réparer ce foutu toit. Merci. »

Refaire la toiture du bungalow de Nola Leavey exigea davantage de travail que, malgré sa compétence, M. RÉPARE-TOUT ne l'avait prévu. Et il se mit à faire une chaleur inhabituelle pour un mois de juin. Il portait un bandeau rouge sur le front, mais des ruisselets de sueur lui chatouillaient tout de même les joues. Il ôtait sa chemise, et ses muscles brillaient d'un éclat moite, qui attirait les moucherons. En fin d'après-midi, Nola Leavey, vêtue d'une jupe lui tombant à mi-mollet, ou d'une robe-chemisier à longues manches, sortait dans le jardin et le complimentait sur l'aspect merveilleux des bardeaux, l'étendue du travail accompli, mais... ne travaillait-il pas trop dur ? trop longtemps ? Elle lui criait : « Vous restez dîner ce soir, John ? Les enfants m'ont demandé de vous le demander. » M. RÉPARE-TOUT grognait une réponse qui pouvait être oui, ou pouvait être non. Nola Leavey, professeur de collège, avait dû être consternée de découvrir qu'elle avait engagé un de ces ouvriers qui mettent la radio quand ils travaillent, réglée sur une station de musique pop locale, de sorte que coups de marteau et rythmes rock faisaient trembler le quartier presque à égalité de décibels.

Le long du trottoir, la camionnette Ford bleu ciel de M. RÉPARE-TOUT brillait fièrement au soleil. Il avait dans l'idée (peut-être à cause d'une remarque désinvolte de Nola) que les voisins, et surtout les femmes, savaient très précisément combien de temps et jusqu'à quelle heure la camionnette restait chaque jour le long de ce trottoir.

S'il y avait une chose à laquelle M. RÉPARE-TOUT veillait, même s'il ne se rasait, ne se douchait, ne se changeait et ne se faisait pas toujours couper les cheveux aussi souvent qu'il l'aurait dû, c'était à avoir un véhicule d'une propreté éclatante.

Nola, accompagnée d'Ellen et du petit Drew, qui trébuchait dans l'herbe avec entrain, comme un chevreau, s'approcha de l'endroit où M. RÉPARE-TOUT jouait du marteau et lui cria d'un ton enjoué : « John ? Vous ne m'avez pas entendue ? Vous restez dîner ce soir ? »

Ellen imita sa mère, les mains en coupe autour de la bouche. « Maman fait du poulet... *titi* », entendit-il.

Nola dit : « Du poulet rôti. Mais pas un vrai, pas de zéro. Un poulet de l'épicerie, déjà cuit, dans un de ces sacs doublés d'aluminium ? M. RÉPARE-TOUT ? Il doit bien vous arriver d'avoir faim. »

Il y avait cette expression ardente, avide, un peu folle, dans ses yeux. De beaux yeux, et sa bouche aussi était belle. Il avait pris l'habitude quand il était loin d'elle d'essayer de l'imaginer : les cheveux coupés droit, les coudes pointus et les doigts fins, les bagues. Une façon de rire d'elle-même qui l'invitait à rire avec elle sauf qu'il se retenait, un peu effrayé. Si jamais il la touchait, ou si elle le touchait... « Bon Dieu. C'est parti. »

Donc M. RÉPARE-TOUT refusait évasivement ses invitations à dîner, en disant qu'il n'avait pas le temps. Et il travaillait effectivement presque tous les soirs, parfois jusque tard dans la nuit. M. RÉPARE-TOUT avait du travail en retard, des meubles à réparer, à restaurer. Un travail méthodique, certains de ces meubles posaient ce que l'on appellerait des problèmes délicats. Nola demandait : « Des insomnies ? Vous aussi ? » John répondait, sur la défensive : « Non. Les insomnies, c'est quand on veut dormir et qu'on n'y arrive pas.

Lorsque on a beaucoup à faire et qu'on est content de le faire, ce n'est pas de l'insomnie. » Nola disait : « Mais ça revient au même. On ne dort pas. »

Le quatrième et dernier jour, lorsqu'il eut enfin terminé, John accepta de dîner avec Nola et les enfants. Il rentra cependant chez lui pour prendre une douche, se raser et se changer. Il mit une chemise blanche, un pantalon de coton gaufré et même une cravate. (Une cravate coûteuse, peinte main, que lui avait offerte une cliente fortunée à l'époque où M. RÉPARE-TOUT habitait Watertown. « Lorsque vous la porterez, John, vous penserez à moi ? » M. RÉPARE-TOUT avait depuis longtemps oublié son nom.) Il avait une surprise pour Ellen et Drew : un cheval à bascule en bois acheté dans un marché aux puces de Shawmouth du vivant de son grand-père. Pendant des années il n'avait su qu'en faire, un objet parmi d'autres, nombreux, qui encombraient la grange de M. RÉPARE-TOUT. À présent, inspiré, il répara le cheval, le repeignit, une chaude couleur dorée. C'était un cheval à la tête sympathique, une miniature, un mètre de haut environ, sur un socle de bois plat ; lorsqu'il se balançait, il grinçait. Les enfants furent aux anges. « C'est un poney palomino, leur dit John. Il s'appelle "Paulo". » Des larmes miroitaient dans les yeux de Nola, elle dut se détourner. Elle dit : « Pardon. C'est plus fort que moi. » Elle se mit à pleurer, les épaules secouées de sanglots. John la regarda avec consternation. « Je n'ai pas l'habitude qu'on soit gentil avec moi. Je veux dire... aussi gentil. » John dit : « Conneries, Nola. » Nola rit, en posant une main sur son bras, oui c'étaient des conneries mais elle ne pouvait s'arrêter de pleurer.

*

* *

Dans la camionnette bleu ciel de M. RÉPARE-TOUT, il quitta le tribunal du comté d'Oswego et rentra chez lui, dix-huit kilomètres de route jusqu'à la caravane couleur nickel dans le vieux verger abandonné de Barndollar Road, Iroquois Point. *Ce qui arrive à nos vies ! Les épreuves auxquelles Dieu nous soumet.* Le sang coulait d'une coupure au-dessus de son œil. Un temps, en conduisant, il avait appuyé un Kleenex en boule contre la blessure pour absorber le sang, puis il y avait renoncé, écœuré. Les deux shérifs adjoints l'avaient regardé avec mépris, c'était évident. Un homme qui ne s'était pas défendu. Un homme qui s'était laissé frapper au visage. Qui ne voulait pas porter plainte contre son agresseur.

Ils savaient sans doute qu'il était un ex-détenu. Tout le monde semblait le savoir.

Si quelqu'un lui avait posé la question de but en blanc, il ne l'aurait pas nié. Le centre d'éducation surveillée de Tomahawk Island n'était pas une prison de haute sécurité pour délinquants adultes violents comme Attica ou Sing Sing.

Rien dont il ait à avoir honte. Pas maintenant.

Rien que M. RÉPARE-TOUT ne puisse réparer.

Mais depuis que Jordan Leavey avait intenté un procès pour obtenir la garde de ses enfants — « commencé son chantage », disait Nola —, la vie privée de John Heart, la vie de l'adolescent d'autrefois, émergeait au grand jour. Pas seulement la condamnation pour vol de voiture, qu'il n'avait pas cachée, et pour les autres délits accessoires, mais l'inculpation pour meurtre. Il avait vu l'expression de Nola lorsque l'avocat de Jordan Leavey avait fait allusion au « compagnon actuel » de Nola, un homme qui avait été jugé pour meurtre à Buffalo à seize ans et dont l'acquittement avait été « controversé ». Et ces douze mois à Tomahawk Island sans un seul jour de remise de peine pour bonne conduite.

Il avait vu l'expression du juge, aussi. Une femme renfrognée entre deux âges, les joues excessivement fardées, de grosses lunettes à double foyer sur le nez.

John avait parlé de son passé à Nola. Un peu. Il avait beau penser qu'il l'aimait, et qu'il l'épouserait un jour, il ne lui dirait jamais tout.

Elle avait dit doucement : *Il va falloir que je te fasse confiance, hein. Puisque je t'aime.*

Il avait dit : *C'est à toi de voir.*

Mais peut-être était-il temps de changer d'air. EST OUTILLÉ SE DÉPLACE.

Peut-être que, si tout s'arrangeait, si elle conservait la garde des enfants, Nola viendrait avec lui. Nola, et les enfants. Il y avait l'extrême est de l'État où il n'avait jamais vécu : le lac Champlain, tout au bout des Adirondacks. Une belle région, au bord d'un autre Lac de Verre. Il était l'exécuteur testamentaire et le propriétaire des biens d'Aaron Leander Heart à Shawmouth ; c'était à une heure de voiture d'Iroquois Point, mais il avait engagé quelqu'un pour s'en occuper, finances, entretien, publicité, il n'était pas obligé de vivre à proximité. Il avait des économies, bien qu'il n'eût jamais accepté un sou de son frère. Ni de Dahlia, l'épouse de l'homme riche, qui laissait toujours entendre qu'elle avait beaucoup plus d'argent qu'elle n'en dépenserait jamais, et tâchait chaque fois de savoir quelle vie de privations il menait.

M. RÉPARE-TOUT pouvait partir ! L'idée commençait à l'intéresser. Il s'était fait une réputation solide à Iroquois Point, il était régulièrement engagé par des entrepreneurs en bâtiment qui rénovaient les spacieuses demeures XIXe en bordure du lac, il avait des amis dans la région, et de nombreuses relations... donc, pourquoi ne pas partir ? Il habitait Iroquois Point depuis près de cinq ans, jamais il n'était resté aussi longtemps quelque part depuis qu'il était adulte.

Lorsqu'il avait mentionné à Nola le nombre d'endroits où il avait vécu dans le seul État de New York, elle s'était exclamé : « Mon Dieu, John, on dirait le Hollandais volant ! »

Le Hollandais volant ? Qui était-ce ?

Devant l'expression soigneusement neutre de John, destinée à masquer son ignorance, et sa gêne de vivre avec une femme plus cultivée que lui, Nola dit aussitôt : « Un homme poursuivi par le destin. Condamné à voguer sur les mers jusqu'au jour du Jugement dernier à moins... » Elle s'interrompit, en rougissant légèrement. « ... à moins qu'il soit sauvé par l'amour d'une femme. »

John rit. « Et pourquoi pas la cuisine d'une femme ? »

C'était vrai, John Heart avait vécu dans tellement de lieux après avoir fui le Village de Willowsville qu'il avait déjà oublié certains d'entre eux, et les gens qu'il avait connus, et même les femmes qu'il avait aimées. Les femmes qui l'avaient aimé. Sodus, Fair Haven, Lycoming, Red Creek. Un court moment à Oswego, à Watertown et Sackets Harbor (dans une cabane de pêcheur sur le lac). Huit mois solitaires, il avait vécu à Ogdensburg sur le Saint-Laurent, à la frontière du Canada, de cette immense province de l'Ontario qu'il avait un jour désespérément étudiée sur une carte routière trouvée dans la Jeep d'un inconnu, imaginant pouvoir trouver refuge dans cette immensité où personne ne l'aurait connu et *cela aurait juste été la vie, une flamme de vie, se déposant dans ce nouvel endroit.* Mais il n'avait jamais franchi la frontière.

Ses années à Willowsville avaient passé dans une sorte de brouillard, comme un paysage aperçu par la fenêtre d'une voiture lancée à vive allure. Il avait été préoccupé par sa famille, par la nécessité de la garder soudée, de surveiller les crises de sa mère. Sa consommation d'alcool, de drogues, ses erreurs de jugement. Sa dépendance enfantine à son égard. Même le basket n'avait pas été tout à fait réel... c'était une façon de concentrer son énergie, il avait eu tellement d'énergie nerveuse qu'il s'était parfois cru en danger d'exploser.

Après avoir obtenu son diplôme de fin d'études, il était allé vivre à Shawmouth pour être près de son grand-père Aaron Leander Heart qui était tout ce qui restait, pour lui, de sa famille. (Farley et Shirleen avaient été placés dans des familles d'accueil et semblaient s'adapter raisonnablement bien à leur nouvelle situation. Dahlia s'était « effondrée » après qu'il avait été condamné à un an de prison, elle s'était retirée du monde mais peu de temps après, comment exactement il ne le saurait jamais, elle avait trouvé un nouvel ami, fortuné, et s'était envolée pour... était-ce Palm Springs ? Sun Valley dans l'Idaho ?) Un moment ni plus ni moins étrange que les autres dans la vie de John Reddy Heart, une vie pareille à un accident d'avion, une vie jonchée de débris scintillants. Il avait à peine dix-huit ans, la nostalgie désespérée de sa famille et néanmoins des accrochages avec Grand-père dont l'excentricité n'avait fait que croître depuis les « jours de vengeance ». John aimait son grand-père, et son grand-père semblait l'aimer, mais vivre au quotidien avec le vieil homme était impossible. Grand-père se croyait chargé par Dieu de créer sa « merveilleuse Arche de Verre près du Lac de Verre » et aucun raisonnement ne pouvait lui ôter cette conviction. (Pour autant que son petit-fils le sût, c'était peut-être vrai. Les voies de Dieu étaient bel et bien mystérieuses.) Grand-père avait aussi la conviction inébranlable qu'il avait négocié personnellement la vie de John Reddy avec Dieu. « Sans moi tu serais mort sur la chaise électrique, Johnny. Que tu le mérites ou pas, c'était ton destin dans le monde de la justice humaine. » Il avait semblé à John au-dessous de sa dignité, et une perte de salive, de lui faire remarquer que la peine de mort n'existait pas dans l'État de New York à cette époque-là. L'avocat coûteux choisi par Dahlia, qui avait éprouvé pour lui une antipathie profonde et n'avait pas cru un seul instant à la possibilité d'un acquittement, lui avait dit de se préparer à une peine d'emprisonnement de vingt ans ou à la perpétuité — « Ce qui n'est pas si sévère que ça en a l'air, vous seriez mis en liberté conditionnelle au bout de dix ans, sauf nouvelles conneries de votre part. »

John Reddy s'y était préparé. Il se sentait presque en paix. Lorsqu'un meurtre est commis, quelqu'un doit être puni, ce n'est que justice. Il sentait, au fond de lui-même, qu'il avait déjà commencé à purger sa peine, une peine à perpétuité, lorsqu'il avait fui la police cette nuit-là, se glissant dans sa vie de hors-la-loi, de fugitif, comme on glisserait la main dans un gant qui, d'abord, n'est pas tout à fait à votre taille, et puis qui l'est.

Et puis, le jury l'avait acquitté.

Acquitté !

Sa vie qui lui était rendue, dans ce moment de grâce.

(Plusieurs des jurés, interrogés anonymement ensuite par le *Buffalo Evening News,* dirent qu'ils avaient voté l'acquittement parce qu'ils avaient cru la défense quand elle avait dit que John Reddy Heart avait agi pour protéger sa mère et lui-même. Son acte n'avait pas été prémédité, mais instinctif. « Un garçon qui protège sa mère, même si cette mère est une vous-savez-quoi, moi je considère qu'il n'est pas coupable de meurtre. » « Ce Melvin Riggs... on n'a eu aucun mal à croire que c'était une brute. Vu la façon dont ce fils de p... traitait ses joueurs de base-ball, on pouvait s'attendre à tout de la part d'un type comme ça, y compris qu'il se fasse tuer. »)

Le téléphone sonnait quand John ouvrit la porte de la caravane. Il le laissa sonner. Il alla dans sa salle de bains-placard, ouvrit le robinet d'eau froide, se rinça rapidement le visage, qui le brûlait, lui faisait mal, commençait à enfler. Le répondeur se déclencha, c'était Nola. « John ? Tu es là ? Tu peux décrocher ? S'il te plaît ? » Il se figea, comme si elle avait pu l'entendre. Elle disait, d'un ton implorant : « Tu veux bien me rappeler dès que tu seras rentré ? La séance a été ajournée à demain matin, je serai chez moi dans une demi-heure. Il faut que je te parle. Tu viens ce soir, n'est-ce pas ? Je suis si inquiète. Il t'a fait mal ?

Que t'a-t-il dit ? Tu iras voir un médecin ? S'il te plaît ? Je me sens tellement responsable ! Jordan s'est montré tel qu'il était, et en public, un homme désespéré, tout le monde peut voir ce qu'il vaut ! Un homme comme ça, incapable de se contrôler, demander la garde des enfants ! Le juge sait ce qui s'est passé et mon avocat va proposer l'abandon de cette action judiciaire absurde, c'est manifestement du chantage, c'est de la cruauté, du harcèlement. Le salopard ! » Nola s'interrompit, la respiration haletante. « Oh ! John... je t'aime tant. Mais je ne sais pas quoi faire. »

John fit la grimace, en touchant son œil gonflé.

Elle veut que je disparaisse de sa vie. Elle ne le sait même pas encore.

La bande du répondeur se termina, coupant abruptement la parole à Nola. John espérait qu'elle ne rappellerait pas.

Depuis que Leavey avait intenté cette action, en menaçant de lui reprendre les enfants, Nola avait perdu sa bonne humeur, son sens de l'humour empreint d'ironie. Elle était devenue, d'une certaine façon, plus féminine. Mais moins une personne définie. Elle appelait souvent John, laissait des messages sur le répondeur. Elle s'accrochait à lui, cachait son visage contre sa poitrine — « Je sais ! Je suis une peu folle, en ce moment. » Sa peau pâle semblait dégager une chaleur fiévreuse. Pourtant elle avait toujours froid, frissonnait perpétuellement. Elle attrapait des rhumes, des angines, des grippes. Ses poches étaient comiquement bourrées de vieux Kleenex, il y avait de petites boules de Kleenex durcis sous son oreiller, qui au matin jonchaient le sol à côté du lit. Elle se déplaçait comme une somnambule, les yeux ouverts mais aveugles. À la connaissance de John, elle avait eu au moins un petit accident au volant de sa voiture. Lorsqu'il ne passait pas la nuit chez elle, elle laissait Ellen et Drew dormir dans son lit, de chaque côté d'elle, leur chat tigré Bretzel à ses pieds — « Protégée comme une forteresse ! » Si John arrivait en retard, et John était souvent en retard, il la trouvait en train de marcher de long en large, le front plissé d'inquiétude. « Pardon. C'est plus fort que moi. Si seulement tu ne conduisais pas cette satanée moto ! » Alors qu'elle avait rarement parlé de son mariage, sinon pour dire que Jordan et elle s'étaient mariés jeunes, avaient eu du respect l'un pour l'autre à une époque mais avaient cessé de s'aimer, elle parlait maintenant de ce mariage, et de Jordan, avec plus d'amertume. Lorsqu'ils faisaient l'amour, dans le lit de Nola, parfois dans celui de John, dans la caravane, ce qui avait été tendre, doux, d'une beauté déchirante, était désormais une sorte d'épreuve pour eux deux. John avait l'impression de voir, sans le souhaiter, le visage délicat de Nola tordu par une immense tension. Sa peau devenait glissante à force de sueur. Une grimace sauvage lui retroussait les lèvres, elle avait les mâchoires serrées et les yeux étroitement fermés. Une femme dans les affres de l'orgasme, comme dans les affres de l'accouchement... l'épreuve était trop intime pour être partagée avec quelqu'un d'autre. Même un amant.

Il se rappelait le soir où il avait apporté le cheval à bascule aux enfants de Nola. Leur regard. Le regard de Nola. Comme une flamme qui naît, le premier frémissement de l'amour. Quelques bières avaient suffi à l'enivrer ce soir-là, tant il était surexcité, profondément ému. Nola lui dit : « Dès que l'on a des enfants, on n'est plus unique. On renonce vite à l'être. On veut être ordinaire, et faire ce qu'il faut. On veut être *bon.* » John lui dit qu'il n'avait jamais souhaité grand-chose d'autre que d'être quelqu'un d'ordinaire, de faire ce qu'il fallait et d'être *bon* — « Le reste, quoi que ce soit, c'est des conneries, je crois. » Ses mots étaient bafouillés, bégayés. Il n'arrivait jamais à s'exprimer quand il essayait de réfléchir, c'était comme essayer d'écrire, de mettre des mots sur une page, il suait sur quelques phrases comme il l'avait fait au lycée, un grand gosse efflanqué à l'étroit dans un pupitre, la tête penchée sur son cahier d'examen et un stylo-bille maladroit entre les doigts. Ils s'étaient mis à faire l'amour sans presque le savoir, les doigts de Nola s'attardant sur son bras, les yeux liquides de Nola levés vers les siens, la bouche de Nola qu'il trouvait belle, souriant contre la sienne, parlant et riant alors même qu'ils s'embrassaient. Il se souvenait avoir été étonné par la petitesse, la légèreté, la délicatesse de son corps. Ses petits seins durs pressés intimement contre sa poitrine. Comme c'était déconcertant, et triste... elle était si maigre qu'il sentait ses côtes sous ses doigts écartés. Il avait presque peur de lui faire mal. L'embrasser, la caresser, quel plaisir, quel bonheur, Nola Leavey dans ses bras, une femme dans ses bras, comme de rentrer chez soi.

Une bouffée d'amour, de culpabilité, lui serra le cœur. Mais il ne rappela pas Nola, pas cet après-midi-là.

Il se lava, colla un pansement carré couleur chair sur son œil tuméfié, se changea. Donna à manger aux huit chats miaulants, anxieux, à demi sauvages, derrière la caravane. Jeta du grain sur le sol pointillé de glace pour les oiseaux sauvages, et du maïs pour les cerfs sauvages. Un troupeau de douze cerfs, biches et faons à queue blanche hivernait dans les bois environnants et mourait quasiment de faim à cette époque de l'année. Il sifflotait entre ses dents, bien que ses lèvres fussent légèrement enflées. Son haleine fumait, il allait et venait d'un pas vif, en manches de chemise. Il prenait un curieux plaisir aux élancements de son visage meurtri, à l'accélération du sang sous la peau lacérée. C'était une froide journée venteuse de mars, grise maintenant, des nuages comme du béton ondulé filaient dans le ciel, au-dessus du lac, poussés par le vent du nord. Cette odeur âpre, métallique, de la neige. Du point le plus élevé de sa propriété, on voyait, à un peu plus d'un kilomètre au nord, une bordure d'un bleu pâle de glace. Le lac Ontario, s'étendant sur tout ce qu'on voyait de l'horizon, grand comme une mer intérieure. Il ne voulait pas quitter cet endroit mais, s'il y était obligé, il trouverait un autre endroit au bord d'un autre lac. Car il semblait que lui, John Heart, fût tombé sous le charme du Lac de Verre dont son grand-père avait parlé avec une passion si obstinée. *Le Seigneur a demandé une Arche de Verre ! À côté d'un Lac de Verre ! C'est la mission qu'il me faut remplir.* Un après-midi de travaux de menuiserie l'attendait dans la grange. Et peut-être qu'il verrait Nola ce soir-là, et qu'il passerait la nuit chez elle, et peut-être que non. Peut-être était-ce pour cela qu'il se sentait aussi bien. Qu'il sifflotait, souriait tout seul. Ce genre d'humeur lui tombait dessus à l'improviste. Il ne la mettait pas en doute, il n'était pas cynique en matière de bonheur. Il se rappelait Grand-père à l'époque héroïque de Las Vegas : « Quand le rafiot fait eau de toutes parts, et qu'on est dedans, *ouaouh* ! Un Heart se sentira toujours bien. »

John rit. Ce vieil animal n'avait pas tort.

6

La première fois que John Heart avait eu en mains le revolver Colt calibre 11,43 qui serait un jour étiqueté *arme du crime* dans l'affaire du meurtre de Melvin Riggs, il était Johnny Heart, et avait neuf ans.

« Allez, fiston. Prends-le. Il est temps que tu apprennes à respecter les armes à feu. » Grand-père Heart, se chauffant au soleil blanc du solstice d'hiver dans le désert du Nevada, était dans un de ses bons jours alcoolisés. (Il avait aussi ses mauvais jours alcoolisés, à peu près aussi nombreux, mais c'est une autre histoire. Dans ces moments-là, disait-il, il était plein de la générosité du Seigneur et souhaitait partager son bonheur. Son séduisant visage ravagé flambait d'inspiration et d'amour pour son petit-fils préféré. Ses yeux, striés d'un réseau de capillaires éclatés, brillaient. Ses mains aux jointures saillantes avaient été assez fermes ce matin-là pour tailler avec soin sa barbe blanche canaille. La veille, lors d'une partie de poker privée en ville, Aaron Leander Heart avait gagné une somme d'argent non précisée avec une modeste mise de départ de deux cent quarante-neuf dollars... une somme qui, avait laissé entendre Dahlia, tout émoustillée, atteignait peut-être bien les quatre mille dollars ! Déjà, il avait acheté à Dahlia un énorme bouquet de fleurs — « À ma fille bien-aimée » — et des présents pour leur maison insuffisamment meublée, dont un lampadaire en cuivre décoré de l'aigle américain et un vrai réfrigérateur avec un congélateur autodégivrant pour remplacer leur vieux frigo nain qui n'arrêtait pas de tomber en panne et de faire tourner à l'aigre le lait des enfants. Et pour la protection de la famille, dit-il avec solennité à Johnny, les lèvres contractées par un sourire gamin, un Colt gris métal calibre 11,43 en remplacement de celui qu'il avait perdu il y avait bien longtemps.

« Ta mère va faire la donne au vingt-et-un jusque très tard, ce soir. Alors, allons-y. » Grand-père glissa le volumineux revolver dans une poche intérieure de sa veste de cuir brut à franges en lui faisant un clin d'œil.

Arroyo Seco, une rue étroite, pavée uniquement à son début, dans le centre, où elle était bordée de casinos tapageurs, d'hôtels vertigineux et de restaurants éclairés au néon, se réduisait à du gravier et de la poussière rouge à son autre extrémité, où elle se perdait dans le désert. Grand-père et petit-fils remontèrent la rue, traversèrent une voie ferrée, puis un terrain vague jonché de saletés. Ils prendraient pour cibles des boîtes vides de Coca et de Coors, des bouteilles, des bouts de métal. Une plaque de polystyrène, horriblement blanche, ayant à peu près la taille et la forme d'un torse humain. Le cœur de Johnny battait vite. Il regardait avec anxiété autour de lui pour voir si quelqu'un, des gamins du quartier, les avait suivis. Grand-père, qui buvait de temps à autre un petit coup à la bouteille qu'il avait dans la poche, glissée dans un sac en papier, sifflait imperturbablement. Le Nevada était un État où tout le monde détenait des armes, dit-il. Il avait un permis pour le revolver, qu'il avait acheté dans une vraie armurerie, et pas chez un prêteur sur gages ou à un ami. Les armes à feu ne présentaient aucun danger si on savait ce qu'on faisait. S'exercer à tirer était loin d'être aussi risqué que conduire une voiture comme certains imbéciles — et les femmes — le faisaient. « Arrête de cligner des yeux comme ça, fiston ! Tu as l'air d'un lapin terrifié. Fais confiance à Grand-père et tout ira bien. » Il but une autre gorgée à la bouteille, fit claquer sa langue et poussa un soupir. Ses yeux couleur whisky luisaient. Johnny l'avait entendu dire à Dahlia quelque temps plus tôt qu'il était heureux de s'être mis en ménage avec eux à Las Vegas parce que, en plus d'être fatigué de traîner tout seul, il avait découvert qu'être grand-père lui plaisait, quelque chose qu'il n'aurait jamais cru, et Dahlia avait ri de son rire rauque-mélancolique et dit qu'elle était contente qu'il aime ses petits-enfants vu qu'il n'avait jamais paru beaucoup aimer ses sœurs et elle. Grand-père lui avait dit de se taire, que c'était de l'histoire ancienne.

« Maintenant. Viens ici près de moi, Johnny. » Johnny s'approcha de son grand-père, en essayant de ne pas trembler. Il était excité ! Grand-père ouvrit le revolver, montra les balles à Johnny, fit tourner le barillet et le referma, puis visa une bouteille brune plantée à côté d'un cactus rabougri à une distance d'environ dix mètres. Avec quelle lenteur, quelle dignité, Aaron Leander Heart leva le revolver, en assurant sa main droite avec la gauche. On comprenait que tirer était une tâche solennelle qui conférait une réelle importance à cet instant. « Un, deux, *trois.* » Le bruit fut assourdissant, l'enfant sursauta et gémit comme s'il avait été touché. L'odeur de la poudre était surprenante. « Merde. » Grand-père se mordit la lèvre en voyant qu'il avait manqué sa cible de quinze bons centimètres. Il leva le revolver, compta jusqu'à trois et tira de nouveau. Encore manqué. La balle ricocha sur la surface croûtée du sable. Grand-Père but une petite gorgée de whisky et dit d'un ton méditatif, comme s'il confiait un secret : « L'adresse au tir, comme l'art de décocher un coup de poing fatal, n'est pas un "talent" qui s'enseigne. Il faut naître avec. Ça n'arrive pas souvent. Avec de la volonté, on peut apprendre la compétence. On peut au moins sortir d'un état de totale ignorance. Sache qu'un homme peut toujours *faire des progrès*, Johnny. » Tout en parlant, il s'était rapproché de la cible ; à une distance d'environ six mètres, il visa et tira de nouveau, et cette fois la bouteille se fracassa, des bouts de verre volèrent et clignotèrent dans le soleil.

À présent, c'était le tour de Johnny. Il prit le revolver des mains de son grand-père, en disant : « Merci, monsieur. » On apprenait aux enfants Heart la politesse à la texane. Sa première surprise fut de trouver le revolver si *lourd*. Si *réel*. Il jouait aux cow-boys et aux Indiens et à la guerre avec des garçons de son quartier, des parties déchaînées et hurlantes où ils tiraient avec des armes de chez Kresge, fusils-jouets et pistolets à amorces, il était l'un des gamins les plus durs, un chef naturel, mais ça... ça c'était du sérieux !... une arme d'adulte, pas un jouet. Dès cet instant, Johnny perdit tout intérêt pour les jeux enfantins. « Bon. Cette boîte de Coors, là-bas. Démolis-la. » La main de Johnny tremblait, ses yeux clignaient sans arrêt. Il se rappelait un soir, longtemps auparavant, à la base aérienne, quand il était tout petit, des bruits de voix au-dehors l'avaient réveillé, la voix de son papa, de sa maman, d'autres personnes, ils parlaient de quelqu'un qui avait eu un accident avec une arme, ou qui s'était peut-être suicidé avec une arme, son papa disait que c'était terrible, sacrément idiot, de faire une chose pareille, et pourquoi, comment, bon Dieu quel choc, et une femme pleurait, et cela lui revenait en cet instant, raison pour laquelle sa main, ses deux mains, étaient agitées de tremblements, et ses yeux humides. Derrière lui, Grand-père lui tenait fermement les épaules pour qu'il les garde bien droites — déjà à neuf ans il avait le haut de la tête qui arrivait au milieu de la poitrine de son grand-père, et son grand-père était grand — et lui murmurait des instructions. « Lève le revolver, mon garçon. Avec les deux mains. Maintenant... ne bouge plus ! Contrôle ta respiration. Vise la cible. Assure-toi qu'il n'y a rien entre toi et ta cible, rien au-delà de la cible. Maintenant, inspire... lentement. Inutile d'avoir peur, la balle *part*, loin de toi, et pas le contraire. C'est toi qui es aux commandes. Inspire... presse la détente, doucement... un, deux... » Johnny ferma les yeux et appuya avec brusquerie sur la détente. Il y eut une détonation assourdissante, le revolver bondit entre ses mains comme un être vivant. Sans son grand-père, il l'aurait peut-être laissé tomber.

Il avait manqué la boîte de bière de Dieu sait combien de dizaines de centimètres. Mais son grand-père dit gaiement : « Ce n'est que ton premier tir, il y en aura des centaines d'autres. Comme je disais, l'homme peut faire des progrès. Arrête seulement de cligner des yeux comme ça. »

La leçon continua. Quarante minutes passèrent dans un brouillard. Johnny était étonné de ne pas prendre à cette aventure le plaisir qu'il en avait attendu. Il ne s'habituait pas au bruit et il n'aimait pas l'odeur de la poudre, ça le faisait éternuer et chaque fois qu'il éternuait ses yeux pleuraient et son nez coulait. Il avait conscience de décevoir son grand-père. Chaque fois qu'il levait le revolver, visait une cible d'une main tremblante et appuyait sur la détente, même s'il ne la ratait pas, il comprenait que quelque chose n'allait pas. Et Grand-père le sentait aussi. C'était étrange, mais il n'aimait pas le revolver de son grand-père comme il s'était attendu à le faire. Et pourtant il aimait être avec son grand-père, il adorait ça même, et il ne faisait guère de doute qu'il était le petit-fils préféré de Grand-père. Ce serait le grand étonnement de l'enfance de Johnny, cette impossibilité de prendre goût aux armes à feu. Malgré les beaux discours de Grand-père. « Avec les armes à feu, il faut montrer qui est le maître. Il ne faut pas se laisser dominer. On dit que les armes sont dangereuses pour leurs propriétaires parce que quelques imbéciles se laissent arracher leurs armes et qu'elles sont retournées contre eux. Mais c'est une humiliation que même les flics peuvent essuyer. Pas plus d'une fois, en général. » Il rit, et Johnny s'efforça de rire faiblement avec lui. « Une arme à feu ne pardonne rien, Johnny. Tu dois gagner sa fidélité ou ne jamais y toucher.

— O.K., Grand-père », marmonna Johnny. Ses yeux le piquaient et son nez coulait, il aurait voulu que la leçon prenne fin.

Elle prit fin, mais pas comme il l'aurait souhaité. Grand-père lui faisait installer des cibles de plus en plus loin, ce qui était logique, mais rendait plus difficile de les atteindre. Il regardait d'un air morne son grand-père tirer et manquer, tirer et faire mouche, tirer et manquer, tirer et manquer, tirer et faire mouche, il ne pouvait s'empêcher de penser que la différence entre un tir réussi — « Touché ! » — et un tir raté — « Merde ! » — tenait du hasard dans quatre-vingt-dix-neuf pour cent des cas. *Lucky Strike*, c'était le nom des cigarettes que Dahlia fumait, et c'était bien de coup de chance qu'il s'agissait, rien de plus. Pourquoi cela avait-il tant d'importance ? N'était-on pas la même personne que l'on réussisse ou que l'on rate ? Lorsque Johnny réussissait à toucher une des cibles, l'envoyait voler dans les airs ou en éclats, il avait l'impression d'avoir exécuté une espèce de tour, et voilà tout. Ça le déconcertait que Grand-père, qui était un adulte et aurait dû avoir plus de bon sens, glousse de plaisir et lui tape sur l'épaule en disant qu'il « faisait des progrès ». La seule chose qui avait à peu près un sens, c'était que, quand il se débrouillait bien, Grand-père souriait. De même que, quand il faisait quelque chose qui plaisait à sa mère, elle souriait, ou parfois riait, et l'embrassait. *Oh ! Johnny. C'est toi le meilleur.*

Il avait seulement voulu la rendre heureuse. Après que son père avait disparu de leurs vies et qu'elle n'avait plus jamais été vraiment heureuse.

Encore un tour, trois balles chacun. Grand-père avait rechargé le revolver plusieurs fois, avec des balles qu'il avait en vrac dans les poches. Après, ce serait fini pour la journée. (Johnny, dont les oreilles tintaient, espérait qu'ils en auraient fini pour très longtemps. Il se sentait comme après une journée où il s'était occupé des deux plus jeunes, quand ils réclamaient Dahlia en geignant et en pleurnichant, qu'ils refusaient d'aller dormir avant son retour. Obligé de sourire et de faire semblant qu'il allait bien, qu'il était seulement fatigué.) « Maintenant, mon gars. *Pièce de résistance**. » Johnny n'était pas sûr de ce que cela voulait dire, il était distrait. Grand-père avait choisi pour cibles des bandes de métal, apparemment des chromes arrachés à une voiture, disposées étrangement, dans des postures humaines, contre des yuccas rabougris. Quelque chose étincelait derrière elles... sans doute des mouches. Grand-père lâcha trois coups en succession rapide, dont l'un frappa une bande de chrome avec un *ping* aigu. Puis ce fut au tour de Johnny. Avec pour seule idée d'en finir au plus vite avec cette épreuve, il leva le revolver en le tenant à deux mains, loucha le long de la ligne de mire, prit une inspiration saccadée et tira... un, deux, trois coups. Ses oreilles tintèrent. Il éternua. Lorsqu'il ouvrit les yeux, il constata qu'il avait manqué les bandes de chrome mais touché autre chose... quelque chose de vivant ?

Il courut voir. Son grand-père le rappela. Il fouilla dans les détritus et découvrit quelque chose qui lui retourna l'estomac. « Oh. Oh ! zut. » Il avait tué un colibri. Il savait que cela avait été un colibri bien qu'il n'en restât que quelques plumes ensanglantées, des plumes vert argent avec une bande de gris plus foncé, à quelques dizaines de centimètres de la bande de chrome rouillée. Lorsque l'humeur l'en prenait, Dahlia mettait des mangeoires à colibri dans le jardin de leur bungalow, et criait gaiement : « Les gosses ! Venez voir ! Vite ! » quand les colibris vert argent, la gorge rouge, souvent par deux, venaient boire avec leurs longs becs fins comme des aiguilles. Des oiseaux si petits, à peine huit centimètres, avec des ailes qui vibraient si vite qu'il était facile de les confondre avec des guêpes ou des libellules. Johnny ravala un sanglot. Il était catastrophé. Le fait qu'il ait tué sans le vouloir aggravait les choses, d'une certaine façon.

Ils reprirent le chemin d'Arroyo Seco. Grand-père tâcha de dérider Johnny en plaisantant. Mais le garçon était silencieux, gardait la tête baissée. Pour un enfant de neuf ans, il semblait parfois... ne pas avoir neuf ans. « Bois un coup, Johnny. T'as pas l'air dans ton assiette », dit Grand-père, qui s'essuya les lèvres et lui tendit la bouteille dans son sac de papier froissé, mais Johnny dit d'un ton morne : « Non merci, monsieur. » Le vieil homme vit qu'il était préoccupé et posa une lourde main chaude, une main presque trop lourde, sur son épaule. « Bon. Rappelle-toi qu'il y a beaucoup d'autres colibris dans le monde, Johnny. Beaucoup d'autres. »

Lorsque, le lendemain, Dahlia eut vent de l'exercice de tir dans le désert (sans doute par Farley, qui devenait une vraie concierge), elle fut furieuse. « Comment as-tu pu faire une chose pareille, papa ! Ce n'est qu'un enfant ! Tu étais ivre ? Tu étais fou ! Engager mon Johnny sur cette route qui mène tout droit... tu sais où. C'est bien de toi. »

Ils étaient dans la cuisine du bungalow. C'était un moment confus... pas le matin, parce que Dahlia ne se levait jamais avant midi, mais en même temps c'était l'heure du petit déjeuner, certains d'entre eux tâchaient de manger. Grand-père, déjà coiffé de son chapeau de cow-boy, enfilait une chemise blanche, un nouvel achat, et fut si contrarié par ce que lui disait sa fille qu'il la boutonna mal et qu'elle pendit de travers, comme une mauvaise plaisanterie. Dahlia avait prononcé des paroles impardonnables. C'était comme si elle avait tiré un coup de feu dans cette petite pièce. Johnny sentait presque l'odeur de la poudre. « Ne parle pas de ça, dit Grand-père de sa voix rauque du matin. C'est de l'histoire ancienne.

— Pas si ancienne que ça. Un casier judiciaire, c'est pour la vie. »

Il était rare que Dahlia parle ainsi à son père. À son père qu'elle adorait, mais craignait. (Car le vieil homme avait un sacré caractère. Quand il cessait de sourire, il valait mieux se tenir à distance.) Elle était téméraire quand elle était pieds nus, pas maquillée, le visage jeune et pâle, avec le rimmel de la veille qui lui dessinait des yeux de chouette, et ses cheveux blond-blanc, bouclés-bouffants d'un côté, aplatis de l'autre. Elle portait un kimono vaporeux de nylon rouge qui ne couvrait pas entièrement le haut de ses seins, lesquels semblaient agités, eux aussi, libres et ballants sous le tissu bon marché. Une cigarette se consumait entre ses doigts qu'elle avait oublié avoir allumée.

Lorsque Grand-père renversa une des chaises de la cuisine, Farley se recroquevilla sur lui-même, et la petite Shirleen, qui mangeait une tranche de pain de mie roulée et garnie de gelée de raisin, écarquilla les yeux. « Insulté chez moi ! Par ma propre fille ! Devant mes propres petits-enfants ! » Le vieillard avait vraiment l'air blessé. On aurait dit qu'il avait reçu un coup de pied dans l'estomac. Il pivota, sortit de la cuisine comme une tornade, prit quelques affaires dans sa chambre (dont le revolver calibre 11,43 qu'il rangeait entre son matelas et les ressorts du lit) et quitta la maison en claquant la porte ; il enfila la rue d'un pas furibond, suivi par Johnny jusqu'à ce qu'il se retourne pour l'injurier, en agitant le poing et en lui criant de ficher le camp — « Tu n'as pas pu t'empêcher de l'ouvrir, hein ? Il a fallu que tu le dises à maman ! Un vrai fifils à sa maman ! » Son absence dura quatre jours et ils crurent qu'il ne reviendrait jamais. Dahlia pleura, se traita de tous les noms, passa des coups de téléphone et sillonna Las Vegas en compagnie d'un ami, un videur du Caesars Palace qui ne demandait pas mieux que de la trimballer aux quatre coins de la ville dans sa grosse Cadillac, à la recherche d'un père dont elle ne craignait pas seulement qu'il eût abandonné définitivement la famille mais aussi que, porté à boire, à s'emporter et à se quereller comme il l'était, il lui arrivât malheur. Pendant une heure ou davantage, rongée d'angoisse, elle hésita devant un commissariat de quartier, n'osant y entrer pour signaler la disparition de son père — « J'ai peur qu'ils ne me laissent pas ressortir. Parce qu'alors, vous les gosses, vous vous retrouveriez complètement seuls. » Même les coupe-faim speedés qu'elle prenait pour ne pas grossir ne lui donnaient pas le courage d'affronter la police. Dahlia vivait dans la terreur, mêlée de honte, que ses enfants, qu'elle aimait plus que la vie même, lui soient un jour enlevés et soient confiés à la garde de l'État, elle semblait savoir à l'avance que tel serait son destin de mère, car bien entendu elle était une mauvaise mère, une mère négligente, une mère-ivrogne, une mère-traînée, elle le savait, l'acceptait, mais pleurait tout de même, et tempêtait, c'était tellement immérité, tellement injuste — « Je n'étais pas faite pour être veuve, si jeune. Dieu m'a traitée comme de la merde. » Lorsque Grand-père revint enfin dans le petit bungalow d'Arroyo Seco, un matin de bonne heure, renfrogné, épuisé, en chaussettes, délesté de son élégant chapeau de cow-boy et, pouvait-on supposer, de ses gains au poker, Dahlia l'embrassa et ne lui posa aucune question, Johnny et elle préparèrent au vieil homme son petit déjeuner préféré — œufs, gruau de maïs, jambon, biscuits beurrés —, et il ne fut plus jamais fait mention de ce qu'elle avait dit.

Et Johnny oublia. Ou presque. Puis, un an plus tard environ, lorsqu'ils s'apprêtèrent à partir vers l'est, pour le Village de Willowsville, État de New York, comme une famille de comédie télévisée embarquée dans une nouvelle et folle aventure qui ne pouvait que tourner bien, vu que c'était une comédie, et télévisée, en route pour une grande demeure luxueuse qu'ils n'avaient vue qu'en photo, un présent fait à Dahlia par un « adorable vieux monsieur, plutôt triste et pitoyable » connu dans les casinos sous le nom de Colonel, qui était tombé amoureux d'elle et l'avait suppliée de l'épouser pour soulager la terrible solitude de son existence, bien qu'il fût, et parût, beaucoup plus vieux que Grand-père, et elle s'était interrogée sur l'opportunité d'une décision aussi radicale (les avantages étaient évidents, le colonel Edgihoffer était un riche vieillard à l'espérance de vie forcément limitée, mais il y avait également des désavantages évidents... Dahlia aimait la compagnie d'un certain type d'homme, pas du tout le type gentleman, et elle risquait d'avoir à y renoncer, au moins pour un temps), la question se posa de savoir si Grand-père devait emporter le Colt dans la voiture, car il se pouvait que la loi interdise le port d'armes dans les États qu'ils auraient à traverser, il n'y aurait sans doute pas de problème dans l'Utah ni le Colorado qui étaient des États de l'Ouest, mais ensuite... dans le Kansas, le Missouri, l'Illinois, l'Indiana, l'Ohio, un bout de la Pennsylvanie ? Et dans cet État de New York où ils allaient habiter ? Dahlia convenait qu'ils auraient peut-être besoin de protection pendant ce long voyage dans l'inconnu, les Grandes Plaines en particulier la remplissaient d'appréhension, mais d'un autre côté, comme elle redoutait la police de la route, les questions des policiers, peut-être son père ferait-il mieux de ne pas emporter son arme ; et Grand-père déclara que s'il ne l'emportait pas, il ne partait pas, un point c'est tout. C'était l'impasse. Des mots vifs furent échangés. Une fois encore, Dahlia fit allusion à un événement du passé de Grand-père — « Tu sais où, et tu sais quoi. » Mais lorsque Johnny lui demanda si son grand-père avait été arrêté, s'il était allé en prison, elle lui envoya une gifle. « Dire une chose pareille de quelqu'un de ton propre sang. Sûrement pas ! »

Ce fut seulement après que John Reddy Heart lui-même eut été arrêté pour meurtre, à l'âge de seize ans, que Grand-père lui révéla, l'air un peu honteux, avoir été « bouclé » à la prison d'État du Texas du Nord — « Je n'étais qu'un crétin de gamin à l'époque, à peine dix-neuf ans. J'avais un flingue, et mon pote avait le sien, on a pris une cuite et on est allés braquer une station-service. On a récolté cinquante-huit dollars, je le jure, et pas cinq cents comme ils l'ont prétendu. On m'a collé trois ans, et j'ai été mis en liberté conditionnelle pour bonne conduite. C'est de l'histoire ancienne, fiston. Et ça n'a rien à voir avec toi. »

Mais John Reddy pensait que si. Ce que les Heart faisaient, avaient fait ou envisageaient de faire avait tout à voir avec lui. Surtout si y jouait un rôle le Colt calibre 11,43 acheté dans une armurerie de Las Vegas par Aaron Leander Heart.

*

* *

Pendant les mois d'automne et d'hiver, et jusque très avant dans le printemps, John Heart entendait des coups de feu au loin. Parfois dans sa propriété même.

C'étaient les chasseurs de cerfs. Sur ses deux hectares de terrain, comme sur une bonne partie des terres agricoles de la région, des panneaux interdisaient chasse et passage, mais les chasseurs n'en tenaient pas compte. Passer outre à ces interdictions était une tradition locale, on était dans une région de chasse. Lorsqu'il était arrivé à Iroquois Point, on avait conseillé à John Heart de ne pas enjoindre à ces intrus de sortir de sa propriété, de ne pas même tenter de leur parler, ça ne se faisait pas, il risquait des ennuis — « Il y a eu des incendies de granges, des bêtes abattues, des "accidents" de chasse. Impossible de gagner. » John savait qu'il ne pouvait gagner, il avait vécu dans d'autres comtés chasseurs de l'État. La plupart des comtés l'étaient, en fait. Il ne pouvait que le supporter, réveillé à l'aube par le bruit des détonations, les nerfs tendus comme des fils électriques, il se mettait à boire de la bière avant même d'être entièrement vêtu, pour anesthésier la douleur nauséeuse, le souvenir, le bruit de ces trois coups de feu successifs, tirés si près, dans sa propre tête semblait-il, et qui ne cessaient de retentir. *J'ai toujours su que cela arriverait, un jour. Ce revolver. Mais pas quand, ni comment.* Il haïssait les chasseurs avec leurs plastrons orange fluo portés sur de volumineuses vestes de camouflage. Il haïssait même les hommes qu'il aimait bien, des amis, des types pour qui parfois il travaillait, avec qui il trinquait. Mais il lui fallait le supporter. Vivre avec. Les hommes aimaient les armes à feu, les hommes aimaient chasser. Les hommes aimaient tuer des êtres vivants, les rapporter chez eux comme des trophées. M. RÉPARE-TOUT n'était pas chasseur (tout le monde savait qui chassait et qui ne chassait pas, de même que tout le monde pouvait donner le nom, l'occupation et l'adresse des quelques Noirs qui vivaient dans la région, pas toujours avec prévention, mais simplement comme un fait, une information) mais il ne faisait pas partie des antichasseurs, des empêcheurs de tourner en rond qui écrivaient des lettres indignées à l'*Iroquois Point Sentinel*. Des fenêtres de sa caravane, de son établi de la grange, M. RÉPARE-TOUT avait de bonnes chances de voir passer des chasseurs en lisière de ses bois. Dans sa camionnette bleu étincelante, il avait de bonnes chances de croiser leurs camionnettes garées le long des petites routes de la région, parfois sur son propre terrain. Il poursuivait son chemin. Il lui arrivait d'agiter la main. Les chasseurs le reconnaissaient, souriaient et agitaient la main. M. RÉPARE-TOUT, John Heart, était apprécié, un type un peu bizarre peut-être mais des tas de gens étaient bizarres, des gens qui semblaient normaux, avec des gosses, une famille, pouvaient se révéler bizarres quand on les connaissait un peu. Car il y a chez la plupart des hommes une âme solitaire que l'on ne trouve pas chez la plupart des femmes. M. RÉPARE-TOUT était manifestement une de ces âmes solitaires. Il ne parlait jamais de sa vie privée, ne posait quasiment jamais de questions personnelles. Un solitaire. Il avait plus de travail qu'il ne pouvait fournir mais ne semblait pas vouloir embaucher d'aides. Il jouait parfois au poker chez Capuano, un joueur pas très méthodique, qui se fiait à la chance, aux cartes. Quand la saison était ouverte, il ne faisait aucun commentaire lorsque la conversation se mettait à rouler sur la chasse. Il ne demandait jamais aux chasseurs si leur journée avait été bonne. Il était agréable de boire en sa compagnie, il savait écouter. Ses yeux pensifs, sérieux. Ne jugeant pas les autres, ne souhaitant peut-être pas être jugé.

Le pire, c'était, après une journée de coups de feu ininterrompus, de se promener dans le silence, dans le froid grandissant, juste avant le crépuscule, et de découvrir un animal blessé, parfois plusieurs, en train d'agoniser dans les bois. C'étaient souvent des biches, ou même des faons. Un gibier illégal que les chasseurs laissaient là où il était tombé, ou avait rampé. Il aurait pu reconnaître certaines des bêtes qu'il avait nourries tout l'hiver, quoiqu'il s'efforçât de ne pas le faire. Il se retrouvait accroupi auprès d'elles, témoin de leur mort, l'esprit vide de toute intention, voire de toute pensée. Il n'aurait su dire pourquoi il était là. Il n'achevait jamais aucune bête. Il n'en aurait pas eu la force. Il ne pouvait même pas les enterrer, la terre était en général gelée.

Cela semblait un sort si triste, de mourir seul. Sans témoin.

Aussi triste que de vivre seul.

Il avait confié certaines de ces choses à Nola Leavey après qu'ils étaient devenus amants. Il se surprenait à lui dire des choses qu'il n'avait jamais dites à d'autres femmes. Il craignait qu'un jour, une nuit, dans un moment de faiblesse, à cause de sa terrible solitude, il ne lui en dise trop.

Nola haïssait la chasse, elle aussi. Méprisait les chasseurs. Elle raconta à John combien elle avait été choquée, la première année où elle avait enseigné à Iroquois Point, de constater qu'un bon quart des garçons du collège manquaient les cours en novembre, au début de la saison de la chasse. « Leurs pères les emmènent avec eux. Tu te rends compte ? Ce ne sont que des enfants. » Elle lui dit que son ex-mari, Jordan, possédait au moins une arme à feu, une Winchester calibre 22. Il avait chassé dans son enfance, et en gardait de bons souvenirs. Il avait eu un fusil de chasse calibre 12, à un moment, et elle lui avait dit que, s'il ne s'en débarrassait pas, elle ne laisserait plus les enfants lui rendre visite, et il avait dit qu'il le ferait, qu'il l'avait fait, mais elle ne savait pas si elle pouvait le croire. Elle parla un moment de la façon dont Jordan avait changé au cours de leurs quelques années de mariage. Elle n'était pas du genre à se montrer indiscrète, elle détestait que l'on s'apitoie sur soi-même et s'était juré de ne jamais succomber à ce travers, mais cet homme l'avait fait cruellement souffrir, il lui avait été infidèle alors qu'elle était enceinte de Drew, et lui avait dit ensuite que l'autre femme ne comptait pas, c'était juste quelque chose qui était arrivé, ça n'avait rien à voir avec elle, et rien à voir avec leur mariage. « Mais, pour moi, tout a été fini à ce moment-là. Notre mariage. » John l'écoutait en silence. Il commençait à aimer Nola, il lui semblait qu'il l'aimait sérieusement, mais aussi irrépressiblement, et c'était un sentiment qui ne lui plaisait pas, qui lui rappelait les passions irrépressibles de Dahlia, les hommes brutaux et manipulateurs avec qui elle avait eu des liaisons, la curieuse défaillance de sa volonté, une sorte de fascination perverse. *Je sais que c'est une ordure, mais c'est plus fort que moi. Juste un petit moment.*

« Cette arme. Le fusil. Je pense qu'il l'a toujours. Je ne peux pas le savoir, mais je le pense. C'est devenu un homme désespéré. »

Nola parlait vite, avec colère. Serrant et desserrant les poings, signe, chez elle, de nervosité. John se taisait, écoutait. Il sentait qu'il y avait un sens sous-jacent à ces paroles, mais lequel, il n'aurait pu le dire avec certitude.

Une fois qu'on couchait avec une femme, tant de choses se passaient à ce niveau sous-jacent. Souvent la femme elle-même n'en avait pas conscience.

C'était le soir du jour où Jordan Leavey avait frappé John Heart à coups de poing dans le parking du tribunal du comté d'Oswego. Toute la journée, dans la camionnette bleu ciel de M. RÉPARE-TOUT, il n'avait cessé de voir le visage contracté de son ennemi. *Pas des ennemis mais des frères. Qui aiment la même femme, les mêmes enfants.* Son propre visage, trouvait-il, avait un aspect comique, enflé et violacé là où il avait encaissé les coups les plus durs. Nola dit, avec gravité : « Je pense que tu devrais prendre rendez-vous avec la juge pour lui parler en particulier. Je pense qu'elle devrait te voir, voir ce qu'il t'a fait. Ce dont il est capable. Et le genre d'homme que tu es. »

C'était une surprise pour Nola, un affront, profondément perturbant, que la juge aux affaires familiales, bien que femme, une femme plutôt enveloppée, âgée d'une quarantaine d'années, ne lui témoignât en apparence aucune sympathie. La juge Whitfield était d'une neutralité toute professionnelle, s'en tenait froidement aux faits. Souvent, avec un calme admirable, elle interrompait les avocats querelleurs pour leur enjoindre de poursuivre. Elle voulait que les parents querelleurs se mettent d'accord. L'expression « se mettre d'accord » sonnait, dans sa bouche, comme un ordre donné à un serveur tire-au-flanc. Pourquoi ne se décidait-elle pas à trancher ? Après tout, pestait Nola, c'était son rôle de juge, non ? Nola se disait qu'elle devait être célibataire, et donc peu sensible aux problèmes des couples mariés ; ou que, si elle était mariée, elle n'avait sans doute pas d'enfant. Elle avait pourtant un air on ne peut plus maternel : seins, hanches. Un visage plutôt sensuel maquillé à l'ancienne. (« C'est peut-être ça, dit méchamment Nola. Elle est jalouse de moi, de nous. Elle est vieille. Trop vieille pour avoir des rapports sexuels. ») Il était vrai, John le voyait, que la juge regardait Nola sans chaleur. Elle regardait Jordan Leavey, qui respirait bruyamment, soupirait souvent et s'agitait sur son siège, avec un dédain poli, à peine dissimulé. Il était peu probable que John Heart, avec son casier judiciaire, pût lui faire bonne impression. Un homme qui avait été jugé, adolescent, pour un crime grave : un meurtre. Étant donné son âge, la juge Whitfield pouvait fort bien se rappeler le John Reddy Heart des manchettes de journaux, le tapage vulgaire, interminable, autour de l'affaire. Mais John ne voulait pas contredire Nola, pas maintenant. Elle était épuisée, il ne l'avait jamais vue aussi inconsolable, sa tête reposait sur son bras, au creux de son bras, dans une attitude étrange, inconfortable, comme d'abnégation.

À eux deux, ils avaient fini une bouteille de vin rouge pendant le dîner. Les enfants étaient couchés, la maison silencieuse. (Mais Ellen, anxieuse, nerveuse et pas toujours très obéissante depuis le choc du procès, ne dormait sans doute pas.) Une fois encore, Nola ne l'avait pas invité à rester. Il dit : « Cette arme. Ce fusil, s'il l'a encore. Tu crois que tu cours un danger de ce côté-là ? » et Nola dit, sans lever la tête : « Non. Mais je pense que ce pourrait être ton cas. »

7

Il n'avait pas le sentiment que sa vie fût en danger. Qui pourrait vouloir du mal à M. RÉPARE-TOUT ? C'était la raison d'être de M. RÉPARE-TOUT : qui pouvait lui vouloir du mal ?

Joue ta vie sur un coup de dés. Sois courageux ! Enfant, il avait appris. Une folle lumière d'espoir et d'attente dans les yeux de la femme aux cheveux blanc-blond lorsque à la table de craps elle agitait le poing à hauteur de sa tête en se préparant à lancer les dés, à faire rouler et s'entrechoquer les dés.

« Hé ! Heart... *du courrier.* »

Un coup de klaxon vigoureux au bout de l'allée. Il entendit à peine les mots qu'on lui criait. Occupé à décharger une lourde table d'acajou de sa camionnette garée en marche arrière devant la porte de la grange, il plissa les yeux pour voir qui c'était, et agita la main. Martindale le facteur dans sa Chevrolet magenta surbaissée, éclaboussée d'une dentelle de neige sale, qui s'éloignait en le saluant de la main.

John éprouva un pincement d'appréhension. Cette bouffée enfantine d'espoir, d'attente... que l'on apprend à réprimer, parce qu'elle est trop souvent déçue.

John Heart, connu pour sa rapidité et son sérieux en sa qualité de M. RÉPARE-TOUT, avait l'étrange manie de ne pas ramasser son courrier de longs jours d'affilée. Pour quelle raison ? Il oubliait, voilà tout. « Je n'ai pas trouvé le temps. » Jusqu'à ce que finalement la boîte déborde, couvercle ouvert comme une bouche béante. Une excentricité, comme de ne pas répondre à un téléphone qui sonnait près de son coude ou à une question posée de but en blanc. Nola disait : « Dans certains milieux, on pourrait trouver ce genre de comportement grossier. » Elle ne plaisantait qu'à demi.

Lorsque John Heart s'était installé à Iroquois Point, quelques années plus tôt, il avait été abordé un jour dans un petit restaurant du coin par un jeune type costaud, un inconnu, cheveux blond-roux en brosse, qui lui avait tendu la main : « John R. Heart ? "RÉPARE-TOUT" ? Vous habitez Barndollar Road, hein ? Je suis Terry Martindale, votre facteur. Quelquefois vous ne ramassez pas votre courrier pendant plusieurs jours et comme je vois que votre camionnette est là, que vous êtes chez vous, je me demande... s'il ne vous est pas arrivé quelque chose ? » Martindale avait l'air si sincèrement préoccupé que John s'excusa et, pendant plusieurs semaines, il fit l'effort de ramasser son courrier tous les jours. Puis, petit à petit, il se remit à oublier.

Il descendit l'allée, l'haleine fumante. C'était encore une journée de mars d'un bleu vif, froide et venteuse. Et cette odeur du lac — glacée, métallique. Il avait eu mal à la tête une bonne partie de la nuit. Il avait réussi à dormir un peu, un sommeil cahoteux et fragile, comme une boule de bowling pourrait dormir entre deux emboutissages de quilles. Pour atténuer la douleur il avait avalé une dizaine d'aspirines. Peut-être avait-il bu une bière ou deux pendant la nuit. Quand on vit seul, que l'on dort seul, on fait des trucs bizarres. Descendre les cachets d'aspirine avec de la bière était une de ses vieilles habitudes... prises quand il était gosse. Une de ses molaires était cariée et lui faisait un mal de chien et il avait dû tenir le volant la moitié du temps, sinon davantage, pendant ces journées épuisantes, jour après jour, trois mille kilomètres pour conduire les Heart et leurs possessions dans une remorque bringuebalante de Las Vegas à Willowsville, État de New York, et comme ils ne voulaient pas s'arrêter, Dahlia, l'air coupable, lui avait fait avaler de l'aspirine, des boîtes de bière tiède, en lui promettant de lui trouver bientôt un dentiste. *Je te revaudrai ça, mon chou. C'est promis !*

À onze ans, Johnny était fier de savoir conduire. Il venait d'apprendre, grâce aux cours d'un des amis de Dahlia. Il faisait plus vieux que son âge, il pigeait vite, intrépide au volant de la grosse Cadillac Eldorado d'un orange tapageur, alors qu'un autre gamin de son âge aurait été terrifié.

Lorsque Grand-père était encore en vie, à Shawmouth, John recevait des cartes postales tous les huit, dix mois. « *Johnny, mon garçon. Toujours en piste, ici. Peux pas me plaindre. La vie est belle. Viens voir Grand-père bientôt, avant qu'il soit trop tard. Sois béni, mon garçon. Affectueusement.* » Suivait sa signature « Grand-père H » avec, au-dessous, un cachet vert : AARON LEANDER HEART, comme si John avait eu besoin de cette précision. Ces cartes étaient des reproductions sur papier glacé de L'ARCHE DE VERRE de Shawmouth, État de New York : *une collection de plus de 30 000 bouteilles et autres objets en verre célèbre dans le monde entier, ouverte au public 365 jours par an.* L'Arche de Verre d'Aaron Leander Heart était une authentique attraction touristique, située à une centaine de kilomètres d'Oswego, au bord du lac. Mentionnée parmi les curiosités à visiter de la région Oswego-Watertown dans le *New York State AAA Tour Book.* Dix ans auparavant, un article de deux pages avait paru dans *People* avec une photo de l'« artiste et visionnaire », un vieillard imposant à barbe et cheveux blancs, campé fièrement devant l'Arche de Verre scintillante qu'il avait construite, morceau par morceau, dans le jardin de sa bicoque de Shawmouth. Il y avait eu de nombreux autres articles dans des revues, des journaux et des guides touristiques régionaux. On demandait de temps à autre à John Heart s'il était apparenté à « ce vieillard nommé Heart, celui des bouteilles et des trucs en verre » et il répondait que non, pas du tout, d'un ton brusque et embarrassé, un mensonge probablement si transparent que personne n'y croyait, y compris Nola Leavey qui avait abandonné le sujet pour ne plus jamais l'aborder.

Quel personnage, Grand-père ! Johnny l'avait toujours aimé, quoi qu'il arrivât. Adulte, John Heart l'avait également aimé. Mais pas de façon aussi inconditionnelle. En ne lui faisant pas entièrement confiance. Il était allé lui rendre visite tous les trois, quatre mois à Shawmouth, heureux de voir le vieil homme, tout ce qui restait de sa famille à ce moment-là. Ils parlaient avec circonspection de Dahlia, de Farley, de la « petite Shirleen »... les souvenirs d'Aaron Leander Heart semblaient s'arrêter, peut-être délibérément, à une époque précédant Willowsville. On aurait dit que Willowsville, où ils avaient vécu sept ans, où John Reddy avait atteint sa majorité, n'avait jamais existé. Mais, surtout, ils parlaient de l'Arche de Verre, du nombre des visiteurs, c'était évidemment une attraction touristique saisonnière même si Grand-père tenait à ce qu'elle reste ouverte tous les jours — « Comme Dieu l'a prescrit. » Ils parlaient du futur de l'Arche, après la disparition d'Aaron Leander Heart — « Tu prendras la relève, Johnny ? Tu es mon seul exécuteur testamentaire, mon unique héritier. » John marmonnait une réponse. Rien ne lui paraissait plus improbable. Il lui était impossible d'imaginer la mort du vieil homme. Tout ce qui lui restait de sa famille.

Mais Grand-père était mort en novembre de l'année précédente. Quatre mois s'étaient déjà écoulés. Une amie, une ancienne assistante d'Aaron Leander Heart qui habitait Shawmouth, s'occupait de l'Arche de Verre. John Heart gardait ses distances. Il ne voulait pas y penser. Il avait assez de sujets de préoccupation comme cela à Iroquois Point — le travail de M. RÉPARE-TOUT, sa relation avec Nola Leavey et ses enfants. Ce qui lui manquait, c'étaient les cartes de Grand-père dans la boîte aux lettres. Ces cartes aux messages énigmatiques, dont il reconnaissait l'écriture à deux mètres, n'arriveraient plus jamais.

Il avait pris son courrier dans la boîte et refermé violemment le couvercle mal ajusté. M. RÉPARE-TOUT était peint en lettres bleu vif au-dessus de JOHN R. HEART en lettres d'un noir mat de chaque côté de la belle boîte en aluminium.

Il étudia rapidement les enveloppes, brochures et prospectus publicitaires qu'il tenait à la main, voyant, oui, il s'y attendait, l'enveloppe, adressée par ordinateur à JOHN R. HEART, BARNDOLLAR RD, IROQUOIS

POINT, NY 13016 par HARTSSOFT, PALO ALTO, CA 94303. « Merde. » Tous les six mois, avec une ponctualité d'horloge, un chèque de dividendes lui parvenait. Il n'en avait jamais encaissé aucun, mais ils continuaient à arriver, le suivant d'adresse en adresse. Grâce à la multitude d'informations instantanées disponibles dans le cyberespace, son frère Farley pouvait retrouver sa trace n'importe où sur terre, supposait John. Pas Farley, d'ailleurs, mais un de ses nombreux assistants. Encore que ce devait être entièrement fait par des machines, maintenant. Car tout était mécanique. Ce qui avait un jour été affectif, aussi vif que le sang luisant d'un agonisant.

Dans la grange, dans son atelier, le téléphone sonnait. Un déclic sur le répondeur, et une voix de femme demanda quand M. RÉPARE-TOUT pourrait passer pour réparer une fenêtre cassée. John tria rapidement le courrier, jeta la plupart des publicités, mit de côté l'*Iroquois Point Sentinel* qu'il lisait avec zèle pour comprendre la vie mystérieuse de la communauté au sein de laquelle il vivait. Il y avait deux ou trois chèques pour M. RÉPARE-TOUT, envoyés par des clients qui lui devaient de l'argent depuis des semaines, peut-être des mois. Il ne relançait jamais personne, ne téléphonait jamais. Il finissait parfois par envoyer une deuxième facture. Certaines personnes attendaient toujours d'être facturées deux fois pour payer. Il les rencontrait en ville, au centre commercial, surprenait leurs sourires coupables et fuyants ; il leur rendait leur sourire, les saluait, s'éloignait. Il était plus important, selon M. RÉPARE-TOUT, d'être aimé et respecté que d'être payé en temps et heure. Ses propres factures, il les réglait dès qu'il les recevait. Tenait ses comptes avec une exactitude scrupuleuse. C'était plus facile, en fait, que l'inverse. (Les Heart ! Dahlia et Aaron Leander. Ils avaient quitté Las Vegas en y laissant des centaines de dollars de dettes. Peut-être davantage. Abandonnant en pleine nuit le petit bungalow d'Arroyo Seco dont ils n'avaient pas payé le loyer depuis deux mois. Grand-père devait peut-être de l'argent à des relations de jeu. Dahlia avait peut-être emprunté à des amis pour acheter la Cadillac Eldorado à un autre ami. Bien qu'il eût souhaité l'épouser et qu'il fût un homme riche, le colonel Edgihoffer n'avait pas donné un sou à Dahlia, tout devait venir quand ils seraient légalement « mari et femme ».)

John examina l'enveloppe de HARTSSOFT sans l'ouvrir. Sa main tremblait un peu.

Ne résistez pas au mal. Il n'avait jamais compris ce que Jésus voulait dire par cette remarque.

Non que lui, John Heart, fût un homme porté à ruminer, à tenter de décoder ce qui n'est pas décodable. Il avait lu la Bible, le Nouveau Testament surtout, à Tomahawk Island. Le front plissé, en remuant parfois les lèvres pendant qu'il lisait. Il avait été John Reddy Heart alors, un genre de petit malin péteux et terrifié, il pensait que, s'il avait pu rencontrer Jésus-Christ face à face, une grande partie du mystère, de l'obscurité, aurait été éclaircie.

Un jour, quatre ans plus tôt, alors que John vivait à Watertown, où il travaillait comme menuisier chez un entrepreneur local, il avait reçu une lettre personnelle, en recommandé.

« Cher John,

« Cent actions HARTSSOFT ont été achetées en ton nom et les dividendes te seront adressés en leur temps.

« Note, je te prie, que mon nom légal est désormais Franklin S. Hart.

« J'espère que tu te portes bien, comme c'est mon cas.

Bien à toi,
Ton frère "Farley"
(dicté mais non lu). »

John avait été déconcerté, légèrement contrarié. Il n'avait pas besoin de la charité de son frère cadet.

Plus tard il apprendrait que les autres membres de la famille avaient reçu des lettres identiques. Aaron Leander à Shawmouth, Shirleen qui était sœur Mary Agatha des sœurs Sainte-Anne-de-la-Charité à Kansas City, Dahlia Heart à Casa Adobes dans l'Arizona.

Il rangea la lettre, l'oublia. Puis le premier chèque arriva... à sa nouvelle adresse, à Ogdensburg. Il avait ouvert l'enveloppe pour y découvrir un chèque de 460,73 dollars à l'ordre de JOHN R. HEART et, un long moment, il avait été incapable de comprendre ce que c'était, de qui cela venait. Puis il avait eu l'impression que son visage s'enflammait. Il n'avait pas parlé à Farley depuis des années mais il s'était arrangé pour l'avoir au bout du fil, car à cette époque-là on pouvait encore joindre « Franklin Hart » si l'on arrivait à convaincre l'un de ses assistants que l'on était en fait son frère, et que c'était urgent. « Hé ! Farley, si tu m'avais donné cet argent toi-même, comme un présent, je l'aurais encaissé avec reconnaissance. » (Ce qui n'était pas vrai. John ne l'aurait pas touché de toute façon.) Farley bégaya quelque chose, pris au dépourvu, comme si personne ne lui parlait plus jamais sur ce ton familier. John avait eu l'impression d'entendre le garçon qu'il connaissait autrefois, le petit frère intelligent, timide, silencieux, éberlué, à qui personne ne faisait très attention, sa mère y compris. John, pas non plus très à l'aise au téléphone, félicita Farley sur sa nouvelle société informatique, il savait par Dahlia que Farley se débrouillait vraiment très bien, il avait breveté une nouvelle invention ?... ou plusieurs ?... des « puces électroniques » ?... des « puces neurologiques-cybernétiques » ?... et comment trouvait-il la Californie ? Il y eut un silence embarrassé, et Farley répondit, la voix à peine audible à l'autre bout du continent américain, qu'il ne connaissait pas encore grand-chose de la Californie — « C'est juste l'endroit où je vis et travaille. » Après cela, la conversation entre les deux frères s'étaient très vite essoufflée.

John avait supposé que son appel mettrait un terme aux chèques mais six mois plus tard il en reçut un deuxième, d'un montant de 512,91 dollars. Il le jeta dans un tiroir et l'oublia. Il aurait pu croire, étant donné qu'il n'avait touché aucun des deux chèques, que ce serait le dernier, mais six mois plus tard, le troisième arriva, d'un montant de 623,14 dollars. Il l'avait suivi à Iroquois Point, bien qu'il fût parti d'Ogdensburg sans laisser d'adresse. « Nom de Dieu ! Je ne veux pas de sa charité ! » Le chèque suivant était de 1 772 dollars, celui d'après de 6 829 dollars et, lorsqu'il avait décacheté une enveloppe de HARTSSOFT pour y trouver un chèque de 26 336 dollars, il sétait juré de ne plus jamais en ouvrir une seule, cela l'affectait nerveusement, le mettait de mauvaise humeur pour le reste de la journée. Pour être un menuisier-homme à tout faire se déplaçant dans une camionnette Ford bleu ciel à l'entière disposition de clients disséminés dans tout le comté, il fallait garder sa bonne humeur, on ne pouvait pas être sensible aux contrariétés, aux chocs. On ne pouvait pas être esclave d'un homme dont on devait avouer qu'on le connaissait à peine, d'un homme que l'on n'avait pas vu depuis vingt ans et que l'on ne reverrait peut-être jamais.

Nola avait interrogé John sur sa famille, lui avait demandé s'il avait des frères et sœurs. Elle connaissait l'existence de sa mère, dans l'Arizona. Elle n'était pas du genre à se montrer indiscrète, même de façon elliptique, mais elle avait senti une blessure chez John. Il avait répondu, avec un haussement d'épaules : « Nous sommes éparpillés aux quatre coins du pays. Un frère cadet sur la côte Ouest, un sœur cadette au fond du Missouri. Et moi à Iroquois Point. »

Il n'avait jamais encaissé les chèques mais il les gardait, dans le tiroir du bas de son classeur cabossé de la grange. Il oubliait leur existence, ces milliers de dollars accumulés, de l'arrivée perturbante d'une enveloppe HARTSSOFT à la suivante. *Vas-y, encaisse-les, ces putains de chèques. Tu le mérites, bon Dieu. Qui d'autre, sinon toi ?* Au cours des deux dernières années, la valeur des actions HARTSSOFT n'avait cessé d'augmenter ; même des gens qui (comme John Heart) ignoraient tout de la Bourse et de l'informatique de pointe, et ne s'y intéressaient pas, connaissaient ce nom et avaient sans doute entendu parler de « Franklin S. Hart » — un multimillionnaire, un homme mystérieux, rarement photographié, âgé d'à peine trente-cinq ans. John s'était dit plus d'une fois, depuis sa rencontre avec Nola Leavey, qu'il pourrait faire bon usage de l'argent-aumône de son frère. Le salaire d'enseignante de Nola à Iroquois Point ne se montait pas à grand-chose. Et elle devait maintenant payer les honoraires de son avocat... ce qui était en soi une forme de harcèlement de la part de son ex-mari. John pourrait l'aider. Elle refuserait d'abord, non merci, mais elle céderait. Il était certain de pouvoir la convaincre de céder. Ils pourraient acheter une maison ensemble. Vivre ensemble. Il en avait assez de vivre dans une caravane, d'avoir l'impression d'être dans un sous-marin. Il n'avait plus vingt ans. À son prochain anniversaire, en février, il aurait... quel âge ?... trente-neuf ans. Nola et lui savaient exactement quelle maison ils voulaient, ils passaient souvent devant en voiture, une maison de bardeaux et de pierres sèches, un peu délabrée, en lisière de la ville, elle serait bientôt à vendre et M. RÉPARE-TOUT était l'homme capable de la remettre en état.

Le problème, c'était que l'argent de Farley, il y en avait beaucoup trop. C'était comme gagner au loto sans même savoir qu'on avait joué. Comme un conte de fées. Cela enlevait toute motivation, tout plaisir. On n'avait pas besoin d'acheter une maison délabrée, on pouvait en acheter une neuve. On pouvait la faire construire. On pouvait changer de vie à condition d'être capable d'en imaginer une autre.

Après le placement de Farley dans une famille d'Elmira, dans l'État de New York, où il avait pour père adoptif un professeur d'université, il avait fait des études secondaires brillantes, obtenu une bourse du MIT et, une fois diplômé, poursuivi des études avancées de technologie informatique dans cette université et à l'institut de technologie de Californie. À vingt-trois ans, il décrochait son doctorat. À vingt-sept, il montait sa société et, à trente, fondait une première version de HARTSSOFT. Au cours des mêmes années, John Heart avait été manœuvre, aide-menuisier, peintre en bâtiment, conducteur de poids lourds. Il était content pour Farley, du peu qu'il savait de Farley, par leur mère, qui était contente, elle aussi, et fière, mais, quand elle buvait, sujette à de soudains remords — « Je les ai perdus. J'ai renoncé à eux trop facilement, hein, Johnny ? Tu peux être franc avec moi. Tu peux me dire la vérité. Je n'étais pas bien à cette époque-là. Je n'aurais pas pu être une mère responsable. Farley avait besoin de stabilité. Shirleen avait besoin de stabilité. D'un environnement sain. Je ne pouvais pas le leur donner. J'étais faible. Je sais que j'ai été une mauvaise mère. J'ai laissé cet homme entrer dans nos vies, dans notre maison. J'ai attiré le malheur sur nous. Sur nous en tant que famille, je veux dire... je nous ai détruits. “Les Heart.” Tu peux me le pardonner, Johnny ? Dis que tu me pardonnes. » John, le visage renfrogné, ouvrit une bière et regarda la mousse déborder et lui couler sur la main. « Merde.

— Quoi ? Je n'ai pas entendu, John.

— J'ai dit bien sûr, maman. Bien sûr que je te pardonne. Nous te pardonnons tous. » Il y eut un silence. Il avait été cruel, et il n'était pas quelqu'un de cruel, dans le fond. Lorsque Dahlia parla, sa voix était presque inaudible, et ses paroles indistinctes. Elle essaya de dire : « M... merci. » Elle s'était mise à pleurer. Il y eut un nouveau silence, puis une voix d'homme, agréable mais ferme, se fit entendre sur la ligne : « John ? C'est Raymond. Je crois que ta mère va raccrocher, à présent. Merci de lui avoir parlé. »

John n'était pas jaloux de Farley, il avait été soulagé

qu'il s'en sorte aussi bien. Le gosse aurait pu craquer. Témoin, ou quasi-témoin, d'un meurtre. (John n'avait jamais su ce que Farley avait vu exactement.) Il aurait pu être malade comme Shirleen l'avait été. À ce moment-là, John Reddy était à Tomahawk Island où aucun des Heart n'était venu lui rendre visite à l'exception de son grand-père, le premier de chaque mois. John devait refouler ses larmes lorsque Grand-père apparaissait dans le parloir. Il mourait d'envie de lui prendre la main juste pour la tenir, et être tenu par elle, mais ce n'était pas permis dans le centre. Pas de contact. Ils s'étaient parlé à voix basse et honteuse, assis de part et d'autre d'une table poisseuse. Tout ce que John trouvait à dire, c'était : « Comment va maman ? », « Comment va Farley ? », « Comment va Shirleen ? », « Comment vas-tu, Grand-père ? » Encore et encore, comme un coucou détraqué. Car aucune des réponses que Grand-père pouvait lui faire, avec de simples mots, ne suffisait.

Il n'avait pas cru que Dahlia l'avait abandonné. Il ne le croirait jamais vraiment.

Le soir de la mort de Melvin Riggs, c'était Farley qui attendait John lorsqu'il était rentré chez lui, après minuit. Farley lui avait raconté l'arrivée imprévue des amis de Dahlia. Leur violente querelle dans le vestibule. Qui était parti, et qui était resté. Qui était avec Dahlia au premier, dans sa chambre à coucher. Ça n'avait pas du tout plu à John. Ça l'emmerdait que Riggs (bien qu'il n'ait pas su que c'était lui, à ce moment-là) soit dans la maison, dans ces circonstances, parce que jusqu'alors Dahlia n'y avait jamais amené aucune de ses « relations d'affaires » de Willowsville. À Las Vegas, des hommes passaient chez eux à n'importe quelle heure. Certains étaient les bienvenus, accueillis par des étreintes et des baisers, et d'autres pas. Certains, qui avaient été les bienvenus à un moment, ne l'étaient plus à un autre. Quelques-uns martelaient les portes, et même les fenêtres. Plus d'un restait devant la maison à appeler Dahlia, à l'injurier et à la menacer. Grand-père les injuriait à son tour, en agitant son revolver. Il tirait un coup de semonce. Deux coups. La police de Vegas débarquait au 837, Arroyo Seco. Cela pouvait se passer un soir où Dahlia Heart n'était pas chez elle, car ces soirs-là étaient nombreux. Deux voitures de police étaient garées dans la rue, phares allumés. Les voisins, réveillés, venaient regarder. Du coin de la maison, le petit Johnny en short glissait un œil, regardait avec mépris un homme assez jeune, tabassé par les flics, la tête ensanglantée, se faire menotter, pousser rudement à l'arrière d'une voiture de police et emmener. Ces nuits où retentissaient les sirènes, les coups de feu. Il régnait une atmosphère de fête foraine, une atmosphère de feu d'artifice. C'était excitant de voir un pauvre type prendre des coups sur la tête, et même des coups de pied. Mais le Village de Willowsville n'était pas Las Vegas. L'atmosphère y était entièrement différente. Les Heart s'étaient considérablement élevés dans le monde. Personne ne pouvait plus les prendre pour de la racaille blanche, maintenant. Ils étaient, comme Dahlia le leur répétait souvent, « des habitants de la haute société ». Elle avait appris le mot « bourgeoisie », dont les trois syllabes, également accentuées, devenaient sensuelles et liquides dans sa bouche. Ils vivaient dans une belle maison, un petit hôtel particulier. Dans un quartier huppé... Saint Albans Hill. Dahlia avait aussitôt acheté (à moins que ce fût un cadeau ?) une élégante Mercedes couleur de brume argentée, et donné cette horreur de Cadillac à John Reddy. Elle était fréquemment invitée dans des clubs privés de Willowsville et de Buffalo et avait de bonnes raisons d'espérer qu'elle serait bientôt invitée à en devenir membre. Elle s'était associée à des hommes d'affaires de la région qui la conseillaient en matière d'investissements. Elle rêvait d'avoir un jour une petite affaire, un salon de beauté peut-être. Une boutique vendant des produits importés de qualité. Elle rêvait d'être une femme d'affaires « entièrement autofinancée », ne dépendant de personne d'autre qu'elle-même. Le problème, c'était que des hommes venaient s'interposer entre cette vision et elle, Melvin Riggs par exemple, Riggs n'était pas le seul, seulement le plus visible. Celui qui avait fini nu sur le sol de sa chambre à coucher, une balle dans le cerveau.

Lors du procès de John Reddy, Farley Heart avait été appelé à la barre par l'accusation en qualité de témoin hostile. Cela avait été un moment bizarre. Farley paraissait hébété, drogué ; sa peau avait une couleur maladive de lait caillé ; ses yeux étaient noyés de larmes derrière les verres de ses lunettes d'écolier. *Il ment. Pour moi. Mon frère !* John serait ensuite incapable de se rappeler les détails du témoignage trébuchant mais passionné de Farley ; un grondement sourd dans ses oreilles pareil à celui des chutes du Niagara lui avait fait manquer une bonne partie du procès. Les autres avaient vu en lui un hors-la-loi, un révolté, un jeune meurtrier féroce, alors que lui-même se sentait assommé et aussi faible qu'un patient sous anesthésie. Farley avait été un frère-patient, aussi faible que lui. Disant, en accrochant les yeux du procureur : *Quelquefois, monsieur, je regarde une chose et elle dispa-*

raît. Un objet solide. Une personne. Mon esprit est ailleurs. Mes propres pensées s'interposent... Quelqu'un d'autre... un autre « agent »... aurait pu l'apporter ? Cela aurait pu être... moi ?

Personne ne l'avait cru dans la salle d'audience, naturellement. Mais l'émotion derrière les mots, le désir de disculper son frère John Reddy... on ne pouvait s'y tromper.

Son témoignage n'avait pas compté. Ce procès-là avait été annulé. Farley n'avait pas été rappelé à la barre. John n'avait pas pu lui exprimer sa gratitude, lui dire combien il l'aimait. *Mon unique frère.*

Vingt ans plus tard. « Franklin S. Hart. » HARTSSOFT. Le pionnier de la réalité virtuelle.

Accédez à l'événement de X points de vue possibles. Bientôt votre point de vue sera multiplié à l'infini. Aussi infini que l'univers. L'humanité deviendra véritablement l'égale de Dieu, en ayant accès à l'information d'un nombre infini de points de vue ! Fière bien que passablement perdue, Dahlia envoya à John un article que son mari Raymond avait découpé dans la revue *Scientific American.* Les nouvelles découvertes brillantes faites au cours des dix-huit derniers mois en matière de cyberintelligence. D'exploration du cyberespace. « Franklin S. Hart » sur qui l'on n'avait que peu d'informations biographiques comptait au nombre de la dizaine de jeunes gens réputés dans ce domaine, pas le plus célèbre peut-être, pas le plus riche, mais un individu, un solitaire, dont les autres parlaient avec respect. (Cinq hommes à l'air très jeune avaient leur photo dans l'article, mais Franklin Hart n'avait pas été libre.) HARTSSOFT était connu pour ses progrès spectaculaires. La puissance de ses nouvelles puces doublait en moyenne tous les quinze mois. John lut l'article mot à mot, le front plissé, avec l'impression qu'un cerceau de fer se resserrait autour de son crâne, il aurait tellement aimé comprendre le travail de son frère, au moins l'idée générale ; il n'avait jamais eu l'esprit mathématique, bien qu'il eût aimé la géométrie, la visualisation d'un espace limité par des lignes que l'on pouvait tracer soi-même, mais au-delà... la trigonométrie ? le calcul intégral ?... il avait choisi la filière technique au lycée, il n'avait pas eu à suivre ce genre de cours. Dahlia était immensément fière de posséder cent des premières actions de HARTSSOFT et ne pouvait s'empêcher de révéler à ses amis de Casa Adobes que le mystérieux Franklin S. Hart, président de HARTSSOFT, était son fils cadet. « “Pourquoi a-t-il changé de nom ?” me demandent-ils. Je leur réponds : “Mon fils est américain. Mais un Américain né dans l'Ouest, ici même dans l'Arizona, à Gila Bend. Nous croyons à la révolution. Nous croyons aux nouveaux départs, aux nouveaux noms. Nous sommes *optimistes.*” » Au téléphone avec John, c'était le ton habituel de Dahlia : enthousiaste, gai, légèrement sur la défensive mais bon enfant. Il était rare, ces dernières années, qu'elle s'effondre.

Les autres Heart recevaient eux aussi avec reconnaissance les dividendes HARTSSOFT. Aaron Leander disait humblement : « C'est vraiment une bénédiction divine ! Cela servira à la mise en valeur de l'Arche de Verre, à son entretien et à la publicité... parce que l'Arche de Verre doit être vue par autant d'hommes, de femmes et d'enfants que possible, pour que sa beauté soit connue. » Sœur Mary Agatha, anciennement Shirleen, acceptait les dividendes comme elle acceptait toutes les contributions financières apportées à son école de Kansas City, où elle travaillait avec des enfants autistes ou connaissant des difficultés d'apprentissage — « Pour la plus grande gloire de l'humanité, qui n'est pas différente de celle de Dieu. »

(Shirleen ne manquait jamais d'appeler son frère John deux fois par an : pour son anniversaire, le 8 février, et à Noël. S'il n'était pas chez lui — et c'était généralement le cas —, elle laissait un message haletant, décousu, où, après lui avoir souhaité un joyeux anniversaire ou un joyeux Noël, et s'être enquise de sa santé, de son bien-être spirituel et de son travail, elle se mettait à parler, non d'elle-même, mais de ses activités récentes, sur lesquelles elle se montrait invariablement enthousiaste et passionnée. Elle était la seule des Heart à avoir pris l'accent nasal, curieusement caverneux de l'ouest de l'État de New York. Son ton était optimiste et enjoué, comme celui de Dahlia, mais avec une innocence enfantine que Dahlia n'avait jamais eue. On imaginait, en l'écoutant, une grande fille à lunettes, gauche et empruntée, avec des dents un peu de travers, la manie de s'humecter les lèvres quand elle parlait. Pour autant que John le sût, bien qu'il n'eût pas vu sa sœur en chair et en os depuis de nombreuses années, c'était bien à cela qu'elle ressemblait ; elle n'avait jamais repris les kilos en trop qu'elle avait perdus au moment de sa maladie, entre onze et douze ans. Elle parlait longuement, en ponctuant ses remarques de *Dieu te bénisse, John !*, la voix entrecoupée comme si elle allait se mettre à pleurer ; mais elle ne pleurait pas, continuait juste à parler, jusqu'à ce que le répondeur la coupe brutalement au milieu d'une phrase. Lorsque John essayait de la rappeler, il ne parvenait jamais à l'avoir au bout du fil. Une assistante lui disait à voix basse : « Oh ! Sœur Mary Agatha est sortie ! » ou « Sœur Mary Agatha est avec l'un de ses enfants ! » Ils ne s'étaient pas parlé, d'après les calculs de John, depuis au moins dix ans. *Mais nous pensons l'un à l'autre tous les jours de nos vies. Ma sœur.*)

Il se baissa pour ouvrir le tiroir du bas de son classeur cabossé et y jeta l'enveloppe HARTSSOFT. Une dizaine d'enveloppes non décachetées. Davantage. Il ne les avait jamais comptées. Des chèques jamais encaissés, combien de milliers de dollars ? Son cerveau se ferma, il ne voulait pas y penser. *Ne résistez pas au mal.* Mais il résisterait. Il avait cette force.

Déjà haletant, transpirant sous ses vêtements. Il avait grimpé l'escalier quatre à quatre. Dépassant Farley en pyjama, les lunettes de travers sur le nez comme s'il avait reçu une gifle. Les coups de feu assourdissants. La vibration de l'air. Si bien que ce que l'on entendait une, deux, trois fois, on l'entendrait encore, encore, et encore. Jusqu'à la fin de sa vie. À l'autre bout du couloir, en sous-vêtements, le vieil homme aux cheveux blancs, à la barbe blanche, indubitablement vieux *en cet instant. Une main pressée contre la poitrine sous le coup de la stupéfaction, de la douleur. Il criait, hurlait... quoi ? Il y avait Shirleen dans sa chemise de nuit en flanelle qui rampait à quatre pattes comme un animal affolé, en se frappant le front sur le plancher. Il y avait Dahlia dans la chambre tâchant maladroitement de couvrir son corps qui paraissait flasque, doux, fragile, d'un déshabillé vaporeux. Il y avait l'homme, le cadavre, gras, nu, étendu sur le dos, la tête tournée sur le côté comme s'il essayait de voir par-dessus son épaule. Mort ou quasi mort, agonisant. Le sang trempant le tapis vieux rose que Dahlia avait trouvé si élégant. Le Colt 11,43 sur le sol. Là où on l'avait laissé tomber. C'était le regard de Dahlia qu'il avait rencontré, vide et vitreux à force d'horreur, il ne croirait pas ensuite avoir lu un ordre dans ses yeux* Prends le revolver, Johnny ! Prends-le ! Emporte-le loin d'ici ! Sauve-nous, Johnny ! *pourtant personne ne protesterait quand il le ferait, personne ne protesterait au cours des semaines, des mois et même des années à venir, il avait agi d'instinct, l'instinct-John Reddy, le joueur le plus rapide sur le terrain de basket, des yeux dans le dos, réagissant sans réfléchir, sans avoir besoin de réfléchir, comme on pourrait sauter dans une eau glacée pour sauver quelqu'un sans considération pour sa propre sécurité, sans considération pour autre chose que ce terrible moment.* Joue ta vie sur un coup de dés.

8

M. RÉPARE-TOUT n'avait pas le sentiment que sa vie fût en danger. Mais il avait le pressentiment qu'elle allait changer de façon radicale.

Donc il se donna du mouvement. Dix heures sur la route. La camionnette Ford bleu ciel M. RÉPARE-TOUT OUTILLÉ — SE DÉPLACE ! sillonna les petites routes du comté d'Oswego, dépanna des clients jusqu'à Port Calumet au nord-est, sur le lac, jusqu'à Waukeega à l'est, jusqu'à Bridgeport au sud, sur le canal de l'Érié, et jusqu'à Sodus à l'ouest (où, un jour, à l'âge de vingt ans, dans une autre vie semblait-il, il avait vécu, un aide-menuisier et couvreur qui était tombé amoureux de la femme de son patron). Il remplaça une fenêtre de chambre à coucher que quelqu'un semblait avoir brisé d'un coup de botte. (La botte gisait sur le sol au milieu d'éclats de verre. Aucune explication ne fut donnée, et M. RÉPARE-TOUT n'était pas du genre à poser des questions.) Il répara, en trois minutes, gratuitement, une vieille chasse d'eau qui n'arrêtait pas de couler. À grands coups de marteau rapides et rythmés, il posa des carrés de linoléum moucheté vert et or dans la cuisine d'une maison de style ranch, puis il chargea à l'arrière de sa camionnette un canapé de cuir couleur cuivre aux ressorts cassés qu'il réparerait dans son atelier. Pendant une heure, à cran, il manœuvra une tronçonneuse, un outil traître dont il se défiait, pour dégager les débris laissés autour d'une maison par le passage d'une tempête. Il siffla au sommet d'un escabeau en réparant des volets disjoints, remplaça une autre fenêtre, peignit une chambre d'enfant grande comme un placard (murs rose pâle, plafond blanc crème — son cœur se serra, il pensa à Ellen qui l'avait regardé à travers ses doigts écartés la première fois qu'ils s'étaient rencontrés). Il se tortilla dans un vide de comble infesté de toiles d'araignées afin de récupérer, pour une vieille dame inquiète, un vieux chat obèse qui s'y était perversement caché — « Il entendait que je l'appelais, que je le suppliais de venir manger, et il ne venait pas ! » Avec adresse et bonne humeur, il cloua, scia, ponça, peignit et laqua. Il répara une pompe de puisard, de l'eau sale jusqu'aux chevilles. Il accepta une bière, deux bières, de clients qui le pressaient de s'asseoir, de se reposer un peu. De rester déjeuner. De rester dîner. « Merci », disait M. RÉPARE-TOUT. Mais il ne pouvait pas s'attarder — « Un autre client m'attend. » À Bridgeport, une ménagère de trente-cinq ans, cheveux blond cendré, séduisante, effrontée et nerveuse et prête à tomber dans les bras musclés de M. RÉPARE-TOUT, rit de bon cœur en l'entendant, et dit : « Hum. Si j'étais elle, je vous attendrais aussi ! »

C'était une journée fatigante, une journée éreintante. Une bonne journée. Avant de partir de chez lui, ce matin-là à 7 h 30, il avait nourri les chats miauleurs, jeté du grain aux oiseaux sauvages et répandu du maïs sur une ligne longue de cinq mètres pour les cerfs à queue blanche qui attendaient, affamés, en lisière de la clairière. Il avait appris à procéder ainsi parce que, autrement, s'il jetait le maïs en tas, les cerfs se battaient entre eux, en se lançant des coups de tête, des coups de sabots tranchants. Il n'y avait pas de mâles d'âge adulte dans cette petite harde mais en leur absence deux ou trois biches dominaient, aussi agressives que des mâles. Et, alors qu'il répandait le contenu de son sac en plastique, il leva les yeux et vit plusieurs cerfs affolés s'enfuir en bondissant à travers le verger... que se passait-il ? Qu'avaient-ils vu ? Au même instant, une peur panique l'étreignit, lui aussi ; il imagina l'arrière de son crâne, sans chapeau, dans le viseur d'un fusil ; le chasseur, son ennemi, accroupi derrière un coin de la grange, dont il s'était approché en tapinois par la prairie, en évitant l'allée où l'on aurait pu le voir de la caravane.

Mais John Heart ne donna aucun signe d'inquiétude. Il continua à répandre les grains jaunes tandis que le reste de la harde, moins peureux, l'observait, les yeux graves, d'un brun liquide. « Naturellement, il n'y avait rien du tout, en fin de compte. C'était juste mes nerfs. Probable qu'un rapace leur aura fait peur », dirait-il à Nola.

Sauf que : dans quelle intention dirait-il une chose pareille à Nola ? Voulait-il qu'elle ait peur que son ex-mari le tue, ou voulait-il qu'elle sache que, lui, son amant, n'était pas inquiet le moins du monde ?

Non. Boucle-la.

Il n'y avait pas d'audience au tribunal des affaires familiales, ce matin-là. Nola était retournée donner ses cours. Plus tard dans la journée, elle avait rendez-vous dans le bureau de son avocat d'Oswego avec Leavey et leurs deux avocats, que le juge avait sommés de chercher un règlement à l'amiable. Nola avait protesté : « Mais c'est impossible, madame, nous avons répété la même chose je ne sais combien... » et son avocat l'avait coupée pour dire, très vite : « Ma cliente accepte, bien entendu, madame la présidente. Nous *essaierons*, cela va de soi. »

Furieuse, désemparée, Nola appela John ; l'appela plusieurs fois, en laissant des messages sur son répondeur ; à 6 h 40, le téléphone sonna dans la caravane et, devinant que c'était elle, John décrocha ; elle n'avait quasiment pas dormi de la nuit, dit-elle, elle tâchait de ne pas montrer son agitation aux enfants, elle avait cru que les exigences absurdes de son ex-mari seraient rejetées purement et simplement par le tribunal, qu'allait-elle faire, maintenant ? « Je crois vraiment que je serais capable de le tuer ! Tu te rends compte... moi, un professeur d'anglais, mère de deux enfants, une femme ordinaire, parfaitement civilisée, la tête sur les épaules, *je pourrais tuer un autre être humain.* » John était impressionné par sa véhémence mais ne savait pas très bien quoi répondre. Elle continua à parler d'une voix rapide et haletante, lui disant qu'il lui manquait, que leurs nuits ensemble lui manquaient, elle avait besoin de lui, au diable le tribunal des affaires familiales, si le jugement lui était défavorable elle s'enfuirait peut-être avec Ellen et Drew comme dans les feuilletons télévisés, elle pourrait vivre dans une camionnette comme une romanichelle, elle pourrait être Mme RÉPARE-TOUT, Ellen et Drew l'adoraient, il était le M. RÉPARE-TOUT qu'ils adoraient et ils demandaient tout le temps quand il allait venir, s'il resterait dîner avec eux, elle était convaincue qu'au fond ils avaient peur de leur père mais n'osaient pas le dire. « Je ne peux que deviner ce qu'il leur raconte. Pour les monter contre moi. Si seulement je pouvais me payer un meilleur avocat ! Si seulement j'avais davantage réfléchi à tout ça, au départ ! Ce n'est qu'un petit avocat d'Oswego, spécialisé dans les affaires de garde d'enfants, l'avocat de Jordan et lui semblent se connaître, ils sont peut-être de mèche, comment savoir ? Il me donne des conseils que je ne lui demande pas. Il a enquêté sur toi ! Son after-shave est assez toxique pour faire fuir les moustiques. Je me demande... je pourrais peut-être le poursuivre pour faute professionnelle ? Et il me facture à l'heure ! Si je lui téléphone, c'est "facturable" ! Mes élèves et mes parents peuvent me téléphoner n'importe quand, et ils le font, et je suis heureuse de leur parler, je considère que ça fait partie de mon travail, et j'aime mes élèves, la plupart d'entre eux en tout cas, tu imagines... si c'était "facturable" ! Le salopard. Tous autant qu'ils sont. Et la juge... "l'honorable Mme Whitfield". Elle ne m'aime pas et je ne sais pas pourquoi. Je dois admettre que ça me blesse. J'ai été une bonne mère, bon sang, et c'est mon ex-mari qui buvait, c'est lui qui s'est rendu coupable de « violences conjugales », j'avais obtenu une injonction contre lui quand nous habitions Lockport, tout le monde le sait, cette femme ridicule est donc *aveugle* ? Il prétend que j'ai déménagé exprès afin qu'il ait un long trajet à faire pour venir chercher les enfants, les ramener, il veut qu'ils vivent avec lui... tu te rends compte ? "Ce qui vaut mieux pour les enfants..." comme si ces gens, ces inconnus, pouvaient savoir ce qui vaut mieux pour mes enfants. Comme si ça pouvait être aussi simple, aussi impersonnel. Comme si ce qu'un enfant effrayé, désemparé, peut dire sur une impulsion était ce qu'il voulait réellement dire... Jordan répète sans arrêt que les gosses lui disent que "papa leur manque"... "Ça me brise le cœur d'entendre ça", dit-il... et c'est pour ça qu'il me fait un procès pour avoir leur garde, pas par malveillance ou par esprit de vengeance, oh non, pas par jalousie depuis qu'il t'a vu, *toi*. Tu sais qu'ils sont allés jusqu'à interroger nos voisins, John, certains de mes collègues au collège ? L'avocat de Jordan saurait de source anonyme que je "vois des hommes"... que "des hommes passent la nuit chez moi". "Un homme à moto"... "un homme conduisant une camionnette". "Un homme avec une *queue-de-cheval*." Tu te rends compte ? On a dit que je n'emmenais pas les enfants à l'église. Alors que Jordan, lui, le fait ! Brusquement, du jour au lendemain, il est devenu religieux... luthérien. Sa mère et lui emmènent les enfants à l'église de Lockport, à l'école du dimanche, c'est l'église de Mme Leavey, elle est sincère je suppose, une femme plutôt bien intentionnée, elle et moi nous sommes très bien entendues jusqu'à ce que le mariage se mette à battre de l'aile, mais depuis elle est mon ennemie, et elle est allée chercher le soutien de ce pieux ministre luthérien, le "révérend Steinbach", dont on cite les remarques ! Est-ce que je deviens folle, John ? Ce n'est pas moi, chéri, n'est-ce pas ? Tu me connais, ce n'est pas moi. Je t'ai dit qu'ils avaient interrogé les professeurs d'Ellen et de Drew, et la baby-sitter... cette petite lycéenne, Linda ! Pour me juger ! Supposons que Linda et moi ne nous soyons pas bien entendues ? Supposons que je l'ai surprise en train de voler, ou de faire venir son petit ami en cachette... que se serait-il passé ? Est-ce que ça me ferait perdre mes enfants ? Je n'arrive pas à croire ce qui m'arrive. Je pensais que le premier jugement était définitif. Jordan était d'accord... comment peut-il avoir changé d'avis ? Ça fait des nuits que je ne dors pas. Je n'arrive pas à travailler. J'ai envie de pleurer en permanence. Raison pour laquelle je n'arrête pas de sourire. Bon sang, John, pourquoi me reprochent-ils ton existence, est-ce que je n'ai pas le droit de... » Elle se mit à pleurer. John, qui avait écouté ce long discours décousu en marchant de long en large dans sa cuisine exiguë, éprouva une bouffée d'amour pour elle, et un sentiment de culpabilité ; il ne savait pas quoi dire mais il devait dire quelque chose. « Nola ? C'était il y a longtemps. J'étais un gosse, seize ans. Je suis passé en jugement, oui c'était pour un meurtre, et j'ai été acquitté. » Nola dit avec excitation : « Je sais que tu as été acquitté, chéri. Je sais tout. Je veux dire... j'ai lu des coupures de journaux. Je n'habitais pas dans l'État de New York, à l'époque, ma famille vivait dans l'Illinois, je n'avais pas entendu parler de l'affaire... de “John Reddy Heart”. Je sais que tu ne veux pas en parler. C'est quelque chose que je respecte, que je comprends. Ça n'a rien à voir avec toi. Mais...

— Oui ?

— ... tu as été acquitté, mais... est-ce que tu... ? » Il y eut un silence. John eut envie de raccrocher à la volée. *Ça ne te regarde pas, tu ne me connais pas, tu n'as rien à voir avec ma famille et moi, va au diable.* La violence de sa réaction le stupéfia. Il marmonna : « Écoute, j'ai été acquitté. Je ne peux pas parler plus longtemps pour l'instant. »

Depuis, il avait été en mouvement.

Une cible mouvante.

*

* *

Le grand-père de Johnny n'avait cessé de promettre, malgré Dahlia, une nouvelle séance d'entraînement au tir avec le Colt calibre 11,43. Mais des mois avaient passé, puis des années. Ils n'avaient jamais répété cette sortie.

À Las Vegas, il avait été réveillé par une dispute dans la pièce d'à côté, la voix aiguë de sa mère ; il s'était levé et avait vu Dahlia dans une de ses tenues de casino, satin noir, décolleté plongeant, jupe à mi-cuisses, chaussures rouges à talons hauts et bas texturés, elle avait les yeux fous, luttait avec Grand-père pour lui arracher le revolver — « Donne-le-moi, 'pa, bon Dieu ! Je ne m'en servirai pas contre moi, promis. » Le lourd revolver alla voler sur le canapé, rebondit, tomba avec fracas sur le sol, Dahlia poussa un hurlement féroce en plongeant vers l'arme en même temps que son père, mais ce malin de Johnny, dont ils n'avaient pas remarqué la présence, dix ans à l'époque, s'en empara avant eux et se rua dehors, insulté et par Dahlia et par Grand-père : « Eh ! fiston. Eh ! Johnny ! Reviens ici tout de suite ! » Il se tapit dans un fossé au fond du jardin, caché dans l'ombre, en se disant que, s'ils sortaient pour l'attraper, il jetterait ce fichu revolver le plus loin possible, dans le jardin de quelqu'un d'autre. Mais poursuivre Johnny en pleine nuit était au-dessus des forces des deux adultes, le ramdam s'arrêta là.

Un peu plus tard, comme tout était silencieux dans la maison, il rentra. Avec le revolver.

Une autre fois, à Las Vegas. Une chaleur sèche caniculaire. Le petit bungalow d'Arroyo Seco. La télé marchait fort et la petite Shirleen, âgée de cinq ans, la regardait, comme à son habitude, captivée et les yeux écarquillés, assise à quarante-cinq centimètres de l'écran granuleux, et Farley faisait ses devoirs sur la table de la cuisine, Grand-père était sorti jouer au poker et Dahlia travaillait au Caesars Palace et Johnny passa dans la cuisine prendre un Coca, vit une boîte esseulée de bière mexicaine au fond du frigo et faillit la prendre, puis décida que mieux valait pas, comme il n'y en avait qu'une, ça se verrait. Il revint dans la salle de séjour où la télé marchait toujours aussi fort, une Jeep qui bondissait dans un paysage désert, des tirs de mitrailleuse, et... où était Shirleen ? Il la trouva dans le capharnaüm de Grand-père au fond de la maison, une pièce interdite aux trois enfants. Elle avait allumé la lampe de chevet. Elle tenait, à deux mains, le Colt 11,43. On aurait dit un jouet énorme trop lourd pour être porté par un enfant. Johnny se mit à transpirer. « Hé ! Shirleen. Hé ! non. Donne-moi ça, mon chou. » Il était responsable de ces gosses ! Shirleen le regarda avec calme, en clignant des yeux. C'était une enfant imprévisible, plutôt têtue. Dahlia ne s'occupait pas souvent d'elle, mais Grand-père lui apportait de petits cadeaux presque tous les jours, des sachets de noix de cajou et de pistaches ramassés dans des bars du Strip. D'ordinaire, Shirleen et Farley obéissaient à leur frère aîné sans résistance. Il s'emportait vite, comme Dahlia. Quoiqu'il fût plutôt juste, et même gentil. Il n'était pas méchant avec eux, ni capricieux et imprévisible comme les adultes de la famille. Mais, là, Shirleen serra le revolver plus fort et sourit, un étrange sourire nerveux. « Je sais ce que c'est. Je sais comment ça marche.

— Alors tu sais que c'est dangereux, hein ? Donne. » Johnny avait les jambes tremblantes quand il s'approcha de sa sœur. Une semaine à peine auparavant, il avait vu un homme blessé par balle, emporté gémissant sur une civière, le visage et le cou striés de sang. Au diable, Grand-père !... il cachait le revolver sous son matelas, mais tout le monde savait où il était. Il avait promis à Dahlia qu'il ne serait jamais chargé mais pour une raison quelconque Johnny savait qu'il l'était. Maladroitement, Shirleen pointa le canon dans sa direction, ses mains potelées entouraient la crosse, aucun doigt ne reposait sur la détente ; Johnny se baissa vivement, se jeta sur le côté et lui arracha l'arme. Il sentit en cet instant qu'il ne se plaindrait plus jamais de sa vie, Dieu l'avait épargné ! Non qu'il crût vraiment en Dieu. Il y avait une petite église au bout de la rue dans laquelle il était parfois entré en passant parce qu'il entendait chanter à l'intérieur... Johnny dit : « Si j'étais maman, tu prendrais une sacrée torgnole. Tu as de la chance que ce soit moi. » Shirleen pouffa, en se fourrant un pouce dans la bouche. Johnny se demanda comment elle avait réussi à sortir le revolver de sous le matelas. Une si petite fille. Un petite fille étrange. Il la croyait intelligente mais elle se conduisait parfois comme si elle était retardée, ou dure d'oreille. Il lui parla comme on parlerait à un chien, gentiment mais fermement. « *Vilaine*. Sors d'ici maintenant. Tu sais que c'était mal. » Elle s'éclipsa, et Johnny ouvrit le barillet comme il avait vu son grand-père le faire. Ses doigts tremblaient. Six balles, à l'éclat sourd.

Il raconta à Grand-père l'incident de Shirleen et du revolver. Il le raconta à Dahlia. Tous deux furent stupéfaits. Grand-père jura que cela n'arriverait plus.

Ces années-là. Son enfance à Las Vegas, des images fugitives comme dans un film qu'il aurait seulement vu et non vécu. Cet enfant qui n'était pas lui. Un gamin déluré, un petit malin, aussi basané qu'un Mexicain. Plus fort, plus intelligent, plus têtu et plus désespéré qu'il n'avait conscience de l'être. À onze ans, faire que les Heart restent ensemble avait commencé à être son obsession, car il lui semblait que n'importe quoi, n'importe quand, pouvait les séparer. Il n'était pas le seul enfant du quartier qui s'inquiétait pour sa famille, ce qui restait de sa famille, mais il se croyait assez malin pour faire quelque chose. *Ça n'arrivera pas. Non et non !* Pas comme son père avait disparu. Si seulement lui, Johnny, avait pu empêcher l'avion de tomber du ciel. Peut-être l'appareil avait-il été victime d'un « sabotage ». Atteint par des missiles. La colère divine. Une explosion, des flammes. Une traînée de feu et de fumée dans le ciel. Il levait les yeux, en entendant des jets passer au-dessus de lui. Volant en formation. La caméra suivrait l'avion, puis passerait d'un coup au sol, au terrible accident. Dahlia s'était mise à dire, quand elle avait bu, que leur père l'avait cherché, il était si fier d'être pilote de l'armée de l'air.

On était puni d'avance de ce que l'on n'avait pas su que l'on ferait avant de le faire.

Dahlia comprenait, Johnny et elle étaient sur la même longueur d'ondes. Défoncée aux amphés, c'est là qu'elle était le plus véritablement elle-même. L'alcool lui embrumait le cerveau, la rendait somnolente, délicieuse et prête à l'amour, mais les amphés lui aiguisaient l'esprit comme un rasoir. Les yeux incandescents comme les rondelles d'un poêle. *Je sais que je finirai en enfer. C'est plus fort que moi. Un jour, l'un d'eux me tuera, je dois l'accepter. Il est dit dans la Bible que la prostituée récolte ce qu'elle mérite. La mauvaise mère.* Ils l'avaient frappée, certains de ces hommes. Ceux qu'elle avait le plus aimés. Mais aucun ne l'avait tuée.

Combien de fois après qu'ils avaient quitté Las Vegas pour leur nouvelle vie, il n'en avait jamais tenu le compte, elle l'appelait de bars, de motels de Buffalo et de Niagara Falls et un mémorable soir du poste frontière américain de Peace Bridge après que son ami M. Skelton eut heurté une rambarde sur le pont et dû être emmené en ambulance. *Johnny, à l'aide ! Viens me chercher !* Chaque fois était la dernière, elle le promettait. Peut-être cela avait-il quelque chose à voir avec lui. Car il sortait avec des filles maintenant. Et des femmes. Avant même d'avoir son permis et de pouvoir conduire légalement la Cadillac Eldorado tapageuse qu'elle lui avait donnée, cette voiture fantastique couleur pêche au néon. Il se rasait, souvent deux fois par jour. Ses favoris, drus et noirs, lui descendaient sur les joues. Il avait des cils épais de fille. Ses parties génitales étaient gonflées de sang. Son pénis pareil à du boudin brûlant et dur au toucher. Mais Dahlia hésitait à toucher son Johnny, à présent. Il repoussait brutalement sa main, et il ne plaisantait pas. Il verrouillait la porte de la salle de bains pour qu'elle ne puisse pas entrer, à demi vêtue, les cheveux dans les yeux. Elle continuait tout de même à l'asticoter, roulait ses yeux maquillés de poupée. *Mmmmm, Johnny Heart ! Explique à la famille pourquoi toutes les filles de Willows-*

ville te courent après. Farley, s'il entendait, piquait un fard. Shirleen clignait des yeux et les fixait, souriant d'un air gauchement lubrique comme si elle comprenait. Johnny sortait en claquant la porte. *Va te faire foutre, maman !* Et maman riait derrière lui : *J'aimerais bien, mon ange.*

Le motel Belle View de Niagara Falls Boulevard où il avait failli mourir. Si l'ouvre-boîtes s'était enfoncé dans sa veine jugulaire au lieu de sa joue. Il n'avait pas encore son permis, il n'avait que quinze ans. Roulant sous une pluie battante à trois heures du matin en priant que les flics ne l'arrêtent pas. Jurant et pleurant. Il n'était encore jamais allé à Niagara Falls tout seul et surtout pas la nuit. Sous une pluie pareille. Impossible de trouver ce foutu motel, obligé de monter et descendre le boulevard, elle avait dû lui filer une mauvaise adresse, putain. Terrifiée au téléphone, la voix gémissante. *Johnny, j'ai besoin de ton aide. J'ai fait une sale erreur. Ce n'est pas l'homme que je croyais il va me tuer j'ai si peur Johnny tu apporteras le revolver de grand-père ?* Lorsqu'il trouva enfin le motel, la chambre 11, et qu'elle entrouvrit la porte, les cheveux dans la figure, l'air hagard, sentant la sueur, le sexe, le whisky, elle demanda : *Où est le revolver ? Où est le revolver de Grand-père ?* et il lui dit qu'il ne l'avait pas pris bon sang de bon Dieu. Il essaya de la tirer hors de la chambre. Il avait laissé tourner le moteur de sa voiture. Elle était pieds nus, en soutien-gorge et jupon noirs, sans bas. Des rafales de grêle crépitaient sur l'asphalte du parking. Une enseigne au néon cramoisie clignotait crétinement au-dessus de leurs têtes MOTEL BELLE VIEW CHAMBRES DE LUXE 18 ET 25 $ AVEC PISCINE. Dahlia résista, en lui criant des injures. De la pièce obscure, derrière elle, un homme se rua soudain sur Johnny, qu'il coupa au visage. Ils se battirent, Johnny réussit à entraîner sa mère jusqu'à la Cadillac et en dérapant, en faisant des embardées, ils s'enfuirent. *Ne me juge pas bon Dieu tu n'as pas le droit de me juger.*

Ces années-là. Il avait été lycéen, basketteur. Il travaillait après les cours comme apprenti menuisier. Rien de tout cela n'avait eu beaucoup de réalité à ses yeux. Seule sa famille était réelle. Il était presque toujours fatigué, épuisé. N'avait jamais son compte de sommeil. Il aurait pu dormir dix, douze heures d'affilée et il s'endormait parfois au lycée : il appuyait le front contre son casier d'aluminium et s'assoupissait debout pendant que ses doigts composaient la combinaison, posait brusquement la tête sur ses bras pendant les cours en atelier et mourait, c'était l'impression que ça lui faisait. Comment s'appelait ce professeur... Hornby le poussait délicatement du doigt pour le réveiller. Alors qu'un autre élève aurait eu droit à une engueulade. *John ? Hé. Ça va ?* (On le croyait héroïnomane. Un de ses amis le lui avait appris.) Ils le regardaient comme on regarderait un serpent dressé. Fascinés mais méfiants. Les garçons comme il faut, les filles comme il faut. Il n'avait pas eu besoin des conseils de Dahlia pour se tenir à l'écart de ces filles. Il rentrait chez lui sans jamais savoir ce qui l'y attendait. Pénétrait dans la « maison des Edgihoffer » pour y trouver... quoi ? Farley qui rentrait directement de l'école lui faisait un rapport sévère. À moins qu'il n'y eût rien à signaler. Car parfois, sans doute la plupart du temps en fait, tout allait bien chez les Heart. La plupart du temps, leur mère allait bien. Une femme dotée d'une énergie, d'une passion, d'une intelligence ingénieuse, d'un dévouement farouche qu'il ne rencontrerait jamais chez personne d'autre, femme ou homme. Dahlia Heart était assurément superbe, les gens s'arrêtaient dans la rue pour la regarder, ses cheveux blond platine éblouissants, son visage de star impeccablement maquillé. Une pure invention. Mais une invention comme une voiture minutieusement réglée, qui marchait. *Pourquoi est-ce que tu me regardes comme ça, Johnny ? Tu crois que tu as le droit de me juger, espèce de petit malin ? Tu es né de ce corps, onze heures de travail, fils de pute.* Elle riait comme un homme parfois, un gros rire que personne d'autre que les Heart n'entendait jamais. Johnny ne pouvait s'empêcher de rire avec elle. Quelle marrante. Sa maman avait appris des numéros comiques, une façon tordante de plisser les yeux, de frétiller des seins comme dans les spectacles de bar de Las Vegas. L'humour salace qu'elle n'osait révéler à ses « relations d'affaires » de Willowsville. Pas de vérité si profonde, si accablante, que l'on ne puisse tourner en plaisanterie... telle était la philosophie de Las Vegas. Au Hilton, elle avait vu ce pauvre Elvis chanter dans la dernière année de sa vie, le bel Elvis boursouflé comme un cadavre qui a passé une semaine dans l'eau. Visage gras enduit d'un maquillage blanc de geisha. Elle savait imiter Elvis, d'ailleurs. *Love me ten-der, love me true.* Même Farley pouffait. Oui, elle prenait au sérieux la gageure d'être une bonne mère, une résidente responsable de la haute bourgeoisie. Par intermittence, elle s'efforçait de s'intéresser aux deux cadets. Farley la déroutait, il était si sacrément intelligent, mais silencieux, « il n'est pire eau que l'eau qui dort », en fait elle était fière de ses bonnes notes et étonna un jour ses professeurs en venant assister à une journée portes ouvertes dans son école. Oui, elle essayait aussi d'aimer sa fille. Ils essayaient tous d'aimer Shirleen. Une enfant triste, grassouillette, pas jolie. Une enfant qui apprenait lentement. Une enfant gauche, empotée et néanmoins têtue. Une enfant qui contemplait sa mère comme si elle regardait la télé. Une enfant qui rougissait de plaisir lorsque sa mère faisait attention à elle, lui disait un mot gentil. Mais une enfant assez stupide ou imprudente pour avoir commis l'erreur, plus d'une fois, de se rétracter lorsque dans un de ses moments de surexcitation maman obliquait dans sa direction, avide de la serrer dans ses bras et de l'embrasser. En clignant ses petits yeux sans cils, en les plissant comme si elle craignait d'être frappée. Par sa propre mère. Et donc, naturellement, montrant cette crainte face à l'amour offert de maman, elle était frappée. Tous les Heart le voyaient venir. La main de maman fendant l'air. Le bord tranchant du diamant de vingt-cinq carats de maman dans sa monture en platine qui était en fait un zircon tapageur doté de la même capacité à taillader la chair de l'enfant. *Espèce de sale petite bête ! Tu le fais exprès pour briser le cœur de ta mère, hein !*

Et ce jour où Shirleen était tombée, ou avait été poussée, dans l'escalier. Alors que Dahlia qui était au sommet des marches en train de la secouer par les épaules serait incapable de comprendre par la suite comment l'accident s'était produit, comment il avait pu se produire, et refuserait de s'en reconnaître responsable tout en pleurant pour se faire pardonner. Farley, bouleversé comme il l'était rarement, décrivit à John comment leur petite sœur avait dégringolé quinze énormes marches sans résistance apparente. Jambes et bras inertes, tête cognant contre des marches moquettées mais inflexibles, elle était tombée avec entêtement, comme par rancune, tandis que Dahlia hurlait en haut des marches. Sa jambe droite, coincée sous elle, se brisa en deux endroits et devrait être lourdement plâtrée pendant huit mois. Ce fut Shirleen qui déclara au médecin des urgences, en bégayant d'émotion, qu'elle était « en train de lire *Alice au pays des merveilles* et je ne savais pas que j'étais dans l'escalier, et les mots m'ont donné le tournis, c'est pour ça que je suis tombée ». Pendant des semaines ensuite, Dahlia fut sobre, « sobre comme un putain de chameau », disait-elle. La jambe prise dans un plâtre blanc qui devint très vite d'une saleté inexplicable, Shirleen fut autorisée à manquer l'école une bonne partie de l'hiver. On céda à ses caprices... en la poussant dans un fauteuil roulant quand elle aurait dû marcher avec des béquilles. En la laissant tituber et vaciller sur des béquilles quand elle aurait dû marcher. Ses frères constatèrent avec inquiétude qu'il lui arrivait de *ramper...* de se déplacer lourdement à quatre pattes, en traînant sur le sol son plâtre encombrant. Tirant une sombre satisfaction de cette conduite infantile bien qu'elle fût une fille solide de dix ans et apparemment en bonne santé. Même si Farley vint dire un jour à John Reddy qu'il craignait que leur sœur ne fût une « malade mentale ». John Reddy répéta cette information à Dahlia sans commentaire ; elle plaqua ses deux mains contre ses oreilles et se mit à fredonner très fort. Puis elle fondit en larmes. « Personne ne demande à naître, Johnny. Ce sont les petits malins comme toi qui nous le rappellent. » L'abstinence prolongée était épuisante, c'était ce qu'avait découvert

Dahlia. Alors que les autres oubliaient lorsqu'ils buvaient, et buvaient peut-être pour oublier, Dahlia oubliait quand elle ne buvait pas. Peut-être que dans un monde aussi diminué, qui semblait vu à travers un voilage sale, il y avait moins de choses valant la peine qu'on s'en souvienne. Sacrément dur certains matins de rassembler assez d'énergie pour respirer, disait-elle. Et pourtant il faut se mettre du fond de teint, de l'eye-liner. Et il y avait Shirleen, l'enfant souffrante, qui rampait dans le couloir comme un bébé de six mois, en faisant résonner son plâtre sur le plancher. Shirleen expliquait que sa jambe, quand elle était debout, « lui faisait peur », parce qu'elle la voyait. Quand elle rampait, elle ne la voyait pas. Elle montait l'escalier avec une agilité étonnante, et l'aurait descendu en ondulant comme un serpent si elle en avait été capable. Mais elle ne l'était pas. (Personne ne l'avait vue s'entraîner.) Il y avait Shirleen qui suçait bruyamment ses doigts. Il y avait Shirleen qui refusait de parler. Shirleen qui refusait de s'asseoir à table et de manger avec sa famille. (Bien qu'elle dévorât à d'autres moments, seule dans la cuisine pendant la journée et parfois la nuit.) Naturellement, lorsqu'on lui enleva enfin son plâtre sale, elle boitait. Le médecin conseilla des séances de kinésithérapie, mais Shirleen refusa. Elle préférait boiter. On lisait sa satisfaction dans son regard, on la voyait frissonner sur ses lèvres. Avec une fierté têtue, elle boiterait sa vie entière, portant la marque irrévocable de l'amour excessif de sa mère. Sœur Mary Agatha des sœurs Sainte-Anne-de-la-Charité dont on remarquait immanquablement la claudication prononcée, séquelle d'une « mystérieuse blessure d'enfance ». Sœur Mary Agatha souffrait de migraines, d'essoufflement, parfois de tachycardie, souvent d'indigestion ; elle parlait franchement, et même avec enjouement, de sa « dyslexie congénitale » ; le monde apprendrait avec stupéfaction que cette femme infatigable avait jeûné quasiment toute sa vie, se nourrissant de quelques grains de riz complet, de minuscules quantités de raisins secs, de quelques feuilles de laitue, de pain sans levain, de lait écrémé aqueux et de vitamines. (Ses supérieures de l'ordre de Sainte-Anne tenaient aux vitamines.) En réalité, sœur Mary Agatha se nourrissait à égale mesure de prières et de travail : prières de trois heures à huit heures du matin, travail de huit heures du matin à six heures du soir, prières de six heures du soir à minuit, quatre petites heures étant prises sur les interstices de cet emploi du temps pour le sommeil et autres besoins physiologiques inévitables. « La vie du pénitent, disait elle-même sœur Mary Agatha. Mais du pénitent qui s'attelle à la tâche. » Il était cependant rare que la religieuse en robe blanche et guimpe, au visage de petite fille perpétuellement rougi par le vent, parle d'elle-même, ou parle tout court. On l'avait vue passer une journée entière en compagnie de journalistes dans son école de Kansas City sans prononcer une parole, tant elle était concentrée sur ses élèves. Huit jours avant la mort de Melvin Riggs, qui ferait voler à jamais en éclats la famille des Heart, Shirleen, âgée de onze ans à l'époque, alla trouver son frère aîné pour lui demander avec anxiété : « Tu te rappelles tes rêves quand tu te réveilles ? Tu continues à entendre les voix ? Moi oui ! Ça me fait peur. Mes rêves ne s'arrêtent pas quand j'ouvre les yeux, ils continuent encore longtemps. Ils sont si puissants. Ils passent à travers moi comme si je n'étais rien... une passoire. C'est comme à l'école quand le professeur parle dans tes pensées, tu n'as pas le pouvoir de ne pas entendre. Mais je sais... je ne peux pas faire arriver les choses, alors il faut que je m'oblige à vouloir la façon dont les choses arrivent. C'est aussi comme ça pour toi ? Tu crois que c'est Dieu qui nous parle ? Mais que nous ne comprenons pas ? J'ai été si heureuse... dans un rêve hier soir une voix a dit : "Je suis Dieu. Tu es ma fille. Je t'aime." »

9

Roc éternel, fends-toi pour moi
Laisse-moi me cacher en toi
Fais que l'eau et le sang,
Qui coulèrent de ton flanc
Soit du péché la double guérison,
Purifie-moi de sa culpabilité et de son pouvoir !

Ils chantaient le vieil hymne sur un rythme militaire. En ordonnant au lieu de supplier. Parfois John Heart ne se joignait pas à eux, parfois il le faisait. Chanter était une de ces choses qu'il n'avait jamais appris à faire avec beaucoup de plaisir, tout juste s'il comprenait pourquoi il était si important pour tant de gens, non d'écouter, mais de *chanter.* C'est comme si ton âme s'enflammait, lui avait dit quelqu'un. Dans une autre vie, Dahlia avait espéré chanter. Elle imitait Eartha Kitt de sa voix voilée sexy. Mais le chant, le vrai chant, la vraie musique, ne demandait pas seulement un talent, peut-être inné, mais du travail, de la discipline, de la persévérance. À l'église des Apôtres de Jésus-Christ ressuscité, John Heart dit au pasteur que ça le gênait de chanter, il n'avait pas de voix. Le révérend Andy Shaffer répondit d'un ton cassant : « Ah bon ? Moi, j'entends ta voix, mon fils. Qu'est-ce ça peut bien être, si ce n'est pas ta voix ? »

Quelques dimanches par an, en fonction de son humeur et du temps, John Heart faisait quarante kilomètres en moto pour se rendre à l'église de Watertown dont le pasteur, le révérend Andy, avait fait appel à M. RÉPARE-TOUT quelques années plus tôt pour réparer bardeaux et gouttières pourries. Quelques dimanches par an, John Heart faisait cinquante kilomètres en moto pour se rendre à l'Unité Amour de Dieu, à Port Calumet, une autre petite église qu'il avait découverte par l'intermédiaire de son travail. Il y avait une église méthodiste à Pulaski, et une église catholique fréquentée principalement par des Portugais à Shawmouth. Il n'avait jamais mis les pieds dans une église d'Iroquois Point. Il n'avait jamais parlé de ses vagabondages religieux à Nola, elle n'aurait pas su s'il fallait s'en étonner ou en rire. « Toi, John ? Un croyant ? Tu plaisantes ! »

Et, ma foi, il n'avait pas de certitude non plus. Sur les principes les plus fondamentaux de sa vie, les secrets les plus intimes de son cœur, il n'avait pas de certitude.

Résistant toute la nuit au sommeil parce que ses rêves s'entrechoquaient comme des galets. Blessaient son cerveau comme des éclats de verre. Des aiguilles de grésil. Il savait qu'il était John Heart, trente-huit ans, M. RÉPARE-TOUT de Barndollar Road, à Iroquois Point, mais il était aussi un gamin, un gosse, traqué comme un animal. Qui courait, trébuchait, se foulait une cheville. Rampait (comme sa pauvre sœur) à quatre pattes. Il était perdu sur un champ de glace. Il avait effacé toutes les empreintes du revolver, sauf les siennes. Il avait couvert le revolver de ses empreintes. L'avait jeté sur la glace par-dessus le garde-fou du petit pont. Ce n'était pas cette glace-ci, la glace de la Montagne de Verre, mais c'était de la glace, depuis novembre, recouverte d'une fine pellicule de neige. La facilité avec laquelle ce subterfuge marcherait le surprendrait. *Ils veulent croire que c'est moi ; c'est moi qu'ils veulent traquer.* Et c'était vrai. Il n'était qu'un gosse, seize ans. Mais il y avait longtemps qu'il n'avait pas été un enfant. Il connaissait certaines vérités que seuls les adultes connaissent. Et pas tous les adultes. Il y a parmi nous des gens que nous voulons traquer, et tuer si nous le pouvons. Il y en a d'autres, la majorité, que nous épargnerions. Nous sommes bons, nous ne souhaitons pas chasser ni tuer. Sauf quelquefois. Donc ils le traquaient sur le mont Nazaréen. Le regardaient dans la lunette de visée de leurs fusils de tireurs d'élite. C'était leur privilège, il leur avait donné ce privilège. Mais il comptait leur échapper, et il grimpait, glissait, dérapait. Il avait une douleur lancinante dans la cheville. La douleur peut vous transformer en animal. Ils le chassaient comme un animal, c'était leur privilège. L'éclatant soleil d'hiver l'aveuglait. Le champ de glace abrupt. Il n'avait pas ses lunettes de soleil, ni ses gants. Il avait une peur panique de devenir aveugle. Sous la couche de glace, on voyait une brume bleuâtre. Des herbes comme des frissons figés à la surface de l'eau. Il avait cru que c'étaient peut-être des êtres humains comme lui, mais réduits, ratatinés. Il perdait la capacité de coordonner mains et bras, pieds et jambes. La capacité de penser. Il haletait. Il se mit à tousser. Roc éternel, à la surface gelée. *Fends-toi pour moi*, mais il ne voulait pas. *Laisse-moi me cacher*, mais il ne voulait pas.

Dieu tonna dans un porte-voix. L'appela par son nom. Le traqua comme un animal blessé. Le captura, le frappa à coups de pied et de matraque et l'emmena enchaîné. Le visage en sang, l'œil perforé. Il serait beaucoup photographié. Resterait longtemps dans les mémoires.

John Reddy Heart nous serions morts pour toi.

*
* *

Il s'entendit dire à Nola Leavey qu'il était préférable qu'il sorte de sa vie. De la vie de ses enfants. Elle le savait, manifestement. Il y eut un silence à l'autre bout de la ligne. « Nola ? Je passerai ce soir, pour prendre ce que je peux avoir comme affaires. D'accord ? »

Elle s'était mise à pleurer. Elle réussit à dire, sur un fond de bruits confus : « Je n'ai pas tellement le choix, John, tu ne crois pas. »

Lorsqu'il arriva, plus tard qu'il ne l'avait prévu, Linda, la lycéenne aux taches de rousseur, était avec les enfants dans la cuisine. John ne voulait pas leur dire au revoir, et Nola, qui avait l'air secouée, ne pensait pas non plus que ce soit une bonne idée. Elle s'arrangerait pour les y préparer. S'il pouvait téléphoner dans un jour ou deux et parler d'abord à Ellen, puis à Drew... « Je veux les épargner autant que possible, cette fois. Mais je ne veux pas leur mentir. » Elle s'essuya les yeux avec brusquerie. Elle se moucha. Elle rit. « Mon Dieu, quel monstre de vertu je fais ! C'est comme si j'avais failli mourir, cette dernière semaine, et que j'avais eu la vie sauve par miracle, je me sens si faible et si absurdement reconnaissante. Quoique, en te perdant, je sois morte, je pense. Allons nous soûler au Lakeside.

— Tu ne peux pas te soûler si tu conduis.

— Pourquoi est-ce que je conduirais ?

— Tu y vas avec ta voiture, je te rejoindrai là-bas. »

Nola réfléchit un instant. Dans l'autre pièce, Drew bavardait avec excitation. « D'accord. Tu as raison. Chacun sa voiture. Bien sûr. »

Au Lakeside, ils s'installèrent dans leur box balafré habituel, derrière le bar, aussi loin du juke-box que possible. La vieille auberge était un endroit en vogue dans la région, qui se distinguait en été par une longue véranda ouverte donnant sur le lac et sur une plage de galets gris. John Heart y était venu avec d'autres femmes, mais très longtemps auparavant. Nola commanda un whisky, ce qu'elle faisait rarement, et se mit à parler d'une voix rapide. Maintenant que la décision était prise, elle ne risquait plus de l'interroger sur le procès. De lui demander s'il avait tué. S'il avait « protégé » quelqu'un d'autre. Il n'aurait pas besoin de répondre : *J'ai été acquitté.*

Il y avait vingt-deux ans. Une éternité.

« Tout ce qu'il voulait, au fond, a-t-il dit, c'était vivre plus près des enfants. Ou plutôt... que les enfants vivent plus près de lui. Comme avant que je déménage à Iroquois Point. Avant que je rompe l'équilibre », dit Nola. Très vite, elle épuisa tous ses Kleenex, puis ceux, peu nombreux, que John avait dans sa poche, et se mit à s'essuyer les yeux et le nez sur des serviettes en papier. « Donc, il a renoncé à sa demande. Il s'est réinscrit chez les Alcooliques anonymes de Lockport, d'après ce qu'il dit. Il m'a prié de te présenter ses excuses et de te remercier de ne pas avoir porté plainte. Il jure qu'il ne voulait créer d'ennuis à aucun d'entre nous — "Je ne te ferai plus jamais de mal, Nola, a-t-il dit. — Ça, tu peux en être sûr", ai-je répondu. Je ne pense pas qu'il savait qu'un établissement de Bolivar m'avait proposé un poste — c'est à une trentaine de kilomètres au nord-ouest de Lockport. À l'époque, j'avais préféré venir ici. Le poste est toujours disponible. Un de mes anciens professeurs, qui était chargé de T.D. à l'université d'Albany quand j'y faisais mon troisième cycle, en est le principal. Je l'ai appelé hier. C'est quasiment réglé. Je vais donner ma démission ici. Tout va si vite ! J'en ai la tête qui tourne. Mais, comme je le disais, Bolivar n'est qu'à trente kilomètres de Lockport, où habite Jordan, et il pourra emménager plus près s'il veut, c'est à lui de décider. Maintenant que nous n'avons plus de droits affectifs l'un sur l'autre, peut-être que nous allons enfin pouvoir nous arranger "à l'amiable", comme on dit. C'est-à-dire dans l'indifférence. Ce sera beaucoup plus pratique pour Ellen et Drew, naturellement. C'était égoïste de ma part de leur faire faire autant de route dans la voiture de Jordan : deux cent vingt-cinq kilomètres en l'espace d'un week-end. Et ce pauvre Jordan : quatre cent cinquante. Je n'y avais pas réfléchi, je pense. Je ne crois pas que c'était par malveillance. Il s'en plaignait beaucoup mais, apparemment, je n'entendais pas. Je ne voyais pas ce qu'il y avait de juste dans ce qu'il disait. Sa voix m'en empêchait. Il m'a dit qu'il m'avait écrit des lettres et que sa mère aussi m'avait écrit mais je n'en ai qu'un souvenir extrêmement vague. J'ai dû les déchirer sans les lire. Tu connais Bolivar, John ? C'est à peu près aussi grand qu'Iroquois Point. À une quinzaine de kilomètres du lac. Une toute petite ville. Le collège fait à peu près la taille de celui d'ici et j'enseignerai plus ou moins les mêmes matières, pour un salaire un peu supérieur, j'espère. Et cette fois, je louerai avant d'acheter. Je ne referai pas la même bêtise. Dieu que c'est embarrassant ! On dirait une hémorragie. » Nola parlait de son nez coulant, de ses yeux injectés de sang et noyés de larmes. Elle rit. « Quel souvenir tu vas garder de moi, John. C'est d'un romantique. Mais peut-être que tu ne te rappelleras pas de moi. »

Plus une femme parlait, plus M. RÉPARE-TOUT devenait silencieux, renfermé.

C'étaient de véritables coups de marteau. Un ! deux ! trois ! Enfonçant des clous dans un bois frais scié. Brusque et adroite comme un maître menuisier, Nola ne remarquait pas, ou ne paraissait pas remarquer, son air légèrement hébété.

Il marmonnait : « Bien sûr. » Et : « O.K. » Et : « Un autre verre ? »

Elle parlait. Assise, non à côté de lui, mais en face, un réarrangement subtil de leurs positions habituelles, côte à côte, épaule contre épaule. C'était John Heart qui s'était glissé sur le siège opposé et il devinait (il n'y avait que des habitués au Lakeside, tout le monde connaissait tout le monde) que ce changement avait été remarqué par la serveuse, par le barman, et par la caissière qui était la femme du barman. Remarqué, décodé. Un de ces réarrangements qui sont le signe indubitable d'un changement profond et peut-être irrévocable.

M. RÉPARE-TOUT, habile de ses mains, généreux de ses mains pouvait-on dire, n'était pas très habile avec les mots. Que ce soient les siens, ou ceux des autres. Parfois, quand des émotions, des surprises étaient en cause, il avait du mal à comprendre. Son professeur d'anglais, Mlle Bird, cette femme envahissante et gentille qui avait paru avoir de la sympathie pour lui, comme si elle voyait en lui un garçon différent de celui que voyaient les autres, lui avait dit avec pétulance : *Oh ! John Reddy, exprime-toi ! Ce que tu éprouves, ce que tu veux dire, écris ce qui te passe par l'esprit, ou alors tu pourrais me parler, me raconter, et j'écrirai pour toi, allez, ne fais pas l'idiot, essaie !* Mais il ne pouvait pas. Vraiment, il ne pouvait pas. Il l'avait déçue, n'avait même pas voulu savoir à quel point son examen final d'anglais avait été catastrophique, sa dissertation couverte d'un labyrinthe de X, car bien sûr il l'avait déçue, il les avait tous déçus. Car c'était l'un des mystères de sa vie, le fait que, dans ce Village de Willowsville où il était passé au milieu des habitants comme un fantôme, on ait semblé l'aimer, voir en lui une promesse indéfinissable — *John Reddy Heart.* Et Nola Leavey, aussi. Jusqu'à maintenant. Cette dernière semaine. Puis il l'avait déçue. Elle l'aimait mais pas assez. On ne pouvait lui en vouloir, bien sûr... elle avait été mère avant de devenir la maîtresse de John Heart. Tout de même, il était assommé. Il devait l'admettre, vraiment assommé. Comme s'il avait reçu plusieurs coups de marteau sur la tête. Un nouveau poste ? Une ville appelée Bolivar ? Un ami, un principal de collège ? Nola Leavey qui lui avait confié tant de choses sur sa vie privée ne lui avait jamais parlé de tout cela, n'y avait même jamais fait allusion ; elle lui avait au contraire répété qu'elle aimait Iroquois Point, qu'elle avait été bien inspirée de partir le plus loin possible de son ancienne maison — « Pour mettre fin à ces rapports déprimants. » Et combien de fois, avec quelle sincérité, lui avait-elle dit aimer la petite maison toute simple qu'elle avait achetée sur une impulsion, surtout maintenant que M. RÉPARE-TOUT avait refait le toit, les volets, l'électricité, la peinture, sans rien recevoir en échange que des repas, des baisers, etc. *Je ne referai pas la même bêtise.*

Nola disait : « Je n'ai quasiment pas dormi de la nuit, mardi, j'essayais de trouver une issue, de sortir de ce labyrinthe. Je n'ai jamais été aussi tourneboulée. J'ai si honte... j'ai dû laisser vingt messages sur ton répondeur. Je sais que je suis encore sous le choc, je n'ai pas encore réalisé, mais j'ai le sentiment que c'est la solution. Moralement, au fond de mon cœur... je sens que c'est la solution. Les adultes doivent faire des compromis. S'arranger « à l'amiable ». Cette juge Whitfield, à qui j'en voulais tellement, eh bien, elle avait raison. Je le comprends, maintenant. Oh ! John. » Elle se remit à pleurer. Elle enlaçait avec nervosité ses doigts aux siens et, sur une impulsion, porta sa main à ses lèvres pour en embrasser les articulations : sa bouche était curieusement froide. « Pardonne-moi, pardonne-moi, je t'aime. » John se dégagea. « O.K., Nola. C'est la bonne solution, je suppose. On se téléphone. » Il s'extirpa du box et empoigna sa veste. À l'évidence, il partait. Nola le regarda avec stupeur, comme s'il l'avait giflée. Son front était finement plissé, et il y avait de minces rides blanches au coin de ses yeux.

« Tu pars... si vite ? Il est si tôt. Je croyais que nous devions dîner ensemble, John ?

— Une autre fois », dit-il en reculant. Il avait l'expression d'un homme qui a terminé une conversation ; d'un homme qui vient de raccrocher un téléphone.

John tendit à la caissière joviale un billet de vingt dollars et lui dit de garder la monnaie. Elle lui lança d'un ton qui se voulait enjoué, plaisant : « Merci et bonne nuit, monsieur RÉPARE-TOUT. Revenez-nous vite. » Dehors, dans le crépuscule bruineux, il se hâtait vers sa camionnette quand un homme costaud en canadienne passa, un visage presque familier... « "RÉPARE-TOUT", hein ? » et John dit : « Non, pas en ce moment, l'ami. »

10

C'était toujours une surprise de découvrir le premier panneau...

L'ARCHE DE VERRE !
Spectacle de renommée internationale !
SHAWMOUTH 8 KM
Ouvert au public

Les panneaux, conçus par Aaron Leander en personne, étaient en forme de bouteille, d'un vert éclatant, avec des lettres blanches fluorescentes. Ils avaient diverses tailles, le plus grand faisant un bon mètre quatre-vingts, et étaient plantés non loin de la route. À mesure que l'on approchait de l'Arche de Verre, les panneaux se succédaient à intervalles décroissants : 1 KM, 500 M. (TOURNEZ À DROITE.) Enfin, à l'extrémité cahoteuse de Shore Road, un panneau-bouteille couché sur le côté vous dirigeait vers le parking : L'Arche de Verre → Parking gratuit.

John ne pouvait s'empêcher de sourire. Son grand-père s'était assurément montré très optimiste, et très entreprenant, dans les dix dernières années de sa vie.

Il avait dit à John que l'Arche de Verre, à laquelle

il avait travaillé près de vingt ans, n'était au départ qu'une vision divine n'ayant d'autre fin qu'elle-même, puis, à mesure que le temps passait et que lui, le créateur de l'Arche, avançait en sagesse, il avait compris que c'était « une façon de racheter mes péchés, et les péchés de tous ceux qui la contemplent. Mais par la beauté, fiston, pas par le repentir. »

Ma foi, pourquoi pas. John Heart trouvait que le repentir ne servait pas à grand-chose, à ce point de l'histoire.

Du vivant de Grand-père, John faisait la centaine de kilomètres qui le séparait de Shawmouth au moins deux fois par an. (Aaron Leander Heart ne quittait jamais Shawmouth — « Par principe. ») Depuis sa mort, et son enterrement dans un cimetière de la région, l'automne précédent, John n'y était plus allé, bien qu'il eût promis à Nola Leavey de l'y emmener avec les enfants lorsque le temps se mettrait au beau. (Comme c'était le cas maintenant, fin avril. Mais John Heart ne voyait plus les Leavey.) Il n'avait guère eu envie de penser à l'Arche de Verre, non plus qu'aux chèques de HARTSSOFT qui s'accumulaient dans le tiroir de son meuble classeur. Mais il était désormais le propriétaire des biens d'Aaron Leander ainsi que son exécuteur testamentaire. La dernière fois qu'il avait vu son grand-père vivant, au mois d'octobre de l'année précédente, le vieil homme, qui avait alors quatre-vingt-quinze ans, marchait avec difficulté et, appuyé sur une canne à pommeau d'ivoire (cadeau d'un admirateur de l'Arche) et sur le bras de John, il l'avait guidé à travers le chatoiement de l'Arche de Verre, en lui assurant que, s'il avait fait ce legs à « John R. Heart, mon petit-fils bien-aimé », c'était par amour, pas pour lui imposer une obligation. « Tu feras ce que tu feras, Johnny. Pour ton grand-père, c'est assez. »

Mais l'était-ce vraiment ? Les efforts humains, quels qu'ils fussent, suffisaient-ils jamais ?

Se retrouver face à une responsabilité qu'il ne se sentait pas de taille à assumer, et qu'il n'avait jamais demandée, l'emplissait de ressentiment. Et depuis la mort d'Aaron Leander, les chèques de HARTSSOFT établis à son ordre continuaient d'arriver, alimentant un compte ouvert dans une banque d'Oswego pour l'entretien de l'Arche de Verre. M. RÉPARE-TOUT devait se coltiner les comptes, les formulaires du fisc, l'embauche d'un comptable. En même temps, il avait la bougeotte à Iroquois Point, il s'apprêtait à partir à plusieurs centaines de kilomètres de là, à Rouses Point, au bord du lac Champlain, près de la frontière québécoise ; il avait autant besoin de liberté que d'oxygène !

« Zut. » Dès qu'il engagea sa moto dans le parking, à côté de l'entrée de l'Arche, il vit que le revêtement d'asphalte commençait à se fendiller et que les premières mauvaises herbes coriaces pointaient au travers. Dans quelques mois, tout le parking serait étoilé de fissures. La palissade, haute de trois mètres cinquante, peinte d'un blanc cassé mat qui luisait dans l'obscurité, aurait bientôt besoin d'être repeinte. (Aaron Leander ne souhaitait pas clôturer sa propriété, mais son assistante Tildie Manchester, craignant les intrus et les vandales après le retentissement de l'article de *Life* dans la région, avait insisté. M. RÉPARE-TOUT aimait l'idée de clôtures, et il aimait la plupart des clôtures, surtout s'il les installait lui-même, mais cette haute palissade n'était pas adaptée au climat de Shawmouth, si près du lac Ontario.) Et la société d'élagage à laquelle Tildie avait fait appel, pour réparer les dégâts causés par les tempêtes hivernales, avait taillé la rangée de peupliers de la falaise avec une telle brutalité qu'on aurait dit qu'un enfant géant s'y était attaqué avec un hachoir. John sentit son cœur se serrer... il se laissait prendre à la folie de l'Arche.

Il était 10 h 10, un matin de semaine. Il avait mis moins d'une heure pour venir d'Iroquois Point. Il y avait trois véhicules sur le parking : un camping-car Winnebago immatriculé dans l'Ontario, une Lexus rouge foncé immatriculée dans l'État de New York et l'antique Buick qu'Aaron Leander avait laissée à Tildie Manchester. L'asphalte était encore mouillé par la pluie de la veille. Les flaques scintillaient au soleil. Un effet de miroir qui donnait le vertige. John gara sa Honda à côté de la Buick et se dirigea vers l'entrée de la petite maison, qui n'avait guère été qu'une bicoque l'essentiel du temps où Grand-père y avait vécu ; il fit tinter la cloche, et Tildie Manchester ouvrit aussitôt la porte, tout haletante. Sans doute l'avait-elle guetté. « John Heart ! Soyez le bienvenu. Entrez ! » John ignorait ce que son grand-père avait pu lui raconter à son sujet. Bien avant qu'il devînt son employeur, elle le contemplait avec une étrange insistance et se troublait lorsqu'il lui posait les questions les plus innocentes : « Comment allez-vous, Tildie ? » et « Comment vont les affaires en ce moment ? » L'attitude de M. RÉPARE-TOUT était franche, amicale, ouverte, et il se demandait si Tildie Manchester n'attendait pas de lui quelque chose de plus exotique. C'était une femme de cinquante-cinq, soixante ans au visage de petite fille, grassouillette, vite décontenancée, les cheveux permanentés et teints d'un brun roux optimiste. Elle était veuve depuis peu : son mari avait été le receveur des postes de Shawmouth, et tous les deux avaient été des amis et admirateurs d'Aaron Leander Heart en qui ils voyaient, disait Tildie, un homme « étonnant », « comme on n'en rencontre pas par ici », un « prophète ». John se rappelait vaguement que, lorsque son grand-père était arrivé à Shawmouth pour y construire son Arche de Verre au bord du Lac de Verre, sur un terrain d'une centaine d'ares, derrière une vieille bicoque sans isolation thermique, les habitants du coin l'avaient cru fou ; certains étaient sans doute toujours convaincus qu'il l'était, et que l'Arche de Verre, quoique mise au même niveau que les sites historiques, les petits musées et les marchés aux puces par le *AAA Tour Guide*, et manifestement assez lucrative, était un monument à la folie. Mais, avec le temps, la plupart des habitants de Shawmouth avaient fini par en être fiers. Aaron Leander avait été touché que certains d'entre eux, dont des écoliers et des amis comme les Manchester, se missent à lui apporter bouteilles et autres objets pour l'Arche quand il avait été trop handicapé par l'arthrite et la faiblesse de sa vue pour continuer à chercher lui-même. Il avait engagé Tildie Manchester comme assistante quand elle avait proposé de travailler pour lui bénévolement ; lorsque, après la mort de son grand-père, John Heart l'avait gardée en lui confiant le poste de « directrice permanente », elle avait pleuré de reconnaissance.

Non que Tildie Manchester fût très efficace, ni très intelligente. Si John s'en était donné la peine, il aurait sans doute trouvé mieux. Mais Tildie était digne de confiance, dévouée. Grand-père avait eu de l'affection pour elle. (« De toute façon, il n'y a pas mieux à Shawmouth. ») Elle disait, avec excitation, en suivant John : « Votre grand-père n'a jamais voulu croire que l'Arche pouvait avoir besoin d'être protégée des éléments, mais il se trompait, j'en ai peur. Si je n'avais pas fait tendre une bâche, cet hiver, Dieu sait les dégâts que nous aurions, à cette heure. Des grêlons gros comme des balles de base-ball ! Mais nous avons été épargnés. La saison touristique commence, maintenant. La semaine dernière, à Pâques, il y a eu plus de visiteurs que pendant tout l'hiver. Nous avons eu une famille de huit enfants ! Ils étaient du Québec. Et il y a eu une classe de sixième d'Oswego, qui est venue dans un car de ramassage scolaire. Votre grand-père n'a jamais voulu qu'on "fasse la police", mais je pense qu'il vaudrait mieux engager ce jeune homme sérieux et convenable que je connais, le fils de mon voisin, pour nous donner un coup de main le week-end et les jours d'affluence. Avec ces élèves, par exemple, il y avait deux professeurs et ils m'ont assuré qu'ils surveilleraient les enfants mais je les ai tous tenus à l'œil, vous pouvez me croire. Et il y a les chasseurs de souvenirs. Les seniors sont les pires ! C'est si tentant de détacher un petit pot de verre, un fragment minuscule dont on est sûr que personne ne remarquera la disparition. Et maintenant que votre grand-père n'est plus là pour continuer à construire... » Submergée par l'émotion, Tildie s'interrompit, et John n'insista pas.

Si souvent que John ait vu l'Arche de Verre, il était toujours pris au dépourvu par son étrange beauté scintillante.

L'Arche choquait l'œil. Puis elle choquait, ou du moins intriguait, l'esprit : que signifiait-elle ? pourquoi existait-elle ?... pas une arche unique, en fait, car Aaron Leander avait ajouté à sa vision première, mais cinq arches de taille à peu près égale. Pourquoi un homme vieillissant n'ayant jusque-là jamais manifesté d'intérêt pour l'art, ni pour l'artisanat, avait-il consacré autant d'années à élever ces structures fantastiques en utilisant bouteilles vides, éclats de verre, bouts de métal brillants, papier d'aluminium, « dorures », cailloux ramassés sur la plage ? Comment Aaron Leander Heart, qui avait eu des problèmes d'alcool jusque dans les dix dernières années de sa vie, avait-il su créer des motifs aussi élaborés, aussi compliqués ? Sa vision lui était-elle vraiment venue de Dieu ?... mais qu'est-ce qu'était « Dieu » ? Lorsqu'ils habitaient tous à Las Vegas, son grand-père, qui donnait dans le style cow-boy canaille, se consacrait au poker et à des combines de jeu qui marchaient rarement. Il était une sorte d'homme à femmes. Il avait le tempérament d'un personnage de l'Ancien Testament (aimait-il à dire) mais n'avait pas de religion — « Croire, c'est pour les poires, petit. Le truc, c'est d'être ce que les poires croient. »

Tildie dit : « L'Arche est très belle ce matin, n'est-ce pas ? Après la pluie, elle scintille toujours au soleil. »

Avoir une vision était une chose, se disait John, mais l'Arche de Verre représentait aussi un sacré *travail*. Son grand-père avait ramassé jusqu'à cinquante mille bouteilles et autres objets, selon des estimations publiées ; il les avait soigneusement assemblées avec mortier et fil de fer pour construire des arches stylisées mesurant trois mètres soixante à leur point le plus haut, et disposées selon des figures géométriques sur une centaine d'ares. Chacune d'elle avait sa couleur dominante : différentes nuances de vert, de rouge, de bleu.

Il y avait des mosaïques de verre transparent incrustées dans du verre coloré. Des bouteilles de toutes les tailles et de toutes les formes, des pots, des vases, de la porcelaine étaient placés verticalement, horizontalement et à des angles calculés avec précision. À l'intérieur de ces limites, c'était un patchwork. Un tas d'ordures doué de vie. Des objets brisés et répudiés. Des objets méprisés : cadrans de pendules en plastique bon marché, cadres vides, miroirs de Prisunic, les deux tiers d'une grotesque tortue de céramique qui avait peut-être été un jour une soupière. Les arches étaient élancées et magiques, comme dans un livre de contes pour enfants. Leurs proues étaient ornées avec recherche. Ailleurs, c'étaient des voûtes, des colonnes, des flèches, des tours. Il y avait des tunnels qui faisaient moins de quinze centimètres de diamètre avec, à l'intérieur, des éclats de miroir se reflétant les uns les autres comme dans un labyrinthe. À l'endroit où les proues des arches se rencontraient, il y avait, composé de grosses bouteilles (whisky, bourbon, vin bon marché), un trône compliqué avec dossier et accoudoirs, décoré d'or. Ce trône était posé sur un piédestal d'une trentaine de centimètres et mesurait un mètre quatre-vingts. Lorsque John s'était promené là avec son grand-père au mois d'octobre, le vieil homme l'avait poussé du coude en lui montrant le trône : « Tu as ta place dans l'Arche, Johnny. Ton sacrifice y est enchâssé. » John s'était senti rougir d'appréhension, en se demandant ce que son grand-père pouvait bien vouloir dire. Il n'avait su que répondre et était donc resté silencieux un long moment, en se mordillant la lèvre inférieure.

Il était en rogne contre le vieil homme, mais à la fin de l'après-midi, quand il était reparti, il avait oublié ;

alors qu'ils se disaient au revoir sur le parking, il avait eu envie de serrer son grand-père dans ses bras, mais ça ne s'était pas fait. Aaron Leander et John Heart ne s'étaient jamais montrés très sentimentaux, et ce n'était pas maintenant qu'ils allaient commencer. Le vieil homme posait sur son petit-fils des yeux fripés, voilés. Il était souriant, songeur. John se rappela leur séance de tir dans le désert, des années plus tôt. Il se demandait si Grand-père y pensait aussi... à ce qu'ils avaient espéré voir arriver entre eux, sans savoir très bien quoi, et qui n'était pas arrivé. John n'avait pas aimé le revolver de son grand-père, et il n'avait pas de talent particulier pour le tir. Tout ce qu'il avait réussi à atteindre, c'était un minuscule colibri. Un colibri !

Il se préparait pour le trajet de retour à Iroquois Point, rude et venteux en moto. Bouclait le casque qu'il ne manquait jamais de mettre... M. RÉPARE-TOUT était le champion des mesures de sécurité. Le ciel était une masse de béton sale et fissuré flottant étrangement dans une vapeur bleu pâle. La surface du lac bouillonnait, agitée par le vent. *Je ne le reverrai peut-être plus. C'est peut-être la dernière fois.* Grand-père n'avait bu qu'une seule rasade de whisky depuis l'arrivée de John, et il avait eu le souffle court pendant la promenade à travers l'Arche. Mais à présent, alors que John enfourchait sa Honda, il rompit avec leur humeur mélancolique en lui administrant une claque sur l'épaule. « Mieux vaut siffler dans le vent qu'y pisser, fiston. Quand c'est un vent contraire, je veux dire. » Grand-père prononça cette remarque comme s'il s'agissait d'une vieille maxime, bien que John ne l'eût jamais entendue. Il rit. « C'est sûr ! »

« C'est une couronne qui flotte là, au bout de ce fil. Ou plutôt... l'idée d'une couronne. Vous la voyez ? Au-dessus du trône. Je pensais que c'était peut-être un oiseau, une mouette, la forme des ailes, vous savez que votre grand-père passait des heures à regarder les mouettes au bord de la falaise, alors je lui en ai parlé, j'ai dit : "Moi, je croyais que c'était un oiseau", et il a dit : "Eh bien, voyez-y un oiseau, Tildie." Et il a ri. Mais puisqu'il voulait que ce soit une couronne, je suppose que c'est ce que c'est. » Tildie avait sorti un Kleenex de la poche de son pantalon et se tamponnait discrètement le nez. « Ça m'a plutôt l'air d'un bout de céramique cassé », dit John. Il avait voulu plaisanter, mais Tildie fit la moue : « C'est l'idée de ce que c'est. Pas ce dont c'est fait. »

John continua sa promenade, seul. Il n'aimait pas ce qu'il éprouvait. Il ne se sentait pas lui-même. Un grand type dégingandé en tenue de motard, bottes tachées de cambouis, lunettes noires, le menton couvert d'une barbe d'un jour. Mais désemparé, triste comme un gosse. C'était la première fois qu'il visitait Shawmouth sans que son grand-père soit près de lui, à débiter un flot ininterrompu de paroles qui semblait ses propres pensées souterraines, et à le toucher. En vieillissant, Aaron Leander s'était mis à toucher davantage les gens ; sa vue s'était détériorée. John préférait ne pas imaginer comment il voyait le monde, et même cette Arche qui avait dû se graver dans sa mémoire. Il semblait anormal que l'Arche survécût à Aaron Leander, le seul être humain assez inspiré pour la créer. « Et pourtant, c'est ainsi. C'est forcé. » John ne se rendait pas compte qu'il parlait tout haut.

D'autres visiteurs arrivaient. Un couple entre deux âges aux petits soins pour sa caméra vidéo. Une jeune mère et ses deux enfants. John se sentit pris au piège. Il était pris au piège ! Lorsque Grand-père avait eu la vision de son Arche de Verre, il n'avait pas imaginé un emplacement, un lieu concret, des allées sinueuses, des inconnus curieux, armés d'appareils photo. Il n'avait pas imaginé des visiteurs payants — adultes : 3 dollars ; enfants et seniors : 1,50 dollar. (En réalité, Aaron Leander ne souhaitait pas faire payer l'entrée. C'était Dahlia, lors de son unique visite à Shawmouth, alors que l'Arche n'était ouverte au public que depuis quelques mois, qui avait insisté. « Si les Américains ne pensent pas que quelque chose vaille qu'on paie pour, ils ne penseront pas que cela vaille une seconde d'attention. Et peut-être qu'ils ont raison. ») Mais c'était ce que l'Arche était devenue, et c'était ce dont John R. Heart avait hérité. M. RÉPARE-TOUT était pris au piège. Car il ne pouvait éviter de voir que les allées avaient besoin d'être regravillonnées. Le calcaire rose avait son charme, Grand-père y tenait obstinément, mais ce n'était pas pratique. Autant que M. RÉPARE-TOUT se charge du travail, plutôt que de laisser Tildie engager un entrepreneur du coin, qui serait probablement un de ses parents. Et ce fichu parking... qui avait besoin d'être réasphalté. Un boulot salissant que M. RÉPARE-TOUT ne pouvait pas faire lui-même. « Merde ! »

Une jeune femme mince vêtue d'un trench-coat vert olive chiffonné prenait des photos à quelques pas de là, et l'entendit peut-être jurer. Bien qu'elle eût l'air absorbée par un appareil photo sophistiqué, qu'elle utilisât un posemètre comme un photographe professionnel, John avait l'impression qu'elle n'avait cessé de l'observer à la dérobée. Il espérait qu'elle n'avait pas surpris sa conversation avec Tildie, et qu'elle n'en avait pas déduit qu'il avait un lien quelconque avec l'Arche, qu'il n'était pas un simple visiteur. Elle se tourna vers lui, un sourire nerveux aux lèvres. Qu'est-ce qui, dans l'Arche, poussait les inconnus à se parler ?... mais John ne pouvait pas se montrer grossier chez lui. L'Arche de Verre était censée inspirer le bonheur, élever l'esprit. La photographe croisa le regard de John et dit, d'une voix étrangement haletante : « C'est ma première visite à l'Arche. C'est beau ! Les photos que j'avais vues ne rendent pas vraiment son atmosphère. Sa complexité. Les gens disent : “Bof, de l'art populaire... je sais ce que ça vaut.” Mais l'œil ne peut pas tout enregistrer d'un coup. » Pris au dépourvu, John s'immobilisa, les mains dans les poches de son blouson de cuir. Il hocha la tête d'un air grave, méfiant. Lorsque des femmes parlaient comme cela, avec cet air d'enthousiasme débordant, une femme de trente-cinq ans (elle était moins jeune qu'il ne l'avait cru, il le voyait) qui avait les intonations d'une gamine de quinze ans, une partie de lui-même se fermait. Et quand les femmes parlaient trop, une partie de lui-même se fermait. Autre chose le mettait mal à l'aise chez celle-ci. Son accent nasal de l'ouest de l'État de New York. Son air de fille riche. La Lexus du parking devait être à elle : une voiture de luxe valant soixante mille dollars. La sienne n'était pas neuve, il avait remarqué une bosse sur l'aile droite, mais elle l'avait été quelques années plus tôt. C'était une femme fortunée, cultivée. Même ses cheveux blond sable ébouriffés par le vent, son trench-coat froissé, indiquaient un mode de vie fort éloigné de celui de Shawmouth ou d'Iroquois Point.

Mais il n'aurait pas pensé l'avoir déjà vue quelque part avant qu'elle dise, avec une sorte de timidité agressive : « Pardonnez-moi ? Nous nous connaissons, je crois. » John la regarda d'un air interdit. Elle lui tendit la main : « Nous avons fréquenté le même lycée. Je suis Kate Olmsted. Vous êtes... John Reddy Heart ? » Même après tant d'années, sa voix tremblait. John avait envie de tourner les talons, mais il se força à sourire, à lui faire son sourire M. RÉPARE-TOUT. « Je m'appelle John Heart. Tout cela est bien loin. » Il s'arrangea pour ne pas lui serrer la main, ce qui était peut-être grossier, mais quelquefois, merde, on vous force à être grossier, c'était le problème de John Reddy en ce temps-là. Son ton laissait clairement entendre qu'il n'avait aucune envie de poursuivre la conversation, et il s'éloignait déjà, mais elle insista : « Vous vous... souvenez de moi ? » et lui adressa un sourire anxieux qui découvrait trop de gencive. John répondit de façon ambiguë : « Peut-être. » Le visage de cette femme lui disait quelque chose, bien qu'il ne l'associât à rien de particulier. Une des filles riches de Willowsville. Une des filles comme il faut. Aucune d'entre elles n'avait eu de réalité pour lui et il s'était tenu à l'écart de toutes. (Ses petites amies étaient plus âgées, et ne fréquentaient pas le lycée. À l'exception de Sasha, la jeune sœur de Dino, avec qui il était sorti deux ou trois fois, elle lui avait tricoté un cache-col rouge et s'était entichée de lui au point que les Calvo l'avaient prié de ne rien faire pour l'encourager, de l'éviter autant que possible, et il s'était plié à leurs volontés, c'était logique. Les Italiens prenaient la virginité au sérieux. Dino lui aurait plongé un couteau dans le cœur.) « J'avais, disait la photographe, gênée, ...j'ai toujours, en fait, mais je bénéficie d'une rémission depuis des années... une SEP. » Devant son regard d'incompréhension, elle dit : « Une sclérose en plaques. Je venais parfois à l'école en fauteuil roulant. Vous m'avez poussée, un jour. Vous vous êtes montré gentil avec moi. Vous m'avez donné un conseil que j'ai chéri toute ma vie. Pardonnez-moi... vous n'en avez aucun souvenir, naturellement. » Une émotion alarmante perçait dans sa voix. John bougea d'un pied sur l'autre, mal à l'aise. De quoi s'agissait-il ? Il n'aimait pas la façon dont cette femme, en dépit de son trouble, tenait son appareil photo de luxe. Ses mains, elles, ne tremblaient pas. *Si tu me prends en photo, madame, je démolis cet engin. Essaie pour voir !* Il vit Tildie à l'entrée qui accueillait d'autres visiteurs. « Je suis photographe free lance. J'habite Buffalo. Voici ma carte. » John fut bien obligé de prendre le petit carton rigide où était gravé, en lettres prétentieuses : KATE OLMSTED, PHOTOGRAPHIE, ainsi qu'une adresse et un numéro de téléphone à Buffalo. « Si vous passez par là, un jour, vous viendrez me voir ? Ou vous téléphonerez ? Il vous arrive de retourner à Willowsville ?... non ? Je participe à l'organisation de notre vingtième réunion d'anciens élèves en juillet... ça vous dirait de venir ? Ce sera le deuxième week-end de juillet. » John rit, tant l'idée était absurde, mais ne voulant pas paraître grossier, il répondit : « Peut-être. » Il s'éloignait. Il avait déjà oublié le nom de cette femme émotive. Elle le suivit pourtant, en disant : « Je suis venue ici photographier l'Arche de Verre pour un livre que l'on m'a chargée de faire sur "l'art populaire" dans l'État de New York et... c'est une coïncidence de vous rencontrer ici, John ! Je sais que... Aaron Leander Heart était votre grand-père. Un homme vraiment remarquable. Lorsque nous habitions Glen Burns Lane, il passait souvent devant chez nous au petit matin, ma sœur et moi en parlons encore, nous regardions par la fenêtre, et là, comme un fantôme... » John fuit cette femme, la prière qu'il y avait sur son visage, dans sa voix. *Je ne peux pas. Ne me regardez pas comme ça. Je suis épuisé, il ne me reste rien.*

L'attitude de John Heart étonna Tildie Manchester. Il n'était pas songeur ni indécis comme il l'était d'ordinaire lors de ces visites, quand il s'asseyait dans le bureau du fond que, depuis la mort d'Aaron Leander, elle avait transformé en une cuisine-salle de séjour avec meuble de télévision et moquette longues mèches (les sombres journées d'hiver, Tildie, seule propriétaire de l'Arche de Verre, regardait des feuilletons à l'eau de rose et buvait du café pour ne pas s'endormir.) On aurait dit qu'il avait pris une décision et qu'il en était heureux. Soulagé, et un peu ivre. D'accord avec elle sur quasiment tout, alors que, par le passé, il fronçait les sourcils et essayait de deviner ce que son grand-père aurait souhaité. Tildie lui servait des petits pains au lait brûlants qu'elle avait faits spécialement pour lui, le matin même. Elle trouvait qu'il était trop maigre, un célibataire qui se nourrissait mal, qui très probablement buvait un peu trop, la malédiction des Heart selon Aaron Leander. Elle avait bien essayé de l'intéresser à la fille de sa sœur et à d'autres filles de Shawmouth mais ses efforts n'avaient rien donné. Il y avait aussi le danger de la moto... même si John Heart portait un casque. On était obligée de se dire qu'un jour ou l'autre il aurait un accident. Qu'un jour ou l'autre, si on l'aimait, on aurait le cœur brisé. On le perdrait. Elle disait, d'une voix rapide, avec nervosité : « À propos de ce garçon dont je parlais ?... qui m'aiderait les jours d'affluence ? Une sorte de gardien, sauf qu'il n'aurait pas d'arme naturellement, ni même de badge. Ni d'uniforme. Il serait juste là pour m'aider l'été, les jours d'affluence. » John dit : « Bien sûr, Tildie. Engagez-le.

— Je ne sais pas bien combien le payer

— Un salaire honnête, dit John. Ce qu'on donnerait à un menuisier, par exemple.

— À un menuisier ! » Tildie était choquée. « Vous voulez dire, à quelqu'un comme vous ? Un menuisier coûte cher. Presque autant qu'un plombier.

— Que ce soit un salaire honnête, en tout cas. Combien recevez-vous de l'Arche ? » Il était sérieux, il ne se le rappelait pas. Il avait laissé entendre à Tildie que la succession Aaron Leander disposait de plus d'argent qu'elle ne l'imaginait, les droits d'entrée ne représentaient qu'une petite fraction de ses revenus, elle était subventionnée par un parent mystérieux qui n'était jamais venu dans l'Est la visiter, et qui ne le ferait jamais. Tildie bégaya et se tut, car rien ne l'humiliait davantage, comme d'ailleurs tous les gens que John connaissait, qu'une conversation franche sur des questions d'argent. Elle en éprouvait autant d'embarras qu'elle en aurait eu à parler de sexe avec ce jeune homme impatient.

Il dit en partant, alors qu'il attachait son casque : « À vous de juger, Tildie. C'est vous le patron. »

Tildie rit, presque blessée. « Je ne suis pas le patron, et je ne veux pas l'être. Quelle drôle d'idée. »

Elle le suivit sur le parking, où il y avait maintenant cinq véhicules. Le camping-car s'y trouvait toujours, de même que la voiture de luxe rouge foncé, cela faisait un bon moment que leurs occupants étaient là. L'Arche de Verre exerçait vraiment une fascination sur certaines personnes. John Heart enfourcha sa moto et démarra au kick son moteur bruyant, il ajusta ses lunettes d'aviateur et salua Tildie de la main, en souriant : « O.K., patron, à la revoyure. » Tildie lui fit les gros yeux en riant malgré elle, elle agita la main, on ne savait jamais quand on reverrait John Heart, il avait parlé de déménager M. RÉPARE-TOUT à l'extrême nord de l'État de New York, quoique ce fût peut-être une plaisanterie. « Au revoir ! Revenez vite ! Soyez béni !... vous savez que votre grand-père l'aurait fait. Et Dieu. »

III

Trentième réunion

Ce fut un moment de délire. Ce fut un moment profond. Un moment de célébration, et de retour sur soi-même : « J'ai l'impression, au fond de mon cœur, que vous êtes tous *moi.* » Un moment d'hilarité et un moment de reconnaissance. Un moment drôle... mais aussi tragique. Un moment qu'aucun d'entre nous ne risque d'oublier.

Et, historiquement, unique dans une vie : la trentième réunion des anciens élèves de WHS de notre promotion.

« Qui sera absent, cette fois, à votre avis ?

— Absent ou mort ?

— Un mort est absent. »

Planant comme des ballons d'hydrogène, et aussi inflammables, *quatre-vingt-sept* d'entre nous, un nombre record, sur une promotion de *cent trente-quatre* élèves, convergèrent le premier week-end de juillet vers le Village de Willowsville. Nous vînmes en avion, en voiture, et pratiquement à pied. (Car certains d'entre nous habitaient tout près, à Willowsville et dans ses environs — « Nous n'avons jamais quitté la maison, en quelque sorte. ») Nous vînmes des coins les plus éloignés des États-Unis (l'Alaska, par exemple), et deux d'entre nous (séparément, sans le savoir) d'Europe. « Pourquoi je suis venu ? dit le caricaturiste politique du *Washington Post*, Chet Halloren, d'un air pensif. Pour savoir si la vie est vraiment une affaire de hasard, comme on vient à le penser en vieillissant. Ou s'il y a un schéma, un plan. Dans lequel j'ai plus ou moins ma place. Et que vous, mes vieux potes et camarades de classe, pourriez m'aider à trouver. » Willowsville est une banlieue sociable où les week-ends se passent à surfer de soirée en soirée ; comme la mondaine locale et coprésidente du Comité de la trentième réunion, Millicent LeRoux Pifer, l'observa d'un air songeur : « Je me fais peur quand je suis seule. Je serai assez seule comme ça dans ma tombe, bon Dieu ! » Amen, Millie ! Étant donné notre sociabilité et, soyons honnêtes, notre esprit de compétition sociale, nous, les habitants de Willowsville, tirons au sort ceux d'entre nous qui recevront les visiteurs venus d'ailleurs lors de nos réunions ; et certains d'entre nous avaient convenu de se retrouver à Tug Hill Park à seize heures, le samedi, pour démarrer le week-end par une FÊTE DE LA BIÈRE ! Le programme des réjouissances était chargé : cocktail le samedi soir chez Jon et Nanci Rindfleisch dans Brompton Road, notre cochon à la broche traditionnel qui cette année se ferait chez les Pifer à Amherst Dells, puis un bain de minuit et une soirée disco jusqu'au petit matin chez le maire de Willowsville, Dwayne Hewson, dans sa maison de Mill Race Lane ; le dimanche matin, un brunch au champagne à onze heures au bord du lac, dans le studio de Trish Elders Carnevale, puis, grâce à son proviseur actuel et à son équipe sympathique, le lycée de Willowsville nous ouvrirait ses portes, il y aurait un tournoi de tennis en double sur les courts dudit lycée, plus notre traditionnel match de softball (avec pom-pom girls !), suivi de cocktails ou bières chez Art Lutz sur le Common et, pour les courageux, un barbecue d'adieu dans la nouvelle maison de Castle Creek de Jenny (Thrun) et Roger Zwaart. À la plupart de ces réjouissances, nous avions convié nos anciens professeurs de WHS en qualité d'invités d'honneur... ceux d'entre eux, du moins, que nous pensions encore en vie.

« Et s'ils venaient tous ? Stamish a la maladie d'Alzheimer, non ?

— Non, c'est McKeever.

— Notre entraîneur, la maladie d'Alzheimer ? Bon Dieu. Mais alors, sur Stamish, qu'est-ce que j'ai entendu dire ?

— Il est mort. »

Mort ! Et dire que ce brave vieux était venu à notre vingtième réunion. En invité d'honneur. On aurait juré que c'était la veille.

À Tug Hill Park, juste au-dessus de la lagune, à environ cinq cents mètres de la statue équestre du général Washington que nous avions enrubannée de papier toilette rose après notre dernière victoire sur nos éternels rivaux d'Amherst, nous avions demandé à un traiteur de la région de nous installer une tente à bière. Bordeaux brillant rayé d'or, aux couleurs de WHS. Six tonnelets de bière d'importation, ailes de poulet épicées sauce Buffalo, cacahuètes et nachos. « C'est avec vous que j'ai appris à boire, les mecs. Les têtes que vous aviez ! Il m'arrive de boire un verre en avion... seul... à un moment où nous traversons une "zone de turbulence", mettons, et où je me dis que *cette fois, ça y est*, et je ferme les yeux, et je vous revois, vos bonnes têtes idiotes de gosses, en train d'engloutir de la bière qui nous dégouline sur le menton, à en avoir les yeux qui se révulsent et qui était-ce, Dougie Siefried, ou peut-être Art Lutz ? dégueulant tripes et boyaux par la portière arrière où le lendemain matin le chien de quelqu'un... celui de Smoke, non ?... ce beau border colley crétin... bon Dieu, vous vous rendez compte : *il y a trente ans que Smoke est mort...* goberait tout en deux coups de langue ? Et je ne suis pas du tout ivre mais dans un état de lucidité extrême, attaché à mon siège à dix mille mètres au-dessus de la terre, fonçant à travers ce qu'on appelle le ciel, et à voir les larmes qui ruissellent sur mes joues mon voisin doit croire que je me rends à un enterrement mais non, pas du tout, c'est de *bonheur* que je pleure. Quel que soit mon âge, j'ai été un gosse avec vous, les mecs, au fond de notre cœur nous sommes tous des gosses ensemble, *les vérités les plus profondes ne changent jamais.* » En organisant notre FÊTE DE LA BIÈRE, nous nous étions imaginés, ne me demandez pas pourquoi, que nous serions les seuls anciens élèves de WHS dans le parc, ce jour-là. En fait, il s'y tenait une réunion annuelle appelée JOUR DES PÉNATES TUG HILL PARK — une fête de jeunes. Des centaines de diplômés de WHS, qui revenaient de leurs universités. Un pandémonium de jeunes. Superbes en débardeurs, tee-shirts, jeans coupés, minijupes, certains torse nu, pieds nus, cheveux en cascade dans le dos. Et certains avec le crâne rasé. Nous les fêtards quadragénaires étions faciles à repérer parmi ces corps minces, ces visages lisses et ces têtes chevelues. Nos yeux se cherchaient et fuyaient comme des poissons effrayés. « Hé ! Comment vas-tu, mon vieux ?

— Jax, c'est toi ?

— Bo, c'est vraiment toi ? » Nous regardâmes, les yeux écarquillés, Bibi Arhardt en minishort et haut de bikini rouge qui buvait de la bière avec des inconnus à une trentaine de mètres de là, la jolie et hardie Bibi telle que nous nous la rappelions, l'une de nos pompom girl de choc, avec qui quelques-uns d'entre nous étaient sortis, avaient même couché, ou cru le faire, et nous ne comprenions pas pourquoi Bibi était avec ces inconnus, pas avec nous, puis finalement Jax Whitehead se frappa le front, en s'exclamant : « Bon Dieu, ce n'est pas Bibi, ce n'est qu'une fille. Une fille de dix-huit ans. Bibi a notre âge maintenant... vous vous souvenez ? » Nous éclatâmes de rire. Nous rîmes à en renverser nos verres. La sueur perlait sur nos visages, nos doubles foyers teintés nous glissaient sur le nez. Une foule grossissante, toujours plus dense, nous bousculait. Des étudiants au torse nu, musclés comme des culturistes, nous écartaient sans ménagement pour aller demander de la bière à notre barman, une bière que nous avions payée, quarante dollars par personne payables d'avance par chèque, un liquide mousseux qui débordait de gobelets de papier paraffiné et giclait sur nos chaussures. « Pardon, papa, laisse-moi passer, d'accord ?... » On ne cessait de jouer des coudes pour nous écarter. Des amplis beuglaient de la musique rock dans tous les coins du parc, nous empêchant de parler autrement qu'en hurlant. Et même en hurlant, nous avions du mal à nous faire comprendre. L'air lourd et moite en trépidait. Des rides se propageaient à la surface habituellement paisible de la lagune comme lors d'un tremblement de terre, affolant des cygnes blancs comme neige, qui s'éloignaient de la rive de toute la vitesse de leurs pattes palmées. « Ça n'a jamais été aussi bruyant, ici. Aussi *sale*.

— On ne s'est pas trompés d'endroit ? C'est *ça*, Tug Hill ? » Un quadragénaire bronzé au visage de lutin qui ressemblait à Art Lutz, le « clown de la promotion », vêtu d'une chemise sport qui épousait sa bedaine comme un pansement, les cheveux grisonnants, les sourcils touffus et le sourire humide, nous faisait mourir de rire avec son imitation bien rodée de Stamish-Daffy Duck. « Coin-coin les g-g-garçons ! Les g-garçons et les filles. Je vous coincoincoinmande de vous taire ! Tout de suite ! » (Qui aurait prédit qu'Artie Lutz deviendrait un jour directeur général de Lutz MagiNett Inc. ? L'un des authentiques millionnaires de notre classe ? Lui dont le désir secret était, selon notre annuaire, d'« escalader les plus hauts sommets, explorer les mers les plus profondes et être le premier astronaute de Willowsville dans l'histoire ».) Les filles arrivèrent, quelques-unes avec des maris à la mine ahurie, la plupart les unes avec les autres, bien sûr ce n'étaient plus vraiment des filles mais des femmes au sourire courageux, aux cheveux méchés de blond, qui avaient des jambes musclées de golfeuses et le dessous des bras flasques, des cous qui nécessiteraient d'astucieux drapés de foulards d'ici quelques années. Vint en courant vers nous, enveloppée d'un nuage de parfum, sur des chaussures à talons sans quartier, dans une minirobe moutarde vif, une femme à la taille épaisse et aux lèvres rouges brillantes qui ressemblait à Sandi Scott — « C'est *Sandi* ? Sandi *Scott* ? Qui était si jolie ? Dieu tout-puissant ! » — et poussa des cris d'excitation suraigus en étreignant avec vigueur, et en étant étreinte par, un individu aux épaules rondes et au crâne dégarni, portant blazer de lin blanc, œillet bordeaux et cravate Ascot, qui venait d'émerger en haletant d'un groupe de gosses... était-ce notre camarade de classe Pete Marsh que nous n'avions pas vu depuis trente ans, que nous avions cru mort ? Ou... n'était-ce pas plutôt Tommy Crotte-de-nez Nordstrom, propriétaire, avions-nous entendu dire, d'une chaîne de télévision par câble à Palm Beach ? Quant à cet autre, aucun mystère : c'était le pauvre Ketch Campbell, suant et plein d'espoir dans un tee-shirt WHS bordeaux et un jean neuf raide comme du carton qui enserrait bizarrement ses hanches de femme, coiffé d'un canotier orné d'une plume rouge guillerette, tâchant d'avoir l'air gai, euphorique, bien que comme d'ordinaire personne ne voulût se le coltiner. Ce pauvre Ketch avait fidèlement assisté à toutes nos réunions sans exception et nous avions fini par comprendre qu'il était impossible de le décourager ; il habitait tout près, à Buffalo, il était sur notre liste d'adresses, etc. Plus tard dans la soirée, chez Millie LeRoux, Ketch nous raconterait certainement encore une fois que, trente-sept ans plus tôt en ce même mois, il avait été le premier d'entre nous à voir John Reddy Heart et sa famille dans Main Street, à Willowsville, mais ce n'était pas encore pour tout de suite, car grâce à la musique « rap » assourdissante nous réussîmes à l'éviter de même que d'autre camarades de classe oubliés tels que Charlie Swiss (« Arroseurs automatiques, Akron, Ohio »), T. R. Krueger (« Haywood, Mimms et Krueger, Comptables, Troy, État de New York ») et un individu luisant aux allures de phoque qui disait s'appeler Jocko (« Investissements Vista, Piscataway, New Jersey »), lesquels prétendaient tous avoir pris part à la célèbre bagarre qui avait eu lieu dans le couloir, devant l'atelier de réparation automobile de M. Hornby, quand ce blouson noir d'Orrie Buhr, le copain de John Reddy, avait sauté sans avertissement sur Dwayne Hewson — à moins que ce fût Clyde Meunzer qui ait sauté sur Ken Fischer —, et des amis de Dwayne et de Ken étaient accourus à leur rescousse, et des types s'étaient rués hors de l'atelier de réparation, et M. Lepage avait été mis K.-O. par M. Hornby, et Smoke Filer s'était retrouvé les quatre fers en l'air, et M. Stamish s'était fait étendre pour le compte, et quelqu'un avait tiré la sonnette d'alarme, et on avait appelé les flics pour ramener le calme — « J'ai toujours une dent ébréchée, là, devant, vous voyez ? Un de ces blousons noirs m'a collé son poing dans la figure. »

Étrangement, certains de nos camarades réussirent à se perdre en tâchant de trouver la tente de la FÊTE DE LA BIÈRE. Certains se perdirent en tâchant de trouver Tug Hill Park ! Dont on aurait pourtant cru que le souvenir était inscrit dans nos cellules mêmes. Dans les recoins les plus profonds de notre cerveau. « Qui manque ? Quelle heure est-il ?

— Qui a la liste ?

— Quelle liste ? » Il n'y avait que douze toilettes provisoires pour au moins douze cents fêtards buveurs de bière qui faisaient la queue par files de trente personnes. Nous, les célébrants entre deux âges, ne pouvions faire autrement que les utiliser, ou essayer, certains devaient y faire un tour toutes les demi-heures, apparemment. Des gosses passaient sans cesse devant nous, même les filles. « Pardon, papa, faut que j'y aille, ça *urge*. » Sandi Scott et T. R. Krueger, enlacés, partirent à la recherche de Jax Whitehead qui avait disparu sur le chemin des toilettes, et se perdirent eux-mêmes. Alors qu'il attendait dans une longue file brouillonne d'étudiants de l'université de Buffalo, Art Lutz vit avec effarement une jolie rousse, les yeux vitreux, une épaule dénudée par son tee-shirt, s'accroupir brusquement devant lui, soulever sa minijupe et uriner sur le sol, si ivre qu'elle manqua basculer dans la flaque ainsi produite au milieu des acclamations, des sifflements et des applaudissements des spectateurs. Art était effaré, et excité. Il vit l'espace d'un éclair son amour d'adolescence Mary Louise Schultz s'accroupir exactement de la même façon, soulever sa jupe bordeaux de pom-pom girl et uriner dans sa culotte de coton blanc (lorsque les pom-pom girls bondissaient et levaient les jambes, on voyait sous leurs jupes, elles portaient toutes la même culotte de coton blanc) devant lui, *et lui seul*. Il avait quarante-huit ans, il était marié à la même femme depuis au moins un quart de siècle, avait trois enfants presque adultes et cette image le fit pourtant défaillir de désir. Il en avait les jambes molles ! « Bon Dieu, si nous avions été de cette génération-là. » Art éprouva une conviction métaphysique qui lui émut les tripes : c'était injuste, immérité, *il était né trop tôt pour les libertés fantastiques de l'époque actuelle*, dont jouissaient avec désinvolture des jeunes à qui (il le savait, il payait ce genre de services dans les frais de scolarité de ses gosses) on distribuait des préservatifs aussi facilement que des tablettes de chewing-gum. De même, bien plus tôt, dans son adolescence, il avait connu l'injustice amère d'être né lui-même, Arthur Lutz, et non, comme le sort aurait aisément pu l'arranger, quelques années plus tôt, dans la peau de son frère aîné James... le préféré indubitable de leurs parents, une star du football et la coqueluche des filles. *Né trop tard. Merde !* Nous nous demanderions ce qu'était devenu Art, il ne revint pas des toilettes, mais décida de quitter le parc pour se rendre au cocktail des Rindfleisch qui devait avoir commencé, puisqu'il était déjà dix-huit heures, il y trouverait des toilettes, et peut-être aussi Mary Louise, il avait entendu dire qu'elle viendrait à la réunion dans le jet privé de son mari. Ses lèvres remuèrent. « Toujours la plus belle fille que j'aie jamais connue, Mary Louise. Bon Dieu, je rêve encore de toi. Moi, Lutz-sans-illusion. Tes yeux, ta bouche, tes cheveux... Tes... » Il se tortilla, malheureux de bonheur. Certains de nos camarades ne vinrent pas à la FÊTE DE LA BIÈRE ou, s'ils vinrent, se virent repoussés par des nuées de jeunes gens, et empêchés de nous rejoindre. Et il était temps à présent d'aller dans la maison de rêve de Jon Rindfleisch. (Étions-nous jaloux de notre vieux copain Jon, si empoté sur le terrain de basket et qui, lorsqu'il plongeait, faisait des plats magnifiques ? Non. Nous nous réjouissions du succès de Rindfleisch Immobilier, qu'il avait hérité de son vieux au moment précis où l'immobilier décollait.)

Nous hésitions pourtant à partir. Comme si dans notre tente à bière assiégée nous attendions une révélation qui n'était pas encore arrivée. (Fred Falco au cou de poulet, un autre de nos camarades oubliés ? avec Cyn Swan, sa petite femme mignonne-minaudière, habillée comme une préado ? *Non merci.*) Et puis — « Hé, regardez : vous voyez ce que je vois ? » — elle arriva. S'ouvrant un chemin à travers la foule des gosses comme des rouleaux compresseurs, les écartant avec rudesse comme des navires fendant les vagues d'une mer agitée, deux individus que nous ne reconnûmes pas tout de suite : un quadragénaire massif et vigoureux d'une centaine de kilos au visage tanné, un autre homme du même âge, plus mince mais musclé, l'air mauvais et italien ; l'un ressemblant à un sosie inquiétant d'Orrie Buhr et l'autre à... qui ?... Ray Gottardi, ou Jake Gervasio ?... et presque aussitôt nous nous querellâmes avec ces grossiers personnages que nous n'avions pas invités (non seulement ils n'avaient pas payé leurs quarante dollars, mais ils avaient été renvoyés du lycée et n'avaient pas passé leur bac avec notre promotion, *ils n'étaient pas des nôtres*) et qui n'étaient là, nous le savions, que pour nous provoquer — « Où est Hewson ? », « Où est Bozer ? », « Où sont les autres ? », « Salopards, vous avez laissé tomber John Reddy ! » — en nous jetant de la bière tiède à la figure, en nous bousculant, railleurs et rigolards, et l'un d'entre nous trébucha et tomba contre la table des barmans, un autre affirmerait avoir été soulevé de terre (par Buhr, sans doute, vu ses muscles de singe) et projeté contre le mât de la tente, ce fut une confusion de cris et de hurlements, de poings, de visages furieux exultants, d'yeux exorbités et de dents carnivores, et l'effondrement soudain dans un grand soupir de la tente qui parut se dégonfler comme un ballon d'hydrogène. Elle serait vue par Clarence McQuade qui, épuisé, exaspéré, arrivait avec deux heures de retard à la FÊTE DE LA BIÈRE, après avoir réussi à garer sa Volvo de location dans un parking lointain et à se frayer un chemin à travers des nuées protoplasmiques de jeunes, et qui, grinçant des dents, préparait le discours qu'il adresserait à ses camarades de promotion qu'il n'avait pas vus depuis trente ans : « Qui diable est responsable ! J'ai envoyé un chèque de quarante dollars, et personne n'en a jamais accusé réception ni ne m'a envoyé d'indications sur la façon de trouver cette foutue tente à bière ! Tout ce blabla... "Tu nous manques", "On t'aime", "On veut que tu sois là"... je me suis laissé avoir comme une poire. Moi, McQuade, une poire ! » Mais il s'arrêta net, les yeux écarquillés, quand, à quinze mètres de lui, la tente rayée s'affaissa, s'effondra, et disparut à sa vue... « Anéantie en l'espace d'une fraction de seconde, comme de la matière aspirée par un trou noir. »

Il y avait eu un temps, bien des années plus tôt, lorsque nous avions une vingtaine d'années, où Clarence McQuade était mort. Ou plus exactement, nous avions été amenés à le croire mort. Elise Petko, qui préparait un doctorat d'anglais à l'université de Columbia, avait téléphoné à Dexter Cambrook, qui préparait un doctorat de biologie moléculaire à Harvard, pour lui apprendre la tragique nouvelle : Clarence, le meilleur ami de Dexter au lycée, s'était tué en plein trip d'acide en sautant, ou en essayant de s'envoler, du Golden Gate Bridge. Elise avait entendu dire qu'il était préoccupé par ses recherches mathématiques qui ne marchaient pas très bien, et essayait toutes sortes de drogues. D'un ton catégorique, Dexter avait dit : « Non. C'est impossible. »

Peu après, l'histoire avait été modifiée, corrigée : ce n'était pas Clarence McQuade qui était mort, mais Pete Marsh ! Pete qui n'était pas un intellectuel comme Clarence quoique intelligent, et studieux pendant sa première année de droit à Berkeley. Mais Pete avait pris du L.S.D. et sauté, ou essayé de s'envoler, du

Golden Gate Bridge. Il était mort à l'âge de vingt et un ans. Le premier de notre promotion à mourir d'autre chose que d'un accident de voiture. « Vous ne vous demandez pas à quoi Pete ressemblerait s'il était avec nous, ce soir ? Tant d'années après ? Son acné aurait disparu depuis le temps. Il serait beau !

— Pete ! Il nous regarderait et dirait en sifflant entre ses dents, comme il faisait : "Merde, les gars, qu'est-ce qui vous est arrivé ? Vous êtes vieux !" » Nous éclatâmes de rire, nous entendions la voix de Pete, trente ans après, et elle n'avait absolument pas changé.

Lorsque nous avons bu quelques verres, nous nous mettons toujours à imiter Smoke Filer. Smoke nous manque, lui aussi. Tous nos copains morts nous manquent. Le visage de fouine boudeuse de Smoke que les filles trouvaient séduisant, ses ricanements graveleux. Les bruits de succion et de baiser qu'il émettait pendant les cours de Mlle Bird et qui semblaient venir de tous les côtés à la fois, cette pauvre Mlle Bird ne savait jamais d'où, et nous étions morts de rire. (À l'une de nos réunions du début, sans doute la dixième, Mlle Bird était invitée à dîner, et nous nous excusâmes de la conduite de Smoke, mais elle dit : « Non, non... c'était votre façon d'être. On ne peut pas davantage changer le passé par des excuses qu'on ne peut guérir une blessure depuis longtemps cicatrisée. Alors pourquoi essayer ? ») En nous rendant à la réception des Rindfleisch dans Brompton Road, nous passâmes devant l'ancienne maison de Smoke, l'unique construction de Frank Lloyd Wright à Willowsville et considérée maintenant comme une sorte de monument. « À l'époque où nous connaissions Smoke, elle nous paraissait juste bizarre. Vous vous rappelez ? Quand on était dedans, on avait l'impression d'être dans une grotte. Smoke la détestait. Il disait : “On croirait vivre à l'intérieur de l'idée tordue de quelqu'un.” » Une maison faite de dalles de béton, de plans horizontaux, et d'étroites colonnes de verre qui miroitaient dans le crépuscule. « Dire que nous ne savons même plus qui y habite, aujourd'hui ! Leurs noms. » En fait, il y avait quinze ans que nous ne le savions plus, la famille de Smoke avait déménagé depuis longtemps. Willowsville se remplissait de maisons d'anciens amis, de maisons où nous étions allés, enfants, mais qui nous étaient maintenant interdites à jamais.

Kate Olmsted nous racontait qu'elle avait rencontré John Reddy Heart au printemps et qu'il avait « promis vaguement, presque catégoriquement » d'essayer de venir à la prochaine réunion. C'était dix ans plus tôt, lors de notre vingtième réunion. Certains d'entre nous avaient cru Kate, qui sait se montrer très convaincante, et d'autres pas. À présent, étant donné le nombre record de gens qui assistaient à notre trentième réunion, et son atmosphère de célébration frénétique, il semblait encore plus plausible que John Reddy Heart y fasse une apparition. Millie LeRoux, coprésidente du Comité d'organisation, dit avec enthousiasme : « Nous lui avons envoyé une invitation manuscrite à l'adresse que Kate nous a donnée. “L'Arche de Verre, Shawmouth, État de New York.” Nous lui avons écrit qu'il serait l'invité d'honneur... qu'il pourrait rester dormir chez qui il voudrait. Mais nous ne savons pas s'il a reçu la lettre. » Trish Elders dit, en plaisantant à demi, avec un geste de protestation : « Il ne peut tout de même pas nous éviter jusqu'à la fin des temps. Nous ne comptons donc pas du tout pour lui ? »

Cocktails au crépuscule, le parfum doux-humide de pelouses banlieusardes frais tondues, une lune-faucille flottant au-dessus des hauts conifères de Brompton Road. Derrière l'éblouissante maison à deux niveaux de Jon et Nanci Rindfleisch — « La maison même où habitait Melvin Riggs au moment de sa mort. Vous vous rendez compte ! » Mais nous fûmes déçus, ceux d'entre nous qui n'étaient encore jamais entrés dans cette maison, car l'on nous expliqua que, avec sa jeune et élégante seconde épouse Nanci, une décoratrice d'intérieur ayant fait l'école Parsons de New York, Jon avait si profondément transformé cette maison de cinq chambres en pierre, verre et séquoia qu'elle ne ressemblait plus que de très loin à celle, plus prétentieuse, dans laquelle Riggs avait vécu et où, en son temps, une époque qui nous paraissait lointaine et corrompue, il avait reçu avec faste. Au moment de notre trentième réunion, de nombreux voisins des Rindfleisch affirmaient ne pas savoir qui était Melvin Riggs. Certains se rappelaient vaguement un personnage « controversé », propriétaire de l'équipe de base-ball des Buffalo Hawks et d'un night-club de Buffalo depuis longtemps rasé, et qui avait participé à la vie politique municipale. Avait-il été arrêté pour détournement de fonds ? Corruption ? On pouvait s'attendre à tout de la part de cette ancienne génération, moins morale, même dans le village protestant et moral de Willowsville. « À moins qu'il soit mort de mort violente ? Assassiné ? » Il n'y avait pas eu un seul meurtre à Willowsville depuis cette nuit, plus de trente ans auparavant, où

Riggs avait été expédié par une balle de 11,43. Nous regardions avec consternation les gens qui nous posaient ce genre de questions. Certains étaient des résidents moins anciens du village, et d'autres, composant en fait une majorité toujours croissante, étaient simplement jeunes et ignorants.

Certains d'entre nous, encouragés par Roger Zwaart, qui aimait les complots, les intrigues, les surprises, tâchèrent de louer l'ancienne maison des Heart pour l'une de nos réunions d'anciens élèves. Mais nous fûmes éconduits avec froideur par ses propriétaires, un couple riche entre deux âges qui n'avait aucun lien avec nous. Eux non plus n'avaient jamais entendu parler de Melvin Riggs ni de John Reddy Heart — « Vous devez vous tromper d'adresse. Nous habitons ici depuis vingt ans et nous n'avons jamais entendu parler de scandale. Navrés. »

Nous trouvâmes exposés chez les Rindfleisch, et chez Millie LeRoux, de vieux exemplaires jaunis mais amoureusement conservés du *Weekly Willowsvillian,* du *Will-o'-the-Wisp* ainsi que notre bel *Annuaire* à la couverture nacrée. Nos visages d'adolescents souriants, tachés de son, yeux grands ouverts, nous regardaient d'un air légèrement incrédule, étonnés de nous voir si vieillis, si changés. Et pourtant... avions-nous seulement changé ? « Vous revoir tous, les amis, bon Dieu, c'est, c'est... » Nous n'étions pas certains de le reconnaître, un visage en forme d'ampoule, lisse et rougeaud, des yeux pochés grisâtres, une veste sport bordeaux et un pull blanc en mailles de filet, il n'avait pas réussi à fixer le badge portant son nom à son revers et l'avait fourré dans sa poche et il semblait gênant de lui demander qui il était car il nous connaissait, semblait nous connaître intimement, nous serrait la main en la gardant longuement dans sa main moite. « ... c'est presque comme mourir... mourir et se réveiller dans une nouvelle dimension où l'on a la consolation de trouver... de vieux visages familiers. *Des visages pareils à des âmes perdues qui seraient votre propre âme... vous comprenez ?* » Notre hôte Jon Rindfleisch (à qui nous avions fait croire que nous voulions le fourrer dans un coffre de voiture et le trimballer sur toutes les routes cahoteuses des environs — « Tu te rappelles, Jon ? Tu avais le frère de Deedee Drummond aux fesses ? ») se tenait sur la terrasse qui avait un jour été celle de Riggs et, ressemblant à son vieux père, M. Rindfleisch, il accueillait ses invités en leur broyant la main, en les serrant dans ses bras, et en embrassant de séduisantes ex-camarades de classe comme Ginger McCord, anciennement Siefried, vêtue d'une robe dos nu vert pâle qui mettait en valeur sa peau de rousse ; Ginger était vraiment très pâle, mais belle comme nous ne l'avions plus vue depuis le coma éthylique de Doug, son cancer (on lui avait enlevé un poumon, Dougie avait fumé quatre paquets par jour pendant vingt ans), leur divorce et le combat acharné qu'ils s'étaient livré pour la garde des enfants ; nous avions entendu dire que Ginger elle-même avait été hospitalisée, avait fait une tentative de suicide aux barbituriques, mais ses vieilles amies Trish Elders et Shelby Connor refusaient loyalement d'en discuter, ou même de parler de Ginger ; et il était difficile de croire qu'elle eût souffert d'un malaise profond de l'âme en la voyant glisser ses bras minces et nus autour du cou épais de Jon, et poser sur ses lèvres étonnées de petits baisers mouillés d'enfant, sous le regard souriant de Nanci, la femme de Jon. « Oh ! Jon. Que nous est-il arrivé, quel genre de sort nous a-t-on jeté pour que nous soyons soudain si vieux ! »

Tout le week-end, Kate Olmsted nous prit en photo. En provoquant nos rires et nos protestations. Pourtant nous ferions tous grand cas de ses photos de groupe, et celle de ce pauvre Dwayne Hewson se débattant gaiement, nu comme un ver, contre les filles ivres du Cercle qui voulaient le jeter dans sa propre piscine, serait la dernière de sa vie... une pièce de collection, si l'on peut dire. Chet Halloren, ancien caricaturiste du *Willowsvillian*, fit de nouveau des siennes, en crayonnant des portraits hilarants, des caricatures plus ou moins cruelles et précises montrant bajoues, poches, rides, excès de poids, alopécies et dentiers trop voyants avec l'adresse insouciante du tueur professionnel. « C'est hideux, Chet. C'est diffamatoire. Oh, Chet... comment peux-tu ? » Sandi Scott déchira en morceaux le portrait incriminé et le jeta au visage de son ancien petit ami.

« Pourquoi je suis revenu ? Pour décider de la réponse à une question qui m'obsède depuis cette nuit où avec d'autres types du club d'échecs nous nous sommes soûlés derrière la pépinière Burnham, certains que nous allions apprendre que John Reddy Heart avait été abattu. *La vie est-elle ou non une chose sérieuse ?* »

« Pourquoi je suis revenu ? J'habite Fairway Drive, *je ne suis jamais parti.* »

« Vous avez entendu la nouvelle ? John Reddy Heart va venir, c'est sûr ! Millie dit qu'elle l'attend chez elle pour le dîner, à dix heures. Il dormira chez Kate Olmsted. Vous saviez qu'ils étaient amis ? »

Nous fûmes intrigués de voir Mme Schultz, la séduisante mère de Mary Louise qui nous reconduisait dans son break après l'école, saluée et étreinte avec chaleur par Jon Rindfleisch ; et Mme Connor, la jolie mère de Shelby, était là elle aussi, riant avec nervosité dans un groupe qui comprenait au moins deux des anciens petits amis de sa fille ; puis, on nous tira de notre erreur... « Ce ne sont pas les mères de nos camarades de promotion, *ces femmes sont nos camarades de promotion.* »

C'était certain... E. S. Fesnacht venait. Elle avait envoyé son chèque, un badge lui était réservé au nom d'*Evangeline Fesnacht*. Pas une seule fois cette mystérieuse ancienne élève de WHS, qualifiée dans notre bulletin de « notre très célèbre lumière littéraire », n'avait assisté à une réunion, ni même répondu à nos lettres — « Mais la trentième réunion est une exception. Vangie m'a dit en personne qu'elle serait là ! »

Finalement, épuisé et amer, Clarence McQuade s'avança en trébuchant sur la terrasse des Rindfleisch, avec une heure quarante de retard. Nous le reconnûmes aussitôt : cette tête étroite intolérante, ces yeux perpétuellement protubérants où semblait briller une fureur à peine contenue contre la stupidité et la lenteur d'autrui, ses amis intelligents du club d'échecs compris ; son corps long et fluet dans des vêtements de confection d'une texture bizarre, rappelant le fromage Velveeta ; exception faite de ses cheveux clairsemés qu'il avait longs et raides, Clarence, l'un des génies de notre promotion à qui des professeurs tels que M. Alexander et M. Salaman montraient le plus grand respect, n'avait pas changé le moins du monde en trente ans, comme embaumé dans ses recherches en cybertechnologie à Palto Alto (pour la société plus que prospère HARTSSOFT), prisonnier d'une distorsion spatio-temporelle. Sans nous saluer, nous qu'il n'avait pas vus depuis la fin de nos études secondaires, Clarence protesta avec l'accent nasal geignard de son enfance : « Qui diable est responsable ! J'ai envoyé un chèque au comité d'organisation, et personne n'en a jamais accusé réception ni ne m'a envoyé d'indications sur la façon de trouver ces foutues réjouissances ! Tout ce blabla... “Tu nous manques”, “On t'aime”, “On veut que tu sois là”... je me suis laissé avoir comme une poire. Moi, McQuade, une poire ! J'ai fait tout Tug Hill Park et le temps que je repère la FÊTE DE LA BIÈRE, la tente était par terre, disparue. J'ai parcouru tout Willowsville en ne trouvant que des sens uniques et des rues que je ne reconnaissais pas ! Et les panneaux sont illisibles ! Ce que les étrangers disaient de Willowsville est vrai... c'est une communauté fermée, privée ! Un endroit pour privilégiés ! Dès Transit Road, je me suis perdu, c'est devenu une super-autoroute, on se croirait dans *Mad Max* ! Pourquoi personne ne m'a préparé au choc que me causerait Main Street ? Là où il y avait des champs, des bois, c'est une succession de minicentres commerciaux, de stations-service, de portiques de lavage et de McDonald's. Là où nous allions faire de la luge, du côté de Haggarty Road, près du ravin, quand nous étions à l'école primaire, vous vous rappelez ?... il y a cette verrue obscène, le centre commercial Zwaart... un rapport avec *Roger Zwaart* ? Le type que nous connaissions ? À qui il était impossible de faire rentrer le calcul intégral dans le crâne ? Pourquoi personne ne m'a averti que Garrison est maintenant une autoroute à quatre voies et qu'il est impossible de tourner à gauche ? Je me suis retrouvé dans la "Résidence de la Renardière", perdu comme un rat dans un labyrinthe ! Et il y a des ponts autoroutiers au-dessus de Burlington, maintenant ! Nous habitions tout près, bon Dieu ! Et un rond-point — un *rond-point*, comme en Angleterre ! — remplace la place gazonnée, au centre du Village ! Qu'est-ce qui est arrivé à ce centre, d'ailleurs ? Où est passée la librairie Bookworm ? Et le Haven ? On dirait que la Boutique de sport les a phagocytés. Et qu'est devenu le Glen Theatre ? Qu'est-ce que ce « centre médical Glenside »... je ne me souviens même pas de ce qu'il y avait à cet endroit. Il m'a fallu cinq bonnes minutes pour comprendre où j'étais, comme après une attaque d'apoplexie : la pépinière Burnham a disparu, et les champs et les bois au-delà sont devenus le campus d'une monstruosité... le "collège technique Niagara"... Pourquoi personne ne m'a prévenu ? Pourquoi me regardez-vous tous comme ça ? *Qui êtes-vous ?* » Clarence repoussa brutalement sur son nez suant les lunettes à monture de plastique noir qu'il avait depuis trente ans, et nous contempla, nous, ses anciens camarades, les yeux clignant d'horreur. Nous étions impressionnés, nous n'avions jamais entendu un intello s'exprimer comme ça, l'un de nous offrit un verre de champagne à ce pauvre Clarence et lui fit bon accueil.

Moins de trois minutes plus tard, comme dans un numéro comique soigneusement répété, ce qui fit rire certains d'entre nous aux éclats, une autre des grosses têtes de notre promotion arriva, la très snob Carolyn Cameron, docteur en oncologie au centre médical presbytérien de Columbia (comme Carolyn ne manquait jamais de le préciser lorsqu'elle mettait à jour sa longue biographie pour notre bulletin), qui s'avança en trébuchant sur la terrasse, haletante, le ton plein de reproche... « Quel choc ! Pourquoi personne ne m'a prévenu ? Il y a seize ans que je ne suis pas revenue ici, et le village est méconnaissable ! Il n'y a plus que des tours de bureaux et des immeubles en copropriété à l'horizon ! Qu'est devenu le plan d'occupation des sols ? Qu'est devenue la vieille bibliothèque ? Qu'est devenue la place gazonnée ? Où est passée la librairie Bookworm ? Le Glen Theatre ? Le Crystal ? C'est vrai que Dwayne Hewson est *maire* ? Un footballeur... *maire* ? Le pire, mon Dieu, je n'en croyais pas mes yeux, ça me rend malade... c'est que tous les saules ont disparu. Nos cent saules pleureurs, si beaux, si célèbres... disparus. Et Glen Creek... disparue aussi. Comment peut-on recouvrir une rivière, la faire disparaître ? Et à la place, il y a ce "centre commercial Glenside" hideux... des boutiques, des restaurants et un multiplexe ! Oh ! comment avez-vous pu laisser faire une chose pareille ! Certains d'entre vous doivent y être pour quelque chose, Willowsville a perdu son âme ! » Carolyn nous stupéfia en fondant en larmes, son ton moralisateur nous déplut mais il y avait longtemps que nous ne l'avions pas trouvée aussi sympathique.

Quelques-uns d'entre nous avaient fait un tour dans le village avant d'aller chez les Rindfleisch, et ils avaient eux aussi remarqué ces changements. Mais bien sûr, pour ceux d'entre nous qui étaient revenus régulièrement rendre visite à leur famille, ils ne semblaient pas aussi importants, ni aussi choquants. Il était certain que la disparition de la promenade des Cent Saules et de Glen Creek, quelques années plus tôt, n'avait pas été du goût de tous à Willowsville. « Malheureusement, le progrès est la loi de la nature. Le progrès économique est encore plus inévitable parce que, comme le sait tout homme d'affaires, si vous ne vous développez pas activement, vous stagnez ; si vous stagnez, vous êtes mort. Glen Creek est un symbole sentimental dont nous n'avons tout simplement plus les moyens. » (Extrait du discours du maire Dwayne Hewson lors de l'inauguration du somptueux centre commercial Glenside que Dwayne, Jon Rindfleisch, Roger Zwaart et quelques autres avaient construit.) Nous étions tristes de la disparition de la Village Tartan Shoppe, remplacée par une élégante boutique Banana Republic. Les magasins Pendleton et Jonathan Logan avaient disparu, eux aussi, remplacés par Gap et Hermès. La librairie Bookworm avait été rachetée par la Boutique de sport qui avait un rayon entier réservé aux articles de ski et d'alpinisme. Le Haven, entièrement rénové, était désormais un élégant restaurant français, L'Auberge. Le Glen Theatre, rasé depuis longtemps, était devenu un magasin de vente et location de vidéos. Même le drugstore Muller avait disparu, et nous ne savions plus très bien où il s'était trouvé. Le plus pénible pour nous, c'était encore l'embourgeoisement de ce que nous appelions le bas Willowsville, ou parfois le « quartier italien ». Water Street était maintenant bordée de beaux immeubles de bureaux en brique, de cabinets médicaux et de salons de coiffure. Là où avait coulé Glen Creek, il n'y avait plus que pavement, herbe verte méticuleusement entretenue et tapis végétal ; les anciennes maisons, toutes identiques, devaient subsister derrière les façades pimpantes, derrière les portes et les volets repeints de frais, mais totalement transformées. « Mon Dieu, où est l'ancien immeuble de

John Reddy ? Comment peut-il avoir disparu ? murmura Pattianne Groves.

— Il a disparu, dit Trish Elders, et le North China aussi, il y a des années. Si seulement j'étais venue prendre des photos avant la démolition du pâté de maisons ! Mais j'avais une exposition, j'étais distraite. Kate en a pris, je crois. Demande-les-lui. » Pattianne dit : « Si Verrie vient ce week-end, j'espère qu'elle ne verra pas ça. Elle en aurait le cœur brisé. Elle traverse une mauvaise passe, en ce moment, paraît-il. Ce vilain article dans le *National Enquirer.* Et elle avait l'air, comment dire ?... ivre, ou droguée, dans le *Late Show*, à la télé. Et c'est un spectacle si triste. — Plus que triste, dit Mary Louise Schultz en se frottant les yeux. Tragique. » Nous garâmes l'Acura jaune pâle de Trish, qui nous rappelait la belle Olds décapotable jaune canari de Verrie. Debout dans Water Street à l'emplacement approximatif du North China, nous levâmes les yeux pour regarder, non la façade de brique morne et ennuyeuse d'un immeuble de bureaux neuf, mais, toujours si vif dans notre souvenir, le vieil immeuble de grès sale où, à dix-sept ans, John Reddy Heart avait vécu ce qui nous apparaissait, avec le recul, une année d'exil et d'expiation ; un adolescent privé de sa famille dans un village de familles et d'honnêtes citoyens respectueux des lois. « Vous vous rappelez ?... La silhouette de John Reddy sur le store ? Mon Dieu.

— Sa fenêtre était ouverte. Pendant ces nuits d'octobre. Nous entendions de la musique... la sienne. Il était là, en maillot de corps, peut-être torse nu, en train de fumer. Seigneur !

— John Reddy !... Dire qu'il était plus jeune alors que nos propres fils ne le sont aujourd'hui. Ça semble impossible. » Pattianne, qui était venue d'Oslo, où était resté son ambassadeur de mari dont elle parlait rarement, mit les mains en coupe autour de sa bouche et murmura d'un ton espiègle : « Tueur ! Oh ! tueur ! » Mary Louise, encline depuis son opération, dix-huit mois plus tôt, à des accès d'émotion imprévisibles, se mit à rire follement et, les mains en porte-voix elle aussi, cria : « Tueur ! Hé ! Tu es là, tu es prêt, John Reddy ? John *Reddy* ? » Deux hommes assez jeunes en complets veston, qui avaient l'air d'avocats, nous dépassèrent en nous jetant des regards intrigués. Trish tâcha de faire taire ses amies en posant un doigt sur ses lèvres — « Chut ! » — mais elles avaient bu un ou deux verres de vin pendant le voyage, elles riaient, enlacées par la taille, et ne l'écoutèrent pas. « John Reddy, on est prêtes ! John Reddy on est prê-tes ! Mmmmm, JOHN REDDY ON EST PRÊ-ÊTES ! »

Veronica Myers devait en fait venir à notre réunion si son « planning complexe », selon les termes de son assistante, avec qui nous avions été en contact, le lui permettait. Nous espérions que, si elle souhaitait faire un pèlerinage à Water Street, cela ne lui donnerait pas le coup de grâce.

Comme son ancien ami et rival Clarence McQuade qu'il avait perdu de vue depuis vingt-sept ans, Dexter Cambrook, quoique ancien professeur de l'université de Princeton et, plus récemment, directeur de la Fondation nationale des Sciences à Washington, s'était absurdement perdu en voulant se rendre à la FÊTE DE LA BIÈRE de Tug Hill Park — « Et mes parents habitaient Beechwood Street. C'est vraiment incompréhensible. » Comme il avait trois heures de retard, et qu'il était de plus en plus angoissé, Dexter décida de se rendre directement au cocktail de Jon Rindfleisch mais eut alors du mal à trouver Brompton Road ; il ne se rappelait pas un Willowsville aussi labyrinthique, des panneaux indicateurs aussi illisibles, mal éclairés, masqués par le feuillage. « Comment nous appelait-on, déjà ?... “Un bastion des privilèges.” C’est l’impression que donne notre monde à quelqu’un d’extérieur. » De plus en plus désespéré, il roula quelque temps à l’instinct, en se disant que sa personnalité était peut-être trop déterminée par la logique, le rationnel, l’analyse, mais il se retrouva dans Sedgemoor Lane, tout près d’une demeure XVIIIe austère aux volets sombres — « Bon sang. L’ancienne maison familiale de Jon. À croire que j’ai remonté dans le temps ! » Allait-il également rater le cocktail ? C’était la première réunion de Dexter... avait-il peur de revoir ses anciens camarades de promotion ? Ou, au contraire, attendait-il trop de ses retrouvailles ? (Il était de plus en plus surexcité à l’idée de la revoir, *elle*, après tant d’années.) La Nissan Altima qu’il avait louée à l’aéroport, à défaut d’une Honda Accord comme celle qu’il avait chez lui, était difficile à manœuvrer, et il mourait de peur d’avoir un accident. Comme Clarence McQuade, il avait été surpris par la circulation sur Transit Road, et avait dû aller dix fois plus loin qu’il ne le souhaitait sur cette autoroute grondante, faute de pouvoir tourner à gauche. Lorsqu’il avait enfin réussi à trouver Main Street, il n’avait rien reconnu — il n’y avait plus aucun point de repère, rien que des minicentres commerciaux et des fast-foods — et s’était demandé si cette « Main Street » ne se trouvait pas dans une autre banlieue qu’il ne connaissait pas. Le plus sage aurait été de s’arrêter et de téléphoner pour demander des indications...

« Mais ils vont se moquer de moi. Hewson, Bozer, Siefried. Lutz. Nordstrom. Toute cette clique. Smoke Filer et Steve Lunt sont morts. Eux au moins ne peuvent plus rire. » Il frissonna de satisfaction à l'idée que Smoke Filer en particulier ne serait pas à ce week-end. Le ricanement railleur de Filer qu'il avait entendu dès l'école d'Academy Street (à son plus cruel dans les vestiaires, quand il visait les organes génitaux des plus jeunes) n'avait cessé de lui résonner aux oreilles comme un avant-goût de l'Hadès. Il avait quarante-huit ans mais vibrait d'une émotion aussi violente que celles qui s'emparaient régulièrement de lui dans son adolescence. « Connard ! Je suis content que tu sois mort. Je suis directeur de la Fondation nationale des Sciences à Washington, et toi, tu es *mort.* »

Un pâle croissant de lune, romantique en diable, se levait dans le ciel nocturne. Un grondement assourdi évoquant un roulement de tonnerre malveillant nous parvenait par bouffées du JOUR DES PÉNATES TUG HILL PARK où des milliers de jeunes gens s'étaient rassemblés. En voyant son mari contempler d'un air nostalgique les filles quadragénaires du Cercle à l'autre bout de la terrasse bondée, Nanci Rindfleisch, qui avait quatorze ans de moins que toutes les personnes présentes, les assistants du traiteur exceptés, dit à voix basse : « Pour l'amour du ciel, Jon... qu'est-ce que ces femmes ont de si extraordinaire ? Cette femme aux cheveux noirs, là-bas, qui parle avec un chauve qui a un œillet à la boutonnière... elle, elle est vraiment belle. Un Botticelli. Qui est-ce ? » Jon se détourna à contrecœur, s'essuyant le visage sur une serviette en papier. Il ne vit pas tout de suite de qui Nanci voulait parler. « Oh... elle ? Janet Moss. » Son ton était aimable, mais indiscutablement dédaigneux. « Pourquoi dis-tu : “Oh ! elle”, s’énerva Nanci. Cette femme est belle et intéressante. Je lui ai parlé tout à l’heure, tu savais qu’elle est généticienne ? Qu’elle fait de la recherche à l’Institut Rockefeller à New York ? Qu’elle travaille sur certains types de cancers du cerveau ? D’après les rumeurs, les chercheurs de son équipe et elle feraient partie des candidats sélectionnés pour le Nobel. Et elle est aussi pilote amateur, elle vient d’avoir son permis. Et elle a quatre enfants dont trois sont des passionnés de courses de chiens de traîneaux. Son mari est géologue, et toute la famille se rend chaque hiver en Alaska pour le tournoi de chiens de traîneaux. » Mais Jon avait du mal à écouter ce que disait sa femme. Nous savions que Janet Moss n’était que Janet Moss, sa famille avait habité une petite maison victorienne toute simple dans le bas de Mill Street, son père était un cadre moyen de la Niagara Trust, les Moss n’appartenaient à aucun de nos clubs et personne ne les avait regrettés. Qui se souciait de ce que Janet Moss était *aujourd’hui* ?

En procession et en klaxonnant, dans nos voitures rutilantes, nous nous rendîmes chez Millie LeRoux Pifer à Amherst Dells, distant de six kilomètres, comme des années plus tôt, après une victoire de notre équipe de football ou de base-ball, nous traversions Willowsville surexcités et ivres et troublant la paix publique, sans douter un instant de notre droit à troubler cette paix. Il est vrai que certains d’entre nous buvaient ferme depuis la FÊTE DE LA BIÈRE de Tug Hill Park, et que la plupart d’entre nous avaient la panse remplie à éclater... fruits de mer fantastiques, crevettes géantes, huîtres crues, pattes de crabe et langoustes du Maine, ailes de poulet épicées, noix de cajou salées et feuilles de vigne, la spécialité du traiteur grec. Et le bar généreux de Rindfleisch. « Il est si difficile de dire non. Ces week-ends sont fœtaux.

— Létaux ?

— Et il est si difficile d'entendre ! » La moitié des hommes de notre promotion étaient durs de l'oreille gauche, et l'autre moitié de l'oreille droite. « C'est bien ma chance pourrie de me retrouver assise entre deux de ces types, et du côté de leur "mauvaise" oreille. » Mais où était Bart Digger, le criminologue distingué, conseiller du ministre de la Justice, que nous apercevions souvent, avec fierté, sur CNN, et étions impatients de revoir ? Et où était notre star du cinéma Veronica Myers qui avait promis de nous rejoindre, au moins une partie du week-end ? Et où était E. S. Fesnacht, notre lumière littéraire la plus célèbre (quoique controversée), « Vangie » pour ses amis les plus chers et les plus anciens ? Où était le ténébreux Ritchie Eickhorn, notre poète ? Où était la caustique Elise Petko, le major de notre promotion, et son cavalier du bal de fin d'année, le doux et gauche Dexter Cambrook, le deuxième de notre promotion ? Où était notre théoricien de l'informatique P. F. Merchant, ce petit Petey Merchant dont nous gardions un souvenir attendri, timide à en être quasiment muet, nabot ou presque, avec des yeux larmoyants d'épagneul et une peau piquée de boutons d'acné ?... un autre explorateur du cyberespace employé par la société HARTSSOFT de Palo Alto, en Californie ? (Nous avions également entendu dire, rumeur vieille de quinze ans et qui n'avait jamais reçu confirmation, que le mystérieux fondateur de

Hartssoft, l'une des sociétés de software les plus prospères au monde à l'époque de notre trentième réunion, n'était autre que Farley Heart, le frère cadet de John Reddy dont aucun d'entre nous n'avait le moindre souvenir !) Où était notre chirurgien esthétique Scott Baskett, et où était son ami Blake Wells, l'unique président d'université de notre promotion, qui jouait si bien de la clarinette ? — « Chaque fois que j'entends une clarinette, ou peut-être aussi un trombone, en fait... je ne suis pas spécialiste en la matière... je pense à Blake, et je regrette de ne pas m'être montrée plus gentille avec lui. » L'effervescente Suzi Zeigler, présentatrice des *Nightly News* sur la chaîne WBEN-TV, venait d'arriver — « Impossible de ne pas venir vous retrouver, les amis ! Vous êtes les seuls êtres sur terre à me connaître telle que je suis, et non telle que j'apparais ! » —, mais où était son amie Sandy Bangs qui passait pour être devenue une documentariste féministe ? Et où était l'ancien petit ami exotique de Suzi, Norm Zeiga, qui l'avait chipée à Roger Zwaart quand nous étions en terminale ? « J'ai été furieux, évidemment. Suzi et moi projetions de nous marier quasiment depuis le cours préparatoire. Ce n'était pas parce que je l'aimais, quoique ce soit le cas, je suppose, ni même parce que j'avais envie de me marier, mais bon, c'était notre destin, en quelque sorte. Et ce destin était contrarié. » Roger était là, bien entendu ; il avait épousé une de nos jolies et riches camarades de classe, Jenny Thrun ; grâce au soutien financier de son beau-père et aux conseils juridiques avisés de son propre père, il était devenu l'un des premiers promoteurs de la Niagara Frontier, un rival et parfois un associé de Jon Rindfleisch, avec qui il jouait au squash et au golf au

Country Club de Willowsville — « Car qu'est-ce que la "promotion immobilière" sinon une façon de contrer, de "contrarier" le destin ? De se venger sur la nature, pourrait-on dire. » Roger et Jon ! Zwaart et Rindfleisch ! Et au lycée ils s'étaient cordialement détestés, parce que, disait-on, Jon avait truqué une élection de délégués de classe pour se faire élire trésorier à la place de Roger. Et, naturellement, le maire de Willowsville Dwayne Hewson était parmi nous, aussi séducteur qu'il l'était à dix-huit ans, bien qu'il eût une vingtaine de kilos de plus, un visage rouge sombre d'hypercholestérolémique et une voix rauque de fumeur. En fait, Dwayne était président honoraire du Comité d'organisation et s'était occupé de nos réunions depuis le début. Notre roi du bal des terminales, Ken Fischer, qui s'était suicidé pour de tragiques raisons personnelles ou professionnelles, ne pouvait être parmi nous, évidemment, mais où étaient ses vieux copains Bo Bozer, Tommy Nordstrom ? Art Lutz, un autre de nos directeurs généraux locaux, était là, absorbé dans la contemplation de Mary Louise Schultz qui, très chic, toujours superbe, riait au milieu d'un cercle d'admirateurs masculins sans avoir conscience de sa présence ; mais où était son vieil ami Dougie Siefried ? (Ginger McCord qui avait divorcé de Dougie trois ans auparavant montrait une indifférence cruelle, trouvions-nous, envers ce pauvre Doug. « Pourquoi me poser la question ? Nous ne nous voyons plus. Je ne pense jamais à lui. J'ai des enfants adultes, ma propre vie indépendante. *Je suis un être humain, pas la petite amie de Dougie Siefried.* »)

Et où était John Reddy Heart, tant d'années après ?

« Après quarante ans, le déjà vu est tout ce qui vous reste. »

Lors de notre somptueuse vingtième réunion aussi, nous avions attendu avec excitation, avec euphorie, que John Reddy vienne à notre barbecue. Comme Kate Olmsted nous l'avait dit d'une voix haletante : « Sans doute juste pour une petite heure. Il viendra en moto de quelque part au nord de l'État. Oui, John Reddy est toujours aussi insaisissable, vous savez... sacrément difficile à coincer. Mais il m'a souri quand je me suis présentée... vous vous rappelez ce sourire ?... il n'a pas changé. Ou à peine... ses cheveux commencent à s'argenter, et il les porte toujours longs. Il est toujours séduisant, sexy. Il a dit : “Je m'appelle John Heart. Tout cela est bien loin.” Mais j'ai été flattée... il se souvenait de moi ! Le fait de m'avoir poussée dans mon fauteuil roulant, sans doute. Il a paru étonné de me voir marcher, alors je lui ai expliqué que j'étais en rémission. Le mystère de la rémission. “Nos vies sont fondamentalement en rémission, ai-je dit. Nos vies sont dans un perpétuel état de grâce. Nous ne sommes pas davantage des lépreux que Jésus-Christ ne l'était... ou alors, si nous le sommes, Jésus l'était aussi. C'est vous qui m'avez appris cela, John Reddy.” Je ne voulais pas le gêner mais je me suis dit que nous étions des adultes, désormais. Les adultes se parlent avec franchise. Il aurait volontiers bavardé davantage, je le voyais, mais les circonstances ne s'y prêtaient pas, alors je l'ai invité à venir voir ma galerie, ce qu'il n'a pas encore fait, et je l'ai invité à notre réunion. Il a dit qu'il essaierait de venir, il l'a pratiquement promis, et je le crois.

— Oh ! Katie. Tu lui as serré la main ?

— *Est-ce qu'il est marié ?*

— Est-ce qu'il a demandé des nouvelles... de l'un d'entre nous ? »

Kate posa un doigt sur ses lèvres souriantes, comme pour nous réprimander. À la manière d'un magicien sortant des merveilles stupéfiantes de son chapeau, elle se mit à faire circuler une dizaine de photos remarquables de l'Arche de Verre, qu'Aaron Leander Heart (oh ! nous nous souvenions si bien de lui !) avait construite avec des milliers de bouteilles ; et deux photos intrigantes quoique floues d'un homme vêtu de cuir noir, coiffé d'un casque, pris de dos, qui s'éloignait sur une motocyclette. « On ne voit pas son visage, malheureusement, mais c'est John Reddy, on ne peut pas s'y tromper. »

Nous essuyâmes nos doigts poissés de graisse de porc sur des serviettes, contemplâmes longuement les photos. Puis l'un de nous dit, doucement : « Oui. C'est lui. »

« Vous êtes sérieux ? Vous vous attendez à ce qu'il vienne à cette soirée, au bout de trente ans, alors qu'il a snobé toutes les autres, le bal des terminales compris ? C'est vraiment trop *improbable*. »

Pourtant, nous continuions à y croire. Car c'était tout simplement *possible.*

Nous écarquillâmes les yeux, stupéfaits. Qui ça ?

Les conversations s'interrompirent. Elle se tenait au bord de l'élégante terrasse en séquoia des Pifer, une terrasse suspendue au-dessus d'une cascade étincelante dans le village clôturé et doté d'une police privée d'Amherst Dells, à l'ouest du Village de Willowsville, et elle nous regardait, nous ses anciens camarades de classe, avec un air de défi, et de déférence. Ses cheveux, d'un gris élégant, étaient proprement attachés sur sa nuque. Elle était plus grande que dans notre souvenir et, quoique pas vraiment mince, plus du tout grosse. En fait, elle était devenue, en notre absence, une femme ayant caractère et prestance. Une femme qui avait réussi professionnellement. L'un de nous murmura : « Elle est juge aux affaires familiales dans l'État de New York. Lee Ann Whitfield est juge. » Incrédules, nous nous la rappelions petite et boulotte, assise à la table des laissés-pour-compte. Ses seins pressés comme des ballons contre son plateau de cafétéria. Ses joues rouges rebondies. La façon timide et pleine d'espoir dont elle levait les yeux lorsque nous passions gaiement près d'elle, en bande, et que nous l'ignorions, ne la voyant en fait pas davantage que nous ne voyions les poubelles ou les employés de couleur de la cafétéria, derrière le comptoir. Lee Ann Whitfield que nous avions dû admettre dans le club des meilleurs élèves, sur l'insistance de Mlle Bird, parce qu'elle avait les notes pour. *Lee Ann Whitfield.* On voyait qu'elle n'avait pas l'habitude de nos réunions, elle s'était encombrée d'un mari, un homme en costume-cravate, qui restait en arrière, déjà tout étourdi. (Nous avions tous cessé d'amener nos conjoints à ces réunions. Pas un d'entre eux n'y avait survécu plus de deux heures.) Nous nous étions tus, toute notre bande tapageuse, et nous sourîmes à Son Honneur Lee Ann Whitfield comme elle s'efforçait, bravement, de nous sourire. Au même instant, nous nous avançâmes pour la saluer, pour l'accueillir en notre sein chahuteur.

« Lee Ann ! s'écria avec chaleur la gracieuse Millie LeRoux, en lui tendant les bras. Il y a bien trop longtemps que nous ne t'avions vue. »

(« Cette pauvre femme avait peur que nous la snobions. Vous vous rendez compte. Un juge de l'État de New York, quarante-huit ans. Comme si nous n'étions pas tous adultes, maintenant. »)

Des cris aigus et frêles pareils à des cris de chauve-souris au fond d'une grotte hantée dans cette Maison de la Mort où les spectres usés des mortels élisent domicile. Et je tremblais intérieurement, sachant que j'étais des leurs et ne pouvais rebrousser chemin.

« Quelle foule ! Qui sont tous ces vieux ?... *nous* ? »

On plaisantait nerveusement sur l'audace architecturale de la terrasse en séquoia, suspendue à pic sur un ravin rocheux.

Lorsque Scottie Baskett arriva, directement de l'aéroport, ses vieux amis applaudirent et s'empressèrent autour de lui, car nous avions lu avec fierté, ou nous avions entendu parler d'un article de *Vanity Fair* consacré au docteur Baskett et à sa clinique de chirurgie esthétique de Westchester ainsi qu'à d'autres chirurgiens plastiques Nouvelle Vague ; nous avions des questions pressantes à poser à notre ancien camarade, d'une nature semi-personnelle, semi-professionnelle ; la plus offensive fut, à notre grande étonnement, la superbe Ginger McCord qui, sans même laisser à Scott le temps de boire un verre, l'entraîna à l'intérieur de la maison des Pifer pour qu'il puisse examiner son visage à la lumière — « Je me suis fait faire des injections de collagène, il y a tout juste une semaine, et c'est grumeleux. Oh ! mon Dieu, Scottie, *touche* ! »

Des yeux d'enfants effrayés sous des masques caoutchouteux d'adultes. Des retardataires ne cessaient d'arriver, souvent seuls. « Si l'on est obligé de lire leur nom sur leur badge, c'est qu'ils ne sont sûrement pas importants. » Certains noms, *Brenda Rhinebeck*, *Pokie Renke*, *Sonny Deidenbach*, n'étaient pas reconnaissables, même après un coup d'œil rapide à l'annuaire.

Artie Lutz, notre clown bien-aimé, se montra comme toujours à la hauteur de sa réputation. Vêtu de son ancien maillot de footballeur, ce qui lui donnait « un chic de pastèque enceinte », il sema l'effroi parmi un groupe de spectateurs en se penchant par-dessus la balustrade de la terrasse en séquoia... si loin que Mary Louise Schultz et la mystérieuse inconnue (mais plutôt séduisante) Brenda Rhinebeck le tirèrent en arrière en l'attrapant par la ceinture — « *Artie Lutz !* Tu es fou ! » Artie déclara avec gravité qu'il n'avait pas pu voir le fond du ravin, il faisait trop noir... « Ou il est trop profond. »

Le mari de Millie LeRoux, Mack Pifer, notre hôte, ne cessait de disparaître dans son château normand de style californien comme si notre tapage lui cassait les oreilles, puis il réapparaissait, en essuyant son visage souriant, pour nous affirmer que, oui, absolument, la terrasse en séquoia était parfaitement sûre, l'architecte qui l'avait conçue était un célèbre architecte de Buffalo et l'entrepreneur qui l'avait construite était le meilleur de la profession... « Mais, tout de même, si vous pouviez ne pas tous vous masser à un bout... si vous vous étaliez un peu ? Il y a aussi des tables sur la pelouse.

Et dans la maison. Et si vous pouviez ne pas taper des pieds, les amis, ou du moins pas tous ensemble ? »

Nous rîmes, nous applaudîmes le mari riche, intelligent, gentiment comique, de Millie (« Un peu l'allure d'un pingouin, mais un esprit fin »). Et la belle Millie aux yeux de vache riait, elle aussi. (Nous pensions à ce jour où, en seconde, alors que nous étions alignés au bord de la piscine, nus comme des vers, au début du cours de natation, cette pauvre Millie était entrée pour chercher sa montre.) Quelques-uns d'entre nous, hardis, siffleurs, les mauvais garçons et rigolos habituels, quoique mal à l'aise dans leurs corps entre deux âges, « tapèrent » peut-être même des pieds à l'unisson.

Mais à ce moment-là de la soirée, 21 h 48 (Ritchie Eickhorn jeta un coup d'œil nerveux à sa montre), la terrasse en séquoia, quoique frémissant d'une sorte de vie vengeresse, tenait toujours bon.

Les explorateurs du cyberespace de la société HARTSSOFT régalèrent les béotiens en informatique que nous étions des merveilles de ce qu'ils appelaient « RV », « RÉALITÉ VIRTUELLE », « une réalité entièrement générée par ordinateur », « une réalité sans hasard, une réalité avec un but, un principe, une intelligence, un schéma directeur évolutionniste dans lequel la simple "contingence" et les "catastrophes" ne jouent aucun rôle ». (Était-ce Petey Merchant qui parlait avec cette autorité ? Nous avions été heureux de constater qu'il était débarrassé de son acné.) Ginger McCord, qui n'avait rien eu d'une intellectuelle au lycée, lança d'un ton à la fois flirteur et belliqueux : « Et la "tragédie" alors ? Allez-vous éliminer la "tragédie" ? »

Petey Merchant fronça les sourcils et répondit : « Si nous éliminons les “gens tragiques”, nous éliminerons la “tragédie”. » Clarence McQuade gloussa. « Il nous faudra peut-être éliminer des “gens”. La révolution est pour demain ! » Nous n'avions pas la moindre idée de ce qu'ils racontaient mais nous étions contents qu'ils aient fait leur chemin dans le monde, hors de Willowsville, nous applaudîmes, sifflâmes et tapâmes des pieds. Jax Whitehead s'écria : « “RV”, président ! » Une atmosphère de béatitude à l'instant précis où Reggie Edgihoffer arrivait avec, au sens propre, une brassée de glaïeuls orange et écarlates pour notre hôtesse, qu'il étreignit, et qui l'étreignit — « Oh ! Reggie. Nous nous demandions où tu étais. » Puis un frisson d'agitation soudain, une fausse alerte, Veronica Myers arrivait sur les talons de Reggie, en limousine (avait-il dit, à moins que dans le vacarme nous eussions mal entendu), directement de l'aéroport, une limousine blanche aux vitres teintées — « Verrie ? Verrie est arrivée ? » —, nous courûmes en tous sens à la recherche de Verrie, nos appareils photo prêts à la mitrailler... où ?

Ce fut un moment de cris perçants, de cris stridents, d'étreintes à rompre les os, et de baisers voraces. Langues se mêlant comme des créatures marines aveugles avides de se toucher, de s'accoupler. « Il y avait Katie Olmsted dont nous avions entendu dire qu'elle était invalide, qu'elle avait un poumon d'acier. Et elle nous a foncé dessus, bien solide sur ses deux jambes ! » « Il y avait Ketch Campbell dont nous avions entendu dire qu'il était *mort*. Et sa femme machin-chose, apparemment enceinte. » « Il y avait les Zwaart dont nous avions entendu dire qu'ils faisaient une thérapie pour sauver leur mariage... cette pauvre Jenny est un vrai zombi, elle marche au Xanax. » Il y avait Mollie Enzeimer en robe-chasuble bordeaux et chemisier blanc amidonné, qui faisait scander à un groupe braillard :

« Wolverines ! Wolverines !

Vous êtes l'équipe de nos rêves !

OUAIS ! »

(« Mollie est encore mignonne pour une femme de près de cinquante ans mais, dans cet uniforme, avec ces hanches, elle a l'air d'une petite saucisse pimentée. ») Il y avait une grande femme aux allures d'amazone, peau bronzée, cheveux gris granit, d'une autre génération que la nôtre — « Mlle Flechsenhauer ? Ouaouh. » Il y avait le vieux M. Larsen, des sonotones couleur chair dans les oreilles, qui serrait la main d'un air ahuri à un vieux monsieur chauve, voûté mais pugnace, vêtu d'une chemise hawaïenne et d'un short écossais — « M. *Hornby* ? Ouaouh. » Il y avait M. Cuthbert, la soixantaine, toujours professeur à WHS, le sourire aux lèvres, qui tâchait de ne pas renverser de champagne sur son blazer en crépon de coton, nous régalait de ses remarques spirituelles à l'occasion de notre trentième réunion et feignait de se souvenir de nous, avec cette expression embaumée du professeur chevronné qui a vu passer devant ses yeux de plus en plus indifférents tant de générations d'adolescents qu'il en a acquis une sorte de patine vaguement bienveillante, comme une statue usée par les intempéries. Il y avait Mlle Bird, à la retraite — soixante-cinq ans ? soixante-dix ? —, les cheveux toujours bravement rouge carotte, portant des vêtements « chic » d'une autre époque, mettant ses mains en porte-voix pour demander, comme à chaque réunion : « L'un d'entre vous a-t-il de ses nouvelles ? Des nouvelles de John Reddy ? Ce pauvre garçon condamné ? » (Nous nous gardons bien de lui parler de M. Dunleddy. Ses yeux larmoyants clignotent, ses lèvres minces fardées tremblent, elle feint de ne pas entendre et demande à nouveau : « L'un d'entre vous a-t-il de ses nouvelles ?... des nouvelles de John Reddy ? ») En fait, nous vîmes arriver en trébuchant sur la terrasse en séquoia un vieux monsieur à la peau tavelée, aux mains tremblantes, que certains d'entre nous prirent pour M. Dunleddy — « C'est impossible, voyons. M. Dunleddy est mort ! » Dans ce cas, était-ce M. Stamish ?... M. Sternberg ? Arriva aussi un homme plutôt âgé, au sourire figé, qui portait une veste de sport rayée, une cravate Ascot, et un postiche d'un noir intense — « J'ai failli fondre en larmes en le voyant, j'ai été si amoureuse de M. Lepage ! » Mais M. Lepage, dur d'oreille dans cette réception bruyante, n'était plus lui-même — on le voyait bien — et nous fûmes donc soulagés lorsqu'il demanda à Millie de le raccompagner à la porte. Aucun de nos professeurs (à l'exception de Mlle Flechsenhauer qui riait aux éclats avec cinq ou six filles de l'équipe de hockey sur gazon) ne supporta la réception plus de quelques minutes — « J'aime bien nos vieux profs mais Dieu merci ils partent tôt, ça nous permet de nous détendre et d'être nous-mêmes. » Il y avait l'opulente Sandi Scott qui murmurait à l'oreille du mystérieux Jocko (« Investissements Vista, Piscataway, New Jersey »), en lui demandant avec une coquetterie mélancolique s'il se souvenait d'elle au lycée — « n'importe quel souvenir, même vague » — et Jocko, souriant, jeta un coup d'œil au badge piqué sur le sein gauche palpitant de Sandi et murmura : « Sandi. Bien sûr. Tu étais pour moi la fille la plus belle, la plus fascinante de notre promotion. Je te regardais ouvrir ton casier... j'avais ce fantasme fou... j'imaginais que tes doigts sur la combinaison, c'était moi qu'ils tournaient. J'ai toujours voulu sortir avec toi mais... j'étais sacrément trop timide. » Un homme mystérieux portant un costume d'été trop ample se fraya un chemin jusqu'au bar, serra la main de tout le monde, visage glabre inexpressif et crâne sphérique luisant, yeux pochés de rides comme ceux d'une tortue centenaire, il avait perdu beaucoup de poids manifestement, un gros homme qui maintenant ne pesait pas plus de cinquante-cinq kilos, les ongles striés et ridés, une haleine métallique de cuivre mouillé. En dépit de la moiteur de l'air et de notre fièvre, nous frissonnâmes. Il semblait connaître le nom de tout le monde — « Trish ! », « Art ! », « Shelby ! », « Pattianne ! », « Roger ! » Les sports que nous avions pratiqués, nos activités, nos responsabilités scolaires. Où nous avions habité à Willowsville, et lesquelles de nos familles avaient « disparu » de la région. Cet homme avait sans doute notre âge, mais il paraissait des dizaines d'années de plus. Ses traits s'étaient fanés comme un journal laissé trop longtemps au soleil. Il n'avait ni sourcils ni cils. Pas de poils dans les oreilles ni dans ses énormes narines noires. (« Chimiothérapie », murmura Carolyn Cameron.) Dwayne Hewson, en sa qualité d'organisateur de la réunion, s'avança et serra énergiquement la main de l'homme mystérieux — « Qui avez-vous dit que vous étiez, je ne crois pas avoir entendu. » L'homme mystérieux eut un sourire ravi : « Parce que je l'ai dit ? Je ne crois pas avoir entendu. » D'autres personnes s'approchèrent. Nous tâchâmes de l'identifier, en en faisant un jeu. « Bon, vous n'êtes pas Rindfleisch, il est là, juste à côté. Vous n'êtes pas Zwaart... il est là-bas. Vous n'êtes pas Norm Zeiga... vous n'avez pas d'accent bizarre. Vous n'êtes pas Larry Baumgart, c'est un grand gaillard. Vous n'êtes pas Pete Marsh... il nous a quittés. Vous n'êtes pas Bo Bozer... idem. Nordstrom Crotte-de-nez ?... sûrement pas. Ou alors... » Janet Moss poussa un cri : « Larry Baumgart ! *Mon cavalier du bal des terminales.* »

Nous écarquillâmes les yeux, stupéfaits. Qui ça ?

Elle hésitait, en lisière de la soirée. Une femme brune aux yeux de chouette, le nez étroit et pincé, dont le fumet du porc rôti faisait palpiter les narines. Si bizarrement vêtue, chemise blanche d'un textile synthétique brillant, nœud papillon de satin noir, une sorte de veste de smoking et un pantalon de rayonne noir dont les revers, qui faisaient cinq bons centimètres, flottaient, poussiéreux, sur des chaussures de cuir noir quasi orthopédiques... qu'on ne pouvait reprocher à Millie de l'avoir discrètement réprimandée, sans cesser de sourire d'un sourire calme et glacial, en lui demandant pourquoi elle n'aidait pas les autres assistants du traiteur à emporter les verres, ou à faire rôtir le porcelet, ou à préparer les épis de maïs, au lieu de rester plantée à ne rien faire... Et Trish Elders, gênée, poussa discrètement son amie du coude pour lui indiquer que, peut-être, cette femme à l'allure bizarre ne faisait pas partie du personnel, mais... « Mon Dieu. Est-ce... *Elise Petko ?* »

C'était elle.

Même avant d'arriver à la réunion, certains d'entre nous s'étaient mis à se toucher nerveusement le visage. Et, pendant la réunion, ce fut pis encore. *Un nouveau bouton ? Des boutons ?* Nous étions sensibles à ces élancements profonds qui pouvaient annoncer l'éruption, du jour au lendemain, de clous purulents et enflammés. Certains d'entre nous vérifiaient avec anxiété s'ils n'avaient pas de nouveau leur appareil dentaire. *C'est impossible, et pourtant... !* On nous avait appris que l'humanité est fondamentalement esprit, nous avait-on trompés ?

In memoriam. La troisième femme de Bo Bozer, dont nous n'étions pas certains de savoir le nom, sa veuve en fait, une fille à la peau rude donnant dans le style glamour, pas plus de vingt-cinq ou vingt-six ans, arriva à l'improviste, et nous contempla en clignant des yeux humides. « Quelques minutes plus tôt à peine, nous nous amusions à imiter Bo ! Personne ne savait que Mme Bozer devait venir. » Ce pauvre Bo, nous ne l'avions plus vu depuis notre vingtième réunion, il était vice-président d'une manufacture de piscines du New Jersey et il était mort d'une mort ambiguë. Il avait l'habitude d'appeler de temps à autre son ancien coéquipier Dwayne Hewson, généralement quand il était ivre, d'humeur larmoyante et désespérée et « ce vieux Bozer tout craché, hilarant... la toux exceptée », et la dernière fois qu'il avait téléphoné à Dwayne il s'était plaint que les cachets puissants qu'il devait prendre pour la tension le rendaient impuissant et qu'il avait donc risqué une attaque en suspendant le traitement et « le pauvre vieux, vous connaissez Bo, il est crevant...

“Je suis encore plus impuissant sans. Va comprendre.” » Bo était mort dans une chambre des motels Days Inn, à quelques kilomètres à peine de sa maison d’East Orange, dans le New Jersey, et aucun de nous n’aurait jugé convenable de demander à sa femme ou à ses parents (il y avait encore des Bozer dans la région) les circonstances de cette mort ; nous n’étions pas davantage parvenus, même Dwayne Hewson et Art Lutz, à nous rendre à l’enterrement de Bo, quelques mois plus tôt. Donc la troisième épouse de Bo, une fille aux cheveux crêpés comme une chanteuse de musique country, inconnue de nous tous, arriva sans avertissement avec ce qu’elle appelait « l’urne de Bo », « les cendres de Bo », « pas toutes, en fait, quelques dizaines de grammes seulement », et demanda à Millie LeRoux si elle pouvait mettre cette urne dans un endroit discret, sur un rebord de fenêtre donnant sur la terrasse, par exemple. L’urne ne ressemblait pas à une urne, c’était une boîte carrée d’environ douze centimètres cubes, faite d’une matière plastique noire imitant la pierre. Mme Bozer s’essuyait les yeux — « Bo vous aimait tant. Il n’aimait pas beaucoup de gens, ce n’était pas dans sa nature, mais il feuilletait votre annuaire, il parlait des matchs de basket qu’il avait faits, et des matchs de football... “Dwayne”, “Doug”, “Ken”, “Smoke”, “John Reddy”... c’est au lycée qu’il a été le plus heureux. Il disait : “Ce n’était pas une époque heureuse, mais ç’a été la plus heureuse de ma vie.” J’ai toujours eu l’impression que j’avais connu Bo trop tard. C’est vous qui le connaissiez vraiment. Il sentait qu’il allait mourir bientôt, je le sais à des allusions qu’il faisait, à ce qu’il me disait, que peut-être il ne pourrait pas assister à cette trentième réunion avec vous mais qu'il espérait que vous ne l'oublieriez pas, et c'est pour ça que j'ai eu l'idée de faire ça pour lui, vous comprenez ? J'espère que vous ne trouvez pas ça morbide, je veux dire ?... » Il y avait tellement de bruit, nos vieilles cassettes de rock jouées à fond, que Millie dut demander à la veuve éplorée de Bo de répéter certains de ces propos, puis, avec son sang-froid habituel, elle dit, tandis que le reste d'entre nous écarquillait les yeux avec effarement : « Oh ! pas du tout. Mais veillez à la remporter quand vous partirez. »

Il tâchait de l'éviter. Sa cavalière du bal des terminales. Ses yeux myopes qui cherchaient avidement les siens. « Comme si nous avions été amants. Comme si les années écoulées ne comptaient pas. » Il lui semblait, mais c'était sans doute un effet de son imagination, qu'Elise Petko portait encore un appareil ! Il se rappelait le couple maladroit qu'ils avaient formé pendant le bal, au milieu des autres danseurs glamour et sexy. L'odeur sucrée virulente du gardénia qui tournait de l'œil sur son sein maigre habillé d'un taffetas bleu réfrigérant. Son haleine qui, pour ses narines sensibles, sentait le fermenté. (Il avait imaginé avec horreur des dents du fond mousseuses fourmillant de bactéries. Son sourire contraint, fourmillant de bactéries. Il se spécialisait en biologie, et savait tout sur les bactéries.) On l'avait persuadé par la ruse d'inviter Elise Petko, l'intello Elise Petko, le laideron Elise Petko, sa rivale Elise Petko. « Sa mère vient de mourir, Dexter. Ce serait si gentil de ta part ! Je te garderai une danse, et Trish aussi, et Mary Louise, et Verrie... nous te le promettons. » Mais elles avaient oublié. Il ne les avait pas vues de la soirée. À présent, Elise Petko, presque cinquante ans, un visage de petite fille ravagé et cireux, un visage déçu, refermait sur son poignet des doigts étonnamment durs et fins : « Dieu merci, tu es là, Dexter ! C'est horrible, non ? Ces gens ? Leurs valeurs ? Ils n'ont pas changé d'un iota. Ce sont encore des adolescents... Regarde-les flirter et frétiller ! Regarde ces deux-là... ils en sont quasiment à se "peloter". Ils ne peuvent pas s'empêcher de se tripoter... c'est écœurant. Parle-moi de ton nouveau poste... directeur de la Fondation nationale des Sciences. Je suis fière de toi, Dexter. Tu as reçu mon mot ? Je suis heureuse pour toi. Je ne suis pas heureuse, mais je le suis pour toi. Je ne te poserai pas de questions sur ta femme, ta famille. Inutile de m'interroger sur ma "vie privée". *Je n'en ai pas.* Je pensais que les femmes n'avaient plus besoin de vie privée. Je vivais pour mon travail. C'est encore le cas. C'est injuste, ça n'aurait jamais dû arriver, la vie est une gigantesque loterie, j'ai eu un parcours impeccable, major de ma promotion au lycée ! des résultats plus qu'excellents aux examens d'entrée à l'université ! une bourse au collège Barnard, une bourse de troisième cycle à l'université de Columbia ! un poste avec possibilité de titularisation à l'université du Michigan ! et puis... je suis passée à la trappe. Je ne suis pas amère, comprends-moi bien, je t'en prie. Ne me regarde pas comme ça, tu ne comprends pas. Nous pourrions peut-être nous esquiver, fuir ce ridicule « porcelet à la broche » et bavarder tranquillement ? Je suis descendue au Matador Inn. À l'aéroport. Et toi ? Je ne voulais pas aller chez des parents. Mon père et ma mère sont morts. Je ne suis pas très proche du reste de ma famille. Pourquoi on ne m'a pas titularisée ?... Parce que mes confrères étaient franchement jaloux de moi, mes recherches originales, mon indépendance, leur faisaient peur. Ma réputation d'iconoclaste... » Elise éclata d'un rire suraigu, ses dents étincelèrent. Dexter crut voir un appareil, mais il se trompait sûrement. « Excuse-moi, murmura-t-il, en dégageant son poignet. Il faut que j'aille aux t... toilettes. »

C'était une jeune journaliste qui couvrait notre trentième réunion d'anciens élèves pour les pages People du *Buffalo Evening News.* Si jeune, apprîmes-nous avec stupéfaction, qu'elle n'avait jamais entendu parler de John Reddy Heart, et encore moins de Dahlia Heart ou de Melvin Riggs. (« Riggs ? Ce n'était pas un joueur de base-ball ? Comme, je ne sais pas, moi... Babe Ruth ?) Elle nous photographia, séparément, en grands et en petits groupes ; nous semblions la fasciner, à la façon dont un certain type de jeunes gens à l'œil observateur d'anthropologue est fasciné par ses aînés, ou peut en donner l'impression ; elle nous demanda l'origine de notre célèbre tradition du porc à la broche... et nous ne sûmes quoi répondre. « C'est notre habitude. Nous avons commencé avec un porcelet rôti à la broche, et nous continuons. — C'est une tradition un peu bizarre, mais c'est la nôtre. — Même ceux d'entre nous qui ne mangent jamais de viande, et ont une aversion particulière pour le porc, y compris des végétariens purs et durs comme Kate Olmsted, Mary Louise Schultz, des enragés de l'alimentation diététique, ont reconnu qu'ils seraient "terriblement contrariés" si la tradition n'était pas respectée. — Pourquoi ? Qui sait pourquoi ? Éprouver le besoin de poser la question, c'est ne pas être dans la tradition. — Selon un sondage réalisé par notre bulletin, aucun d'entre nous ne mange de porc rôti en dehors de ces banquets. *Beaucoup ne mangent même jamais de jambon ni de porc.* — Nous sommes la seule promotion de WHS à faire rôtir un porc, et nous sommes la seule promotion de WHS, nous a-t-on dit, à conserver des liens affectifs aussi forts. — Nos réunions sont, en moyenne, celles qui, de toute l'histoire du lycée, attirent le plus de monde. C'est un fait. — C'est un fait, et nous en sommes fiers. L'administration peut vous en donner confirmation. — Tous les ans, le cochon grossit. Nous avons commencé avec un cochon de trente-cinq kilos... il y a très longtemps. Ce soir, à ce que dit Millie, il en fait cinquante. Ça fait beaucoup de viande ! — Et nous avons beaucoup d'appétit. *Ça aussi, ça fait partie de la tradition.* »

Et donc, nous étions tombés sous le charme du Porc. Car tous les ans, à mesure que le Porc grossissait, le temps nécessaire à le rôtir augmentait, et nous mangions plus tard, et étions plus affamés. Et plus ivres. *Le cochon rôti tournait lentement sur une broche au-dessus des braises. Corps nu et glabre. On regarde, choqués, fascinés. Pourquoi un corp nu, quel qu'il soit, ainsi troussé, étripé, les yeux vides, est-il féminin ? On hume son fumet gras succulent, qui met presque douloureusement l'eau à la bouche. Porc parfait, victime parfaite, muette, aveugle et sans résistance.* « Ceci est mon corps et ceci est mon sang. » *Tournant lentement sur la broche cruelle. Tendrement couvé par de jeunes serviteurs en uniformes blancs d'enfants de chœur. Même ceux d'entre nous qui se sont goinfrés plus tôt dans la soirée halètent de désir quand le Porc est enfin servi.* D'une voix de clairon, le solide Dwayne Hewson, coprésident du week-end, nous appela : « Hé ! les amis ! Prenez une assiette, mettez-vous en rang !

C'est encore le docteur Baskett qui découpe, cette année... notre chirurgien maison. Allez-y de bon cœur ! »

Même les plus glamour d'entre nous. Même ceux qui couraient après l'argent. Même les gens « sensibles aux problèmes sociaux ». Même les amers. Même les rationalistes qui discutaient avec ardeur de la Réalité virtuelle, du cyberespace et du cybertemps, et du cours futur de l'évolution. (« Cela passera forcément par la machine ! Les circuits du cerveau humain transformés en ordinateurs par des puces électroniques ! L'*Homo sapiens* sera à la prochaine espèce ce que le chimpanzé était à l'*Homo sapiens*. ») Même les avocats. Les investisseurs, les hommes d'affaires. Les comploteurs. Les romantiques. Les amoureux, les suicidaires et les religieux. Même Ritchie Eickhorn qui, morose, déambulait en lisière de la réception, ne se sentant plus rien de commun avec ses anciens copains du club d'échecs et guettant Evangeline Fesnacht, *E. S. Fesnacht*, dont il était tombé amoureux onze ans plus tôt — « Une soir de folie à Kenawka, dans le Minnesota, où la folie est aussi rare et exquise qu'un colibri en hiver » — tomba sous le charme du Porc.

Même Bart Digger qui nous avait quittés plein de mépris trente ans plus tôt en jurant de ne plus jamais revenir, de ne plus jamais même avoir une pensée mélancolique pour nous. Même Elise Petko, le major de notre promotion, qui projetait depuis des semaines, sans savoir encore comment, une sorte de « vengeance en nom collectif ». Même Dexter Cambrook, le deuxième de notre promotion, qui était arrivé à la soirée avec une heure de retard, anxieux et furieux. Même la très snob Carolyn Cameron, même Blake Wells, président du collège Williams, et la fluette Shelby Connor (ex-Simms) qui se lancerait bientôt dans une carrière de travailleuse sociale en psychiatrie dans les bas quartiers de la capitale de notre nation... tous tombèrent sous le charme du Porc. Même les gros buveurs. Les abonnés au Xanax et au Prozac. Le jovial Jax Whitehead qui s'était éclipsé aux toilettes pour vomir bière, ailes de poulet sauce Buffalo, feuilles de vigne et sang. Jon Rindfleisch qui avait quitté sa propre soirée pour venir à celle des Pifer sans son épouse glamour et qui, ivre et tanguant comme un homme affligé d'une jambe de bois, avait traversé la terrasse en séquoia pour saluer de nouveau l'ondoyante Ginger McCord en la serrant dans ses bras comme s'ils ne s'étaient pas vus depuis notre vingtième réunion. Art Lutz qui avouait avoir bâfré tellement de porc lors de notre vingtième réunion braillarde et paillarde que la seule odeur du cochon rôti lui donnait des nausées. (Il en mangea tout de même. Vous connaissez Art.) Même Lee Ann Whitfield, notre petite grosse déguisée. Même Sarepta Voss, traitée par radiothérapie pour un cancer du sein et qui manquait d'appétit — « Tout a le goût du caoutchouc mousse sauf le vin, qui a un goût de graisse à essieux. » Même Kitzie Cox et Marge Flemm, ex-élèves de la filière économie domestique qui s'étaient risquées à venir chez Millie en se doutant que, même innocemment, nous les snoberions. Même Lulu Lovitt à peine reconnaissable en ménagère de banlieue quinquagénaire aux cheveux bouffants balayés de blond, accompagnée d'un mari maussade et silencieux qui nous dévisageait sans sourire. Même Ginger McCord dont les yeux de chat lançaient des étincelles. Même Pattianne Groves qui avouait « être obsédée jusqu'à la névrose par son poids ». Même Mary Louise Schultz qui parlait de sa méfiance récente à l'égard de la viande — « Les additifs. Les toxines. Qui peuvent activer des toxines associées, des "cancers", dans nos cellules. » Même Kate Olmsted qui suivait un régime quasi mystique pour prolonger la rémission de sa SEP, et ne mangeait donc jamais de viande — « Notre karma est ce que nous mangeons, et sommes. La terreur éprouvée par le porc au moment de sa mort se communiquera à travers sa chair. » Même E. S. Fesnacht, notre lumière littéraire controversée, ainsi que nous la qualifions dans notre bulletin, qui s'était glissée dans notre bruyante assemblée sans être remarquée, se refusant à épingler un badge sur sa combinaison de satin violet, svelte comme un jeune garçon, avec des cheveux saisissants, prématurément blanchis, coupés ras, et des yeux furtifs... tous tombèrent sous le charme du Porc.

Même, finalement, Veronica Myers !... que nous n'espérions plus et qui arriva à 23 h 08 en limousine, seule, les joues creuses, les paupières comme des pièces de monnaie ternies, dans une robe dos-nu couleur cerise qui révélait une bonne partie de ses seins encore rebondis (juste le bout du ♥ ... il fallait savoir qu'il était là pour le voir), cheveux blonds ébouriffés, notre célèbre actrice hollywoodienne (bien qu'elle ne fît quasiment plus que des téléfilms depuis qu'elle avait atteint la quarantaine), glamour, distraite et magnétique comme toujours... Verrie aussi, en humant le fumet alléchant, tomba instantanément sous le charme du Porc. Dévora les morceaux de choix que nous lui offrîmes sans prendre le temps d'utiliser une fourchette, en haletant : « Mmm ! Mmmm ! *Mmmm !* » comme en proie à un orgasme cinématographique. Nous servîmes du champagne à notre précieuse Verrie, nous bûmes à son arrivée miraculeuse. Les filles quadragénaires du Cercle, ses anciens petits amis et admirateurs, et les autres, massés sur la terrasse en séquoia des Pifer, si audacieusement suspendue au-dessus d'un abîme ténébreux, peut-être rocheux, traître et insondable. (« Un abîme pareil à celui même du Temps », pensait Ritchie Eickhorn.) Nos genoux heurtaient les jolis genoux nus de Verrie. Nous remarquâmes qu'elle avait ôté ses hauts talons glamour, ses orteils nus aux ongles cerise frétillaient de bonheur. Des plats circulaient sans interruption. Les verres de vin étaient vidés, et remplis. Les serveurs préposés à la broche aidaient à servir la carcasse exquise que le docteur Baskett avait si expertement découpée. Cinquante kilos de porc. Os et cartilage exceptés, nous dévorerions tout. Dans nos assiettes, des vapeurs fumantes montaient de la chair déchiquetée. Nous remarquâmes que Bart Digger, qui dans notre souvenir faisait partie des cerveaux, des calmes, et qui était maintenant un criminologue de renom, faculté de droit de Northwestern, conseiller du ministre de la Justice des États-Unis, se montrait d'une agressivité surprenante, capable d'écarter d'un coup d'épaule l'ancien quarterback Dwayne Hewson soi-même... pour aller chercher un autre verre de champagne à Verrie, et un deuxième épi de maïs cuit à la vapeur et généreusement badigeonné de beurre. Nous remarquâmes la façon dont Dwayne dévisageait Verrie, en léchant ses lèvres graisseuses. Et Roger Zwaart, qui toute la soirée avait ostensiblement évité son ancienne petite amie, depuis peu divorcée, Suzi Zeigler, rampait comme un serpent aux pieds nus de Verrie. Kate Olmsted (« Nous essayons de l'aimer mais franchement

Kate est une emmerdeuse ») ne cessait d'intervenir, en prenant des photos au flash. Et elle n'était pas la seule. Verrie se recroquevillait, et s'écriait : « Mais c'est ma vie privée. Je *mange* ! » Cette bouche appétissante. Nous supposions que Veronica Myers s'était laissée mourir de faim, mortifiant sa chair sur l'autel de sa carrière déclinante. Même ceux d'entre nous qui l'adoraient cherchaient sur son visage des signes de vieillissement. Mais bien qu'elle se plaignît d'être épuisée (« C'est de la fatigue chronique, je suis infoutue de dormir, il n'y a pas que ma foutue carrière qui m'empêche de dormir, et ma « vie privée » en ruine, mais aussi cette réunion que j'attends depuis des semaines, c'est si important pour moi de vous retrouver, vous les amis que j'aime, mes seuls amis, les seuls gens au monde qui me connaissent. Et aussi de savoir, mon Dieu, que Ken ne sera pas avec nous, ce soir »), lorsqu'elle nous regardait avec ces yeux-là, lèvres grasses luisantes, nous devions reconnaître que Verrie Myers était toujours notre reine du bal.

Pendant ce temps-là, « La Ballade de John Reddy Heart » passait sur le magnétophone des Pifer. Elle avait été jouée et rejouée si souvent pendant la soirée que nous avions cessé de l'entendre. Bien que nous la sentions : le rythme percutant, ces ondes électriques-érotiques qui se propageaient dans notre sang. Trish Elders dont la jolie bouche luisait aussi de graisse cria à sa vieille amie Verrie : « John Reddy va peut-être passer ce soir. Chez Dwayne. La soirée disco. Génial, non ? » Les yeux assombris de Verrie s'éclairèrent. Elle cessa de pleurer la disparition de Ken Fischer pour s'écrier avec enthousiasme : « Il est en vie, alors ? Je le savais. J'ai rêvé de John Reddy l'autre jour, pour la première fois depuis des années. Il tenait mes mains dans les siennes et me disait quelque chose d'important mais il y avait trop de bruit, de parasites, je n'arrivais pas à comprendre. »

Lorsque la terrasse en séquoia s'effondra sous notre poids, à 0 h 12, ce n'était pas « La Ballade de John Reddy Heart » qui passait mais un autre tube, plus tardif, de Made in USA, « Faim, Faim ». À ce moment-là, Mack Pifer s'était réfugié dans l'une des pièces les plus reculées de son château normand de style californien pour écouter, coiffé d'un casque, un de ses enregistrements préférés de la Callas dans la *Tosca*, avec l'orchestre et les chœurs de la Scala. Bien qu'il eût mis le son aussi fort qu'il le supportât, le mari de Millie entendait tout de même, ou peut-être sentait, la puissante pulsation sismique de « Faim, Faim », comme si la croûte terrestre elle-même vibrait. Mack Pifer s'était longtemps considéré comme un « acteur coriace » dans l'univers concurrentiel de l'assurance médicale, et Millie et lui avaient supporté l'adolescence prolongée de trois enfants typiquement américains, mais cette soirée le mettait au bord de la crise de nerfs. « Même si la terrasse ne s'était pas effondrée, il est probable que les Pifer se seraient séparés peu après. Millie avait une façon de danser avec certains des invités... jamais elle ne se serait conduite ainsi du temps du lycée. Ce n'était pas seulement qu'elle avait bu, notre Millie était *en chaleur.* »

Il ne restait plus sur la carcasse du cochon que du cartilage, à ce moment-là. La longue table du buffet qui avait croulé sous une profusion d'autres viandes, de fruits de mer, de salades, de pain et de desserts semblait avoir subi l'attaque d'une nuée de criquets déchaînés. D'innombrables caisses de champagne, de vin et de bière avaient été consommées. Des heures durant, dans leur uniforme blanc, les assistants du traiteur avaient travaillé avec acharnement à débarrasser détritus et ordures. Dans la cuisine étincelante des Pifer, avec ses mille appareils ménagers dernier cri, le broyeur d'ordures avait rendu l'âme, vaincu par l'usage inaccoutumé auquel on l'avait soumis. Combien étions-nous sur la terrasse au moment de l'accident ? « Au bas mot, en comptant quelques époux accessoires et le personnel, une bonne centaine. Dont quelques sacrés *poids lourds.* » Nos anciens sportifs, par exemple, à l'exception de Blake Wells qui avait fait de la natation, devaient peser cent kilos de moyenne. Beaucoup d'autres avaient grossi, y compris un certain nombre des femmes qui, adolescentes, avaient été obsédées par leur régime.

Suivit alors un intermède gaiement braillard de plaisanteries et de discours postprandiaux. Dwayne Hewson et Jon Rindfleisch, se tenant par l'épaule, aussi carrés l'un que l'autre, « nos Tweedledee et Tweedledum », se montrèrent des animateurs spirituels sinon toujours cohérents. Nous applaudîmes et tapâmes des pieds, en apprenant que ces éminents anciens élèves de WHS avaient fait don d'une généreuse somme d'argent au lycée — au « Fonds Woody McKeever ». Nous applaudîmes et tapâmes des pieds, en apprenant que Veronica Myers avait fait un don d'argent pour la construction d'une salle de théâtre : le « Théâtre Francis C. Lepage ». Nous applaudîmes et tapâmes des pieds, en apprenant que E. S. Fesnacht et Richard Eickhorn, anciens corédacteurs de notre revue littéraire

Will-o' -the-Wisp, et apparemment toujours bons amis, faisaient un don destiné à « enrichir » la revue. Notre ancien caricaturiste du *Willowsvillian*, Chet Halloren, fondait un prix annuel récompensant le caricaturiste de terminale le plus talentueux, et nos artistes locaux, la photographe Kate Olmsted et la peintre Trish Elders, fondaient des prix dans leurs domaines respectifs. Les hommes de HARTSSOFT, McQuade et Merchant, annoncèrent qu'ils avaient obtenu de leur éminent employeur un « début de mise de fonds » pour créer un laboratoire informatique dernier cri dans le lycée. Notre chirurgien esthétique millionnaire Scott Baskett fondait une bourse de préparation aux études de médecine, et notre directeur de la Fondation nationale des sciences Dexter Cambrook une bourse scientifique. Afin de ne pas être en reste, Artie Lutz se leva lourdement pour déclarer qu'il avait essayé de fonder un prix, financé par de « gros pontes », qui récompenserait le Clown de l'année — « Mais ces connards du lycée ont refusé. Je leur ai dit : “Qu'y a-t-il de mal à avoir le sens de l'humour ? Pourquoi faut-il absolument avoir de la cervelle ? Les gens se brûlent la cervelle, en fait, par manque d'humour. Tous les jours, des gens meurent, faute d'humour.” (Ce qu'il y a de drôle, bien sûr, c'est que ces connards mourraient de toute façon. Mais ils ne le savent pas.) J'ai dit : “Pour une fois, au moment de la remise des diplômes, récompensez un pauvre gland, oui il faut que ce soit un mec, seul un mec peut vraiment être un pauvre gland, une fille qui est un gland, c'est trop navrant pour mériter un prix, un pauvre gland qui n'a jamais remporté de grands succès au lycée, mais qui n'est pas nul non plus ; un mec que tout le monde aime bien, ou dit aimer, mais dont, dans le fond, tout le monde se contrefiche qu'il vive ou meure. Y compris sa femme et ses gosses. *Y compris son ancienne petite amie pour qui il serait prêt à mourir.*" J'ai dit... » Nous applaudîmes et tapâmes des pieds, noyant les paroles d'Art qui eut l'air un peu blessé et se rassit brutalement.

Nous distribuâmes des prix à qui avait fait le plus de chemin pour venir, à qui avait le plus d'enfants, à qui avait le plus jeune enfant (décerné à titre posthume à Bo Bozer et accepté par sa jeune épouse en larmes, mère d'un enfant de dix mois à East Orange, dans le New Jersey), à celui des hommes qui avait la chevelure la mieux conservée et à celle des femmes qui avait la silhouette la mieux conservée. Notre prix le plus controversé — à qui avait le mieux tiré profit de la loi sur les faillites depuis la dernière réunion — avait été supprimé à la dernière minute parce que jugé « contraire à l'esprit de la réunion ». Vinrent ensuite les toasts doux-amers que nous portâmes aux disparus. À chaque réunion, l'énumération solennelle de leurs noms prend davantage de temps. « Mon Dieu ! C'est comme regarder par-dessus son épaule et voir quelqu'un rouler un tapis juste derrière soi. Brrr ! » Nous nous passâmes des exemplaires usés de *L'Annuaire* ouvert sur des photos encadrées de noir. Nous nous passâmes des photos de classe, des instantanés. Nous nous fîmes pleurer les uns les autres en racontant de vieux souvenirs, des anecdotes chéries — « Alors Smoke offre un bout de joint à John Reddy, John Reddy qui prenait déjà de l'herbe, peut-être même du L.S. D et de l'héroïne, à l'école élémentaire, et John Reddy le regarde comme s'il n'avait jamais vu un connard pareil, et dit : "Enlève-moi cette foutue merde de sous le nez, je suis en liberté surveillée, mec." Et Smoke dit... » Nous fûmes profondément émus, nous fûmes heureux, d'entendre évoquer les noms de nos camarades disparus : Dickie Bannister (« Le premier... en troisième »), Smoke Filer, Babs Bitterman, Steve Lunt, Pete Marsh, Bert Fox, Ken Fischer, Bo Bozer et... y en avait-il d'autres ? « Bon Dieu ! je me dis... Crotte-de-nez. J'ai un pressentiment. — Quoi ? Comment le sais-tu ? — Ce n'était pas très brillant la dernière fois que je suis passé. — Et Janey Plummer ? — Qui ça ? — Oh ! tu sais... cette mignonne petite fille bigleuse à la frange toute droite, dans la classe de Mme Picholet ? Elle chantait dans le chœur... allait au Club de français... » Nous cherchâmes Janey Plummer dans l'annuaire et, oui, elle était bien de notre promotion, mais personne ne savait plus rien d'elle trente ans plus tard — « Je ne sais pas, j'ai juste dans l'idée qu'elle est morte. Dans un accident de voiture, peut-être ? à Batavia ? — Et Dougie ? — Qui ça ? — Il n'y en a pas trente-six, Dougie Siefried, bien sûr... Comment va-t-il ? » Nous tâchâmes de ne pas regarder dans la direction de Ginger McCord, sachant que son visage se serait figé, mais il était difficile de résister. Et Ginger pleurait. Pauvre Ginger, elle avait tant aimé Dougie, du moins quand ils étaient gamins — « C'est un de ces ratages tragiques. *Tout ce qu'ils avaient en commun, c'était d'être sortis ensemble au lycée et de n'avoir jamais pu aimer quelqu'un d'autre.* » À ce moment-là, les filles du Cercle sanglotaient, en serrant Ginger dans leurs bras, et Verrie qui pleurait comme si elle avait le cœur brisé, nous savions (nous croyions savoir) que Verrie et ce pauvre Ken avaient eu une courte liaison après notre quinzième réunion mais nous n'étions pas certains de ce qui s'était passé : Ken avait cherché à se réconcilier avec sa femme, dont il avait ensuite divorcé, mais peut-être avait-il été repoussé par Verrie qui avait eu une liaison (du moins, selon *People*) avec John Travolta, son partenaire dans un film dont beaucoup d'entre nous avaient acheté la cassette vidéo. Peu après, lors d'un voyage d'affaires en Europe, Ken, avocat d'entreprise, « médiateur » chez Motorola Inc., s'était, disait-on, suicidé dans une chambre d'hôtel de Stuttgart, en Allemagne. La méthode de suicide choisie faisait l'objet de discussions — « Ça ne ressemble pas à Ken d'abandonner la partie comme ça. Dans l'équipe, il ne vous laissait jamais tomber. Il prenait des coups de pied dans le ventre, dans le bas-ventre, il titubait après un coup défendu ou un plaquage, et *il ne vous laissait jamais tomber.* Ken Fischer. »

« Faim, Faim » de Made in USA geignait, cognait, haletait comme un être vivant. Le feuillage dense des érables géants des Pifer, incandescent dans le clair de lune au-dessus de la terrasse en séquoia, vibrait à l'unisson. Verrie se dressa soudain, renversant son verre de champagne. Son visage était livide. La beauté s'en retira comme l'eût fait le sang. Regardant fixement derrière nous, les mains crispées sur les joues comme dans *Le Cri* d'Edvard Munch, elle s'écria : « Ken ? *Ken ?* »

Nous crûmes que Veronica Myers perdait la tête. Submergée par trop de souvenirs. Accablée par le déclin de sa carrière. Elle avait mangé avec voracité, elle avait trop bu et trop vite. Elle était grise et groggy sous le charme du Porc. Mais lorsque nous nous retournâmes, nous vîmes avec stupéfaction... Ken Fischer ? Un homme aux cheveux grisonnants, mince, séduisant, frisant la cinquantaine, le visage relativement peu marqué, le sourire embarrassé et cependant espiègle... Il portait, comme certains de ses anciens coéquipiers un tee-shirt WHS bordeaux et or sous un blazer estival. Se pouvait-il que ce fût... Ken Fischer ? Vivant en fin de compte ? Pas mort ? Nous le dévisageâmes, les yeux écarquillés, certains d'entre nous hurlèrent, quelques-uns vacillèrent comme s'ils allaient s'évanouir. Pourtant il était manifestement réel, aussi réel que n'importe lequel d'entre nous. Poliment, il nous dépassa, pour se diriger vers Verrie. *Ken Fischer, qui nous était rendu comme s'il n'était jamais parti.*

Nous fîmes cercle autour des amoureux. Ken se précipita vers Verrie, la prit dans ses bras. Elle s'évanouissait, bras nus ballants, cheveux blonds ébouriffés frôlant quasiment le sol. Ken dit d'un ton soucieux : « Verrie, ma chérie ! Pardonne-moi ! Je ne voulais pas te faire peur. » Certains d'entre nous aidèrent Ken à la ranimer en tamponnant son front brûlant d'un linge mouillé. Elle gémit, et ses paupières battirent. Elle regardait Ken, mais ne pouvait parler. Il murmura : « Verrie, c'est moi. C'est Ken. Je ne suis jamais parti, ma chérie. On a répandu de vilaines rumeurs sur mon compte mais je ne suis jamais parti, et je n'ai jamais cessé de penser à toi. Pas une seule minute. Pas un seul battement de cœur. Oh ! Verrie. »

Verrie revint à elle, et noua ses bras autour du cou de Ken pour l'embrasser sur la bouche comme elle ne l'avait pas fait, du moins en notre présence, lors de notre bal des terminales. Elle s'écria d'une voix haletante : « Ken ! Je t'aime. Ne me quitte plus jamais, mon chéri. Je t'en prie. » Ken dit : « Bien sûr que non, ma chérie. Plus jamais. » Nous applaudîmes et tapâmes des pieds. Nous entourâmes les amants, avides de les toucher. Les larmes ruisselaient sur nos visages. Même l'amère Elise Petko pleurait. Même le cynique de la promotion, Chet Halloren. Même Bart Digger et Dwayne Hewson qui étaient amoureux de Verrie depuis des dizaines d'années. Nous débordions de joie pour eux, nous souhaitions le bonheur de ce couple marqué par le destin. En nous bousculant pour nous rapprocher d'eux, nous dûmes faire plier les corbeaux soutenant la terrasse ; sans avertissement, sembla-t-il, ils cédèrent, et la terrasse s'inclina violemment sous nos pieds. Nous hurlâmes et nous débattîmes, précipités les uns sur les autres, désespérés, tandis que l'élégante terrasse en séquoia se fendait et s'écrasait dans l'abîme et que Made in USA vociférait de concert : « Faim, faim ! J'ai faim ! Une faim qui ne sera jamais RASSASIÉE ! »

Sur le rebord de la fenêtre, loin du désastre, Bo Bozer, épargné, ruminait sur notre sort dans sa boîte de plastique noire.

Chez Dwayne Hewson, ce fut vraiment la folie.

Les comptes rendus que publia la presse sur ce qui s'était passé dans la demeure de Mill Race Lane de Dwayne furent confus et trompeurs, et beaucoup trop sensationnels. TERRIFIANTE TRENTIÈME RÉUNION D'ANCIENS ÉLÈVES À WILLOWSVILLE. LE POPULAIRE MAIRE DE WILLOWSVILLE CONNAÎT UNE FIN TRAGIQUE. ACCIDENTS EN SÉRIE LORS DU TRENTIÈME WEEK-END DES ANCIENS DE WHS : « OUI, NOUS PRÉPARONS LE QUARANTIÈME. » Il serait sans doute plus exact de dire que personne ne savait vraiment ce qui s'était passé à la soirée disco-piscine qui dura jusqu'au petit matin — « C'était un peu comme être aspiré et emporté par une tornade, on sait sans conteste que quelque chose est arrivé, mais on ne sait pas *quoi.* »

Au départ, notre traditionnelle soirée disco-piscine devait commencer peu après minuit mais, en raison de circonstances inévitables chez Millie, il était plus d'une heure et demie quand un nombre réduit d'entre nous, un cortège zigzaguant et klaxonnant d'environ neuf voitures, se mit en route pour la maison de Dwayne. Dwayne en personne conduisait la procession dans sa Porsche vert menthe aérodynamique, la tête bandée d'une sorte de turban blanc canaille pour l'avoir heurtée contre une balustrade des Pifer. Bon nombre d'entre nous avaient décidé de se retirer pour la nuit, épuisés par cette soirée mouvementée — « Chez nous, nous sommes couchés à dix heures. Il y a des années que nous n'avons pas regardé le *Late Show.* » Nous avions tous été secoués par l'effondrement de la terrasse en séquoia, et certains d'entre nous avaient été assez gravement blessés pour être emmenés en ambulance, sirène hurlante, à l'hôpital général d'Amherst : cette pauvre Lee Ann Whitfield avec un fémur cassé ; Bart Digger avec une vilaine blessure à la tête ; un certain Fred Falco, qui avait été assommé et cloué au sol par la table du buffet, et une femme grassouillette très maquillée portant le badge « VAL POMEROY », que personne ne connaissait, secouée de sanglots hystériques. Clarence McQuade s'était dégagé des décombres en rampant et, refusant les soins des urgentistes, était parti en boitant et en jurant. Ken Fischer avait remonté du ravin une Verrie Myers évanouie et, bien qu'étourdi par des coups reçus sur la tête, était reparti chercher d'autres victimes. « Dieu merci, cette fichue terrasse n'est tombée que de cinq mètres.

— Deux mètres cinquante.

— C'est plus qu'assez ! » Nous nous étions attardés chez les Pifer pour aider les urgentistes et calmer un Mack Pifer affolé qui semblait résolu à nous reprocher l'accident alors que (comme le remarqua sèchement Roger Zwaart) il aurait mieux fait de redouter une avalanche de plaintes pour dommages corporels. Millie, en revanche, fut bonne joueuse et monta dans la Porsche de Dwayne avec d'autres amis comme si rien, ou presque rien, n'était arrivé. « Je suis coprésidente de ce week-end et du diable si je vais laisser quoi que ce soit le gâcher. *C'est notre trentième, les amis !* » Les beaux yeux marron de Millie flamboyaient et sa peau laiteuse, à peine ridée, dégageait une chaleur que nous n'avions jamais remarquée du temps du lycée.

Lors de notre vingtième réunion, Dwayne Hewson avait organisé une soirée disco-piscine chez lui, dans une de ces immenses et vieilles demeures XVIIIe de Mill Race Lane, à Saint Albans Hill, et cela avait été, en termes scolaires, qui étaient encore les plus exacts, « une boum du tonnerre ». Il était résolu à ce que celle-ci soit tout aussi amusante — « Et qu'en même temps elle ait un sens. Que nous en gardions tous un souvenir particulier. » Nous étions autour de la piscine, en train de boire, de rire, un peu haletants. De la musique rock alternait avec des airs de danse d'autrefois, plus rêveurs. Dwayne avait suspendu des boules disco miroitantes, et une lumière stroboscopique palpitait et fulgurait comme des éclairs en folie. (« Le genre de truc qui peut provoquer des convulsions si l'on a des prédispositions à l'épilepsie », observa Scottie Baskett.) Dwayne nous encouragea à nous servir nous-mêmes à boire, à faire comme chez nous. Il y avait des maillots dans la cabine de bains — « Taille unique. Plus des peignoirs et des serviettes. Des tas de serviettes. » Certains d'entre nous ôtèrent leurs chaussures pour tremper les orteils dans l'eau turquoise de l'immense piscine en forme de rein : l'eau avait la chaleur du sang, elle était engageante. Le magnétophone jouait la complainte rockabilly classique des Shrugs, « Le Blues des cœurs brisés ». Pourquoi certains d'entre nous se montraient-ils étrangement timides, hésitaient-ils à se baigner ou à danser ? « On aurait dit que je n'étais plus très sûr soudain d'avoir mon corps. Comme si certaines parties étaient mortes, ou s'étaient détachées. » Un petit groupe de bavards évoquait l'accident de la terrasse comme s'il avait eu lieu des années plus tôt et non moins de deux heures auparavant. Nous avions tous été impressionnés et enthousiasmés par la façon dont, dans l'ensemble, nous nous étions mutuellement porté secours. « Dans les situations de crise, les gens donnent parfois le meilleur d'eux-mêmes, et cela a été le cas chez les Pifer. — Personne n'a paniqué. Enfin, presque personne. Certains des hommes, comme Ken, se sont conduits en véritables héros. — Et certaines femmes aussi. Shelby Connor a du muscle ! — Et les urgentistes... ils avaient l'air de gosses mais ils ont été super ! Malgré nos voitures qui barraient le passage, ils ont réussi à faire passer leurs véhicules. Et sacrément vite. — Ce n'est pas pour rien que nous payons autant d'impôts, observa Jon Rindfleisch avec gravité, en tamponnant son visage empourpré et luisant. Si Willowsville-Amherst est une zone résidentielle de premier ordre, ce qu'il y a de plus chic dans l'ouest de l'État de New York, c'est pour de sacrées bonnes raisons. »

Notre hôte sociable Dwayne Hewson, qui passait par là vêtu d'un tee-shirt bordeaux des Wolverines et d'un maillot de bain ajusté, son turban-pansement incliné sur l'œil, pieds nus, dit : « Je bois à ça, l'ami. »

Nous bûmes tous. « Le Blues des cœurs brisés » s'acheva sur une plainte mélancolique et le « More More More ! » des Hoors démarra, rapide, saccadé et orgastique.

Il semblait, au bord de la piscine, sous les miroirs disco tournoyants, dans la palpitation des lumières stroboscopiques, que nous étions aussi nombreux qu'avant, sinon plus. Kate Olsmted, maintenant pieds nus, allait et venait à pas feutrés et nous photographiait — « Pour la postérité. Pour nous. » Nous remarquâmes que sa chute dans le ravin avait meurtri notre vaillante Katie mais ne l'avait pas ralentie. Petey Merchant qui avait eu le béguin pour elle trente ans auparavant mais avait été trop timide pour l'inviter au bal des terminales disait à sa façon têtue et agressive, comme s'il s'attendait à être contredit par Kate ou d'autres : « Le seul espoir de salut de notre civilisation est de réduire l'aléatoire. L'aléatoire — le "hasard" — est notre ennemi. Le cyberespace est la dimension du calcul, de la maîtrise et de la certitude. La seule dimension de la certitude. Il y a trop de dialectes locaux dans le lexique de l'*Homo sapiens*... raison pour laquelle la terre baigne dans le sang. Le XXIe siècle aura besoin d'un nouveau lexique universel, et la science informatique le lui fournira ! » Verrie Myers dans sa robe dos-nu cerise dansait aux bras de Ken Fischer, sa tête blonde rêveusement blottie contre son épaule ; Ken s'était débarrassé de sa veste de lin bleu pastel, sous laquelle il portait son vieux maillot bordeaux des Wolverines avec, dans le dos, le numéro 3 couleur or. Nous remarquâmes Millie LeRoux qui riait fort en tournoyant dans les bras musclés de... qui ? Un grand type en maillot de bain et tee-shirt Wolverines qui avait sur le torse des poils raides comme de la limaille de fer... Tommy « Crotte-de-nez » Nordstrom ? Il avait fini par venir ? Il y avait Pattianne Groves, l'air légèrement hébété, éméchée, cheveux brun roux emmêlés, rimmel fondu et lèvres dessinant un « Oh ! » étonné, tournoyant et trébuchant dans les bras de son ancien petit ami Dwayne Hewson dont le visage semblait, dans la lumière stroboscopique, un masque démoniaque et lubrique. (« Au bal des terminales, Dwayne s'est soûlé et répandu de manière ridicule aux pieds de Verrie, et Pattianne a rompu avec lui ce soir-là et ne lui a plus jamais parlé... pas avant que nous fussions tous devenus adultes, je veux dire. Et que chacun d'eux eût été marié de son côté. ») Roger Zwaart dansait avec Suzi Zeigler qu'il avait tirée des décombres chez les Pifer, tous deux si étroitement enlacés que les seins plutôt plantureux de Suzi étaient aplatis contre le torse nu grisonnant de Roger ; ils s'embrassaient, et leurs souffles se mêlaient, presque aussi palpables et poisseux que du chewing-gum ; Roger gémissait de désir, le sang battait entre ses jambes comme il ne l'avait pas fait depuis plus longtemps qu'il ne pouvait s'en souvenir, il ferma ses yeux brûlants et vit le doux visage de Suzi levé vers le sien, lèvres offertes, tandis qu'ils se serraient l'un contre l'autre au fond du Glen Theatre, assis dans leurs fauteuils habituels ; Suzi ferma les yeux et vit, avec un frisson d'excitation, John Reddy Heart, à quelques rangées devant elle, se découpant sur le Technicolor insipide d'une fantaisie hollywoodienne quelconque, visage viril et épais cheveux noirs comme une figure héraldique sur une pièce ancienne. « Je t'aime ! Oh mon Dieu. — Moi aussi, je t'aime, Suzi. » Bibi Arhardt que nous n'avions pas reconnue plus tôt, une femme robuste et séduisante aux cheveux étrangement frisés, portant des lunettes double foyer aux verres lavande, racontait la nuit où John Reddy était « venu me chercher... dans la maison de mon père... ce n'était pas ce que vous imaginez... ça ne ressemblait à rien de ce que l'on imaginerait qu'un garçon puisse faire. » Kate Olmsted montrait des photos de l'Arche de Verre et de John Reddy Heart, ou de quelqu'un qui lui ressemblait beaucoup, de dos sur une moto, à ceux d'entre nous qui ne les avaient pas encore vues, dont Petey Merchant qui se mordait les lèvres, une expression d'envie impuissante sur le visage. — « "Je m'appelle John Heart", a-t-il dit, récitait Katie. "Tout cela est bien loin." Alors, s'il vient ce soir, je vous en prie... nous n'évoquerons pas le passé, d'accord ? » Petey Merchant se vit au ralenti, enhardi par l'alcool, lui qui ne buvait jamais, arracher une des photos des mains de Kate et la déchirer en mille morceaux — « Non ! Non, nous le ferons pas ! Nous n'évoquerons pas le putain de passé ! » — bien que pour une raison ou une autre sa main n'ait pas bougé, qu'il n'ait pas déchiré la photo ni même proféré ces mots de désespoir mais soit resté muet, paralysé de honte. Et pourtant, euphorique aussi : car il était un homme de HARTSSOFT, un explorateur du cyberespace, l'un des élus. *Il conquerrait le seul monde qui compte... le monde du cerveau.* Trish Elders qui essayait de se rafraîchir les idées dans la piscine, dont l'eau turquoise avait malheureusement la chaleur du sang, qui barbotait avec nervosité dans un minuscule slip blanc, ses petits seins nus flottant comme des savonnettes Ivory en dissolution, elle qui avait été si pudique quand nous étions jeunes qu'elle se cachait derrière la porte ouverte de son casier dans les vestiaires des filles... Trish donc discutait avec un individu non identifié accroupi au bord de la piscine avec une bouteille de bière à la main, jambes de singe poilues et ruisselantes, organes génitaux pareils à un goitre boursouflé à peine contenus par son caleçon de bain, et elle disait d'une voix blessée de petite fille : « Je vous en prie. Ne prenez pas ce ton. Qui que vous soyez. Vous avez peut-être obtenu votre diplôme en même temps que nous mais vous ne nous *connaissez* pas. John Reddy ne nous fera pas faux bond encore une fois, Kate l'a invité et il a dit qu'il *viendrait*. Il sait combien il nous manque. Nous étions assez intimes, John Reddy et moi. Il me raccompagnait parfois chez moi dans sa Cadillac après l'école. Nous ne sommes jamais vraiment sortis ensemble. Il avait une petite amie. "Sasha Calvo." Nous aurions toutes voulu être Sasha Calvo. Nous aurions toutes voulu être un peu... sauvages. Italiennes. Et John Reddy faisait un peu italien, lui aussi. Kate a dit qu'il avait plus ou moins promis de venir, elle lui a envoyé l'adresse de Dwayne et une invitation spéciale signée par le Comité d'organisation de la réunion et, coïncidence, nous sommes à deux pas de la maison qu'habitait autrefois John Reddy, dans Meridian Place. Je suis une artiste, une peintre. Je ne suis pas célèbre mais mes tableaux se vendent. Ils ne sont pas réalistes, bien qu'ils aient leur source dans le “réalisme”. De vieilles photographies. Je me sers d'images qui m'obsèdent et je les mets en valeur. Ce sont des images oniriques, en fait. La première était celle de la voiture de John Reddy... couleur saumon, puis vert perroquet. J'ai peint ces voitures pendant dix ans. Je n'ai jamais pu peindre John Reddy... ce n'était jamais ça. C'est quelqu'un que l'on *sent*. Même s'il pénètre en vous par les yeux, c'est quelqu'un que l'on *sent*. Pourquoi me regardez-vous comme ça ? Je ne suis pas ivre. Je suis parfaitement lucide. J'ai eu un enfant, deux enfants, en fait... je suis “réelle”. Je crois que John Reddy viendra ce soir. Il ne peut pas nous faire faux bond encore une fois... comme si nous n'étions absolument *rien* pour lui. » Elle s'était mise à pleurer, des larmes qui tombaient dans l'eau turquoise festive et disparaissaient aussitôt.

Du feuillage phosphorescent au-dessus de la piscine, guitares électriques, batteries, voix androgynes gémissantes tombaient sur nous et faisaient trembler l'eau. Le vieux classique de Zappa : « Why Does It Hurt When I Pee ? »

Lulu Lovitt, redevenue la fille que nous connaissions, poussait des cris perçants à l'autre bout de la piscine et éclaboussait Jax Whitehead qui, une cigarette allumée à la bouche, essayait de dénouer le haut de son bikini rouge à pois ; nous ne nous rappelions pas si ces deux-là étaient sortis ensemble, mais ça en avait tout l'air. Il y avait aussi Chris Donner, qui se déplaçait à travers la foule en se balançant sur ces béquilles métalliques qui lui donnait l'air d'un énorme insecte pugnace, et le gros Stan Aquino que nous n'avions plus vu depuis notre dixième réunion où il avait eu une querelle d'ivrogne avec Roger Zwaart, et notre intello aigrie Elise Petko dans son ensemble tunique-pantalon taché qui s'esquiva pour aller rendre tripes et boyaux dans l'une des salles de bains de l'imposante demeure sépulcrale des Hewson ; où elle remarqua avec dégoût que cette pièce luxueusement équipée sentait déjà, en dépit des efforts d'un ventilateur, le vomi. Et rôdant ensuite dans la maison des Hewson, lèvres pincées et dédaigneuses, ces bourgeois hypocrites, ces grossiers personnages sortis d'on ne sait quelle grossière bande dessinée pour adolescents qu'Elise Petko méprisait déjà dans son enfance, elle se retrouva dans une chambre à coucher encombrée de meubles gigantesques, énorme lit à baldaquin, commode en acajou surmontée d'immenses miroirs où se reflétait une jeune fille de quatorze ans passionnée et gauche si étrangement trahie par la vie. « Trahie par l'Amérique. Qui promet “Tu peux y arriver seule”. » Il y eut la main d'Elise dans un coffret à bijoux en laque posé sur une coiffeuse étincelante, cherchant « une petite compensation, un emblème de ce qui m'est dû... un rang de perles de culture, une unique boucle d'oreille en argent, enfouis au fond d'une poche de sa tunique. Dans une salle de bains, il y eut une armoire à pharmacie s'ouvrant, comme un coffre au trésor, pour révéler parmi les articles de toilette habituels une étonnante quantité de médicaments, Elise prit deux gros cachets blancs d'oxycodone prescrit à « Constance Hewson » et trois cachets de méthocarbamol prescrit à « Dwayne Hewson... contre les spasmes musculaires », et replaça avec soin les récipients de plastique qui pourtant lui échappèrent, tombèrent par terre en répandant pilules, cachets, et merde. Elise gagna en titubant le lit à baldaquin grand comme un terrain de football et plongea tête la première dans un sommeil profond, furieux, bouillonnant, dont elle fut tirée, Dieu sait combien d'heures plus tard ce matin-là, par des urgentistes de l'hôpital d'Amherst — « Ça doit être un record mondial. Deux urgences distinctes dans la même résidence privée, et en l'espace de quatre-vingt-dix minutes ! » (Fait dont la presse se ferait naturellement l'écho en se gaussant des ACCIDENTS EN SÉRIE survenus lors de notre trentième réunion.)

Dehors, sur la terrasse, où résonnaient les accents assourdissants quoique entraînants de « Why Do Fools Fall in Love ? » des Splats, qui cédèrent la place au classique d'Elvis « Heartbreak Hotel », il y avait Dexter Cambrook, hébété, l'œil droit enflé et meurtri par sa chute dans le ravin des Pifer, qui tâchait, sans succès observâmes-nous, de rassembler assez de courage pour taper sur l'épaule massive de Dwayne Hewson et lui demander la permission de danser avec Pattianne Groves, grassouillette, le cheveu bronze, l'épouse de notre ambassadeur en Norvège, avec qui il n'avait pas dansé lors du bal des terminales quoiqu'il se fût laissé persuader d'y emmener Elise Petko pour cette seule et unique raison. « Pattianne ? Pardon ? Tu te souviens de moi, j'espère... » Mais Dwayne entraîna Pattianne dans une aura irisée de transpiration. (Certains d'entre nous se rappelaient, le sourire aux lèvres, la farouche Pattianne fonçant sur le terrain de jeux derrière l'école, queue-de-cheval au vent, genoux étincelants, pour frapper de sa crosse de hockey une balle en bois qui, comme le destin, volerait droit sur la tête de Dexter et l'assommerait... quoique nous doutions que, tant d'années après, sa queue-de-cheval depuis longtemps disparue et remplacée par des cheveux élégamment éclaircis et « électrisés », Pattianne elle-même s'en souvînt. « Voilà une fille qui a étendu raide plus d'un homme. Vous pouvez me croire ! ») Un certain nombre d'entre nous entendirent avec une curiosité teintée de scepticisme Ken Fischer leur dire qu'il ne s'était pas suicidé à Stuttgart, ni n'avait même tenté de le faire : victime d'un accident de la circulation, il avait été transporté d'urgence dans un hôpital où, par pure coïncidence, un autre « Kenneth Fischer » venait d'être admis, un homme d'affaires américain qui avait été drogué, tabassé et volé, et la presse avait confondu les deux « Kenneth Fischer », et... « Le reste, c'est de l'histoire. Ou plutôt, de la fiction. Lui est mort, pas moi. L'un d'entre vous a fait courir une rumeur complètement folle, accusa Ken, en nous foudroyant du regard, *à croire que vous souhaitiez ma mort.* » Nous rîmes avec gêne, Verrie plus fort que les autres, avec une pointe d'hystérie qui nous rappela le temps où elle était pom-pom girl, quand l'équipe marquait un point qui lui donnerait peut-être la victoire, ou peut-être pas, et que nous avions la gorge à vif à force de hurler. « Mais maintenant tu es de retour parmi nous, chéri, dit-elle en couvrant son visage de baisers. Alors ne le refais plus jamais. » Ray Gottardi, des Clôtures Gottardi, discutait avec animation avec Jon Rindfleisch qui (semblait-il : la musique nous empêchait d'entendre correctement) lui devait plus de trente mille dollars. Ketch Campbell avait laissé cette pauvre Bonnie (nous ne savions même pas qu'elle avait été blessée par l'effondrement de la terrasse en séquoia !) à l'hôpital d'Amherst pour nous rejoindre, les yeux vitreux, les habits en désordre mais impatient de faire la fête, et de nous raconter une énième fois qu'il avait été le premier à voir John Reddy Heart et sa famille dans Main Street, trente-sept ans auparavant presque jour pour jour. — « On voyait tout de suite que ces gens-là venaient d'ailleurs. De *très loin.* » Certains d'entre nous écoutaient encore cette histoire avec avidité, comme s'ils l'entendaient pour la première fois, car, ainsi que Shelby Connor l'exprima maladroitement, tâchant, la voix pâteuse et l'œil trouble, de saisir une vérité métaphysique profonde : « La façon dont Ketch raconte ça, cela pousse à se demander : que serait-il arrivé si les Heart n'étaient jamais venus à Willowsville ? Si leur voiture était tombée en panne dans le Nebraska ? Ou si le colonel Machin-chose était mort avant de donner sa maison à Dahlia ? Nos vies seraient irrévocablement changées, mais... *quelles seraient ces vies ?* » E. S. Fesnacht qui avait écouté Ketch (le front plissé, les lèvres pincées, était-il possible qu'elle n'eût jamais entendu cette histoire auparavant ?) parut secouée par cette question, mais incapable de répondre ; Blake Wells, plus intellectuel que jamais, dit avec un haussement d'épaules : « La philosophie d'avant-garde postule des “contre-mondes” dans lesquels, en théorie du moins et nageant en pleine félicité, faut-il supposer, nos “contre-moi” existent. De temps à autre, ils s'interrogent sur notre sort mais, dans l'ensemble, *ils s'en contrefichent.* »

Le magnétophone jouait un air anormalement mollasse-fadasse de Barry White, « Can't Get Enough of Your Love, Babe », et à notre stupéfaction, Ritchie Eickhorn, ivre comme nous ne l'avions jamais vu, cheveux hérissés, lunettes de travers, visage chevalin d'adolescent quadragénaire presque séduisant, un de ces types en apparence timides qui manifestement brûlent en secret d'attirer l'attention, grimpa sur le plongeoir complètement habillé, agita les bras et déclama d'une voix aiguë ce qui devait être de la poésie, vu que cela rimait :

Ô Amérique des entreprises !
Ton besoin d'amour pris pour de la cupidité !
Ta soif de sainteté prise pour de la rapacité !

Il aurait peut-être continué mais nous l'interrompîmes pour applaudir et taper des pieds. Nous étions fiers de Ritchie, nous étions fiers de tous nos camarades qui « s'étaient fait un nom » dans le monde au-delà de Willowsville. Sourire fendu jusqu'aux oreilles, Larry Baumgart dont aucun de nous ne se souvenait comme d'un farceur bondit en ahanant sur le plongeoir et le martela si vigoureusement de ses pieds squelettiques, en continuant à applaudir : « Bravo, Walt Whitman ! Fils du cosmos, bravo ! », que Ritchie Eickhorn, pris au dépourvu, perdit l'équilibre et tomba, en agitant pathétiquement bras et jambes, dans la piscine. Quelle gerbe d'éclaboussures ! Et comme il coula, à la façon d'un sac de linge lesté de pierres. Art Lutz hurla : « Il sait nager ? Qui est-ce ? Seigneur... un des intellos. Empêchez-le de se noyer, attrapez-le par les cheveux ou autre chose. Laissez tomber. Je m'en charge. » Art était torse nu, pieds nus, et eut vite fait de se déshabiller pour plonger en boxer-short dans la piscine, un plongeon très respectable, de sorte que nous l'applaudîmes aussi, et tapâmes des pieds ; et Dwayne Hewson cria, en riant : « Si vous fêlez ma terrasse, connards, je porte plainte ! » Art hissa ce pauvre Ritchie, inerte, sur les dalles où il vomit de l'eau turquoise et s'étrangla et toussa si misérablement que certains d'entre nous décidèrent que la « respiration artificielle » s'imposait... et nous lui levâmes et abaissâmes les bras, appuyâmes fort sur son estomac mou, comme nous ne l'avions plus fait depuis nos cours de secourisme au Country Club de Willowsville quand nos enfants étaient tout petits. « Et ainsi nous avons sauvé Ritchie Eickhorn ! Encore une opération de sauvetage d'urgence. C'était agréable ! »

Le magnétophone passait « Hot Rats » de Zappa, bruyant et funky.

Ensuite, « La Ballade de John Reddy Heart » de Made in USA... notre chanson préférée de toujours que nous reconnaissions en l'espace d'une nanoseconde, dès le premier accord de guitare. Nous avions appris par cœur les interminables couplets de la « Ballade » des dizaines d'années plus tôt, et nous les hurlâmes, les beuglâmes, les pleurâmes, tout en nous agitant comme des anguilles électriques dans la piscine, sur la terrasse et sur la pelouse humide de rosée. À l'unisson, nous braillâmes notre couplet favori en tapant des pieds :

John Reddy a regardé son homme dans les yeux
Il a dit : Ton heure est venue !
John Reddy, Johnny Cœur rouge.

La même pensée nous traversa comme un courant électrique : était-ce trop espérer que John Reddy arrive à notre réunion *au moment même où passait cette chanson* ? Nous demandâmes à Dwayne s'il voulait bien la repasser, et il le fit, mais, bon... John Reddy ne se montra pas à ce moment-là. (« Quelle heure est-il ? Oh ! mon Dieu... trois heures douze du matin. ») Ce fut alors que nous remarquâmes la surexcitation d'Evangeline Fesnacht. Autrefois, elle avait méprisé la « Ballade », la jugeant « kitsch et commerciale », mais à présent elle prenait son pied comme nous, c'était évident. Nous avions observé que, toute la soirée, notre mystérieuse camarade avait été attentive et silencieuse (« Nous le savions, elle notait tout, elle allait écrire sur nous ! ») et nous avions l'impression qu'elle se croyait toujours supérieure à nous, mais en était venue à nous porter une certaine affection. En fait, la plupart d'entre nous étaient sacrément impressionnés par « E. S. Fesnacht », par sa carrière sinon par la femme elle-même, quoique nous ne soyons pas sûrs d'aimer, ni même de comprendre, sa prose étrange. Nous parcourions à la hâte chacun de ses nouveaux romans en y cherchant des traces de nous-mêmes, de notre passé commun à Willowsville, et nous étions invariablement déçus — « De quoi ce truc parle-t-il ? Qu'est-ce que ça veut dire ? » Certains d'entre nous persistaient à défendre E. S. Fesnacht, par loyauté, tandis que d'autres, la majorité, avaient cessé depuis longtemps de la lire. « Ma fille, qui est étudiante, lit Fesnacht, disait Dwayne Hewson d'un ton bougon. Et elle n'arrête pas de me poser des questions sur elle. Comme si c'était le seul titre de gloire de papa : avoir connu Lolo Crapaud à l'école. » Chet Halloren disait, d'un ton plus méditatif : « L'univers de Fesnacht est pervers. Il vous attire, le paysage paraît familier, mais il ne l'est pas. Les êtres “spirituels” finissent mal tandis que des gens apparemment “mauvais” sont rachetés et récompensés. Comme si elle avait bouleversé nos désirs humains. Je suis fier d'elle. » Lors de cette réunion, ce qui nous impressionna le plus fut son apparence : nous nous rappelions une fille vieillotte et boulotte à la peau abîmée et aux façons plus que bizarres ; or, à présent, elle avait vraiment l'air d'une adolescente, un personnage androgyne étonnamment séduisant. Et ces cheveux ! Nous ne savions pas si notre Vangie avait blanchi prématurément, comme certains des types de notre classe, ou si elle s'était entièrement décoloré les cheveux pour une mystérieuse raison symbolique (ou dramatique ?). Il était étrange de voir sa photo dans le journal, ou dans une revue, ou au dos d'un de ses livres, et de se dire : « C'est elle, la "fille" avec qui je suis allé à l'école ? » en sachant que ça ne pouvait être, bien qu'en fait ce fût. Lorsqu'ils avaient appris qu'elle comptait venir, les organisateurs de notre trentième réunion avaient redouté qu'elle fasse notre satire — « On ne peut pas se fier aux écrivains. Pas plus qu'aux caricaturistes. » Mais peut-être l'avaient-ils mal jugée ! Evangeline Fesnacht s'était montrée amicale, bien que silencieuse ; elle avait souri, et elle avait ri ; elle avait indéniablement mangé du porcelet rôti avec nous... le devant de sa combinaison de satin violet était constellé de taches de graisse. Nous trouvions adorable que Ritchie Eickhorn, notre poète, ait le béguin pour elle au bout de tant d'années (« Mais est-ce qu'il n'est pas marié ? Quelque part dans le Minnesota, ou le Dakota ? ») et l'ait suivie toute la soirée comme un chiot ; tous les deux avaient roulé ensemble dans le ravin des Pifer, et semblaient s'en être sortis indemnes. Quand elle aborda le sujet de John Reddy Heart, cependant, un éclat étrange s'alluma dans son regard, et nous nous rappelâmes que, au lycée, elle avait peut-être été la plus obsédée d'entre nous, avec son album de *Chroniques nécrologiques* plein à craquer. Elle disait, d'un ton implorant : « Je vous en prie... Voulez-vous m'écouter ? Pourquoi n'y avait-il que les empreintes de John Reddy sur ce revolver ? “L'arme du crime” ? Il aurait dû y en avoir d'autres, c'est évident. Le revolver appartenait au grand-père de John Reddy. S'il n'y avait pas d'autres empreintes, c'est parce que John Reddy les avait effacées. *Il protégeait le véritable assassin de Melvin Riggs.*

— Évidemment ! “Le Dahlia blanc.” C'est elle qui a tué Riggs. Je l'ai toujours su. » Qui était-ce ?... Dougie Siefried ? Il s'était approché furtivement, un homme tendu, nerveux, portant le maillot numéro 11 des Wolverines, un visage gamin couvert de taches de rousseur qui nous était aussi familier que le nôtre, mais mortellement pâle, et le corps presque aussi décharné que celui de Larry Baumgart. Tout le monde se précipita pour saluer Dougie que nous craignions avoir perdu, l'un de nos sportifs les plus populaires, nous lui étreignîmes les mains, le serrâmes dans nos bras, l'embrassâmes ; bien que son ancienne femme, Ginger McCord, gardât ostensiblement ses distances, aussi surprise que nous mais s'efforçant de ne pas le montrer. Evangeline essaya de regagner notre attention, mais nous fûmes de nouveau distraits : ce pauvre Mack Pifer, égaré, le visage défait et manifestement d'une humeur de chien, était venu chercher Millie, et Millie, indignée, car personne ne donnait d'ordre à Millicent LeRoux, refusait de bouger ; debout pieds nus au bord de la piscine bleue miroitante comme un personnage de film mélodramatique, dans un maillot fuchsia agrémenté d'une jupe à volants qui soulignait ses hanches de matrone et les veines et vergetures de ses cuisses adipeuses, elle disait avec calme : « Comment oses-tu. Je ne suis pas une enfant. Va-t'en, s'il te plaît. Je suis avec mes amis, mes plus vieux amis, que j'aime et qui m'aiment, tu me connais à peine, il y a entre ces gens et moi un lien spirituel profond qui t'échappe, qui se soucie que ta précieuse terrasse se soit effondrée ?... Ce n'est qu'un objet matériel, *et qui se soucie des objets matériels* ? Va-t'en et laisse-moi tranquille, bon sang ! » Mack Pifer que nous prenions pour un brave type sociable, un homme d'affaires avisé mais bonasse dès qu'il s'agissait de femmes, le genre d'hommes que les femmes de Willowsville épousent pour leur argent et leur position sociale et en viennent fréquemment, avec le temps, à aimer, dit d'un ton dur : « Tu es ivre, Millie. C'est honteux. Tu n'es pas toi-même, et je te conseille de rentrer immédiatement. » Il fit mine de lui prendre le poignet, et Millie recula en hurlant. C'est alors que Dwayne Hewson, le regard noir, les poings levés dans la position classique du boxeur, s'avança pour protéger Millie — ce qui nous amena à nous demander si Dwayne et Millie, qui n'étaient pas sortis ensemble au lycée, n'étaient pas plus intimes que nous ne nous en doutions. Ce pauvre Mack Pifer échangea quelques mots avec Dwayne, puis battit en retraite, humilié et frémissant de rage ; Millie courut se réfugier en pleurant dans la cabine de bain. À ce moment-là, seul Ritchie Eickhorn écoutait encore Evangeline Fesnacht — « Je te crois, Evangeline, disait-il avec sérieux. Je sais que tu dois avoir raison. »

Ritchie s'était remis de sa quasi-noyade, vêtements mouillés et plaqués sur son corps maigre, légèrement voûté, et ses maigres cheveux gris souris plaqués sur son crâne. « Excusez-moi, s'il vous plaît, dit Evangeline en élevant la voix. Voulez-vous m'écouter ? » Nous essayâmes, certains d'entre nous, même si nous buvions depuis des heures et que, au-dessus de nous, les boules miroitantes clignotaient et rougeoyaient comme animées d'une vie malveillante. Et un sifflement aigu gâcha le morceau suivant, un blues haletant de Muddy Waters, « Just Want to Make Love to You ». Désespérée, Evangeline réussit à capter l'attention de Verrie Myers et de Trish Elders, en parlant fort, la voix implorante : « Non seulement John Reddy a effacé les empreintes de l'assassin, mais il a jeté l'arme dans une rivière gelée pour qu'on la retrouve. C'est évident ! Il s'est sacrifié pour quelqu'un de sa famille... peut-être la mère, peut-être le grand-père. Ou son frère Farley. Cela pourrait même être la sœur. Celle qui est religieuse, qui a passé sa vie à "secourir les nécessiteux et les esprits troublés". *John Reddy Heart a toujours été innocent.* » Verrie s'écria avec colère : « Je le savais ! Il n'avait pas l'âme d'un tueur. » Trish s'écria : « Je le savais ! Il suffisait de le regarder dans les yeux, d'être près de lui et de regarder... on savait. » Sandi Scott, qui n'avait pas très bien entendu, dit avec passion : « John Reddy a fait ce qu'il devait faire. "Il a regardé son homme dans les yeux et dit : *Ton heure est venue !*" Nous le savons depuis trente-deux ans. » D'autres intervinrent, galamment, comme Ken Fischer — « Je ferais la même chose pour ma mère, ou n'importe quelle femme... si un homme la brutalisait. Je le descendrais et accepterais les conséquences. » Dougie Siefried dit avec enthousiasme, en jetant un regard furtif à Ginger McCord, qui se tenait toute raide à côté de lui : « Tu as raison, Ken ! N'importe quel homme ferait la même chose pour une femme. À seize ans, alors que nous crevions nos boutons d'acné dans la salle de bains et tâchions de piquer un peu plus d'argent de poche à nos pères, John Reddy était un *homme.* » Cette pauvre Evangeline Fesnacht faisait pitié à voir dans sa combinaison de satin violet salie et tachée, ses cheveux trop blancs hérissés sur le crâne, les yeux caves et intenses. D'un ton impatient, elle dit : « Non. Vous ne m'écoutez pas. Comme au lycée... vous n'écoutez pas. Je n'ai pas dit que John Reddy avait tué Riggs pour protéger sa mère. J'ai dit que John Reddy s'était laissé accuser du meurtre... pour protéger le véritable assassin. Jusqu'à aujourd'hui ! Et c'est moi qui me trompais le plus, je lui trouvais des "yeux de tueur". *Je voulais qu'il ait des "yeux de tueur"*. » Mais la musique était trop forte et notre humeur trop survoltée, personne ne semblait écouter ; même Verrie qui aurait juré être encore amoureuse de John Reddy Heart (ne chérissait-elle pas le ♥ secret tatoué sur la chair douce crémeuse de son sein gauche ?) avait du mal à se concentrer sur les paroles d'Evangeline Fesnacht. Et un autre conflit avait éclaté au bord de la piscine : un jeune homme vêtu d'un short kaki et d'un maillot de l'équipe d'athlétisme de WHS avait fait irruption parmi nous, manifestement écœuré, méprisant, pour emmener Bibi Arhardt qui, trébuchant sur ses talons hauts, échevelée, le regard vitreux, le suivit sans résistance. « Qui était-ce ?

— Vince, le fils de Bibi. Il est en terminale au lycée.

— Le fils de Bibi ? Depuis quand ? Bibi est mariée ?

— Tu plaisantes ? *Nous sommes tous mariés.* » Evangeline s'écria d'une voix avinée : « Je voulais qu'il ait des "yeux de tueur". Personne à Willowsville n'avait des "yeux de tueur". Pardonne-moi, John Reddy ! »

Le magnétophone passait la chanson de Black Banana, « Love Like a Beast (Die Like a Saint) », qu'aucun d'entre nous n'avait plus entendue depuis le collège.

C'était un air funky mais dansable et, à la consternation d'Evangeline Fesnacht, beaucoup d'entre nous se remirent à danser. « Comme si nos jambes, nos arrière-trains pendouillants comme des quartiers de bœuf, se mettaient à tressauter au rythme de la musique, et que nous ne puissions faire autrement que suivre. *Ouaouh !* » Même la hautaine oncologiste Carolyn Cameron, que nous pensions partie depuis des heures, dansait en remuant hanches et seins, la tête rejetée en arrière, avec ce chaud lapin de Jax Whitehead. Et qui étaient ces blousons noirs que nous n'avions pas vus depuis des années — Clyde Meunzer ? Jake Gervasio ? Orrie Buhr ? — qui s'étaient manifestement invités à la soirée et tournoyaient, trépignaient, avec certaines de nos filles « comme il faut » ? Enhardi par l'heure tardive, la musique frénétique et quelque chose de vitreux dans les yeux or fauve de Mary Louise Schultz, Art Lutz l'invita enfin à danser, et ils tombèrent dans les bras l'un de l'autre comme des coureurs de fond qui ont franchi la ligne d'arrivée juste à temps, ou presque, pour s'effondrer. Mary Louise murmura : « Loooove like a beast (diiie like a saint), oui, oui ! » à l'oreille brûlante d'Art. Il trébucha mais retrouva le rythme. Depuis les cocktails chez les Rindfleisch, il contemplait cette femme et maintenant, de près, la bouche détendue par un sourire idiot, il remarqua que, exception faite d'un fin réseau de rides autour des yeux, et de légers plis autour des lèvres, elle était exactement telle qu'il l'avait aimée autrefois. Mary Louise rit doucement. « Artie ? Tu te rappelles ? Cette promenade en voiture ? Tu t'étais complètement perdu, et nous sommes rentrés très tard... Mon père était furieux. » Art dit, plein d'espoir : « La nuit où nous sommes passés devant la maison d'arrêt de Buffalo où John Reddy était emprisonné, et où nous nous sommes garés près du lac...

— Nous étions avec Roger et Suzi, et en revenant de Crystal Beach tu t'es trompé de route, on s'est perdus dans la campagne *canadienne*... ouaouh. » Art dit, avec un sourire blessé : « Ça, c'était à un autre moment, Mary Louise. Tu devais être avec quelqu'un d'autre.

— Oh ! non. Je suis sûre que c'était toi, Artie. Dans cette voiture que tu avais ? Oh ! je m'en souviens bien ! » Mary Louise eut un petit frisson, et se mordit la lèvre avec un sourire polisson de petite fille. « Ça ne pouvait pas être la voiture de mon frère, dit Art, perplexe. À moins que tu sois sortie avec Jamie ? Tu es sortie avec lui ? » Mary Louise rit et se blottit un peu plus contre lui. Il respira la fragrance légère, éventée, d'un parfum de luxe, et l'odeur plus immédiate d'un corps de femme après des heures passées à manger, boire et danser. « Mmmm. Comme je disais, je me souviens de cette voiture. »

Blake Wells avait observé Evangeline Fesnacht toute la soirée. Pendant le barbecue, il avait voulu s'asseoir près d'elle, mais Ritchie Eickhorn ne la quittait pas d'une semelle. À présent, voyant qu'elle regardait autour d'elle d'un air inconsolable, il se décida. Il s'approcha et lui serra la main, se présenta de nouveau, pour le cas où, trente ans après, elle l'aurait oublié ; bien que ne voulant pas avoir l'air de se pousser du col, Blake estima qu'il devait mettre son ancienne rivale au courant de son parcours, car elle faisait certainement partie de ceux qui jetaient le bulletin des anciens élèves sans même y jeter un regard ; il énuméra donc rapidement les grandes étapes de sa carrière en terminant par sa récente installation dans les fonctions de président du collège Williams. Il dit à Evangeline qu'il « admirait beaucoup » ses romans (bien qu'il n'en eût sans doute fini que deux ou trois sur les onze qu'elle avait publiés) et demanda « si tu accepterais d'être nommée docteur honoris causa de notre université, au printemps prochain... ce serait un si grand honneur pour nous ». La femme aux cheveux blancs semblait écouter, une expression polie et neutre sur le visage, les traits tirés par la fatigue, les coins de sa bouche de bouledogue abaissés par la déception. Voilà qui était remarquable : se moquait-elle donc que Blake Wells lui parlât ? L'invitât à Williams pour l'y honorer ? Au bout d'un moment, elle murmura quelque chose comme *Oui merci* ou *Peut-être, merci* et Blake se pencha vers elle pour lui confier, au son des râles et des grognements de « Love Like a Beast » : « Je ne l'ai jamais dit à qui que ce soit, Evangeline, mais en terminale j'étais terriblement déprimé... "chtarbé" comme disent les gosses aujourd'hui. Et puis, je ne saurai jamais pourquoi, un simple geste d'amitié, je t'ai envoyé une douzaine de roses jaunes — "À Evangeline Fesnacht, la première entre ses égaux" — et le soleil s'est remis à briller dans mon cœur. J'avais envie de vivre, et de me surpasser et, bon Dieu ! je l'ai fait. » À cette révélation, le visage d'Evangeline se ferma comme un poing. Indifférente l'instant précédent, elle écarquilla les yeux, l'air incrédule, furieux. « Tu... quoi ? Tu m'as envoyé ces roses ? *Toi ?*

— Mais tu avais sûrement deviné. Combien d'autres auraient pu écrire “la première entre...” ? » Mais Evangeline Fesnacht lui jeta d'une voix sifflante ces mots qu'il douta, ensuite, avoir entendu sur les lèvres d'une femme de sa culture et de son éducation : « Espèce de faux cul de fils de p... *Con-nard !* »

Pour lui avoir proposé un doctorat honoris causa ? *Mais pourquoi ?*

L'air heavy metal de Lollipop, « Pops You Gonna Gimme the Car Keys (Or Am I Gonna Have to Take 'Em from You ?) », éclata, rapide, drôle et furieux.

Ce fut alors que nous entendîmes un grondement soudain. Plus fort encore que Lollipop. Tonnerre ? Tremblement de terre ? (Nous avions été mis en condition par l'effondrement de la terrasse en séquoia, nous nous attendions au pire.) Une moto ? Fonçant dans Mill Race Lane, l'endroit le plus improbable de Willowsville ? Quelque part, une femme s'écria avec désespoir : « C'est John Reddy !... il était ici, et il est parti. — Quoi ? — Qui ? — C'est John Reddy, j'en suis sûre !... *Il était ici, et il est parti.* » Confusion, et quasi-panique. Nous nous précipitâmes les uns vers les autres, en nous agrippant par les bras, les mains. « Qui ? *Qui ?* — John Reddy. Il était *ici* ! — *Ici* ? Où ça ? » Nous courûmes dans la rue, nous bousculant dans notre hâte, les uns passant par la maison des Hewson, les autres traversant la pelouse mouillée et une haie de buis épineuse. Au premier étage, dans une chambre d'amis où ils s'étaient glissés pour s'asseoir sur des lits jumeaux et se tenir la main, en chuchotant, s'embrassant, riant, pleurant, Jenny Thrun (qui était en fait la femme de Roger Zwaart mais savait qu'un divorce était imminent maintenant qu'il avait retrouvé Suzi) et Chet Halloren (marié lui aussi, et « innocemment heureux ») prétendraient avoir vu passer la moto, et le motard... manifestement identiques aux photos floues que Kate Olmsted nous avaient montrées un peu plus tôt. John Reddy Heart était venu à la soirée de Dwayne, en fin de compte, il avait frappé à la porte et, dans le vacarme, personne ne l'avait entendu ! Et du coup, il était reparti.

John Reddy Heart était venu à notre trentième réunion, et il était reparti.

Clyde Meunzer, les yeux rougis par la boisson, une barbe gris métallique d'un jour sur ses mâchoires et son menton massifs, cria à un Dwayne Hewson hébété : « Tu as chassé John Reddy, Hewson ? Tu ne l'as pas laissé entrer chez toi ? Espèce de minable ! » Clyde se serait rué sur Dwayne pour le marteler de ses poings si ses amis ne l'avaient pas retenu. Dwayne protesta : « Je ne savais même pas qu'il était ici ! C'est moi qui l'ai invité, bon Dieu ! John Reddy était plus mon ami que le tien, Meunzer, *nous étions comme des frères.* »

À une centaine de mètres de là, dans sa Ford Escort aux plaques pennsylvaniennes piquées de rouille, garée tous feux éteints dans Mill Race Lane, Norm Zeiga était vautré sur son siège, abruti de whisky et de cigarettes, avec, dans la poche de sa veste, un Smith & Wesson 9,65 récemment acheté ; Norm fut réveillé par le rugissement assourdissant de la moto, une rareté dans Saint Albans Hill, et put seulement voir que le conducteur était un adulte, pas un gosse, et qu'il portait un tee-shirt noir et un casque ; il vit aussi la foule bruyante qui s'agitait sur la pelouse en pente douce de

Dwayne Hewson et, le cerveau embrumé, se disant avec affolement que pour une raison quelconque la police avait déjà été avertie, il décida de ne pas commettre l'acte kamikaze de vengeance désespéré qu'il complotait depuis des mois.

Laissant ainsi Suzi Zeigler et Roger Zwaart en vie, et en assez bonne santé, destinés à se marier enfin dans leur cinquantième année.

Assommés et silencieux, nous retournâmes au bord de la piscine de Dwayne et à notre « célébration ». Nous étions démoralisés, abattus. Il était 4 h 20 — « Mon Dieu ! Comment peut-il être aussi tard ? » On était en fait dimanche matin. Sur le magnétophone de plus en plus défectueux de Dwayne, le tube des Freaky Five, « Gonna Sneeze Antifreeze » ahanait et beuglait comme au bon vieux temps. Nous trouvâmes désagréable que les boules disco aient continué à cligner et lorgner, la lumière stroboscopique à palpiter lascivement en notre absence — « Un aperçu de la terre après que l'humanité aura disparu. En dehors de tout sentiment et de toute nostalgie. *Existenz* brute. » Nous nous mîmes soudain à rire. Même ceux qui sanglotaient comme s'ils avaient le cœur brisé. Qu'est-ce que cela pouvait bien fiche ! John Reddy Heart était venu, et il était reparti, cela changeait-il quoi que ce soit à la situation qui était la nôtre quelques minutes plus tôt ? Nous nous remîmes à danser avec frénésie. À agiter épaules, hanches, seins. Bras tournoyants, jambes brouillées par la vitesse et têtes rejetées en arrière, longs cheveux fouettant l'air. Des auréoles de transpiration couronnaient nos têtes. Certains d'entre nous sautaient en hurlant et en battant des bras, ou étaient poussés hurlant et battant des bras, dans l'immense piscine miroitante. Des profondeurs glacées d'un second énorme réfrigérateur de son énorme cuisine, notre hôte infatigable Dwayne Hewson produisit, comme un magicien, de nouvelles quantités de bière. Nous avions voracement avalé les pistaches et autres amuse-gueule mais Sonny Deidenbach que nous commencions à connaître, et à beaucoup aimer, avait commandé sur un coup de tête une demi-douzaine de pizzas spéciales (cinquante centimètres de diamètre) que nous livra un petit Noir vêtu d'un tee-shirt Cornell qui s'avança parmi nous avec des précautions comiques, les yeux écarquillés, comme Ulysse descendant au pays des morts et épouvanté par les essaims de spectres qui se pressent autour de lui. Sonny et Dwayne se disputèrent la note avec jovialité, car tous les deux voulaient naturellement payer ; la plupart d'entre nous jetèrent des billets et des pièces sur la table, tandis que le gosse au tee-shirt Cornell nous souriait avec nervosité — mais au moins *c'était* un sourire —, puis battait précipitamment en retraite en nous remerciant de notre générosité (mi-insouciance d'ivrognes et mi-bonne humeur d'ivrognes, nous dûmes lui laisser un pourboire de cent dollars) et disparaissait. (« Vous croyez qu'il habite Willowsville ? Ils sont, euh, intégrés, maintenant ? — Bien sûr qu'ils le sont ! Qu'est-ce que tu crois que c'est ici, l'apartheid ? — Mais où exactement dans le village sont-ils "intégrés" ? ») Bien que certains d'entre nous eussent déjà entendu différentes versions de cette histoire, nous écoutâmes, captivés, Scottie Baskett nous raconter comment il avait découvert, dans une rue reculée de Las Vegas, une modeste maison d'adobe dans laquelle Dahlia Heart et sa famille avaient vécu avant d'émigrer à Willowsville. « Quelle aventure ! Plus tard à l'hôtel, on m'a conseillé de ne pas me promener seul dans ce genre de quartiers, même de jour — "Tout le monde a un permis de port d'armes à Las Vegas." Mais personne ne m'a abordé, je n'avais absolument pas peur. Il n'y avait personne dans l'ancienne maison des Heart — je me rappelle parfaitement l'adresse : 47, Arroyo Seco Street — mais il y avait un voisin, l'Ouest incarné, manifestement à moitié Indien. Il s'est d'abord montré soupçonneux mais lorsque je me suis présenté comme un ami et camarade de classe du fils de Dahlia Heart, John Reddy, le visage de ce vieux s'est animé. Ses yeux, voilés par la cataracte, se sont mis à briller. Il m'a parlé du temps, lointain, où Dahlia était une toute jeune femme, une jeune fille en fait ; il l'a décrite avec de tels détails... ! Je me serais donné des claques pour n'avoir pas pensé à prendre un magnétophone. Et un appareil photo. Il m'a vraiment ouvert son cœur, ce pauvre vieux. (Il savait qu'il n'en avait plus pour longtemps. C'était touchant qu'il devine tout de suite que j'étais médecin !... comme s'il en avait une longue expérience.) Il m'a parlé un peu de Dahlia Heart, "la femme la plus superbement belle qu'il ait jamais vue", et un peu de ce que signifiait être jeune à cette époque à Las Vegas. "Ce n'est plus pareil aujourd'hui, fiston, a-t-il dit d'une voix tremblante. Vous les jeunes ne savez plus ce qu'est la passion. Il faut avoir envie de mourir pour une femme, et de tuer pour elle. Si on ne connaît pas cette passion-là, mon garçon, on n'a pas vécu." » Scottie marqua une pause. Le bruit assourdissant des Freaky Five excepté, on aurait entendu une mouche voler. « On voyait que cette grande âme, ce vieillard d'une autre époque, d'une Amérique en voie de disparition, avait aimé autant qu'un homme peut aimer une femme. À n'en pas douter, il avait été son amant. Les trente ou quarante ans qui s'étaient écoulés ne signifiaient rien pour lui, Dahlia Heart était toujours aussi intensément vivante dans son souvenir. Et en cet instant, avec la fulgurance de l'éclair, il m'est venu à l'esprit que *j'étais en présence du père de John Reddy Heart.* »

Au cœur du martèlement rythmique de « Tongue in my Heart » des Kinks, un silence poignant. Certaines des filles pleuraient. Même Jon Rindfleisch qui avait ri aux éclats toute la soirée essuya ses yeux enflammés. Ken Fischer tenait dans les siennes les mains de Verrie, blanches aux jointures ; Ritchie Eickhorn tenait dans les siennes les mains d'Evangeline Fesnacht, blanches aux jointures ; Dwayne Hewson grimaçait, comme s'il souffrait — « Navajo, je parie. Avec ces cheveux, et ce regard qu'avait John Reddy. » Des larmes d'un éclat surprenant brillaient sur le visage de Kate Olmsted. Elle dit avec douceur, d'un ton de reproche : « Si seulement tu avais eu ton appareil, Scott. Si seulement. »

Le croissant rouge de la lune avait disparu depuis longtemps, aspiré par-dessus le bord de la terre et dans le néant. Nous frissonnâmes.

Qui sait comment (car nous jurions tous avoir le ventre plus que plein de succulent porcelet rôti), les énormes pizzas spéciales, abondamment garnies de poivrons et de salami, avaient été dévorées. Des croûtes, tranchantes comme des éclats de verre si l'on marchait dessus pieds nus, jonchaient la terrasse, et seraient balayées, en même temps que d'autres détritus, par la femme de ménage dédaigneuse des Hewson, plus tard ce matin-là. Malgré tout, nous avions faim de danse. Une faim féroce ! « Comme si nous avions été piqués par une de ces araignées venimeuses géantes... les tarentules ? Et que, pour éliminer le venin, il nous faille danser, danser jusqu'à tomber. » Blake Wells soufflait dans sa clarinette comme nous ne l'avions jamais entendu le faire au lycée... des notes folles, stridentes, voilées, tremblantes. Scottie Baskett jouait du trombone, un instrument malcommode, quelque chose clochait dans l'embouchure, mais Scottie réussit à en tirer quelques notes, fortes, perçantes, superbes ! Il y avait Jax Whitehead (à la place de Pete Marsh) à la batterie, yeux fermés, en transe, qui martelait des poing une table métallique... *boum ! boum ! boum !* Il y avait Chris Donner, inspiré, aux cymbales... c'est-à-dire en train d'entrechoquer les plateaux d'aluminium du traiteur. Avaient-ils déjà joué « Tongue in My Heart »... ils semblaient connaître l'air, son rythme percutant déchaîné, en tout cas. Avec un petit cri, Verrie Myers bondit sur ses pieds et tira Ken Fischer par la main et... notre roi et notre reine du bal des terminales furent de nouveau là, dansant devant nos yeux émerveillés, oscillant et titubant ensemble comme deux boxeurs épuisés, tâchant maladroitement de suivre le rythme slam-dunk des Kinks. Lulu Lovitt, chemisier glissant sur l'épaule, et son ex-petit ami Jake Gervasio, dansaient en ondulant du bassin avec la frénésie d'insectes qui copulent. Trish Elders, visage pâle rechigné, dansait avec un Sonny Deidenbach souriant et virevoltant, le front perlé d'une sinistre sueur rougeâtre. Il y avait Roger Zwaart et Suzi Zeigler enlacés comme deux noyés, qui murmuraient et riaient bouche contre bouche, en se dévorant de baisers. Ketch Campbell que nous croyions parti depuis des heures dansait avec un abandon gauche, balançant tête, épaules, fesses mafflues, avec une Sandi Scott haletante et suante — « Mon Dieu. Sandi ne serait jamais tombée aussi bas dans la *vraie vie.* » Notre génie du cyberespace Petey Merchant que nous croyions lui aussi parti depuis longtemps dansait comme un pantin au bout de son fil avec Kate Olmsted qui, les yeux brûlants, piétinait la terrasse carrelée de ses pieds nus blessés comme si elle essayait de se faire mal. Ritchie Eickhorn, ivre et larmoyant, frappait dans ses mains en psalmodiant :

Notre jeunesse ô Amérique comme des pièces d'or
semées par poignées !
Tant de pièces, tant de richesses ! inutile de se baisser
pour ramasser ce qu'on a laissé tomber.

(Nous applaudîmes Ritchie, nous étions fiers de Ritchie... l'Amérique a besoin de poètes !)

Nous fûmes cependant troublés de voir que, au bout de la terrasse, la pâle et languissante Ginger McCord s'était finalement laissé attirer dans les bras de Dougie Siefried, son bien-aimé, bien que ces bras eussent perdu leur musculature, qu'ils fussent en fait squelettiques, et que le visage gamin taché de son de Dougie laissât voir veines, artères et réseau de nerfs sous la peau translucide. Grand, ancien ailier au basket, il se penchait en souriant vers le visage en cœur de Ginger, plaisantait, la faisait rire comme il l'avait toujours fait, embrassait le bout de son joli nez mutin en même temps qu'il l'entraînait, de glissade en virevolte, vers l'obscurité, loin des bords éclairés de la piscine, et nous nous écriâmes : « Ginger ? Ginger, reviens ! Ne le suis pas ! *Ginger !* » Sous les miroirs disco qui tournoyaient follement, alternativement exposés et anéantis par la puissante lumière stroboscopique, Babs Bitterman, carré de cheveux scintillant lui tombant aux épaules, et Steve Lunt, avec sa coupe de marine, étaient étroitement enlacés, écrasant l'un contre l'autre poitrines, ventres et bassins. Comme ils pivotaient, nous vîmes, muets d'horreur, les éclats de verre qui semblaient suturer leurs jeunes visages. Un morceau triangulaire du crâne de Steve manquait au-dessus de son oreille gauche. Et Babs, qui avait toujours été si coquette, qui courait sans cesse aux toilettes pour remettre du rouge à lèvres, se poudrer le visage... qu'avait-elle à l'œil droit ? Ils levèrent leurs mains étroitement jointes pour nous saluer, un sourire pâle, légèrement moqueur aux lèvres.

Il y avait Smoke Filer qui dansait avec une fille dont nous ne voyions pas le visage. Dont nous ne connaissions pas le nom. Nous avions oublié ! Dans l'annuaire, à l'endroit où se trouvait son joli visage, son sourire à fossettes et ses cheveux bouclés, nous ne verrions rien, un vide. Smoke Filer lui faisait un clin d'œil et à nous aussi, par-dessus sa tête. Son séduisant visage de fouine broyé, réduit en bouillie. Son torse (qui le préoccupait un peu, parce qu'il n'était pas aussi poilu que celui de ses coéquipiers, glabre comme celui d'un enfant comparé à la poitrine velue et musclée de John Reddy) broyé. « Il paraît que la colonne de direction de la T-Bird l'a embroché. Qu'elle a traversé son torse de part en part. C'était en ces temps insouciants et rebelles où la plupart des voitures étaient équipées de ceintures de sécurité, mais avant l'époque des lois en imposant l'utilisation. » Le visage pareil à un masque démoniaque et lubrique, son turban-pansement blanc sale de travers sur la tête, Dwayne Hewson dansait avec, non plus une, mais deux femmes sexy et désirables, des femmes mûres ayant seins et fesses, qu'il menait un train d'enfer, en grognant et jurant — « Merde, qui m'a marché sur les pieds ? » — tandis qu'elles le repoussaient en jetant des cris perçants, les cheveux sur le visage. Le magnétophone passait, étrangement déformé, « Die Lovin' You », un autre tube de Lollipop. Le vent s'était levé, et ballottait les miroirs disco. L'un d'eux s'était fracassé, des éclats de verre jonchaient le sol. La surface de l'eau turquoise frissonnait, tremblait. C'étaient de sacrées belles femmes, Pattianne Groves, Mary Louise Schultz, Shelby Connor dont nous avions entraperçu la culotte blanche pendant les matchs, quand elle sautait, se tortillait, tournoyait, écartait les jambes, comme pour étreindre des multitudes... d'où venait Shelby, si soudainement ? Nous avions craint qu'elle ait quitté la soirée, qu'elle se soit esquivée, écœurée. Et maintenant courait vers elles — « Gonna die lovin' you ! » — la brûlante Millie LeRoux, et il y avait — génial ! — la petite Trish Elders avec qui il n'était sorti qu'une fois, en seconde, il l'avait emmenée au Glen Theatre qui sentait le popcorn rance à vous en mettre l'eau à la bouche pour voir *2001 : l'Odyssée de l'espace* et cette pauvre Trish avait été si bouleversée par le film, par sa fin cauchemardesque, qu'elle s'était mise à pleurer sur le chemin du retour et Dwayne avait dû la réconforter comme un bon Dieu de grand frère, quelle déception, quel fiasco, Jon Rindfleisch lui avait dit qu'on pouvait embrasser Trish si on s'y prenait bien, elle n'était pas sans arrêt à jouer des coudes et à pouffer comme d'autres filles, mais il avait merdé, ne l'avait jamais dit à aucun de ses copains, en fait il avait entièrement oublié l'épisode, n'avait même pas essayé de l'embrasser en fait, Trish Elders et ses yeux verts qui (disait-on avec envie) était montée dans la Cadillac de John Reddy. Pattianne était la petite amie de Dwayne, une brave gosse mais Dieu qu'elle l'ennuyait, le « pelotage », c'était le maximum qu'elle acceptait, en faisant ça comme un devoir de classe, mais pas question de se rouler un vrai patin... pas une seule fois. Pas une seule ! De toute façon, c'était de Verrie Myers qu'il était fou depuis la maternelle, Verrie Myers qu'il avait rêvé de toucher, de prendre à pleines mains, de pétrir, de pincer et même de tordre (comme de l'argile, de la pâte... bizarre !), cette éternelle aguicheuse de Veronica Myers qu'on ne pouvait s'empêcher de vouloir déchiqueter (comme ce vieux Bo l'avait observé si justement) à coups de dents. « Hé... Verrie ? » Dwayne fut surpris de voir qu'elle était venue les rejoindre, courant pieds nus sur la pelouse et abandonnant, pour une fois, un Ken Fischer dépité. (Pourquoi Ken n'était-il pas mort, bon Dieu ? Dwayne s'était fait à l'idée de sa mort, comme la plupart d'entre nous, il avait secoué la tête avec perplexité devant l'« énigme » du suicide d'autrui, en fait il avait contribué à colporté la rumeur, la disparition de son vieil ami et coéquipier l'avait bouleversé mais il s'en était remis et maintenant Ken était de retour, *ce qui était typique de sa part.*) « Salut, Dwayne ! roucoula Verrie de la voix de contralto enrouée de ses succès cinématographiques, immense déesse blonde à demi vêtue flottant sur l'écran, sourire narquois-séducteur aux lèvres, seins parfaits palpitants. "Gonna die lovin' you ! lovin' you baby ! lovin' you... uuu ba-byy !" » Sans exagérer, sur la nuque du cou de taureau de cinquante-trois centimètres de Dwayne, tous les poils *se dressèrent.*

Il était un vigoureux bouc en rut aux oreilles velues, dont les sabots griffaient l'herbe. Il aurait juré qu'il pourchassait ces filles hurlantes à demi nues, mordait leur chair douce fondante, leurs cheveux rebelles et leurs lèvres luisantes, leurs bouts de seins coquins, mais curieusement il semblait que ce fût lui, Dwayne Hewson, quarterback vedette de l'équipe des Wolverines, maire de Willowsville et homme d'affaires local respecté, mari et père de quatre enfants, et de quatre enfants sacrément admirables, il était fier d'eux et de lui-même... curieusement c'était lui qu'elles pourchassaient, il titubait, le souffle court, le cœur cognant dans la poitrine, à quatre pattes dans la haie de buis épineux au fond de sa propriété luxueuse de Mill Race Lane, et les doigts de ces filles arrachèrent le turban-pansement sale, qui vola dans l'herbe comme un oiseau blessé, et voilà maintenant que leurs mains hardies caressaient son corps stupéfait, agaçaient, tiraient, comme sa brave et terne Constance ne l'aurait jamais fait, et — « Hé ! mon maillot ! » — elles l'avaient plaqué à terre, retourné comme un gros poisson, et à force d'acharnement avaient réussi à lui enlever son maillot moulant (qui laissait invariablement une marque rouge enflammée sur sa taille empâtée, Dieu qu'il détestait ça) si bien que soudain il était nu, ses organes génitaux tendres et flasques exposés aux regards, quoiqu'il essayât de rire : « Hé ! les filles, ce n'est pas drôle ! Que vont en penser vos maris, hein, les filles ? » Mais elles ne lui firent pas de quartier. C'était pire qu'une mêlée de football. Pire que d'avoir tous les types de l'équipe adverse qui vous tombent dessus.

Sincèrement, il était étonné : ça, des *filles comme il faut* ? Millie LeRoux qui avait donné des cours à l'école du dimanche était fantastique ! Depuis son hystérectomie quelques années plus tôt, avait-elle dit à Constance, elle était convaincue que sa vie était finie ou peut-être, qui sait, qu'elle venait de commencer ? Tirant, griffant son pénis, riant de la tête qu'il faisait. Mais Pattianne aussi riait, comme il ne l'avait jamais entendue rire, un rire polisson, et la douce Mary Louise Schultz qui se mordait la lèvre, langue rose serpentine pointant entre les lèvres, et cette ensorceleuse de Trish Elders, et Veronica Myers qui le chevauchait comme une amazone, en poussant un genou nu contre son ventre nu — « Pas de pitié, Dwayne ! Nous avons la balle, et cette balle, c'est toi ! »

Étonnamment fortes, les filles entre deux âges du Cercle réussirent à soulever leur proie de terre, et il fallait voir Dwayne lancer des coups de pied, pousser des cris perçants, hurler de rire... « Les filles ! Pitié ! » Nous les regardâmes avec stupéfaction traverser la pelouse humide de rosée en portant notre hôte poilu comme un porc à la broche, le jeter dans la piscine en poussant des cris de triomphe femelle, arracher leurs vêtements et se jeter elles-mêmes à l'eau. Un observateur estomaqué assurerait ensuite que de la vapeur était montée de la piscine quand Dwayne et les filles avaient touché l'eau — « Tellement ils avaient le feu où je pense. »

Tout s'était passé si vite ! Comme l'effondrement de la terrasse en séquoia, et l'apparition et le départ éclair de John Reddy ! Mais Kate Olmsted, intrépide historienne photo de notre promotion, courait déjà vers son appareil. Bon nombre d'entre nous seraient gênés par l'utilisation qu'elle ferait de ces photos l'automne suivant, lors de l'inauguration de sa galerie, mais Kate assurait catégoriquement que Dwayne n'y aurait pas vu d'inconvénient — « Vous savez quel fantastique sens de l'humour il avait. C'est exactement le genre de monument funéraire qu'il aurait souhaité. »

Nous sifflâmes et applaudîmes et tapâmes des pieds. Plusieurs d'entre nous ne purent résister et sautèrent à leur tour dans la piscine, partiellement ou entièrement vêtus, pour rejoindre Dwayne et les femmes déchaînées qui y barbotaient en s'éclaboussant, joueuses comme des phoques amoureux. Le « Die Lovin' You » de Lollipop passait toujours, une bande abîmée gâchée par des sifflements suraigus évoquant des cris de chauve-souris. Le vent avait forci. Le ciel s'éclairait à l'est. Un nouveau jour, déjà ? Trop vite ! Il était 5 h 20. Ce que nous pûmes rire, rire et applaudir, Dwayne n'était pas au mieux de sa forme, c'est sûr, ce ventre, ce torse, certains mecs honteux de leurs propres bedaines virent avec plaisir celle de Dwayne, et ce truc qui ballait comme une saucisse entre ses jambes poilues, il soufflait comme un phoque, indiscutablement, agitait bras et jambes pour se maintenir à la surface pendant que les filles l'asticotaient et le chatouillaient, les yeux à fleur de tête et injectés de sang, et il avait une blessure à vif à la tête que nous n'avions pas remarquée jusqu'à présent, pauvre Dwayne Hewson, maire de Willowsville, il faisait plutôt cinquante-neuf ans que quarante-neuf, mais un fait reste certain : *Dwayne Hewson buvait du petit lait dans cette piscine, et si on ne peut pas mourir jeune on peut au moins mourir heureux, pas vrai, Dwayne ?*

*
* *

À l'aube, dans Mill Race Lane, une petit cortège de véhicules, fort diminué par rapport à la veille, quitta la belle demeure XVIIIe des Hewson.

Déjà dans notre souvenir, la maison de Dwayne, la piscine, la danse orgiaque et Dwayne-jeté-nu-dans-l'eau-par-des-nymphes commençaient à s'effacer.

Comme l'écrirait Richard Eickhorn dans le chef-d'œuvre qui serait publié après sa mort, sa suite de poèmes dithyrambiques intitulée *Le Blues des cœurs brisés :*

On ne perd jamais ce que l'on n'a jamais eu.
On n'a jamais ce que l'on n'avait pas perdu.

Personne n'avait eu l'intention de former une sorte de cortège funèbre !... cela se fit tout seul. « Ken dans sa nouvelle Jag, et Verrie blottie contre lui, ont naturellement pris la tête. Les autres ont suivi. »

En fait, Trish Elders et Shelby Connor, ivres d'une fatigue qui aurait paru postcoïtale à n'importe quel mari soupçonneux, les cheveux mouillés et sentant le chlore de la piscine de Dwayne, montèrent avec Ken et Verrie, sur la banquette arrière miniature de la voiture de sport bleu œuf-de-rouge-gorge. (Que beaucoup d'entre nous avaient admirée devant chez Dwayne. Quelle classe ! Sûrement ces « médiations » pour les gros bonnets de Motorola, hein, Ken ?) Trish qui se déclarait « démolie » n'était pas en état de prendre le volant pour rentrer chez elle... où cela, d'ailleurs ?... au bord du lac ? Elle aurait eu du mal à dire quel mari vivait là avec elle, à moins qu'ils eussent déjà décidé de se séparer, mais non... c'était un nouveau mariage, avec un homme qui respectait son art, ou qui le disait, *ce mariage-ci durerait.*

Derrière la Jag, Art Lutz au volant de sa fougueuse Dodge Grand Caravan. Avec, blottie contre lui, la tête sur son épaule, une Mary Louise ensommeillée.

Venait ensuite Ritchie Eickhorn dans sa Toyota louée à l'aéroport, en compagnie d'une Evangeline Fesnacht silencieuse, qui regardait dans le vide avec l'expression de qui s'est vu accorder une vision au prix d'une totale cécité.

Et enfin, pleine d'entrain, Kate Olmsted qui nous avait étonnés (Kate ne cessait de nous étonner) en tenant non seulement jusqu'au bout de la soirée tumultueuse de Millie LeRoux mais aussi de celle de Dwayne Hewson. Kate conduisait sa Lexus vineuse cabossée avec, à côté d'elle, P. F. Merchant, notre Petey, qui, profondément endormi, ronflait doucement, un mince filet de bave sur le menton.

Dans le silence et l'accalmie précédant l'aube, la beauté de Willowsville nous dégrisa. Notre vieux village natal perdu. Nous roulions comme une procession d'esprits purifiés par la mort.

« Mon Dieu ! C'était beau, hein ? Et ce n'était pas un rêve. »

Demeures XVIIIe, maisons de brique de style géorgien en retrait sur des terrains boisés. Les grands ormes de notre enfance avaient depuis longtemps péri et été déracinés mais les riches habitants de Willowsville les avaient remplacés par des chênes, des érables, des platanes, des conifères. De Mill Race à Glen Burns et Castle Creek (« Cette rivière ! »), Spring Green Lane,

Lilac Lane, puis Meridian Street et Meridian Place, pour parvenir à l'ancienne résidence des Heart, une maison très laide en fait, quoique impressionnante, « historique »... appartenant maintenant à des inconnus qui prétendaient n'avoir jamais entendu parler de John Reddy Heart.

Ken conduisait lentement, vingt-cinq à l'heure. Non seulement parce qu'il luttait contre une migraine qui lui donnait l'impression d'avoir un ballon rempli de limaille de fer dans le crâne, mais parce que ce serait la dernière fois que Veronica Myers, sa future femme, verrait l'ancienne maison des Heart.

Bizarrement, Verrie était silencieuse. Elle se mordillait les doigts comme une enfant perturbée mais ne disait rien.

Ses cheveux blonds si célèbres, humides et emmêlés après son passage dans la piscine de Dwayne Hewson, sentaient le chlore et un parfum astringent. Sa robe dos-nu cerise était froissée sur les cuisses, et tachée. Elle avait perdu ses chaussures quelque part. Elle avait les pieds sales, écorchés.

À l'arrière de la Jaguar, contemplant la vieille demeure hollandaise XVIIIe à peine visible derrière un rideau de conifères, Trish Elders et Shelby Connor se taisaient, elles aussi. Peut-être parce qu'elles reconnaissaient à peine la maison. Où était la rocaille si controversée de Dahlia Heart avec ses gnomes et ses grenouilles ? — « Disparue depuis des dizaines d'années. » La surface clapotante, clignotante, de l'eau bleutée dans laquelle elles avaient récemment été immergés semblait avoir eu un effet irrémédiable sur leurs souvenirs.

Un long moment solennel, personne ne parla.

Modèle de tact, Ken Fischer ne manifesta pas non plus le moindre signe d'impatience ni le désir de partir. Finalement, Trish poussa un soupir, un demi-sanglot : « Passons devant le lycée, d'accord ? Ensuite, nous ferions mieux de tous aller nous coucher. »

Shelby dit aussitôt : « Mais ne prends pas par Castle Creek, cette fois, hein, Ken ? Va directement à Glen Burns. »

Aucun d'entre nous ne voulait voir cette rivière tristement célèbre — « À peine une rigole, en fait » — qui avait trahi John Reddy et l'avait exposé aux railleries de nos pères.

La Jaguar redémarra, moteur quasiment silencieux. Une lumière délicate, le sépia des premières lueurs de l'aube, jouait sur ses chromes parfaits.

Dans le solide véhicule familial d'Art Lutz flottait une embarrassante odeur de vêtements tachés de sueur, de vieilles chaussures de jogging, tout le fourbi de ses enfants adolescents. Et le sien propre. Il avait pris la Caravan au lieu de sa belle Acura blanche parce qu'il ne s'agissait pas d'une soirée habillée. Il n'avait pas imaginé que Mary Louise Schultz rentrerait avec lui ! Il se demandait avec gêne s'il devait s'excuser de l'état de la voiture ; mais, blottie contre lui comme si elle le prenait pour son mari, ou pour un mari, Mary Louise n'avait pas l'air de s'en formaliser. Elle murmura : « Artie ? Où allons-nous ? Je croyais que tu m'emmenais à... » Sa voix s'éteignit, elle avait oublié où elle passait le week-end, peut-être dans la nouvelle maison de Trish Elders au bord du lac ? Une bonne demi-heure de route. (Trish avait-elle un mari en ce moment, nommé « Carnevale » ?... était-ce quelqu'un qu'Art était censé avoir rencontré, et connaître ?) « Je t'emmènerai où tu voudras, Mary Louise, dit-il. Tu n'as qu'à parler. » Mary Louise murmura : « Mmm. » Elle avait été la seule femme à ne pas se déshabiller pour sauter dans la piscine de Dwayne ; avec plus de dignité, elle avait relevé la jupe de sa robe Laura Ashley et barboté en hurlant de rire dans le petit bain. Quel spectacle ! Art Lutz et les autres hommes n'en croyaient pas leurs yeux. La jupe de Mary Louise était mouillée et sa peau bronze olivâtre dégageait une légère odeur émoustillante de chlore à laquelle se mêlaient, comme un rêve hachuré par un autre rêve, des effluves de parfum... ou peut-être de déodorant. Art, qui suivait la voiture de son ami, éprouva un tel sentiment d'allégresse qu'il faillit emboutir l'arrière virginal de la voiture de Ken. *Où tu voudras, Mary Louise. Où tu voudras !*

Derrière lui, Ritchie Eickhorn suivait à une allure hésitante dans la Toyota de location. Ses yeux le brûlaient comme s'il avait fixé le soleil et il éprouva un instant d'affolement à l'idée que sa vue avait baissé au cours des douze dernières heures. Avait-il vraiment veillé toute la nuit ? Bu, ri, crié à en avoir la voix rauque. Bu au point d'en être malade peu après son arrivée chez Dwayne. Et peut-être même avait-il tourné de l'œil quelques minutes. Il avait encore l'estomac barbouillé et pourtant, avec Evangeline Fesnacht près de lui, cette femme de génie mystérieuse et excentrique, cette femme différente de tous les gens qu'il avait pu connaître intimement dans sa vie, il se sentait soulevé par une vague irrationnelle d'espoir. « Je me demande où va Ken... Je les suis, ou bien... ? » Par chance, Evangeline était descendue comme lui au Comfort Inn de West Main Street. Il l'accompagnerait aux autres festivités du week-end. Il avait l'impression qu'elle aussi avait été malade chez Dwayne, enfermée dans une salle de bains du bas dont elle était ressortie, au moment de l'immersion hilarante de Dwayne dans la piscine, pâle comme une morte, l'air hébété. Dans ce moment de détresse, c'était vers lui qu'elle s'était tournée. Elle l'avait appelé, d'un ton étonnamment timide : *Ritchie*. Au lycée, Evangeline Fesnacht l'avait plus ou moins ignoré, bien qu'il fût corédacteur du *Will-o'-the-Wisp,* elle n'avait pas daigné l'appeler d'un nom quelconque, pour autant qu'il s'en souvînt. M. Lepage l'avait encouragée dans son sentiment de supériorité, l'avait bouffie d'orgueil ; Ritchie aurait presque aimé confier à cette femme qui serait (il le sentait si profondément !) l'âme sœur de sa maturité : *Evangeline ! Je te détestais en ce temps-là.*

Comme si elle avait entendu ses pensées, Evangeline dit : « Oui, suis-les. Je crois savoir où ils vont. »

Dans la Lexus vineuse, en queue de procession, Kate Olmsted hésitait à réveiller son compagnon pour lui demander s'il voulait qu'elle passe devant son ancienne maison... avait-il habité Seneca Street ? Ou Garrison ? Une petite maison quelconque pour Willowsville dont (devait-on supposer) Petey avait sans doute eu honte. Elle décida de ne pas le réveiller. Il dormait si profondément, tête roulant sur l'appuie-tête, peau moite et pâle comme celle d'un nourrisson, qu'elle lui jeta un regard tendre et protecteur. « À quoi bon, Petey ? C'est aujourd'hui qui compte. »

Elle s'interrogea : deviendraient-ils amants ? Ou disparaîtrait-il de nouveau dans le cyberespace, la Californie, d'où, de façon si inattendue, il était venu ?

Le cortège de voitures, les survivants, roulèrent dans Seneca, dépassèrent Turnberry et tournèrent dans Main

Street. Comme le village semblait désert. De nombreuses lumières brillaient encore. Ken s'engagea dans le parc du lycée et, brusquement, il fut devant nous... plus grand, plus impressionnant que dans nos souvenirs. Verrie s'écria : « Regardez le clocher ! Cette lumière dorée. » Le clocher paraissait bel et bien doré, éclairé de l'intérieur. Les aiguilles géantes de l'horloge indiquaient précisément 5 h 49 comme s'il y avait un message secret, un sens profond codé dans la juxtaposition de minces aiguilles noires et de chiffres romains noirs ; par la plus pure des coïncidences, comme nous l'apprendrions plus tard avec horreur et douleur, c'est à peu près à ce moment-là que les urgentistes de l'hôpital d'Amherst arrivèrent chez Dwayne Hewson, appelé pour soigner un homme entre deux âges souffrant d'un « grave arrêt du cœur ».

Il avait néanmoins connu la félicité. Dieu sous la forme d'une boule de feu explosant dans sa poitrine.

« Nous avons besoin de le croire. Ne nous enlevez pas nos croyances, par pitié. »

Lentement, le cortège de voitures s'avança sur le campus désert. Une étrange lumière crépusculaire flottait au niveau du sol, comme une brume ; au-dessus, l'air devenait d'or. Nous contemplâmes notre beau lycée que nous n'avions jamais vu lorsque nous y étudions. Nous étions impressionnés par sa respectabilité, son calme d'église. Le vaste portique blanc, les colonnes doriques blanches et le large éventail des marches de granit. Plantée dans le sol, une plaque scintillante haute d'un mètre proclamait « LYCÉE DE WILLOWSVILLE FONDÉ EN 1911 ». Ken Fischer dit doucement : « Mon Dieu. Faut-il qu'ils nous aient aimés... nos parents. Pour avoir dépensé autant pour nous. » C'était une révélation profonde, nous ne savions comment l'absorber. Verrie dit : « C'est un peu comme si nous avions été leurs rêves. Et nous ne le savions pas. » Trish Elders dit : « Cela me fait un drôle d'effet ! J'ai l'impression de voir mon propre... sépulcre. Mais je suis heureuse de le voir. Cela me remplit de bonheur. Que nos parents nous aient aimés. Même s'ils ne nous connaissaient pas. »

L'âge venant, nous nous étions mis à parler de nos parents comme s'ils étaient morts, qu'ils le fussent ou non. La mort au sens littéral du terme semblait à côté de la question. « Après le lycée en Amérique, tout est posthume. »

Nous nous garâmes. Nous admirâmes la nouvelle aile scientifique, les nouveaux courts de tennis, la nouvelle piste et le nouveau stade de football. Verrie indiqua avec fierté l'emplacement probable du théâtre Francis C. Lepage. Elle communiquait par fax et par téléphone avec l'architecte depuis des semaines. Art Lutz contourna la Jaguar dans sa Dodge Grand Caravan vert-de-gris, nous salua de la main avec un grand sourire, et poursuivit sa route vers le stade. À côté de lui était assise une femme brune en qui nous n'aurions peut-être pas reconnu Mary Louise Schultz, bien qu'elle levât la main pour nous saluer, ou nous dire au revoir.

Art disait avec animation à Mary Louise : « J'adorais le football. J'adorais mes coéquipiers. En trois ans, je n'ai jamais fait un seul vrai bon match, je faisais partie de ces joueurs qui se débrouillaient bien à l'entraînement puis déconnaient pendant les matchs. “Angoisse existentielle, disait l'entraîneur. La volonté d'échouer.” » Mary Louise protesta : « Ce n'est pas vrai. Ne dis pas ça. Je me rappelle t'avoir vu jouer très bien, Artie. Je t'assure. Nous criions pour t'encourager... n'est-ce pas ? Bien sûr que oui. » Ce n'était pas vrai, mais Art fut profondément ému que cette femme, qui avait été pom-pom girl, le dise. Au bout de trente ans, l'important n'était peut-être pas ce qui était ou n'était pas vrai, mais seulement ce que l'on se rappelait pour vrai. « Je t'aime, Mary Louise. Je ne veux pas t'embarrasser, bien sûr.

— Oh ! mais c'est le cas, un peu.

— Je sais que tu es mariée, et je le suis aussi. Tu as des... enfants ?

— Oh ! Artie, ça va.

— Qu'est-ce qui va ?

— Nos autres vies. Nos "vraies" vies. Elles ne comptent pas, n'est-ce pas ? » Tremblant d'excitation, Art gara sa voiture imprégnée d'odeurs familiales à l'autre bout du stade, où l'air était sombre et sentait l'herbe fraîchement coupée. Au-dessus d'eux, le ciel était d'un bleu pâle lavé. Il coupa le moteur, son cœur battait si vite qu'il se dit qu'il risquait d'éclater, il se tourna vers Mary Louise... s'attendant à demi à ce qu'elle eût disparu. Si souvent dans ses rêves il s'était tourné vers elle, avec le même désir douloureux, et elle avait disparu. Parfois il avait même touché ses seins, ou l'air vibrant autour de ses seins, et au même instant... elle avait disparu. Mais à présent Mary Louise lui souriait, et elle dit, presque avec timidité : « Artie ? Tu veux bien faire quelque chose pour moi ?

— Quelque chose ? Quoi ?

— Pelotons-nous.

— ... nous "peloter" ?

— Tu sais. Nous embrasser. Comme en cinquième.

— ... En *cinquième* ? » Art rit bêtement pour dissimuler son inquiétude. « Je n'ai jamais eu de petite amie si jeune. Pas avant la seconde. » Mary Louise fronça le nez. « Ne sois pas si littéral, Artie ! gronda-t-elle. Je parle du principe. » Hardiment, elle se coula dans ses bras et embrassa ses lèvres ouvertes, stupéfaites. Il respirait par la bouche, haletant comme un chien vieillissant ; une sueur ignominieuse s'était mise à couler sur son front et sous ses bras, comme en ces temps terribles où il jouait au football, son maillot, son slip de sport, ses sous-vêtements et surtout ses chaussettes raides de sueur et de sels minéraux. Mary Louise lui passa gaiement les bras autour du cou, l'embrassa de nouveau, en pouffant et en pressant son front contre le sien. Elle murmura : « J'ai le béguin pour toi depuis... eh bien, un bout de temps. » Défaillant, Art serra contre lui cette femme étonnante, mystérieuse, et lui rendit son baiser. Un long baiser passionné et vertigineux comme ces chutes dans les cages d'ascenseur des cauchemars enfantins. S'enhardissant, il pressa sa langue contre les lèvres de Mary Louise pour les ouvrir, et pénétrer dans sa bouche chaude, mais en fut empêché par sa langue à elle, joueuse et experte... si c'était là un baiser d'élèves de cinquième, on avait affaire à des virtuoses. Mary Louise gronda doucement : « *Artie.* » Ses mains aussi étaient impatientes et pleines d'espoir comme celles d'un adolescent, car peut-être étaient-ce les mains d'un adolescent ; il avait fermé les yeux et retrouvé le souvenir vivace de cette fille dans la voiture de Jamie, la Dodge Castille sexy... comme il avait été heureux ! « Malheureux, mais heureux. » Sa main se referma sur le sein gauche de Mary Louise, un globe stupéfiant de chair féminine, et elle se raidit aussitôt, en murmurant : « Artie ! On ne pourrait pas juste se *peloter* ? » Il comprit ce qu'elle voulait dire : ils étaient deux adultes mariés depuis des années à un conjoint, et ils avaient assez fait *l'autre*, peut-être trop. (La moitié du temps, avec Reeny, Artie n'était pas ce que l'on appellerait agressivement viril. Le reste du temps, il pensait à autre chose... par exemple à Mary Louise Schultz dans sa robe chasuble bordeaux de pom-pom girl — « Wol-ver-ines ! Wol-ver-ines ! Vous êtes l'équipe... de nos rêves ! Ouai-ais ! » — sautant et écartant grand les bras comme pour lui offrir ses seins, et cette culotte blanche entrevue par éclairs. *Ça marchait. À chaque fois.*) Si Art avait su s'exprimer comme certains de ses camarades de classe, Blake Wells, Dexter Cambrook — même Dwayne Hewson savait être persuasif, sinon toujours sincère, aux réunions du conseil municipal —, il aurait pu expliquer à Mary Louise que, oui, il y avait de la pureté dans le pelotage, un principe premier philosophique, embrasser ressemblait tellement à la parole, le « pelotage » à une sorte de conversation inconnue sous un autre mode, par comparaison les rapports sexuels semblaient à la fois grossiers et impersonnels, oui c'était vrai, mais malgré tout il brûlait de promener ses mains respectueuses sur le corps chaud, merveilleux, de cette femme, il l'aimait et, puisqu'il l'aimait, n'avait-il pas le droit, l'obligation en fait, d'aimer son corps ? S'il embrassait sa bouche avec avidité, voracité, n'était-il pas naturel qu'il ait envie d'embrasser ses seins ? Son corps, partout ? Il avait quarante-huit ans, vivrait-il éternellement ? « Mais Mary Louise, chérie... tu dois savoir que je t'aime.

— Et ça ne peut pas suffire ?

— Non ! » C'était un cri d'angoisse. Elle lui rappelait l'un de ses propres enfants quand ils étaient jeunes, obstinés, exaspérants, d'un entêtement si alarmant qu'il s'était demandé *D'où vient un tel entêtement ? une telle opposition ?* de même que pendant les cours de M. Dunleddy il avait été dérouté par le processus implacable de la mitose — *prophase ! métaphase ! anaphase ! télophase !* — et encore plus par la nature ultimement antagoniste de certaines cellules en division comme si, dans la constitution moléculaire même de l'unicité, se manifestait, tragiquement, ou absurdement, une opposition. Cependant lui, Art Lutz, qui ne se distinguerait à WHS que par ses talents de clown, aurait difficilement pu poser une question de ce genre, même s'il avait été capable de la formuler... tout le monde se serait moqué de lui, M. Dunleddy compris. Il répéta, la mine sombre : « Non. » Il avait réussi à défaire maladroitement la première demi-douzaine des innombrables boutons de nacre de la robe Laura Ashley à col montant, et referma triomphalement la main sur le sein de Mary Louise dans son soutien-gorge moulant. Mary Louise protesta d'abord faiblement, en le repoussant, l'haleine brûlante, puis elle poussa un soupir — « Oh ! bon, d'accord. » Quasiment paralysé d'excitation, les mains tremblantes, Art parvint à défaire d'autres boutons, peut-être même en arracha-t-il un ou deux, qui volèrent et tombèrent dans l'oubli, ou sur le plancher poussiéreux de la Caravan où ils seraient découverts quelques jours plus tard par Reeny, dont l'œil acéré ne manquait jamais de détecter ce qu'elle appelait des « objets ménagers mystérieux » — car qu'est-ce qu'un ménage, qu'est-ce que l'histoire humaine, sinon un enchaînement de mystères non résolus ? Enfin, Art tenait, caressait, pétrissait les deux seins stupéfiants de Mary Louise Schultz, et pourtant — « Mary Louise, quelque chose ne va pas ? » Il se sentait glacé, car quelque chose n'allait pas, quelque chose dans les seins de Mary Louise n'allait pas, bien qu'ils fussent aussi généreux qu'il les avait imaginés, et élastiques. Mary Louise pressa son visage contre son cou. Il la sentit trembler, comme au bord des larmes. « Oh ! Artie. J'aurais dû te le dire, je suppose.

— Me dire quoi ?

— On m'a fait... l'an dernier... le chirurgien l'a recommandée... une mastectomie. Une double mastectomie.

— Quoi ?

— Mes seins sont en caoutchouc mousse. Subir une autre opération pour les remplacer me faisait peur, me fait toujours peur, et de toute façon... ceux-là me suffisent, à mon âge. » Mary Louise parlait avec feu, d'un ton qui n'avait rien de contrit. Art, abasourdi, ne savait que répondre ; ses mains s'étaient figées sur les protubérances de caoutchouc mousse enfermées dans leur solide soutien-gorge, un soutien-gorge lavande sexy en fait, comme si elles aussi étaient paralysées. « Mon mari ne me regarde même plus, il dit que c'est trop triste. Le tissu cicatriciel. Je sais qu'il veut dire triste pour lui, pas pour moi. Je passe beaucoup de temps dans la salle de bains à me laver tendrement, comme si j'étais un bébé, mon propre bébé que je n'aurai plus jamais, tu comprends ?... Les hommes doivent aussi éprouver ça, parfois ?... Tu n'auras plus jamais de bébés, et c'était ce qu'il y avait de mieux dans le mariage, et ils sont tous adultes, et si tu les touches, ils te repoussent presque comme si tu étais un satyre ?... Quoi qu'il en soit, je passe beaucoup de temps dans la salle de bains, et je me regarde dans la glace, et je me souviens... oh ! peu importe. Donc, je me suis dit que je viendrais à la réunion, j'ai été si heureuse au lycée, je t'aimais bien Artie, vraiment bien, et maintenant, je regrette... » Art dit : « Ça n'a pas d'importance, Mary Louise. Je t'aime toujours.

— C'est vrai ?

— Je ne pourrais pas arrêter comme ça, tu sais. C'est trop tard.

— Moi aussi je t'aime. Oh ! Artie. »

Il faut avoir envie de mourir pour une femme, et de tuer pour elle. Si on ne connaît pas cette passion-là, on n'a pas vécu.

Dans la Toyota de location de Ritchie Eickhorn, garée irrésolument près du mât immensément haut du lycée, dépourvu de drapeau à cette heure de la journée, Evangeline Fesnacht s'était enfin mise à parler, avec tant d'émotion, un tel air d'angoisse, que Ritchie en était profondément ému et étreignait ses doigts glacés. Des doigts si enfantins, si boudinés, pour une femme de sa stature ! Comme si les ravages de la longue nuit et la beauté surprenante de leur ancien lycée l'avaient un peu déstabilisée, elle confia à Ritchie que sa vie, à près de cinquante ans, était dans une impasse, sa vie professionnelle et personnelle, ce qui était quasiment pareil ; elle était saisie de paralysie, comme Ulysse qui, alors qu'il était en vue d'Ithaque, avait soudain été repoussé au large par un dieu vengeur. « Je vois mon "foyer"... mais je ne parviens pas à l'atteindre. Quelque chose m'en détourne toujours. Je suis pratiquement sans foyer, Ritchie ! Tu as bien fait de tomber amoureux, et de te marier, d'avoir des enfants... une "vraie" vie. Alors que “E. S. Fesnacht” n’existe qu’au dos de quelques livres. Quant à “Evangeline”... c’était le nom de ma jeunesse, et cette fille-là a disparu. » Ritchie protesta : « Ma “vraie” vie n’est pas quelque chose que j’ai véritablement choisi, Evangeline. C’est plutôt quelque chose qui est “arrivé”. J’étais là, et ça m’est arrivé.

— Mais tu es heureux, non ? Heureusement marié, je veux dire ?

— Oui, bien sûr », répondit vaguement Ritchie, quoiqu’il ne fût pas certain que ce fût le cas, et imaginât sa femme Annie l’écouter parler avec son sourire sardonique *Je-connais-ton-cœur-de-bonimenteur* dont la seule pensée l’anéantissait, « ... mais qu’y a-t-il de si extraordinaire dans le bonheur ? La plupart du temps, il manque de profondeur, de texture — il cherchait un mot, comme s’il avait déjà dit cela, peut-être dans un poème, oui, un poème de ses débuts enthousiastes, “Bonheur : une élégie”, un des rares poèmes de Richard Eickhorn qui avaient été publiés par le *New Yorker* et lus par beaucoup de ses anciens camarades de lycée — ... de timbre. On pourrait même soutenir que le bonheur, en tant que condition existentielle, ne peut être “réel” mais seulement provisoire. » Evangeline dit : « Mais pour écrire, écrire véritablement, pour y épuiser son cœur, il faut avoir le sentiment qu’il y a quelqu’un pour qui cela compte. Quelqu’un qui sera touché au cœur. » Ritchie dit, choqué : « Toi ? C’est toi qui dis ça ? “E. S. Fesnacht” ?... Tu as reçu le National Book Award, bon Dieu. Tous tes livres ont été publiés en poche, bon Dieu ! Alors que les trois miens, dont il s’est vendu le nombre mirifique de deux mille quatre cent six exemplaires... » Il s’entendit avec alarme et écœurement parler d’une voix nasale d’adolescent. Il lui sembla qu'Evangeline Fesnacht s'était reculée, en essuyant ses yeux rougis, défaillant de fatigue. Son visage blême qui, dans d'autres circonstances, avait paru aussi saisissant que celui d'une statue grecque, était maintenant simplement blême, couleur de fromage blanc ranci ; il y avait des marques profondes sous ses yeux, et ses cheveux si blancs, si brutalement courts, semblaient laisser voir, aux racines, une ombre de brun. Naturellement, Evangeline Fesnacht avait eu les cheveux châtains comme tout le monde. Ritchie éprouva pourtant pour elle un élan de compassion, car cette femme qui avait juste son âge, son ancienne corédactrice du *Will-o'-the-Wisp,* peut-être était-elle d'une certaine façon lui-même, son âme sœur : aussi faible, désemparée, incertaine et indéfinie que lui. Il dit : « Je lirai ce que tu écriras, Evangeline. Tout ce que tu écriras. Cela m'ira au cœur. Je le *sais*.

— ... Oui ?

— Bien sûr. Pourquoi crois-tu que je suis avec toi dans cet endroit ridicule... notre ancien lycée, trente ans après que nous l'avons quitté, et à six heures du matin ? Pourquoi crois-tu que je suis venu à cette réunion ridicule, sinon dans l'espoir de te voir ? Puisque tu ne sembles jamais répondre à mes lettres. » Evangeline le regarda avec inquiétude. Elle s'était mise à pleurer, le visage chiffonné comme un mouchoir en papier froissé, et elle chercha vainement un Kleenex dans les poches à fermeture Éclair de sa combinaison violette tachée, fouilla dans son gros sac de toile, puis renonça, s'essuyant le nez sur le dos de sa main alors que Ritchie cherchait lui aussi un mouchoir, tous ceux qu'il avait dans les poches étaient en boule, raidis, bon Dieu. Evangeline remarqua : « Dire que John Reddy

Heart était là, il y a à peine quelques heures, à Willowsville. Et comme des imbéciles, nous l'avons manqué.

— Tu crois que... qu'il était vraiment là ?

— Pas toi ? » Evangeline le regardait d'un air belliqueux.

« Eh bien... personne ne l'a vraiment vu, en fait.

— Si, Jenny Thrun et Chet Halloren m'ont dit qu'ils l'avaient vu. Devant chez Dwayne. Il avait garé sa moto et se dirigeait vers la maison et... peut-être parce qu'il a entendu cette musique rock grotesque ? d'une autre époque ? Il a changé d'avis et... nous ne le verrons plus. » Evangeline ajouta, l'air féroce : « Je hais nos camarades de classe, pas toi, Ritchie ? Ils ne lisaient jamais *Will-o'-the-Wisp.* Un jour dans la cafétéria, Smoke Filer a lu un poème que nous avions publié aux copains de sa table, pour les faire rire, c'était peut-être un de tes poèmes, en fait... voilà comme ils sont. Ils gâchent tout. Je ne suis jamais venue à aucune réunion, mais je suis venue à celle-ci pour... je ne sais pas vraiment. Mais ils ont tout gâché, et je les déteste. John Reddy était là, et il est parti. Je voulais lui dire : "Je sais que tu es innocent, que tu l'as toujours été." Je voulais lui dire... » Ritchie saisit les mains d'Evangeline, soudain inspiré. Jamais dans la vie ordinaire, dans des circonstances ordinaires, lui, Richard Eickhorn, n'aurait pu agir avec autant de détermination ; ayant survécu à cette longue nuit, il sentait sa conscience s'élever à un niveau vertigineux, visionnaire. « J'ai une idée, Evangeline : nous réhabiliterons John Reddy Heart. Toi et moi. Ensemble.

— Que veux-tu dire ?

— Nous écrirons à l'actuel procureur du comté de

l'Érié. Dill a pris sa retraite, ou est mort. Nous insisterons pour qu'il rouvre l'affaire, qui a été bâclée. On a arrêté et jugé un innocent, et le véritable assassin n'a jamais été puni.

— J'y ai pensé, dit Evangeline. Mais, en fin de compte, John Reddy a été acquitté. C'est sans espoir.

— Pourquoi sans espoir ? Nous voulons rétablir la réputation d'un homme. Nous pourrions faire signer une pétition à nos camarades. » À mesure qu'il parlait, sous le regard sceptique mais admiratif d'Evangeline Fesnacht, il sentait l'enthousiasme lui gonfler le cœur ; cette vieille émotion presque oubliée, pareille à l'éclosion de l'amour ; cette émotion qui avait un jour signalé le début d'un poème. De petites flammes bleutées comme celles d'un brûleur à gaz dansaient dans son cerveau. Evangeline dit d'un ton catégorique : « Il n'y a pas de preuve, Ritchie. La justice exige des preuves. De simples idées, des théories, même si elles sont justes, ne suffisent pas.

— Mais si le véritable assassin avouait, protesta Ritchie.

— Le "véritable assassin" n'est peut-être plus en vie. Et des aveux, dans de telles circonstances, si longtemps après, sans preuve, ne suffiraient sans doute pas non plus.

— Mais nous devons essayer, Evangeline ! Si nous voulons que justice soit rendue à John Reddy Heart. » Ritchie imaginait déjà le poème dense, difficile, qui naîtrait de cette entreprise : le plus long et le plus ambitieux des poèmes de Richard Eickhorn, un poème aux accents whitmaniens, *Le Blues des cœurs brisés : élégie.* Ou *Le Blues des cœurs brisés : chant d'amour.* Il y mettrait tout son être... il y déverserait son âme.

Evangeline contemplait Ritchie avec étonnement et respect. Ses doigts qui avaient été raides et indifférents toute la soirée agrippaient maintenant les siens. Elle dit néanmoins d'un ton sceptique : « Il ne souhaiterait peut-être pas que nous le fassions, Ritchie. "John Reddy Heart." Est-il seulement vivant, d'ailleurs ? Et, de toute façon, nous ne pourrions pas lui rendre sa jeunesse. » Avec extravagance, Ritchie dit : « Peut-être n'a-t-il pas envie que sa jeunesse lui soit rendue, Evangeline. Le souhaites-tu, toi ? »

Il était 6 h 16. Aucun d'entre nous (à l'exception de Ketch Campbell qui était resté boire le coup de l'étrier chez Dwayne Hewson, sur l'insistance de celui-ci, et qui avait été là au moment où il s'était effondré, Dieu merci, pour faire le 911 et appeler une ambulance) ne pouvait savoir qu'un autre de nos camarades était mort, et que nous ne le reverrions jamais.

« Ici. C'est ici qu'il se garait.

— Ce n'était pas plutôt par là ? Plus près de ce panneau. »

Ken Fischer les avait conduites derrière le lycée, suivi par Kate Olmsted, et maintenant elles tâchaient de déterminer l'endroit précis où John Reddy Heart garait sa Cadillac. « Au début, lorsqu'elle était couleur saumon, je crois qu'il la garait plus au fond, dit Trish Elders d'un air pédant, car elle était la seule du Cercle à être montée dans cette voiture, mais quand il l'a repeinte de ce vert acide qui faisait mal aux yeux, je crois qu'il la garait plus près. À peu près ici.

— Oui, mais davantage de ce côté », pinailla Verrie. Lorsqu'elle s'était extraite de la Jaguar comme de l'étau d'une étreinte, Verrie avait été prise de vertige, sur le point de s'évanouir, mais à présent, avec cette résistance qu'on lui connaissait déjà lorsqu'elle n'était qu'actrice amateur, elle semblait s'être entièrement remise. En fait, pieds nus, debout très droite sur des jambes fines comme des épées, et nues elles aussi, elle était splendide. Dans la robe cerise tachée qui découvrait son dos ravissant, et une bonne partie de ses seins, avec ses cheveux blonds emmêlés sur les épaules, elle conservait une beauté glamour exotique ; Ken Fischer la regardait avec fascination. Sa chère Verrie était *réelle*, bien sûr, et pourtant... ? Se pouvait-il que son maquillage barbouillé, ses pieds crasseux et cette embarrassante tache de graisse porcine au niveau de son nombril fassent partie d'un numéro d'acteur ? « J'ai été obligé de me demander, et ce n'était pas la première fois... jusqu'à quel point nous étions réels, *tous autant que nous étions* ? » À peine sa Lexus garée, Kate Olmsted tendit la main vers son appareil, comme vers une partie de son corps, et sortit en nous mitraillant déjà — « J'avais le pressentiment que ce serait un de ces moments radieux... une épiphanie. » Shelby Connor disait, avec le lyrisme de l'ivressse : « Ohhh non ! Tu te trompes, Verrie. Je regardais souvent par la fenêtre, là-haut — elle indiquait le premier étage du lycée — dans la salle de classe de M. Cuthbert, mon pupitre était à côté de la fenêtre, et je voyais la voiture de John Reddy tous les jours. Les jours où il était là, bien sûr. Parce que les jours où il n'était pas là, et où la place était vide... bon, vous savez ce qu'on éprouvait. Mais quand John Reddy était au lycée, la Cadillac était *ici.* »

Les yeux brûlants, offensée, Verrie se tourna vers Ken, comme vers un arbitre (masculin). « De tous les garçons de notre bande, mon chéri, c'est toi qui étais le plus proche de John Reddy. *Où garait-il sa voiture ?* » Mais le rusé Ken Fischer frotta ses joues piquetées de gris (il ne s'était pas rasé depuis son départ de Francfort, il y avait plus de trente heures) et éluda, en souriant : « Hé ! je n'étais pas l'ami de John Reddy... pas vraiment. Je le connaissais à peine, et lui ne me connaissait pas du tout. »

Verrie murmura : « Je t'aime quand même. »

Elle avait laissé son sac à main dans la voiture, elle alla le chercher et, comme nous étions ses vieux amis, qui ne la jugeraient pas avec dureté, elle en vida le contenu sur l'asphalte. Un portefeuille d'où s'échappaient cartes de crédit et un fouillis de billets, des produits de maquillage liquides dans de petites fioles, un poudrier, des tubes de rouge à lèvres cabossés, des tubes de cachets, multivitamines, calcium et mélatonine, un carnet d'adresses et un téléphone portable et une demi-douzaine de feutres, et... quoi ? Une boîte de Coca-Cola vide. Une boîte de Coca cabossée d'un modèle et d'une couleur que nous n'avions plus vus, sans nous en rendre compte, depuis des dizaines d'années.

Shelby s'écria : « C'est... ? »

Trish s'écria : « *C'est.* »

Verrie ramassa la boîte, l'éleva dans les airs et avec un geste théâtral la posa par terre, à l'endroit où Shelby avait dit que John Reddy garait sa voiture. « Voilà ! J'en ai fini avec elle. »

C'était peut-être une coïncidence mais au même moment, de l'autre côté du stade, Artie Lutz faisait ronfler le moteur de sa voiture et démarrait. « Retour à la "réalité", je suppose », dit-il, en jetant un coup d'œil en biais à Mary Louise qui réparait sereinement les dégâts causés à son maquillage ; mais Mary Louise ne fit que lui rendre son coup d'œil en biais, aussi énigmatique que la Joconde. Ritchie Eickhorn et E. S. Fesnacht étaient déjà repartis... pour où ? Nous ne le saurions jamais. Dans la Lexus de Kate, ce pauvre Petey Merchant, que pour une raison ou une autre nous avions cru mort depuis des années, continuait à dormir, perdu dans une réalité onirique virtuelle qui l'obligeait à grincer des dents. Difficile de ne pas éprouver un brin d'exaspération quand un type comme Petey est votre seul espoir sentimental pour l'avenir, comme il l'était pour Kate — « Oh ! pourquoi ces “cerveaux” ratent-ils tout ce qui est important ? Toujours enfermés dans leurs fichus *cerveaux.* »

Ce fut alors que, sur les pelouses et les terrains de jeux du lycée, des dizaines d'arroseurs se déclenchèrent soudain. De surprenants jeux d'eau irisée ; l'eau translucide et bleutée de Willowsville subtilement teintée des couleurs de l'arc-en-ciel ; une dizaine d'arcs-en-ciel simultanés ; des arcs-en-ciel miniatures d'à peine deux, trois mètres de longueur. Verrie éclata de rire et prit la main de Trish (bien que Trish l'eût sérieusement horripilée avec ses discours pontifiants sur la Cadillac de John Reddy) et elle l'entraîna, courut avec elle sous les jets d'eau étincelants vers le terrain de hockey. Toutes deux étaient pieds nus, jambes nues. Riaient et criaient comme de petites filles. Kate les suivit en clopinant, le doigt sur le déclencheur de son appareil, tandis que Ken et Shelby regardaient, émerveillés. Quel spectacle exquis, le visage levé de ces femmes !... lumineux, radieux, dans la lumière mouillée du petit matin. Ken dit, en poussant un soupir : « Je suis amoureux de Verrie Myers depuis la maternelle. C'est une malédiction... mon destin, je veux dire. Tu sais garder un secret, Shelby ? À Stuttgart, il est possible que j'aie envisagé — mais pas plus d'une minute ! — de me pendre, dans mon hôtel quatre étoiles. D'abord le minibar, et puis... l'oubli. Mais je me suis adressé un discours d'encouragement avec la voix de dur de l'entraîneur McKeever : “Et ça t'avancerait à quoi, Fischer ?” » Ken rit gaiement, en s'essuyant les yeux. Il souffrait beaucoup du décalage horaire, Shelby le voyait. Les Allemands avaient six heures d'avance sur l'heure américaine, non ? « Parfois, Shelby, je me demande à quoi aurait ressemblé ma vie si, ce premier jour à la maternelle d'Academy Street, cette petite fille blonde n'avait pas marché droit sur moi pour m'embrasser sur le nez. » Shelby dit, en sursautant : « Mais ce n'était pas Verrie, Ken. C'était moi. »

Sur le lointain terrain de hockey, dans les jets d'eau des arroseurs, Verrie et Trish couraient, couraient. Au premier plan, la boîte de Coca avait basculé et était oubliée, un simple détritus adolescent. L'Amérique se remplit de détritus adolescents. Verrie dans sa robe cerise éclaboussée d'eau, Trish dans son costume gitan en lambeaux que l'on aurait dit fait de toiles d'araignées. Déjà, il était près de six heures et demie et un brunch au champagne était prévu à onze heures au studio de Trish, Fleet Farm Road, au bord du lac, mais aucun d'entre nous, notre hôtesse comprise, ne réussirait à s'y rendre ; Trish, exténuée, dormirait quatorze heures d'affilée et manquerait le reste des festivités du week-end : les portes ouvertes du lycée, le tournoi de tennis, le match de softball, l'apéritif chez Art Lutz et un barbecue d'adieu, un peu décevant, chez les Zwaart (où Jenny Zwaart brillerait par son absence). Un temps de joie, et un temps de tristesse ; un temps de rires doux-amers, et un temps de larmes. Notre trentième réunion. Et déjà certains d'entre nous préparaient la trente-cinquième, et la quarantième. Nous aimions voir ceux d'entre nous qui venaient mais ceux qui ne venaient pas nous manquaient et comme toujours nous ne pouvions nous empêcher de nous demander *où vous étiez ?...* Carol Banks, JoAnn Windle, Jack Schmidt, Gordie Stearns, Tommy Nordstrom, Jean Windnagel, Jerry Hugar, Révérend Matt Watkins, Mary Alice Glass, Perky Ensmiger, Marietta Bongiovannia, Emily Jane Paxson, Steve Meguin, Al Riggs, Marilyn Mason, Gary Stranges, Janey Plummer, Jori Fullenweider et « Buck » Weisbeck, Wayne Butt, Bruce Burnham, Linnea Ogren, Gail Gleasner, Alice Goff, Nancy Catena, Patti Ann Rathke, Gregory Dickke, Hilde Faxlanger, Faith Ryan, Sandy Bangs, Bette Pancoe, Kevin Koehler, Marvin McClenathan, Dottie Palmer, Chris Carr, Sandy Slosson, Deanna Diebold, Molly Eimer, Ray Kaiser, Rick Ludlow, Corky Castle, Charley Chriswell, Marian Mattiuzzio, Dino Calvo, Johnny Olinger, John Reddy Heart... vous nous manquez, nous pensons à vous, nous voulons vous revoir, *nous vous aimons.*

Table

Joyce Carol Oates dans Le Livre de Poche

Blonde n° 15285

« Alors, en début de soirée, ce 3 août 1962, vint la Mort, index sur la sonnette du 12305 Fifth Helena Drive. La Mort qui essuyait la sueur de son front avec sa casquette de base-ball. La Mort qui mastiquait vite, impatiente, un chewing-gum. Pas un bruit à l'intérieur. La Mort ne peut pas le laisser sur le pas de la porte, ce foutu paquet, il lui faut une signature. Elle n'entend que les vibrations ronronnantes de l'air conditionné. Ou bien... est-ce qu'elle entend une radio là ? La maison est de type espagnol, c'est une « hacienda » de plain-pied ; murs en fausses briques, toiture en tuiles orange luisantes, fenêtres aux stores tirés. On la croirait presque recouverte d'une poussière grise. Compacte et miniature comme une maison de poupée, rien de grandiose pour Brentwood. La Mort sonna à deux reprises, appuya fort la seconde. Cette fois, on ouvrit la porte. *De la main de la Mort, j'acceptais ce cadeau. Je savais ce que c'était, je crois. Et de la part de qui c'était. En voyant le nom et l'adresse, j'ai ri et j'ai signé sans hésiter.* »

Haute enfance n° 3266

A 40 ans, Kasch l'héritier est de retour dans sa ville natale, avec une seule obsession : se suicider, maintenant qu'il a écrit les quelques livres qu'il avait cru devoir écrire et qui ne l'ont mené qu'à un désespoir plus profond, celui de ne pas avoir su s'abstenir. En attendant de se pendre à sa poutre de chêne apparente, il hante les parkings, épie les ébats des jeunes amoureux. Jusqu'au jour où il délivre, des mains d'une bande de petits malfrats, une adolescente de 14 ans, Laney. Et c'est au pays de *Haute enfance*, la rencontre du Solitaire qui « aimerait mieux pas » et de la sauvageonne, de l'intellectuel raté et de la « Lilith des champs ». Un cantique de la perversion. Il y a, d'abord, la formidable galerie de personnages dessinés par Joyce Carol Oates : Laney, l'adolescente trop lucide et qui souffre de la pauvreté comme de l'isolement ; Arlène Hurley, la femme perpétuellement abandonnée par ses amants ; Vale, le frère de Laney, aspiré par les charmes obscurs de la délinquance ; Earl Tuller, l'homme brutal qui meurtrit et saccage ; et, pour finir, Kash, l'intellectuel en rupture de ban, qui devient l'ami-père-amant de Laney. Il y a aussi le rêve fou de recréer, au cœur de la modernité, une minuscule enclave de passé. Il y a, enfin, l'émotion que suscite un texte au lyrisme contenu.

Man Crazy n° 3335

Une adolescente retrace le cauchemar de sa vie. Depuis son enfance, hantée par la figure d'un père toujours absent, qui était aviateur au Vietnam et que l'on devine bientôt trafiquant et assassin, jusqu'à sa rencontre avec un gourou satanique qui fait d'elle son esclave consentante et avilie... Mais, dans un sursaut de volonté, à deux doigts de la mort, elle va tenter de retrouver la force « d'exister » et d'espérer. Elle a tout juste 21 ans. Pour une fois chez Joyce Carol Oates, percevrait-on comme l'espoir d'une lumière au fond de la nuit ? Cette nuit, bien sûr, nous renvoie à sa vision de l'Amérique. Mais aussi à ses peurs et à ses angoisses qu'elle n'a cessé d'explorer dans son œuvre, une trentaine de romans et presque autant de recueils de nouvelles, de poésies, de pièces de théâtre et même de romans policiers sous le pseudonyme de Rosamond Smith.

Mon cœur mis à nu n° 15536

Etats-Unis, 1891. Escroc patenté, Abraham Licht vient rétablir à Muirkirk une dynastie d'éblouissants filous. Tel un patriarche biblique, Licht, qui voit en ses enfants le moyen de parvenir à l'immortalité, les expédie à travers l'Amérique et dans le siècle avec pour mission de soulager de leur argent les très riches et très crédules. Mais ses leçons n'auront que des effets provisoires, encore que remarquables : les uns après les autres, les héritiers de Papa Licht vont à la fois le surpasser et le décevoir... Avec ce roman somptueux, cruellement comique, Joyce Carol Oates refait la preuve qu'elle sait comme personne explorer de manière diabolique les replis les plus secrets de l'âme et du corps humain, tout en dépouillant l'Histoire de ses masques.

Solstice n° 3350

Deux femmes se rencontrent lors d'une soirée en Pennsylvanie. Tout les oppose. Monica est blonde, sage, fragile, divorcée, professeur dans un collège privé. Sheila, veuve d'un sculpteur célèbre, est brune, riche, bohème, sauvage et suicidaire, elle s'adonne à la peinture et demeure écorchée vive, meurtrie par l'abus de l'alcool et des amphétamines. « Un oiseau de proie », pense d'elle Monica. L'histoire d'une amitié ? Non, d'une passion amoureuse, le temps du moins qui s'écoule entre deux solstices et qui va voir leur « liaison » naître, s'épanouir et se fracasser. Par la faute de qui ? Est-ce Monica l'ange et Sheila le démon, ou le contraire ? Joyce Carol Oates qui, depuis des années, vit, écrit et enseigne à l'université de Princeton, se garde de trancher. Rien ne l'intéresse davantage que la complexité des êtres et l'ambiguïté des sentiments. Aucun lien vraiment physique ne s'établira entre ses héroïnes. Et pourtant tout dans leur affrontement sera physique. Jusqu'à l'épuisement. Peut-être jusqu'à la mort.

Zombi n° 3313

Et si *Zombi* était le plus terrifiant des livres de Joyce Carol Oates ? Quentin, son héros ou plutôt son antihéros, raconte son histoire. Il ne se nomme que par ses initiales : « QP ». Il a 31 ans et une honorable famille qui peut le croire vraiment coupable de l'agression sexuelle qu'il a commise sur un jeune garçon. Par prudence, il est mis sous surveillance médicale. En vérité QP kidnappe des jeunes gens et les lobotomise avec un pic à glace pour en faire des « zombis » obéissants et aimants. Hélas ! l'opération rate toujours. QP est navré de devoir récidiver. Depuis une trentaine d'années, Joyce Carol Oates déploie dans ses romans, nouvelles et essais, tout un monde de frustrations observé sans compassion ni haine. En vérité tout est extrême chez elle. Et d'une précision quasi documentaire. Elle a une façon unique de nous emmener en enfer et de nous persuader que cet enfer ressemble à l'Amérique de tous les jours alors que l'auteur ne cesse de nous parler aussi d'elle-même, de ses peurs et de ses cauchemars. En bref de cette forme de folie qui habite les plus grands écrivains.

Du même auteur
aux éditions Stock :

AMOURS PROFANES

AILE DE CORBEAU

HAUTE ENFANCE

LA LÉGENDE DE BLOODSMOOR

MARYA

LE JARDIN DES DÉLICES

MARIAGES ET INFIDÉLITÉS

LE PAYS DES MERVEILLES

UNE ÉDUCATION SENTIMENTALE

BELLEFLEUR

EUX

L'HOMME QUE LES FEMMES ADORAIENT

LES MYSTÈRES DE WINTERTHUN

SOUVENEZ-VOUS DE CES ANNÉES-LÀ

CETTE SAVEUR AMÈRE DE L'AMOUR

SOLSTICE

LE RENDEZ-VOUS

LE GOÛT DE L'AMÉRIQUE

CONFESSIONS D'UN GANG DE FILLES

CORKY

ZOMBI

NOUS ÉTIONS LES MULVANEY

MAN CRAZY

BLONDE

MON CŒUR MIS À NU

Composition réalisée par IGS

Imprimé en Espagne par Liberduplex
Barcelone
Dépôt légal éditeur : 45210-05/2004
Édition 01
Librairie Générale Française – 43, quai de Grenelle – 75015 Paris

ISBN : 2-253-10814-6

31/0814/9